BASTEI
LÜBBE

Über den Autor:

Richard Doyle arbeitete in der Finanzbranche, bevor er sich dazu entschied, Schriftsteller zu werden. Er lebt mit seiner Frau und seinem Sohn in der Nähe von Oxford.

Richard Doyle

LAVA

Thriller

Aus dem Englischen von
Karin Meddekis

BASTEI
LÜBBE

BASTEI LÜBBE TASCHENBUCH
Band 15 804

1. Auflage: Januar 2008
2. Auflage: März 2008

Vollständige Taschenbuchausgabe

Bastei Lübbe Taschenbücher in der Verlagsgruppe Lübbe

Deutsche Erstausgabe

Titel der Originalausgabe: »Volcano«
Originalverlag: Arrow, London

Lektorat: Wolfgang Neuhaus/Jan Wielpütz
Titelillustration: getty-images/William L. Allen
Umschlaggestaltung: Guido Klütsch
Satz: Urban SatzKonzept, Düsseldorf
Druck und Verarbeitung: CPI – Ebner & Spiegel, Ulm
Printed in Germany
ISBN 978-3-404-15804-1

Sie finden uns im Internet unter
www.luebbe.de
Bitte beachten Sie auch: www.lesejury.de

Der Preis dieses Bandes versteht sich einschließlich
der gesetzlichen Mehrwertsteuer.

Prolog

Goodwill, Maine

Es begann mit den Walen, und es würde mit den Walen enden.

In jenem Sommer kehrten die Wale in größeren Herden als jemals zuvor an die Küste von Maine zurück. Die Experten vom Meeresaquarium in Portland schrieben es einer Veränderung der großen Meeresströmungen zu, doch die Einwohner von Goodwill behielten ihre Meinungen für sich. In Jean-Alices Hafenkneipe auf dem Bearskin Neck, der Landenge, wo Rick Larsen an Winterabenden seine melancholischen Gitarrenklänge spielte, berührten die Gäste die schwarz angelaufene eiserne Harpune hinter der Theke, weil es angeblich Glück brachte. Ricks Urgroßvater war Kapitän auf dem letzten Walfänger gewesen, der an der Landenge abgelegt hatte – im Frühjahr 1885 –, und der Aberglaube starb nie aus.

Rick war ein unruhiger Junge gewesen. Seine Mutter war gestorben, als er fünfzehn war. Nachdem sein Vater ihn rausgeworfen hatte, wohnte er auf einem kleinen Segelboot, das er im Indian Creek geborgen und notdürftig instand gesetzt hatte. Für Rick war schwere körperliche Arbeit ganz normal. Er konnte angeln, jagen, Fallen bauen und jedes Schiff steuern. Er hatte sogar Baumstämme über den Machias River geflößt, ehe die Flößerei eingestellt worden war. Ein paar Jahre gehörte er den Winter über zur Besatzung eines Hochsee-Hummerfangschiffes, das zweihundert Meilen vor der Küste Fangkörbe aussetzte. Er hätte überall arbeiten können, wäre ihm das Gehorchen nicht so schwergefallen. Rick war dickköpfig wie alle Larsens.

Sein Vater, der alte Leif Larsen, hatte als Harpunenjäger die südlichen Meere befahren, ehe das Harpunieren verboten worden war. Immer wenn er nach Hause kam, erzählte er seinen Kindern aufregende Geschichten von Walfängen und Abenteuern auf den stürmischen Meeren zwischen dem 39. und dem 50. Breitengrad. Wale waren seine Leidenschaft. Im Sommer arbeitete er auf den Touristenschiffen und erzählte den Leuten seine Geschichten. Leif hatte schon immer gern getrunken, doch als es schlimmer wurde, litt er zeitweilig unter schweren Depressionen, die von Wutausbrüchen begleitet wurden.

Rick war ein junger Mann von neunzehn Jahren, als er das Mädchen kennen lernte. Wie gebannt betrachtete er ihr pechschwarzes Haar, das im Wind wehte. Er hatte sie nie zuvor gesehen; wahrscheinlich verbrachte sie ihre Sommerferien hier. Sie war vielleicht vierzehn und wunderschön.

Später erfuhr er, dass sie Natalie hieß, Natalie Maxwell, und sie wohnte in einer Villa auf dem Felsen.

Sechs Monate später trafen sie sich zum zweiten Mal. In der Hafenkneipe zerrte jemand an Ricks Arm. Natalie stand neben ihm, in einer abgeschnittenen Jeans, und zog ihn zur Tür.

Es war nach Mitternacht, und auf der Landenge hielt sich niemand mehr auf. Es war eine schöne Nacht; am mondlosen Himmel leuchteten die Sterne. Unter einer Laterne blieben sie stehen. Das Licht ließ Natalies Augenhöhlen beinahe schwarz aussehen. In einer Hand hielt sie eine große Taschenlampe.

»In der Meerenge ist ein Wal gestrandet.« Es waren die ersten Worte, die Natalie nach ihrer ersten Begegnung sprach.

»Wo?« Es kam Rick gar nicht in den Sinn, sie zu fragen,

warum sie ihn überhaupt gesucht hatte. Er hatte das Gefühl, es hätte so sein müssen.

»Hinter Curtain Bluff. Ich hab gehört, wie ein paar Leute darüber gesprochen haben.« Sie redete schnell, während sie ihre dunkle Mähne zurückwarf und ihm in die Augen sah. »Es sind schon ein paar Boote draußen. Ich nehme an, sie wollen helfen. Ich konnte es nicht genau erkennen, aber ich glaube, es ist ein Kalb.«

Rick schaute auf die Uhr. Es würde nicht mehr lange dauern, bis die Gezeiten wechselten. Für lange Diskussionen blieb keine Zeit. Sein Vater saß mit Sicherheit in der Kneipe in der Pier Street und trank Cape Horners – Guinness in Halbliter-Krügen, vermischt mit einem Wasserglas Schnaps.

»Komm mit«, sagte Rick.

Das Boot seines Vaters war am Kai festgemacht. Natalie stieg hinter Rick die Leiter hinunter. Rick tastete in der Dunkelheit des Ruderhauses nach dem Zündschlüssel, denn sein Vater machte sich nie die Mühe, ihn abzuziehen. Niemand würde es wagen, sein Eigentum anzurühren, sagte er, und er hatte recht. Aber das hier war ein Notfall.

Rick wollte den Starterknopf drücken, als er spürte, wie das Boot schaukelte und sich zu einer Seite neigte, als noch jemand die Leiter vom Kai hinunter aufs Boot sprang. Rick erstarrte. Er wusste sofort, dass es sein Vater war. Er erkannte ihn an der kräftigen Gestalt, den gewandten Bewegungen an Deck und vor allem an der Alkoholfahne. Rick machte sich auf einen Wutausbruch gefasst.

»Heiliger Strohsack! Wer ist auf meinem Boot?« Leifs dröhnende Stimme war verzerrt von Schnaps und Zorn. Seine Pranke schoss vor, um Rick zu packen und ihn von den Armaturen wegzuzerren. »Ich hab dir gesagt, ich schlag dich windelweich, wenn ich dich noch mal dabei erwische, wie du auf meinem Boot herumschleichst! Und Leif Larsen hält sein Wort!«

Rick versuchte sich loszureißen. Durch die jähen Bewegungen schaukelte das Boot, sodass beide Männer das Gleichgewicht verloren. Sie fielen aufs Deck und schlugen aufeinander ein.

»Lassen Sie ihn!« Wie eine Wildkatze sprang das Mädchen auf Leif zu, hob die Taschenlampe und versetzte ihm einen Schlag.

»He, Scheiße noch mal!«, fluchte Leif. »Wer ist das denn?«

»Ich bin Natalie Maxwell.« In ihrer Stimme schwang keine Angst mit. Sie warf den Kopf zurück, hob den Arm und machte sich darauf gefasst, ein zweites Mal mit der Taschenlampe zuschlagen zu müssen. »In der Meerenge ist ein Walkalb gestrandet.«

Blutstropfen rannen über Leifs Gesicht. Er richtete den Blick auf das Mädchen, rieb sich über die Stirn und zuckte zusammen. »Heiliger Strohsack, du hast einen ganz schönen Schlag«, knurrte er. »Mach das Licht an, Rick!«

Rick gehorchte. Sein Vater starrte das Mädchen an, und plötzlich dämmerte es ihm. »Du bist die Göre von den Maxwells!« Er musterte sie von oben bis unten. »Du hast Mumm, das muss man dir lassen.«

»Wir brauchen Ihre Hilfe, Mister. Ein Wal ist gestrandet.«

»Ja, hab schon gehört. Curtain Bluff, nicht wahr? Weiß es sonst noch jemand?«

Natalie nickte. »Chance Greene ist mit seinem Boot draußen.«

»Greene«, schnaubte Leif Larsen. »Was versteht ein Bauunternehmer schon von Walen?« Er wischte sich übers Gesicht und spuckte ins Wasser. »Worauf wartet ihr? Leinen los.«

Die beiden jungen Leute zögerten. Der jähe Stimmungsumschwung des alten Mannes verwirrte sie. »Bewegt euch, oder ich setz euch an Land und fahr allein!«

Leifs polternde Stimme riss sie aus ihrer Erstarrung. Das Mädchen rannte zum Bug und löste die Leine, während Rick zum Heck eilte. Leif drückte den Starterknopf. Der Dieselmotor sprang rumpelnd an.

Als sie den Hafen verlassen hatten, erhöhte Leif die Geschwindigkeit. Es herrschte eine leichte Dünung. Das Funkgerät war eingeschaltet, und sie lauschten den Gesprächen, die prasselnd aus dem Lautsprecher drangen.

»Angeblich ist es ein Glattwal«, flüsterte Natalie Rick zu.

Doch der alte Mann hatte ein feines Gehör. »Woher wollen die das denn wissen? Von denen hat doch noch keiner 'nen Glattwal gesehen, nicht mal bei Tageslicht.«

Sie fuhren weiter in die sternenklare Nacht. Leif Larsen gab Vollgas. Das Tuckern des Dieselmotors übertrug sich auf das Boot, das zu beben begann. Rick stellte sich neben Natalie, die über den Bug schaute und nach Lichtern Ausschau hielt. Sie fuhren nordwärts die Küste entlang und vorbei an der Maple-Cove-Bucht.

»Gleich kommt Two Bush Island«, rief Rick kurz darauf. Er hatte den bleichen Schimmer der Wellen gesehen, die sich im Licht des aufgehenden Mondes an den Felsen brachen. Er rechnete damit, dass sein Vater die Richtung änderte, damit sie einen südlicheren Kurs einschlugen, sodass die Insel an backbord liegen würde.

»Dad!«, rief er.

Sein Vater brummte eine Antwort, die der Wind davontrug. Sie schnappten nur die Wörter auf: »Die Flut kommt ...«

»Was ist? Hat er nicht gehört, was du gesagt hast?«, fragte Natalie, als das Boot auf Kurs blieb und geradewegs auf die Brandung zusteuerte.

»Doch, er hat es gehört«, stieß Rick hervor. »Er will nur nichts davon wissen. Er will unbedingt Greenes Boot einholen. Darum fährt er mit uns durch den Strudelkanal.«

»Nachts?« Natalie umklammerte Ricks Arm. »Ist das nicht gefährlich?«

Rick biss sich auf die Lippe. »Normalerweise würde ich es ihm zutrauen, aber heute hat er ganz schön getankt ...«

Sie standen Seite an Seite und sahen, dass das Boot in voller Fahrt weiterfuhr und auf die Brecher zusteuerte. »Dieser alte Dickkopf!«, sagte Rick wütend.

Natalies Hand tastete in der Dunkelheit nach der seinen. »Das hat mit mir zu tun, nicht wahr?«

»Ja. Er will damit prahlen, was er draufhat.«

Das Boot kämpfte sich durch die Wellen und fuhr nun wieder Richtung Osten, wohin der Lichtstrahl des Leuchtturms wies. Zu ihrer Linken, ungefähr eine Viertelmeile weiter, zeichneten sich die Klippen von Curtain Bluff im Mondlicht ab.

»Die Lichter da drüben am Ufer ... ob sie den Wal gefunden haben?«

Leif Larsen fluchte. »Dieser Chance Greene und seine besoffene Bande versuchen, den Wal ins Meer zu ziehen.« Er spuckte angewidert aus. »Man sollte das Biest lieber erledigen.«

Rick starrte über das Achterdeck, legte eine Hand hinters Ohr und lauschte. »Sei mal ruhig«, sagte er. »Er ist hier, ganz in der Nähe ...«

Der alte Mann fuhr zum Heck herum. »Was sagst du, Junge?«

»Das Walkalb. Ich kann es riechen.«

»Das arme Tier.«

Der Wal lag am Ufer, zur Hälfte im Wasser, der Rücken ein glatter schwarzer Hügel, auf dem sich das Licht der Scheinwerfer spiegelte, während die Wellen ihn umspülten. Das Tier rang erschöpft nach Atem. Tränen liefen Natalie über die Wangen, als sie das Kalb betrachtete, das im Sterben lag. Leif ließ das Licht der Scheinwerfer über die Flanke des Wals und die große Schwanzflosse gleiten, die kraftlos herunterhing. Der Wal reagierte nicht auf das Licht; er war zu schwach.

Eubalaena glacialis, ein Nordatlantischer Glattwal, sehr selten. Ein etwa zehn Monate altes weibliches Jungtier, das offenbar gerade von seiner Mutter getrennt worden war und sich in einer ernsten Notlage befand.

Der alte Mann stieß einen leisen Pfiff aus. »Der ist am Ende«, stellte er nüchtern fest.

Natalie warf Rick einen ängstlichen Blick zu. »Das ist nicht wahr! Sag, dass es nicht wahr ist!«

Rick behielt diese Szene für immer in Erinnerung. Die silbern schimmernde Brandung im Mondlicht, das Profil des Mädchens am Heck, die schwere Atmung des sterbenden Tieres und der nachdenkliche Blick seines Vaters.

»Ja, schaut ihn euch genau an«, brummte Leif. »Es wird vermutlich der letzte sein, den ihr jemals zu Gesicht bekommt.« Er suchte im Licht der Scheinwerfer das Wasser rings um die Schwanzflossen ab. »Da ist Blut. Seht ihr? Das Tier muss schwer verletzt sein und sich die Sehnen durchgeschnitten haben.«

Die tiefen, verzweifelten Atemzüge waren die traurigsten Geräusche, die man sich vorstellen konnte.

»Wir haben Taue«, flehte Natalie die beiden Männer an. »Wir könnten ihn zurück in den Hafen ziehen ...«

»Wir können nur eines tun«, erklärte Leif mit harter Stimme. Rick, der neben ihm stand, erstarrte. Angst packte ihn. Er wusste, was jetzt kam.

Der alte Mann riss an einer Leine und ließ das Schlauchboot achtern zu Wasser.

»Steig ein«, befahl er Rick. »Und du, Miss, hast jetzt lange genug die Walschützerin gespielt. Jetzt zeig ich dir, worauf es beim Walfang ankommt. Na los.« Er packte die Schulter seines Sohnes. »Lieber ein schneller Tod als ein langsames Dahinsiechen. In zwei Stunden setzt die Dämmerung ein, und dann kommen die Schwertwale. Sie werden ihm die Zunge rausreißen.«

Rick sah im grellen Licht der Scheinwerfer leichenblass aus. Natalie klammerte sich an ihn. »Nein!«, rief sie entsetzt.

Leif stand die Grausamkeit ins Gesicht geschrieben. »Das ist die Natur. So leben Wale – und so sterben sie!«

Er griff an die Wand des Ruderhauses, riss die Harpune ab, die dort hing, und drückte sie Rick in die Hand. »Hier. Und jetzt zeig, dass du ein Mann bist. Du weißt, wie's geht. Ein Stich ins Herz.«

Rick erblasste noch mehr. Er stand da, umklammerte die Harpune und starrte zu der Stelle, wo der Wal in den dunklen Wellen lag.

»Mach schon!«, rief sein Vater. »Du hast gehört, was ich gesagt habe.«

»Rick, nein!«, schrie Natalie.

Er schien nichts zu hören. Wie in Trance ging er zur Bootsseite und blieb stehen.

»Hast du ein Herz für Wale, oder bist du wie die da?« Ricks Vater zeigte auf die Lichter der Boote, die davonfuhren. »Diese Heuchler! Du weißt, dass es sein muss. Wenn du dich drückst, wird das Kalb den Preis bezahlen und nicht du.«

Rick umklammerte fest die Harpune und kletterte wie ein Mann, der zu seiner Hinrichtung schritt, langsam und mit steifen Gliedern in das Schlauchboot. Er legte die Harpune ins Boot und packte die Ruder.

»Warte!«, rief Natalie ihm hinterher.

Rick schaute sie über die Schulter hinweg mit dem benommenen Blick eines Schlafwandlers an. Natalie sah die Leere in seinen Augen. Es war, als hätte die Dunkelheit ihn berührt.

Mit einem wilden Lachen machte Leif die Leine los und trat mit dem Fuß gegen das Schlauchboot.

Sie beobachteten, wie Rick sich mit mühsamen Ruderschlägen seinem Ziel näherte. Der Wal lag träge und reglos da und wartete hilflos auf das Unvermeidliche. Der Blick des Mädchens hing an dem sterbenden Wal. Es gab eine Verbindung zwischen Mann und Tier, die sie nur erahnen konnte. Etwas, das Leif in all den Jahren in den südlichen Meeren gelernt hatte und nun an seinen Sohn weitergab. Es war wie ein Schritt zurück in der Zeit, zurück zu einem Volk von Jägern und ihrer Beute; ein Schritt, der bis zum Anbeginn der Menschheit zurückreichte. Der alte Mann war Teil dieser Vergangenheit, und seine Art starb ebenso aus wie der Glattwal.

Natalie weinte. Wie konnte man an Gnade glauben, wenn das Leben selbst ohne Gnade war?

Das Schlauchboot prallte längsseits gegen die Flanke des Wals. Zwischen ihnen schoss Wasser in die Höhe und spritzte ins Schlauchboot. Leif richtete die Scheinwerfer auf den Ort des Geschehens. Das Licht erfasste die hellen Flecken schwieliger Haut auf dem Kopf und dem Unterkiefer des Tieres. Rick war wie erstarrt, gelähmt vor Entsetzen. Zugleich überlegte er fieberhaft, wie er vorgehen sollte. Er lenkte das Schlauchboot so nah wie möglich an die beiden Blaslöcher des jungen Wals heran. Der Wellengang schien für einen Augenblick nachgelassen zu haben, und so war es einfacher für ihn, zu tun, was er tun musste. Der Bug des Schlauchbootes glitt über die rechte Schwimmflosse des Tieres. Es schien Rick noch nicht bemerkt zu haben, oder es war bereits zu schwach, um noch Widerstand zu leisten.

Rick legte die Ruder ein, stand auf und griff nach der Harpune.

Ein Zittern durchlief die Flanke des Wals, und ein schwacher Atemstoß wehte herüber und hüllte Rick in warme Luft. Rick schauderte und hatte Mühe, das Gleichgewicht zu halten. Der junge Wal lag nun so tief im Wasser, dass Rick auf ihn hinunterschauen konnte. Der Gedanke, dem Blick des Tieres zu begegnen, erfüllte ihn mit Entsetzen. Wenn das geschah, würde er nicht in der Lage sein, zu tun, was unumgänglich war.

Ringsum schien sich Nebel gebildet zu haben, der ihm die Sicht auf das Boot, seinen Vater und Natalie nahm. Für Rick gab es jetzt nur noch den Wal und die Harpune in seiner Hand. Er dachte nicht mehr nach. Jede Verzögerung würde dazu führen, dass das Wasser weiter stieg. Er hob die Harpune über den Kopf und stieß mit aller Kraft zu, drückte die blattförmige Klinge tief ins Fleisch.

Ein Zittern durchlief den riesigen Körper. Das Tier bäumte sich auf und krümmte sich, sodass Rick beinahe ins Wasser geschleudert wurde. Beim fünften oder sechsten Stich fand die Harpune ihr Ziel. Eine Blutfontäne, die Rick um zwei Körperlängen überragte, schoss empor. Die Spitze der Harpune hatte eine Arterie getroffen. Rick ließ sich zurück ins Schlauchboot fallen, als der rote Regen auf ihn niederging. Auf dem Wasser bildete sich blutiger Schaum, als der Wal im Todeskampf wild um sich schlug. Seine Flossen peitschten das Wasser, während unablässig Blut aus der Wunde schoss.

Rick stürzte sich auf die Ruder und entfernte sich hastig vom Ort des Geschehens. Jetzt hatte er den Todeskampf selbst erlebt, das, was die Walfänger in alten Zeiten die »Blutdusche« genannt hatten. Es schien ewig zu dauern, doch tatsächlich war es in weniger als dreißig Sekunden vorbei. Mit einem letzten krampfartigen Aufbäumen rollte das Kalb auf die Seite, sodass die Schwanzflosse senkrecht stand; dann lag das Tier reglos in einer Lache seines eigenen Blutes.

Von Kopf bis Fuß voller Blut, brach Rick über den Rudern zusammen. Der widerliche, süßliche Gestank klebte wie eine unauslöschliche Schuld an ihm. Das Tuckern des Diesels näherte sich längsseits, und dann ergoss sich ein Schwall kalten

Wassers über Rick, das sein Vater aus einem Eimer über ihn schüttete. Leifs raues Lachen erklang, und Rick sah das Entsetzen auf dem Gesicht des Mädchens.

Rick verließ die Stadt noch am selben Tag. Er fuhr in seinem Boot in den blauen Morgen hinein, wie sein Vater es vor ihm getan hatte.

Das war nun zehn Jahre her. Jetzt war Leif tot, und Rick war als Mann heimgekehrt.

1

Cumbre Vieja, La Palma, Kanarische Inseln

Während der Fahrt über den Berg war es heiß gewesen, und der Staub der Straße kratzte in den Kehlen der beiden jungen Leute.

»Wie lange dauert es denn noch?«, rief Flavia auf Englisch, da sie sich nur in dieser Sprache verständigen konnten. Flavia war zwanzig Jahre alt, eine junge Frau aus dem Rheinland, nur mit einem Bikini bekleidet, mit goldbrauner Haut, das Haar von der Sonne und dem Meerwasser gebleicht. Raul, der Motorradfahrer, war zwei Jahre jünger, ein Spanier mit französischen und arabischen Vorfahren.

Er steuerte das Motorrad durch eine spitze Kehre. Das Mädchen kreischte, als die Räder über die Steine auf dem unbefestigten Rand sprangen. Raul bremste und hielt kurz an. »Schau mal!« Er streckte den Arm aus. »Siehst du, da unten?« Gut hundert Meter unterhalb der Straße lag eine winzige Bucht, die von schwarzem Vulkansand umsäumt wurde und sich so perfekt zwischen die Felsen schmiegte, dass sie als Filmkulisse hätte dienen können. »Hierher kommt niemand. Am Strand sind wir ganz alleine.«

Als er spürte, dass die junge Frau die Arme fester um seinen Körper schlang, erfasste ihn Erregung.

Zehn Minuten später hielten sie und stellten das Motorrad in den Schatten einer kanarischen Palme. Es war genau so, wie Raul gesagt hatte – ein perfekter Ort. Der Sand war unberührt und samtweich, das Wasser blau und einladend und durch die beiden Arme der Bucht vor der Brandung geschützt. Auf den Hügeln wuchsen Meerfenchel und Wacholder, und die Hänge der Berge waren von Pinien bestanden. Noch höher ragten die Felsspitzen des Vulkans, des Cumbre Vieja, wie eine allgegenwärtige Drohung in den Himmel.

»Ein schöner Platz zum Schwimmen.« Raul schwenkte den Schnorchel und die Tauchmaske. »Viele Fische.«

Flavia schaute nach Westen übers Wasser, dessen Oberfläche sich unmerklich kräuselte. Über den Horizont hatte sich ein Hitzeschleier gelegt. Kein Schiff, kein Land waren in Sicht.

»Was ist da drüben?«, fragte sie.

Raul grinste und zeigte seine weißen Zähne. »Amerika. Dreitausend Meilen von hier.«

Das Mädchen lachte. »Und Afrika?«

Er streckte den Arm aus. »Da lang. Bis Marokko sind es nur hundert Kilometer. Hier sind wir allein.«

»Bis auf die Delfine«, sagte Flavia.

»Und Wale.«

Sie riss die Augen auf. »Wale?«

»Ganz kleine Wale. Die tun keinem was.«

Flavia nahm die Sonnencreme und rieb sich die Arme ein. »Meine Schultern und der Rücken.« Sie drehte ihm den Rücken zu. Raul drückte Sonnencreme in seine Handfläche. Als er ihr den Rücken eincremte, genoss er die Berührung ihrer seidigen Haut. Es erregte ihn.

Sie rümpfte die Nase. »Riechst du das auch?«

Raul hielt inne. Die Luft in der Bucht war mit einem Mal schwül, als zöge ein Unwetter auf, doch der Himmel war klar. Nur das gelegentliche Knacken des abkühlenden Motorradmotors erklang in der Stille. Raul stieg der Duft des Sonnenöls in die Nase, vermischt mit einem anderen Geruch; für einen Moment kam es ihm vor, als würde es nach verfaulten Eiern stinken. Doch der Geruch verflog sofort wieder.

Raul zuckte mit den Schultern. Für solche Nebensächlichkeiten hatte er jetzt keine Zeit. Er konnte es kaum abwarten, das Mädchen zu vernaschen. »Komm, gehen wir ins Wasser.«

Flavia drehte den Verschluss auf die Flasche und band ihr Haar im Nacken zu einem Knoten zusammen, den sie mit einem Gummi befestigte, als ihr plötzlich wieder der Geruch in die Nase stieg. »Was ist das bloß? Das riecht ja widerlich.«

»Ach, das ist nichts. Komm schon.«

Flavia spürte ein Kratzen in der Kehle, das sie husten ließ. Rauchschwaden zogen ganz in der Nähe durch das Sonnenlicht. Irgendetwas brannte und färbte den Felsen gelb.

»Hier waren Leute«, sagte sie.

»Was?«

»Hier haben Leute ein Feuer gemacht.«

Raul schüttelte den Kopf. »Hierher kommt niemand.« Das nächste Fischerdorf war mehr als eine Meile entfernt. Das einzige Hotel dort hatte einen eigenen Strand.

Raul watete ins Wasser. Ein toter Papageifisch mit der typischen roten und gelben Zeichnung trieb an ihm vorbei. Vielleicht stank der tote Fisch so erbärmlich. Raul warf ihn angewidert in tieferes Wasser.

Plötzlich glaubte er, ein seltsames Summen zu hören. Es schien durch seine Fußsohlen zu dringen, ganz schwach und fern, als würde ein Lastwagen oben über die Küstenstraße fahren. Doch Raul beachtete es nicht weiter.

Als er bis zu den Knien im Wasser stand, drehte er sich zu Flavia um, breitete die Arme aus und ließ sich nach hinten fallen. »Das Wasser ist herrlich«, rief er, als er wieder auftauchte.

Das Mädchen warf einen letzten Blick auf die Rauchschlieren; dann zuckte sie die Schultern, setzte ihre Tauchmaske auf und lief über den Sand. »Puh, ist das heiß«, rief sie. »Der Sand ist ja glühend!«

Sie machte einen Kopfsprung und tauchte ein Stück. Das

Wasser kam ihr seltsam warm vor. »Ich sehe gar keine Fische«, stieß sie hervor, als sie an die Oberfläche kam, »nur Blasen.«

Raul runzelte die Stirn. »Blasen?«

»Luftblasen. Gelb wie Luftballons.«

Sie tauchten gemeinsam und beobachteten die glitzernden Blasen, die an die Oberfläche sprudelten. »Woher kommt das?«, fragte Flavia, als sie auftauchten.

Raul grinste. »Fische.«

»Dummkopf!« Sie spritzte ihm Wasser ins Gesicht, schwamm davon und tauchte durch die schillernden Gasperlen. Gemeinsam glitten sie über den Meeresboden, aus dem weiterhin Blasen hervorsprudelten; einige waren gelb, andere grünlich. Die beiden jungen Leute betrachteten sie neugierig.

»Wo sind denn die Fische?«, fragte Flavia, als sie wieder Luft holte. »Ich hab keinen einzigen Fisch gesehen. Und du hast gesagt, hier wären Delfine.«

»Die kommen schon noch.« Er nahm ihre Hand und zog sie zurück ins flache Wasser. Sie fanden eine Nische zwischen den Felsen am Ufer, wo sie auf dem festen schwarzen Sand stehen konnten, bis zu den Hüften im Wasser.

»Mensch, ist das warm. Und das Wasser brennt auf der Haut.« Flavia rieb sich die Arme, doch Raul hatte keine Lust mehr zu reden. Sanft drückte er sie mit dem Rücken gegen einen glatten Felsen und umfasste ihr Gesicht mit den Händen.

»Raul …«, sagte sie zögernd und presste ihre Hände auf seine Brust.

Er küsste sie. Seine Hand glitt auf ihren Rücken, suchte den Verschluss ihres Bikinioberteils.

»Meine Augen brennen vom Salz«, beklagte sie sich.

Er küsste ihre dichten Wimpern. »Besser?«

»Hmmm«, murmelte Flavia. Sie zog das Bikinioberteil über den Kopf und warf es auf den Felsen hinter sich. Sie war nahtlos braun. Jetzt achtete keiner der beiden mehr auf die Umgebung, doch Raul hatte einmal kurz das Gefühl, als würde der Meeresboden unter seinen Füßen beben.

Flavia hatte es ebenfalls bemerkt. »Was war das?«

»Ach, nichts. Alles in Ordnung.« Unter Wasser streichelte er ihre Hüften. Flavia entspannte sich, küsste seinen Hals und fuhr mit der Hand durch seine dunklen Locken. Dabei fiel ihr etwas Seltsames auf: Der silberne Ring, den er im Ohr trug, hatte sich schwarz gefärbt. Doch sie dachte nicht weiter darüber nach, denn sie wurde von Lust und Leidenschaft davongerissen.

Nachdem sie sich geliebt hatten, schwammen sie langsam zur Mitte der Bucht. Ihre Sachen ließen sie auf den Felsen zurück. Flavias Haut juckte noch immer. Auf ihren Armen und der Brust waren rote Flecken, wo sie sich gekratzt hatte.

»Sieh mal, noch mehr Blasen«, sagte Raul und zeigte mit dem Finger darauf.

Tatsächlich. Auf dem sandigen Meeresboden sprudelte Gas wie am Boden eines Topfes, in dem Wasser kochte. Flavia stellte beunruhigt fest, dass ihre Ringe sich ebenso wie Rauls Ohrring schwarz verfärbt hatten. Dann fiel ihr Blick auf die Wasseroberfläche, die sich in alle Richtungen kräuselte, als würden Windböen übers Wasser gleiten, doch es regte sich kein Lüftchen. Nach ein paar Minuten glättete die Wasseroberfläche sich wieder.

Gemächlich schwammen sie durch die Bucht. Plötzlich schrie Flavia angeekelt auf. Sie schwammen mitten durch einen Schwarm toter Fische, die mit glasigen Augen auf dem Wasser trieben. Als sie die toten Fische hinter sich gelassen hatten, bildete sich eine Armlänge entfernt eine schillernde Kuppel auf der Wasseroberfläche. Sie schwoll an, und als sie mit einem leisen Plopp zerplatzte, entwich ihr ein Gas, das so fürchterlich stank, dass beide nach Luft schnappten.

»Bah, wie ekelhaft!«, stieß Flavia hervor. »Hier bleibe ich nicht!« Kaum war sie verstummt, als ein dumpfes Dröhnen durch die Bucht rollte, als würde hinter den Bergen eine riesige Basstrommel geschlagen.

»Kommt ein Unwetter auf?«, fragte das Mädchen verwirrt.

Raul hob den Blick zum klaren Himmel und schaute zum Felskamm. »Nein, das ist der Cumbre Vieja.« Flavia runzelte fragend die Stirn. *»El volcàn«*, erklärte er.

»Der Vulkan?« Flavia erschrak. Sie schaute zurück zum Ufer. Dampf oder Rauch verschleierte die Sicht auf die Palmen, unter denen das Motorrad stand. Das Blubbern des Gases unter Wasser wurde lauter; jetzt sprudelte es ringsherum wie eine Mineralquelle. Die Temperatur stieg merklich weiter an.

Raul versuchte sich zu erinnern, was er über den Vulkan wusste. Seit er denken konnte, hatte der Berg geschwiegen. Vor zwei Jahren hatte es einmal leichte Beben gegeben, doch erst diesen Winter hatte der Vulkan seine Aktivitäten wieder aufgenommen; sie hatten sich allerdings auf die Gipfelregion beschränkt. Rauchsäulen und spektakulärer Funkenregen, Lavaströme im Krater. Rauls älterer Bruder verdiente gutes Geld damit, Touristen auf den Berg zu führen und ihnen dieses Naturschauspiel zu zeigen.

Kürzlich war der Vulkan wieder verstummt. Deutete der Lärm auf einen erneuten Ausbruch hin? Hatten das Gas im Wasser, der Rauch und die toten Fische irgendetwas damit zu tun? Waren sie weit genug von jeder möglichen Gefahr entfernt?

Ein neuerliches, noch lauteres Grollen hallte von den Hängen wider, und die Wasseroberfläche kräuselte sich wieder, als würde ein Windstoß darüber wehen.

»Ich habe Angst«, sagte Flavia und hustete vom beißenden Rauch. »Lass uns von hier verschwinden.« Sie zog an Rauls Arm. »Komm, wir holen unsere Sachen.«

Ohne auf seine Antwort zu warten, schwamm sie mit kräftigen Zügen davon. Raul folgte ihr.

Die Gasausbrüche wurden heftiger und ließen schwefelgelbe und giftgrüne Wolken aus dem Wasser steigen. Jeder Atemzug schmerzte. Rauls Augen brannten von dem ätzenden Gas.

Sie erreichten den Felsen, wo sie sich ein paar Minuten zuvor geliebt hatten, und rafften eilig ihre Badesachen zusammen. Der Strand war nur wenige Meter entfernt. Seltsamerweise schien er jetzt tiefer zu liegen als vorhin. Der Sand war glühend heiß. Hinter der Wasserlinie stieg an einigen Stellen sogar Rauch auf, als würde der Boden darunter brennen. Doch das Motorrad stand noch unversehrt unter den Bäumen. So schnell sie konnten, liefen sie über den glühenden Sand darauf zu.

Aus einem Spalt unter dem Vorderrad der Honda stieg zischend Dampf auf. Raul warf Flavia die beiden Bikiniteile zu, packte den Lenker und schob die Maschine aus dem Gefahrenbereich, so schnell er konnte.

Als Flavia plötzlich aufschrie, fuhr er herum. »Was ist? Beeil dich! Zieh dich an!«

»Der Bikini ist zerrissen«, jammerte sie.

Er starrte sie an. Sie versuchte, einen Knoten zu binden. Doch auf ihrem Po bildete sich ein Loch, und die Bikinihose zerriss über ihren Hüften, als wäre sie aus morschem Stoff. Flavia schrie auf, als ihr die Fetzen vom Leib fielen.

Raul blickte auf seine Shorts. Der Stoff war ausgeblichen, und er sah Löcher, die ihm vorhin nicht aufgefallen waren. Als er am Hosenbund zog, zerfiel der Stoff in seinen Händen. Fassungslos starrte er auf die Fetzen und dann auf das nackte Mädchen.

»Säure! Im Wasser ist Säure!«

»O Gott! So kann ich nicht zurück!« Flavia schluchzte vor Angst und Scham.

Ohne Vorwarnung zerriss eine gewaltige Detonation die Luft über ihren Köpfen. Die Erde bebte. Als Steine den Berg hinunterprasselten, wurden sie in eine Staubwolke gehüllt, und Felssplitter flogen ihnen um die Ohren. Raul packte das Mädchen und riss es in den Schutz der Bäume. Sie kauerten sich zitternd hin, während ringsum Steine auf die Erde prasselten. Die Bucht wurde von weiteren Beben erschüttert. Begleitet von lautem Grollen, vibrierte der Boden.

Eine riesige Rauchsäule, so groß und massiv wie eine Wand, stieg hinter dem Bergrücken auf. Asche regnete vom Himmel und verwandelte den Tag in Nacht. Draußen in der Bucht donnerten hohe Wellen gegen die Felsen, und im vorhin noch blaugrünen Wasser, das nun dampfte und blubberte wie ein Hexenkessel, schwammen Dreck und tote Fische. In der Mitte der Bucht brach ein tosender Geysir hervor und schleuderte eine Säule kochenden Schlamms gen Himmel. Schwarzer Regen rieselte auf die nackte Haut der jungen Leute. Jeder Tropfen brannte unerträglich.

»Wir können nicht hier bleiben!«, rief Raul dem Mädchen laut ins Ohr, um den Lärm zu übertönen. Er packte ihre Hand und rannte mit ihr zu der Stelle, wo das Motorrad auf der Erde lag. Er riss es hoch, sprang nackt in den Sattel, trat mehrmals auf den Kickstarter und betete, dass die Maschine ansprang. Zu seiner großen Erleichterung spürte er das Vibrieren des Motors. Das Mädchen stieg hinter ihm auf und schlang die Arme um seine Taille. Raul gab Gas und schoss über den schwarzen Sand. Steine regneten auf den Fels. Sie hatten ihre Helme vergessen, doch jetzt war keine Zeit mehr, umzukehren. Die Erde bebte immer heftiger, und sie drohten jeden Augenblick verschüttet zu werden.

Holpernd fuhren sie über den Pfad, der zur Straße führte, und bahnten sich einen Weg zwischen den herabgestürzten Felsbrocken. Über ihren Köpfen röhrte der Vulkan wie ein riesiges Tier und spie Asche und Feuer. Die jungen Leute hatten wahnsinnige Angst, auf die alles verschlingende rote Zunge eines glühenden Lavastroms zu treffen, die den Berg hinunterfloss. Immer wieder musste Raul das Tempo drosseln, um Hindernissen auszuweichen und sich Asche und Schlamm aus den Augen zu wischen.

Schwarz von Kopf bis Fuß, erreichten sie schließlich die Straße, und die Räder des Motorrads quälten sich durch einen Teppich heißer Asche, der rasch dicker wurde.

Was als harmlose Affäre begonnen hatte, endete in einem Albtraum.

2

Goodwill, Maine, 18.00 Uhr

Es war ein wunderschöner Sonnenuntergang. Die Rottöne waren so intensiv, als würde der Himmel in Flammen stehen. Die Hitze des Tages ließ allmählich nach, und die Abendluft war angenehm mild und duftete nach Kiefern.

Die Party im Haus der Maxwells am Indian Point war seit einer Stunde im Gange. Die Flaschen lagen in eisgekühlten Wannen unter den jahrhundertealten Buchen, die auf der Terrasse Schatten spendeten. Im Garten gab es zwei gemauerte Grillplätze, auf denen für die fast einhundert Gäste Hummer zubereitet wurde.

Rick Larsens Hemd klebte ihm auf dem Rücken, als er sich einen Weg durch die Menge bahnte. Er war ein wenig beschwipst vom Champagner. Vor allem aber war er erleichtert, dass endlich alles für die Zukunft geregelt war. Ständig schlug ihm jemand auf die Schulter und gratulierte ihm. Rick lächelte höflich und versuchte, sich an die Namen der jeweiligen Gäste zu erinnern. Er war zwar Einheimischer, war aber lange Zeit fort gewesen und um die Welt gesegelt, hatte ein paar Jahre in der Marine gedient und war dann heimgekehrt, um sich häuslich niederzulassen. Er stach deutlich aus der Menge junger Männer in Designer-Sportkleidung heraus, deren Eltern von ihren Jachten und aus ihren Tennisclubs zur Party gekommen waren.

Rick entdeckte Don Egan. Er sah besorgt aus und wirkte ganz so, als gehöre er nicht hierher, was in gewisser Weise auch zutraf. Sein breites rotes Gesicht war verschwitzt, sein Diensthemd zerknittert. Vermutlich war er gleich aus dem Büro hierher gekommen.

Rick stieg die Treppe zu den Terrassentüren hinauf. Eine sonnengebräunte Matrone in einer Seidenbluse mit Monogramm versperrte ihm den Weg. Es war Mindy Drexler McNeil, deren Familie der Boston's Drexler Bank vorstand. »Rick.« Sie strahlte ihn an. »Ich hoffe, du weißt, dass du der glücklichste Mann in Goodwill bist.«

Rick murmelte eine höfliche Antwort und ging weiter. Mindys Sohn Cole hatte mit Natalie geflirtet, bevor Rick wieder auf der Bildfläche erschienen war.

Eine andere Frau in einem bauschigen roten Kleid, an deren Handgelenken Freundschaftsbänder baumelten, drückte ihn an ihr duftendes Dekolletee. »Sagen Sie, junger Mann«, säuselte sie und umklammerte seine Hände. »Welches Sternzeichen sind Sie?«

»Äh ... Steinbock.« Rick hatte einige Mühe, sich an die Frau zu erinnern. Dann fiel es ihm ein: Mrs. Smith Tyrell, eine Zugereiste, die fast das ganze Jahr in Goodwill lebte und Stücke für das Repertoire-Ensemble inszenierte.

»Und Natalie ist unter dem Sternzeichen der Fische geboren!«, rief Mrs. Tyrell. »Ein Wasserzeichen passt wundervoll zu einem Erdzeichen, aber seien Sie wachsam.« Sie wurde ernst. »Das Meer kann sehr launisch sein.«

»Ich werde es mir merken«, sagte Rick leicht genervt. »Entschuldigen Sie mich bitte.«

Die Lampen im Garten zwischen den Bäumen brannten nun. Natalies Eltern gaben jedes Jahr, wenn die Familie hierher kam, um den Sommer am Meer zu verbringen, ein großes Fest. Üblicherweise fiel diese Party mit den Feierlichkeiten anlässlich des Gründungstages der Stadt zusammen, die in drei Tagen mit einem Festumzug ihren Höhepunkt erreichen würden.

Rick ließ den Blick schweifen und sah Elise Maxwell, Natalies Mutter. Sie konnte charmant sein, aber auch zickig und anstrengend. Elise war eine talentierte Künstlerin, deren Werke im Ort ausgestellt wurden. Natalie hatte ihr Talent geerbt – und ihre Launen.

Rick sah seine Tante Anne Peck, die stets das Catering bei den Partys der Maxwells übernahm, aus der Küche kommen, um mit anderen Gästen zu plaudern. Einige Leute aus dem Ort waren zur Unterstützung erschienen. Rick sah Hike Davis, den ehemaligen Footballtrainer der Highschool, zusammen mit Larry Smollett, dem Besitzer des Hummerteichs. Drüben an der Brüstung steckten drei Doktoren die Köpfe zusammen: Dr. Southwell, der im Krankenhaus in Goodwill arbeitete; Dr. Potter, der Rektor der Highschool, der Rick in der Oberstufe zeitweise vom Unterricht ausgeschlossen hatte, weil er sich geprügelt hatte; und die Pfarrerin, Dr. Jean Gosling von der St. Andrews Episkopalkirche, die ihre glotzäugigen Zwillingstöchter mitgebracht hatte, die Gosling-Mädchen, von denen eine hinter dem Rücken der Familie ein Verhältnis mit einem verheirateten Fischer hatte.

Ein Mann mit silbergrauem Haar hatte Don inzwischen in ein Gespräch verwickelt. Rick hörte, wie Don sich für seine Anwesenheit entschuldigte.

»Was reden Sie? Sie sind herzlich willkommen, Don. Jeder ist eingeladen«, hörte Rick seinen zukünftigen Schwiegervater sagen. Natürlich – jeder, der eine Einladung bekommen hatte. Elliott Maxwell aber stellte es so dar, als hätte er der ganzen Bevölkerung von Goodwill die Türen geöffnet.

Rick drängte sich bis zu ihnen durch. »Du kennst Don?«, fragte er Elliott.

»Natürlich. Don und ich sind alte Freunde. Wir haben schon viele interessante Gespräche geführt«, sagte Elliott ein wenig gönnerhaft.

»Trink etwas, Don.« Rick nahm ein Glas von einem Tablett, das Izzy Jenks herumtrug, die Tochter seiner Cousine Beth, die mit einem Dutzend Klassenkameradinnen für das Fest engagiert worden war. Izzy zwinkerte ihm zu und ging weiter. Sie biss sich auf die Zunge und konzentrierte sich darauf, den Champagner nicht zu verschütten.

»Hallo, Elliott«, dröhnte eine Stimme. Rick drehte sich um und erblickte einen Mann aus dem Ort: Chance Greene, Bauunternehmer und Immobilienhai. Er und Elliott Maxwell waren alte Kumpel.

In diesem Augenblick fiel Ricks Blick auf Natalie, die auf der anderen Seite der Terrasse stand. Sie reckte sich, um einen gut aussehenden jungen Mann, der hier den Sommerurlaub verbrachte, auf den Mund zu küssen. Ein Bursche, der vermutlich der Rudermannschaft einer Eliteuni angehörte. Bestimmt hatten Natalies Eltern gehofft, dass die Wahl ihrer Tochter eines Tages auf einen solchen Jungen fallen würde.

Rick spürte Eifersucht. Er nahm Dons Arm und führte ihn die Terrasse hinunter auf den Rasen. Das letzte Licht der untergehenden Sonne überzog die Landschaft mit einer Palette glühend roter Farben.

»Was liegt an, Don?«

Don wischte sich mit der Hand übers Gesicht. »Nun, ich dachte, ich komme vorbei und stehe einem alten Kumpel an diesem großen Tag zur Seite.« Er schaute auf die Gesellschaft. »'ne Menge Leute hier. Viele kenne ich gar nicht.«

Für Rick war es eine unangenehme Situation. Er sah Don jeden Tag. Sie hatten dieselbe Schule besucht. Wie es in Kleinstädten oft der Fall ist, waren ihre Mütter weitläufig verwandt. Don war ein verlässlicher Freund, der Rick auch in schlechten Zeiten stets die Stange gehalten hatte. Es war sein gutes Recht, seine Verlobung mit ihm zu feiern, doch dies war die Party der Maxwells.

»Amüsier dich«, sagte Rick. »Natalie wird sich freuen, dich zu sehen. Alles in Ordnung in der Stadt?«

Don trank einen Schluck. »Ziemlich viel Verkehr wegen der Touristen. Pkws und Wohnmobile stauen sich bis zur Brücke. Ich musste die Sirene einschalten, um vorbeizukommen. Ich kann's ja als Notfall einstufen.« Er kicherte nervös. »Außerdem ist eine Gruppe Surfer angekommen, die unseren Stränden unbedingt einen Besuch abstatten wollen.«

»Surfer?« Rick beugte sich hinunter, um ihn besser zur verstehen.

Don nickte. »Eine ganze Horde ist gegen fünf Uhr in die Stadt gekommen – mit Wohnmobilen, Geländewagen, Pickups. Mindestens dreißig oder vierzig.«

Rick war irritiert. Goodwill war vor allem für seine Gezeiten bekannt. Der Hafen lag am Ende eines Meeresarms an der Mündung der Bay of Fundy, an der es die höchsten Gezeiten der Welt gab. Es waren gute Fischgründe, aber die Küste war felsig. Niemand, der bei Sinn und Verstand war, würde hier surfen.

»Und der Gründungstag naht«, fügte Don hinzu.

In zwei Tagen sollte der dreihundertste Jahrestag der Landung der ersten Siedler in Goodwill gefeiert werden. Da im Polizeirevier der Stadt nur sechs Polizisten arbeiteten, waren die Beamten jeden Sommer überlastet. Der Gründungstag war stets das größte Ereignis in der Stadt und zog Besucher aus Bangor und Bar Harbor ebenso an wie Leute von der anderen Seite der kanadischen Grenze.

»Vielleicht sind die Surfer unterwegs zu einer Beachparty oben in Nova Scotia«, meinte Rick.

»Ja, wahrscheinlich.«

Don war ein schlechter Lügner. Rick spürte, dass er etwas zurückhielt, doch er hatte im Augenblick andere Sorgen. Natalies Mutter warf ihm bereits böse Blicke zu, um ihm zu signalisieren, dass er sich nicht genug um die Gäste kümmerte.

»Trink noch was, Don. Vergiss die Surfer. Heute Nacht können sie nichts anstellen.«

Von der Terrasse drang lautes Lachen herunter. Izzy Jenks lief wieder an ihnen vorbei, und Rick bat sie, ihm ein Bier zu bringen. Er hatte keine Lust mehr auf Champagner. Weitere Gäste trafen ein; einige strömten sofort auf den Rasen. Oben auf der Terrasse neben den Türen, die ins Haus führten, erkannte Rick die Gestalt von Sarah Hunter, die als Elliott Maxwells Sekretärin arbeitete, wenn er den Sommer in der Stadt verbrachte. Zu Highschool-Zeiten war Rick mit Sarah zusammen gewesen – eine der Geschichten, die ihm jetzt, da er verlobt war, ein wenig peinlich waren.

Don riss ihn aus seinen Gedanken: »Ich dachte, du solltest es als Erster erfahren, Rick. Schließlich bist du im Stadtrat.«

»Was sollte ich erfahren?«

»Wir haben ein Fax erhalten. Es wurde eine Meldung herausgegeben, dass es möglicherweise zu hohen Wellen kommt. Angeblich hängt es mit tektonischen Aktivitäten auf der anderen Seite des Ozeans zusammen.«

»Tektonische Aktivitäten?« Jetzt war Ricks Aufmerksamkeit geweckt. »Hat das mit diesem Vulkan zu tun, den sie ständig im Fernsehen zeigen? Auf dieser Insel vor der Küste Afrikas?«

»Ich glaub schon.«

»Aber da rumort es schon seit Monaten.«

»Ich weiß.« Don zuckte mit den Schultern. »Aber es scheint schlimmer zu werden. Oder die Medien motzen die Sache nur wieder auf.«

»Wer hat die Meldung herausgegeben? Die Küstenwache?«

Don schüttelte den Kopf. »Der Katastrophenschutz von Maine, das Umweltministerium und noch ein paar Behörden. Alle scheinen mitmischen zu wollen.«

Rick starrte ihn an. »Meine Güte«, sagte er leise. »Hohe Wellen? Geht es um einen Tsunami?«

Don schaute sich um, als hätte er Angst, jemand könnte sie belauschen. »Ich weiß es nicht, Rick. Sie haben sich nicht genau geäußert. Darum bin ich gleich zu dir gekommen. Ich dachte, du wolltest es als Erster erfahren, ehe es sich herumspricht.«

»Das war richtig, Don.« Verdammt, dachte Rick, gerade jetzt! Die Jachtregatta am Sonntag war der Höhepunkt des Stadtfestes. Sie abzublasen, war undenkbar. Aber ein Tsunami? Rick hatte Bilder des verheerenden Seebebens im Indischen Ozean vor Augen. Wenn eine solche Monsterwelle auf die Küste Neuenglands traf, wären die Folgen unvorstellbar.

Don fuhr mit gedämpfter Stimme fort: »Offiziell wird das Risiko als gering bis mittel eingestuft. Sobald die Lage es erfordert, bekommen wir aktuelle Informationen. Andere Behörden haben dieselben Meldungen erhalten. Die Bevölkerung wird über Radio und Fernsehen informiert. Ich habe den Auftrag, am Strand Warnhinweise anzubringen, dass die Leute sich im Fall der Fälle auf höherem Gelände in Sicherheit bringen.«

»Na toll«, murmelte Rick. »Bei unserem Gezeitenhub wird das mindestens zweimal täglich zu einer Panik führen.« Mit dem Nahen des Vollmondes war zu erwarten, dass das Wasser sich bei jeder Ebbe eine halbe Meile zurückzog.

»Bisher ist es nur ein Hinweis«, erinnerte Don ihn. »Und die Frühwarnsysteme würden uns ungefähr sechs Stunden vor einem Ernstfall warnen. Zeit genug, alle Leute unversehrt an Land zu bringen. Die meisten jedenfalls«, fügte er nüchtern hinzu.

Das lag das Problem, dachte Rick. Bei einer Küstenlinie, die aus unzähligen Buchten und Meeresarmen bestand, und bei den Tausenden von Urlaubern, die kampierten, wo es ihnen gerade gefiel, würde es sogar mit Hubschraubern so gut wie unmöglich sein, alle aufzuspüren.

Rick war sich bewusst, dass Don seine Reaktion genau beobachtete. Als Stadtrat von Goodwill war Rick formell Dons Chef. Dem Stadtrat gehörten fünf Abgeordnete an, doch Seb Elkins, der Bürgermeister, hatte sich beurlauben lassen, um sich von einer Operation zu erholen; die anderen hatten Rick gebeten, Elkins zu vertreten.

Don kratzte sich am Ohr. »Also, ich weiß nicht. Das sieht wirklich nicht so aus, als würde sich da was zusammenbrauen, oder?« Er zeigte auf die in rotes Licht getauchte Bucht.

Rick entspannte sich ein wenig. Don hatte recht. Schließlich war Afrika Tausende von Meilen entfernt. »Wir sollten Annie bitten, einen Text für Flugblätter aufzusetzen, die wir in den Motels und auf den Campingplätzen verteilen, falls notwendig.« Annie Pellew war Dons Sekretärin im Polizeirevier.

»Vielleicht wär's auch keine schlechte Idee, eine Erklärung für den Lokalsender herauszugeben«, schlug Don vor. »Eine vorsichtige Warnung, dass die Leute in der Nähe des Wassers vorsichtig sein sollen.«

»Ich rede mit Sheena.« Sheena Dubois gab den *Monitor* heraus, die Lokalzeitung. »Sie kann …«

Rick verstummte, als Finger über seinen Nacken strichen – eine Erinnerung an die Zeit ihrer ersten Verliebtheit. Natalie hatte sich zu ihnen gesellt. »Hallo, Don.« Sie küsste den Officer auf die Wange. »Schön, dass du gekommen bist. Was ist Sache?«

Don wechselte einen Blick mit Rick. »Oh, wir … wir haben nur darüber geredet, was in der Stadt so los ist.«

»Surfer«, sagte Rick. »Sie fallen bei uns ein.«

Natalie riss die Augen auf. »In unser kleines, altes Goodwill? Das ist ja wunderbar. Endlich mal attraktive Männer in unserer Gegend!«

Don kicherte. Sein Handy klingelte und kündigte eine SMS an. Er klappte es auf und las die Nachricht. »Tut mir leid«, sagte er. »Ich muss los.«

»Ist was passiert?« Rick warf ihm einen Blick zu.

»Feueralarm. Auf der Brachfläche hinter der Müllhalde brennt es.«

»Schon wieder?« Rick kniff die Augen zusammen. »Das ist das zweite Mal innerhalb von zwei Tagen.«

»Tja, so kann's gehen. Ich bin dann mal weg«, sagte Don. »Ich wollte euch nur schnell alles Gute wünschen.« Er schlug Rick auf die Schulter und umarmte Natalie. »Pass auf meinen alten Kumpel auf. Sag ihm, dass er sich die Beste ausgesucht hat.«

»Oh, Donald Egan, nur weiter so«, erwiderte Natalie. »Danke, dass du gekommen bist. Bis morgen.«

»Warte.« Rick warf seine Bierflasche in einen Abfallbehälter in der Nähe. »Ich komme mit.«

»Rick!« Natalie hielt ihn am Arm fest. »Wage es ja nicht! Denk nicht mal daran, mich an diesem Abend allein zu lassen.«

»Es ist ein Notfall. Ich muss mich darum kümmern.«

»Du hast gehört, was Don gesagt hat. Es ist nur ein Feuer. Und du hast heute Abend frei, vergessen?«

»Okay, okay.« Rick seufzte. »Die Macht der Gewohnheit.«

»Du bist manchmal ganz schön egoistisch. Wie stehe ich vor den Gästen da, wenn du verschwindest?«

»Schon gut. Ich bleibe.«

»Jetzt tu nicht so, als wäre das eine Strafe. Das hier ist eine *Feier.*« Sie seufzte. »Tu wenigstens so, als würdest du dich amüsieren, ehe Mom sieht, dass wir uns streiten.«

Rick riss sich los. »Ich muss ein paar Telefonate führen.«

3

Maple Cove, Goodwill-Sund

Später sollte sich herausstellen, dass Tab Southwell, Baileys Sohn aus erster Ehe, der mit ihm und Donna den Sommer hier verbrachte, der Letzte gewesen war, der das vermisste Touristenpaar gesehen hatte. Tab, ein schlaksiger Junge von dreizehn Jahren, war seit der Scheidung Einzelgänger und fuhr meistens mit seinem neuen Fahrrad durch die Gegend, das sein Vater ihm geschenkt hatte.

Er bog von der Küstenstraße ab und raste den steilen Pfad hinunter, dass die Kieselsteine unter den Reifen aufspritzten; dann bremste er mit einem Schlenker vor einer alten Holzhütte auf dem Parkplatz.

Tab stellte fest, dass er allein am Strand war. Er stieg ab und lehnte das Fahrrad gegen ein Geländer. Mit dem Rucksack in der Hand stand er da und lauschte. Sein Herz klopfte noch immer von der Anstrengung. Das war knapp gewesen hinter der Müllhalde. Die Flammen konnten sich in den ausgedörrten Büschen schnell ausbreiten, und der Rauch hatte die Feuerwehr alarmiert. Tab hatte es so eben geschafft, rechtzeitig abzuhauen, ehe die ersten Löschzüge eintrafen.

Eine leichte Brise kräuselte das Wasser in der Bucht. Die Flut setzte ein. Tab sprang ausgelassen über die Klippen und freute sich über seinen Wagemut. Das würde die Leute in diesem alten Kaff aufrütteln und einigen von ihnen eine Lektion erteilen!

Ein paar Minuten lief er am Strand entlang und bemühte

sich, einen gelassenen Eindruck zu machen, wobei er sich umschaute und noch einmal sicherstellte, dass niemand ihn beobachtete. Letzte Woche hatte er eines Abends den Wagen seines Vaters hier gesehen und den Ort deshalb als ein Ziel seines Rachefeldzugs ausgewählt. Jetzt war der Zeitpunkt gekommen, noch einmal zuzuschlagen.

Als Tab sich davon überzeugt hatte, dass die Luft rein war, lief er von der Seeseite zur Hütte hinauf. Das Blut rauschte ihm in den Ohren, und seine Nerven waren zum Zerreißen gespannt. Er hockte sich in den Windschatten der Hütte, sodass ihn von der Straße niemand sehen konnte, zog den Reißverschluss des Rucksacks auf und nahm ein paar Stofffetzen und eine Flasche Benzin heraus.

Die Hütte war hier vor zwanzig Jahren als Geräteschuppen für Fischer gebaut worden, die diese Bucht nutzen. Die Holzplanken waren zum Teil verrottet. Tab stopfte die Fetzen in ein handgroßes Loch, tränkte sie mit Benzin und spritzte das Benzin auch auf die Holzplanken. Dann schraubte er den Verschluss wieder auf die Flasche, steckte sie in den Rucksack und suchte in seiner Tasche das Feuerzeug. Die Brise hatte im Augenblick nachgelassen, und die Bucht lag vollkommen ruhig da.

Tab wollte soeben das Feuerzeug anzünden, als er Kiesel knirschen hörte. Erschreckt sprang er auf und spähte um die Ecke der Hütte, als zwei Mountainbiker den Pfad von der Küstenstraße hinuntergesaust kamen. Tab blieb gerade noch die Zeit, das Feuerzeug in die Tasche zu stecken und den Rucksack über seine Schulter zu werfen. Er konnte sich nirgendwo verstecken, und sein Fahrrad stand noch immer vor der Hütte. Ihm blieb nichts anderes übrig, als den Unschuldigen zu spielen.

Mit pochendem Herzen trat er ins Sichtfeld der Radfahrer und bemühte sich, möglichst lässig zu erscheinen. Seine Knie zitterten, als er sich über das Fahrrad beugte und so tat, als würde er die Gangschaltung einstellen, während er die beiden aus den Augenwinkeln beobachtete. Ein Mann und eine Frau Anfang dreißig, die wie Touristen aussahen. Der Mann, der vorneweg fuhr, hielt am Strand. Er blieb einen Moment stehen und blickte aufs Meer. Seine Begleiterin hielt neben ihm, stellte sich auf die Zehenspitzen, reckte sich und atmete die warme Abendluft. »Hm, das riecht gut. Das muss die Stelle sein.«

»Ja.« Der Mann war vom Rad gestiegen und lehnte es gegen das Geländer. Er hatte breite Schultern und wirkte selbstbewusst. Tab stellte neidisch fest, dass beide Räder teure Modelle mit den neuesten Hightechgangschaltungen und Federungen waren. Die junge Frau mit dem hübschen blonden Haar und den schlanken Beinen passte gut zu ihrem Begleiter. Als Tab sich aufrichtete, hob sie den Blick und lächelte ihn freundlich an. »Hallo.«

Tabs Mund war trocken, und seine Zunge klebte am Gaumen. Er musste schlucken, um sprechen zu können. »Hi«, sagte er. »Machen Sie Urlaub hier?« Seine Stimme klang fremd in seinen eigenen Ohren.

»Ja«, sagte die Frau. »Wir sind Urlauber aus New York. Wir wohnen in der Stadt, im Seafarers Motel. Ich bin Kim, und das ist Randall. Und wer bist du?«

»Tab Southwell. Ich bin aus New Jersey, aber mein Vater wohnt in Goodwill. Er ist Kinderarzt und arbeitet im Krankenhaus.« Na toll, dachte er, jetzt hast du deinen Namen gesagt. Wie blöd man doch sein kann! »Wollen Sie angeln?«

Die Frau lachte. »Nein.« Sie zeigte auf den Mann, der eine Kamera aus einer Satteltasche nahm und sie überprüfte. »Fotografieren ist eher unser Ding. Wir wollen Fotos vom Sonnenuntergang machen.«

Die beiden schauten über den breiten Sandstrand, der sich bis zur ruhigen Bucht erstreckte. Die Dämmerung setzte nun rasch ein, und die Wasseroberfläche war von einem leichten

Schimmer überzogen. Ein Schwarm Kormorane, die nach Sandalen getaucht hatten, flogen nun in v-förmiger Formation langsam Richtung Osten zu ihren Nistplätzen am Curtain Bluff. Die Tiere zeichneten sich schwarz vor dem violetten Himmel ab. Es war sehr still. Nicht einmal das Laub in den Bäumen hinter dem Strand raschelte. Nur das leise Schwappen des Wassers war zu vernehmen.

»Das Wasser ist glasklar«, sagte die Frau. »Ein herrliches Plätzchen.«

»Perfekt«, stimmte der Mann ihr zu, ehe er mit nachdenklichem Blick auf den Sund im Südosten schaute. »Ich würde gern die Umrisse dieser Bucht einfangen. Siehst du diese kleinen Inseln im Kanal?« Er zeigte dorthin. »Eine großartige Silhouette.«

»Ja, aber die Sonne geht hinter der Landzunge unter. Wenn wir die Bilder von hier aus machen, geht uns das Licht verloren.«

Tab musterte sie erstaunt und versuchte zu verstehen, worüber sie sprachen. Die Frau hielt jetzt ebenfalls eine Kamera in der Hand. »Lächeln!«, sagte sie und zeigte ihm dann das Foto auf dem Display. Tab spürte Panik in sich aufsteigen. Waren sie Cops, die Beweise sammelten? Ihm brach der Schweiß aus. Er war sicher, dass man ihm sein schlechtes Gewissen an der Nasenspitze ansehen konnte.

»Die Landzunge dort heißt Indian Point«, sagte er in heiserem Ton, um sie abzulenken.

Der Mann warf ihm einen gleichgültigen Blick zu und zog die Unterlippe zwischen die Zähne. Dann wandte er seinen Blick wieder dem Meer zu. »Das Wasser ist vollkommen ruhig. Was hältst du davon, wenn wir unsere Ausrüstung nehmen und zu der Insel dort waten?« Er zeigte auf die Felsen, die aus dem Wasser ragten.

Tab achtete darauf, in Windrichtung zu stehen, damit die

beiden nichts von dem Benzingeruch bemerkten. »Das ist Two Bush Island«, erklärte er. »Obwohl dort jetzt fast nichts wächst.«

»›Insel mit den zwei Büschen?‹« Die Frau lachte. »Süßer Name. Gibt es da Robben?«

»Nein«, sagte Tab, obwohl er es nicht wusste. Doch er nahm an, dass die Klippen dort zu steil waren, sodass die Robben nicht ans Ufer gelangen konnten. Die Meerenge zwischen der Insel und der Küste wurde aufgrund der starken Strömungen und der gefährlichen Strudel der »Strudelkanal« genannt. »An einer Stelle ist es dort sehr tief. Die Hummerfischer nennen sie das ›Schlammloch‹.« Und es gebe dort mitunter eine starke Strömung, fügte er hinzu, doch da die Flut einsetzte, sollte das um diese Jahreszeit kein Problem darstellen. »Wenn Ebbe ist, wie jetzt, können Sie dorthin laufen.« Tab redete nun munter drauflos, damit die Fremden nichts von seiner Nervosität spürten.

»Schade, dass keine Robben da sind. Na, wir werden uns trotzdem mal dort umsehen. Bis später dann.«

Der Strand lag vollkommen verlassen da. Tab schaute zu, als die beiden ihre Fahrräder abschlossen und über den Sand ans Ufer gingen. Die junge Frau quiekte, als sie ins kalte Wasser trat. Der Wellengang war minimal, sodass die Oberfläche sich nur leicht kräuselte. »Die Insel sieht ziemlich klein aus«, meinte der Mann. »Wäre schön, wenn wir zur Rückseite gelangen könnten.«

Sie wateten weiter, mitten durch die glatte Dünung. Da der Boden fest und sandig war, stellte das kein Problem dar. Auch nach fünfzig Metern versanken sie nur bis zu den Oberschenkeln im Wasser. Es war kühl, doch die Bewegung hielt sie warm. Nachdem sie ungefähr hundertfünfzig Meter zurückgelegt hatten, wurde der Kanal tiefer.

»Ich will nicht, dass meine Shorts nass wird«, sagte die junge

Frau. Sie hatten nun fast schon die Stelle erreicht, wo die kleine Bucht sich zum Meer hin öffnete. Die Sonne ging bereits unter. Am Ufer funkelten ein paar Lichter.

»Hier entlang. Hier ist es flacher.« Der Mann reichte ihr die Hand.

Sie setzten ihren Weg eine Zeitlang fort. »Jetzt ist es nicht mehr weit«, sagte er.

Sie blieben kurz stehen, um sich zu orientieren. »Diese Stille!«, sagte die Frau. »Wir haben die ganze Bucht für uns allein.«

»Ja, fast schon unheimlich, nicht wahr?« Er kniff ihr in den Po, worauf sie aufschrie. »Hör auf! Sonst lass ich noch die Kamera fallen.«

Sie wateten weiter. »Ganz schöne Strömung. Das Wasser wird ins Meer gezogen.«

»Ja«, erwiderte der Mann. »Du musst fest auftreten und dich an mir festhalten. Wir sind fast da.«

Eine Minute später sagte Kim: »Puh, ist das Wasser plötzlich kalt geworden!«

»Es wird flacher. Jetzt haben wir es fast geschafft.«

»Können wir hier ans Ufer?«

»Ich glaube, hier ist es zu schwierig. Die Felsen sind steil und glitschig. Wir müssen es weiter hinten versuchen.«

»Randy, ich glaube, das ist unvernünftig. Es wird dunkel, und ich spüre meine Beine kaum noch. Vielleicht sollten wir umkehren.«

»Ach komm, Liebling. Wir sind fast da. Halt dich an mir fest.«

Das schwache Echo ihrer Stimmen hallte ans Ufer, wo Tab stand und sie vom Parkplatz aus beobachtete. Sie hätten ihn beinahe erwischt. Er zitterte noch immer. Wären die beiden nur eine Minute später aufgetaucht, hätten sie ihn auf frischer Tat ertappt. Tab verspürte das dringende Verlangen, von hier zu verschwinden, doch zuerst musste er die Lumpen, die den Verdacht auf ihn lenken könnten, aus dem Loch am Rand der Hütte ziehen. Aber nicht sofort, denn die beiden Touristen könnten zum Ufer schauen und ihn vielleicht dabei beobachten. Am besten, er wartete noch ein paar Minuten, bis es richtig dunkel war.

Tab hockte sich wieder neben das Fahrrad und tat so, als würde er es reparieren. Die beiden Gestalten draußen in der Bucht wurden immer kleiner. Tab starrte ihnen hinterher, als er plötzlich abgelenkt wurde.

Etwas Seltsames geschah. Das Meer zog sich zurück. Der Gezeitenwechsel war erst vor kurzem eingetreten, und das Wasser hätte eigentlich steigen müssen; stattdessen wich das Meer zurück. Zwar wurde es dunkel, doch Tab konnte genau sehen, dass das Wasser sich aus den Untiefen zurückzog und große Sandflächen und von Algen überwucherte Felsen freilegte. Gestrandete Fische zappelten in Pfützen, und Krabben suchten eilig Schutz. Tab kniff die Augen zusammen und hielt nach dem Paar Ausschau, doch die beiden waren schon zu weit weg.

Es schien eine ganze Weile anzuhalten, doch in Wirklichkeit konnten es höchstens zwei oder drei Minuten gewesen sein, die das Meer weiterhin zurückwich. Tab hatte das Gefühl, als würde die gesamte Bucht in den Sund gezogen. Er staunte nicht schlecht, als er die veränderte Landschaft betrachtete, und fragte sich, was als Nächstes geschehen würde. Zum ersten Mal bekam er es mit der Angst zu tun. Die Bucht, die für ihn stets ein vertrauter, sicherer Ort gewesen war, erschien ihm plötzlich fremd und bedrohlich.

Eine unbestimmte Zeit geschah nichts. Dann setzte unmerklich und geräuschlos eine Veränderung ein. Auf dem nackten Boden bildeten sich Risse. Die Tide verlief entgegengesetzt. Das Meer kehrte zurück. Ruhig, doch mit immer größerer Geschwindigkeit, strömte es über den Schlamm und überschwemmte die Felsen. Ein großer Brecher rollte an einer Seite der Insel vorbei ans Ufer. In der Stille der Bucht hörte es sich wie das Grollen herannahenden Donners an. Aufgewühltes Wasser krachte gegen die Felsen, wo die Strömung das Meer zurück durch den schmalen Strudelkanal schwemmte.

Das Rumpeln wurde lauter und kräftiger, bis es von einem beängstigenden Knirschen überdeckt wurde, das sich anhörte, als würden riesige Felsen über den steinigen Meeresboden geschoben. So einen Lärm hatte Tab noch nie vernommen. Er hoffte, dass die beiden Urlauber in Sicherheit waren. Die Brandung überflutete wieder den Strand und umspülte den Fuß der Sanddüne gegenüber vom Parkplatz. Tab starrte gebannt auf das Naturschauspiel, als der Wasserpegel bis auf einen halben Meter stieg. Die dunkle Flut schlug gegen den Kamm der Böschung und bespritzte Tab mit Gischt, worauf er ängstlich den Rückzug antrat. Der Wellengang erinnerte an ein Hochwasser bei einem Unwetter, wie es im Winter häufiger vorkam, doch jetzt war es mitten im Sommer.

Und noch immer war das Knirschen zu hören. Tab wusste, woher es kam: vom Strudelkanal.

Schließlich ließ die Brandung nach. Das aufgewühlte Wasser beruhigte sich, plätscherte über den Boden und schwappte genau dort, wo Tab stand, gegen den unteren Rand des Schuppens. Ihm brach der kalte Schweiß aus. Das T-Shirt klebte auf seiner Haut. Die gewaltigen Wassermassen, die sich in die Bucht ergossen und gegen das Land drückten, hatten etwas Bedrohliches. Tab spürte eine sonderbare Nervosität. Der schreckliche Lärm vom Strudelkanal war verstummt. In der nun einsetzenden Stille hörte man nur die Wellen gegen die Felsen klatschen und einmal einen leisen Klagelaut, eine Art gurgelnden Schrei, der durch die Luft getragen wurde. Tab lauschte einen Augenblick und versuchte die Quelle des

Schreis auszumachen, jedoch vergeblich. Vermutlich ein Seevogel, sagte er sich. Der Junge wartete noch ein paar Minuten, um zu sehen, was geschah.

Die Dunkelheit brach herein, und die ersten Sterne erstrahlten. Eine Brise kam auf und kräuselte die Wasseroberfläche. Es wurde kühl in der Bucht, und das Laub in den Bäumen raschelte. Tab fröstelte. Dann zog das Meer sich wieder zurück, wich langsam vom Strand, bis es sein normales Niveau erreicht hatte, und schwappte träge, als wäre ein gigantisches Schiff durchs Wasser gefahren.

Tab entspannte sich ein wenig. Was für seltsame Dinge manchmal geschahen! Er hielt Ausschau nach den beiden Hobbyfotografen, doch mittlerweile war es zu dunkel, um noch etwas erkennen zu können. Als Tab sie das letzte Mal gesehen hatte, waren sie weit entfernt gewesen, an der Mündung der Bucht. Vielleicht waren sie auf die Felsen an der Rückseite der Insel geklettert.

Plötzlich fiel ihm etwas ein, was er als Kind einmal über die Gefahren im Strudelkanal gehört hatte. Es war eine ungute Erinnerung, eine Warnung, die in den Tiefen seines Gedächtnisses vergraben war. Ein leichtes Unbehagen, mehr nicht.

Tab ergriff den Rucksack, nahm das Fahrrad und fuhr den Weg zum Haus seines Vaters hinunter.

Der Indian Creek war der größte von mehreren Wasserläufen, die in den Sund mündeten, der im Süden der Stadt, unterhalb des Vorgebirges des Indian Point, die Verbindung zum Meer darstellte. Einst hatte der Fluss sich in einem Salzsumpf verloren, der an den Sund grenzte, doch der Sumpf war schon lange trockengelegt, und der Fluss erreichte wieder das Meer. Er war noch ein ganzes Stück landeinwärts den Gezeiten unterworfen und beliebt bei Kajakfahrern, die das Landesinnere erforschten.

Ein paar hundert Meter westlich der Brücke, die in die Stadt führte, stand auf der fernen Böschung ein mit Schindeln gedecktes Haus. Es hieß Indian Patch und war im letzten Jahr für einen horrenden Preis von einem Ehepaar aus Philadelphia als Geldanlage erworben worden. Das Haus hatte drei Schlafzimmer, und zum Grundstück gehörten siebzig Meter Flussufer. Die wöchentliche Miete betrug im Juni 1.500 Dollar. Der Preis war enorm, doch es war ein attraktives Haus, und zwei Familien aus einem Vorort von Boston teilten sich die Miete. Die Gardiners, Ted und Jessica, hatten einen Jungen und ein Mädchen von sechs beziehungsweise acht Jahren. Die Van Burens, Julie und Brook, hatten eine achtjährige Tochter namens Paula. Die drei Kinder teilten sich eines der Schlafzimmer. Die Eltern hatten ihnen eingeschärft, in der Nähe des Flusses besonders vorsichtig zu sein.

Zum Haus gehörten auch zwei Paddelboote. Die beiden Erwachsenen setzten sich beim Paddeln jeweils ans Ende und die Kinder in die Mitte des Bootes. Außerdem trugen sie Schwimmwesten. Beide Elternpaare achteten darauf, mit gutem Beispiel voranzugehen. Sie fuhren auch mit dem Fahrrad oder machten Schiffsfahrten aufs Meer, um sich die Wale anzusehen, doch am meisten Spaß machte es ihnen, im Paddelboot über den Fluss zu fahren.

Das jüngste der drei Kinder, der Junge der Gardiners, hieß Lloyd. Er war klein für sein Alter, doch das machte er durch Wagemut und Behändigkeit wett. Lloyd war schon auf sämtliche Bäume im Garten geklettert. Sein Vater hatte aus einem Strick und einem alten Autoreifen eine Schaukel für ihn und die Mädchen gebaut. Im Haus gab es keinen Fernseher; deshalb spielten die Kinder den ganzen Abend draußen, bis sie so müde waren, dass sie kaum noch aus den Augen blicken konnten.

Am fünften Ferientag kehrten die Familien spät von einem Ausflug zurück. Sie hatten stromaufwärts gepicknickt und eine Wanderung gemacht. Auf der Rückfahrt war eines der Paddelboote auf eine Sandbank gelaufen. Die Aufregung und Ausgelassenheit, als sie das Boot wieder ins Wasser zogen, hatte sie so lange aufgehalten, dass die Dämmerung hereinbrach, als das Schindeldach des Hauses hinter der Biegung endlich in ihrem Sichtfeld erschien.

Sie hatten es eilig, denn heute war Paulas Geburtstag, und sie wollten sich im Kino einen Film ansehen. Die Mütter sammelten die Paddel ein und ermahnten die Kinder, ihre Sachen zu nehmen, schnell ins Haus zu gehen und sich zu waschen. Die Männer hoben die Paddelboote aus dem Wasser und trugen sie die Böschung hinauf. Lloyd trottete hinter ihnen her zum Bootshaus. »Mist, ich hab meine Kappe verloren!«, rief er plötzlich.

»Du hast sie bestimmt an der Böschung fallen lassen, als du aus dem Boot gestiegen bist«, meinte sein Vater. »Lauf schnell zurück und schau nach. Beeil dich, sonst verpassen wir den Anfang des Films.«

Der Junge rannte über den Rasen. Das Grundstück neigte sich jäh zum Fluss hinunter. Als er den Anlegesteg erreichte, wo sie die Ruderboote ins Wasser ließen, sah er seine Kappe liegen, hob sie auf und setzte sie sich auf den Kopf. Dann schaute er auf den Fluss und runzelte die Stirn. Irgendetwas hatte sich verändert. Man konnte es in der Dämmerung kaum erkennen, doch die Böschung schien jetzt steiler zu sein, und unter den Holzplanken des Stegs waren schwarze Schlammstreifen zu sehen. Er war doch nicht so hoch hinaufgeklettert, als er aus dem Boot gestiegen war ...? Der Wasserpegel musste vorhin niedriger gewesen sein. Passierte so etwas bei Flüssen? Aber warum? Er musste seinen Dad fragen.

Vom Sund drang ein lautes Rauschen herüber. Eine schäumende Welle rollte um die Biegung des Flusses und bewegte sich rasch stromaufwärts auf den Jungen zu. Lloyd stand wie angewurzelt da und beobachtete offenen Mundes das Spektakel. Er hatte nie zuvor eine Welle auf dem Fluss gesehen. Die schäumende Woge erstreckte sich von Ufer zu Ufer und schien mindestens so groß zu sein wie er. Dahinter schwappte das Wasser des Flusses die Böschungen hinauf, bedeckte wieder den Schlamm und überschwemmte das Schilf, bis nur noch die Spitzen aus den wirbelnden Wogen hervorlugten.

Lloyd trat hastig vom Steg zurück, als der Wellenkamm die Holzplanken überflutete. Mit unverminderter Geschwindigkeit rollte die Woge stromaufwärts und verschwand aus seinem Sichtfeld. Die Turbulenz legte sich, doch das Flussbett wirkte voller als sonst. Der Junge schaute fasziniert aufs Wasser und war gespannt, was als Nächstes geschehen würde. Er war nicht ängstlich, nur neugierig.

»Lloyd!«, rief seine Mutter aus dem Haus. »Komm jetzt, sonst sind unsere Plätze belegt.«

Zögernd wandte Lloyd sich ab. Als er die Böschung zur Hälfte erklommen hatte, warf er einen Blick zurück. Das Wasser stand noch immer sehr hoch und schimmerte silberrot in der Dämmerung. Lloyd hatte den Eindruck, als würde das Wasser jetzt wie zuvor in die andere Richtung zum Sund fließen.

Seine Mutter rief ihn wieder. Der Film!

Llyod rannte los.

Auf der Fahrt in die Stadt sagte er zu den anderen: »Der Fluss sah heute mächtig voll aus.«

»Die Flut wird eingesetzt haben«, erwiderte sein Vater und begann mit einer Erklärung über die Anziehungskraft des Mondes und die Gezeiten, doch als sie sich der Green näherten, verstummte er und suchte einen Parkplatz.

In der Aufregung des Films vergaß Lloyd, was er gesehen

hatte. Doch später – die beiden Mädchen schliefen bereits – erinnerte er sich wieder. Er richtete sich auf, kniete sich vors Fenster und schaute auf den Mond, dann auf den Fluss, der sich unter den Bäumen dahinschlängelte. Er war nur schwach erkennbar und schimmerte geheimnisvoll. Der Junge hätte gern noch einmal eine Welle gesehen, die sich schäumend flussaufwärts wälzte. Wenn er Glück hatte, wachte er morgen früh auf. Dann könnte er sich davonschleichen und würde vielleicht eine andere Welle sehen.

»... Wissenschaftler schätzen, dass ein vollständiger Einsturz der Vulkanflanke schlimmstenfalls eine Monsterwelle von bis zu achthundert Metern Höhe aufwerfen könnte, wodurch eine Reihe von Tsunamis ausgelöst würde, die mit einer Geschwindigkeit von achthundert Stundenkilometern über das Meer rasen. Geht man von ungefähr sechs Stunden aus, bis die Tsunamis die USA erreichen, würden sie die Ostküste Floridas bis hinauf nach Maine durch eine Folge riesiger Wellen auf einer Skala zerstören, die der Katastrophe im Indischen Ozean gleichkommt, bei der zweihundertfünfzigtausend Menschen starben ...«

Sheena Dubois saß in ihrer kleinen Wohnung in der School Street vor ihrem Laptop, kritzelte Notizen auf einen Block und lauschte mit halbem Ohr dem Fernsehbericht. Seitdem sie einen Anruf von Rick Larsen erhalten hatte, der sie vor einer Stunde auf die erste Kurzmeldung aufmerksam gemacht hatte, arbeitete sie ununterbrochen. Jetzt geriet sie langsam in Aufregung, als sie erfuhr, dass atlantische Tsunamis viel häufiger waren, als sie bisher geglaubt hatte. In den letzten anderthalb Jahrhunderten waren mehr als dreißig registriert worden, der letzte im Jahr 1964.

Ihr Handy klingelte. »Sheena hier. Oh, hallo, Rick. Ich

wollte dich gerade anrufen. Also, zunächst mal scheint es sich bis jetzt um einen kleinen Vulkanausbruch zu handeln. Der Cumbre Vieja wird offiziell als ›aktiv, aber ungefährlich‹ eingestuft. Und der gegenwärtige Zustand wird beschrieben als ›kleine Eruption, wobei einiges feste Material ausgeworfen wird‹. Mit anderen Worten, viel Lärm und Rauch. Ein Vulkanologe aus Cambridge, mit dem ich gesprochen habe, meinte, es war der letzte einer Reihe ähnlicher Ausbrüche, die entlang der Bergflanke etwa alle zwanzig Jahre zu beobachten sind. Der Vulkan ist im Prinzip ein Berg im Meer, der auf einem aktiven Plattenrand steht. Wenn dieser Ausbruch den früheren Mustern folgt, könnten die Ausbrüche sich mit Unterbrechungen mehrere Monate fortsetzen, ehe der Vulkan wieder einschläft.«

»Hast du deinen Freund gefragt, wie groß das Risiko eines Tsunami ist?«, fragte Rick. Sheena hörte das Klirren von Gläsern. Rick war wohl noch auf dem Fest.

»Na klar, und weißt du was? Er hat gelacht. Jeder fragt ihn das, hat er gesagt. Er meint, es sei Blödsinn. Es wird behauptet, dass die Gebirgsflanke der Insel durch Erosion geschwächt ist und eine Eruption bewirken könnte, wobei die Flanke des Berges abbricht und ins Meer rutscht. Einige Wissenschaftler gehen davon aus, dass die dabei entstehende Verdrängung zu einem Tsunami führen könnte, der eine Höhe von sieben-, achthundert Metern erreicht. Die meisten verantwortlichen Geologen halten das jedoch für wilde Spekulationen. Es müsste eine ungeheuere Explosion geben, um so etwas auszulösen, viel stärker als die augenblicklichen Eruptionen. Und nicht nur das – der Berg müsste in einem Stück ins Meer rutschen. Vieles spricht dagegen. Mein Freund Lewis sagt, du sollst La Palma vergessen. Wenn du eine wirklich beängstigende Situation haben möchtest, brauchst du bloß zum Yellowstone zu schauen. Wenn die Caldera dort explodiert, wird der halbe Mittelwesten ausgelöscht.«

Als Nächstes sprach Rick mit der Küstenwache am Hafen. Conrad Wolfowitz, der diensthabende Officer, nahm den Anruf entgegen. Gleich zu Beginn des Gesprächs lief Rick ein kalter Schauer über den Rücken.

»Erstens, Rick, trägt die Küstenwache die Verantwortung für die Sicherheit in Küstengebieten. Punkt. Unsere Behörde hat diese Meldung nicht herausgegeben. Damit will ich nicht sagen, dass wir gewisse Details nicht anerkennen, aber die Angaben stammen nicht von uns.

Zweitens hat die Küstenwache in Verbindung mit der Geologischen Überwachungsbehörde bereits am zweiten Mai eine offizielle Meldung an alle atlantischen und karibischen Küstenländer herausgegeben – darunter an die Florida Keys, den Golf von Mexiko und Puerto Rico. Dabei wurde auf die Möglichkeit extrem hoher Wellen hingewiesen. Die US-Küstenwache beobachtet die Situation gemeinsam mit den zuständigen Behörden kontinuierlich und wird ihrem Verantwortungsbereich gemäß aktuelle Meldungen herausgeben.« Es hörte sich an, als würde er aus einer vorbereiteten Erklärung vorlesen.

Großartig, dachte Rick, ein Kompetenzgerangel. Das hatte ihnen gerade noch gefehlt. »Deshalb habe ich dich angerufen, Conrad. Die Sache ist wie aus heiterem Himmel im Stadtrat gelandet. Wie ernst ist die Lage?«

»Das kommt davon, dass andere Behörden sich in Dinge einmischen, die sie nichts angehen. Seitdem diese verdammte Meldung herausgegeben wurde, stehen unsere Telefone nicht mehr still, weil die Leute glauben, sie würden in den nächsten fünf Minuten von einem Tsunami davongerissen. Gleich rufen mit Sicherheit irgendwelche Idioten bei den Rundfunksendern an und behaupten, sie würden eine riesige Welle auf die Küste zurasen sehen, und dann bricht Panik aus. Ehrlich gesagt, finde ich das total unverantwortlich.«

»Da könntest du recht haben.«

»Ich habe verdammt recht. Ein paar Mal falscher Alarm, und dann passt keiner mehr auf, wenn die große Welle *wirklich* kommt.«

Die Gemüter bei der Küstenwache schienen ziemlich erhitzt zu sein. »Übermorgen wird der Gründungstag unserer Stadt gefeiert«, sagte Rick. »Wir planen einen Festumzug, eine Bootsregatta im Sund und ein Hafenfest. Wenn wir die Zahlen der letzten Jahre zugrunde legen, könnten bis zu fünftausend Gäste kommen. Wir dürfen nicht das geringste Risiko eingehen.«

»Die Verantwortung dafür trägt die Küstenwache. Wir nehmen unseren Job sehr ernst, und ich würde keinem raten, das Gegenteil zu behaupten. Das Risiko ist schon eine Zeitlang bekannt. Die Küstenwache ist zusammen mit der Wetter- und Ozeanografiebehörde sowie anderen Stellen am Nationalen Programm zur Minderung von Tsunami-Risiken beteiligt, einem Projekt mit dem Ziel, die Möglichkeiten der frühzeitigen Erkennung und Meldung von Tsunamis im offenen Meer zu verbessern ...«

Con las wieder etwas von einem vorbereiteten Text ab. Rick fiel ihm ins Wort. »Ist das dieses Warnbojennetz, von dem ich gehört habe?«

»Korrekt. Es wird ein ganz neues Warnsystem eingerichtet, bei dem Druckbojen benutzt werden, damit uns solche Überraschungen erspart bleiben. Das Bojennetz ist installiert, aber wie viele Bojen im Augenblick funktionieren und wie viele Stunden die Vorwarnzeit beträgt, hat man mir nicht gesagt. Angeblich liegt sie bei fünf Stunden. Das könnte hinkommen.«

»Du sagtest, dieses System ist im Augenblick nicht in Betrieb?«

»Dreh mir nicht das Wort im Mund um. Soviel ich weiß, sind die Bojen installiert, aber das System muss noch erprobt und mögliche Fehlerquellen ausgeschaltet werden. Das sind hochempfindliche Geräte, die in fünftausend Metern Tiefe auf dem Meeresboden installiert wurden. Es müssen Checks durchgeführt und Basisparameter definiert werden. Das ist keine Alarmanlage, wo du nur auf einen Knopf drückst. Wir sind jetzt in der letzten Phase des Projekts und rechnen täglich mit der Information, dass das Warnsystem einsatzbereit ist. Wenn du mich fragst, sagt das eine Menge über den Zeitpunkt dieser Meldung aus.«

»Dann ist es deiner Meinung nach also kein Problem, wenn die Parade wie geplant stattfindet?«

»Ich weiß, was du meinst, Rick. Natürlich musst du sämtliche Faktoren berücksichtigen, und wir haben auch unsere Verantwortlichkeiten, vor allem, was die Schifffahrt betrifft. Ich werde ein paar Anrufe machen und versuchen, noch mehr für dich herauszubekommen. Derzeit handelt es sich lediglich um eine Information, nicht um eine konkrete Warnung. Die Aufmerksamkeit der Leute soll geschärft werden, aber es besteht kein Grund, die Strände zu sperren. Das könnte sich allerdings ändern.«

Na toll, dachte Rick müde. Die Behörden bekämpften sich gegenseitig, und das Alarmsystem war noch nicht einmal in Betrieb.

4

Auf der anderen Seite der Stadt setzte Jack Pearl sich in seinem zweistöckigen Haus in der Ditch Street an den Küchentisch. Es war ein langer Tag unten am Hafen gewesen.

»Was gibt's heute Abend?«, fragte er.

»Leberkäse«, erwiderte seine Frau. »Und Milchshake und Blaubeerkuchen zum Nachtisch.« Sie nahm einen Krug kalter Milch aus dem Kühlschrank. Als sie ihn neben ihrem Mann auf den Tisch stellte, klingelte das Telefon. »Oh nein«, rief sie. »Können die dich nicht wenigstens in Ruhe essen lassen?«

»Besser, ich geh ran.« Seufzend schob Jack den Stuhl zurück. Im Sommer war immer irgendetwas los. Er ging zur Anrichte und nahm den Hörer ab. »Hafenmeister«, meldete er sich.

»Jack?« Er erkannte die Stimme sofort. Es war Jean-Alice Penny, der die Hafenkneipe gehörte, der »Hummerfänger« auf dem Bearskin Neck. Sie gab oft Anfragen der Leute außerhalb der regulären Dienstzeiten weiter. »Jack?«, sagte sie noch einmal, und er wusste, dass sie leise sprach, um die Gäste nicht zu beunruhigen. »Ich glaube, du solltest zurück zum Hafen kommen.«

»Wir wollen gerade essen. Kann das nicht warten, Jeannie?«

»Ich weiß nicht …« Ihre Stimme klang angespannt. »Hier ist etwas passiert, das du dir ansehen solltest.«

Jack drehte sich zu seiner Frau um, die die Platte mit dem Leberkäse in der Hand hielt, und zuckte hilflos mit den Schultern. Jean-Alice war keine Frau, die unnötig in Panik geriet.

Jack seufzte wieder. »Okay, Jeannie«, sagte er müde und warf dem Leberkäse einen letzten bedauernden Blick zu. »Bin schon unterwegs.« Er schaute seine Frau an. »Stell das bitte für mich warm. Zehn zu eins, dass es sich bloß um eine Lappalie handelt.«

Jack fuhr einen Pick-up, den die Stadt bezahlt hatte. Er fuhr den Wagen jetzt seit sechs Jahren, und das Getriebe stand kurz davor, den Geist aufzugeben. Der erste Gang sprang immer heraus, und er musste ihn festhalten. Er hatte mit dem Stadtrat gesprochen, doch das Geld für einen neuen Wagen kam aus drei verschiedenen Töpfen, und es war schwierig, von allen eine Unterschrift zu bekommen.

Mittlerweile war es schon ziemlich dunkel. Die Straßenbeleuchtung brannte, und der Vollmond ging auf. Es herrschte viel Verkehr in Richtung Stadt. Auf den Bürgersteigen drängten sich Scharen von Touristen auf der Suche nach Kneipen und Restaurants. Jack fuhr die Sugarshack Road hinunter, bog rechts in die Bay Road ein und dann links ab zum Bearskin Neck. Die Landenge war ein schmaler Streifen zwischen dem alten Fischerhafen, wo die Hummerboote festgemacht hatten, und der Lincoln Bay, wo sich der Jachthafen befand. Neben dem »Hummerfänger«, Jean-Alices Hafenkneipe, dem inoffiziellen Treffpunkt der Hafenarbeiter, gab es hier ein paar kleine Läden, darunter das Geschäft der Larsens für Schiffszubehör, das Rick und Rebecca nach dem Verkauf der Eisfabrik ihres Vaters eröffnet hatten. Jacks Büro lag ganz hinten auf dem Bearskin Neck.

Entlang des Kais waren Hummerfangkörbe bis zu einem Meter fünfzig hoch gestapelt, jeder mit einem farbigen Schwimmer aus Plastik versehen. Im Sommer war keine Saison, weil die Hummer an die Küste kamen, um sich zu paaren. Eine leichte Brise kräuselte das Wasser, und im neuen Jachthafen schaukelten die Segelboote. Holz knarrte, und die Metalltakelage klirrte.

Mehr als dreißig Boote hatten heute Abend hier festgemacht. Eines von Chance Greenes einträglichen Geschäften. Das größte Boot im Hafen war die weiße *Pequod*, das fünfundzwanzig Meter lange, ehemalige Küstenwachboot, das Rick Larsen zu einem Walbeobachter umgebaut hatte. Er hatte seinen Anteil am Familiengeschäft mit einer Hypothek belastet, um sich ins Geschäft mit den Ausflugsfahrten einzukaufen. Das Boot war am Hauptpier festgemacht, am Ende der Landenge. Nach Jacks Meinung ging Rick ein großes Risiko ein. Wenn nicht genug Touristen kamen und Tickets kauften, würde es für Rick und die Leute, die ihm unter die Arme gegriffen hatten, sehr schwer werden, die Raten für das Boot zu bezahlen. Doch Rick war immer schon eigene Wege gegangen.

Unter der Straßenlaterne vor der Hafenkneipe hatte sich eine Menschenmenge gebildet. Als Jack hielt, strömten die Leute sofort auf ihn zu.

»Okay«, rief er, als er aus dem Pick-up stieg. »Was gibt's?« Er kannte einige der Leute: Cal Burrows, ein hiesiger Hummerfischer mit eigenem Boot; Shaun Sullivan, ein Zimmermann der Schiffswerft in seinem ausgeblichenen Overall, und die magere Sheena Dubois, die für den *Monitor* schrieb. Bei ihnen standen eine Reihe Schiffseigner aus dem Jachthafen. Jack biss die Zähne zusammen, als er Sheena erblickte, die über alles Bescheid wusste, was in der Stadt geschah, und die sich in ihrem Spiralblock, den sie stets bei sich trug, bereits eifrig Notizen machte. Wenn Sheena eine Story witterte, bedeutete das, dass es Ärger gab. Von Jean-Alice war nichts zu sehen. Sie war wohl in ihre Hafenkneipe zurückgekehrt und kümmerte sich um ihre Gäste.

Jetzt bemerkte Jack, dass sich unter einem der Bootseigner eine Pfütze auf dem Gehweg bildete. Jack neigte den Kopf und schaute auf die tropfnasse Kleidung des Mannes. »Was ist passiert, Mister?«, fragte er knapp.

»Das ist Dan Shoemaker. Er hat ein Boot im Jachthafen liegen«, erklärte ihm Shaun Sullivan. »Sein Dingi wurde von Kielwasser überflutet, und ein paar Sachen sind über Bord gegangen.«

»Vielleicht kann Mr. Shoemaker es mir selbst erklären«, sagte Jack, zog seinen Notizblock aus der Tasche und schlug ihn auf.

Shoemaker hatte kurzes rötliches Haar, einen gepflegten Bart und eine Speckrolle um die Hüften. Er sah aus wie ein Arzt oder Anwalt. Jedenfalls war er schrecklich verärgert, weil er fror und bis auf die Knochen durchnässt war. Hier am Hafen mussten milde zwanzig Grad sein, doch die Temperatur des vom Labradorstrom abgekühlten Meeres lag vermutlich um die zehn Grad. Als Shoemaker sprach, verriet sein Akzent, dass er aus der Gegend von Boston stammte.

Jack verstand zunächst nicht so recht, um was es ging, denn Shoemaker erregte sich dermaßen, dass seine Aussprache ein wenig undeutlich war. Zudem klapperten ihm die Zähne, und immer wieder wurde er von Freunden unterbrochen, die ihre eigenen Klagen vorbrachten.

»Einige Leute da draußen haben Probleme mit ihrem Benehmen. Sie sind so verdammt egoistisch, dass sie nicht darüber nachdenken, was für Folgen ihr Tun hat. Nur weil sie mehr Geld und ein größeres Boot haben, glauben sie, sie hätten das gottgegebene Recht, Geschwindigkeitsbegrenzungen zu übertreten und …«

»Haben Sie den Verursacher erkannt?«, unterbrach Jack ihn.

»Es war dunkel. Ich konnte nichts erkennen, aber es war ein Schiff, ein großes Schiff. Anders kann es nicht gewesen sein.«

»Das kommt immer wieder vor«, warf ein anderer ein.

»Du hast verdammt recht!«

»Meine Kombüse ist verwüstet.«

»Sie sagen also, Mr. Shoemaker«, fasste Jack zusammen, »dass ein Schiff, das Sie nicht erkennen konnten, die Geschwindigkeitsbegrenzung in der Meerenge missachtet und sein Kielwasser Ihr Dingi überflutet hat, als Sie im Jachthafen festgemacht haben. Dabei haben Sie einige Wertsachen verloren. Habe ich das richtig verstanden?«

»Dieser egoistische Scheißkerl hatte eine solche Geschwindigkeit drauf, dass das Wasser unter dem Dingi weggezogen wurde und ich im Schlamm gestrandet bin. Ehe ich das Dingi wieder flottbekam, wurde es von der anschließenden Woge getroffen, und ich wurde mit all meinen Sachen rausgespült. Ich habe ein Handy und ein PDA verloren ...«

Jack hörte sich geduldig die Aufzählung an und fragte sich, ob Sheena alles auflistete und ihm dadurch diese Mühe ersparte. Warum die Leute so viele elektronische Geräte mit aufs Wasser nehmen mussten, würde Jack niemals verstehen. Das musste doch Probleme geben. »Okay, wo ist das Dingi jetzt, Mr. Shoemaker?«

Ein anderer Bootsbesitzer, vermutlich ein Freund, antwortete. »Neben meinem Boot, der *Indigo Kali*, in der Marina festgemacht. Als die Woge kam, stieg ich gerade an Deck und sah, dass das Dingi davontrieb. Zum Glück bekam ich die Fangleine zu fassen. Dann habe ich nach Dan gesehen. Er hatte es schon geschafft, zur Treppe zu schwimmen.«

»Das Kielwasser muss fast zwei Meter hoch gewesen sein, als es mich traf. Einigen Leuten ist es offenbar völlig egal, was sie tun. Sie haben keinen Respekt vor anderen Bootsbesitzern. Wer für das hier verantwortlich war, muss zur Rechenschaft gezogen werden, und ich will, dass mir der Schaden ersetzt wird!«

»Okay, Mr. Shoemaker, ich habe mir alles notiert. Tut mir leid, was passiert ist.«

»Von Ihrem Mitleid kann ich mir kein neues Handy kaufen.

Es ist Ihr Job, ein solch verantwortungsloses Verhalten zu verhindern.«

Jack seufzte. »Wir tun unser Bestes. Ich schlage vor, Sie gehen jetzt nach Hause und ziehen sich trockene Sachen an. Führen Sie alle Dinge, die Sie verloren haben, mit den entsprechenden Wertangaben auf, und bringen Sie die Liste morgen ins Büro des Hafenmeisters. Dann setzen wir einen Unfallbericht auf, den Sie auch zu Ihrer Versicherung schicken können, wenn Sie dort Schadensersatz beantragen.«

»Woher wollen wir wissen, dass es das Kielwasser eines Schiffes war?«, fragte jemand, der hinten in der Menge stand. »Im Radio wurde gerade gesagt, ein Tsunami käme auf uns zu.«

Dieses Wort löste Aufregung aus.

»So ist es wirklich«, beharrte der Mann. »Es war eine offizielle Meldung des Katastrophenschutzes von Maine. Alle Schiffe und die Bewohner von Küstengebieten im Osten wurden aufgerufen, auf außergewöhnliche Wellen zu achten, die durch seismische Aktivitäten in der Nähe von Afrika ausgelöst werden.«

»Ein Tsunami! Ohne Scheiß!«

»Es gibt immer zwei Wellen«, rief jemand. »In Thailand war die erste Welle auch flach, und dann erst zog das Meer sich zurück.«

»Genau wie heute Abend!«

»Einige Leute liefen damals zum Strand, um Fische einzusammeln. Dann kam die große Welle, und alle ertranken.«

»Hunderttausend Tote allein in Indonesien.«

»Zweihunderttausend, hab ich gehört.«

»Schlechte Nachrichten verbreiten sich in Windeseile.«

Jack schlug einen lauteren Tonfall an, um sich in dem Stimmengewirr Gehör zu verschaffen. »Immer mit der Ruhe! Ich habe schon mit der Küstenwache gesprochen. Es handelt sich bei dieser Meldung lediglich um einen Hinweis, damit jeder auf die *Möglichkeit* extrem hoher Wellen vorbereitet ist, die durch Erdbeben ausgelöst werden können. Falls es tatsächlich dazu kommen sollte, werden wir mehrere Stunden vorher gewarnt. Zeit genug für alle, sich in Sicherheit zu bringen.«

»Wenn ein Tsunami wütet, ist man auf dem offenen Meer am besten aufgehoben«, sagte jemand.

»Die Wellen, die auf die Küste Thailands getroffen sind, waren über zehn Meter hoch ...«

Jack unterbrach die Leute: »Beruhigt euch! Bei einem Tsunami hätten wir längst eine Vorwarnung erhalten. Haben wir aber nicht. Soweit ich gehört habe, wurden an der Küste nirgendwo Schäden gemeldet.« Er wandte sich an Shoemaker. »Und was Sie angeht, Sir, werde ich ein paar Telefonate führen und herauszufinden versuchen, welches Schiff für diese Schweinerei verantwortlich ist. Gehen Sie nach Hause und wärmen Sie sich auf, ehe Sie sich eine Erkältung holen. Wir sehen uns morgen früh. Dasselbe gilt für alle anderen, denen ein Schaden entstanden ist. Kommen Sie morgen früh mit den entsprechenden Angaben zu mir.«

Jack schaute auf die Notizen, die er sich gemacht hatte. Als Zeitpunkt des Unglücks hatte er 18.30 Uhr notiert. Größenordnung des Hubs zwei Meter. Jetzt erschien es ihm sehr ungewöhnlich, dass ein Schiff, das groß genug war, um ein so hohes Kielwasser zu verursachen, bei Ebbe mit einer solchen Geschwindigkeit durchs Wasser gepflügt sein sollte.

Von ein paar Freunden begleitet, ging der triefnasse Shoemaker davon. Jack wandte sich den anderen zu. »Dieses Problem hätten wir erst mal geklärt. Und was beunruhigt euch, Leute?«

Sheena Dubois warf ihr krauses Haar zurück, schlug eine leere Seite in ihrem Notizheft auf und nahm den Stift in die Hand. Die dunklen Augen in ihrem schmalen Gesicht strahlten. »Cal hat etwas im Wasser gefunden …«, begann sie, doch Cal Burrows umfasste ihren Ellbogen, um sie zu unterbrechen. Er war ein großer Mann, Vater von neun Kindern.

»Am besten, du siehst es dir selbst an, Jack«, sagte er in schleppendem Tonfall.

Jack, Cal und Bud Stevens, Cals Bootsmann in dieser Saison, der gerade die Schule beendet hatte und Brennholz auslieferte, wenn er nicht auf den Schiffen war, stiegen die Stufen in Cal Burrows *Jason 28* hinunter, die er für Küstenarbeiten benutzte. Shaun war gegangen, und Sheena Dubois kam als Letzte mit ihrem Notizheft. Cal bot ihr eine Schwimmweste an, doch sie schüttelte den Kopf. Sie trug ein langärmeliges T-Shirt und war mit dem Wasser bestens vertraut. Jack schätzte sie auf sechs- oder siebenundzwanzig, vielleicht etwas älter. Soweit er sich erinnerte, arbeitete Sheena seit ein paar Jahren beim *Monitor.* Sonst wusste er nichts über sie, weder ob sie verheiratet war, noch ob sie einen Freund hatte, oder wo sie wohnte.

»Und wo ist das?«, rief Jack, um das Dröhnen des Dieselmotors zu übertönen.

»Drüben beim Floß.« Cal wies mit dem Kopf zur Steuerbordseite. Das Floß war eine Art Ponton, in dem er und die anderen Hummerfischer ihren Fang lagerten, bevor er verkauft wurde. Jack fragte nicht, was er sich ansehen sollte, und Cal sagte nichts. Das Wort »Wasserleiche« schwebte unausgesprochen zwischen ihnen. Jack sagte sich, dass niemand als vermisst gemeldet worden war, aber das hatte nichts zu bedeuten. In dieser Jahreszeit waren rund um die Uhr Segel- und Motorboote, Kajaks und Windsurfer auf dem Wasser unterwegs, und da die Hälfte der Wassersportler im Landesinnern oder in Wohnmobilen wohnte oder in den Wäldern campte, konnte es Tage, sogar Wochen dauern, bis jemand vermisst wurde.

Als sie im Boot aufs Meer fuhren, wurde es kühler. Jack versuchte, die Dünung einzuschätzen. War sie noch unruhig? »Habt ihr auch was von dem hohen Kielwasser mitbekommen, von dem der Typ aus der Stadt gesprochen hat?«, fragte er Cal.

Cal wickelte ein Kaugummi aus und steckte es sich in den Mund, ehe er antwortete. »Bud und ich waren hinter Rock Island«, erwiderte er nachdenklich. »Wir hatten Probleme mit einer Leine, die sich um die Schraube gewickelt hatte, und kamen deshalb spät zurück. Vollkommen ruhige See, und dann plötzlich machte es Peng.«

»Habt ihr ein Schiff mit hoher Geschwindigkeit gesehen?«

Sie näherten sich dem Floß. Jack erkannte im Licht der Scheinwerfer den niedrigen Rumpf. Cal drosselte das Tempo, ehe er antwortete. »Es dämmerte schon. Bud und ich hatten damit zu tun, die Schraube frei zu bekommen. Eine starke Strömung zerrte am Boot, sodass es aufs Meer hinausschoss. Ein großer alter Kahn, aber mit ganz schön Power.«

»Hört sich an, als hätte eine abnorme Welle das Boot gepackt.«

Der Hummerfischer knurrte und schob das Kaugummi in seinem Mund hin und her. Cal drosselte das Tempo noch mehr, näherte sich einen Moment seitlich dem Floß und schaltete das große Arbeitslicht an der Decke ein, das nach achtern gerichtet war. Bud stand mit dem Bootshaken an der Reling. Sheena hielt eine winzige Digitalkamera in der Hand, die in ihrer Tasche gesteckt haben musste. Sie hatten das Floß fast erreicht. Cal schaltete den Motor in den Leerlauf, und Bud lehnte sich mit der Stange hinüber, um sich am Floß festzuhaken und das Boot zu stabilisieren. »Hier, Jack.« Er reichte ihm eine Sturmlampe.

»Danke.« Jack schaltete sie ein und lehnte sich übers Heck. Er roch es sofort. Es war ein so entsetzlicher Gestank, dass es ihm die Kehle zuschnürte.

»Das stinkt erbärmlich, was?«, rief Cal überflüssigerweise. »Als ich es gerochen habe, dachte ich zuerst, es ist ein verendeter Wal. Die können einen ganz schön überraschen, wenn man im Nebel darauf trifft.«

»Ich riech's.« Mein Gott, dachte Jack. Es war schlimmer, als er vermutet hatte. »Sieht nicht gut aus.«

»Ja. Ich wollte vorhin am Hafen nichts sagen, bevor du es dir nicht angesehen hast.«

Sheenas Kamera blitzte auf. Sie benutzte Buds Schulter als Stütze und fotografierte mit einer Hand. Die Brise wehte ihr das Haar aus dem Gesicht und drückte das T-Shirt auf ihre Brust. Die Kamera blitzte wieder, und Jack behielt die Szene in Erinnerung: das Boot, das Wasser, auf dem sich das Licht spiegelte, die junge Frau, die sich in den Wind lehnte … und das grässliche Ding da unten, das in der schäumenden Dünung gegen die Hummerkörbe scheuerte.

Tab Southwell saß in Maple Cove in seinem Zimmer und spielte mit seiner XBox, als die Haustür ins Schloss fiel. Er hörte, dass Donna seinen Namen rief.

»Ich bin hier«, rief Tab zurück.

»Hast du schon gegessen? Wenn du Hunger hast, kann ich eine Pizza in den Backofen schieben, oder wir können eine bestellen, wenn es dir lieber ist.«

Tab unterbrach sein Spiel und stieg die Treppe hinunter. Donna war in der Küche beschäftigt. Tad beobachtete sie. Er mochte die Frau seines Vaters, ihre geschickten Bewegungen, ihr sonniges Temperament und ihre nette Art. Sie behandelte ihn, als wäre sie die große Schwester, die er nie gehabt hatte.

»Wie war die Party?«, fragte er.

»Nett.« Sie lächelte ihn an. »Viele Leute, Champagner, und Natalie sah glücklich aus.«

»Ist Dad noch geblieben?«

»Nein, er hat einen Notruf bekommen. Ein Unfall im Sund.«

»Im Sund?« Tab erstarrte. »Was für ein Unfall? Wo im Sund?«

Donna warf ihm einen flüchtigen Blick zu. »Das hat er nicht gesagt. Ich glaube, das Küstenwachschiff ist rausgefahren. Warum? Weißt du irgendwas?«

Tabs Mund war plötzlich trocken. Er senkte den Blick. »Nein, nichts«, murmelte er. »Ich dachte, ich hätte was im Radio gehört.«

»Könnte es jemand sein, den du kennst?« Donna schaute ihn besorgt an. »Ein Freund?«

»Nein«, sagte Tab und hielt noch immer den Blick gesenkt. »Ich sagte doch, ich weiß nichts.«

»Möchtest du, dass ich Dad für dich anrufe?«

Tab schüttelte den Kopf. »Nein, ist schon in Ordnung.« Er wandte sich ab und schlurfte in die Diele. Von den Fenstern dort konnte man auf die Bucht und den baumlosen Hügel der Insel sehen, der sich im hellen Mondlicht deutlich abzeichnete. Das Wasser starrte ihn schweigend und hasserfüllt an.

»Möchtest du jetzt essen, oder sollen wir warten, bis dein Dad nach Hause kommt?«, rief Donna ihm hinterher.

Tab hatte einen Kloß im Hals. Er wollte ihr antworten, brachte aber keinen Laut über die Lippen.

»Tab?«, rief sie besorgt. »Ist alles in Ordnung?«

»Ich glaube, ich warte«, sagte Tab, ließ sich auf das kleine Sofa fallen, nahm die Fernbedienung in die Hand und schaute mit leerem Blick auf den Bildschirm. Ein Nachrichtensender zeigte Aufnahmen eines Berges, der Feuer spuckte.

5

Acht Uhr abends. Über der Meerenge hing der Vollmond am Himmel und überzog das Wasser mit einem gelbgoldenen Schimmer. Im Wald am Indian Point wimmelte es von Glühwürmchen. Rick klappte sein Handy zu. Als er zu den Gästen zurückkehrte, stieß er mit einem barfüßigen Jugendlichen in einer Baggy-Hose und mit einem Stirnband zusammen. »Hi, Captain Ahab!«, rief der Junge ein wenig lallend. Sein Freund kicherte. Über seinen Spitznamen machten die Sommergäste gerne Scherze, doch selten in seinem Beisein.

Rick starrte ihn an. »Wie hast du mich genannt?«

Das Lächeln des Jungen erlosch. Er sah so verängstigt aus, dass Rick einen Moment beinahe Mitleid mit ihm hatte. Der Knabe meinte es nicht böse, wie all die anderen auch. Da lag das Problem.

»Tut mir leid. Ich glaube, das kam wohl nicht so gut.«

»Gar nicht gut, mein Freund.«

»Tut mir echt leid.«

Rick riss sich zusammen. Das hier war eine Party. »Vergiss es«, murmelte er und ging an dem Jungen vorbei.

Natalie tauchte von der anderen Seite auf. Sie klammerte sich an Ricks Arm. »Das hier ist unsere Verlobung. Tu doch wenigstens so, als würdest du dich amüsieren. Das sind unsere Freunde, die uns gratulieren wollen.«

»Die Freunde deiner Eltern vielleicht«, sagte Rick. »Viele Leute aus dem Ort sehe ich nicht. Du etwa? Na ja, ich muss jetzt gehen und mich um ein paar Dinge kümmern.«

Natalie presste die Lippen zusammen und starrte ihn an.

Tränen traten ihr in die Augen. Dann ging sie fort, verschwand in der Menge.

Als Rick zum Haus ging, sprach Sarah Hunter ihn an. »Du fährst zurück in die Stadt.« Es war eine Feststellung, keine Frage. Rick war dermaßen aufgebracht, dass es ihm die Sprache verschlagen hatte; deshalb nickte er nur. Sarah äußerte sich nicht weiter und folgte ihm mit langen Schritten. Sie hielt sich kerzengerade und trug einen weiten Rock, wodurch sie noch größer wirkte. Das Haar hatte sie im Nacken zu einem Knoten zusammengebunden. Die Eingangshalle und die Treppe im Haus waren mit dunklen Holzpaneelen verkleidet und wirkten phantasielos und kalt.

»Wenn das mein Haus wäre«, murmelte Sarah, »würde ich das hier alles ein bisschen freundlicher gestalten.«

Rick erwiderte nichts. Im Grunde wollte Sarah bloß wissen, ob er wirklich glaubte, hierher zu passen. Sie deutete an, dass es nicht klappen würde, was vermutlich viele Leute in der Stadt dachten. Natalie war durch und durch Stadtkind. Eines Tages würde sie von ihm verlangen, dass sie hier wegzogen und sich in Boston, Washington oder einer anderen Großstadt niederließen.

Sie traten gemeinsam hinaus in die milde Sommernacht. Ricks Pick-up stand unter den Bäumen. Sarah stieg auf der Beifahrerseite ein. Es musste zehn Jahre oder länger her sein, dass sie an Sommerabenden gemeinsam zum Strand gefahren waren – zu einer Zeit, ehe Rick weggegangen war und Sarah einen Typen geheiratet hatte, der Ausflugsfahrten auf dem Kennebec River veranstaltete.

Schweigend ließ Rick den Motor an und fuhr aus der Lücke. Das Licht der Scheinwerfer fiel auf die Bäume, und er warf einen kurzen Blick auf Sarahs Profil. Sie saß kerzengerade auf dem Sitz. Das Gesicht blass, die Lippen zusammengepresst, starrte sie in die Ferne. Rick spürte, dass sie wütend war. Es beunruhigte ihn ein wenig, dass er sie nach all der Zeit noch immer so rasch durchschaute.

»Meine Güte, wie ich solche Partys hasse«, stieß er mürrisch hervor, als sie die Einfahrt hinunterfuhren.

Sarah antwortete nicht, sondern richtete den Blick weiterhin starr nach vorn auf die staubige Straße, die sich im Licht der Scheinwerfer vor ihnen ausbreitete. Rick erinnerte sich daran, wie stolz sie immer gewesen war. Es musste schlimm für sie gewesen sein, dass er mit ihr Schluss gemacht und sich einer anderen zugewandt hatte.

»Du hast dich mit Natalie gestritten?«, sagte sie kühl.

Rick zuckte mit den Schultern. »Unten in der Stadt hat es Feueralarm gegeben. Ich muss es überprüfen.«

»Und sie hat gewollt, dass du bleibst.«

Als sie um die erste Kurve bogen, sahen sie den weißen Spiegel eines Rehs, das über die Straße sprang. »Ihre Mutter macht ihr das Leben schwer«, erwiderte Rick knapp.

»Mütter und Töchter.« Lichtschimmer vom Armaturenbrett spiegelten sich in Sarahs Augen.

»Elise ist aber auch ein Fall für sich.«

Es war seltsam, mit Sarah über die Maxwells zu sprechen. Rick fühlte sich unbehaglich. »Natalie meint, ich gebe mir nicht genug Mühe, mit ihnen auszukommen.«

»Manchmal kommt es mir so vor, als wollte Natalie die ganze Welt.« Sarah griff in die Handtasche, nahm eine Schachtel Zigaretten heraus und zündete sich eine an. »Sorry, das hätte ich nicht sagen sollen«, fügte sie hinzu und zog an der Zigarette.

Sie hatten den Wald hinter sich gelassen, und die Brücke über den Indian Creek erschien vor ihnen. Das Wasser des Flusses schimmerte im Mondlicht, als sie die Brücke überquerten. Dahinter strahlten die Lichter der Stadt. Rick verringerte das Tempo, als er um die Kurve bog. Sarah entspannte sich. Sie drehte sich auf ihrem Sitz zu ihm um, schlang einen Unterschenkel unter den Po und lehnte den Kopf gegen den Türholm, sodass ihr Blick auf ihn fiel. Dann hob sie eine Hand und nahm die Spange aus dem Knoten, worauf ihre blonde Mähne über die Schultern fiel. Die Glut der Zigarette warf Schatten unter ihre Wangenknochen.

Rick war verwirrt. »Ich wusste gar nicht, dass du rauchst.«

Ein kehliges Lachen klang durch das dunkle Fahrerhaus. »Ich bin geschieden. Ich bin jetzt ein böses Mädchen, Rick.«

»Ich muss unterwegs am Seafarers halten und ein paar Fahnen abgeben«, sagte Rick, als sie den Stadtrand erreichten.

Das Seafarers Motel in der Pier Street gehörte seit zwei Generationen den Cottons. Zweiunddreißig Zimmer auf zwei Stockwerken, und auf beiden Seiten befanden sich Parkplätze für die Gäste. Abby Cotton und ihre Schwägerin, Beth Robbins, die das Hotel nun gemeinsam führten, hatten im letzten Jahr auf der Rückseite einen Swimmingpool angebaut. Rick parkte den Pick-up auf dem Vorplatz. Sarah wartete im Wagen, als er ein Bündel roter, weißer und blauer Fahnen ins Büro brachte.

Abby saß am Computer, als Rick die Drahtgittertür öffnete. »Hallo«, rief Abby und drehte sich um. »Ah, du bist es, Rick. Bin gleich für dich da. Ich muss das hier nur eben eingeben.«

»Lass dir Zeit. Ich bring nur schnell den Rest.« Mit den Fahnen sollte die Straße fürs Stadtfest geschmückt werden. Joe, der eingestellt worden war, um alle anfallenden Hilfsarbeiten zu übernehmen, würde sie unter Abbys und Beths Aufsicht aufhängen.

»Sieht so aus, als wärt ihr ausgebucht«, meinte Rick, als er den letzten Stoß auf den Boden legte. Die Parkplätze vor den Zimmern waren fast alle belegt.

»Abgesehen von einem Paar, das noch nicht aufgetaucht ist.« Abby schob ihren Stuhl zurück und stand auf. Eine forsche, fleißige Frau, die nicht nur die Bücher des Motels führte, sondern auch einen Haushalt mit einem Ehemann und vier erwachsenen Kindern. Zudem half sie in der Kirche und sprang ein, wenn die Stadtverwaltung eine helfende Hand brauchte. Sie war immer gut gelaunt, und Rick hatte noch nie gesehen, dass sie untätig gewesen wäre.

»So was kommt vor.« Gäste, die nicht auftauchten, waren der Ruin der Motels.

»Ja, und wenn es passiert, berechne ich ihnen die Kosten. Für solche Fälle notiere ich mir immer eine Kreditkartennummer bei der Reservierung.« Sie schüttelte den Kopf. »Der Mann hatte eine nette Stimme am Telefon. Er hat gesagt, sie kämen aus New York.«

»Man weiß nie.« Rick lachte. Abby ließ sich so leicht nichts vormachen, und Beth ebenfalls nicht. »Vergiss nicht die letzte Besprechung am Freitag vor dem großen Tag. Sieben Uhr in der Handelskammer.«

»Ich werde da sein. Beth kümmert sich dann ums Büro. Ach, übrigens, Glückwunsch, junger Mann«, fügte Abby hinzu. »Natalie ist ein nettes Mädchen.« Sie schaute während des Sprechens aus dem Fenster auf den Pick-up. »Sitzt sie im Wagen?«

Rick lächelte, als er ihr in die Augen sah. »Sarah war auf der Feier. Ich setze sie zu Hause ab.« Morgen würde es die ganze Stadt wissen.

Mit der Zigarette in der Hand saß Sarah noch immer gemütlich auf dem Sitz, als Rick wieder in den Wagen stieg. »Abby Cotton beobachtet uns aus dem Bürofenster«, sagte sie. »Ich habe ihrem Mann eine geklebt, als er an meinem sechzehnten Geburtstag seine Hand unter meinen Rock geschoben und gesagt hat, ich hätte ihn angemacht. Seitdem hat sie mich auf dem Kieker.«

Rick erwiderte nichts. Ted Cotton war nicht der Einzige, der sich wegen Sarah Hunter zum Narren gemacht hatte. Vielleicht hatte sie den Männern nicht absichtlich die Köpfe verdreht, doch ihr straffer Körper und ihre freche Art waren eine Herausforderung, die Ärger heraufzubeschwören schien.

Sie fuhren die West Street entlang zur Green. Die erste Vorstellung im Kino war gerade zu Ende. Am Denkmal des Großen Sturms von 1812 lungerten Jugendliche herum, und vor Pam's Dairy standen die Leute nach Eis an. In der Stadtmitte herrschte reges Treiben. Geschäfte und Lokale hatten in der Hauptsaison rund um die Uhr geöffnet. Viele Häuser hatten in froher Erwartung des Festumzugs am Samstag Fahnen und Wimpel herausgehängt. Es war ein milder Abend, und die Leute amüsierten sich.

Goodwill – 300 Jahre amerikanische Geschichte, verkündete ein riesiges Banner stolz auf der Hauptstraße. Rick hatte geholfen, das Spruchband heute Nachmittag aufzuhängen. Es machte sich gut. Viele Leute legten sich ins Zeug, um die Stadt auf den großen Tag vorzubereiten.

»Du kannst mich am Shady Tree rauslassen«, bat Sarah ihn, während sie ihre Zigarette im Aschenbecher ausdrückte. »Ich hab dort eine Mansardenwohnung gemietet. Sie ist nicht groß, aber billig, und ich habe meine Ruhe.«

Als Rick vor dem Restaurant hielt, sah es so aus, als wären sämtliche Plätze belegt, und an der Theke warteten weitere Gäste. Unter der berühmten Eiche hinter dem Haus standen noch etwa ein Dutzend Tische, wo man unter freiem Himmel speisen konnte. Einige Passanten studierten die Speisekarten, die neben dem Eingang hingen, und überlegten, ob sie auf einen freien Platz warten sollten oder nicht. »Mat macht heute ein gutes Geschäft. Es müssen an die hundert Gäste sein.« Zwei Plätze, rechnete er, an einigen Tischen vielleicht drei. An einem Abend wie diesem konnte ein Restaurant tausend Dollar Gewinn machen. Und die Gäste wohnten in Motels und Gasthäusern, die ebenfalls gut verdienten. Die Stadt wuchs und gedieh.

»Hundert Gäste sind es bestimmt. Ich helfe manchmal abends an der Kasse aus.« Sarah klappte ihre Tasche zu. »Bis dann, Rick. Danke fürs Mitnehmen.« Sie beugte sich zu ihm hinüber und legte eine Hand auf seine Wange. Ihre Lippen berührten sich. Draußen dröhnte laute Musik, als ein offener roter SUV vorbeifuhr, in dem zwei Jugendliche mit zerzausten Haaren saßen. Der Kuss dauerte länger, als Rick beabsichtigt hatte.

Schließlich löste Sarah sich von ihm. »Du hättest die Stadt nie verlassen sollen, Rick. Das Leben hier ist komplizierter geworden.« Sie strich ihm über die Wange und lief schnell ins Restaurant. Er sah noch ihre Gestalt zwischen den Tischen verschwinden, dann verlor er sie aus den Augen.

Rick hätte sich ohrfeigen können. Wie hatte es nur dazu kommen können? Wenn jemand es gesehen hatte, würden die Leute sich die Mäuler zerreißen. Am Abend seiner Verlobung mit Natalie küsste er Sarah Hunter! Verdammt!

Rick fädelte sich in den Verkehr ein und fuhr die Straße zum Bearskin Neck hinunter. Das Mondlicht schien auf den Hafen und die schmucken Boote im Jachthafen. Im »Hummerfänger« herrschte reger Betrieb. Weiter hinten sah Rick die roten, weißen und blauen Farbtupfer der Fahnen, die die Ladenfront des Bootsausstatters schmückten. Seine Schwester musste noch da sein, denn die Lichter brannten.

Der rote SUV, der vorhin an ihm vorbeigefahren war, stand gegenüber vom alten Abstellschuppen. Die Ladefläche war mit Surfbrettern beladen, und auf einem Anhänger stand ein großer Jetski. Rick parkte davor und stellte den Motor ab. Als er ausstieg, tauchte aus dem Schatten des Gebäudes eine Gestalt auf und steuerte rasch auf ihn zu. Ein Junge auf einem Skateboard. Nein, kein Junge, sondern ein kräftiger Jugendlicher in einer Baggy-Shorts, den Rick nicht kannte und der einem Freund, der weiter unten auf dem Neck stand, etwas zurief, als er an Rick vorbeisauste.

Seitdem sein Vater nicht mehr lebte, hatte das Geschäft sich verändert, und Rick hatte sich noch nicht richtig daran gewöhnt. Seine Schwester Rebecca führte jetzt den Laden. Sie hatte eine neue Beleuchtung installiert und Standardartikel wie Nylonschnurrollen, Ankerketten und Muringsbojen in den hinteren Teil des Ladens verbannt. Um dorthin zu gelangen, mussten die Kunden an den Regalen mit der wasserdichten Kleidung und der Marken-Freizeitkleidung vorbei, bei denen die Gewinnspanne größer war. Am Ende der Gänge standen Kisten mit Waren, die die Kunden zu Spontankäufen animieren sollten, zum Beispiel Designer-Sonnenbrillen, Taschenmesser und Leuchtstäbe. Es gab Sicherheitsgurte, damit man nicht über Bord fiel, und Schwimmwesten, damit man nicht unterging, falls es doch passierte.

Rebecca stand hinter dem Tresen. Sie war vier Jahre älter als Rick, ebenfalls blond und kräftig gebaut. Sie war mit Mike Caine verheiratet, einem Hummerfischer, und hatte zwei Söhne. Ihre nüchterne Art machte andere Leute misstrauisch – Rick eingeschlossen.

Die beiden Surfer aus der Stadt starrten auf eine Karte, die Rebecca für sie auseinandergerollt hatte. Rick erkannte eine Seekarte der Buchten und Inseln mit den Angaben der Wassertiefe. Einer der Jungs telefonierte mit seinem Handy und nahm offenbar Instruktionen entgegen.

Rick musterte sie neugierig. Kapuzenjacken und Segelshorts. Der ein wenig monotone Akzent der Westküste, gespickt mit dem Jargon der Surfer. Fit, selbstsicher, mit sich und ihrer Welt zufrieden.

Der junge Mann mit dem Handy beendete sein Gespräch. Er war Anfang zwanzig, schätzte Rick, aber der andere, der offenbar »der Hinkende« genannt wurde, sah älter aus und war vielleicht dreißig. »Danke, Lady. Schätze, damit müssten wir zurechtkommen.« Der Hinkende bezahlte, rollte die Karte zusammen und trat vom Tresen zurück. Erst jetzt sah Rick, dass sein rechtes Bein krumm war.

»Sie haben da draußen ein hübsches Wassermotorrad«, meinte Rick, als sie an ihm vorbeigingen.

Der Hinkende drehte sich zu ihm um. Seine Augen waren fast schwarz. »Ist das ein Problem hier?«

»Eigentlich nicht. Doch an einigen Stränden sind sie nur beschränkt zugelassen, und wir bitten Sie, wie alle Bootsbesitzer, den Seehunden genug Platz zu lassen. Sonst sind Sie willkommen. Ich nehme an, Sie wollen hier surfen?«

»Er surft.« Der Hinkende wies mit dem Kopf auf seinen Freund. »Letztes Jahr hat eine Welle mein Bein zertrümmert. Jetzt fahre ich den Jetski«, fügte er in bitterem Tonfall hinzu.

»Tut mir leid«, sagte Rick. »Wo war das?«

Der Hinkende wandte sich ab und schüttelte seinen zotteligen Kopf. Er humpelte zur Tür, riss sie auf und trat hinaus.

»Thailand«, sagte der Jüngere, ehe er seinem Freund folgte. »Eine zehn Meter hohe Welle hat ihn erwischt. Jetzt zieht er andere Surfer mit dem Jetski aufs Meer. Manchmal geht ihm das auf die Nerven. Nehmen Sie 's nicht persönlich.«

Die Tür fiel hinter ihm ins Schloss. Rick drehte sich zu Rebecca um. Sie lächelte ihn entschuldigend an. »Tut mir leid, dass ich nicht zu dem Fest kommen konnte.« Rick sagte nichts dazu. Sie wussten beide, warum sie nicht gekommen war. »Ist es gut gelaufen?«, fragte sie.

»Sehr gut. Don ist da gewesen, und Footballtrainer Davis. Auch Sarah Hunter.«

»Ach ja? Wie hat sie es aufgenommen? Die Verlobung, meine ich.«

Rick schniefte. »Ganz gut, glaub ich. Sie hat mich gebeten, sie mit in die Stadt zu nehmen.«

Rebecca hob die Augenbrauen. »Was denn, heute Abend? Weiß Natalie davon?«

»Natalie ist ein großes Mädchen.«

Rebecca musterte ihn mit dem typischen Blick der großen Schwester. »Das ist Sarah auch«, sagte sie mit Nachdruck. »Und wie ich hörte, ist sie wieder auf Männerjagd.«

Der Ausdruck passte gut zu Sarahs katzenhafter Art, mit der sie sich heute Abend an Rick herangemacht hatte. Es lag ihm auf der Zunge, seiner Schwester davon zu erzählen, doch er schluckte es hinunter. Rebecca hielt in der Regel den Mund, doch je weniger sie wusste, desto besser.

»Wie lief das Geschäft heute Abend?«

»Ziemlich ruhig. Nur diese beiden Burschen da.«

»Ich hab sie vorhin in der Stadt gesehen. Was wollten sie?«

Rebecca zuckte mit den Schultern. »Der Jüngere wollte wissen, wie lange es dauert, einen zerrissenen Kälteschutzanzug zu flicken. Dann wollte der andere, der das Bein nachzieht, eine Karte vom Sund. Ich hab ihm eine verkauft.«

»Und was wollen sie hier in Goodwill? Hier surft doch keiner.«

»Nun, das ist ihre Sache.«

Während des Gesprächs hatte Rick sein Handy eingeschaltet und schaute nach neuen Nachrichten. Eine war von Don, der ihn wissen ließ, dass es sich bloß um ein kleines Feuer handelte; eine andere Nachricht stammte von Rebecca, die sich entschuldigte, dass sie es nicht zur Party schaffen würde. Dann waren noch ein paar Glückwünsche von Freunden und

Verwandten eingegangen. Rick hörte sich gerade die Glückwünsche an, als das Klingeln einen neuen Anruf signalisierte. Chance Greenes Stimme – diesmal scharf und drängend. »Rick, komm sofort runter zum Bearskin Neck. Wir haben ein Problem.«

6

Indian Point, 9.30 Uhr

Die Luft war noch immer mild. Die letzten Gäste waren gegangen. Natalie ging durchs Gartentor und über den nun verlassenen Rasen auf den Kiesweg, der durch den Wald führte. Ein schmutziger roter Schleier hing über dem Vollmond, und die Stämme der Bäume auf beiden Seiten des Weges schimmerten geheimnisvoll. Kein Lüftchen regte sich. Der steile Pfad führte hinunter ans Ufer. Er war trocken und staubig, denn es hatte seit Wochen nicht geregnet.

»Darling.« Natalie hatte noch immer die Stimme ihrer Mutter im Ohr. »Es tut mir so *leid* für dich. Dein großer Tag *verdorben!* War Rick betrunken? Er wollte wegen einer ganz *unschuldigen* Bemerkung von Victor Harrington einen *Streit* vom Zaun brechen ...«

»Vic hat angefangen. Er wollte Rick ärgern. Er hätte es verdient gehabt, hätte Rick ihm eine gescheuert.«

»Das ist keine Entschuldigung. Rick hat sich vor all unseren Gästen *schändlich* benommen.«

»Mom, bitte, ich will jetzt nicht mehr darüber reden!«, hatte Natalie ihre Mutter schließlich angefahren und versucht, die Tränen zurückzuhalten.

Am Ende des Waldstücks blieb sie stehen und schaute hinunter auf die Westspitze von Indian Point. Vor zehntausend Jahren hatte ein zurückweichender Gletscher eine flache Bucht in die Küste geschliffen, die jetzt von Felsblöcken umgeben war. Ein schmaler Sandstrand war hier entstanden, ein verstecktes Plätzchen, das Natalie aufsuchte, wenn sie allein sein wollte. Sie kletterte die Felsen zum Strand hinunter, blieb dann einen Moment in der Stille stehen und atmete tief ein. Rick und sein verdammter Stolz, der ihn so verletzbar machte. Warum musste er sie gerade heute Abend im Stich lassen? Vielleicht hatte ihre Mutter recht, und ihre Beziehung war zum Scheitern verurteilt.

Sie war noch immer aufgeregt, als sie aufs Meer schaute. Im Norden sah sie das Licht am Curtain Bluff, wo Rick vor vielen Jahren den Wal erstochen hatte. Damals hatte er sie verlassen. Würde er es jetzt wieder tun? Natalie seufzte. Manchmal kam es ihr so vor, als wäre die Last der Vergangenheit kaum zu tragen.

Ihre Wut legte sich, und an ihre Stelle trat tiefe Verzweiflung. Tränen rannen ihr über die Wangen, und sie schlang die Arme um ihren Körper. Das Wasser stieg noch immer. Sie lief durch die Untiefen, und das kühle Wasser schwappte über ihre nackten Füße. Der Sand war kalt und fest und von der Flut gereinigt. Einmal blieb sie kurz stehen, weil sie glaubte, eine Stimme gehört zu haben. Sie drehte den Kopf und lauschte. Sang da jemand? Sie war sich nicht sicher.

Natalie hatte die Felsen auf der fernen Seite fast erreicht, als sie noch einmal lauschte und die Nase rümpfte. Es roch nach verbranntem Holz. Sie spähte in den Schatten und sah Funken durch die Luft stieben, die Überreste eines kleinen Feuers, das im Sand glimmte. Ein paar Minuten blieb sie stehen und schaute auf den mondbeschienenen Strand. Das Wasser rauschte leise ans Ufer. Der rote Schimmer der Funken flackerte in der Dunkelheit. Sonst bewegte sich nichts. Vielleicht war derjenige, der das Feuer entzündet hatte, gegangen, ohne die Glut zu löschen. Wahrscheinlich Kinder aus einem der Ferienhäuser am Indian Point.

Natalie lief am Strand entlang und sah sich das Feuer genauer an. Das Holz war fast vollständig verbrannt; nur in der Mitte war noch ein bisschen Glut zurückgeblieben. Sie kniete sich hin, warf ein paar größere Stücke Holz in die Mitte auf einen Haufen und blies auf die Funken, um das Feuer anzufachen. Eine Minute später brannte es wieder. In der Nähe lag noch etwas Holz. Sie warf ein paar Zweige hinein, und es dauerte nicht lange, bis ein kleines Feuer brannte, das ihr ein wenig Trost spendete.

Dann hockte sie sich auf die Fersen und betrachtete das warme Licht, das tanzende Schatten auf den Sand warf. Die milde Luft und das leise Plätschern des Wassers bewirkten ein Gefühl wundervoller Ruhe. Die Anspannung der Feier schien weit weg zu sein. Natalie warf noch ein Stück Holz ins Feuer. Der Rauch roch nach Harz und kitzelte ihr in der Nase. Sie hob den Kopf, schaute auf die Bäume – und erstarrte. In der Dunkelheit sah sie den Schimmer zweier Augen, die sie beobachteten. Vielleicht drei Meter entfernt, gleich hinter dem Kreis des Feuerscheins, saß ein Mann.

»Ich dachte mir, dass du mich früher oder später entdeckst«, sagte eine ruhige Stimme aus dem Zwielicht. Der Mann bewegte sich nicht. Darum hatte sie ihn wohl auch nicht gleich bemerkt. Er saß vollkommen reglos da. Natalie kniff wachsam die Augen zusammen, erkannte aber keine Gefahr. Außerdem war das Haus ganz in der Nähe. Sie entspannte sich.

»Mir war, als hätte ich gerade Musik gehört.«

Aus der Dunkelheit drang ein trockenes Kichern. »Bob Marley und *St. Anger* von Metallica. Die Lieblingsmusik der Surfer.«

Natalie spähte durch das Mondlicht auf den Fremden mit dem nackten Oberkörper und Stoppelbart. Um den Hals hatte er ein Tuch geschlungen. Er sah aus wie ein Pirat. Sein Akzent verriet, dass er von der Westküste kam.

»Du gehörst zu den Leuten, die heute hier angekommen sind?«, fragte Natalie.

»Ja. Und du wohnst in dem großen Haus dort?«

»Ja, wir ... das ist unser Strand.«

»Dann bin ich auf fremdes Terrain eingedrungen?« Der Gedanke schien ihn zu amüsieren.

Natalie zuckte mit den Schultern. »Der Platz hier liegt sehr versteckt. Hier kommt niemand hin, nur ich, wenn ich ...« Sie verstummte.

»Wenn du allein sein willst«, beendete er den Satz für sie. »Ich hatte den Eindruck, du warst ein bisschen niedergeschlagen, als ich dich vorhin gesehen habe.«

Natalie senkte den Blick. »Du weißt sicher, wie das manchmal ist.«

»Klar, wir sind alle mal schlecht drauf. Ich bin hier ans Meer gekommen und hab dem Klang der Wellen gelauscht. Das hilft immer.«

Er stand auf, kam zu ihr und kniete sich ans Feuer. Seine Bewegungen waren geschmeidig wie die einer Katze und ebenso geräuschlos. Er war groß, größer sogar als Rick, und hatte einen muskulösen Körper. Er schürte die glühenden Scheite mit einem Stock. Seine Hände sahen in dem rötlichen Licht wie gemeißelt aus, und seine Gesichtszüge waren geheimnisvoll und ausdrucksstark zugleich. In einem Ohr schimmerte ein goldener Ring.

»Ich heiße Natalie«, sagte sie.

»Freut mich, dich kennen zu lernen, Natalie.«

Eine kurze Pause. »Und wie nennt man dich?«, fragte sie.

Er schaute sie von der Seite an, kniff die Augen zusammen und zuckte mit den Schultern. »Ich habe keinen Namen.«

»Was?«

Er starrte abwesend ins Feuer und beobachtete, wie das Ende des Stockes zu glimmen begann. »Natürlich hatte ich einen. Verschiedene Namen, verschiedene Orte. Aber keiner davon schien zu passen. Als hätte ich keinen Namen verdient, verstehst du?«

»Aber deine Eltern ...«

»Ach, da gab es nicht viele Leute«, sagte er. »Ich hatte Pflegeeltern und hab immer wieder die Schule gewechselt. In jeder neuen Schule hatte ich einen neuen Namen. Ich glaube, am Ende hab ich den Überblick verloren.«

Er war ganz ernst, doch Natalie fand den Gedanken so absurd, dass sie lachen musste. Er lachte ebenfalls. »Seltsam, was? Vor zehn Jahren ungefähr, ich muss zwölf gewesen sein, hab ich gar nicht mehr auf Namen reagiert.«

Das glimmende Ende des Stockes malte Muster in die Dunkelheit. »Alter, Namen – damit wollen sie dich festnageln. Wenn du keinen Namen hast, tauchst du auf keiner ihrer Listen und in keiner Akte auf. Du kannst hingehen, wohin du willst.« Leise begann er zu singen. *»A dude with no name, a girl without shame.«*

Schweigen senkte sich herab. Keiner von beiden hatte das Bedürfnis, etwas zu sagen. Es genügte ihnen, gemeinsam am Feuer zu sitzen. Das Licht flackerte in dem Stein in Ricks Ring. Plötzlich wurde Natalie verlegen und drehte den Stein zur Handfläche hin.

»Und warum seid ihr nach Goodwill gekommen?«, fragte sie nach einer Weile zögernd.

»Es ist immer derselbe Grund, warum wir irgendwohin fahren. Surfen, bis der Arzt kommt, abfeiern, auf der perfekten Welle reiten ...«

»Hat dir denn niemand gesagt, dass es hier im Sommer kaum Wellen gibt?«

Er grinste breit. »Ich höre nicht auf das, was die Leute sagen. Vielleicht gibt es Überraschungen.«

»Im Winter ist es anders. Bei einem Unwetter reißt das Meer hier manchmal ausgewachsene Bäume aus.«

Einen Moment saßen sie wieder schweigend da und starrten ins Feuer. Schließlich sagte er: »Vorhin habe ich eine Welle gesehen. Sie ging genau bis hier, wo wir jetzt sitzen.«

Natalie runzelte die Stirn. »Wann war das?«

Er zuckte mit den Schultern. »Ich trag keine Uhr. Halb sieben, sieben vielleicht. Ich hab das Feuer gemacht, um die Stelle zu markieren.«

Natalie schätzte die Entfernung mit den Augen ab. »Um sieben Uhr hatte die Flut gerade eingesetzt. Es ist ungewöhnlich, dass eine Welle so hoch den Strand hinaufkommt«, sagte sie zweifelnd.

Er nickte und nahm ihren Kommentar ohne Erwiderung zur Kenntnis. Offenbar interessierte es ihn nicht, was sie dachte. Die Stille schien ihm zu gefallen.

Mit einem Mal drang aus den Bäumen hinter ihr ein schriller Schrei, der die Dunkelheit so jäh durchbrach, dass sie vor Schreck zusammenzuckte. Der Fremde neigte den Kopf zur Seite und lauschte einen Moment aufmerksam. Dann schob er einen Finger in den Mundwinkel und stieß mehrere durchdringende Pfiffe aus. Er verstummte, lauschte wieder. Der Pfiff wurde oben von den Klippen mit einer Reihe unterschiedlicher Töne beantwortet. Der Wechsel setzte sich eine Minute fort, dann verstummten beide.

Natalie starrte ihn verwundert an. »Was war denn das? Es hat sich angehört, als hättest du dich mit jemandem verständigt.«

»Hab ich auch. Spanisch, der Pfeifcode. Ich war mal auf einer Insel, auf der die Dörfler sich über große Entfernungen hinweg auf diese Weise verständigen. Sie nennen es *silbo*. Ein paar von uns haben es übernommen. Es ist cool. Wir benutzen es ständig.«

»Toll!« Natalie lachte. An diesem Mann war alles fremd und faszinierend. »Über welche Entfernung kann man sich so verständigen?«

»Kommt darauf an. Eine Meile, manchmal zwei.«

»Wie ein Handy, nur umsonst. Dann war das ein Freund von dir oben auf dem Berg, der dich gerufen hat?«

»Ja. Er hat mich gefragt, wo ich stecke. Ich hab zurückgepfiffen, dass ich unten am Strand bin. ›Bist du allein?‹, hat er gefragt. ›Nein, es ist jemand bei mir.‹«

Er baggerte sie nicht an, wie die meisten anderen Männer es taten, und das ärgerte sie ein wenig. »Hast du schon einen Platz zum Schlafen?«, fragte sie ihn und wunderte sich über ihren Mut.

»Oh, ich bin mit Freunden hier. Wir werden schon was finden.«

Natalie errötete. Er hatte ihr einen Korb gegeben, ohne zu warten, dass sie ihm ein Angebot machte. Er warf den Stock in die Asche, und beide standen auf. Seine Gestalt war beeindruckend, als sie sich gegenüberstanden. Sie kam sich vor wie ein Kind. Seine Gesichtszüge lagen im Schatten, und seine dunklen Augen waren voller Geheimnisse.

»Tja, ich gehe jetzt, dann hast du deinen Strand wieder für dich allein«, sagte er.

»Du kannst jederzeit hierher kommen«, erwiderte Natalie.

»War schön, mit dir zu plaudern.« Er legte kurz seine Hand auf ihre Schulter, und ihre Haut prickelte bei der Berührung. Ohne ein weiteres Wort drehte er sich um und ging zu den dunklen Bäumen.

»Wo finde ich dich?«, fragte sie und kam sich im selben Augenblick albern vor.

Seine Stimme drang aus der Dunkelheit. »Wenn es sein soll, werden wir uns treffen. Verlass dich drauf.«

Sie blinzelte und schaute wieder auf die Bäume, doch er war verschwunden.

7

Am östlichen Ende der Landzunge, wo die *Pequod* am Pier vor Anker lag, brannten Lichter, und das Blaulicht von mindestens zwei Rettungsfahrzeugen flackerte.

Das Ende des Piers war mit Flatterband abgesperrt. Ein Streifenwagen stand quer vor dem Zugang und hielt eine kleine Gruppe von Touristen zurück, zu denen sich ein paar Einheimische und Bootseigner gesellt hatten. Die Fahrertür war geöffnet, und auf dem Sitz hatte es sich ein Polizist bequem gemacht. Rick erkannte Lenny Duke, einen alten Hasen, der oft die Spätschicht übernahm.

»'n Abend, Len. Was ist los?«

»Wer ist da? Ach, du bist es, Rick.« Lenny richtete sich auf. »Wir haben eine Wasserleiche.« Er wies mit dem Kopf auf die Treppen, wo sich neben einem Krankenwagen und einem Pick-up mit der Aufschrift »Küstenwache« eine kleine Gruppe versammelt hatte. »Jack Pearl und Cal Burrows haben es über Funk durchgegeben. Das muss schon ein paar Stunden her sein. Die Küstenwache ist mit dem Boot rausgefahren. Don ist hier, aber er hat gesagt, wir sollten dich nicht stören, weil du heute deine Verlobung feierst. Sie bringen die sterblichen Überreste jetzt, wenn du sie sehen willst.«

Eine Wasserleiche war das Letzte, das Rick jetzt sehen wollte, aber er wusste, dass ihm nichts anderes übrig blieb. »Habt ihr schon einen Namen?«, fragte er. »Wurde jemand als vermisst gemeldet?«

»Nein.« Len schüttelte den Kopf. »Bisher nicht. Und soviel ich gehört habe, wird es schwierig sein, die Identität zu bestimmen. Sie haben über Funk gesagt, der Leichnam sei in einem üblen Zustand.« Er klopfte mit den Fingern aufs Lenkrad und saugte die Luft zwischen den Zähnen ein.

»Hat die Presse schon Wind davon bekommen?«

»Sheena Dubois vom *Monitor* ist aufgekreuzt, und ein Fotograf. Ich habe seinen Namen vergessen, aber er ist von hier. Ein Typ vom *Ellsworthy Courier*, der im letzten Jahr die Fotos vom Festumzug gemacht hat. Und WGBC schickt ein Aufnahmeteam, aber wenn sie nicht in ein paar Minuten hier sind, könnte denen der Spaß entgehen.«

Es spielte keine Rolle, ob das Aufnahmeteam rechtzeitig erschien oder nicht. Da heutzutage jeder zweite Tourist eine Videokamera bei sich führte, war es für die Fernsehsender kein Problem, fast jedes Filmmaterial zu kaufen, das sie haben wollten. Rick duckte sich unter dem Absperrband und ging zu dem Rettungsfahrzeug, das neben Don Egans Streifenwagen stand. In ein paar Stunden wurde eine Springflut erwartet, und neben der *Pequod* schaukelte bereits ein Küstenwachboot im hohen Wasser. Unter einem Scheinwerfer hatten sich Jack Pearl und eine Reihe anderer Leute versammelt, die hinter die Absperrung gelangt waren; außerdem standen Beamte der Küstenwache und Sanitäter an einer Winde.

»Machen Sie bitte Platz.« Doktor Southwell, der auch auf der Feier der Maxwells gewesen war und der in solchen Fällen als Gerichtsmediziner agierte, drängte sich mit gewichtiger Miene durch die Menge.

»Bitte zurücktreten«, befahl Don. »Lassen Sie den Mann durch.«

Auch Rick bahnte sich einen Weg bis zum Rettungswagen. Die Hecktür war geöffnet. Southwell zog soeben einen weißen Einwegoverall über. Er war ein jugendlich wirkender Mann, der viel Wert auf sein Äußeres legte, Sport trieb und ins Sonnenstudio ging.

»Sieht so aus, als könnten Sie jetzt loslegen, Doc«, sagte Don.

»Okay.« Southwell zog den Reißverschluss zu.

Die Winde quietschte wieder, und die Menge rückte vor, um zu sehen, wie die Bahre mit dem unförmigen Bündel, das mit einer gelben Plastikfolie bedeckt war, vom Küstenwachboot wegschwenkte. Kameras blitzten. Die dunklen Wassertropfen glitzerten im Licht der Scheinwerfer. Don stand ganz in der Nähe. Rick sah, dass er eine Hand ausstreckte, um das Ausschwingen zu mildern, als die Winde das Bündel an Land schwenkte und den Leichnam mit einem nassen Aufplatschen, bei dem sich Ricks Nackenhaare kräuselten, herunterließ.

Dr. Southwell streifte Einweghandschuhe über und zog die Klettverschlüsse an den Handgelenken zu. »Habt ihr eure Aufnahmen gemacht?«, fragte er Sheena und ihre Kollegen. Die Frage ermunterte die Fotografen, sofort weitere Fotos zu schießen. Southwell befestigte den Mundschutz und nickte. Auf ein Zeichen von Don zogen zwei Beamte der Küstenwache die gelbe Folie weg, worauf ein dunkelblauer Leichensack sichtbar wurde. Im selben Augenblick war aus der Menge der Schaulustigen ein lautes Stöhnen zu vernehmen.

Southwell hockte sich auf die Fersen, um einen genaueren Blick auf die Wasserleiche zu werfen. »Treten Sie zurück. Zurücktreten, Leute!«, befahl Don, als die Schaulustigen, zu denen auch Rick gehörte, vorrückten und entsetzt und fasziniert zugleich die Hälse verdrehten. Mit ausgestrecktem Arm hielt Sheena ein Diktiergerät so nahe wie möglich an das Geschehen heran, um alles aufzunehmen, was gesagt wurde. Southwell zog den Reißverschluss herunter und wandte hüstelnd den Kopf ab. Einige der Anwesenden begannen zu würgen, als der Gestank sie traf. Andere wichen zurück und pressten ihre Hände auf die Nasen.

»Sorry, Doc, ich hätte Sie warnen müssen«, sagte Jack Pearl.

Zischend stieß der Arzt den Atem aus, als er in den Leichensack spähte. »Halten Sie die Taschenlampe näher heran«, bat er einen der Sanitäter mit dumpfer Stimme. Er benutzte ein Metallinstrument – möglicherweise ein Skalpell –, das Rick von der Stelle aus, an der er stand, jedoch nicht erkennen konnte. Es herrschte angespannte Stille. Alle warteten darauf, dass der Arzt sich zu Wort meldete. Es schien ewig zu dauern, bis er sich eine Meinung gebildet hatte. Rick hörte das Surren der Camcorder, die die Szene aufnahmen. Eine weißhaarige Touristin schrie auf, als ihr jemand auf den Fuß trat.

Schließlich schob Southwell die Taschenlampe zur Seite, stand auf und zog den Atemschutz vom Gesicht. Er sah im Licht der Scheinwerfer abgespannt aus und ließ vor Müdigkeit die Schultern hängen. Wie er dort am Kai stand, schien er entschlossen zu sein, einen möglichst dramatischen Auftritt zu inszenieren. Schweigend bedeutete er den Sanitätern, den Leichensack wieder zu schließen.

Sheenas Stimme durchbrach die Stille. »Was können Sie uns sagen, Doktor?«

Southwell zeigte auf die Bahre zu seinen Füßen. »Die sterblichen Überreste sind stark verwest«, sagte er mit schleppender Stimme. »Es sind genauere Untersuchungen nötig, um die Identität zu bestimmen.«

Sheena schwenkte ihr Diktiergerät. »Können Sie uns sagen, wie die Person zu Tode kam, Doktor?«

Rick spürte, dass etwas nicht stimmte. Southwell strich sich mit der Hand durchs Gesicht und schwieg.

Offenbar hielt er Informationen zurück.

8

Das Krankenhaus war neu; ein zweistöckiges Gebäude, das von einem Konsortium aus Ellsworthy finanziert worden war und auf der anderen Seite des Causeway auf einem Grundstück stand, das Chance Greene gehörte. Es war ein Kinderkrankenhaus mit einer Ambulanz für leichtere Verletzungen. Dr. May, der Chirurg, führte auch kleinere Operationen durch. Alle schwereren Fälle jedoch wurden nach Bangor überwiesen, gut eine Autostunde entfernt.

Das Krankenhaus verfügte über eine Leichenhalle, wo Verstorbene untergebracht und Autopsien vorgenommen werden konnten. Sheena Dubois war dem Rettungsfahrzeug über den Causeway gefolgt und rauchte nun unter dem Portal eine Zigarette. Der Rettungswagen, der den Leichnam vom Hafen hierher gebracht hatte, parkte in der Nähe. Der Motor knackte, als er abkühlte. Von Zeit zu Zeit war das Rauschen der Fahrzeuge zu hören, die über den Causeway fuhren und deren Scheinwerfer sich im Wasser spiegelten.

Sheena dachte bereits über ihren Artikel nach. Zuerst die Tsunami-Warnung, jetzt ein angeschwemmter Leichnam. Unten am Bearskin Neck hatten alle einen Schreck bekommen. Seeleute waren ein abergläubisches Volk. Ein Ertrunkener brachte Unglück.

Wie auf ein Stichwort klingelte ihr Handy. Wieder war es Chance Greene. Er wollte wissen, was Sheena schreiben würde.

»Lass mir ein bisschen Zeit, Chance. Du hast gesehen, in welchem Zustand der Leichnam war. Wir benötigen ein Zahnprofil, und es muss ein DNA-Test vorgenommen werden. Im

Augenblick kann man nicht mal das Geschlecht bestimmen, ganz zu schweigen von der Identität.«

»Gibt es Vermutungen? Ist der oder die Tote über Bord gegangen?«

»Möglich.«

»Das kann überall passiert sein, nicht wahr? Aus einem Frachter hinter dem Unterwasserriff...«

»Hör zu, er oder sie könnte auch von der *Titanic* gefallen sein. Im Augenblick wissen wir gar nichts. Es gibt keine Story. Ohne eine Identität werden die Fernsehsender die Sache nicht bringen. Geh schlafen. Du hast mit unserer Dreihundertjahrfeier genug um die Ohren.«

»Du brauchst mich nicht daran zu erinnern«, stieß Greene hervor und beendete das Gespräch.

Sheena seufzte erschöpft und steckte sich die nächste Zigarette an. Sie hatte länger als zwanzig Minuten gewartet, als Doktor Southwell mit dem Jackett über dem Arm auftauchte.

»Ah, du bist es«, sagte er. An seiner abgespannten Miene erkannte sie, dass er müde war. Sie folgte ihm zu der Stelle, wo ihre Wagen standen. »Du wirst nicht glauben, was wir erfahren haben«, sagte Southwell, ohne sie anzuschauen, während er in seiner Tasche nach den Schlüsseln suchte.

»Sag's mir.«

»Lass uns irgendwo hinfahren.«

Sie folgte den Rücklichtern seines Landcruisers den Causeway hinunter. Auf der Straße war kaum noch Verkehr. Eine halbe Meile vor der Stadt bog Southwell ab. Der Geländewagen fuhr zwischen den Bäumen hindurch auf eine versteckte Lichtung. Southwell hielt und schaltete die Scheinwerfer aus. Sheena parkte neben ihm. Sie stiegen gemeinsam auf die Rückbank des Toyotas.

»Und was besagen die Gerüchte?«, fragte sie, als er an ihrem T-Shirt zog.

»Später ...« Er ließ seine Hand unter ihre Bluse gleiten.

»Ich muss zuerst den Gürtel aufmachen.« Sie zog die Bluse über den Kopf, lehnte sich zurück und quälte sich aus ihrer Jeans. Es gefiel ihm, dass sie sich immer nackt auszog. Das Risiko törnte ihn an.

Danach rauchten sie gemeinsam eine Zigarette, deren glühendes Ende einen roten Schimmer auf ihre Haut warf. Eines Tages würde man sie erwischen. In einer Kleinstadt blieb nichts lange ein Geheimnis. Sie würde die Stadt verlassen müssen, und Southwell würde seine hübsche Frau verlieren. Würde er sie, Sheena, dann heiraten? Sheena lachte leise. Keine Chance. Aber bei einem Dreckskerl wie Southwell hatte man wenigstens keine Erwartungen, so konnte man auch nicht enttäuscht werden. Warum ließ sie zu, dass er sie benutzte? Sex, Liebe, Einsamkeit, Langeweile? Das waren nur Worte.

»Was wir gefunden haben, ist sehr seltsam«, erzählte Southwell.

»Inwiefern?«

»Wir hatten die Leiche auf dem Seziertisch, und weißt du, was wir gefunden haben? Stell dir vor – ein Leichentuch.«

»Ein Leichentuch?«

Southwell knurrte ungehalten. »Du weißt, was ich meine.«

»Ich weiß, was ein Leichentuch ist, aber die werden heutzutage doch gar nicht mehr benutzt, oder?«

Southwell atmete tief ein. »Wer weiß, was hier vor sich geht. Es gibt sicherlich Kaffs in der Provinz, die an alten Bräuchen hängen.«

»Ich werde zusehen, dass ich was herausbekomme.« Sheena nahm seine Zigarette. »Du sagst also, dass es sich bei dem, was an Cal Burrows' Hummerfloß angeschwemmt wurde, um einen Leichnam handelt, der auf See bestattet wurde?«

Er kicherte. »Keineswegs, Liebling. An dieser Küste werden keine Seebestattungen durchgeführt. Sperrgebiet der Marine. Außerdem konnte man am Stadium der Verwesung erkennen, dass die Leiche lange Zeit unter der Erde lag, ehe sie im Meer gelandet ist.«

»Jemand hat den Leichnam exhumiert und ins Meer geworfen? Warum?«

»Keine Ahnung. Vielleicht wurde ein Friedhof in der Nähe der Küste weggeschwemmt.«

Sheena schwieg einen Moment. »Das Meer gibt seine Toten zurück.« Sie richtete sich auf und tastete nach ihrer Bluse. »Hört sich biblisch an. Wie ein Omen.«

»Ja, aber was bedeutet es?«

Es war fast dreiundzwanzig Uhr. Die Kranken- und Streifenwagen waren abgefahren. Chance Greene war nach Hause gegangen. Rick und Rebecca saßen im »Hummerfänger«, tranken Kaffee und aßen Donuts. Jean-Alices Kellner Mitch, der Mann mit dem Pferdeschwanz, saß hinter der Theke und las Zeitung. Aus einem Radio erklang leise Country- und Westernmusik. Abgesehen von dem Tisch, an dem Rick und Rebecca saßen, war nur der große Tisch am Fenster des Lokals belegt. Hier hatten sich ein halbes Dutzend der kürzlich eingetroffenen Surfer versammelt.

Der Mann, den die anderen »den Hinkenden« nannten, kam aus dem Hinterzimmer, wo Jean-Alice einen Internetanschluss hatte. Er schaute kurz zu Rick hinüber. Dunkle Augen, noch immer unfreundlich. Rick, der wusste, dass er unhöflich gewesen war, wandte den Blick ab. Der Mann hinkte zu der Gruppe, die zusammenrückte, um ihm Platz zu machen. Offenbar war er eine Art Anführer.

Rebecca schob ihren Teller, auf dem noch ein halber Donut

lag, zur Seite. »Ich sollte das Zeug nicht essen. Kalorienbomben. Was meinst du, welche Informationen Southwell zurückgehalten hat?«

Rick wandte sich seiner Schwester zu. »Das werden wir wissen, sobald die Untersuchungsergebnisse vorliegen«, erwiderte er mürrisch.

Rebecca strich ihm über die Hand. »Tut mir leid. Das alles hat dir und Natalie den Tag verdorben. Wirst du es ihr sagen?«

Rick zog die Hand weg. »Was soll ich ihr sagen?«

»Schon gut.« Rebecca stand auf und nahm ihre Schultertasche vom Stuhl. »Höchste Zeit, dass ich mich in die Falle haue. Mike wird sich schon fragen, wo ich bleibe. Bis morgen dann im Laden.«

Rick ging zur Theke und ließ sich seine Tasse Kaffee nachfüllen. Er sah beunruhigende Bilder vor Augen: den Leichensack, der aus dem Wasser gezogen worden war ... Southwells angespannte Gesichtszüge ... Sarah Hunters Lippen auf den seinen ... der feindselige Blick des hinkenden Surfers ... den Schmerz in Natalies Augen, als er das Fest verlassen hatte. Der Tag, der so problemlos begonnen hatte, endete kompliziert.

In diesem Bild fehlte jedoch ein wichtiger Mosaikstein, und Rick wusste nicht, welcher.

Die leise Musik verstummte, worauf die Stimme des Moderators erklang. »Fünf Minuten vor Mitternacht auf WGBC bei unserer *Easy Listening Hour.* Der nächste Song ist für einen glücklichen Burschen in Goodwill, Rick Larsen. Rick, die Anruferin lässt dich herzlich grüßen und sagt, dass du wissen wirst, von wem der Anruf kommt. Celine Dion singt für dich: ›It's All Coming Back to Me Now‹.«

»He, Rick!«, rief Mitch. »Ein Lied für dich.«

»*There were nights when the wind was so cold ...*«

Die ersten Klänge hallten durch den Raum.

Rebecca blieb in der Tür stehen und lauschte. »Da liebt dich wohl jemand, kleiner Bruder.«

Rick zwang sich zu einem Lächeln. Er erinnerte sich nur zu gut an den Song. Er war ein Hit gewesen, als er noch die Highschool besucht hatte. Und es war Sarah Hunters Lieblingslied gewesen.

Am Fenster lief jemand vorbei. Jubel von dem anderen Tisch übertönte die Musik, als die Surfer ihrem Freund applaudierten, der Kunststücke auf dem Skateboard vorführte. Sie sprangen auf und liefen hinaus. Als Rick ihnen zur Tür folgte, fiel sein Blick auf ein Blatt auf dem leeren Tisch. Er schaute es sich an und erkannte, dass es eine ausgedruckte E-Mail war:

La Palma, Beben einer Stärke von ca. 5,2 um 13.00 Uhr Ortszeit. Berichte von Erdrutschen an der Westküste. Das Meer war mehrere Stunden aufgewühlt, über fünf Meter hohe Wellen.

Darunter lag eine andere Mitteilung:

Bermudas, 16.00 Uhr. An Außenriffen wurde von rauer See berichtet. Zwei Meter hohe Wellen.

Die Mails hatten keinen Absender. Was hatte das zu bedeuten? Rick wusste es nicht.

»There were nights when the wind was so cold ...«

Ungeduldig warf Natalie den Kopf zurück. Das Lampenlicht fiel auf ihr glänzendes Haar. »Da, schon wieder!«

»Was denn?«, fragte ihre Mutter. Sie saßen im Haus am Indian Point im Wohnzimmer. Den ganzen Abend hatte das Telefon geklingelt.

»Sie spielen noch immer dieses Lied im Radio, aber ich bekomme nie den Titel mit. Ich weiß nicht, von wem es ist ...«

»Ich wollte, du würdest dich konzentrieren. Wir brauchen *Entscheidungen.*«

Natalie verzog das Gesicht. »Ich habe Rick gesagt, dass wir ein Datum festlegen müssen, aber er meinte, er müsse zuerst sein blödes Haus fertig bauen.«

Der Mann ohne Namen, der in der Welt der Surfer »King of the Mountain« hieß, hatte ein Treffen seiner Anführer einberufen. Sie waren seine getreuesten Anhänger, seine engsten Freunde, die furchtlosen Krieger der Meere. Gemeinsam hatten sie das unberechenbare Reich des Ozeans herausgefordert und mit Narben überlebt, die ihren Kampf bezeugten. Da war Kiwa, der Polynesier mit der tätowierten Brust; Earless, der über ein Riff gezogen worden war und schwerste Verletzungen davongetragen hatte; Greg, der Namibier; Pico aus Brasilien; die Banditen aus Brisbane sowie Riffreiter aus North Shore und Südkalifornien. Keine Schwärmer oder jugendlichen Mitläufer, sondern harte Männer. Profis.

Draußen auf der Landzunge am Curtain Bluff machten sie ein Feuer am Waldrand oberhalb des Sunds, ein paar Meter vom alten Friedhof entfernt. Nur das Rauschen der Brandung, die gegen die Klippen schlug, und die Schreie der Eulen im Wald waren zu hören. Sie fühlten sich wohl in der Dunkelheit. Die Natur war ihr spirituelles Zuhause; hier lagen die Wege, die der Surfer beschritt. Jetzt waren sie hierher gekommen, um dem unbestrittenen Anführer zuzuhören, dem Papst, dem namenlosen King of the Mountain – öfter gekrönt, als die meisten sich erinnern konnten. Dies sollte seine bisher härteste Herausforderung werden. Ein feierlicher Augenblick.

Also entzündeten sie ein Feuer und bildeten einen Kreis in der Dunkelheit, aus der nur leises Wispern drang. Sie waren der Aufforderung gefolgt, und jetzt warteten sie darauf, den Grund zu erfahren.

Der Hinkende sprach zuerst. Er trat vor und lehnte sich

gegen ein Surfbrett, um sein verkrüppeltes Bein zu entlasten. Er bedurfte keiner Einführung. Seine Geschichte war bekannt, die Monsterwelle, die ihn beinahe vernichtet hätte und die lange Suche, die dem zerstörten Leben wieder einen Sinn gegeben hatte. Das hier war seine Entdeckung. Er hatte recherchiert, und jetzt stellte er sein Projekt vor, lüftete sein Geheimnis, während Funken durch die milde Nacht stoben.

Was er sagte, war den anderen zum Teil bekannt. Wenn er über die großen Wellen sprach, die Riffe und die Giganten, die sie hervorbrachten, nickte seine Zuhörerschaft. Dies waren Herausforderungen, denen sie sich gestellt und die sie bis zu einem gewissen Grad bewältigt hatten. Er sprach über Jaws und Mavericks, über Tasmanien und Teahupoo, und das alles war nichts Neues. Als er auf Cortes Bank zu sprechen kam, nahm das Interesse zu.

»Parsons erwischte 2001 einen Ritt auf einer zweiundzwanzig Meter hohen Welle, um den XXL-Preis zu bekommen, aber es geht noch höher. Möglich wären dreiunddreißig Meter.« An dieser Stelle hielt der Hinkende kurz inne, um die Dramatik zu steigern. »Es ist sogar von vierzig die Rede ...«

Jetzt richteten die anderen sich auf. »Vierzig Meter ... das war Garrett McNamara, der das gesagt hat«, knurrte Coughlin, während die Narben auf seinen von einem Hai zerrissenen Schultern silbern im Mondlicht schimmerten, als er sich bewegte. »Sean Collins schätzt, es könnten dreiunddreißig gewesen sein.«

»An der Cortes Bank wurden dreißig Meter hohe Wellen fotografiert!«, stieß jemand hervor.

»Wenn überhaupt, muss es die Cortes Bank gewesen sein«, räumte der Hinkende ein. »Und was wissen wir über diesen legendären Wall? Ein siebzehn Meilen langer unterseeischer Berg, hundert Meilen von San Diego entfernt, siebenundzwanzig Meter Wasser auf dem Festlandsockel, da gibt es übrigens auch großartige Seeohren, nur einen Meter unter der Wasseroberfläche. Und was unterscheidet Cortes Bank von Jaws oder Mavericks oder Shipstern's Bluff oder Teahupoo oder jeder anderen Legende?«

»Die Welle ist größer!«, rief einer.

Der Hinkende schüttelte den Kopf. »Das waren alles vom Wind verursachte Wellen«, sagte er. »Sie hängen von drei Faktoren ab: Windstärke und -dauer, Wassertiefe und Fetch. Zwei dieser Faktoren, Wassertiefe und Fetch, also die Entfernung, die der Wind über Wasser zurücklegt, sind physikalischen Zwängen unterworfen. Die Windstärke andererseits ist eine Variable, wie wir alle wissen. Dreißig Meter hohe Wellen sind kein außergewöhnliches Phänomen bei starkem Sturm. Die Ozeanografen behaupten, dass sie bei Windstärke 12 entstehen, wenn ein Hurrikan etwa zwölf Stunden über tausend Meilen Ozean hinwegfegt. Die größte Welle, die je offiziell aufgezeichnet wurde, war siebenunddreißig Meter hoch. Okay.« Er hob eine Hand. »Ich weiß, was ihr denkt. Richtig hohe Wellen können von den Messgeräten gar nicht erfasst werden. Meiner Meinung nach gibt es physikalische Grenzen für vom Sturm verursachte Wellen, und diese Grenzen liegen zwischen dreißig und vierzig Metern – sogar an der Cortes Bank.«

»Mann, wir sind nicht hierher gekommen, damit du uns Dinge erzählst, die wir schon wissen«, knurrte Mack, der Biker. »Komm zur Sache, Mann. Wie groß soll die Welle sein, die du uns hier verkaufst?«

Die Worte hingen in der Luft. Die Surfer warteten. Der Blick des Hinkenden war undurchschaubar. »Diese Welle, unsere Welle ...« Er schaute zum King hinüber, der hinter ihm hockte und ins Feuer starrte, als ginge ihn das alles nichts an. »Die Goodwill-Welle wird das alles toppen.« Er verstummte, und seine Stimme wurde so leise, dass nur noch ein Flüstern zu hören war. »Sie wird fünfzig Meter erreichen.«

Es herrschte absolute Stille. Der Hinkende versprach ihnen eine Welle, die hundertsechzig Fuß hoch war, fast dreimal höher als jede Welle, auf der sie je geritten waren. Das bedeutete Ruhm – und es bedeutete Tod.

Der King stand auf und trat ins Licht des Feuers. »Das ist mein Traum«, sagte er im Flüsterton, und doch war seine Stimme voller Kraft. »Ich habe mein ganzes Leben auf diesen Augenblick gewartet. Die Welle wird geboren werden. Sie wird den Ozean bis hierher zum Sund durchqueren, und ich werde auf dieser Welle zu den Sternen reiten.«

»Zu den Sternen!«, wiederholte der Hinkende.

»Zu den Sternen!«, riefen die anderen im Chor.

Mack stand auf. Seine Körpersprache drückte Unwillen aus, als er den King ansprach. »Und was ist mit uns? Werden wir deinen Ruhm teilen?« Im Wald schrie ein Vogel. Der Himmel verdunkelte sich, als ein Wolkenfetzen den Mond verdeckte.

Der King starrte ihn an. Er fürchtete nichts, weder Mensch noch Tier noch den Zorn des Meeres. »Jeder ist willkommen, mit mir zu fliegen«, sagte er, und seine Stimme war jetzt kühl. »Alles, was er braucht, ist Mut.«

9

Freitag, La Palma, Kanarische Inseln

Carlos vom Hotel beschaffte den Sprengstoff. Zehn Kilo, die er in einem Steinbruch nördlich von Taburiente gekauft hatte. Er fuhr über Nebenstraßen, weil die Hauptstraßen gesperrt waren. Die Soldaten hatten den Befehl, alle Fahrzeuge in Richtung El Paso umzuleiten. Seitdem sich der neue Schlot geöffnet hatte, blies der Vulkan so viel Asche in die Luft, dass die Rede davon war, die Südhälfte der Insel zu evakuieren. Eine lächerliche Idee, denn auf den Bergen wimmelte es von Wissenschaftlern und Presseleuten. Ein Glück, dass sie da waren. Da der feige Gemeinderat die Touristen von der Insel verbannt hatte, hätte das Hotel sonst leer gestanden.

La Palma war wie der Kopf einer Steinaxt geformt; es war die Größte der westlich gelegenen Kanarischen Inseln. Dieser Berg im Meer war sechzig Meilen von der Nordwestküste Afrikas entfernt und erhob sich siebentausend Meter über den umgebenden Meeresgrund, womit er drei Viertel der Höhe des Mount Everest erreichte. Der Vulkan Cumbre Vieja, über dessen Flanke Carlos nun fuhr, war einer der am schnellsten wachsenden Vulkane der Welt und sehr aktiv. Im letzten Jahrhundert war er drei Mal ausgebrochen. Schwarze Lavafelder, Schlackenkegel und rote Vulkanasche hatten das üppige Grün an den stufigen Hängen vernichtet. Doch Asche und Trümmer waren nicht die einzige Gefahr. Carlos hatte auf der Fahrt zwei Mal umkehren müssen, um breiten Rissen auszuweichen, die Erdbeben in der Straße hinterlassen hatten.

Der Pick-up rumpelte über Schlaglöcher, die unter dem Staub verborgen waren, als Carlos rechts zur Küste abbog. Von hier aus waren die Rauchfahnen beider Vulkanschlote zu sehen, die Staub und Asche in die Luft schleuderten. Der erste Schlot lag im Süden bei San Antonio, wo die Ausbrüche begonnen hatten. Der zweite, neue Schlot hatte sich an der Westküste gebildet, weniger als einen Kilometer vom Hotel entfernt. Und dieser zweite Schlot drohte Carlos' Existenz und die seiner Freunde zu vernichten.

Der Schlot hatte sich vor drei Tagen am frühen Nachmittag gebildet. Carlos hatte hinter der Theke gestanden und Drinks für das amerikanische Fernsehteam eingeschenkt, das am Tag zuvor mit dem Flugzeug aus Madrid gekommen war. Zum Team gehörten zwei Kameramänner und die blonde Moderatorin mit der lauten Stimme, die gerade von Filmaufnahmen in San Antonio zurückgekehrt war, sowie die beiden Assistenten, die ihre Ausrüstung trugen. Sie waren im Hotel gewesen, um sich vor der Hitze zu schützen, und schauten aufs Meer hinaus. Hinter dem Hotel erhob sich fast senkrecht der tausend Meter hohe Bergkamm, die erste Platte des Vulkans, von wo aus vor dem Ausbruch wagemutige junge Leute mit ihren bunten Gleitschirmen gestartet waren.

Carlos stellte die Biere gerade auf ein Tablett, als der Boden zu beben begann. Er griff hastig an den Rand der Theke, um Halt zu suchen. Die Frau stieß einen gellenden Schrei aus. Carlos drehte sich zu ihr und den anderen Fernsehleuten um und wollte ihnen zurufen, sie sollten auf die Terrasse laufen, weil das Beben ganz in der Nähe war, sodass das Dach jeden Augenblick einstürzen könnte. Doch ehe Carlos etwas sagen konnte, hörten sie einen Donnerschlag, gefolgt von einem gigantischen Krachen, als die Erdkruste einriss. Das Beben ließ nach; an seine Stelle trat das Zischen des Dampfes, der – begleitet vom Rumpeln herstürzender Felsbrocken – mit hohem Druck aus dem Erdinnern entwich. Und der Geruch! Carlos kannte diesen Geruch. Alle Inselbewohner kannten ihn.

Carlos rannte durch das Foyer zum Haupteingang. Rauch und Dampf stiegen hinter dem Felskamm auf, der unmittelbar nördlich des Dorfes in den Ozean ragte. Es schien sich ein neuer Schlot gebildet haben, aber das war unmöglich! Das würde einen Ausbruch ins Meer selbst bedeuten …

Carlos rannte am Strand entlang, gefolgt von anderen Dorfbewohnern.

Der Felskamm war ein dreißig Meter hoher Vorsprung aus zerklüftetem schwarzem Basalt, der von einem früheren Lavastrom gebildet worden war. Der zackige Fels war steil und abweisend und begrenzte eine kleine Bucht, die selten aufgesucht wurde. Als Carlos und seine Nachbarn sich dem Ende des Strandes näherten, wurden sie von einem Regen dampfenden, schwarzen Schlammes überrascht, der über dem Felskamm emporspritzte. Die Bucht dahinter war verschwunden, verschluckt von einem kochenden Geysir, der seinen stinkenden Inhalt jetzt fünfzig Meter über das Dorf und den Hafen schleuderte.

Und noch während die Menschen voller Entsetzen und Furcht auf den Vulkan starrten und sich unter dem Bombardement des kochenden Schlammes duckten, quollen weißglühende, zähe Lavamassen aus dem Schlot und flossen dampfend den schlammigen Kegel hinunter, der sich rings um die monströse Kehle des Geysirs gebildet hatte. Der zähe Strom setzte sich fort, und die weißglühende Lava färbte sich feuerrot, als sie aus dem Schlot quoll.

Lava! Ein Schwall aus beißendem Gas fegte den Hang hinunter und drang Carlos und den anderen in die Nase, zwang sie auf die Knie, während sie den alles vernichtenden Lavastrom beobachteten. Er musste endlich gestoppt werden, ehe er das Dorf verschlang.

Deshalb fuhr Carlos nun mit einer Ladung Sprengstoff durch die Aschewolken.

Freitag. Zweitausend Meilen östlich der Bermudas, mitten im Atlantik, fuhr die USS *Tarp*, ein Forschungsschiff der T-AGS-60-Klasse, mit acht Knoten auf einem südöstlichen Kurs in Richtung Nordafrika. Die Gesamtlänge des Schiffes betrug hundertzehn Meter, die Verdrängung fünftausend Tonnen. Es war mehr wissenschaftliches Personal an Bord als die fünfundzwanzig Besatzungsmitglieder. Die Labors waren mit den modernsten Vermessungsgeräten ausgerüstet, wozu auch Doppler-Echolote und Seitensonare, militärische Unterwasser-Positionierungssysteme und akustische Sensoren der neuesten Generation gehörten.

Im letzten Monat hatte die *Tarp* eine seismische Überprüfung der nordöstlichen Grenze des Mittelatlantischen Rückens durchgeführt, eines unterseeischen Gebirgszuges, der sich von Jan Mayen Island am Nördlichen Polarkreis, tausend Meilen nördlich von Island mit dem mächtigen Beerenberg-Vulkan an der Spitze, bis hinunter zu dem mit dampfendem Eis bedeckten Gipfel der Bouvetinsel erstreckte, die wie ein Wachposten am Rande des Südpolarbeckens stand.

Unter dem Heck der *Tarp* hing an einer Kette ein fünfhundert Kilogramm schwerer Akustik-Sender-Empfänger, der einen seismischen Puls zum Meeresboden in dreitausend Metern Tiefe übermittelte, von wo er zurückgeworfen wurde; die aufgefangenen Signale wurden an Bord in ein 3-D-Sonografenbild des Meeresbodens umgesetzt.

Vor zwei Jahren hatte die NOAA, die amerikanische Wetter- und Ozeanografiebehörde, auf Anweisung des Präsidenten ein Projekt mit dem Ziel gestartet, die Pazifik- und Atlantikküste der Vereinigten Staaten mit einem umfassenden Frühwarnsystem gegen drohende Tsunamis auszustatten. Der Plan verlangte eine Ausweitung des bestehenden Warnnetzes im Pazifik um das Vierfache und den Aufbau eines entsprechenden Systems für die Ostküste ebenso wie für den Golf von Mexiko und die Küsten in der Karibik. Das Frühwarnsystem mit der Bezeichnung DART – Deep Ocean Assessment and Reporting of Tsunamis – sah die Positionierung von achtunddreißig auf dem Meeresboden verankerten Bodendruckmessgeräten vor. Mittels einer akustischen Verbindung zu einer Partnerboje auf der Wasseroberfläche sollten sie die Höhe des Überdrucks berechnen und die Daten per GOES-Satellitensignal an eine Bodenstation übermitteln.

Die ersten fünfundzwanzig Bojen dieses Netzes waren für den Pazifik bestimmt, um ein kleineres, aus sechs Bojen bestehendes, bereits installiertes Netz zu ergänzen. Ende letzten Jahres waren sämtliche einunddreißig Bojen erfolgreich positioniert worden, sodass das System in Betrieb gehen konnte.

Jetzt war der Atlantik an der Reihe. Vier von fünf DART-Systemen waren bereits entlang des Mittelatlantischen Rückens positioniert worden. Morgen früh sollte die letzte verbleibende Boje mit einer Winde von der *Tarp* in Stellung gebracht und so die Abdeckung über dem nördlichen Sektor des Bogens um die Kanaren erweitert werden. Anschließend sollte auf ein Signal von NOAA das gesamte Netz zum ersten Mal in Betrieb gehen – dann konnten die Bewohner der amerikanischen Ostküste endlich wieder ruhig schlafen.

Neben dem DART-Projekt verfolgte die *Tarp* ein anderes Ziel. Vor zwei Jahren war ein Schwesterschiff der *Tarp*, die USS *Maven*, unerwartet auf eine bis dahin nicht in den Karten verzeichnete Schlucht gestoßen, die von Ost nach West durch die Achse des Mittelatlantischen Rückens verlief. Eine genauere Vermessung ergab, dass die Schlucht tiefer war, als man zuerst angenommen hatte; außerdem war sie mit einer Kette von Rissen im Meeresboden verbunden, die sich bis zum Festlandsockel der nordamerikanischen Ostküste erstreckte.

Diese Entdeckung könnte für die US Navy von großer Bedeutung sein, da die Schlucht eine geheime Route für U-Boote zu bieten schien, den Atlantik unentdeckt zu durchqueren. Die zweite Aufgabe der *Tarp* bestand deshalb darin, den Ostteil der Schlucht zu kartografieren und festzustellen, wohin sie führte.

Im Datenverarbeitungszentrum an Bord studierte Dr. Mary Bennett in ehrfürchtigem Schweigen die letzten Bilder auf ihrer Workstation. Auf dem 20-Zoll-Flachbildschirm waren die großen Risse, die man mit dem afrikanischen Rift Valley vergleichen konnte, gut zu erkennen. Turmhohe Wände aus steilen Klippen fielen hundertsiebzig Meter tief in eine zehn Meilen breite Schlucht, die den Meeresgrund wie ein Blitz teilte. Und noch war kein Ende in Sicht. Man ging davon aus, dass die Schlucht sich bis zur westafrikanischen Küste erstreckte.

Zur Entstehung dieser Schlucht gab es verschiedene Theorien. Einige Wissenschaftler hielten sie für eine Verwerfung, die durch eine Dehnung der Erdkruste entstanden war, als die afrikanische und die nordamerikanische Kontinentalplatte auseinanderdrifteten und geschmolzenes Gestein aus dem Erdmantel freigesetzt wurde.

Doch Mary glaubte eher, dass die Schlucht durch den Einschlag eines Asteroiden entstanden war. Der Aufprall eines riesigen Meteoriten auf der anderen Seite der Erdkugel, argumentierte sie, habe immense Strömungskräfte in der Erdkruste ausgelöst.

Als neue Daten geliefert wurden, wurde ein Plotter aktiv und spuckte Papier aus. Derek Wanless, Professor am Unterwasser-Forschungszentrum der University of Connecticut und verantwortlicher Leiter des Projekts, kam zu Mary und zog den

Ausdruck heraus, um ihn im Licht der Deckenlampen zu betrachten.

»Noch mehr Spitzen?«

»Ja, verursacht durch den Ausbruch auf den Kanaren. Das ist gar nicht gut.«

Mary blickte auf die große Wandkarte des Atlantiks. Eine mit einem gelben Marker gezogene Linie zeigte die zurückgelegte Strecke und die gegenwärtige Position der *Tarp*. Der Cumbre Vieja auf La Palma, der für die Störungen verantwortliche Vulkan, lag ungefähr dreihundert Seemeilen östlich. Weniger als einen Tag Fahrt bei diesem Tempo. Das Sonargerät, das das Schiff hinter sich herzog, war so empfindlich, dass es auch die schwächsten Beben registrierte. Mary hatte versucht, bestimmte Veränderungen am Computerprogramm vorzunehmen, um die Störung herauszufiltern, doch das Hintergrundrauschen des Ausbruchs verschlechterte weiterhin die Qualität der Bilder.

»Es ist erstaunlich«, sagte sie, »dass die Signale so stark sind. Wir sind ein gutes Stück vom Herd des Ausbruchs entfernt. Ich könnte es mir nur dadurch erklären, dass der Riss selbst den Sonareffekt erhöht.«

»Ich wundere mich auch darüber«, pflichtete Wanless ihr bei und biss sich auf die Unterlippe. »Es wäre interessant, einen Seismografen an der Ostküste zu positionieren, um festzustellen, ob die Schockwellen sich genau entlang des Risses ausbreiten.«

Mary drückte auf eine Taste, worauf ein Bild der gesamten Schluchtstruktur, wie sie kartografisch erfasst worden war, in einem kleineren Maßstab gezeigt wurde. Die Schlucht schlängelte sich durch die Gipfel des Mittelatlantischen Rückens und verengte sich vor der Küste Neuenglands.

Beide Wissenschaftler schauten auf den Monitor.

»Eine bemerkenswerte Topografie«, meinte Wanless. »Sehen Sie, wie der Riss tief in die Kontinentalplatte schneidet, fast bis zur Bay of Fundy?«

»Hagmar vertritt die Theorie, dass Wale den Canyon als Wanderstrecke bis nach Neuschottland benutzen könnten«, sagte Mary. Felix Hagmar, ein Wissenschaftler vom Ozeanografischen Institut Woods Hole, war Spezialist für Wale. »Haben Sie einen Antrag für die Seismografen gestellt?«, fragte Mary.

»Ja.« Wanless nickte.

»Und?«

Wanless zuckte mit den Schultern und strich behutsam das Resthaar auf seinem lichten Schädel glatt. »Nun ja, das Übliche. Das Budget für dieses Jahr ist bereits überzogen, daher sollen wir die Navy fragen. Die Navy ist zwar interessiert, aber wir müssen begründen, welche Rolle es im Falle einer nationalen Verteidigung haben könnte. Wir könnten es auf unseren Entwurf für das nächste Finanzjahr schieben.«

»Bis dahin hat der Ausbruch sich gelegt.«

»Aber das wird den Ausschuss nicht davon abhalten, es aufzunehmen«, fügte Wanless mit einem verhaltenen Lächeln hinzu.

»Nein, sie werden die Seismografen auf jeden Fall installieren – und wenn sie nichts registrieren, werden sie uns die Schuld geben, dass wir Geld für ein Experiment verschwendet haben, das keine Ergebnisse erbracht hat.« Mary schüttelte den Kopf.

Wanless schaute aus dem Fenster aufs Meer hinaus. »In ein paar Stunden werden wir die Rauchfahnen des Cumbre Vieja sehen. Ich hätte nichts dagegen, wenn die letzte Boje bereits installiert wäre und wir umkehren könnten.«

»Glauben Sie wirklich, der Vulkan wird bald ausbrechen?«

»Das weiß Gott allein«, sagte Wanless, »aber ich habe 1980 einen guten Freund am Mount St. Helens verloren. Vulkane sind unberechenbare Monster. Erinnern Sie sich an den Film über den Krakatau? Die Menschen, die ahnungslos in dem Schiff zur Vulkaninsel fuhren, als der Krakatau kurz vor dem Ausbruch stand? Das könnten wir sein.«

Trotz der Wärme in der Kabine fröstelte Mary.

10

Freitag, La Palma, Kanarische Inseln

Zweihundert Meter unterhalb des Kraterrands blieb Dr. Malcolm Mackenzie vom US Geological Survey stehen, um einen Schluck Wasser zu trinken. Er war den ganzen Morgen in der prallen Sonne in einer Höhe von zweitausend Metern über eine Landschaft aus erstarrter Lava, grauen Vulkanfelsen und kupferfarbenem Sand gewandert. Drei weitere Geologen, zwei Männer und eine Frau, folgten ihm auf dem Trampelpfad entlang des Bergkamms, der den Norden der Insel vom Süden trennte. Fünf Meilen hinter ihnen wurde Asche vom ersten Ausbruch in Fuencaliente an der Südspitze der Insel Hunderte von Metern in die Luft geschleudert. Aber nicht das beunruhigte sie jetzt, sondern der Ausbruch vor ihnen, den sie wegen der Felswand, die vor ihnen aufragte, nicht sehen, sondern nur hören konnten: Laut kreischend strömten aus Spalten hoch oben am Krater Gas und Dampf.

Malcolm drehte den Verschluss wieder auf die Flasche und hängte sie an seinen Gürtel. Im selben Augenblick spürte er das Beben. Es hielt nur ein paar Sekunden an, ehe es nachließ; dann folgte ein weiteres Beben ähnlicher Stärke.

Ein paar Meter hinter Malcolm blieb Felipe auf dem Pfad stehen. »Zwei Komma fünf!«, rief er. »Vielleicht stärker. Zwei Komma sieben.«

Malcolm winkte ab. »So schwach wie die anderen im Umkreis von fünf Kilometern.« Er wartete, bis Felipe zu ihm aufgeschlossen hatte. Der Spanier war mit seinen fünfzig Jahren im Vergleich zum neununddreißigjährigen Malcolm schon ein älterer Mann, jedoch vital und drahtig. Nachdem er seit nunmehr dreißig Jahren durch diese Berge kletterte, zeigte seine Haut eine tiefe Bräune, und er hatte einzigartige Einblicke in die Aktivitäten des Vulkans gewonnen.

»Seismische Masse«, sagte er nun zu Malcolm. Beide Männer wirkten besorgt. Eine jähe Zunahme schwacher Erdbeben, wie sie es jetzt erlebten, war ein sicheres Anzeichen für einen kurz bevorstehenden Ausbruch.

Ein spanischer Armeehelikopter hatte die Gruppe und ihre Instrumente auf den Berg geflogen. Seitdem stapften sie – nun schon mehr als vier Stunden – über den zerklüfteten Bergkamm des Cumbre Vieja und blieben ab und zu stehen, um eine Reihe von Instrumenten zu überprüfen. Jetzt waren sie auf dem Weg zum Hoyo Negro, einem Krater, der seit über fünfzig Jahren nicht mehr aktiv gewesen war. Daten von GPS-Empfängern, die am Kraterrand installiert waren, zeigten an, dass der Abstand zwischen dem östlichen und dem westlichen Rand des Kraters sich in den letzten vierundzwanzig Stunden um beinahe zwei Zentimeter vergrößert hatte: Der Boden über dem zentralen Bergkamm verformte sich durch Druck von unten und riss die Insel buchstäblich auseinander.

Die Geologen wollten sich diesen Vorgang mit eigenen Augen ansehen.

Die Beben hatten vor zwei Stunden begonnen und setzten sich seitdem in regelmäßigen Abständen fort. In Verbindung mit den GPS-Daten wiesen sie auf Magma hin, das zur Oberfläche drängte und den Vulkan auseinanderzureißen drohte.

Malcolm stapfte weiter, während der Kegel des Vulkans sich vor ihm erhob. Auf Pinien, die von Asche bedeckt und größtenteils verbrannt waren, folgten Geröll und Schlackefelder, von glänzendem Rot und Ocker und mit dunklen Flecken erstarrter Lava durchsetzt. Der Wind wirbelte die Rauchfahnen davon, und die Augen der Forscher brannten. Oben am Kraterrand blieben Malcolm und Felipe stehen, dankbar für den Schatten, den ein letzter verkohlter Baum spendete. Von der Anstrengung in der dünnen Luft atmeten sie schwer. Sie schauten hinunter in den unebenen Schlund mit einem Durchmesser von einem halben Kilometer und einer Tiefe von etwa hundert Metern in der Mitte. Er war mit Bimsstein, Geröll und Felsbrocken gefüllt – Produkten früherer Ausbrüche. Dampfschwaden schossen pfeifend aus Spalten empor und färbten den Felsen ringsum in leuchtenden grünen, gelben und blauen Tönen. Die Dämpfe stanken dermaßen, dass sich ihnen die Kehlen zuschnürten.

Sie warteten auf den Rest der Gruppe. Zuerst kam Viktor, ein bärtiger Russe, Spezialist für vulkanische Gase, dessen Rucksack Temperaturmessgeräte und Flaschen für Proben enthielt. Als er zum Gipfel hinaufkletterte, bebten seine Nasenflügel. »Ah!«, rief er und atmete den Rauch ein. »Ausgezeichnet! Deshalb bin ich hergekommen.«

Malcolm sah, dass Felipe zuerst einen Blick auf die Uhr und dann auf die Sonne warf, die jetzt von Rauch und den wirbelnden Dampfschwaden zum Teil verdeckt wurde. Er schaltete das Funkgerät ein, um das Observatorium in La Palma zu kontaktieren und ihre Position durchzugeben. Es war zwei Uhr nachmittags. Ihnen blieben noch zwei Stunden für ihre Arbeit, ehe sie wieder zum Hubschrauberlandeplatz zurückkehren mussten, wo sie um fünf Uhr abgeholt werden sollten. Ängstlich darauf bedacht, keine Minute zu vergeuden, schlüpfte Viktor bereits in seinen orangefarbenen hitzebeständigen Overall.

Felipes Assistentin, eine Studentin namens Concha, war die Jüngste im Team, die den Marsch trotz des schweren Gepäcks problemlos hinter sich brachte. Sie trug nur Shorts, und ihre kräftigen nackten Beine waren von ockerfarbenem Staub überzogen. Auf ihrem Helm war ein Logo, das einen Surfer in Aktion zeigte und das so gar nicht in diese öde Mondlandschaft passen wollte. Concha war eine hübsche, mutige junge Frau, aber ein wenig mürrisch. Malcolm konnte sie nicht richtig einschätzen. Er lächelte sie kurz an, doch sie reagierte nicht und wandte sich ab, um mit Viktor zu sprechen.

Felipe schaltete das Funkgerät aus. »Das Observatorium schätzt die Möglichkeit eines Ausbruchs in den nächsten zwölf Stunden auf zwanzig Prozent.«

Also stand die Chance eins zu fünf, dass der Berg in naher Zukunft explodierte – ausgerechnet jetzt, wo sie in den Schlund hinuntersteigen wollten. Vulkane waren die letzten mythischen Monster, unberechenbar und tödlich. Doch die Aktivitäten eines solchen Riesen konnten nur aus der Nähe studiert werden. Von den Messgeräten, die im Krater verankert waren, mussten die Werte abgelesen werden. »Am Atem des Drachen schnuppern«, nannten es die Vulkanologen, von denen nicht wenige dabei ums Leben gekommen waren. Jahr für Jahr ereigneten sich tödliche Unfälle.

»Ihr müsst wachsam bleiben«, warnte Felipe die anderen auf Englisch. Das hier war sein Berg; er war der Führer der Gruppe. »Wenn ich rufe, lasst ihr eure Instrumente liegen und lauft zum Rand des Kraters. Und beachtet auf jeden Fall die Sicherheitsvorschriften.« Er tippte mit dem Finger gegen seinen Schutzhelm.

Gemeinsam folgten sie Viktor den Hang hinunter. Der Kraterrand bestand aus losem Geröll, und Malcolms Stiefel versanken teilweise knöcheltief. Ab und zu gab es feste Flächen erstarrter Lava, die der Vulkan bei früheren Ausbrüchen ausgespuckt hatte.

Viktor stapfte zu einem Spalt, hockte sich neben den Dampf, der herausströmte, und warf hitzebeständige Glasflaschen in den Schlot, um Proben zu nehmen. Ein verdammt gefährlicher Job. Der Dampf schoss mit fünfhundert Grad aus dem Boden, und die Gase waren meist giftig. Normalerweise hätte er einen Atemschutz tragen müssen, doch Viktor liebte das Risiko. Er hatte auf Vulkanen in der ganzen Welt gearbeitet und ließ sich von Gefahren nicht einschüchtern. Felipe und Concha überprüften derweil die GPS-Geräte und lasen die Werte von den Temperaturmessgeräten ab. Felipe schoss Fotos von diesem Bereich des Cumbre Vieja.

Malcolms Fachgebiet waren Gesteinsbestimmungen. Ein bevorstehendes Aufsteigen des Magmas zur Oberfläche zum Beispiel hatte Veränderungen der Gesteinsdichte zur Folge. Das konnte man messen. Die Messgeräte mussten so weit wie möglich voneinander entfernt rings um den Krater positioniert werden. Dann mussten die Sender, die die Daten an das Observatorium übertrugen, eingestellt und der Empfang getestet werden. Das alles erforderte Zeit. Malcolm arbeitete, so schnell er konnte, wobei er hin und wieder ein schwaches Beben unter den Füßen spürte, wenn das Monster in den Gedärmen des Berges sich regte. Er spürte die Hitze durch seine dicken Stiefel dringen. Vom stickigen Rauch und dem ständigen, ohrenbetäubenden Kreischen der Spalten im Krater wurde ihm übel. Er versuchte, nicht daran zu denken, dass sie über eine dünne Kruste auf einer glühenden, flüssigen Basaltsäule liefen, die in diesem Augenblick die letzte Energie für den vernichtenden Ausbruch sammelte, der den Krater aufbrechen und sie alle frittieren würde.

Malcolm brauchte mehr als eine Stunde, bis er den letzten Wert von seinen Instrumenten abgelesen und sich überzeugt hatte, dass alle Systeme richtig arbeiteten. Erschöpft und benommen vom Lärm und Rauch, schaute er sich nach den anderen um. Felipe hatte wieder Funkkontakt hergestellt. Viktor hockte noch immer über seinen Probenflaschen. Er schien sich von den giftigen Gasen des Berges nicht beeindrucken zu lassen. Wenn er mit seinen Forschungen beschäftigt war, nahm die Arbeit ihn vollkommen gefangen, und er vergaß darüber die Zeit.

Concha, die junge Studentin, kam von der anderen Seite des Kraters auf Malcolm zu. Ihr Gesicht war blass unter der Staubschicht. »Felipe möchte, dass Sie in fünf Minuten zum Aufbruch bereit sind«, sagte sie. »La Palma warnt, dass die GPS-Daten vertikale Bewegungen anzeigen, und die Bodentemperatur ist auf siebzig Grad gestiegen.«

»Ich komme sofort mit.« Erleichtert packte Malcolm die restlichen Instrumente in seinen Rucksack.

Conchas Mitteilung besagte, dass die Lasermessgeräte eines Beobachtungssatelliten festgestellt hatten, dass die Kraterspitze sich nach außen wölbte und vom starken Druck anschwoll, der sich im Innern des Vulkans bildete. Es war höchste Zeit zum Aufbruch. Wie auf ein Stichwort ging ein neuerliches Beben durch den Kraterboden. Geröll löste sich vom Kraterrand.

Concha biss sich auf die Lippe. Malcolm erinnerte sich, von Felipe gehört zu haben, dass der Freund der Studentin ein Surfer war. Sicherlich wünschte sie sich, heil an den Strand zurückzukehren. Das wünschte Malcolm sich ebenfalls.

»Sagen Sie Viktor noch mal Bescheid«, sagte er zu Concha. »Er wird etwas so Triviales wie einen Vulkanausbruch vermutlich gar nicht bemerken.«

Concha zitterte. »Marco macht sich Sorgen«, stieß sie hervor. Malcolm nahm an, dass Marco Conchas Freund war. »Er sagt, wenn der Cumbre Vieja explodiert, wird man den Schock bis nach Amerika spüren.«

11

Freitag, Bearskin Neck, Goodwill

Um halb sieben heulte die Feuersirene erneut. Um diese Uhrzeit stand Rick gewöhnlich auf. Er war sofort hellwach, schwang sich aus dem Bett und griff nach seiner Kleidung. Er war allein in seiner Wohnung über dem Geschäft. Natalie hatte die Nacht bei ihren Eltern verbracht.

Zwei Minuten später war er draußen auf dem Kai. In der Nacht war es schwül gewesen, doch der Wind hatte nach Osten gedreht, und nun war die Luft feucht, kühl und salzhaltig. Als Rick im Pick-up die Hauptstraße hinauffuhr, sah er die Rauchsäule, die diesmal südwestlich der Stadt zum Himmel stieg. Der Löschwagen fuhr mit heulender Sirene aus dem Tor der Feuerwache. Rick folgte dem Wagen zum Stadtrand. Sammy Lewis, dem die Waschsalons hier und in Ellsworthy gehörten, stand auf der hinteren Plattform des Einsatzfahrzeugs; wenn es um eine Ecke bog, klammerte er sich an den Griff, als ginge es um sein Leben.

Sie trafen Fred Tarr an der Kreuzung Forest und Loop Road. Auf seiner Jacke klebten Ruß und Asche. Der ehemalige Holzplatz hinter ihm brannte lichterloh, und die Flammen drohten, auf den überfüllten Campingplatz überzugreifen. Wohnmobile und Campingfahrzeuge fuhren durch den Rauch und suchten nach einem Fluchtweg. Menschen rannten in Panik umher.

Fred rief den Feuerwehrleuten Befehle zu, ehe sich an Rick wandte: »Wir müssen die Trottel da rausholen, ehe sie jemanden verletzen, Rick«, rief er durch den Lärm.

»Fahr mit deinem Wagen voraus«, rief Rick zurück. »Sie werden dem Blaulicht durch den Rauch folgen.«

»Einige von denen müssen abgeschleppt werden. Sie wollen ihre verdammten Wohnwagen nicht zurücklassen.«

»Ich rede mit den Leuten und komme dir dann nach.«

Als sie auf den Campingplatz fuhren, steuerte ein großes, offenbar brandneues Wohnmobil auf sie zu. Eine Frau in einem Schlafanzug umklammerte das Lenkrad. Rick versperrte ihr den Weg und sprang aus dem Pick-up, den Schutzhelm in der Hand.

Die Frau ließ das Seitenfenster herunter. »Gehen Sie mir aus dem Weg!«, rief sie.

Rick zählte drei oder vier Kinder im Fahrerhaus, auf deren Gesichtern sich die schreckliche Angst spiegelte, bei lebendigem Leibe zu verbrennen.

»Ma'am, hier können Sie nicht entlangfahren. Es ist zu gefährlich. Fahren Sie zurück und folgen Sie dem Feuerwehrwagen mit dem Blaulicht.«

»Machen Sie Platz, oder ich überfahre Sie«, schrie die Frau, ohne ihm zuzuhören. Sie drückte mit dem Handballen auf die Hupe. Der ohrenbetäubende Lärm trug noch zu dem Chaos bei.

Rick riss die Tür auf und sprang zu der Frau in den Wagen. »Rutschen Sie rüber«, sagte er, packte das Lenkrad und warf die Tür zu. »Okay, alle herhören«, rief er laut, um sich trotz des Lärms Gehör zu verschaffen. »Ich bin Rick und helfe der Feuerwehr. Rührt euch nicht von der Stelle und tut, was ich euch sage. Ich bringe euch hier raus.«

Rick legte den Rückwärtsgang ein und versuchte vergebens, in den Außenspiegeln etwas zu erkennen. Der Rauch, der über den Campingplatz wogte, nahm ihm die Sicht. »Gehen Sie nach hinten und passen Sie auf, dass ich niemanden umfahre, wenn ich zurücksetze«, forderte er die Frau auf, doch sie starrte ihn nur schweigend an und schluchzte hilflos.

»Ich gehe«, sagte ein Junge von etwa zehn Jahren. Er verschwand durch die Tür in den hinteren Teil des Wohnmobils. Einen Moment später tauchte ein noch jüngeres Kind auf und sagte: »Alles okay, sagt Joey.«

Rick betete, dass Joey niemanden übersehen hatte, als er das Wohnmobil zurücksetzte und wendete. Der Rauch wurde immer dicker und drang bereits ins Fahrerhaus. Das Mädchen begann zu würgen, doch Rick hatte keine Zeit, sich um die Kleine zu kümmern. Immer mehr Fahrzeuge suchten sich einen Weg durch den zunehmend dichteren Rauch. Rick ließ das Fenster herunter und rief den Fahrern zu, ihm zu folgen.

In der Ferne sah er Fred Tarrs Blaulicht flackern, das die Rauchschwaden durchdrang. Irgendwo dort lag die Ausfahrt an der Forest Road. Sobald die Camper sie erreicht hatten, lag eine relativ sichere Strecke durch den Wald bis zur Brücke über den Indian Creek vor ihnen.

Die Frau hatte aufgehört zu jammern und wischte sich übers Gesicht. »Ich weiß nicht, wer Sie sind, Mister«, sagte sie, »aber Sie haben uns das Leben gerettet.« Jetzt erst sah Rick, dass sie noch jung war.

Er leitete die Fahrzeugkolonne zu einem sicheren Platz, an dem die Leute keiner Feuergefahr ausgesetzt waren. Fred Tarr war zum Holzplatz zurückgekehrt, auf dem das Feuer ausgebrochen war, und berichtete, dass sie den Brand jetzt unter Kontrolle hatten.

»Sie alle haben einen Schreck bekommen«, sagte Rick zu den Urlaubern, »und ich kann es keinem verdenken, dass er verärgert ist. Aber so etwas passiert hier im Sommer. Die Wälder sind pulvertrocken, wenn es nicht regnet. Aber wir haben moderne Löschfahrzeuge und gut ausgebildete Feuerwehrleute, die schnell reagieren. Niemand wurde verletzt.« Das entsprach allerdings nicht ganz den Tatsachen. Ein zwölfjähriges Mädchen war von einem panischen Touristen angefahren worden, hatte wie durch ein Wunder aber nur ein paar Kratzer davongetragen.

»Zu Ihrer Sicherheit wird das ganze Wochenende eine Brandwache hier in Bereitschaft stehen«, versprach Rick. »Sobald keine Gefahr mehr besteht, geben wir die Straßen wieder frei. Ich habe vorhin die Meldung erhalten, dass kein Fahrzeug beschädigt wurde. Die Feuerschneise hat die Flammen zurückgehalten. Wenn einer von Ihnen nicht in der Gegend bleiben möchte, wird die Stadt natürlich versuchen, einen anderen Platz für Sie zu finden, oder man wird Ihnen das Geld erstatten.«

»Wohin sollen wir denn gehen?«, knurrte ein Mann. »In dieser Woche sind alle Plätze ausgebucht, selbst wenn wir woanders hinwollten.«

»Unser Urlaub ist verdorben«, beklagte sich ein anderer Tourist. »Meine Kinder werden heute Nacht kein Auge zumachen.«

»*Wir* bleiben hier«, sagte die Frau, die Rick gerettet hatte. »Wenn dieser mutige Mann uns persönlich zurückfährt«, fügte sie hinzu, worauf ihre Kinder jubelten. Rick hätte sie küssen können.

Anschließend gab es keinen Ärger mehr.

»Und wie ist das Feuer ausgebrochen?«, fragte er Fred Tarr später. Sie standen zwischen den glimmenden Resten des Holzplatzes. Eines der Löschfahrzeuge war zur Wache zurückgekehrt; die Mannschaft des anderen Wagens löschte die letzten Funken. Sheena Dubois war auch schon zur Stelle. Rick sah, dass sie mit den Campern sprach und Fotos machte.

»Keine Ahnung.« Fred zuckte mit den Schultern. »Ich glaube, einen Blitzschlag können wir ausschließen, daher ist menschliches Verschulden am wahrscheinlichsten.«

Rick spähte zum Campingplatz hinüber. »Kinder, die mit Streichhölzern gespielt haben? Kommt vor. Wir könnten mit den Eltern sprechen, dass sie begreifen, wie groß die Gefahr ist. Falls sie es bis jetzt noch nicht kapiert haben.«

»Ich denke nicht unbedingt an jemanden vom Campingplatz.«

»Du meinst, das Feuer wurde gelegt?«

»Zwei Feuer an zwei verschiedenen Orten innerhalb von zwölf Stunden? Ich glaube, wir müssen diese Möglichkeit auf jeden Fall in Betracht ziehen.«

Rick fuhr zurück in die Stadt. Es war kühl, doch man spürte schon, dass es wieder ein heißer Tag werden würde. Vom Meer wehte eine frische Brise. Der feine Dunstschleier, der in der Luft hing, würde sich schnell auflösen. Von einem blauen Kranz umgeben, der sich langsam in einen roten Schleier verwandelte, ging die Sonne über einem Wolkenband am Horizont auf.

Heute war Rick an der Reihe, mit der *Pequod* aufs Meer zu fahren. Diese Ausflugsfahrten waren ein Familienunternehmen, das Rick und seinen Vettern gehörte, Magnus und Paul Olson, und das sie gemeinsam führten. Als Rick in seiner Wohnung war, duschte er, um den Rauch und Ruß abzuwaschen. Die Wettervorhersage für den Tag war gut – hoher Luftdruck und eine leichte Dünung. Perfekte Bedingungen für eine Ausflugsfahrt. Er schaltete CNN ein. Die gestrige Aufregung einer Tsunami-Warnung schien sich gelegt zu haben. Heute Morgen schaffte es der Vulkan nach einem Massenmord in Atlanta und der Hochzeit eines Schauspielers nur noch auf den dritten Platz der Nachrichten. Noch mehr Bilder der rauchenden Schlote. Ein Team internationaler Wissenschaftler war zur Insel geflogen, um sich vor Ort ein Bild zu machen.

Zuerst funkte Rick ein paar Kapitäne von Fischkuttern an. Er musste wissen, wo die Wale waren, damit er sofort dorthin fahren konnte, ohne wertvolle Zeit und Sprit auf die Suche zu verschwenden. Dann sprach er mit dem Flughafen, denn auch die Piloten gaben die Aufenthaltsorte der Wale an. Bis jetzt tat sich nichts, lautete die allgemeine Auskunft, doch es war noch früh, und es beunruhigte ihn nicht.

Sein Telefon klingelte.

»Rick?« Es war Chance Greene. Er hatte von dem Feuer gehört. »Hast du schon mit Don gesprochen? Das ist eine ernste Sache, Rick. Wenn das Gerücht die Runde macht, dass wir einen Feuerteufel in der Stadt haben, wird uns das die ganze Saison ruinieren und uns um Jahre zurückwerfen.«

Für einen Mann mit seiner Erfahrung und seinem dicken finanziellen Polster geriet der Stadtentwickler ungewöhnlich schnell in Panik.

»Nur die Ruhe, Chance. Fred Tarr setzt sich mit der Polizei in Verbindung, aber in Goodwill hat es noch nie Brandstiftung gegeben.«

»Wann hatten wir zum letzten Mal Feueralarm? Seit Monaten nicht – und plötzlich zwei Mal kurz hintereinander! Wir müssen diesen Irren schnappen, ehe jemand zu Tode kommt!«

Rick wies darauf hin, dass der Verdacht, beim Brand auf dem Campingplatz könnte jemand seine Hand im Spiel gehabt haben, sich bisher nur auf Freddy Tarrs Bauchgefühl stützte. »Es kann auch ein Unfall gewesen sein, Chance. Es hätte schon genügt, wenn jemand nachlässig mit einem Grill umgegangen ist. In der letzten Nacht hat sich kein Tau gebildet. Ein paar Funken hätten gereicht.«

»Schlimm genug, dass wir diese Sorge wegen eines Tsunami haben. Stell dir vor, eine dieser Monsterwellen schlägt mitten in den Festumzug zu, wenn die Straßen voller Menschen sind. Das gäbe eine Katastrophe.«

»Klar, und morgen ist Weltuntergang. Hör zu, Chance, willst du meine Meinung hören? Das alles ist Sensationshascherei der Medien. Es sorgt für Schlagzeilen, wenn man den Leuten Angst macht. Uns blieben im Ernstfall mindestens fünf bis sechs Stunden Vorwarnzeit. Zeit genug, alle ins Landesinnere zu bringen, wenn es sein muss.«

»Ich hoffe, du hast recht, Rick. Wenn wir diese Sache in letzter Minute abblasen, werden wir wie Idioten dastehen.«

»Nicht so schlimm, als wenn wir jetzt alles abblasen und nichts passiert. Ich ruf dich später noch mal an.«

Draußen am Kai kreischten Möwen, als die Hummerboote aufs Meer fuhren, um ihre Fangkörbe zu überprüfen. Der erste der großen Kirmeswagen fuhr auf seinen Platz gegenüber der alten Eisfabrik. Andere würden folgen, bis die gesamte Hafenfront mit Karussells und Schaubuden gesäumt sein würde. Vor der Hafenkneipe wehten Fahnen.

»Kaffee, schwarz und heiß«, bestellte Rick bei Jean-Alice, als er den »Hummerfänger« betreten hatte.

»Das hast du dir verdient. Dieser Brand hätte böse ausgehen können.«

Der Kaffee war gut. Rick trank die Tasse aus und wischte sich über den Mund. »Ja, aber wir hatten die Sache schnell im Griff.«

»Gott sei Dank«, murmelte die Wirtin, während sie über die Theke wischte. Im Fernseher an der Wand lief ein Sportkanal, und in der Kneipe war viel Betrieb. Jean-Alice machte hier am Hafen ein gutes Geschäft. Fischer und Touristen verkehrten gleichermaßen bei ihr.

»Hallo, Rick«, rief jemand. Shannon Morrissey, der am Hafen von allen nur »der Wal« genannt wurde, ließ sich auf einem Stuhl neben ihm nieder. Er machte seinem Namen alle Ehre, nicht so sehr durch seine Größe, eher durch seinen Körperumfang. »Die verdammte Winde für die Hummerkörbe ist gestern kaputtgegangen. Konnte das Teil nirgendwo bekommen. Dan hat schließlich was gefunden und repariert die Winde jetzt. Ich dachte, ich lass ihn in Ruhe arbeiten und komme zum Frühstück her. – Hey, Jeannie.« Der Wal schlug auf den Tresen. »Gib uns einen Kuss und mach nicht so ein Gesicht. Es ist niemand gestorben.«

»Benimm dich, Morrissey«, schimpfte Jean-Alice. »Willst du was essen oder anderen Leuten nur den Platz wegnehmen?«

»Was glaubst du, Jeannie? Bring mir von allem, was du hast, 'ne doppelte Portion.«

Eine tief gebräunte junge Frau mit blondem Haar kam an den Tresen und setzte sich. Es war Patsy Easton, die am Ozeanografischen Institut Woods Hole studiert hatte. Sie begleitete die Ausflugsfahrten der *Pequod* als eine Art Reiseführerin. Wale waren Patsys Leidenschaft. Wenn sie sich nicht in Goodwill aufhielt, war sie im Südatlantik und folgte den großen Walherden auf deren Wanderung. Von diesen Reisen brachte sie Videofilme mit, die sie den Touristen zeigte. Patsy war zupackend, stets gut gelaunt und kannte sich auch mit dem Boot aus, sodass sie notfalls einspringen konnte. Es war ihre zweite Saison, und Rick und seine Vettern waren froh, sie an Bord zu haben.

»Als ich gerade am Schalter vorbeikam, standen dort jede Menge Touristen und haben Tickets gekauft«, sagte sie.

Das war ein gutes Zeichen. Dann wäre das Boot heute Morgen voll. An Tagen wie diesem nahmen die Bootsbesitzer genug Geld ein, dass sie auch die flauen Zeiten überstehen konnten. Die Walbeobachtung ging von März bis September, doch im Hochsommer entschied sich, ob man in der Saison rote oder schwarze Zahlen schrieb.

»Ich habe mit ein paar Hummerfischern gesprochen, die mit dem Boot draußen sind«, sagte Rick. »Bis jetzt gibt es nichts zu sehen, aber es ist noch früh.«

»Ja, ich hab Saul Harris auf dem Kai getroffen«, sagte Patsy. »Sein Bruder ist bei Tagesanbruch losgefahren und hat dasselbe gesagt. Aber er hat von einem großen Schwarm *Physaliae* ungefähr acht Meilen vor der Küste berichtet.«

»*Physaliae*? Quallen?«

»Ja. Quallen. Portugiesische Galeeren. Es ist ungewöhnlich, dass sie so weit nach Norden kommen. Muss an dem ständigen Ostwind liegen, den wir haben.«

Rick seufzte. »Verdammt. Wenn welche von den Biestern an die Strände geschwemmt werden, können sie den Leuten böse Verbrennungen zufügen.«

»Du sagst es«, pflichtete Patsy ihm bei. »Die Küstenwache hängt Warnhinweise am Strand auf.«

Jean-Alice hatte mitgehört. »Mann, bald wird es hier mehr Warnhinweise geben als Leute«, sagte sie. »Genau das, was wir für den großen Tag morgen brauchen.«

Sie brachte Rick Eier mit Schinken und frischen Kaffee. Patsy bestellte einen Preiselbeersaft, einen Joghurt und einen englischen Muffin.

»Was meint man bei euch im Forschungsinstitut zu der Tsunami-Warnung?«, fragte Rick.

»Ein paar von unseren Leuten sind auf einem Marineschiff vor La Palma, um vulkanologische Untersuchungen zu machen.«

»Aber die Kanaren sind dreitausend Meilen von hier entfernt.«

»Dreitausend Meilen sind nichts für einen Tsunami.« Patsy fügte eine theoretische Erklärung an, wie der Vulkan zusammenstürzen, ins Meer rutschen und eine Welle aufwerfen könnte, die sich über den Atlantik bis zur amerikanischen Ostküste ausbreiten würde.

»Und wenn das passiert, könnte es hier in Goodwill zu Überschwemmungen kommen?«, fragte Rick.

»Nein. Nach den Berichten, die ich gehört habe, wäre so eine Welle wohl spürbar, aber sie würde keinen Schaden anrichten.«

»Wie groß ist denn eine ›spürbare‹ Welle?«

»Nun, sie könnte mit dreißig oder vierzig Metern beginnen, aber wenn sie den Festlandsockel erreicht hat, wäre sie nur noch drei oder vier Meter hoch.«

»Drei oder vier Meter?«

»Ja, nach Meinung der Experten. Bei unseren Gezeiten hier ist das für uns ein Witz.«

»Dein Wort in Gottes Ohr«, sagte Rick.

Natalie Maxwell fuhr in ihrem roten Jaguar XK, einem Geburtstagsgeschenk ihrer Eltern, in die Stadt.

Sie hatte das Verdeck heruntergeklappt, und der Wind ließ ihr Haar flattern. Es war ein herrlicher Tag. Sie schaltete das Radio ein.

»... das war Celine Dion, *It's All Coming Back to Me Now*, ein Wunschtitel für Rick Larsen in Goodwill. Rick, die Anruferin lässt dich grüßen und fragt: ›Erinnerst du dich an das Spiel, das wir gespielt haben?‹«

Natalie überlegte noch immer, was damit gemeint sein könnte, als ihr Handy klingelte.

»Ich weiß, ich hab's gerade gehört.« Es war Cindy Thompson, eine Sommerurlauberin in Natalies Alter. »Hast du gedacht, ich wäre das gewesen? Celine Dion! Ich bitte dich. Woher soll ich wissen, wer das war? Eine seiner Exfreundinnen, nehme ich an. Warum fragst du ihn nicht selbst?«

Natalie lauschte noch eine Minute den Ansichten der atemlosen jungen Frau über ehemalige Freundinnen und den mangelnden Anstand, einen mittlerweile Verlobten mit geschmacklosen Wunschtiteln zu bombardieren. Schließlich unterbrach Natalie sie: »Was ich mache? Ich bin draußen vor der Stadt und hänge hier mit ein paar coolen Surfern herum. Nein, du kannst nicht herkommen. Bye!«

Natalie beendete das Gespräch, gab Gas und lenkte den Wagen so rasant um die nächste Kurve, dass die Reifen kreischten.

»Miststück!«, rief sie in den Wind und schlug aufs Lenkrad. »Miststück! Miststück! Miststück!«

Unten am Bearskin Neck verließ Rick gerade die Hafenkneipe, als er die lange rote Schnauze des Jaguars sah, der zum Hafen abbog. Die Bay Street war eigentlich für Verkehr gesperrt, doch Natalie war irgendwie an der Schranke vorbeigekommen.

»Hi.« Rick beugte sich hinunter und gab ihr einen Kuss. Sie sah unglaublich jung aus.

»Hi, Sailor.«

»Alles in Ordnung zu Hause? Wie haben deine Eltern die Verlobung im kühlen Tageslicht aufgenommen?«

»Wie Eltern so sind. Dad macht auf cool, Mom will Termine festlegen.«

»Schon?«

»Du weißt doch, wie sie ist.« Natalie malte mit den Fingern Anführungszeichen in die Luft und ahmte die Stimme ihrer Mutter nach. »›Du solltest wirklich einen Tag auswählen und dabei bleiben. Das haben dein Vater und ich auch getan.‹ Als wäre sie der Meinung, wir sollten morgen schon heiraten.«

Rick war im Bilde. Insgeheim verdächtigte er Elise, dass sie die Hochzeit absichtlich als unvermeidlich darstellte, weil sie hoffte, ihre Tochter würde sich dann wie eine Gefangene fühlen. »Und was hast du gesagt?«, fragte er, obwohl er wusste, dass es ein heikles Thema war.

Natalie schaute ihn ungerührt an. »Dass wir warten müssen, bis dein verdammtes Haus fertig ist.« Sie lächelte, doch ihre funkelnden Augen warnten ihn, dass ihr diese Ausrede langsam auf die Nerven ging.

»Richtig«, sagte Rick und achtete auf einen neutralen Tonfall.

»Ich habe gehört, du hast Sarah gestern Abend nach Hause gebracht.«

Rick zuckte mit den Schultern, um die Sache herunterzuspielen. »Sie wusste nicht, wie sie sonst nach Hause kommen sollte.«

»Muss wie in den alten Zeiten gewesen sein.«

Rick sah das Funkeln in ihren Augen.

»Wir waren fast noch Kinder. Damals haben wir die Highschool besucht«, erwiderte er vorsichtig.

»Jetzt seid ihr keine Kinder mehr.« Natalie presste die Lippen zusammen. »Und was glaubst du, wie ich mich fühle, wenn im Radio ein Wunschtitel für dich gespielt wird? Wenn meine Freundinnen anrufen und über mich lachen, was soll ich dann sagen? Dass es deine Ex ist, die mit den Spielchen prahlt, die ihr euch habt einfallen lassen?«

Ihre Wut war jetzt unverkennbar. Sie fühlte sich betrogen, und Rick konnte es ihr nicht verdenken. »Sarah geht es nicht gut. Sie hat sich von dem Mann getrennt, mit dem sie zusammengelebt hat. Jetzt steht sie wieder da, wo sie angefangen hat, und muss sich Jobs als Kellnerin suchen und Besorgungen für deinen Vater machen. Natürlich ist sie eifersüchtig. Aber ich werde mit ihr reden.«

»Gute Idee«, gab Natalie zurück. »Bestell ihr von mir, sie soll damit aufhören. Und du nimmst sie nicht mehr im Pick-up mit. Meine Güte, können Männer blöd sein! Hast du denn nicht bemerkt, dass sie dich anbaggern will? Sag ihr beim nächsten Mal gleich, sie soll verschwinden.«

Falls Sarah vorhatte, einen Keil zwischen Natalie und ihn zu treiben, war es ihr jetzt schon gelungen, doch sie war noch nicht fertig.

»Und was ist das für ein ›Spiel‹, von dem sie gesprochen hat? Was ist das große Geheimnis? Wenn es ein Spiel gibt, das wir beide noch nicht gespielt haben, will ich wissen, wie es geht.«

Rick errötete. »Es gibt kein Geheimnis. Ich weiß nicht, was sie meint.«

Er strich ihr über die Schulter, doch Natalie schüttelte seine Hand ab. Sie presste die Lippen zusammen, als sie den Gang einlegte, den Wagen wendete und mit kreischenden Reifen an der Hafenmauer entlang in Richtung Stadt fuhr.

Rick ging mit Patsy am Kai entlang zur *Pequod*. Mit ihrem Stahlrumpf und den schnittigen Linien einer hochseetauglichen Jacht war sie eines der besten Walbeobachterschiffe an der Küste. Touristen in heller Kleidung, mit Videokameras und Rucksäcken behangen, hatten sich vor der Gangway versammelt. Magnus und Paul waren beide an Bord und bereiteten mit dem Rest der Mannschaft alles vor. Bis auf eine flüchtige Begrüßung sprachen die beiden nicht viel. Ihre typisch schwedische Einsilbigkeit. Es blieb Patsy und Rick überlassen, die Gäste ein wenig zu unterhalten und dafür zu sorgen, dass die Kinder auf dem Schiff nicht zu wild herumtollten.

Die Mannschaft lief zwischen den Passagieren hindurch und verteilte Schwimmwesten. Rick rief alle zusammen und erklärte die Sicherheitsvorschriften. »Wir fahren zur Mündung der Bay of Fundy«, sagte er. »Bei zwanzig Knoten dauert es ungefähr eine Stunde, bis wir die Stelle erreichen, wo die Wale Nahrung finden. Wir werden sie ungefähr zwei Stunden lang beobachten und dann nach Goodwill zurückkehren. Wir halten uns dabei strikt an die staatlichen Richtlinien zur Walbeobachtung, die Manöver von Schiffen in der Nähe von Walen, Delfinen und Tümmlern betreffen.«

Jemand fragte, wie hoch die Chance sei, Wale zu sehen.

»Um diese Jahreszeit zwischen neunzig und fünfundneunzig Prozent«, lautete Patsys Antwort. »Es sind Finnwale und Buckelwale. In der Bucht gibt es aber auch Delfin- und Tümmlerschwärme. Und gewissermaßen als Bonus könnten Sie Portugiesische Galeeren zu sehen bekommen, die zu den größten und gefährlichsten Quallen der Welt gehören.«

Eine kleine alte Frau in einer roten Regenjacke hob die Hand. »Rechnen Sie mit rauer See?«

»Das Meer kann im Sommer ziemlich kabbelig sein, Ma'am«, sagte Rick. »Wir haben aber Medikamente an Bord, falls jemandem übel werden sollte.«

Ein Mann meldete sich zu Wort. »Ich habe in unserem Hotel im Fernsehen gesehen, dass es außergewöhnlich hohe Wellen geben könnte.«

Patsy antwortete ihm. »Den Bericht habe ich auch gesehen, Sir. Diese Wellen, von denen berichtet wurde, sind aber sehr unwahrscheinlich, und falls sie doch auftreten sollten, bemerkt man sie draußen auf dem Meer kaum. Die Auswirkungen sind nur zu spüren, wenn die Wellen sich am Ufer brechen.«

»Darum werden sie wohl auch Brecher genannt«, sagte jemand lachend.

Die Passagiere waren guter Laune; die meisten stiegen an Deck und stellten sich an die Reling, als die Mannschaft ablegte. Patsy ging zwischen den Fahrgästen umher, wies auf verschiedene Vögel hin und beantwortete Fragen. Ihre Leidenschaft und Energie waren ansteckend.

Rick übernahm das Ruder und fuhr an der Mole vorbei aufs Meer hinaus. Vor ihnen lag Indian Point; der große dunkle Backsteinbau der alten Eisfabrik, in der Natalie ihr Studio hatte, lag jetzt steuerbords. Das Ruderhaus war mit Radar und modernster Sonartechnik ausgestattet, um die Wale aufzuspüren. Die Motoren liefen ruhig; alles sah nach einem großartigen Tag auf dem Meer aus.

Patsy gönnte sich eine kurze Pause und ging zu Rick ins Ruderhaus. Sie wollte wissen, wo die Wale sich jetzt aufhielten.

»Das frage ich mich auch«, meinte Rick. »Es scheint sehr ruhig geworden zu sein.«

»Vielleicht ist ein großer Fischschwarm weggezogen, und die Wale sind ihm gefolgt.«

Rick überprüfte sein Navigationsgerät, um ihren Standort auf der Seekarte zu lokalisieren. Das Radar war eingeschaltet. Es hatte ungefähr eine Reichweite von fünfzehn Meilen. Auf dem Monitor wurden die Positionen mehrerer Segelboote und ein paar anderer Schiffe weiter draußen angezeigt, bei denen es sich vermutlich um Hummerboote handelte. Der Tiefenmesser zeigte siebzig Meter an. Die internationale Grenzlinie verlief ganz in der Nähe. Sie würden sie in ein paar Minuten passieren. Und noch immer zeigte der Bildschirm des Sonargerätes keine Anzeichen für Leben unter dem Kiel an.

»Okay, Leute, alle mal herhören«, drang Patsys muntere Stimme aus den Lautsprechern. »Ich bin sicher, Sie haben alle schon von dem Festlandsockel gehört, der sich in einer Tiefe von hundertdreißig bis hundertfünfzig Metern ungefähr zwanzig bis dreißig Meilen vor der Küste erstreckt und der vor rund zwanzigtausend Jahren die Küstenlinie markiert hat, als das Meeresniveau niedriger war als heute. Der Festlandsockel wird in der Regel durch einen steilen Abhang vom tiefen Ozeanbett getrennt, der sich mit einem Gefälle von zwei bis zwanzig Grad bis in eine Tiefe von siebenhundert bis tausend Metern absenkt. Über die nächsten vierhundert Meilen etwa werden die atlantischen Ränder größtenteils durch weitere stufenweise abfallende Hänge markiert, bis hinunter zur

Tiefseeebene, dem tiefen Ozeanboden, der etwa bei viertausend Metern liegt.«

Patsy machte eine kurze Pause und lächelte den Passagieren zu. »Alles verstanden bis hierher? Tut mir leid, wenn ich Ihnen so trockene Fakten präsentiere, aber dann werden Sie besser begreifen, was am Goodwill-Sund so einzigartig ist. Zunächst einmal müssen wir die Topografie der Küste betrachten und uns vor Augen führen, dass das Meer hier von den nach Süden gerichteten Armen Neuschottlands halb umschlossen ist. Dadurch haben wir hier an diesem Küstenabschnitt und in der Bay of Fundy die höchsten Gezeiten der Welt.«

Doch es gebe in Goodwill noch ein anderes einzigartiges Charakteristikum, fügte Patsy hinzu. »Wir sprechen über den Festlandsockel, der sich unter uns hinzieht. Das Wasser hier ist sehr flach. Wir fahren jetzt über die so genannte Goodwill-Bank. Das ist aber keine Sandbank, sondern ein Unterwasserriff, und am fernen Ende, etwa eine halbe Meile von hier entfernt, fällt das Niveau abrupt von siebzig auf über tausenddreihundert Meter ab.«

Patsy machte wieder eine Pause und ließ den Blick über die Zuhörer schweifen. Es gelang ihr immer wieder, die Leute zu fesseln. Rick gefiel ihre Art sehr.

»Wir haben im Festlandsockel ein Tal oder einen Graben, der sich durch die Untiefen zieht und das Ozeanbett aus diesem Grunde genau bis hierher zur Mündung des Sunds führt.«

Und das habe große Bedeutung für den Fischfang, erklärte Patsy. »Wir haben hier tiefes, kaltes Wasser, das vom Ozean in die Meerenge fließt, das Ende des Tales erreicht und an die Oberfläche steigt. Dieses Aufsteigen ist wichtig, weil es Plankton an die Oberfläche bringt. Plankton gedeiht in kaltem Wasser. Es ist ein Mythos, dass nur warme Gewässer fruchtbar sind. Das karibische Wasser ist so klar, weil es kein Plankton enthält, keine Nahrung für die Fische. Fische sammeln sich rund um die Korallenriffe und nicht im offenen Meer. Kalte Meere hingegen sind voller Leben. Das kalte Wasser aus der Tiefsee kommt hier im Sund an die Oberfläche und bringt reiche Nahrung an lebenserhaltendem Plankton. Darum gibt es an diesem Küstenstrich so gute Fischgründe, und das wiederum lockt jeden Sommer die Wale an.«

Die Brise wurde kräftiger. Draußen auf dem Meer war es kühl. Die Hochdruckzone im Norden, über dem kanadischen Schild, blieb stabil, und der Wind wehte leicht aus Südost. Das Wasser war sehr kalt; die Temperatur betrug kaum zehn Grad. Der Himmel war milchig blau und von einem leichten Nebelschleier überzogen. Die Dünung war seicht, und nichts deutete auf raue See hin.

Patsy ging wieder hinaus, um mit den Passagieren zu plaudern, die an der Reling standen. Die *Pequod* tauchte mit dem Bug in eine Woge ein, worauf Gischt übers Vordeck spritzte. Kinder sprangen fröhlich kreischend zur Seite.

»Passen Sie gut auf«, sagte Patsy zu einer Familie aus dem Mittelwesten. »Jeden Moment kann ein Schwarm Nerzwale längsseits auftauchen. Halten Sie Ihre Kameras bereit und entfernen Sie rechtzeitig die Schutzkappen von den Objektiven.« Dieser Hinweis entlockte den Passagieren ein Lachen, worauf Patsy es auch angelegt hatte. Doch sie war verwirrt. Normalerweise hätten sie längst schon auf ein paar Delfine treffen müssen.

Als sie fünf Meilen zurückgelegt hatten, rief Paul, der auf dem Dach des Ruderhauses stand, und zeigte aufs Wasser. Alle liefen zur Reling und starrten nach Osten auf die Portugiesischen Galeeren. Patsy war begeistert. »Wir haben Glück, so viele Quallen zu sehen. Normalerweise findet man diese Tiere nur einzeln und in wärmerem Wasser. Sie sind nicht so gefährlich wie die pazifischen Seewespen, doch die langen, dünnen Tentakeln werden bis zu zehn Meter lang und können schmerzhafte Verbrennungen verursachen. Wenn Sie im Wasser eine sehen, halten Sie Abstand.«

Der Bug der *Pequod* fuhr durch den Schwarm hindurch, und die Touristen machten Fotos. Rick, der im Ruderhaus stand, beobachtete die schwabbelige Masse mit Abscheu. Wenn die Quallen am Strand auftauchten, wäre das ein weiteres Ärgernis. Und gerade jetzt waren alle Kräfte, die Aufräum- oder Reinigungsarbeiten hätten übernehmen können, voll im Einsatz.

Er drehte das Ruder herum und brachte die *Pequod* auf einen nordöstlichen Kurs, worauf er dem nördlichen Rand des unterseeischen Grabens folgte. Dort würden sie die Wale vermutlich finden, falls sie sich hier draußen aufhielten.

Das Funkgerät war auf Kanal 16 eingestellt, die Notruffrequenz und das einzige Seitenfrequenzband, das 2,182 Megahertz entsprach. Rick schaltete auf einen der Arbeitssender, um zu erfahren, was los war. Statisches Knistern war zu hören; dann meldete sich eine Stimme. Rick erkannte das Rufsignal der *Cat's Eye*, einer der beiden anderen Walbeobachter, die in Goodwill ablegten. Der Schiffer, Steve Moreno, fragte an, ob jemand Wale gesehen habe.

Ricks Zuversicht, auf diese mächtigen Tiere zu stoßen, schwand. Die Walbeobachtung war ein hart umkämpftes Geschäft. Die Schiffer gaben nicht gern preis, wo die Tiere sich aufhielten. Und Steve Moreno war ein guter Kapitän mit einer beinahe unheimlichen Fähigkeit, unabhängig vom Wetter Wale aufzuspüren. Seine Konkurrenten spotteten, er könne sie förmlich riechen.

»Negativ«, meldete sich Rick. »Wo bist du?«

»Oben an der Mündung der Bucht«, lautete Steves Antwort. »Das ganze Meer war wie ausgestorben. Nichts auf dem Sonargerät. Vor etwa einer Stunde waren für längere Zeit Walgesänge zu hören, seitdem aber nichts mehr. Nichts zu hören und nichts zu sehen. Als wären sie alle verschwunden. Und ich habe dreiundvierzig Passagiere an Bord, die für ihr Geld etwas sehen wollen.«

Rick rief Patsy zu sich. Er hatte ein ungutes Gefühl. Es gab schlechte Tage, und die meisten Passagiere hatten Verständnis dafür, aber es gab fast immer wenigstens irgendetwas zu sehen – die ferne Fontäne eines Wals, ein oder zwei Delfine. Diese Leere jedoch war unheimlich und beunruhigend.

»Vielleicht hat irgendetwas sie vertrieben«, meinte er.

Patsy verzog das Gesicht. »Ich kapiere das auch nicht. Zu dieser Jahreszeit sind sie immer hier. Hier finden sie Nahrung. Es muss einen sehr gewichtigen Grund geben, sollten die Wale plötzlich vertrieben worden sein.«

12

Maple Cove, Goodwill-Sund, 10.00 Uhr

Tab Southwell war in der Garage und bastelte an seinem Fahrrad.

»Tab?«, hörte er seine Stiefmutter Donna rufen.

»Ich komme«, rief er zurück und zuckte schuldbewusst zusammen.

Donna tauchte in einem pinkfarbenen Hauskleid in der Tür auf. »Brunos Mutter war am Telefon. Er hat heute Morgen eine Tennisstunde im Club gebucht, und sie wollte wissen, ob du Lust hast mitzukommen. Der Trainer kann heute nicht. Du könntest die Stunde übernehmen und mit Bruno ein Match machen, während ich mit seiner Mutter spiele. Anschließend könnten wir alle hier essen und vielleicht schwimmen gehen. Was meinst du?«

Tab dachte nach. Brunos Eltern verbrachten jedes Jahr den Sommer hier. Sie waren Freunde seines Vaters, und Bruno war in seinem Alter. »Hört sich gut an«, sagte er ein wenig zurückhaltend.

»Toll. Ich sag Sue Bescheid. Die Plätze sind für halb zwölf gebucht, also sollten wir um elf Uhr losfahren.«

Tab schaute seine Stiefmutter schweigend an.

»Was ist? Hast du was?«, fragte sie.

Tab antwortete nicht sofort. »Dad ist gestern Abend sehr spät nach Hause gekommen ...«, sagte er dann zögernd.

»Ich weiß, mein Schatz. Er musste eine Autopsie durchführen, weil draußen im Sund ein Toter gefunden wurde.« Als

Donna seine betrübte Miene sah, erfasste sie Unruhe. »Macht dir das Sorgen? Die Person war schon sehr lange tot, hat er gesagt. Sehr, sehr lange. Du konntest ihn nicht kennen.«

Tab sah erleichtert aus. »Wenn wir erst um elf Uhr aufbrechen, könnte ich noch mit dem Rad zum Strand fahren, ja?«

»Okay. Pass aber auf. Ich habe gerade im Radio gehört, dass es im Sund Quallen gibt. Sei vorsichtig.«

»Quallen? Was für Quallen?«

»Ich habe nicht verstanden, welche es sind, aber sie stechen. Pass also auf, okay?«

Ocean Drive, Goodwill

Dr. Southwell hatte seinen Dienst im Krankenhaus wieder aufgenommen. Sheena sah den Toyota auf seinem gewohnten Parkplatz stehen, als sie vom Großbrand zurückkehrte. Southwell musste sehr früh zu einem Notfall gerufen worden sein. Der arme Kerl konnte nicht lange geschlafen haben.

Sheena fragte sich, ob er mitunter auch Affären mit Patientinnen hatte. Es war gut möglich, sogar wahrscheinlich. Er war ein intelligenter Mann, dem seine Arbeit Spaß machte und der gut in seinem Job war. Er liebte seinen Sohn, vielleicht sogar seine hübsche Frau, aber er hatte seine Schwächen. Southwell war ein chronischer Fremdgänger.

Das Krankenhaus wurde im Rückspiegel kleiner, und Sheena verdrängte den Arzt aus ihren Gedanken. In ihrem Leben spielte er nur eine Nebenrolle. Vermutlich dachte Southwell auch nicht oft an sie.

Jedenfalls hatte er ihr exklusive Auskünfte über die Herkunft der Wasserleiche gegeben, und das war jetzt erst einmal wichtiger.

Vor Sheena tauchte die Kreuzung auf, und sie bog links auf

die Küstenstraße Richtung Curtain Bluff ab. Southwells Theorien über den Toten waren ziemlich kühn, doch nach Sheenas Erfahrung lag er oft richtig.

Die Kirche am Point ragte zwischen den Bäumen am Horizont in den Himmel. Mit den hübschen Schindeln auf dem Kirchturm und dem gewölbten Portal bot sie einen malerischen Anblick, aber sie war zu klein und zu weit von der Stadt entfernt und wurde daher heutzutage nicht mehr oft benutzt.

Der Weg endete auf einem planierten Wendekreis. Sheena parkte, ergriff die Kamera und schloss den Wagen ab. Der Pfad war trocken und ausgetreten. Der Friedhof lag weiter zurück, in der Nähe der Klippen. Es wurde allmählich heiß, doch der Dunstschleier hatte sich noch nicht ganz aufgelöst. Der Wind hatte gedreht, und jetzt wehte eine Brise landeinwärts.

Sheena beschleunigte ihre Schritte. Sie wollte sich nur rasch umsehen, um Southwells Theorie zu überprüfen.

Bald darauf erblickte sie die niedrige Mauer. Und dann prallte sie zurück.

Der Anblick war ein Schock, obwohl sie gewissermaßen schon vorbereitet gewesen war.

Sheena versuchte sich zu erinnern, wo früher der Klippenrand verlaufen war. Es musste länger als ein Jahr oder sogar anderthalb Jahre her sein, dass sie zum letzten Mal hier gewesen war. Sie erinnerte sich an einen Abstand von mindestens zehn Metern zwischen der hinteren Mauer und dem Klippenrand. Nun aber war die Mauer auf der Rückseite weg – einfach verschwunden. An dem Platz, wo Sheena sich an acht oder zehn unregelmäßige Reihen verwitterter Grabsteine erinnerte, war jetzt gähnende Leere.

Hier waren offenbar über Nacht entfesselte Naturgewalten am Werk gewesen. Sie hatten mindestens die Hälfte der Gräber am Rand der Klippen fortgerissen und ins Wasser geschleudert, etwa dreißig Meter tiefer. Frisch aufgewühlte Erde hing an den Rändern eines fast senkrechten Spalts wie Klumpen getrockneten Blutes um den Sockel eines gezogenen Zahns.

Der Strand lag verlassen da, als Tab mit dem Rad von der Küstenstraße abbog und den Hang hinunterfuhr. Als Erstes sah er die Mountainbikes des Paares, das er gestern Abend hier getroffen hatte. Die Räder lehnten noch an derselben Stelle des Holzgeländers.

Tab legte eine Hand über seine Augen und schaute auf die Bucht. Es war niemand zu sehen, doch die Kormorane waren wieder da und tauchten vor Two Bush Island. Vielleicht waren der Mann und die Frau hinübergeschwommen, um sie zu fotografieren.

Tab ging der Hütte aus dem Weg, zog die Schuhe aus und trabte hinunter ans Wasser. Es war Flut. Er lief auf der Suche nach Quallen umher, fand aber keine. Enttäuscht kletterte er auf die Felsen gegenüber der Insel und hoffte, dass dort welche angeschwemmt worden waren. Plötzlich fiel sein Blick auf eine kleine Pfütze, in der ein weißer Schuh lag.

Tab musste über einen Felsspalt springen, um ihn zu erreichen. Er balancierte vorsichtig, hob den Schuh auf und drehte ihn um, damit das Wasser herausfloss. Es war ein Sportschuh mit einem Nike-Logo, und nach der Größe und den bunten Schnürsenkeln zu urteilen, war es der Schuh einer Frau. Tab dachte an gestern Abend. Was hatte das Paar für Kleidung getragen? Das Oberteil der Frau war pinkfarben gewesen. Das wusste er noch. Er erinnerte sich, wie gut es gesessen hatte, und an ihre gebräunten Beine. Aber hatten die Schuhe dieselbe Farbe gehabt wie das Top? Vielleicht, er war sich nicht sicher.

Tab kehrte mit seinem Fund an den Strand zurück und warf noch einen Blick auf die abgestellten Fahrräder. Die Sättel waren trocken, doch die Sonne schien heiß, und jeglicher Tau wäre mittlerweile getrocknet. Tab schaute zurück auf den Sand. Er sah nur seine eigenen Fußspuren und eine Linie aus Unkraut und Dreck, die sich gebildet hatte, nachdem das ungewöhnliche Hochwasser gestern bis zum Parkplatz gestiegen war.

Das Geräusch eines Motors ließ ihn zusammenzucken. Ein Polizeiwagen fuhr den Weg hinunter, ein großer Geländewagen, der durch die Schlaglöcher rumpelte. Er bog auf den Parkplatz ein und hielt. Ein Cop mittleren Alters stieg aus. Er hatte einen Stapel Flugblätter und einen Tacker in der Hand. »Hallo, Junge.« Er nickte Tab zu. »Willst du angeln?«

Tab schüttelte stumm den Kopf. Seine Kehle war trocken, und er bekam es mit der Angst.

»Hast du hier Quallen gesehen?«

»Nein«, erwiderte Tab. »Meine Stiefmutter hat mir schon gesagt, dass hier welche sind.«

»Falls du die Biester siehst, halt bloß Abstand. Die sind ziemlich übel. Die können einen mit ihren Tentakeln sogar umbringen.« Der Cop tackerte Flugblätter an das Holzgeländer. Tab schaute sich eins an.

»Wow, Portugiesische Galeeren. Ich würde gerne eine sehen.«

»Ansehen darfst du sie, nur nicht berühren, vor allem nicht die Nesseln, denn da sitzt das Gift drin.« Jetzt schaute der Cop neugierig auf den Schuh. »Hast du den hier am Strand gefunden?«

»Nein, zwischen den Felsen gegenüber von der Insel«, erwiderte Tab. »Wahrscheinlich hat jemand hat ihn verloren.«

»Wir hängen ihn ans Geländer. Vielleicht kommt der Besitzer zurück und sucht ihn«, meinte der Cop; dann schweifte sein Blick zu den Mountainbikes.

»Die standen gestern Abend schon hier«, sagte Tab.

»Was denn, die ganze Nacht?«

»Ich glaub schon. Es sieht nicht so aus, als hätte jemand sie bewegt.«

Der Cop ging zu den Bikes, um sie sich genauer anzusehen. »Hübsche Räder«, meinte er.

»Die Rahmen sind aus Titan.«

»Was du nicht sagst. Ich schätze, die waren ganz schön teuer.«

»Bestimmt tausend Dollar. Die Gangschaltungen sind Spezialanfertigungen aus Japan. Der Typ hat gesagt, sie wären Fotografen.«

»Du hast die Leute gesehen?«

Tab erzählte von dem Treffen. »Die Frau sagte, sie würden im Seafarers übernachten.«

»Haben sie dir gesagt, wie sie heißen?«

»Ich glaube, die Frau hieß Kim. An den Namen des Mannes erinnere ich mich nicht.«

Der Cop schaute sich um. »In der Dämmerung, hast du gesagt? Was hast du hier gemacht?«, fragte er neugierig.

Tab erklärte, dass er mit dem Rad spazieren gefahren sei. Der Cop nickte. »Vielleicht kommen sie zurück, um noch mehr Bilder zu schießen.«

Tab war fast sicher, dass die Räder nicht bewegt worden waren. Er starrte verwundert auf den Schuh. Vielleicht hätte er dem Cop von der sonderbaren Dünung erzählen müssen, die er gesehen hatte, doch er hatte Angst, dass er dann noch mehr Fragen gestellt bekam.

Der Cop nahm den Schuh und wog ihn nachdenklich in der Hand. »Seafarers, hm? Ich fahre auf dem Rückweg in die Stadt da vorbei. Mal sehen, ob jemand was weiß.«

Vor dem Haupteingang der alten Eisfabrik in der Bay Road hing ein Vorhängeschloss, und die Fensterläden im Erdgeschoss waren verbarrikadiert.

Natalie öffnete das Vorhängeschloss. Es war kalt im Gebäude. Die Wärme der Sonne draußen konnte das dicke, mit Holz verkleidete Mauerwerk nicht durchdringen. Und so sollte es auch sein. Drei Generationen lang hatte die Eisfabrik den Larsens gehört, bis die Fischflotte Goodwill verlassen hatte und nach Portland und Gloucester übergewechselt war. Die Familie hatte noch eine Zeitlang um den Fortbestand der Fabrik gekämpft, hatte die Maschinen aber schließlich verkauft und die Räume vermietet. Natalie hatte ihr Atelier ursprünglich von Ricks Vater gemietet, aber nach seinem Tod konnten die Larsens das Geld für die Instandhaltungskosten nicht mehr aufbringen. Jetzt war die Fabrik Chance Greene zugefallen.

Die schwere Tür fiel mit einem lauten Knall ins Schloss, der durch die Fabrik hallte. In der hinteren Wand befand sich eine Öffnung, wo die Eisrutschen entfernt worden waren. Jetzt hatte man freie Sicht auf den Hafen dahinter, und man hörte die Möwen schreien. Auf dem Betonboden hatte sich Wasser angesammelt. Natalie fragte sich, woher es kam, denn das Dach war noch unversehrt, und es hatte nicht geregnet. Es wäre ein großartiger Raum für eine Ausstellung gewesen, wäre die Fabrikhalle gründlich gereinigt worden.

Natalie ging zu der Treppe, die in den ersten Stock führte. Hier oben hatte Ricks Vater in den alten Zeiten einen Raum gehabt, in den er sich mitunter mit einer Flasche und seinen Erinnerungen zurückgezogen hatte. Seine alte Harpune hatte neben dem schwarzen, eisernen Ofen, der im Winter stets brannte, an der Wand gehangen. Wenn der Wind hier oben in stürmischen Nächten im Ofenrohr heulte und an den Fensterläden rüttelte, war es für Leif Larsen einfach gewesen, sich vorzustellen, er würde auf der Jagd nach Walen wieder über die Meere fahren.

Die Treppe führte direkt ins Atelier. Als der alte Mann es

Natalie zum ersten Mal gezeigt hatte, war ihr schier die Luft weggeblieben. Ein hundert Quadratmeter großes Dachatelier, dessen Boden mit Ahornholz ausgelegt war, mit einem Giebeldach aus Kiefernbalken und mit langen Fenstern, die von beiden Seiten Licht hereinließen. »Das ist perfekt!«, hatte Natalie ausgerufen. »Unglaublich, dass es hier die ganze Zeit so etwas gab.« Und der alte Leif hatte wie ein Wolf gegrinst. Er hatte eine Schwäche für junge Mädchen, aber er hatte sie niemals angerührt; das musste man ihm zugutehalten.

Ein blasses Dreieck, das an einen senkrechten Balken an der hinteren Wand geschlagen war, ragte in den Schatten des Dachstuhls. Es war der riesige Kiefer eines Pottwals, der von einer Spitze zur anderen fast sechs Meter maß und dessen beide Seiten mit Zähnen besetzt waren. Der Bulle, von dem der Kiefer stammte, war siebenundzwanzig Meter lang gewesen. Ricks Urgroßvater hatte den Kiefer von einer seiner Reisen mitgebracht. Natalie hatte das Stück gerettet, als die Fabrik entrümpelt worden war, und Rick hatte ihn hier für sie montiert. Sie berührte mit der Fingerspitze die Zähne und strich über die fettige Oberfläche des Kiefers. Obwohl er schon hundert Jahre der Luft ausgesetzt war, sonderte er noch immer Öl ab.

Natalie versuchte sich zu konzentrieren. Von ihrer Mutter gedrängt, bereitete sie sich auf eine Ausstellung in einer örtlichen Galerie vor. Eine »Retrospektive« – ein beeindruckender Titel für eine Rückschau, die bei Natalies vielseitiger Produktion alles Mögliche bedeuten konnte. Die Treibholzskulptur aus ihrer Jugend, als sie den Strand abgesucht hatte, frühe Seestücke, Skizzen und Porträts, als sie die Leute hier kennen gelernt hatte, und nun die komplizierte Muschelfotografie, von der sie derzeit besessen war.

Ihr Blick glitt über die Wände. Ein Meter bis eins zwanzig große Leinwände, die sie ohne große Sorgfalt aufgehängt hatte, bedeckten die Wand vom Boden bis zur Kieferndecke. Die

Seestücke hingen ganz oben – Einblicke in ihre frühe Phase, die jetzt nur noch in der Erinnerung existierte. Die Porträts schauten ihr auf Augenhöhe entgegen. Sie zeigten, fand Natalie, ihr wahres Talent. Hummerfischer, Hafenarbeiter, Frauen mit zerfurchten Gesichtern, in denen sich Mut und Elend spiegelte. Ihr Lieblingsbild war das von Ricks Vater, den sie vor dem Hintergrund des Meeres gemalt hatte. Sein unrasiertes Kinn schimmerte silbern im schräg einfallenden Licht, und seine zusammengekniffenen Augen schauten voller Verachtung in die Welt. Sie hatte den alten Mann in Ölzeug gemalt. In der rechten Hand hielt er ein Messer, das an einer langen Holzstange befestigt war. An der anderen Hand fehlten zwei Finger, die ihm von der Sehne einer Harpune abgerissen worden waren, die ein anderer Walfänger abgeschossen hatte. Wenn man das Bild betrachtete, hätte man meinen können, der alte Leif wäre soeben vom Deck eines argentinischen Fabrikschiffs gekommen, nach Tran und Schnaps stinkend.

Als Natalie ein Geräusch hörte, zuckte sie zusammen. Sie drehte sich um und sah jemanden in der Tür stehen.

Sie erkannte ihn auf den ersten Blick.

13

»Du hast gesagt, wir würden uns wiedersehen, wenn es sein soll.«

Er grinste. »Auf der Straße hängt ein Poster mit deinem Gesicht. Ich habe dich sofort erkannt.«

»Es war dunkel«, sagte Natalie in zurückhaltendem Tonfall.

»Es brannte ein Feuer. Richtig romantisch.«

Hinter seinem Charme verbarg sich Verletzbarkeit, stellte Natalie fest.

Er schaute sich die Bilder an. »Hast du die gemalt?«

Sie nickte, und der Gedanke, was er wohl von ihnen hielt, brachte sie in Verlegenheit.

Vor dem Porträt von Leif Larsen blieb er stehen. »Der Bursche sieht ganz schön hart aus.«

»Ein Walfänger aus alten Zeiten.« Sie verschränkte die Arme vor der Brust. »Ja, er war ein harter Typ. Der härteste Mann, den ich je kennen gelernt habe.«

Er schaute auf den Kiefer und lachte. Seine gute Stimmung war ansteckend. »Hast du Lust auf ein bisschen Spaß?«

Natalie blieb wachsam. »Was für ein Spaß?«

»Komm mit zum Hafen und schau es dir an.«

Natalie betrat den Schiffszubehör-Laden der Larsens. Rebecca bediente gerade einen Kunden. »Bin gleich für dich da, Natalie.«

»Kein Problem. Ich brauche nur einen Neoprenanzug.«

»Hinten an der Wand. Weißt du, welche Stärke du brauchst?«

»Sommer, schätze ich. Ein paar Freunde nehmen mich mit zu einer Runde Jetski durch den Sund.«

»Dann solltest du eine mittlere Stärke nehmen. Das sind die mit dem grünen Etikett. Wenn du eine Schutzweste möchtest, da in der Kiste am Ende des Ganges liegen gebrauchte.«

Natalie lief zwischen den Gängen hindurch, wo die Neoprenanzüge hingen. Sie zog einen hellblauen Anzug heraus, der an den Seiten mit gelben Streifen verziert war. Aus einem Regal mit Schwimmsachen nahm sie ein Bikiniunterteil, holte sich die Schutzweste und ging in die Umkleidekabine.

»Natalie«, rief Rebecca von der Theke, wo sie gerade den Rechnungsbetrag von der Kreditkarte des Kunden abbuchte. »Du brauchst das hier.« Sie schwenkte eine Plastiktüte.

»Oh ja, hab ich vergessen.« In der Kabine zog Natalie sich schnell aus. Da die Neoprenanzüge wie eine zweite Haut saßen, kostete es sie einige Mühe, sich hineinzuzwängen. Der Plastikverband half ihr, die Füße in die eng anliegenden Beine des Anzugs zu schieben.

»Tut mir leid, dass ich es gestern Abend nicht geschafft habe«, rief Ricks Schwester durch die Tür.

»Du hast nicht viel verpasst.« Natalie zog den Reißverschluss auf dem Rücken hoch. »Rick ist abgehauen, und ich hab mich mit meiner Mutter gestritten.« Sie trat aus der Kabine. »Passt wie angegossen. Was meinst du?«

»Body Glove. Das ist eine tolle Marke. Steht dir gut. Was ist es für ein Gefühl?«

»Eng, aber so muss es wohl sein.«

»Brauchst du Stiefel? In der Kiste liegen ein paar hübsche Modelle mit abgetrennten Zehen und rutschfester Sohle. Man soll einen guten Halt darin haben. Hier.«

»Danke. Tja, das wär's wohl. Ist es okay, wenn ich meine Sachen hier bei dir lasse?«

»Sicher. Lass deine Tasche am besten auch hier. Ich leg sie nach hinten zu meiner. Soll ich alles abbuchen?«

»Klar, nimm irgendeine Karte.«

»There were nights when the wind was so cold …«

Die Worte, die sich ihr ins Gedächtnis gebrannt hatten, erklangen aus dem Radio, das auf dem Regal hinter der Theke stand.

Die Blicke der Frauen trafen sich. »Dieses verdammte Lied wird andauernd gespielt.« Rebecca wandte den Blick ab.

»Ja, ich höre es auch überall«, sagte Natalie leichthin.

»Du willst also eine Tour mit einem Jetski machen?«

»Hat man mir versprochen. Draußen zum Riff.«

»Viel Spaß.«

»Danke. Bis nachher.«

Rebecca schaute der Verlobten ihres Bruders nachdenklich hinterher, als sie durch die Tür ging.

Es waren zwei Jetskis der Extraklasse mit schnittig geformten Chassis, um höhere Geschwindigkeiten zu erzielen, und langen, übergroßen Außentanks.

»Stark«, sagte Natalie beeindruckt. »Kawasaki?«

»Was sonst?«, erwiderte er. »Von einem Spezialisten frisiert und getunt. Sechzig Knoten auf dem offenen Meer.«

»Das ist ja Wahnsinn.«

»Kann man sagen. Wenn man bei der Geschwindigkeit eine Welle im falschen Winkel trifft, bricht man sich sämtliche Knochen.«

»Ich kann es kaum erwarten.«

»Okay. Wir fahren jetzt los.«

Sein Neoprenanzug saß wie angegossen. Jeder Muskel zeichnete sich darunter ab. Er hatte eine beeindruckende Figur. Neben ihm kam Natalie sich wie eine Elfe vor.

Die Anhänger wurden rückwärts ans Ufer gefahren. Der King zog seine Maschine ins Wasser, sprang auf und ließ den Motor an. Wasser spritzte hoch in die Luft. »Steig auf!«, rief er. Natalie setzte sich hinter ihn und schlang die Arme um seine Taille. Mit einem heftigen Ruck ging es los.

Die Geschwindigkeit der Jets war atemberaubend. Beide Surfer fuhren ihre Maschinen mit Höchstgeschwindigkeit übers offene Meer, jagten herannahende Wellen hinauf und stürzten die tiefen Wasserberge hinunter. Weiße Schaumfontänen spritzten über ihre Köpfe, als sie über die Wellenkämme schossen. Der King schien es zu genießen, mit der Maschine in jede sich brechende Woge einzutauchen.

Sie jagten an Green Island vorbei, wo Ricks »Traumvilla« stand, wie Natalie sie nannte, sein halb fertiges Haus, das sich mit der Rückseite an den Hang schmiegte und so vor herbstlichen Stürmen geschützt war. Als Rick zum ersten Mal mit ihr dorthin gefahren war, nachdem sie wochenlang gebettelt und Rick immer wieder neue Ausflüchte erfunden hatte, war es für Natalie der romantischste Ort der Welt gewesen. Jetzt waren sie im Nu daran vorbei. Sie rasten weiter, am Leuchtturm auf Long Island vorbei und weiter in Richtung Goodwill Bank. Das eisige Wasser des Labradorstroms spritzte ihnen in die Gesichter. Natalie, die kaum etwas sah und halb erfroren war, krallte ihre Finger in den Rücken des Kings, als der Jetski in die Wellentäler jagte.

Das ist genau das Richtige für dich, schoss es ihr durch den Kopf. Du bist noch zu jung, um schon dein ganzes Leben zu verplanen, Mädchen!

Bay of Fundy, SS *Pequod*

Der Monitor des Sonargerätes zeigte noch immer nichts an. Sogar die Haie und Schwertfische machten sich rar. Das Meer war wie ausgestorben. Patsy schaltete das Hydrophon ein. An guten Tagen sendete die Besatzung die schaurigen Gesänge der Buckelwale, die einander in den Tiefen des Meeres riefen, und das Klicken und Flüstern der Delfine und Killerwale. Niederfrequenzlaute, die unter Wasser über große Entfernungen getragen wurden. Doch es waren nur ein paar ferne, undeutliche Geräusche zu hören. Patsy hatte das Gefühl, als würden die Wale sich von ihnen entfernen.

»Oben an der Bucht vielleicht?«, fragte Rick hoffnungsvoll.

»Möglich, aber ich glaube eher, das hier kommt vom offenen Meer. Es ist ja auch kaum zu hören. Sie schwimmen schnell, sparen Energie und verschwenden keinen Atem.«

Sie fuhren weiter. Nach wie vor war nur das Kielwasser ihres Schiffes zu sehen. Betrübt richteten die Passagiere ihre Kameras auf tauchende Vögel und weitere Schwärme der allgegenwärtigen Quallen. Die Kapitäne anderer Boote klagten ebenfalls über Funk über das Ausbleiben der Meeressäuger. Es schien, als wären alle Wale und Delfine, die sich in Küstennähe aufgehalten hatten, in die Tiefen des Meeres zurückgekehrt. Ein Besatzungsmitglied sprach aus, was alle dachten: »Was wissen sie, was wir nicht wissen?«

Patsy trat hinaus aufs Vordeck. Das Schiff fuhr fast zwanzig Knoten, und der Wind heulte in ihren Ohren. Normalerweise war hier draußen, fern der Abgase des Motors, ihr Lieblingsplatz. Die Salzbrise brannte auf ihren Wangen, während die Wellen sich unter dem Bug brachen. Einige Passagiere klammerten sich an die Reling und schauten verzagt aufs Meer. Gelangweilte Kinder spielten mit den Leinen. Paul Olson schaute Patsy böse an. Er war gereizt, und das war kein Wunder.

Patsy rief die Passagiere zusammen. Es war wichtig, sie bei Laune zu halten. »Erst gestern waren wir genau hier an dieser Stelle, und eine vierköpfige Glattwalfamilie durchbrach keine zwanzig Meter von Backbord das Wasser. Glattwale sind selten. Sie wurden so erbarmungslos gejagt, dass sie vom Aussterben bedroht waren. Der Sprühregen aus ihren Blaslöchern spritzte bis hierher. Wir alle sind nass geworden.« Sie beschrieb detailliert die riesigen Flanken, die so lang waren wie das halbe Schiff und die sich hoben und die Wellen teilten. Die Wasserfontänen, die in die Höhe schossen, wenn die großen Schwanzflossen auf dem Wasser aufschlugen. »Das machen Killerwale, um Schwärme kleinerer Fische zu betäuben, sodass sie sie leichter fangen können. Es ist beeindruckend, so große Lebewesen aus der Nähe zu betrachten.«

Sie erreichten die Mündung der Bay of Fundy, ohne etwas zu sehen; dabei gehörte diese Stelle zu den reichsten Fischgründen der Küste. Das Wasser war mit so viel Plankton und Krill angereichert, dass es eine grüne Farbe aufwies. Sturmvögel und Sturmtaucher umkreisten das Schiff mit krächzenden Schreien. Patsy erinnerte sich, eine Herde von elf Killerwalen, die Blauhaie jagten, genau hier gesehen zu haben. Heute war das Meer wie ausgestorben. In der Ferne sahen sie die anderen Schiffe, die ebenfalls erfolglos nach den Walen suchten.

Die See wurde unruhig. Einige Passagiere zeigten Anzeichen von Übelkeit. Die Zeit verging. Patsy stieg zum Ruderhaus hinauf. Das Schiff fuhr im Autopilotmodus, und Rick stand am Fenster und schaute mit hängenden Schultern auf die Bucht. Magnus trat zu den anderen ins Ruderhaus. Nach einem kurzen Gespräch beschloss Rick, zurückzufahren. Über den Lautsprecher verkündete er, dass den Passagieren das Geld für die Tickets zurückerstattet würde.

In der Kabine herrschten Schweigen und beinahe düstere Resignation. Rick und seine Vettern hatten gerade achthundert Dollar in den Wind geschrieben. Und die doppelte Summe, wenn der Nachmittag sich ebenfalls als Reinfall entpuppte.

Patsy standen ihre hundert Dollar dennoch zu, doch sie beschloss, an diesem Tag das Leid der anderen zu teilen.

Doch sie fühlte sich im Stich gelassen und betrogen. Die Wale waren ihre Freunde. Jetzt kam es ihr vor, als wären sie vor ihr geflohen. Was war los?

»Tiere halten sich an Verhaltensmuster«, sagte sie zu Rick, »und sie sind selten launenhaft. Wenn ihr Verhalten sich so dramatisch verändert hat, muss es einen zwingenden Grund dafür geben.«

»Könnte es mit der Umwelt zu tun haben?«, überlegte Rick. »Eine Veränderung der Wassertemperatur oder des Salzgehalts? Vielleicht derselbe Grund, der die verdammten Quallen aus den Tropen hierher gebracht hat?«

Patsy zuckte mit den Schultern. »Wale sind komplizierte Tiere. Sie sind sehr unterschiedlich, sogar innerhalb sozialer Verbände der gleichen Spezies. Es ist schwer vorstellbar, dass ein einziger Faktor verantwortlich ist, wenn verschiedene Spezies gleichzeitig verschwinden.«

Das Barometer zeigte noch immer einen hohen Luftdruck an. Rick schaltete den Sender des Wetterdienstes ein, doch es wurde nichts durchgegeben, das einen Hinweis hätte liefern können, was die Wale vertrieben hatte. Magnus übernahm das Ruder und fuhr mit voller Kraft zurück, obwohl bei dem Tempo mehr Sprit verbraucht wurde. Doch je eher dieser Albtraum vorüber war, desto besser.

North Head Island kam in Sicht. Es war noch immer ein herrlicher Sommertag. Patsy klammerte sich an die Hoffnung, dass sich doch noch Tiere zeigten, ehe sie den Hafen erreichten. Es kam vor, dass Delfine und Haie bis in den Hafen schwammen und Wale sich so nahe an die Küste wagten, dass man sie vom Strand aus sehen konnte.

Plötzlich waren von der Reling an der Backbordseite laute Schreie zu hören. Die Passagiere hatten etwas entdeckt. Blitzschnell riss Patsy ihr Fernglas hoch und sah es auch. Einen weißen Streifen im Wasser, der sich schnell bewegte. Eine Sekunde schöpfte sie Hoffnung, doch im nächsten Augenblick löste der Streifen sich auf, und sie erkannte einen Jetski, dahinter einen zweiten.

Sie waren noch zwei Meilen vom Ufer entfernt, und die Wellen waren so hoch, dass die *Pequod* zu stampfen begann, doch die Jetskifahrer jagten ohne Rücksicht durchs Wasser, schossen die Flanken der Brecher hinauf und fuhren mit Schwung über die Wellenkämme.

Magnus spuckte über die Schulter ins Wasser. »Die verdammten Surfer! Jetzt wissen wir, was die Wale vertrieben hat.«

Er drosselte kurzfristig das Tempo, als sie sich näherten. Patsy schaute zu. Die Surfer schienen vollkommen furchtlos zu sein. Rick richtete das starke Fernglas auf der Brücke auf sie. Als das Boot näher kam, winkten einige Passagiere. Sie waren froh, dass die Monotonie durchbrochen wurde. Die Jetskifahrer erwiderten die Grüße, drehten und fuhren quer durch das Kielwasser der *Pequod*.

»Sie haben keine Surfbretter bei sich. Sieht so aus, als wollten sie die Wellen für später testen«, meinte Patsy.

»So weit draußen?«, erwiderte Rick. Er war wütend und suchte einen Sündenbock.

Patsy zuckte mit den Schultern. Auf Hawaii gab es einige der höchsten Wellen der Welt, vier Meilen vor der Küste, wo die Wellen sich an einem Riff brachen. Über zwanzig Meter hohe Wellen – so gewaltig, dass nur die Mutigsten und Besten den Versuch wagen konnten, sie zu reiten. Und einige der Furcht erregendsten Brecher hatten einen Namen: »Jaws« nannten die Surfer sie.

Patsy legte beschwichtigend eine Hand auf Magnus' Arm. Seiner Meinung nach hatten die Jetskis mit ihren hochtourigen Motoren die Wale vertrieben. Er verlangte, dass Rick als Stadtverordneter anordnete, Jetskis vom Strand zu verbannen. Unmöglich, stieß Rick hervor, und selbst wenn sie es täten, würden sie es niemals schaffen, ein solches Verbot durchzusetzen. Patsy schüttelte den Kopf. Die Surfer traf keine Schuld, da war sie sicher. Ganze Schiffe voller Touristen schienen die Wale nicht einzuschüchtern. Über den Grand Banks spürten sie sogar absichtlich Fischerboote als Indiz für gute Fischgründe auf. Nein, was die Wale vertrieben hatte, musste etwas Bedeutsameres sein als ein Wassermotorrad.

Surfer und Wale. Patsy war sicher, dass es eine Verbindung gab. Die Surfer kamen hier an, und gleichzeitig verschwanden die Wale. Doch welche Verbindung bestand zwischen diesen beiden Phänomenen?

Rick presste grimmig die Lippen zusammen. Er versuchte sich einzureden, dass er sich geirrt haben müsse, als er die Jetskis durchs Fernglas beobachtet hatte. Die Frau, die sich an den Jetskifahrer geklammert und ihnen zugewinkt hatte, *konnte* nicht Natalie gewesen sein.

14

Cumbre Vieja, La Palma, Kanarische Inseln

»Das ist Unsinn, Concha!«, rief Malcolm. Ihre Übertreibungen brachten ihn immer wieder auf die Palme. »Solche verrückten Gespräche haben uns gerade noch gefehlt!« Hier auf dieser Insel, wo alle nervös und ängstlich waren, weil sie einen erneuten Ausbruch befürchteten, konnte jeden Moment Panik ausbrechen.

Die Fäuste geballt, starrte Concha ihn an. »Amerika!«, zischte sie. »Wenn der Berg auseinanderbricht und ins Meer stürzt, wird die höchste Welle entstehen, die es jemals gegeben hat. Eine Welle, die über den Ozean rast und die Ostküste Nordamerikas trifft.« Es schien, als betrachtete Concha den Gedanken der Verwüstung der Küste Neuenglands als irgendwie gerechtfertigt. Malcolm versuchte sich vorzustellen, was für ein Gefühl es für ihn wäre, würde sein Heimatland verwüstet, während selbstgefällige Wissenschaftler aus reichen Ländern das Elend mit entrückter Neugier studierten. Vielleicht wäre er dann auch wütend gewesen und hätte am liebsten auf die Fremden eingeschlagen.

Eine kräftige Erschütterung unter seinen Füßen beendete weitere Streitereien. Felipe rief den anderen etwas zu. Der Druck des Magmas im Schlot unter ihnen nahm zu, und die dünne Kruste, die das glutflüssige Gestein wie ein Flaschenpfropfen zurückhielt, drohte aufzubrechen. Jeden Augenblick würde die Krusten zerbersten – mit katastrophalen Folgen für jeden, der im Krater gefangen war. Malcolm setzte seinen

Rucksack auf, schob das Mädchen vor sich her und begann den Aufstieg zum Rand des Kraters.

Viktor ging mit langen, federnden Schritten voraus. Sie hatten erst ein paar Meter zurückgelegt, als ein entsetzliches Vibrieren und Dröhnen genau unter ihnen einsetzte. Von wahnsinniger Angst gepackt, klammerten sie sich aneinander, um sich gegenseitig zu stützen, während das Vibrieren zunahm und der Berg pochte und bebte, als würden riesige Hämmer auf das Gestein schlagen. Malcolm und Concha wurden wie Puppen zu Boden geworfen. Taumelnd wie ein Betrunkener, rappelte Malcolm sich auf, krallte die Faust in den Overall der Studentin und zog sie ebenfalls hoch. Sie mussten weiter, koste es was es wolle.

Ein Knattern wie eine Gewehrsalve hallte durch den Krater. Staubwolken wogten, und abgeplatzte Felsstücke flogen wie Granatsplitter durch die Luft. Wie von einer Axt gespalten, öffnete sich genau vor Conchas Füßen ein meterbreiter Spalt, und ein kreischender Geysir schwefelhaltigen Wassers schoss heraus. Kochender Regen ergoss sich in den Krater. Dicke Dampfschwaden stiegen zum Himmel auf.

Malcolm hielt Concha am Arm fest und zog sie weiter. Ätzende Gase strömten aus kleinen Spalten, und der glühend heiße Niederschlag aus dem Geysir versengte ungeschützte Haut wie Säure. Als sie sich blind ihren Weg durch Rauch und Gas bahnten, drohten sie zu ersticken. Sie schwitzten in ihren dicken feuerfesten Overalls und unter den Helmen, und bei jedem Schritt bebte der Berg unter ihnen. Sie erreichten den Beginn des Kraterhangs und begannen mit dem Aufstieg. Die lockere Oberfläche verwandelte sich schnell in einen flüssigen Schlamm, der an ihren Stiefeln zerrte.

Sie hatten die Hälfte des Hanges erklommen, als der Vulkan ausbrach. Malcolm nahm die Explosion gar nicht bewusst wahr. Seine Ohren waren bereits taub von dem schrecklichen Lärm, dem Kreischen der Schlote und dem Rumpeln und Knacken der Felsen. Eine riesige Faust traf ihn von hinten und schleuderte ihn und Concha bäuchlings ins Geröll. Blutend und keuchend, Augen und Mund voller ätzendem Schlamm, rappelte Malcolm sich mühsam wieder hoch. Wenn sie blieben, wo sie waren, bedeutete es den sicheren Tod.

Malcolm warf einen Blick zurück durch den wirbelnden Rauch. Grelles Licht erhellte ein Bild wie aus der Hölle. Der größte Schlot spuckte flüssige Feuerschwaden. Funken und Magmabrocken, die alles versengten, was sie berührten, schossen durch die Luft. Rauch, teils dunkel, teils von giftigen blauen und grünen Dämpfen durchsetzt, brodelte über ihren Köpfen und verdunkelte die Sonne. Dann war ein Zischen zu hören, gefolgt von einer gewaltigen Erschütterung, als ein riesiger Brocken ganz in der Nähe in den Abhang einschlug. Malcolm blieb fast das Herz stehen. Ein weiteres Beben erschütterte den Krater, und Tonnen weißglühender Gesteinsmassen schossen durch den Rauch hindurch in erkaltete Lava, die zerschmettert wurde und sich in einen tödlichen Hagel messerscharfer Steinsplitter verwandelte, die Stoff und Fleisch durchdrangen und alles entzündeten, was sie berührten.

Lavabomben! Der Cumbre Vieja explodierte, und die Wissenschaftler waren im Krater gefangen.

15

Der Jetski mit dem King und Natalie, die hinter ihm saß und sie krampfhaft an ihm festhielt, fuhr einen weiten Bogen am Leuchtturm auf Long Island vorbei und jagte unter den Klippen von Curtain Bluff hindurch. Sie drosselten ein wenig das Tempo. Natalie schüttelte den Kopf, damit die Gischt aus ihren Augen rann. Aufgrund des starken Wellengangs vermutete sie, dass sie über das Riff fuhren, die so genannte Goodwill-Bank, wo das Gelände unter Wasser steil abfiel. Ab und zu tauchten andere Surfer zwischen den Wellenkämmen auf, die meisten ebenfalls auf Wassermotorrädern.

Der King rief seinem Freund mit dem zertrümmerten Bein etwas zu. Der Hinkende zeigte zur Küste. Offenbar hoffte er, dort viel versprechende Wellen zu finden. Der King nickte, und sie rasten gemeinsam los, und die Jetskis schossen über die Wogen. Dann verlangsamten sie wieder das Tempo, und es schien, als spräche der Hinkende in ein Funkgerät. Natalie sah, dass er sich reckte, um einen besseren Blick zu haben. Es musste irgendwo auf den Klippen einen Posten geben, der nach herannahenden Wellen Ausschau hielt.

Sie hatten sich nun den anderen Fahrern genähert. Ein Jetski in ihrer Nähe hatte gerade ein Surfbrett ins Wasser gelassen. Eine junge Frau mit blondem, nassem Haar, das auf ihren Schultern klebte, kauerte sich auf das Brett und hielt sich an einem Seil fest. Der Jetski fuhr weiter und beschleunigte. Die Surferin erhob sich graziös und lehnte sich mit ausgestreckten Armen zurück, sodass das Seil gestrafft wurde. Das Surfbrett glitt übers Wasser, sprang von Wellenkamm zu Wellenkamm.

Natalie, die die Kraft und Geschicklichkeit der Surferin bewunderte, nahm an, dass deren Füße mit Schlaufen auf dem Brett befestigt waren.

Der King drehte sich um und rief ihr etwas über die Schulter zu. Der Hinkende raste nun durch das Kielwasser der Surferin. Mit einem Ruck gab der King Vollgas und folgte dem Hinkenden. Beide suchten eine geeignete Stelle, um in eine Welle einzutauchen. Sie fuhren die Vorderseite eines großen Brechers hinauf und erreichten den Wellenkamm. Natalies Herzschlag setzte einen Moment aus, als der Bug sich senkte und der Ozean sich wie ein klaffender Abgrund vor ihnen öffnete. In einem halsbrecherischen Winkel fuhren sie die Welle hinunter. Ein Schatten verdunkelte die Oberfläche, als eine Wasserwand über ihnen aufragte.

Die Surferin war etwa fünfzig Meter hinter ihnen. Die Welle brach sich links, und der Jetskifahrer jagte die Wasserwand hinauf, um die Surferin an der höchsten Stelle auf den Wellenkamm zu ziehen. Es war eine gewaltige Welle, doppelt so hoch wie die Surferin, die auf dem Brett hockte, so schien es Natalie jedenfalls. Sie sahen, dass sie das Seil losließ und graziös weiterglitt, angetrieben nur von der Kraft der Welle. Der King riss die Maschine hoch und fuhr mit unverminderter Geschwindigkeit auf den Wellenkamm zu. Sie schafften es gerade, als die Welle über ihren Köpfen brach. Natalie stockte der Atem, als ein Wasserschwall sie wie eine Bombe traf.

Der King drehte auf dem Wellenkamm, raste durch das Kielwasser des Jetskis, der die Surferin gezogen hatte, und fuhr auf dem Brecher auf die Klippen zu. Natalie verlor das Surfbrett und die langhaarige Surferin aus den Augen. Die Klippen waren jetzt ganz nahe. Natalie sah die Gischt, die von den Felsen tief unten aufspritzte. Dann tauchte die Surferin plötzlich wieder auf, als sie genau am Ende der Welle aus der schäumenden Rolle herausschoss.

»He, das war Wahnsinn!«, rief Natalie dem King ins Ohr. Ein paar Minuten fuhren sie parallel zur Küste, den Hinkenden an ihrer Seite. Natalie fühlte sich frei wie ein Vogel. Das Meer war jetzt ruhiger, und sie gewöhnte sich allmählich an die rasante Fahrweise des Kings.

Der King streckte wieder den Arm aus. Natalie hob den Blick und sah ein Schiff mit einem weißen Rumpf in ihrer Nähe, das auf den Sund zusteuerte. Das konnte nur die *Pequod* sein. Es war ein hübsches Schiff, und es fuhr ziemlich schnell. Vermutlich stand Rick im Ruderhaus. Als sie sich näherten, sah sie Passagiere an Deck und winkte ihnen stürmisch und trotzig zu.

Die *Pequod* fuhr davon, und sie kehrten wieder zu den Klippen zurück und hofften auf weitere Brecher. Der King schüttelte verächtlich den Kopf. »Knapp zwei Meter. Das ist gar nichts!«

Der Hinkende zeigte zum Himmel und rief etwas, doch der Wind trug seine Worte davon. Er steckte einen Finger seitlich in den Mund, und plötzlich hörte Natalie wieder dieselben seltsamen schrillen Pfeiftöne wie gestern Abend. Den spanischen Pfeifcode. Der King antwortete mit kurzen scharfen Klängen, die sich wütend anhörten.

Der Hinkende sprach in sein Funkgerät. Plötzlich entstand Hektik. Beide Jetskis gaben Vollgas und rasten in irrem Tempo Richtung Küste auf die Klippen zu.

Jemand war verletzt.

Bearskin Neck, Goodwill

Sheena Dubois jagte noch immer Erklärungen für das Ereignis von gestern Abend hinterher. Vor der Hafenkneipe traf sie Jack Pearl. Sie sprachen über die Strömung, die den Leichnam in den Sund geschwemmt hatte. Ray Burns' Name fiel.

»Ein weißhaariger Mann, der an der Pigeon Cove wohnt?«

Ja, erklärte Jack in schleppendem Ton. Der alte Ray sei ursprünglich Ingenieur gewesen. »Er zog vor über zwanzig Jahren hierher. Ein seltsamer alter Kauz. Wollte nicht Auto fahren, fuhr überall mit dem Fahrrad hin. Er hatte seine eigenen Theorien über die Strömungen im Golf von Maine und meinte, die Experten hätten sie falsch eingezeichnet. Einmal wurde er von der Umweltbehörde verwarnt, weil er am Curtain Bluff Colaflaschen ins Wasser geworfen hat.«

Sheena notierte sich den Namen. »Erzählen Sie mir mehr.«

»Ray hatte eine eigene Website. Falls jemand eine seiner Flaschen fand, wenn sie irgendwo angeschwemmt wurde, wurde er auf der Website gebeten, die genauen Umstände sowie Ort und Zeitpunkt des Fundes anzugeben.«

»Bekam er jemals eine Antwort?«

Jack Pearl kratzte sich nachdenklich am Kopf. »Sie werden es nicht glauben, aber offenbar bekam er Antworten von überall – aus Afrika, Portugal, Spanien, der Karibik und Gott weiß von wo noch. Als hätten die Leute dort nichts Besseres zu tun, als den Strand bei Ebbe nach Strandgut abzusuchen.«

»Die Strömung bringt sie den ganzen Weg hierher zurück in den Sund?«, fragte Sheena skeptisch.

Jack nickte. »Ray hat mir ein paar Flaschen gezeigt. Er vermutet, dass es mit dem Verlauf der Strömungen zusammenhängt.« Jack kicherte. »Einer der Finder war eine Dänin, die auf einer Insel wohnt. Ich hab vergessen, auf welcher. Ich hab zu Ray gesagt, er soll sie fragen, ob sie seine Brieffreundin werden wolle. Das einzige Problem ist, dass er zwei Jahre auf eine Antwort warten muss.«

Diese Stadt steckt voller Überraschungen, dachte Sheena, als sie zu ihrem Wagen zurückkehrte.

Als sie losfuhr, hörte sie die heulende Sirene eines Rettungswagens.

Indian Point, Mittagszeit

Natalies Mutter schnitt Blumen neben dem Haus, als der zerbeulte Pick-up in die Einfahrt fuhr. Es war der Hobbyarchäologe und Rutengänger, der auf dem Grundstück Grabungen vornahm – eine Idee ihres Gatten. Der Mann winkte ihr zu.

»Ah, Mr. Seymour«, rief sie, nachdem ihr der Name zum Glück noch rechtzeitig eingefallen war.

»Guten Morgen, Mrs. Maxwell«, begrüßte er sie herzlich. »Ein interessantes Gespräch, das ich gestern Abend mit Ihrem Mann geführt habe. Ich wusste gar nicht, dass diese Gegend eine solche Geschichte birgt.«

»Es hört sich ganz so an, als hätten Sie ein paar ungewöhnliche Entdeckungen gemacht, Mr. Seymour.«

»Ja, es ist wirklich sonderbar«, erwiderte der Mann mit der Brille, dessen Gesicht sich vor Aufregung rötete. »In den Gräben haben wir Gesteinsschichten entdeckt, die ausschließlich aus Muscheln und Kies bestanden.«

»Muscheln?«, fragte Elise und fragte sich, wohin das alles führen würde.

»Ja, und Kies. Genauer gesagt, abgerundete Kieselsteine, vom Ozean ausgewaschen.«

»Wie interessant.«

»Ja, und sehr merkwürdig. Ich habe den Ursprung noch nicht ergründen können. Es scheint fast so, als ob dieser Teil des Landes vor relativ kurzer Zeit, vielleicht innerhalb der letzten fünfhundert Jahre, mal unter Wasser stand. Was natürlich lächerlich ist, da wir mehr als dreißig Meter über der Uferlinie liegen.«

»Könnten diese Schichten mit unseren indianischen Ureinwohnern in Verbindung stehen?«

Mr. Seymours Kopf wackelte auf dem langen dünnen Hals hin und her. »Möglich wäre es, ja, aber bis jetzt haben wir keine einzige andere Spur der Ureinwohner am Indian Point entdeckt. Und das ist ungewöhnlich. Da ist nicht nur der Name selbst – der Indian Point bietet sich als Beobachtungsposten ja geradezu an. Aber das Gebiet hier in Goodwill ist nahe am Ufer besonders arm an indianischen Artefakten. Weiter im Inland gibt es zahlreiche Spuren von Siedlungen. Es ist fast so, als wäre die gesamte Küstenzone irgendwann in jüngster Vergangenheit überschwemmt gewesen. Es ist wirklich außergewöhnlich.«

»Außergewöhnlich«, pfichtete Elise Maxwell ihm bei.

Officer Logan Clancy fuhr auf den Hof des Seafarers Motels. Abbys Hilfskraft stand auf einer Leiter und hängte über dem Eingang Fahnen auf, und im Büro hörte man die Stimmen von Gästen. Plakate an der Wand, ein Hinweis auf der Theke: SCHLÜSSEL BITTE HIER ABGEBEN.

Am Empfang stand ein adrett gekleidetes Paar, und Abby rasselte gerade ihren Standard-Begrüßungstext herunter. »Sie überqueren den Parkplatz und folgen dem Fußweg zur Rückseite des Motels. Nummer acht ist im ersten Stock. Sie können davor parken. Auf den Gängen stehen Automaten. Eis ist kostenlos. Füllen Sie einfach Ihren Eimer, der auf dem Zimmer steht. Der Supermarkt und der Waschsalon sind gleich gegenüber auf der anderen Straßenseite. Handtücher für den Pool bekommen Sie hier an der Theke. Wenn Sie sonst noch etwas brauchen, sagen Sie einfach Bescheid. Wir helfen Ihnen gern.«

»Haben Sie einen Stadtplan?«

»Auf dem Tisch hinter Ihnen. Stadtpläne, Stadtführer, Broschüren, Sehenswürdigkeiten, Veranstaltungen, Restaurants, Geldautomaten. Wir wünschen Ihnen einen angenehmen Aufenthalt.« Abby drehte sich zu Clancy um. »Ja, junger Mann?«

»Morgen, Mrs. Cotton. Wie geht es Ihnen?«

»Gut, Logan, danke. Was kann ich für Sie tun?«

Clancy setzte zu einer Erklärung über die Fahrräder an.

»Eine Sekunde bitte.« Abby musste sich um zwei junge Frauen kümmern. »Auschecken? Beth, Liebes«, trällerte sie ihrer Schwägerin zu. »Könntest du die Rechnungen für einundzwanzig bitte ausdrucken?«

»Ich komme!« Beths Finger huschten über die Tastatur.

»Nun?«, sagte Abby zu den Gästen. »Sind Sie gestern endlich mit dem Floß gefahren?«

»Ja, auf dem Kennebec River, wie Sie es empfohlen haben. Es war super! Janis wurde in den Stromschnellen vom Floß gerissen.«

»Ja, wenn das Kraftwerk stromaufwärts Wasser in den Fluss leitet, steigt der Pegel sehr schnell. Und die Führer sehen es gern, wenn Leute vom Floß gerissen werden, weil das für Aufregung sorgt. Sie passen aber gut auf einen auf. Ah, da ist Beth mit Ihrer Rechnung. Gute Reise, und ich hoffe, ich sehe Sie einmal wieder.«

»Entschuldigung, Logan.« Abby kehrte zurück. »Sie hatten was von Fahrrädern gesagt?«

Clancy begann noch einmal von vorn und erzählte, wie es dazu gekommen war, dass er die Fahrräder gesehen und mit dem Jungen gesprochen hatte.

»Und diese Leute haben wirklich gesagt, dass sie hier im Seafarers übernachten?«

»Tab behauptet es jedenfalls.«

»Und keine Namen, die uns weiterhelfen könnten?«

»Er meint, die Frau hieß Kim.«

Abby runzelte die Stirn. »Bei uns sind mehrere Fahrradfahrer abgestiegen, aber soviel ich weiß, hat niemand sich über ein vermisstes Rad beklagt.«

»Zwei Fahrräder«, korrigierte Clancy sie. »Spezialanfertigungen, keine gemieteten Räder.«

Abby schaute aus dem Fenster und sah einen Van langsam auf den Hof fahren. »Da ist der Wagen der Wäscherei. Ich muss mich darum kümmern.«

»Entschuldigung, Ma'am«, rief ein rotblonder Mann mit einer Frau und zwei Kindern im Schlepptau. »Wann beginnt das Festival?«

»Die Dreihundertjahrfeier ist morgen«, gab Abby ihm Auskunft. »Der Festzug nimmt um vierzehn Uhr vor der Feuerwache in der Green Aufstellung, und abends gibt's ein Feuerwerk. Am Sonntag findet dann die Jachtregatta statt.«

»Danke, Ma'am!«, rief der Mann.

»Kein Problem.«

16

La Palma, Kanarische Inseln

Auf Händen und Knien krochen Malcolm und Concha den Abhang zum Gipfel des Kraterrands hinauf, während unter ihnen der Rachen des Vulkans grollte und donnerte wie der Eingang zur Hölle. Bei jeder Explosion bebte der Berg, und riesige Lavabrocken schossen hoch in die Luft, um mit ohrenbetäubendem Kreischen wieder durch den Rauch hinabzustürzen und in das weiche Geröll einzuschlagen. Jedes Mal landeten weißglühende Gesteinsklumpen in ihrer unmittelbaren Nähe. Der Aufschlag riss den Kletterern den Boden unter den Füßen weg und begrub sie halb unter Staub und Geröll.

Bei jeder Explosion schossen Feuerfontänen gen Himmel und ließen weißglühende Funken auf die Wissenschaftler regnen. Die Hitze und der Gestank waren unerträglich. Sogar der Sand und das Gestein unter ihren Füßen schienen in Flammen zu stehen, und die Luft verbrannte ihre Lungen bei jedem schmerzhaften Atemzug. Ein weiteres Beben erschütterte den Berg und löste oben auf dem Gipfel eine Geröllawine aus, die den Hang hinunterschoss. Als Malcolm von einem Felsstück getroffen wurde, verlor er den Halt und rutschte den Hang hinunter, während Steine auf ihn niederprasselten und die stickigen Staubwolken ihn umhüllten. Benommen wurde er gegen harte, erkaltete Lava gepresst, während der Grund unter ihm bebte und vibrierte, als würde der Vulkan auf Federn stehen.

Der Lärm verwandelte sich in ein tiefes, kehliges Rumpeln, das ihn erzittern ließ, bis er das Gefühl hatte, die Knochen in seinem Körper würden in Stücke gerissen. Die Angst verlieh ihm die Kraft, sich aufzurappeln. Concha war nirgendwo zu sehen, und einen schrecklichen Augenblick glaubte er, er hätte sie verloren. Dann erblickte er ihren Helm ein Stück höher in der Nähe des Kraterrandes. Sie bewegte sich noch immer langsam durch den Rauch. Felipe war in ihrer Nähe. Malcolm sah, dass Felipe stehen blieb und einen Blick hinunter auf Viktor warf, der durch die Felsblöcke weiter unten kroch, während der Rucksack ihn in die Tiefe zu ziehen drohte. Der Russe war der Letzte der Gruppe gewesen, der den Kraterboden verlassen hatte. Felipe rief ihm etwas zu. Wahrscheinlich riet er ihm, den Rucksack abzuwerfen; dann war es einfacher für ihn, den Hang hinaufzusteigen. Doch Malcolm kannte Viktor. Für den Russen war es undenkbar, seine Messgeräte zurückzulassen.

Malcolm wischte sich den verkrusteten Schweiß und Staub vom Gesicht, der seinen Mund, seine Nase und die Augen bedeckte, und schleppte sich mühsam wieder den Hang hinauf. Die Hitze war schier unerträglich. Er hatte seine Handschuhe verloren, und jetzt waren seine ungeschützten Hände von den spitzen Steinsplittern, die der Vulkan herausgeschleudert hatte, aufgerissen, voller Blasen und Brandwunden. Ohne seinen feuerfesten Overall wäre er in einer noch viel schlimmeren Verfassung gewesen.

Felipe lehnte die Schutzanzüge ab, Viktor ebenfalls. Der Russe behauptete, Schutzkleidung sei gefährlich. Sie gebe einem das trügerische Gefühl der Sicherheit und verlangsame jede Bewegung. Sicher, ein Helm könne Schutz bieten, aber feuerfeste Kleidung sei beschwerlich zu tragen, und wenn man in einem Lavafluss gefangen sei – wovor Gott sie alle bewahren möge –, sei diese Kleidung vollkommen nutzlos.

Noch immer wurde flammendes Felsgestein aus dem zentralen Kegel geschleudert, begleitet von einem entsetzlichen Asche- und Steinhagel, der ihnen krachend und zischend um die Ohren flog. Felipe schickte sich an, den Hang wieder hinabzusteigen, um Viktor zu helfen. Malcolm winkte ihm zu, dass es für ihn näher sei und dass er gehen würde. Dann zeigte er auf Concha, um Felipe zu verstehen zu geben, dass er sich um das Mädchen kümmern und ihm Viktor überlassen solle. Der Russe stand bis zu den Knien in lockerem Gestein und hatte Schwierigkeiten, sich zu befreien. Malcolm rutschte ein Stück hinunter und kroch mühsam quer über den Abhang zu der Stelle, wo er Viktor die Hand reichen konnte. Viktor sah ihn kommen. Der Amerikaner sah die strahlend weißen Zähne in Viktors rußgeschwärztem Gesicht, als der Russe ihm ein Zeichen gab, sich nicht um ihn zu kümmern.

»Ich komme schon klar«, signalisierte er ihm. »Kümmere dich um dich selbst.«

Zwanzig Meter trennten die beiden Männer. Malcolm hatte die Hälfte der Distanz zurückgelegt, als der Vulkan wieder bebte und neuerliche Explosionen den Krater in grelles rotes Licht tauchten. Gelbe Schwefelschwaden spritzten inmitten der Aschewolken, durch die zehn Meter hohe Stichflammen schossen, aus Spalten in dem Felsen. Die Auswürfe des Rauchs und der Asche wurden von grauenhaftem Knacken begleitet, als der Kraterboden sich unter dem unaufhörlichen Druck von unten wölbte und spaltete und gefräßiges Magma hervorquoll. Rauch, Gas und stiebende Funken wirbelten durch die Luft, sodass jeder Atemzug schmerzte und die Lungen verbrannte.

Malcolm sah die tödliche Eruption gar nicht. Er richtete seine ganze Aufmerksamkeit auf Viktor, der den Hang hinaufkroch, wobei er sich mit dem schweren Rucksack abmühte. Dann stürzte das flüssige Gestein aus dem Erdinnern vom rauchverhangenen Himmel auf den Russen und löschte mit seiner mörderischen Hitze sein Leben aus.

Der Cumbre Vieja hatte sein erstes Opfer gefordert.

17

Bevor die *Pequod* in den Sund zurückgekehrt war, klingelte Ricks Telefon. Es war Munroe, der von der *Cat's Eye* anrief und ihn fragte, ob er am Spätnachmittag seine Tour mit der *Pequod* machen würde. Nein, erwiderte Rick, er habe sich dagegen entschieden. Das wäre nur sinnlose Spritvergeudung, und er würde noch mehr Passagiere verärgern.

Patsy stimmte ihm zu. »Die Wale werden zurückkehren, wenn es ihnen beliebt. Das haben sie immer schon getan.«

Ricks Handy zeigte an, dass Natalie versucht hatte, ihn zu erreichen, doch sie hatte keine Nachricht hinterlassen, und als er sie zurückrief, meldete sie sich nicht.

Dann klingelte das Telefon erneut. Diesmal wurde Dons Nummer angezeigt. »Rick, es gibt Probleme«, begann der Polizeichef. »Es hat einen Unfall gegeben. Eine Surferin wurde hinter Curtain Bluff verletzt. Ihre Freunde haben sie ans Ufer gebracht, und sie wurde ins Krankenhaus eingeliefert. Ich weiß noch nicht, wie es ihr geht.«

»Wurde die Familie benachrichtigt?«

»Wir sind dabei. Und als würde das nicht reichen, gibt es weitere schlechte Nachrichten in Sachen Tsunami. Sieht so aus, als hätte die Situation auf der Insel sich zugespitzt. Es gab einen weiteren, noch gewaltigeren Ausbruch, und es kursieren Gerüchte.«

»Wie ernst ist es?« Rick sprach absichtlich leise, denn Paul, der am Ruder stand, spitzte die Ohren.

»Die Meldungen sind ziemlich wirr. Ich kriege keine vernünftige Auskunft aus Augusta. Aber die Gefahr hat definitiv zugenommen. Gerade eben wird im Fernsehen was gebracht. Sieht wie ein riesiger Ausbruch aus. Es sind dicke Rauchschwaden zu sehen, Feuer und lodernde Flammen. Ich bin verdammt froh, dass ich nicht da bin. Es ist von Todesopfern die Rede, aber es wurden noch keine Zahlen genannt.«

»Hör zu, Don. Ich lege innerhalb der nächsten zwanzig Minuten an. Setz dich mit dem Katastrophenschutz in Verbindung. Finde heraus, was genau passiert ist und inwieweit es uns betrifft. Sobald du die Information hast, gib eine Erklärung über die Lokalsender heraus, im Radio und Fernsehen. Sag klipp und klar, woher die Informationen stammen. Und sag auch, dass stündlich aktuelle Informationen gesendet werden. Die Leute sollen den Lokalsender verfolgen und sich darauf vorbereiten, sofort zu reagieren, falls Anweisungen erteilt werden. Es ist wichtig, dass wir die Lage im Griff behalten.«

»Okay, Rick, du bist der Boss.«

Rick trennte die Verbindung. Ein neues Gespräch wartete bereits. Chance Greene. »Ich habe gerade mit Don gesprochen«, sagte Rick, ehe der Stadtentwickler etwas sagen konnte. »Er wird den Katastrophenschutz in Augusta auf einen aktuellen Lagebericht festnageln. Es kursieren zu viele Gerüchte.«

»Ich schaue mir gerade die Meldungen im Fernsehen an, Rick. Das sieht nicht gut aus.« Chance klang nervös. »Glühende Lavaströme fließen in den Ozean. Es ist von einem Erdbeben die Rede.«

»Wie stark soll dieses Beben sein?«

»Ich hab's nicht mitbekommen. CNN hat ein Kamerateam auf der Insel, und die Moderatorin sprach von einer starken Erschütterung. Der Boden bebte unter ihren Füßen, während sie über die Situation berichtete. Die Angst stand ihr ins Gesicht geschrieben.«

Da ist sie nicht die Einzige, dachte Rick. Unter diesen Umständen müssten sie die Dreihundertjahrfeier gar nicht erst abblasen. Es würde sowieso kein Tourist in der Stadt bleiben.

»Auf den Bermudas herrscht Panik. Es ist die Rede davon, die Florida Keys zu evakuieren. Die Menschen sind besorgt. *Ich* bin besorgt. Ich glaube, wir sollten eine Sitzung einberufen, um über Maßnahmen zu entscheiden.«

»Okay, Chance, das machen wir, sobald Don Näheres aus der Hauptstadt weiß. Den Informationen zufolge, die wir gestern Abend bekommen haben, bleiben uns mindestens fünf Stunden Vorwarnzeit, falls es zu einem Tsunami kommt. Zeit genug, alle ins Landesinnere zu bringen, falls notwendig.«

Während des Sprechens überschlugen sich Ricks Gedanken. Zwei Brücken, Indian Point und der Causeway, führten von der Insel herunter. Indian Point führte auf höher gelegenes Land. Nach Westen hin war das Land über die gesamte Strecke des Highways flach. Das Krankenhaus wäre in Gefahr. Die Patienten müssten evakuiert werden. Der Stadtverwaltung lag eine Liste jener Personen vor, die behindert oder ans Bett gefesselt waren und Hilfe brauchten. Doch in einem Notfall konnte man sich in einem Ort wie Goodwill auch auf die guten nachbarlichen Beziehungen verlassen. Ein großes Problem wäre es allerdings, die Leute zu erreichen, die in der Nähe der Küste kampierten.

Chance sprach weiter. Einige seiner Gebäude seien nicht versichert. Der Staat würde doch sicherlich Schadenersatz leisten …?

Rick wusste nicht, was er darauf erwidern sollte. Er und Rebecca hatten eine Versicherung für ihr Geschäft, aber reichte sie aus? Einige der Städte, die vom Tsunami im Indischen Ozean getroffen worden waren, waren von der Landkarte gelöscht worden.

Könnte auch Goodwill dieses Schicksal widerfahren?

Beth Robbins' Telefon klingelte.

»Seafarers Motel.«

»Guten Tag, hat bei Ihnen eine Kim Schaffer eingecheckt?«

»Eine Moment bitte. Ich schaue rasch nach. Wie war gleich der Name?«

»Schaffer, Kimberly Schaffer aus New York. Sie ist meine Tochter.«

Beth Robbins drehte sich auf dem Stuhl herum und ließ ihren Finger über das Whiteboard gleiten, wo neben den Zimmernummern die Namen der Gäste standen. »Nein, tut mir leid, Ma'am, eine Miss Schaffer hat hier nicht eingecheckt.«

»Könnte sie unter dem Namen ihres Freundes registriert sein? Baines, Randy Baines.«

»Baines? Ich schaue rasch nach. Nein, leider nicht.«

»Könnten sie bereits wieder ausgecheckt haben? Ein junges Paar mit Mountainbikes, das gestern angekommen sein müsste.«

»Fahrräder.« Beth runzelte die Stirn. »Wer hat vorhin etwas von einem Fahrrad gesagt …? Nein, ich weiß es nicht mehr. Tut mir leid, hier ist keiner der beiden angemeldet. Haben Sie es im Admiral's Inn probiert?«

»Dort habe ich schon angerufen. Ebenso im Ocean View, im Baytop und im Captain Briggs.«

»Hier gibt es auch noch das Aurora und das Landing sowie das Cape Inn. Versuchen Sie es dort. In der Ellsworthy Road gibt es auch noch eine Reihe von Motels, unter anderem das Chieftain. Und dann haben wir hier die Campingplätze, aber dort werden die Gäste nicht immer registriert.«

»Gut, ich versuche es dort. Danke für Ihre Mühe. Könnte ich meine Nummer hinterlassen, falls sie noch auftauchen?«

»Kein Problem. Tut mir leid, dass ich Ihnen nicht helfen konnte.«

»Alles in Ordnung?«, fragte Beth, als Abby ins Büro zurückkehrte. Der morgendliche Ansturm hatte sich gelegt. Die meisten Gäste waren unterwegs und schauten sich die Gegend an.

»Nein, Tracy ist wieder nicht zur Arbeit erschienen, daher musste ich der kleinen Frankokanadierin helfen, die Zimmer auf der Südseite herzurichten. Es ist wirklich schlimm mit Tracy. Sie hat sich nicht einmal gemeldet! Ich habe ihre Mutter in der Bäckerei angerufen und ihr gesagt, sie solle Tracy ausrichten, das Maß sei jetzt voll.«

»Was hat sie gesagt?«

»Dass Tracy mit den Gedanken immer woanders sei. Ich habe ihr gesagt, dass wir das sehr wohl wissen und Tracy nur aus reiner Gefälligkeit beschäftigen, aber diese Woche ist unsere Dreihundertjahrfeier, und mit jemandem, der sich vor der Arbeit drückt, können wir nichts anfangen. Außerdem ist es nicht fair gegenüber den anderen Angestellten.«

»Du hast recht. Es tut mir leid für ihre Mutter, aber wir können Tracy nicht mit durchziehen.«

»Auf jeden Fall haben Marie-Crystal und ich die Betten gemacht und die Zimmer geputzt. Die Kleine kann richtig zupacken. Sie beklagt sich nie, wenn sie länger bleiben muss. Und sie hat immer ein Lächeln für die Gäste.«

Abby räumte ihren Schreibtisch auf. »Irgendwelche Neuigkeiten?« Sie griff nach der Kladde, in die Anrufe eingetragen wurden. »Wer ist Schaffer?«, fragte sie und ließ den Finger über die Einträge gleiten.

»Schaffer? Ach so, eine Frau aus New York, die versucht hat, ihre Tochter zu erreichen.«

»Hat sie bei uns eingecheckt? Was hast du ihr gesagt?« Nachfragen dieser Art waren für Hoteliers ein heißes Eisen. Gäste hatten ein Recht auf ihre Privatsphäre.

Beth schüttelte den Kopf. »Sie ist bei uns nicht registriert. Die Mutter hat gesagt, dass sie mit ihrem Freund namens

Baines unterwegs sei. Ich habe nachgesehen, aber auf den Namen hatten wir auch keine Buchung.«

»Baines ...« Abby dachte nach. »Haben wir diesen Namen nicht schon mal gehört?«

»Ich weiß nicht. Soweit ich es sehen konnte, haben sie nicht bei uns eingecheckt. Ich glaube, die Frau hat gesagt, sie machen eine Fahrradtour. Sie hat von Mountainbikes gesprochen.«

»Warte mal ... Logan Clancy war vorhin hier und hat gefragt, ob wir etwas über Fahrräder wüssten, die unten an der Maple Cove abgestellt sind.«

»Logan Clancy«, sagte Beth stirnrunzelnd. »Ich verstehe das nicht. Du meinst, die Fahrräder gehören dieser Schaffer und ihrem Freund?«

»Ich weiß es nicht, aber bei dem Namen Baines klingelt bei mir irgendwas.«

»Im Computer stehen sie nicht. Das habe ich überprüft.«

»Warte mal ...« Abby blätterte in der Kladde, in der eingehende Telefonate mit kurzen Stichworten vermerkt wurden. Wieder ließ sie den Finger über die Einträge gleiten. »Nichts, nichts ...« Sie blätterte weiter zurück. »Ja«, rief sie plötzlich erfreut. »Ich wusste gleich, dass der Name mir bekannt vorkam. Hier steht es, Baines aus New York. Hat letzten Monat für dieses Wochenende gebucht. Das waren die beiden, die gestern nicht aufgetaucht sind. Wir haben den Betrag von ihrer Kreditkarte abgebucht. Erinnerst du dich?«

»Ich habe nicht daran gedacht, so weit zurückzublättern. Ich hab nur im Computer nachgesehen.«

»Sie standen nicht mehr im Computer, weil ich sie gelöscht habe, als ich das Zimmer gestern Abend neu vermietet habe.«

Aus dem Pool erklangen lautes Plätschern und Kindergeschrei. Eine Jugendliche in einem rückenfreien Top mit Nackenbändchen kam herein und bat um den Schlüssel für Zimmer 11. Beth reichte ihn ihr.

»Ihre Schultern sehen schlimm aus«, warnte Abby das Mädchen, als es sich abwandte. »Sie sollten besser auf die Sonne achten. Bei Ihrer hellen Haut bekommen Sie schnell einen Sonnenbrand.«

»Ja, wir sind mit dem Boot unseres Freundes aufs Meer rausgefahren, und jetzt sehe ich wie ein Krebs aus. Ich gehe auf mein Zimmer, dusche und creme mich ein.«

»Sie sollten heute Nachmittag im Schatten bleiben.«

»Mach ich. Ich bin sowieso total geschafft. Vielleicht haue ich mich ein paar Stunden aufs Ohr.« Sie ging davon.

»Ich hoffe, mit der Kleinen ist alles in Ordnung«, sagte Beth. »Sie sah ziemlich fertig aus.«

»Auf dem Wasser brennt die Sonne besonders stark. Wenn sie sich ein bisschen ausgeruht hat, wird es ihr besser gehen.«

Beth sah noch immer beunruhigt aus. »Was war das mit den Fahrrädern und Logan Clancy?«, fragte sie ihre Schwägerin.

Abby schüttelte den Kopf. »Vielleicht gibt es keinen Zusammenhang, aber Clancy hat in der Maple Cove zwei abgestellte Fahrräder gesehen. Er meinte, sie hätten die ganze Nacht dort gestanden, und jetzt sagst du, dieses Paar hat eine Fahrradtour hierher gemacht.«

Die beiden Frauen blickten sich an. »Sie hätten doch zuerst hier eingecheckt, oder?«

Abby presste die Kiefer zusammen, wie immer, wenn sie mit Problemen konfrontiert war. »Auf jeden Fall müssen wir die Familie benachrichtigen. Ruf sie an und bitte um alle Informationen, die du bekommen kannst. Sie hatten das Zimmer nur für zwei Nächte gebucht. Vielleicht sind sie woanders abgestiegen. Frag nach, wohin sie wollten. Vielleicht haben sie beschlossen, doch nicht nach Goodwill zu fahren.«

»Okay, ich kümmere mich darum. Und wen rufst du an?«

»Logan Clancy. Ich glaube, es ist besser, wenn die Polizei die Fahrräder aus der Bucht schafft.«

Larry Hageman machte Streifendienst. Diesmal arbeitete er mit einem Abschleppunternehmen zusammen, das Fahrzeuge fortschaffte, die nicht auf den Hinweis reagiert hatten, die Bay Road bis sieben Uhr zu räumen. Sie hatten die Order, auf jeden Fall zu versuchen, die Besitzer der Fahrzeuge ausfindig zu machen, um ihnen eine letzte Chance zu geben, ihre Wagen wegzufahren, vor allem, wenn es sich um Gäste handelte. Don Egan jedenfalls hielt es für verrückt, die Leute erst in der Stadt willkommen zu heißen und dann ihre Autos wegzuschleppen.

»Folgendes, Sir«, erklärte Larry dem Fahrer eines Mercedes-Coupés geduldig, dessen Wagen aussah, als hätte er mehr gekostet als Larrys Haus. »Ich gebe Ihnen eine letzte Chance, hier wegzufahren. Sonst muss der Mann dort in dem gelben Laster Ihre Kiste abschleppen und zum Abstellplatz bringen. Das kostet Sie dann hundert Dollar, und es dauert eine gewisse Zeit, bis Sie ihn wiederhaben. Warum ersparen Sie uns nicht diesen ganzen Ärger und fahren den Wagen hundert Meter weiter auf den Parkplatz an der Sugarshack Road, wo es noch genügend freie Plätze gibt?«

Der Mercedesfahrer sah sich um. Als er Gus in dem Laster mit dem dicken Abschlepphaken erblickte, wurde ihm klar, dass er tatsächlich keinen Wert darauf legte, dass sein teurer Wagen wie Schrott durch die Stadt geschleppt wurde, und fuhr unverzüglich weg.

Larry ging zurück zu seinem blau-weißen Streifenwagen und schüttelte den Kopf. Leute gab es!

An der nächsten Ecke sah er den Explorer mit dem Fahrradträger. Unter den Scheibenwischern klemmte schon ein Hinweis von gestern Abend und informierte den Besitzer, dass der Wagen abgeschleppt würde, wenn er ihn nicht wegfuhr. Vielleicht gehörte er einem Gast des Eden Inn gegenüber. Larry bat Gus zu warten, während er es überprüfte.

»Nein«, erklärte er, als er zurückkam. »Andy sagt, er hat jetzt für alle Gäste Parkplätze hinter dem Haus.«

»Das ist bestimmt ein Mietwagen.« Gus zeigte auf eine Broschüre einer Autovermietung, die in einer Seitentasche neben dem Fahrersitz steckte. »Bostoner Kennzeichen, vermutlich am Flughafen gemietet.«

Larry pochte mit den Fingern aufs Dach und hoffte, der Fahrer würde vielleicht doch noch auftauchen. Als nichts geschah, nickte er Gus zu. »Schlepp ihn ab«, sagte er seufzend. Dann zog er seinen Block aus der Tasche und füllte das Formular aus.

18

Die Portugiesischen Galeeren wurden mittags an den Strand geschwemmt. Jetzt wehte eine Brise landwärts, und zwischen zehn und elf Uhr begegneten Jachteigner weiteren Schwärmen draußen an der Einfahrt zum Sund. Plötzlich waren sämtliche Buchten und Meerengen von den bläulichen, schwabbeligen Quallen gesäumt, die auf der Dünung trieben. Die Neuigkeit verbreitete sich schnell, und schon bald strömten Touristen an die Strände, um sich die Quallen anzusehen.

»In Saint John haben sie dasselbe Problem«, informierte Con Wolfowitz von der Küstenwache Rick. Saint John lag auf der kanadischen Seite der Küste oberhalb der Bay of Fundy. »Winter Harbour im Süden berichtet ebenfalls von Quallen. Aber es ist nirgendwo so schlimm wie bei uns.«

»Na toll, Con. Hast du keine guten Nachrichten? Im Fernsehen wird von einem weiteren gewaltigen Vulkanausbruch auf den Kanaren berichtet.«

»Hab ich auch gehört. Aber unsere Leute sagen nach wie vor, dass im Augenblick keine erhöhte Gefahr für die USA besteht.«

»Und wie lange sollen wir ihnen noch glauben?«

Die Besitzer des Seafarers versuchten herauszufinden, was aus dem vermissten Paar aus New York geworden war. Beth sprach zweimal mit der Familie, doch sie konnte nur bestätigen, dass das Paar sich nicht bei ihnen eingecheckt hatte. Sonst konnte sie nicht viel tun, den Angehörigen zu helfen.

Logan Clancy wurde zur Maple Cove geschickt. Die Flut setzte ein und trug weitere Quallen in den Sund. Einige waren an den Strand gespült worden, und die Leute stachen mit Stöcken auf sie ein, ohne auf die Warnhinweise zu achten. Die Mountainbikes waren noch immer an das Geländer auf dem Parkplatz gekettet. Eines war umgefallen oder umgeworfen worden. Vermutlich Kinder, dachte Logan. Jetzt hatte er jedenfalls einen Vorwand, die Räder »zum Schutz« aufs Revier zu bringen.

»So weit, so gut«, sagte Don Egan später am Nachmittag zu Rick. »Aber leider trägt keines der Räder eine Kennnummer oder so was. Und keiner aus der Familie scheint sich die Räder jemals angesehen zu haben.«

»Was ist mit einem Wagen?«, überlegte Rick laut. »Ich kann mir nicht vorstellen, dass sie die ganze Strecke bis Maine mit dem Rad gefahren sind.«

»Ja, es gibt noch eine Informationslücke. Ich habe mit dem Bruder der Frau gesprochen. Er sagte, dass das Paar in der Stadt auf einen Wagen verzichten wollte. Zu viel Ärger mit Parkplätzen. Wenn sie Fahrradtouren machen, mieten sie sich je nach Bedarf ein Auto. Im Augenblick sieht es so aus, als hätte die Hälfte der Fahrzeuge in der Stadt ausländische Nummernschilder.«

Rick seufzte ins Telefon. Er saß im Gebäude der Handelskammer in der Green an seinem Schreibtisch. Die Vorbereitungen für die Dreihundertjahrfeier gingen in die heiße Phase. Er musste noch letzten Änderungen für die Aufstellung der morgigen Parade zustimmen; außerdem hatte er eine meterlange Liste von Leuten, die er anrufen musste. Die Touristen waren in hellen Scharen in die Stadt geströmt. Bisher hatte es trotz der Feuer und der Weltuntergangsvorhersagen nur wenige Stornierungen gegeben. Rick wusste, dass sich das ganz schnell ändern könnte.

Don und seine Polizisten hatten ohnehin schon alle Hände voll zu tun; jetzt mussten sie sich auch noch um zwei Vermisste kümmern.

»Wir haben uns mit den Telefongesellschaften in Verbindung gesetzt. Es wäre hilfreich, wenn wir wüssten, wann die letzten Telefonate von ihren Handys geführt wurden.«

»Oder ob sie noch benutzt werden«, meinte Rick. Er klammerte sich noch immer an die Hoffnung, dass es für alles eine ganz einfache Erklärung gab.

»Das auch«, pflichtete Don ihm bei. Auf jeden Fall mussten zuerst verwaltungstechnische und rechtliche Schwierigkeiten überwunden werden. »Die Verwandten müssen eine offizielle Vermisstenerklärung ausfüllen. Die müssen wir dann an die Telefongesellschaften faxen, um die Anruflisten zu bekommen.«

»Steht fest, dass die Fahrräder, die Logan gefunden hat, dem Paar gehören? Soviel wir wissen, sind sie gar nicht in Goodwill angekommen. Sie könnten ihre Meinung geändert haben und doch nicht in diesem Motel abgestiegen sein, oder sie haben sich mit dem Datum geirrt.«

»Du vergisst, dass der Junge die beiden gesehen hat. Seine Beschreibung deckt sich mit den Informationen, die wir von der Familie bekommen haben. Außerdem hat er gesagt, dass sie Fotofreaks wären, und auch das passt.«

»Diese Leute *müssen* irgendeinen Wagen gefahren haben. Wo sonst sollte ihr Gepäck sein?«

»Das frage ich mich auch. Wir überprüfen noch andere Motels, in denen sie abgestiegen sein könnten, aber bisher hat sich nichts ergeben. An der Maple Cove hat sie zum letzten Mal jemand gesehen, und nun sind sie wie vom Erdboden verschluckt.«

Don Egan legte auf und wählte die Privatnummer von Streifenpolizist Haden Booth. Während das Telefon klingelte, starrte er aus dem Fenster auf die Touristen in der Eden Avenue. Als hätte er nicht schon genug Probleme, liefen die Schaulustigen jetzt scharenweise zum Curtain Bluff, um das erodierte Riff zu fotografieren. Der Stadtrat hatte angeordnet, den Weg aus Sicherheitsgründen zu sperren.

Schließlich meldete sich jemand. »Haden, ich brauche Sie hier. Ja, ich weiß, Sie sind erst vor einer Stunde nach Hause gegangen, aber im Fall der beiden vermissten Touristen sieht es nicht gut aus, und ich habe niemand anders ... Das wäre großartig. Danke, Haden. Ich wusste, dass ich mich auf Sie verlassen kann.«

Das waren die Vorteile einer Kleinstadt: Die Leute hielten zusammen. Jeder trug seinen Teil der Last. Don hörte Annie Pellews trockenes Husten im Rücken. »Was ist, Annie?«

»Ich habe mit Mr. Baines' Telefongesellschaft gesprochen«, sagte sie abgehackt. »Übers Handy meldet sich niemand. Ich habe gefragt, was genau das bedeutet. Ob es dasselbe sei, als wenn jemand nicht abhebt. Sie haben gesagt, sie hätten ein Testsignal ans Handy gesendet und keine Antwort bekommen. Das kann drei Gründe haben: Entweder ist das Handy ausgeschaltet, oder der Akku ist leer, was am wahrscheinlichsten ist, oder der Besitzer könnte sich in einem Funkloch aufhalten, zum Beispiel in einem Wald.«

»Und was ist die dritte Möglichkeit?«, fragte Don.

»Das Handy ist beschädigt und funktioniert nicht mehr«, erwiderte Annie. »Sie haben mir inoffiziell gesagt, dass der letzte Anruf von dieser Nummer am Donnerstagmorgen um zehn Uhr siebzehn geführt wurde.«

»Das war gestern Morgen. Was können wir daraus schließen? Dass das Handy nicht gestohlen wurde?«

Annie zuckte mit den Schultern.

»Okay, ich muss überlegen, was wir jetzt tun. Vielen Dank, Annie.«

Die Sekretärin blieb in der Tür stehen und fügte hinzu: »Donna Reid, Dr. Southwells Frau, war vorhin hier.«

Don wartete auf weitere Erklärungen. »Sie ist Tabs Stiefmutter, ja?« Annie nickte. »Und?«

»Tab hat ihr gesagt, er habe das vermisste Paar getroffen. Donna macht sich jetzt Sorgen. Sie mag den Jungen sehr und hat Angst, dass ihn das alles zu sehr mitnimmt.«

»Warum sollte Tab das zu sehr mitnehmen? Es sei denn, er hat nicht alles erzählt.«

Annie schürzte die Lippen.

»Wir wissen nicht genau, was passiert ist«, widersprach Chance Greene. »Die beiden können überall sein. Vielleicht haben sie Freunde getroffen und beschlossen, bei ihnen zu übernachten.«

»Und die Räder?«, warf Rick ein. »Sie lassen Sporträder im Wert von dreitausend Dollar auf einem Parkplatz stehen? Das halte ich für sehr unwahrscheinlich.«

»Vielleicht haben sie die Räder vergessen. Sie waren doch abgeschlossen, hat Don gesagt, oder? Wahrscheinlich versichert. Vielleicht hatten sie vor, zurückzugehen und sie abzuholen, und dann haben sie sich verspätet. Vielleicht hielten sie es für sicherer, die Räder über Nacht an der Maple Cove stehen zu lassen als auf dem Fahrradträger am Heck eines Kombis auf der Straße.«

»Könnte sein«, pflichtete Don Egan ihm bei. Er, Rick und Chance saßen in Dons Büro im Polizeirevier in der Eden Avenue.

»Was ich euch damit sagen will …«, erklärte Chance mit Nachdruck, »ihr überseht den Gesamtzusammenhang. Habt ihr vergessen, dass letzte Nacht ein Leichnam im Hafen angeschwemmt wurde? Oder dass wir zwei Feuer hatten? Wenn wir die Stadt jetzt mit Vermisstenmeldungen pflastern, werden die Leute Angst bekommen. Goodwill ist eine kleine Stadt. Was sollen die Touristen denken? Dass hier ein Serienkiller frei herumläuft? Dass unsere Strände nicht sicher sind?«

»Wir können keine Vermisstenmeldungen veröffentlichen, solange wir keine Fotos haben, und bisher haben wir noch keine bekommen«, sagte Don. »Das gilt auch fürs Fernsehen. Wir könnten höchstens einen Aufruf über den Lokalsender verbreiten.«

Es war nicht viel, aber wenigstens das konnten sie im Augenblick tun.

19

Goodwill

Natalies rotes Coupé stand an der Schranke auf der Main Street. Rick schaute sich um und sah sie auf sich zukommen. Ihr Haar war feucht und zerzaust.

»Rebecca hat mir gesagt, dass du eine schlechte Fahrt hattest«, sagte sie. »Tut mir leid.«

Rick nickte. »Wir haben nichts gesehen, wenn du das meinst.«

»Ja, zu schade. Kommt vor, nicht wahr?«

Rick schaute sie an, doch sie sagte nichts, sondern stand nur da, hübsch und unnahbar.

»Warst du im Wasser?«, fragte er schließlich.

Sie nickte verträumt. »Ich war mit Freunden draußen auf dem Meer.«

»Du siehst aus, als wärst du ins Wasser gefallen.«

»Nein, alles in Ordnung.« Natalie strich sich das Haar aus dem Gesicht. »Ich hab mir einen Neoprenanzug aus eurem Geschäft geleistet.«

»Und diese Freunde – kenne ich sie?«

»Ach, bloß ein paar Typen«, sagte sie ausweichend. »Ich hab sie flüchtig kennen gelernt.«

Rick versuchte es auf andere Weise.

»Ein Mädchen hat sich draußen auf dem Meer verletzt. Eine der Surferinnen.«

»Ja, sie musste vom Curtain Bluff ans Ufer gebracht werden.«

»Und?«

Natalie zuckte mit den Schultern. »Beim Surfen kann alles Mögliche passieren.«

Rick kam es so vor, als wäre sie absichtlich so wortkarg. »Und war es so?«

»Was war so?«

Rick wurde wütend. »War die Surferin verletzt?«

Natalie straffte ihre schmalen Schultern unter dem Pullover. »Sie wurde von einer Welle erfasst und dann von dem Surfbrett getroffen.«

»Scheint dir ja ziemlich egal zu sein.«

Jetzt geriet sie allmählich in Rage. Rick sah, dass sie die Augen zusammenkniff. Die Röte stieg ihr in die Wangen. »So was kommt vor. Man verliert das Gleichgewicht und knallt gegen das Surfbrett. Zum Glück waren wir ganz in der Nähe. Die Jungs haben sie sofort ans Ufer gebracht.«

Rick kostete es einige Mühe, den Köder nicht zu schlucken und zu fragen, wer die »Jungs« gewesen waren, und ob auch der Fahrer des Jetskis dazugehörte.

»Hört sich an, als hätte es schlimm ausgehen können.«

Natalie täuschte noch immer Gleichgültigkeit vor. »Surfen ist nicht ganz ungefährlich. In diesem Fall war es eine kleinere Verletzung. Sie wurde nicht von einem Hai angefallen oder so.«

»Ich habe gehört, das Mädchen liegt jetzt im Krankenhaus.«

»Ja, mit einem Schock. Sie wurde am Kopf getroffen und hat sich eine Platzwunde zugezogen. Dr. Southwell hat die Wunde bereits genäht.«

»Die Wunde musste genäht werden?«

»Offensichtlich.« Natalie musterte ihn mit kühler Miene. »Soll das ein Verhör werden? Du hörst dich an, als wäre es meine Schuld.«

Sie sprang in den Jaguar, setzte ihre Sonnenbrille auf und ließ den Motor an. »Bis später, Rick.«

Er schaute dem Wagen nach. Ihm war aufgefallen, dass Natalie ihren Ring heute nicht getragen hatte. Vielleicht hatte sie ihn vor der Tour mit dem Jetski abgenommen.

Vor Jean-Alices Hafenkneipe traf Rick den Mann seiner Schwester Rebecca, Mike Cain, der Hummerfangkörbe auf die Ladefläche seines Pick-ups lud.

»Hallo, Fremder«, begrüßte er Rick.

»Ich weiß, ich hab die Jungs nicht besucht«, entschuldigte Rick sich. »War 'ne harte Woche.«

»Kann ich mir vorstellen.«

Mike zog ein Streichholz aus der Tasche seines Overalls und stocherte nachdenklich in seinen Zähnen. »Ehrlich gesagt, hatte ich gehofft, dich zu treffen. Du musst mir einen Gefallen tun. Erinnerst du dich an das Arbeitsboot deines Vaters?«

»Gehört es uns noch? Ich dachte, es wäre mit allem anderen verkauft worden.«

»Nein. Ein Typ aus Lewisport hatte schließlich ein Angebot gemacht, und Rebecca hat akzeptiert. Aber der Bursche hat dann wieder einen Rückzieher gemacht. Das Boot liegt jetzt an der Mole. Das Problem ist, dass der Gastanker übermorgen kommt und dort anlegen muss.«

»Gastanker? Bis Montag kann hier unmöglich ein Gastanker anlegen.« Vor zwei Jahren hatten die Elektrizitätswerke, die Goodwill mit Strom versorgten, eine neue Gasturbine installiert, die mit Flüssiggas betrieben wurde. Ein Tanker aus Halifax, Nova Scotia, kam alle drei Monate, um die Tanks zu füllen. Das Gas war teuer, doch es gab Subventionen, um die Kosten des neuen Kraftwerks auszugleichen. Und die Landesregierung steuerte die Differenz aus einem Umweltprogramm bei.

Mike zuckte mit den Schultern. »Jack Pearl hat mich vor fünf Minuten angesprochen und es mir gesagt. Es geht wohl darum, dass das Unternehmen wegen dieser Gerüchte liefern will. Du weißt schon, wegen dieser Taifungeschichte.«

»Tsunami.«

»Genau. Ich würde die Sache ja selbst erledigen, aber ich habe Rebecca versprochen, mit den Zwillingen nach Ellsworthy zum Kieferorthopäden zu fahren. Ich weiß, du hast im Augenblick genug zu tun ...«

»Geht schon klar«, versprach Rick. Es würde nur zehn Minuten dauern. »Wer hat die Schlüssel?«

»Die liegen bei uns zu Hause.«

»Okay, ich hol sie ab.«

Als Rick Jack Pearl in seinem Büro aufsuchte, telefonierte dieser gerade.

»Verdammt, Jack«, sagte Rick, nachdem er das Gespräch beendet hatte. »Ich begreife nicht, dass hier am Sonntag ein Gastanker anlegen soll.«

»Sonntag ist gestorben. Das waren die gerade am Telefon. Jetzt ist von morgen Vormittag die Rede.«

»Ist das ein Witz? Hast du denen denn nicht gesagt, dass wir unsere Dreihundertjahrfeier haben? Die Jachtregatta und all die anderen Aktionen?«

»Klar hab ich das. Im Sund haben zig Jachten und Segelboote festgemacht, hab ich denen gesagt. Und da wollt ihr von uns wissen, hab ich sie gefragt, ob ihr diese schwimmende Bombe hierher bringen könnt? Das ist der dümmste Vorschlag, den ich je gehört habe.«

»Und sie wollten nichts davon wissen?«

Jack wickelte ein Kaugummi aus, steckte es sich in den Mund und zuckte die Schultern. »Ich habe gesagt, dass ich mich bei der Küstenwache beschwere, weil die öffentliche Sicherheit gefährdet wird.«

»Was haben sie geantwortet?«

»Sie hätten das schon mit denen geklärt. Es hat alles mit dieser blöden Tsunami-Warnung zu tun. Der Tanker hält hier und fährt dann nach Camden und Portland weiter. Der letzte Halt ist Boston, da wird der Rest gelöscht. Nach Con Wolfowitz' Worten wollen sie die Sache hinter sich bringen, ehe die Lage sich zuspitzt.«

»Hat Con das gesagt?«

»Seine Worte.«

»Wenn die Behörden der Meinung sind, die Situation würde sich zuspitzen, wie können sie dann erlauben, dass hier ein Tanker anlegt, der zwanzigtausend Tonnen hochexplosives Flüssiggas geladen hat?«

»Meinst du, mir schmeckt das? Ich nehme an, du und der Stadtrat könnt euch beim Energiekonzern beschweren, aber viel Zeit bleibt euch nicht mehr. Der Tanker soll morgen bei Tagesanbruch auslaufen. Ich glaube, die einzige Möglichkeit, ihn zu stoppen, wäre ein weiteres Feuer.« Jack kicherte.

»Sehr witzig«, stieß Rick hervor. Er wusste, was passiert war. Das Hafenamt in Halifax, wo der Tanker lag, wollte ebenso wenig wie Goodwill eine schwimmende Bombe im Hafen liegen haben und hatte daher angeordnet, dass der Tanker auslief. Jetzt waren die Einwohner von Goodwill die Dummen. Sie konnten nur beten, dass alles gut ging.

Inzwischen gab es neue Entwicklungen im Fall des vermissten Paares. Don hatte sämtliche Personen befragen lassen, die mit Fahrrädern unterwegs waren, weil er hoffte, jemand könnte das Paar gesehen haben. Auch sämtliche Fahrzeuge mit Fahrradträgern wurden angehalten und die Insassen gefragt.

Schließlich hörte Larry Hageman von der Sache.

»Ich habe einen Wagen abgeschleppt, der euch interessieren könnte«, ließ er Annie Pellew im Polizeirevier wissen.

Sie schaute ihn fragend an. »Was für einen Wegen, Larry?«

»Einen Ford Explorer, braun, ein Modell vom letzten Jahr mit einem Fahrradträger«, erklärte er Annie. »Gus und ich haben den Wagen heute Morgen abgeschleppt.«

»Wo?« Jetzt war Annies Interesse geweckt.

»An der Ecke Eden und Bay Road. Er hat die ganze Nacht dort gestanden. Nummernschilder aus Massachusetts. Sah nach einem Mietwagen aus. Ich habe gerade auf dem Abstellplatz nachgesehen. Er steht noch da. Niemand hat ihn abgeholt.«

»Chef!«, rief Annie über die Schulter. »Könnten Sie mal kommen? Ich glaube, das wird Sie interessieren.«

Es dauerte fünfzehn Minuten, um in Erfahrung zu bringen, dass der Ford Explorer am Tag zuvor am Logan Airport an einen Randy Baines vermietet worden war. Damit war leicht zu rekonstruieren, wie sich alles abgespielt haben musste.

»Dreihundertachtzig Meilen von Boston bis zur Kreuzung am Causeway«, sagte Don. »Ungefähr sechs Stunden Fahrtzeit, je nach Verkehr.«

»Am Donnerstagnachmittag war auf den Straßen ziemlich viel los, aber auf der Route One lief der Verkehr reibungslos«, warf Larry ein.

»Der Mietwagen wurde laut Buchung um fünf nach zwölf ausgeliehen. Sie müssten die Stadt gegen sechs, halb sieben erreicht haben, wenn sie unterwegs eine Pause gemacht haben. Die Frage ist, warum sie sich nicht sofort im Seafarers eingecheckt haben, wo sie das Zimmer reserviert hatten.«

»Weil sie Fotografen sind«, erinnerte Rick ihn. »Es war ein herrlicher Abend. Wahrscheinlich waren sie gerade angekommen und wollten unbedingt die Farben einfangen. Es wurde spät, es dämmerte, und sie waren in Eile. Das Zimmer konnte warten. Beth Robbins hat versprochen, es bis – was hat sie gesagt? – einundzwanzig Uhr zu reservieren?«

»Zwanzig Uhr«, sagte Annie. »Im Seafarers werden Zimmer bis zwanzig Uhr frei gehalten.«

»Aber Seafares ist nur vier Straßen weiter«, sagte Don. »Warum haben sie den Wagen nicht dort abgestellt?«

»Du denkst wie jemand, der in der Stadt wohnt. Es handelt sich bei dem Paar im Touristen, die Urlaub machen. Sie interessierten sich erst einmal nur dafür, wie sie ein paar tolle Fotos schießen konnten«, sagte Rick. »Darum haben sie den Wagen in der Eden Avenue abgestellt und sind mit den Mountainbikes über den Ocean Drive zur Maple Cove gefahren. Und weiter sind sie nicht gekommen.«

Das Gespräch mit Tab Southwell fand in Ricks Büro statt. Außer Don und Annie, die das Protokoll führen sollte, waren Tab und sein Vater sowie Donna anwesend, weil der Junge darum gebeten hatte. Rick war als unabhängiger Zeuge dabei. Er hatte vorgeschlagen, dass Tab einen Anwalt bekam, doch alle waren sich einig, dass der Junge nichts Unrechtes getan hatte. Sie wollten sich lediglich anhören, was er zu sagen hatte. Don hob sogar hervor, dass eine Mitschrift nicht unbedingt erforderlich sei. Sie diene nur als Hilfe bei der Suche nach dem Paar und würde anschließend vernichtet.

»Wir können das Gespräch auch bei Ihnen zu Hause führen«, bot er den Southwells an.

»Meine Güte, nein. Jetzt sind wir alle hier«, stieß Southwell ungehalten hervor. »Fangen Sie schon an.«

Doch niemand wusste, wie sie beginnen sollten. Wie sollte man einen Jungen wie Tab verhören, der sich schreckliche Sorgen machte, er könne zum Tod zweier unschuldiger Fremder beigetragen haben? Schließlich ergriff Donna das Wort.

»Tab, mein Schatz«, sagte sie sanft und strich ihm über die Hand. »Warum sagst du den Leuten nicht, was du mir erzählt hast? Jeder hier weiß, dass du nichts Böses getan hast. Du hast nichts falsch gemacht. Es war nicht deine Schuld, okay?«

»Ganz recht«, pflichtete Don ihr bei.

Und dann begann Tab langsam und stockend zu erzählen, was er gesehen hatte.

»Ein Rücksog.«

»Aber nach dem, was Tab gesagt hat, schien er nicht besonders stark gewesen zu sein.«

Donna hatte den Jungen nach Hause gebracht. Die anderen redeten über seine Aussagen.

»Er hat es klipp und klar gesagt. Er meinte, es könnte ein Schiff gewesen sein.«

»Jack Pearl meinte, genau das hätten die Leute im Jachthafen auch geglaubt. Cal Burrows ebenfalls.«

»Tab hat ihnen gesagt, sie müssen vorsichtig sein, wenn sie durchs Wasser zur Insel laufen. Nun fühlt er sich schuldig, weil er keine Hilfe geholt hat, nachdem er gesehen hat, dass das Wasser zurück in die Bucht strömte.«

»Wenn es sich so zugetragen hat, wie ich vermute«, sagte Rick grimmig, »hätte es sowieso nichts gebracht, wenn er etwas unternommen hätte, als das Wasser wieder stieg. Die starke Strömung zwischen der Insel und der Bucht hätte das Paar durch den Strudelkanal und in das Schlammloch gezogen. Sie hätten keine Chance gehabt. Wahrscheinlich haben sie gar nicht begriffen, wie ihnen geschah, bis der Sog sie in die Tiefe gezogen hat.«

Southwell wischte sich übers Gesicht. Er sah erschüttert

aus. »Ich wusste nicht, dass diese Sache mit der Strömung stimmte. Ich dachte, das wäre Seemannsgarn.«

»Kein Wunder, dass wir die Leichen nicht gefunden haben«, sagte Don leise.

»Den Festumzug zur Dreihundertjahrfeier absagen? Auf keinen Fall!« Chance Greene schlug mit der Hand auf den Tisch. Sein feistes Gesicht war vor Wut geschwollen. »Es gibt keinen Beweis, dass jemand ertrunken ist.«

»Herrgott noch mal, Chance«, protestierte Don. »Wie kannst du so etwas sagen?«

Sie waren in Dons Büro, und die Tür war geschlossen. Annie Pellew saß an ihrem Schreibtisch; wahrscheinlich lauschte sie. Der Bruder der vermissten Frau hatte Fotos des Paares gemailt, und vor ihnen lagen Kopien.

Chance Greene wetterte weiter: »Gerade euch sollte die Stadt doch am Herzen liegen! Stattdessen stellt ihr es so hin, als wäre es nicht sicher, hier in Goodwill Urlaub zu machen.«

Rick versuchte es noch einmal. »Chance, zwei Menschen werden vermisst. Ihr Mietwagen mit ihrem Gepäck wurde in der Eden Avenue gefunden, und ihre Fahrräder standen in der Maple Cove. Außerdem haben wir einen Zeugen, der gesehen hat, dass sie versucht haben, den Strudelkanal zu Two Bush Island zu durchqueren, kurz bevor eine Welle den Strand überschwemmt hat. Seitdem hat niemand etwas von dem Paar gehört oder gesehen. Der Bruder der Frau fliegt heute noch nach Portland. Was sollen wir ihm sagen? Dass seine Schwester und ihr Freund gestern Nacht einen Spaziergang ins Meer gemacht haben, aber er brauche sich keine Sorgen zu machen? Stell dir vor, es ertrinkt noch jemand, weil wir keine Warnhinweise aufgehängt haben. Was meinst du, was für ein Gefühl das dann ist? Natürlich müssen wir aktiv werden. Wenn wir es nicht tun, kommen wir unserer Verantwortung der Öffentlichkeit gegenüber nicht nach.«

Chance schaute Don böse an. »Du bist der Polizeichef. Es ist ebenso deine Aufgabe wie die von Rick. Was hast du dazu zu sagen?«

»Was soll ich dazu sagen? Rick hat recht. Wir können so eine Sache nicht verheimlichen. Der *Monitor* hat schon Wind davon bekommen. Ray Burns sagt, es habe alles mit dieser Tsunami-Geschichte zu tun. Aber bei der Parade sieht es anders aus. Diese Entscheidung liegt bei den Stadtverordneten.« Don verhielt sich wie immer neutral.

Chance presste die Lippen aufeinander; er war sichtlich wütend. »Der Umzug findet wie vorgesehen statt. Basta! Die anderen werden mich unterstützen. Keine Frage.« Er stieß mit einem dicken Finger in Ricks Richtung. »Zuerst verschwinden die Wale, und jetzt das. Ich werde es nicht vergessen, Rick.« Er setzte seinen Hut auf und stiefelte wütend hinaus.

Don schaute seinen Freund besorgt an. »Du solltest ihn nicht übergehen, Rick. Er kann sehr unangenehm werden. Und dabei geht es nicht nur um dich. Viele Leute in dieser Stadt stehen auf Chances Lohnliste.«

Rick hörte ihm gar nicht zu. »Don, stimmte das mit Ray Burns?«

Chance Greene hatte die Tür aufgelassen. Don senkte die Stimme. »Sheena war hier. Nach ihren Worten glaubt Ray, diese ungewöhnlichen Wellen und Brecher seien nur ein Vorgeschmack auf das, was noch kommen wird.«

20

Es war sechs Uhr abends. Rick brachte das Boot weg. Er hatte es Mike versprochen, und so hatte er auch gleich einen Vorwand, sich persönlich im Strudelkanal umzusehen.

Am Bug des Schiffes, das an der Mole festgemacht hatte, stand *Chimay*. Das war Norwegisch für *Eisberg*. Es war ein elf Meter langes Schiff mit Perkins-Dieselmotor und einem geräumigen Ruderhaus. Von weitem sah es heruntergekommen und vernachlässigt aus. Sein Vater hatte sich mit der Instandhaltung seiner Schiffe nie lange aufgehalten. Das waren die Vorteile des Fiberglases, hatte er immer gesagt.

Der Motor sprang nur zögernd an. Als er endlich lief, legte Rick ab und steuerte das Boot in den Sund hinein. Die *Chimay* ließ sich einfach lenken und fuhr ohne zu stampfen durch die Dünung. Mike hatte ihn bereits darauf hingewiesen, dass der Motor nicht rund lief, doch er war robust, und wenn man ihn generalüberholte und eine neue Zündung einbaute, würde er noch eine ganze Weile halten. Es dauerte keine fünfzehn Minuten, bis Maple Cove in Sicht kam. Das Land nördlich des Sunds war steiler, und da die meisten Häuser den Vorteil höherer Lagen nutzten, war das Ufer kaum bebaut. Die Häuser waren kleiner und nicht so protzig wie in der Sommerkolonie am Indian Point, doch es war eine schöne Wohnlage.

Rick sah mehrere Boote und Segeljachten, die auf ihre Liegeplätze zusteuerten. Ein Helikopter der Küstenwache knatterte über seinen Kopf hinweg und flog sehr tief über Indian Point. Don Egan hatte drei seiner Beamten und sowie Freiwillige losgeschickt, um den Strand und die Klippen zu Fuß absuchen zu lassen. Ein Küstenwachboot kontrollierte die beiden Arme des Sunds. Wenn sie nichts fanden, würde die Mannschaft die Inseln weiter draußen absuchen, denn es war möglich, dass die Ebbe die Leichen ins Meer gezogen hatte. Jack Pearl war im Boot der Hafenmeisterei unterwegs, um bei der Suche zu helfen. Die Besatzungen sämtlicher Schiffe in der Nähe waren gebeten worden, die Augen offen zu halten und zu melden, falls sie etwas Ungewöhnliches entdeckten.

Rick fuhr an mehreren Quallenschwärmen vorbei, die mit ihren aufgeblasenen blauen Hauben unheimlich aussahen, doch es waren nicht so viele, wie er befürchtet hatte. In dem Gebiet waren mehrere Segelboote unterwegs, und drei junge Männer protzten mit einem offenbar nagelneuen Rennboot mit einem großen Mercury-Außenborder. Als Rick sich dem Ufer näherte, sah er Gestalten, die sich über die gesamte Breite des Strandes verteilt hatten und nach den Vermissten suchten. Sie starrten in seine Richtung und schirmten ihre Augen gegen das grelle Sonnenlicht ab, als er das Boot in den Windschatten von Two Bush Island steuerte.

Das Echolot zeigte drei Meter Wassertiefe an, als er sich der Einfahrt zum Kanal näherte. Rick vertraute darauf, dass das Gerät richtig geeicht war, doch drei Meter Wassertiefe stimmte mit dem Gezeitenstand überein. Vor der Westspitze der Insel sah er eine Reihe von Bojen, die die Position von Hummerfangkörben kennzeichneten. Wenn er sich richtig an die Farbmarkierungen erinnerte, müssten es Ethan Taylors Körbe sein. Er fuhr so nahe mit dem Boot heran, wie er es wagte, und suchte die Uferlinie mit dem Fernglas ab. Ein paar Kormorane schauten ihn schläfrig von ihren Ruheplätzen an. Seehunde waren nicht zu erblicken. Rick sah auch keine Leichen und kein erwähnenswertes Strandgut. Er hatte auch nicht wirklich damit gerechnet. Con war mit dem Küstenwachboot schon vor ihm hier gewesen – aber man konnte ja nie wissen.

Rick behielt den Tiefenmesser im Auge. Wie nicht anders zu erwarten, sank der Wert in der Mitte des Kanals dramatisch von knapp drei auf siebzehn Meter. Das so genannte Schlammloch. Wenn die Flut bei Hochwasser noch zusätzlich durch die winterliche Dünung vom Atlantik her angefacht wurde, bildeten die Strömungen aus beiden Richtungen rund um die Insel an dieser Stelle einen Strudel und verwandelten das Kanalbett in einen tiefen Brunnen. Wenn im Strudelkanal eine starke Strömung herrschte, wurde dies mitunter von lautem Knirschen begleitet; alte Hasen behaupteten, das Geräusch würde durch Felssteine verursacht, die auf dem Grund des Schlammlochs gegeneinanderrieben.

Wenn die vermissten Fotografen versucht hatten, den Kanal gegen die Flut zu überqueren, hätte nur Gott ihnen helfen können.

Rick steuerte das Schiff aus dem Kanal und fuhr nun mit voller Kraft. Der Motor hatte eine hohe Leistung und brachte zehn Knoten gegen die Strömung. Die Tankuhr zeigte noch genügend Sprit an. Rick schaute zum Himmel. Es war noch Zeit genug, um sich an der Mündung des Sundes umzusehen.

Ob die Wale zurückgekehrt waren?

Greenstone Island lag südlich seines Kurses. Der Name leitete sich von den Adern grünen Marmors ab, der in einer kleinen Bucht gefunden wurde – die angeblich einzige Stelle in ganz Neuengland, wo solche Felsformationen vorkamen. Die Adern lagen größtenteils unter Wasser, doch manchmal wurden Bruchstücke an den Strand gespült. Der Legende zufolge bot grüner Marmor aus Goodwill Schutz gegen das Ertrinken, und in alten Zeiten waren Seeleute wie Ricks Urgroßvater niemals ohne einen dieser Marmorsteine hinausgefahren. Der alte Mann war einst am Cape Hatteras in einen Hurrikan geraten. Das Schiff sank, und die Mannschaft überlebte nur, weil der Wind sich wie durch ein Wunder in letzter Minute drehte.

Anschließend stellte der alte Mann fest, dass der grüne Marmorstein aus seiner Tasche verschwunden war, obwohl er ganz sicher gewesen war, ihn vorher noch gehabt zu haben. Der Sturm, sagte er später, habe den Stein genommen und dafür sein Leben verschont. Der Aberglaube war tief verwurzelt.

Rick hatte sich einen Platz mit Blick auf die Greenstone Bay für sein Haus ausgewählt. Dort hatte Jahre zuvor ein Haus gestanden, ein Cottage, in dem Zwillingsschwestern gewohnt hatten, doch eine war gestorben, als Rick noch ein kleiner Junge war. Anschließend stand das Haus lange Zeit leer und verfiel.

Greenstone Island gehörte jetzt zur Stadt. Die Insel war mit Hilfe öffentlicher Spenden erworben worden, um sie vor weiterer Bebauung zu schützen. Ein kleines Erbe seiner Mutter ermöglichte es Rick, die Pacht für das Grundstück zu bezahlen, und die Stadtväter gaben ihm zögernd ihre Einwilligung für den Bau eines neuen Hauses. Die Arbeiten gingen nur schleppend voran. Es gab strenge behördliche Auflagen; außerdem hatte Rick sich eigene auferlegt.

Rick drehte das Ruder nach Steuerbord und fuhr die *Chimay* um die Spitze herum in die Bucht. Das zweistöckige Haus mit Sonnenveranda stand an einem Hang, und der Blick reichte von Indian Point und dem Hafen rechts bis Curtain Bluff im Norden. Von hier aus sah das Haus schon ziemlich fertig aus. Das Dach hatte Rick im letzten Herbst gedeckt. Der Rohbau war jetzt fertig, ebenso wie die Wände und Böden im Haus. Es fehlten nur noch die Installationen, doch es ging wieder langsamer voran. Wie Natalie mehr als einmal gesagt hatte, schien es das Schicksal dieses Hauses zu sein, niemals fertig zu werden.

Das Boot tauchte mit dem Bug in die Wellen und pflügte durch die Kämme. Eine warme Brise wehte vom Land her und strich Rick über den Rücken. Sturmvögel liefen in der Nähe übers Wasser. Rick fuhr ein Stück in die Bucht hinein und suchte den Strand mit dem Fernglas ab, doch es war nichts zu erblicken, nicht mal eine Qualle. Als er das Fernglas hob, sah er den roten Schimmer der untergehenden Sonne, die sich in den Fenstern des Hauses spiegelte.

Die Dämmerung kam. Es wurde Zeit für die Heimfahrt. Rick drehte das Ruder herum und steuerte wieder aufs Meer zu. Er würde auf dem Rückweg an Curtain Bluff vorbeifahren und die Felsen dort absuchen.

In diesem Augenblick setzte der Motor aus.

Rick beunruhigte das nicht allzu sehr. Es war ihm schon öfters passiert, dass ein Motor versagte, auch schon viel weiter draußen auf dem Meer. Er war sicher, den Schaden beheben zu können. Im Tank war jedenfalls genug Sprit; er hatte es vor dem Losfahren überprüft. Vermutlich war Schmutz in die Kraftstoffleitung geraten. Nach seiner Erfahrung rührten die meisten Motorprobleme von einer Unterbrechung der Spritzufuhr her. Rick fuhr das Boot in den Wind, ließ das Ruder los und öffnete die Luken des Maschinenraums. Es schien ziemlich viel Öl ausgetreten zu sein, was zu erwarten gewesen war, und im Kielraum hatte sich ziemlich viel Wasser angesammelt, was auf die mangelnde Wartung, wahrscheinlicher noch auf eine schadhafte Dichtung an der Schraubenwelle zurückzuführen war.

In dem schwachen Licht dauerte es einige Zeit, bis Rick das Problem eingegrenzt hatte. Einen Augenblick fürchtete er, die Glühkerzen könnten defekt sein – was beunruhigend gewesen wäre, da er keinen Ersatz an Bord hatte. Nachdem er die Kraftstoffleitung auf der gesamten Länge abgetastet hatte, entdeckte er schließlich einen Riss auf der Innenseite eines Bogens, ein paar Zentimeter von der Stelle entfernt, wo sie in den Boden des Tanks führte. In einem Schrank fand Rick Klebeband und wickelte es um die schadhafte Stelle, so fest er konnte. Dabei musste er sich größtenteils auf sein Gefühl verlassen, denn die Batterien der Taschenlampe waren inzwischen leer.

Die ersten Sterne erschienen am Himmel, als Rick sich erschöpft vom Motor erhob. Zum Glück hatte er das Radargerät, das ihn übers dunkle Meer nach Hause führen würde. Mit einem Lappen wischte Rick das Öl von seinen Händen, als er instinktiv einen Blick über die Schulter warf.

Was er sah, ließ ihm das Blut in den Adern gefrieren.

Genau achtern, keine hundert Meter entfernt, hatte sich geräuschlos ein Monster aus den Tiefen erhoben. Eine riesige dunkle Sturzwelle, die sich deutlich vor dem Hintergrund des Himmels abzeichnete, näherte sich der *Chimay.* Mindestens fünf Meter vom Wellental bis zum Wellenkamm, ragte sie steil wie ein Felsen in die Höhe. Instinktiv gab Rick Vollgas, als die Wasserwand sich unerbittlich näherte. Einer starken See wie dieser begegnet man am besten mit dem Bug voraus, doch die Zeit reichte nicht, um zu wenden. Rick musste vor der riesigen Welle fliehen, bevor sie über ihm zusammenbrach. Jetzt wusste er, was die Leute im Hafen mit den »ungewöhnlich hohen Wellen« gemeint hatten. Diese hier war aus dem Nichts entstanden.

Rick packte das Ruder. Er spürt, wie das Heck sich hob, als das Boot ins Wellental sank, und die *Chimay* sich fast senkrecht stellte. Rick versuchte gar nicht erst, am Rand der Welle zu entkommen. Sobald er das Ruder drehte, würde er seitwärts abrutschen und riskieren, überspült zu werden, wenn der Wellenkamm über ihm brach.

Rick hatte es mehr als einmal mit rauer See zu tun gehabt; er hatte mit Winterstürmen und einem Taifun im Pazifik kämpfen müssen, doch diese sonderbare Welle, die ohne Vorwarnung bei ruhiger See aufgetaucht war wie ein Raubtier, plötzlich und unberechenbar, flößte ihm Angst ein.

Und er musste immerzu daran denken, dass dieser Berg aus kaltem Wasser vor vierundzwanzig Stunden zwei Menschenleben gefordert hatte.

21

Der King hatte Prinzipien. Er konnte am Strand unter freiem Himmel schlafen, wenn es sein musste; er hatte es oft genug getan. Ob in einem Hotel oder in einer Hütte – für ihn war es dasselbe. Doch im Augenblick hatte er einen Ruf zu verteidigen. Er würde diese Sache durchziehen, allerdings auf seine Weise. Und das bedeutete die richtige Ausrüstung und viel Unterstützung. Er brauchte Kamerateams – davon eins in der Luft – und einen Kameramann mit Mut, der bereit war, ein Risiko einzugehen, um nahe genug heranzukommen.

Es war der Albtraum eines jeden Managers, doch der Hinkende war vorbereitet. Alle Stars waren gleich. Sie glaubten, das Geld fiele vom Himmel. Er führte vertrauliche Verhandlungen mit Produzenten. Einige Türen öffneten sich leicht, da der King einen hohen Bekanntheitsgrad besaß, andere weniger. Der Verleih, der seinen letzten Film herausgebracht hatte, zeigte sich zurückhaltend.

»Wir suchen neue Gesichter«, teilte man dem Hinkenden mit. »Es ist drei Jahre her, dass er den Film gemacht hat. Und dann war da diese Sache mit dem Mädchen …«

»Das ist doch alles gegessen. Die Kids interessiert das sowieso nicht.«

»Aber die Sponsoren. Mittlerweile ist Surfen kein Sport mehr für eine Gruppe Auserwählter. Das Image zählt.«

»Ihr könnt mich mal«, sagte der Hinkende und wandte sich an ein anderes Studio, dessen letzter Film gefloppt hatte, sodass man auf einen Erfolg angewiesen war.

»Die Sache ist gigantisch«, bearbeitete der Hinkende den

Produzenten. »Einmalig. Monumental. Sie werden die Konkurrenz wegfegen. Da kommt keiner ran.«

»Das mag ja sein, aber um den Geldgeber zu überzeugen, brauchen wir etwas Konkretes. Haben Sie ein Drehbuch?«

»Ich habe den King, und ich habe eine Welle.« Ein beinahe religiöser Eifer lag jetzt in der Stimme des Hinkenden. »Die größte Welle, auf der jemals ein Mensch gesurft ist. Die größte verdammte Monsterwelle. So was wird es in tausend Jahren nicht mehr geben!«

Eine lange Pause trat ein. Das Studio würde anbeißen, das wusste der Hinkende, aber würde der Haken auch tief genug eindringen?

»Wenn Sie das meinen, was ich glaube – wir haben schon ein Team zu den Bermudas geschickt, um die Sache dort zu filmen.«

Der Hinkende lachte. »Sie werden Ihre Zeit verschwenden. Die Bermudas können Sie vergessen. Die Wellen sind zehn, höchstens fünfzehn Meter hoch. Kleiner als Jaws, sogar kleiner als Mavericks. Ihre Leute könnten ebenso gut zu Hause bleiben.«

»Und was haben Sie zu bieten?«

»Die Monsterwelle, die Königin aller Wellen.«

»Geht es ein bisschen genauer?«

Der Hinkende ließ ihn eine halbe Minute schmoren.

»Was denn nun?«

»Dreimal so hoch wie auf den Bermudas.«

»Dreimal so hoch wie auf den Bermuas? Vierzig Meter? Das ist ein Scherz, nicht wahr?«

»Keineswegs. Vierzig Meter, vielleicht sogar noch höher.«

»Ich glaube Ihnen nicht, Mann. Sie sind verrückt.«

»Ich bin nicht verrückt. Und ich sage Ihnen noch etwas: In diesem Augenblick geht es los. Die Uhr tickt. Zwei Menschen sind bereits tot.«

»Sie sind ja verrückt!«

»Sie sollten mir glauben. Diesmal ist es ernst.«

»Okay, wir schicken jemanden. Wo sind Sie?«

»Maine.«

»Maine?« Ein Kichern. »Was soll sich in Maine denn schon groß abspielen?«

»Das Ende der Welt spielt sich hier ab. Sagen Sie Ihrem Mann, er soll einen Koffer voll Geld mitbringen.«

Sheena Dubois saß auf der schattigen Veranda von Ray Burns' Haus an der Pigeon Cove und nippte von ihrem Preiselbeersaft. Nach all den Geschichten über Colaflaschen, die auf Meeresströmungen um die halbe Welt trieben, hatte sie damit gerechnet, einen Sonderling anzutreffen, doch der Mann mit den grauen Augen machte einen nüchternen, klugen Eindruck. Sheena fragte ihn nach dem Kliff am Curtain Bluff. »Könnte es sein, dass die Wellen, die diesen jüngsten Abbruch verursacht haben, besonders groß waren?«

»Nicht unbedingt. Erosionen an der Küste sind ein kontinuierlicher Vorgang. Die Felsblöcke unten am Riff sind das Ergebnis dieses Prozesses. Über Zehntausende von Jahren bieten die herabgefallenen Felsbrocken einen gewissen Schutz, wie eine Art Wellenbrecher, doch auch sie werden nach und nach erodiert, und der Kreislauf beginnt von Neuem.«

Dann sei der Abbruch der Klippen ein alltäglicher Vorfall gewesen und habe nichts mit einem drohenden Tsunami zu tun, fragte Sheena ihn.

Ray schüttelte den Kopf. Die Frage, ob so genannte »entartete« Wellen bei den jüngsten Ereignissen eine Rolle gespielt hätten, müsse man Ozeanographen stellen. »Ich habe jedenfalls gebeten, Jack Pearls Gezeitenaufzeichnungen für den besagten Abend einsehen zu dürfen.«

»Und was haben Sie entdeckt?«, wollte Sheena wissen.

»Dass durch die physikalischen Besonderheiten des Sunds Monsterwellen entstehen können.«

Sheena wartete, doch Ray lieferte keine weiteren Erklärungen. »Nach Jack Pearls Worten sind Sie Experte für den Sund und die Strömungen des Ozeans«, sagte sie.

»Ja. Nach dem Tod meiner Frau habe ich mich intensiv damit beschäftigt. Dann habe ich in der Bucht Bimsstein entdeckt. Das hat meine Neugier geweckt.«

»Bimsstein ist Lava, nicht wahr?«

»Poröses Vulkangestein, ja. Aufgrund der Hohlräume im Magma, die sich durch die Gase gebildet haben, ist Bimsstein so leicht, dass er auf dem Wasser schwimmt.«

»Und woher stammte es?«

»Die Proben, die ich zur Analyse eingeschickt hatte, stammten von Vulkanen vor der afrikanischen Küste, von den Azoren oder den Kanaren, vermutlich Letzteres.«

»Halten Sie das bei der gegenwärtigen bedrohlichen Lage für bedeutsam?«, fragte Sheena.

»Es ist auf jeden Fall interessant.«

Sheena schaute auf ihre Notizen. Sie wollte noch eine andere Sache überprüfen. »Das Umweltministerium spricht von einem neuen Frühwarnsystem, das uns vor einem sich nähernden Tsunami warnen soll. Können Sie dazu etwas sagen?«

Ray Burns blickte Sheena ernst an. »Ich kann Ihnen sagen, dass es nicht funktioniert.«

Die Karussells waren bereits in Betrieb, als Rick die *Chimay* an dem neuen Liegeplatz festmachte. Er war nass bis auf die Knochen. Touristen bummelten über den Bearskin Neck, und das Dröhnen der Musik hallte übers Wasser. Jack Pearl wartete auf Rick und half ihm beim Festmachen.

»Draußen am Riff hat mich eine ziemlich große Welle erwischt«, sagte Rick.

»Man sieht's. Wie groß?«

»Drei, vier Meter.«

Jack Pearl schaute ihn nachdenklich an. »Hier im Hafen war das Wasser auch wieder ziemlich kabbelig. Das dritte Mal innerhalb von zwei Tagen.«

»Irgendwelche Schäden?«

»Nee.« Jack schüttelte den Kopf. »Wegen der verdammten Quallen waren nicht viele Leute auf dem Wasser. Ein Glück.«

Kurz darauf hatten die beiden Männer das Boot festgemacht. »Rick, als du draußen im Sund warst, hat sich hier etwas Neues ergeben«, sagte der Hafenmeister.

»Und was?«

»Zwei von den Surfern wollen mit dir sprechen. Der eine, der das Bein nachzieht, und der große Typ mit den dicken Muckis. Sie wollten wissen, ob du ihnen die *Pequod* vermieten kannst.«

Rick war erstaunt. »Wozu wollen die mein Boot?«

Jacks Antwort war nicht ganz eindeutig. »Wenn ich es richtig verstanden habe, wollen sie es als ein Art Basis am Riff festmachen, während sie surfen. Sie wollen gut dafür zahlen.«

»Verdammt, Jack, das kann ich nicht machen. Die Fahrten zu den Walen bringen 'ne Menge Geld. Sie sind unser Lebensunterhalt. Ich kann die Fahrten ein paar Surfern zuliebe nicht ausfallen lassen.«

»Das wissen sie, Rick, und sie verstehen dich. Sie bieten dir einen Vorschuss an und bekommen dafür die Option, das Boot innerhalb von vier oder fünf Stunden zu chartern. Sie verfolgen jeden Tag die Wettervorhersage, und wenn es nach gutem Surfwetter aussieht, bezahlen sie dir eine stündliche Miete. Ich dachte, es wäre interessant für dich, nachdem du heute Morgen kein Glück hattest.«

Rick verzog das Gesicht. »Es ist trotzdem nicht billig, die *Pequod* zu chartern.«

»Diese Typen haben den Durchblick, was finanzielle Dinge betrifft, Rick. Sie haben so was früher schon gemacht, und sie scheinen ziemlich gut über die Preise Bescheid zu wissen. Denk darüber nach. Ich meine, wenn du keinen einzigen Dollar bei den Ausflugsfahrten einnimmst ...« Jack beendete den Satz nicht.

Er hatte recht. Noch ein paar Fahrten wie heute Morgen, und sie waren pleite. So gesehen kam die Bitte der Surfer, sein Boot zu chartern, wie gerufen. »Ich spreche mit ihnen.« Rick nickte. »Aber ehe ich zustimme, will ich Geld sehen.«

»Wenn ich die Typen recht verstanden habe, ist das kein Problem. Offenbar haben sie sogar ein Studio verpflichtet, das einen Film drehen will.« Jack schüttelte ungläubig den Kopf. »Surfer, Filme ... ist 'ne ganz neue Welt hier draußen bei uns. Ich glaube, wir müssen uns daran gewöhnen.«

22

Rick ging den Neck hinunter und sah die bunten Lichter, hörte die laute Musik. Auf der Kirmes in der Bay Road herrschte ausgelassenes Treiben. Hunderte Menschen, Einheimische und Touristen, drängten sich vor den Karussells und den Buden. Es roch nach Hotdogs und Popcorn. Das Stadtfest wurde von Jahr zu Jahr beliebter und zog Gäste aus Boston, sogar aus Halifax und Montreal von der anderen Seite der Grenze an.

Rick bahnte sich einen Weg durch die Menge und hielt auf das Shady Tree zu. In dem Restaurant war es brechend voll und die Kellner hatten alle Hände voll zu tun. Draußen im Garten leuchteten Lichter in dem berühmten Baum, und ganz hinten entdeckte er Sarah Hunters große Gestalt. Sie beugte sich gerade zum Oberkellner hinunter. Als sie sah, dass Rick sich zwischen den Tischen hindurchschlängelte, lächelte sie, doch dann sah sie seine Miene, und ihr Gesicht verdunkelte sich wieder.

Er ergriff ihren Arm.

»Was willst du von mir? Lass mich los!«, zischte sie.

»Komm mit, oder ich sag dir vor allen Gästen die Meinung.«

»Verdammt, Rick, du bringst mich in Schwierigkeiten!«

Sie sprachen mit gedämpften Stimmen, doch die nächsten Tische standen in Hörweite, und einige Köpfe drehten sich bereits zu ihnen um. Die meisten Besucher waren Touristen, aber es befanden sich auch ein paar Einheimische im Restaurant sowie Gäste, die jeden Sommer hier verbrachten. Es war gut möglich, dass der eine oder andere Rick oder Sarah kannte. Egal, dachte Rick. Er musste diese Sache jetzt ein für alle Mal klären.

»Ich bringe dich in Schwierigkeiten?«, sagte er. »Was willst du mit deinen verdammten Plattenwünschen im Radio eigentlich erreichen?«

»Ich weiß nicht, was du meinst«, erwiderte Sarah und wandte den Blick ab.

»Spiel nicht die Unschuldige. Ich meine diesen blöden Song, den du sechs Mal am Tag im Radio hast spielen lassen!«

»Ach das.« Sarah lachte bitter auf. »Das war mein Geschenk an dich. Eine kleine Erinnerung an alte Zeiten.« Sie kniff neckisch die Augen zusammen. »Es war unser Lied. Es wurde damals immer gespielt. Du erinnerst dich doch, Rick?« Sie flüsterte jetzt. »Diese Nacht auf dem Highway im Kabrio meines Vaters. Es war dein Geburtstag. Du hast mich gefragt, welches Geschenk ich für dich hätte, und ich habe gesagt, alles, was du willst, Liebling. Und du hast mit mir gewettet, dass ich es nicht wage, mit heruntergeklapptem Verdeck nackt über den Goodwill Causeway nach Portland zu fahren. Und da wurde dieses Lied gespielt. Erinnerst du dich?« Sie strich sich mit der Zunge über die Lippen. »Mein Gott, war das kalt. Du musstest …«

Rick presste die Lippen zusammen. »Sei still, Sarah. Das ist lange her.«

Sie lachte wieder, diesmal leise und bedrohlich. »So lange nun auch wieder nicht, Liebling. Hast du der süßen Natalie schon von unseren Spielchen erzählt?«

»Verdammt! Wenn du ein Wort zu Natalie sagst, werde ich …«

»Was wirst du, Rick? Ich lasse mich nicht so schnell einschüchtern, das müsstest du inzwischen eigentlich wissen. Du hast nicht mal die Hälfte von dem gesehen, was ich auf Lager habe. Wart's ab.«

»Verdammt, Sarah, lass es sein. Was je zwischen uns war, ist vorbei.«

Ihr Blick wurde milder. »Du bist dumm, Rick. Ich tue dir einen Gefallen. Glaubst du wirklich, ihr liegt was an dir? Für sie ist es bloß ein Spiel. Sie flirtet hinter deinem Rücken mit einem Surfer, und du stehst wie ein Trottel da. Die ganze Stadt lacht über dich.«

Die Bemerkung traf ihn wie eine Ohrfeige. Er knirschte mit den Zähnen. »Was zwischen mir und Natalie ist, geht keinen was an. Halt dich da raus.«

Sarah schaute ihm in die Augen. »Das kann ich nicht, Rick. Du und ich, wir sind füreinander gemacht. Ohne Kampf gebe ich dich nicht auf.«

Ihm klangen die Ohren, als er den Garten verließ.

Wo war Natalie?

Das Kino in der Green zeigte heute die Sondervorstellung eines Kultfilms. Die Zuschauer der ausverkauften Vorstellung hatten ein Durchschnittsalter von sechzehn Jahren. Der Titel des Films lautete *Gigantor*. Der einzige Star war der King of the Mountain, der persönlich inmitten seiner schmachtenden Fans im Kino saß. Er hatte es sich auf einer großen, gepolsterten Bank bequem gemacht. Vor ihm auf dem Tisch standen Bier und eine frische, mit Meeresfrüchten belegte Pizza.

Eine extreme Welle nach der anderen: Mavericks, Shipstern's, Teahupoo und Jaws, vor allem Jaws, Jaws, Jaws. Zwanzig Meter hohe Wellen – einmal sogar eine, die vierundzwanzig Meter hoch war, doch das war umstritten und bot immer wieder Anlass zu Diskussionen. Es gab Szenen aus den großen Filmen, den Kassenschlagern, Heldentaten, die so riskant waren, dass kein Stuntman gefunden werden konnte, der sie wagen wollte. Deshalb hatten die Produzenten sich schließlich an ihn gewandt, den King, den Größten, und er hatte es gewagt. Und jetzt war er hier, und jeder konnte sehen, wie er die

Vorderseite eines senkrecht aufragenden Wasserbergs hinunterjagte und sich auf dem Wellenkamm hielt, als würde er auf einer Brüstung stehen, und dem Tod trotzte.

Immer wieder hörte er den Applaus der Zuschauer. Große Tage, große Wellen. Jetzt brauchte er noch eine große Herausforderung, einen Sieg, der ihn unsterblich machen und der ihn mit einem einzigen Sprung für alle Zeiten und für alle Konkurrenten unerreichbar werden ließ. Die ultimative Welle. Es war eine Illusion, ein Traum, den er schon sein Leben lang träumte. Doch wenn der Hinkende recht hatte, war die Erfüllung dieses Traums jetzt greifbar nahe …

Natalie lehnte an seinem Arm. Als sie ihn oben auf der großen Leinwand sah, wie er auf seinem Surfbrett der Gewalt des Meeres trotzte, hätte er eine Gestalt aus einem alten Epos sein können. Es lag in der Natur eines Helden, immer neue Herausforderungen zu suchen, angetrieben von einem unstillbaren Verlangen, immer größere Meisterleistungen zu vollbringen. Völlig furchtlos, wie es schien, suchten sie stets die schwierigsten und gefährlichsten Wege und stürzten sich immer wieder in beängstigende Abenteuer.

»Du tust ihm gut, weißt du das?«, flüsterte der Hinkende Natalie ins Ohr. »Er glaubt an sich, aber manchmal braucht er jemanden, der für ihn da ist. Lass ihn nicht im Stich.«

Der Film ging weiter. Immer neue Wellen, immer größere Wellen, gigantische Wasserwalzen, die die tosende Ozeandünung hervorgebracht hatte. Eine schwarz gekleidete Gestalt, die sich auf den Schlund einer Wasserwalze zubewegte, während der Wellenkamm sich von hinten wie eine Lawine näherte.

Der Film endete, die Lichter flammten auf. Der Hinkende erhob sich mühsam. »Ich muss noch ein paar Telefonate machen«, sagte er.

Mehrere Jugendliche stürmten heran und wollten ein Autogramm vom King. Der grinste sie an, während die Kids ehrfürchtig zu ihm aufschauten. Ein junges, dunkelhaariges Mädchen in einem kurzen Top, das nur bis zum Bauchnabel reichte, schoss ein Foto.

Der Hinkende klappte sein Handy zu. »Alles paletti«, sagte er erleichtert. »Wir haben die Geldgeber.«

»Wild Reef?«, fragte der King.

»Und Surf Chaser. Die beiden haben gemeinsam mit Waves West unterschrieben. Righteous Features …«

»Die Truppe, die *WaveKiller 2* gedreht hat?«

»Genau die. Sie stellen ein Kamerateam. Zamos ist beteiligt. Er kommt morgen in einem Privatjet her. Es geht los.«

»Morgen? Ja!« Der King boxte mit der Faust siegessicher in die Luft. »Ich wusste es. Ja! Ja! Ja!«

»Sie haben schon einen Arbeitstitel: *Die Todeswand.*«

»Ich glaube, ich habe eine Story für dich«, sagte Dr. Southwell.

»Erzähl.« Sheena blies lässig den Rauch aus. Die beiden lagen aneinandergeschmiegt auf der Rückbank des Landcruisers und rauchten eine Zigarette.

»Ich habe mit Tab gesprochen. Er ist wegen dem Pärchen, das vermisst wird, noch immer ziemlich down. Er macht sich Vorwürfe, weil er nicht zurückgegangen ist, um ihnen zu helfen.« Southwell nahm einen Zug und fuhr fort: »Jedenfalls, ich habe mit ihm gesprochen, und er hat mir von den Surfern erzählt, die er kennen gelernt hat. Es hat sich herausgestellt, dass einer von ihnen eine Berühmtheit ist, ein richtiger Star.«

Sheenas Interesse war geweckt. »Ein Star?«

»Nun, dieser Kerl ist berühmt, bei den Jugendlichen wenigstens. Er hat keinen Namen, oder er verrät ihn nicht. Er wird von den anderen der King genannt, die Kurzform von King of the Mountain. Das ist der Titel des Surfers, der die schwierigste und gefährlichste Welle der Welt bezwingt. Und dieser King of the Mountain ist hier in Goodwill.« Er hielt inne. »Jetzt hätte ich ein Dankeschön verdient.«

»Der Typ ist hier zu Besuch?«

Southwell schüttelte den Kopf. »Das weiß keiner. Jedenfalls kursieren Gerüchte, dass er sogar von Vorentscheidungskämpfen für die Weltmeisterschaft zurückgetreten ist, um hier sein zu können.«

»Tatsache?«

»Ja. Tab behauptet, er sei in der Welt der Surfer ein Gott. Er macht Filme und trifft sich mit Groupies aus der Rockszene.«

»Scheint ein angesagter Typ zu sein.«

»Das meint Tab auch. Ihn in der Stadt zu haben wäre so, als würde der Papst hier eine Stippvisite machen.«

»Und was zieht einen Star aus der Surferszene in unser Kaff?«

Der Arzt zuckte mit den Schultern. »Das musst du ihn schon selbst fragen.«

»Weißt du denn, wo er ist?«

»Klar.« Southwell lachte. »Da ist noch was. Tab hat gesagt, dass der Bursche sich mit Natalie Maxwell herumtreibt.«

Rick war an diesem Abend zum Essen bei Rebecca, Mike und den Zwillingen. Sie hatten Pizza bestellt. Mike hatte den Kühlschrank mit Bier aufgefüllt, und Rick kämpfte mit seinen Neffen um die Fernbedienung.

»Macht das Ding nicht kaputt!«, rief Rebecca aus der Küche.

»Ich will mir nur schnell die Schlagzeilen ansehen. Hört mal eine Sekunde auf, ihr Nervensägen.« Er drückte seine Neffen auf die Couch, ignorierte ihre Protestschreie und zappte durch die Kanäle.

»...in Washington wurde heute eine Erklärung zur Situa-

tion auf den Kanaren veröffentlicht, in der die Bedrohung für die Vereinigten Staaten als gering eingestuft wird.« Das Bild wechselte zu einer Studioaufnahme. Die Nachrichtensprecherin lächelte ihren Gast freundlich an. *»Professor Jean Ballister, Sie haben auf diesem Gebiet große Erfahrung. Würden Sie kurz zusammenfassen, welches Risiko Ihrer Meinung nach für uns besteht?«*

Professor Ballister schaute gelassen in die Kamera. *»Wie ich heute bereits zu Direktor Manning sagte und auch dem Präsidenten im Weißen Haus erklärt habe, sollten wir wachsam sein. Allerdings gibt es keinen Grund, sich zu ängstigen, denn wir sind hier nicht auf La Palma.«*

»Aber es handelt sich doch sicherlich um einen gefährlichen Ausbruch, nicht wahr? Und nach Meinung vieler Wissenschaftler könnte durch diese Eruption ein Tsunami ausgelöst werden, der mit vernichtender Wucht auf die Atlantikküste trifft.«

Jean Ballister winkte ab. *»Das ist reine Phantasie. Das haben sich Unheilspropheten ausgedacht, um auf sich aufmerksam zu machen. Das derzeitige Ausmaß vulkanischer Aktivitäten ist viel zu gering, um für irgendjemanden eine Gefahr darzustellen, sieht man von den unglücklichen Bewohnern von La Palma ab. Selbst ein Abbrechen der Vulkanflanke, was sehr unwahrscheinlich ist, hätte keinen Tsunami zur Folge. Die Wellen, die in einem solchen Fall auf der anderen Seite des Großen Teiches ankämen, wären harmlos.«*

»Aber wir haben heute Abend gehört, dass die Behörden die Evakuierung weiterer zehntausend Menschen aus den betroffenen Gebieten angeordnet haben, und Urlaubsorte wurden gesperrt …«

»Das stimmt. Aus den betroffenen Gebieten!«, unterbrach Ballister sie in scharfem Tonfall. *»Wir sprechen über eine relativ kleine Insel von kaum dreitausend Quadratkilometer Gesamtfläche. Die größte Gefahr droht den Menschen in un-*

mittelbarer Nachbarschaft, weil sie dem Risiko von Ascheregen, Lavabomben, Erdrutschen und Waldbränden ausgesetzt sind. Nichts davon ist mit einem Killer-Tsunami gleichzusetzen. Wir sollten bei den Tatsachen bleiben.«

Die Nachrichtensprecherin hatte noch eine Frage. *»Trotzdem, Professor Ballister, hielt die Regierung es für angebracht, für mehrere Millionen Dollar ein Tsunami-Frühwarnsystem im Atlantik zu installieren. Die Regierung scheint die Bedrohung also ernst zu nehmen.«*

»Ja, es wurde ein Frühwarnsystem installiert. Soviel ich weiß, geht es heute zum ersten Mal in Betrieb. Der Zeitpunkt ist jedoch purer Zufall. Da wir gerade über das Thema sprechen, sollte ich auch betonen, dass alle größeren Tsunamis in den letzten hundert Jahren durch Erdbeben und nicht durch Vulkanausbrüche ausgelöst wurden.«

»Wie langweilig!«, rief Mike Junior, der sich aus Ricks Umklammerung befreite. »Wir wollen einen Tsunami sehen, ein richtig großes Ding!«

»Ja, hundert Meter hohe Brecher, die sich durch den Sund wälzen«, rief Leif, sein Zwillingsbruder.

»Okay, ihr habt lange genug ferngesehen«, rief ihre Mutter. »Jetzt wird gegessen. Und wenn ihr euch streitet, Kinder, gibt's keine Pizza. Rick, das gilt auch für dich. Mike, bring das Bier mit. Jetzt setzt euch alle an den Tisch.«

»Hörte sich so an, als würde diese Professorin sich auskennen.« Ricks Schwager riss eine Dose auf und stellte sie vor Rick auf den Tisch. »Ich glaube, wir können beruhigt schlafen. Was meinst du, Rick?«

Rick starrte nachdenklich auf den Bildschirm. »Ich habe das Gefühl, als wüssten die im Augenblick nicht, was man noch glauben kann und was nicht.«

Mike runzelte die Stirn. »Was soll das heißen?«

»Für diese Professorin ist es einfach, in Washington zu sitzen und zu sagen, wir brauchten uns keine Sorgen zu machen. Bei der ist das Meer nicht direkt vor der Tür.«

»Ich wusste gar nicht, dass du so ein Pessimist bist, der das Unglück förmlich heraufbeschwört.« Mike warf seinem Schwager einen finsteren Blick zu.

Rick zuckte mit den Schultern. Er und Mike waren gute Freunde, aber Mike konnte einen manchmal ganz schön auf die Palme bringen. »Ich bin nur realistisch«, erwiderte Rick.

Mike stieg die Röte in die Wangen. Ihm war stets anzusehen, in welcher Stimmung er sich befand. »Ich nehme an, du weißt es besser als eine Professorin, die sogar der Präsident zu Rate gezogen hat.«

»Jungs!«, rief Rebecca aus der Küche. »Kommt jetzt eure Pizza essen!«

»Warum sagst du es nicht einfach?«, fragte Mike. »Du hast recht und sie hat unrecht.«

»Meine Güte, Mike«, stieß Rick hervor. »Was soll ich denn noch glauben?«

»Ich weiß es nicht. Aber für mich hörst du dich wie einer der Wissenschaftler an, von denen diese Frau gesprochen hat ... die Leute, die versuchen, alles so hinzustellen, als stünde das Ende der Welt bevor. Das finde ich nicht loyal.«

Rick musterte ihn. »Vielleicht«, sagte er grimmig, »aber in den letzten Tagen sind hier ziemlich viele seltsame Dinge passiert. Und es war eine verdammt große Welle, die das Kliff am Curtain Bluff heruntergerissen und vielleicht zwei Touristen ertränkt hat.«

Rebecca tauchte in der Tür auf. »Hört auf zu streiten, alle beide«, sagte sie. »An diesem Wochenende ist unsere Dreihundertjahrfeier und ...« Sie verstummte. »Was war denn das?«

Die anderen hatten es auch gehört. Das Geräusch war unverkennbar. Jeder in Goodwill kannte und fürchtete es: die Feuersirene.

23

Southwell schrie auf, als er den Höhepunkt erreichte. Als er und Sheena dann allmählich wieder zu Atem kamen, spürte sie den Schweiß auf ihrer Haut trocknen. Southwell hatte die Klimaanlage laufen lassen.

»Das war gut«, keuchte Sheena.

»Das war Wahnsinn«, sagte er schwer atmend.

Sie strich ihm über den Rücken. Für einen Mann seines Alters war er sehr vital. »Ist es mit dir und Donna genauso?«

Er presste verärgert die Lippen aufeinander. »Lass meine Frau aus dem Spiel. Diese Sache hier geht nur uns beide etwas an, und das soll auch so bleiben.«

»Reg dich nicht auf. Ich bin nur neugierig.«

»Meine Güte, du bist genauso schlimm wie Tab.«

»Was hat der denn damit zu tun?«

»Als ich letzte Nacht nach Hause kam, habe ich ihn gefragt, ob er Donna mag, und er hat ziemlich patzig erwidert: ›Klar, und du?‹«

»Was hat er damit gemeint?«

»Nichts. Das war nur eine dieser dummen Fragen, die Kinder gern stellen.«

»Meinst du, er weiß etwas von uns?«

»Natürlich nicht. Mein Gott, wie sollte er? Er hat uns noch nie zusammen gesehen.«

Für kurze Zeit herrschte Schweigen. »Was ist das für ein Geräusch?«, fragte Sheena dann.

»Ich hab nichts gehört.«

Sheena drehte sich um und drückte auf den elektrischen

Fensterheber. Eine warme Brise drang in den Wagen, als die Scheibe herunterfuhr. Sie rümpfte die Nase. »Riecht nach Rauch.«

In der Ferne hörte man ein leises, an- und abschwellendes Heulen. »Ist das ein Rettungswagen?« Southwell streckte den Kopf über den Sitz und erstarrte. »Scheiße!«

»Was ist?«

»Blaulichter! Eine ganze Menge, und sie kommen genau auf uns zu.«

»Lass mal sehen.«

»Runter!« Southwell drückte ihren Kopf herunter. »Verdammt, das sind Sirenen. Das müssen Löschfahrzeuge sein.«

»Ein Feuer? Hier draußen? Mein Gott!«

»Sie sind auf dem Highway und biegen nicht ab ... nein, jetzt doch. Mist, sie fahren genau in unsere Richtung.«

Sheena spürte ein Kratzen in der Kehle. »O Gott.« Sie begann zu husten. »Das ist Rauch! Wir müssen hier weg!«

»Zieh dich an! Schnell! So darf niemand uns sehen.« *Mich* darf niemand so sehen, meinte er.

Hektisch zogen sie ihre Hosen und Oberteile an. Sheena zog den Reißverschluss ihrer Hose hoch und stopfte die Unterwäsche in die Taschen. Southwell schubste sie zur Seite, schwang sich auf den Fahrersitz und ließ den Toyota an. Sie rasten den Weg hinunter.

»Sieht so aus, als wären sie abgebogen«, keuchte Sheena. »Mein Gott, jetzt kann man das Feuer sehen!«

»Muss in der Nähe vom Kraftwerk sein«, sagte der Arzt hektisch. »Noch ein Stück weiter, und wir hätten in der Falle gesessen.«

»Mein Gott.« Sheena fröstelte.

Als sie den Highway erreichten, trat Southwell auf die Bremse. »Unsere Wege trennen sich hier«, sagte er barsch. Er griff an ihr vorbei, riss die Tür auf und stieß sie hinaus, ehe sie begriff, was geschah.

»Was soll das? Du kannst mich doch nicht einfach hier absetzen!«

»Man wird Straßensperren aufstellen. Wenn sie dich in meinem Wagen sehen, erfährt es Donna. Dann bin ich in dieser Stadt erledigt.«

Sheena schlug gegen die Tür. »Und was ist mit mir, verdammt?«, rief sie. »*Mein* Wagen steht in der Stadt.«

»Bleib hier und verfolge die Sache aus der Nähe. Du bist Journalistin. Es ist dein Job, über Katastrophen zu berichten.«

Die Rücklichter verschwanden am Ende der Straße. »Scheißkerl!«, rief Sheena ihm hinterher.

Freddy Tarr hatte Wort gehalten und eine Brandwache am Campingplatz postiert. Der Besitzer eines Wohnmobils hatte als Erster angerufen und von Rauch und Funken berichtet, die er beobachtet hatte, als er von Ellsworthy über den Causeway zurückgefahren war, nachdem er im Fischrestaurant gegessen hatte.

Die Mannschaft des Einsatzwagens, die die Sicherungsarbeiten an Curtain Bluff durchgeführt hatte, kam kaum zum Luftholen. Wegen der Menschenmengen in der Stadtmitte musste das Löschfahrzeug einen Umweg Richtung Süden über die Indian-Point-Brücke machen und dann auf den Highway auffahren, um sich dem Feuer über die Schnellstraße zu nähern. Daher war die Mannschaft, die zur Brandwache abgestellt worden war, zuerst vor Ort. Willy Stevens, der Chef des Teams, erstattete über Funk Bericht. »Da muss ein halber Hektar brennen, und der Wind treibt die Flammen auf das Gaskraftwerk zu. Wir helfen dir auf jeden Fall, Freddy.«

Das zweite Löschfahrzeug war bereits unterwegs. Freddy Tarr zögerte einen Moment und fragte sich, ob er in Ellsworthy anrufen und um Unterstützung bitten oder sich zuerst davon überzeugen sollte, ob seine Jungs es alleine schaffen könnten. Doch nach Willys Einschätzung, dass ein halber Hektar brannte, beschloss er, sofort anzurufen. Außerdem frischte der Wind auf, und das Gaskraftwerk lag in unmittelbarer Nähe. Vor allem erkannte er an Willys Stimme, wie ernst die Lage war. So rief er Sam Jones an, den Chef der Feuerwache von Ellsworthy. »Der Wald brennt. Schick mir alle Leute, die du entbehren kannst.«

Als Freddys Mannschaft und das Löschfahrzeug der Feuerwache den Brandherd erreichten, hatte das Feuer sich bereits ausgebreitet. Willy hatte von einem halben Hektar gesprochen, und das war nicht übertrieben. Der Wind fachte das Feuer an, und mehrere große Bäume brannten lichterloh. Dicke Rauchschwaden wälzten sich über den Boden. Freddy sah besorgt, dass das Feuer sich auf ungewöhnliche Weise ausbreitete: Es schien mehrere Brandherde zu geben, als wären an verschiedenen Stellen Feuer ausgebrochen.

Willy hatte sofort erkannt, dass die Bäume nicht mehr zu retten waren. So konzentrierte er seine gesamten Kräfte darauf, das brennende Gestrüpp und das Unterholz ringsumher zu löschen, damit die Flammen nicht weiter um sich greifen konnten. Seine Jungs waren mit Schaufeln bewaffnet und schlugen die Flammenfront aus. Das Wasser sparten sie für das Zentrum des Brandes auf. Es war eine beschwerliche und gefährliche Arbeit in der Hitze und dem Rauch. Wenn der Wind plötzlich drehte, konnte es geschehen, dass sie selbst von einer Feuerwand eingeschlossen wurden.

Sie brauchten mehr Männer und zusätzliches schweres Gerät. Die Reservecrew in der Feuerwache machte sich bereit, und mindestens ein Löschwagen aus Ellsworthy wurde in den nächsten fünfzehn Minuten erwartet. Freddy versuchte über Handy, Stu Baker zu erreichen. Stu besaß einen Schaufellader, den er für Bauarbeiten auslieh. Er war genau der richtige Mann, wenn es hart auf hart kam.

»Stu, wir haben hier ein Problem am Kraftwerk«, sagte Freddy. »Wir brauchen deinen Schaufellader, um eine Schneise in den Wald zu schlagen, damit meine Jungs den Rücken frei haben.«

»Meine Maschine steht unten an der Schule.« Nach den Hintergrundgeräuschen zu urteilen, musste Stu in einer Kneipe sitzen, womit zu rechnen gewesen war. »Ich bin in zwanzig Minuten da, Fred.«

»Schneller wäre besser.«

»Ich tue, was ich kann.«

Zum Glück kam die Brise aus Richtung Meer und trieb den Rauch und die Funken von der Stadt weg. Dennoch waren ein halbes Dutzend Häuser in Gefahr, wenn das Feuer sich weiter ausbreitete. Freddy sprach mit Don Egan. Don erklärte, er werde mit den Hausbesitzern sprechen und Wagen losschicken, um die Leute in Sicherheit zu bringen, die in Gefahr geraten konnten. »Wie kommt ihr zurecht?«, fragte er. »Brauchst du Freiwillige?«

Freddy dachte kurz nach. Die Idee war nicht schlecht, doch er ging davon aus, dass sie mit drei, bald vielleicht vier Löschwagen plus dem Schaufellader zurechtkommen würden. Außerdem war dies hier ein Nachteinsatz und daher besonders riskant. Wenn eine Gruppe Freiwilliger blind durch die Dunkelheit tapste, und irgendetwas ging schief – wenn zum Beispiel Wind aufkam oder die Richtung änderte –, waren Probleme vorprogrammiert. Am besten, man überließ es den Profis, sich darum zu kümmern.

»Nein«, sagte er. »Wir kommen schon klar. Sorg nur dafür, dass deine Männer den Leuten ausrichten, sie sollen ihre Häuser räumen. Wenn das Feuer über die Bridge Road springt, haben sie nicht mehr viel Zeit.«

Don hatte ein schlechtes Gefühl. Zwei Feuer an einem Tag waren einfach zu viel. Er hätte Freddy gerne gefragt, wie dieses Feuer seiner Meinung nach ausgebrochen sei, aber dazu fehlte jetzt die Zeit. Freddy hatte alle Hände voll zu tun, um die Sache in den Griff zu bekommen.

Ohne dass sie darum gebeten worden wäre, war Annie Pellew ins Büro zurückgekehrt und rief die von den Flammen bedrohten Hausbesitzer an. Dons Sekretärin war immer zur Stelle, wenn sie gebraucht wurde. Nun schaute sie zu Don hoch, ohne eine Miene zu verziehen. »Die Glens und die Rabys melden sich nicht«, sagte sie. »Die Glens müssen aber da sein, denn ich habe Mrs. Glen am Donnerstag im Bob's Market gesehen. Das Haus der Rabys ist normalerweise im Frühsommer vermietet. Könnte sein, dass die Mieter nicht ans Telefon gehen.«

»Sagen Sie dem Kollegen, er soll auf jeden Fall dort vorbeifahren.«

»Schon geschehen. Logan Clancy ist unterwegs.«

»Gut, dass wir Sie haben, Annie.«

Der nächste Anruf galt Andy Orwell, dem Direktor der Elektrizitätswerke. Andy hatte die Nachricht schon erreicht und war unterwegs. Don erwischte ihn auf dem Handy. Orwell sagte, er habe mit einem Verantwortlichen der Nachtschicht gesprochen; der Mann berichtete, eine kleinere Explosion gehört zu haben, kurz bevor die Feuersirene losheulte. »Wir haben eine Brandschutzmauer errichtet, als wir auf Gas umgestellt haben. In jedem Frühjahr entfernt eine Wartungscrew das Unkraut und den Müll. Gehört alles zu den Sicherheitsvorschriften. Es müsste schon eine gigantische Feuerwalze sein, wenn sie diese Brandschutzmauer überspringen will, aber man weiß ja nie. Das Schlimmste, was passieren könnte, wäre ein Brand am Vorratstank. Der Tank ist allerdings durch Sprinkleranlagen und Sicherheitsventile gut gesichert.«

Don versuchte, gar nicht erst daran zu denken, was geschehen würde, wenn ein Gastank in die Luft flog.

Logan Clancy fuhr los, um die Adressen abzuklappern, die Annie ihm gegeben hatte. Unterwegs traf er mehrere Hausbesitzer, die auf dem Rückweg waren, um ihr Eigentum zu schützen. Logan gab Freddy Tarrs Warnung weiter. »Okay, Leute, sucht eure Wertsachen zusammen. Aber bereitet euch darauf vor, eure Häuser schnellstens zu verlassen, falls das Feuer sich nähert. Wartet nicht zu lange!«

Eine Frau rief wütend: »Wollen Sie wissen, wer dahintersteckt? Diese Surfer. Sie waren am frühen Abend im Wald und haben furchtbar laute Musik gehört. Drogen waren auch im Spiel. Glauben Sie mir nicht? Sehen Sie sich mal da um. Mein Mann und ich sind da vorbeigegangen. Eine Gruppe von denen saß im Wald an einem Lagerfeuer. Ein großer Haufen Brennholz lag da. Unglaublich!«

Der Nächste, den Logan traf, war Rick in seinem Pick-up. »Die Lage ist ernst«, sagte Logan zu ihm. »Ich habe die Order, das gesamte Gebiet hier zu räumen.«

»Schon eine Ahnung, wie das Feuer ausgebrochen ist?«

Logan zuckte mit den Schultern. »Jemand will einen SUV gesehen haben, der zu dem Zeitpunkt, als das Feuer gemeldet wurde, in einem Höllentempo weggefahren ist. Don hat befohlen, alle Fahrzeuge auf dem Causeway anzuhalten.«

Logans Funkgerät, das auf die Notruffrequenz eingestellt war, meldete sich. Jemand sagte in drängendem Tonfall: »Wagen drei fordert Verstärkung an. Zwei Verdächtige in Fahrzeug an der Parson's Corner. Ich wiederhole: Wagen drei fordert Verstärkung an der Parson's Corner.«

»Offenbar haben sie schon jemanden geschnappt«, sagte Rick. »Dann will ich dich nicht länger aufhalten.«

Eine halbe Meile weiter hörte Rick das Heulen der Sirenen hinter sich, sah die Lichter im Innenspiegel und hielt an. Es war die Verstärkung aus Ellsworthy. Rick wartete, bis der Löschwagen vorbeigefahren war, und folgte ihm dann. Sie fuhren in einem großen Bogen um das Elektrizitätswerk herum und sahen das Feuer bald vor sich. Dicke Rauchwolken stiegen auf, und Bäume standen in Flammen. Es knisterte und knackte, prasselte und zischte. Vor diesem höllischen Hintergrund kämpften die Einsatzkräfte der Feuerwehr, die inmitten des Funkenregens kaum zu sehen waren, um den Brand unter Kontrolle zu bringen.

Der Löschzug aus Ellsworthy hielt neben den beiden Löschfahrzeugen der Stadt. Die Feuerwehrleute sprangen aus dem Wagen, entrollten die Schläuche und legten sie zusammen. Es dauerte keine Minute, bis ausreichend Druck vorhanden war und der erste Wasserstrahl in die Flammen schoss.

Rick hatte die Feuerwehr schon häufiger unterstützt. Wie die meisten Einheimischen wusste er, was zu tun war. Er riss eine Schaufel von der Ladefläche seines Pick-ups und machte sich sofort daran, die Flammen auszuschlagen, die am Rande des Feuers durchs Unterholz und den Müll zwischen den Bäumen züngelten.

Wenige Minuten später war das laute Dröhnen eines großen Baufahrzeugs zu hören. Stu Baker holte das Letzte aus seinem Schaufellader heraus, als er die Straße hinaufdonnerte. Kurz darauf war er mitten im Qualm und schlug genau dort in Windrichtung eine Feuerschneise, wo sie am dringendsten gebraucht wurde. Nicht weit von Rick entfernt entflammte eine hohe Kiefer mit einem explosionsartigen Knall. Mit einem Blick hatte Stu die Situation erfasst und schwang den Schaufellader herum. Er betätigte die Hydraulik, riss den Baum mit den flachen Wurzeln aus dem Boden und kippte ihn rückwärts ins Feuer, sodass die anderen Bäume in der Nähe gerettet wurden.

»Jetzt haben wir die Sache im Griff!«, rief Freddy Tarr zwanzig Minuten später in Ricks Ohr. Es waren noch mehr Freiwillige erschienen, und da vier Löschwagen ihre Wasserstrahlen auf die Flammen richteten – und dank der Hilfe von Stus kräftigem Schaufellader – konnte eine Ausbreitung des Brandes verhindert werden. Jetzt mussten sie das Feuer nur noch kontrolliert ausbrennen lassen.

Rick wischte sich mit dem Hemdsärmel über das rußverschmierte Gesicht. »Was glaubst du, wie das Feuer entstanden ist, Fred?«

Fred spuckte auf den dicken Ascheteppich. »Ich will ganz offen reden, Rick. Bei den anderen Feuern konnten wir uns nicht ganz sicher sein, aber in diesem Fall hier«, er schüttelte seinen grauhaarigen Kopf, »gibt es nur eine Erklärung: Der Brand wurde vorsätzlich gelegt. Sieh selbst.« Er führte Rick an den Rand der Lichtung. »Das Feuer ist hier in dieser kleinen Mulde ausgebrochen. An dem, was übrig geblieben ist, kann man erkennen, dass die Vegetation hier grün war, doch das Feuer hat sich auf einem vier bis fünf Meter breiten Streifen ausgebreitet. Genau das ist zu erwarten, wenn jemand einen Kanister Benzin auf den Boden schüttet. Anschließend hat er den Kanister in die Büsche geworfen und ein Streichholz angezündet. Einige dieser Brandstifter sind so blöd, dass sie sich genau in den Wind stellen. Der hier hatte leider mehr Verstand.«

»Bist du dir sicher, Freddy?«

»Glaubst du mir nicht? Hier, sieh dir das an.« Tarr lief zur Rückseite der Mulde. »Wie ich schon sagte, er war kein Dummkopf. Andererseits war er es doch, denn er hat den Kanister über seine Schulter geworfen, darum gibt's noch Reste davon.« Er kauerte sich hin und kratzte mit den Fingern über das Gras. »Riech mal.« Er reichte Rick eine Glasscherbe.

Rick schnüffelte daran. »Benzin.«

»Bingo. Don schickt morgen früh Kriminaltechniker. Vielleicht finden sie Fingerabdrücke. Einer der Streifenwagen soll einen Pick-up angehalten haben. Mit ein bisschen Glück haben wir das Schwein bald geschnappt.«

Das Drama hatte eine Meute Schaulustiger angezogen. Rick entdeckte Tab Southwell mit seinem Fahrrad unter den Bäumen und winkte ihm, doch der Junge wandte sich ab. Auch Sheena Dubois war erschienen. Als sie Rick entdeckte, kam sie zu ihm. »Fährst du gleich zurück in die Stadt? Könntest du mich mitnehmen? Mein Wagen springt nicht an.«

»Klar«, sagte Rick.

Erst als sie den Wald und den Rauch hinter sich ließen, sahen sie, dass es eine klare Vollmondnacht war. Sheena stützte einen Ellbogen auf die Fensterverkleidung und gähnte. »Hast du was dagegen, wenn ich rauche?«

Rick lachte. »Hast du gerade nicht genug Rauch geatmet?«

Eine Weile herrschte Schweigen. »Das war das dritte Feuer in zwei Tagen«, sagte Sheena schließlich. »Ein echter Rekord, nicht wahr?«

Rick warf ihr einen flüchtigen Blick von der Seite zu. »Vor allem ein trauriger Rekord.«

»Es soll Brandstiftung gewesen sein.«

»Es deutet einiges darauf hin«, pflichtete Rick ihr bei. Es hatte keinen Zweck, Sheena etwas vorzumachen.

»Und das wird wohl auch auf die beiden anderen Feuer zutreffen«, meinte Sheena. »Das heißt, wir haben einen Brandstifter unter uns.«

»Den Schluss muss man zwangsläufig ziehen«, erwiderte Rick trocken.

»Zufällig hält Don Egan zwei Surfer fest, die unter Verdacht stehen. Wusstest du das?«

Die Lichter der Stadt erschienen. Rick blickte auf die Straße. Es dauerte einen Moment, bis er antwortete. »Nein. Ich habe nur gehört, dass die Polizei einen Wagen angehalten hat. Ich wusste nicht, dass es Surfer waren.«

Sie bogen in die Sugarshack Road ein. In vielen Häusern brannte Licht. Das Feuer hatte die Menschen wach gehalten. Sheena hielt eine Hand aus dem Fenster und spürte den kühlen Wind auf ihrer Haut. »Einer dieser Surfer wird der Hinkende genannt«, sagte sie.

»Ich weiß. Er zieht ein Bein nach. Ich kenne den Burschen.«

»Er treibt sich schon eine ganz Weile hier herum. Die anderen sind am Donnerstag hier aufgekreuzt. Ein großer tätowierter Typ aus Kalifornien ist der Anführer.«

»Diese Beschreibung passt auf die meisten von denen. Hat er einen Namen?« Rick stellte sich absichtlich dumm, und er wusste, dass Sheena es bemerkte.

»Er verrät seinen Namen nicht. Der Rest der Truppe nennt ihn den ›King‹.«

Maple Cove

Tab Southwell schrak aus dem Schlaf. Er lauschte, doch im Haus war es still. Er schaltete das Licht ein, trank einen Schluck Wasser und sah, dass es zwei Uhr nachts war. Er musste wieder geträumt haben. Tab legte den Kopf wieder aufs Kissen und versuchte sich zu erinnern …

Er war in der Bay Road. Es war heller Tag, und er sah Schiffe im Hafen und überall Menschen. Er versuchte sich zu erinnern, ob er jemanden kannte, doch sobald sich vor seinem inneren Auge Gesichter abzeichneten, verblassten sie rasch wieder. Tabs Vater war irgendwo in der Menge, und er suchte ihn. Diese Bilder kehrten immer wieder.

Sein Haar roch noch immer nach dem Feuer. Es war schon nach elf Uhr gewesen, als er nach Hause gekommen war. Donna hatte auf ihn gewartet. »Du hast versprochen, um zehn zu Hause zu sein«, hatte sie geschimpft. »Wir haben uns schon Sorgen gemacht!«

»Ich hab die Sirenen gehört, und dann bin ich dahin gefahren und hab mir das Feuer angesehen.«

Donna strich ihm zärtlich durchs Haar. »Das dachte ich mir. Ist alles in Ordnung?«

Er zuckte mit den Schultern. »Wo ist Dad?«

»Noch immer im Krankenhaus. Ein Feuerwehrmann hat zu viel Rauch eingeatmet. Dein Dad hat angerufen und gesagt, er kommt gleich. Du gehst am besten nach oben und duschst. Deine Hände und dein Gesicht sind ganz schwarz. Ich mach dir was zu essen.«

»Es wäre schön, wenn du noch ein paar Tage bleiben könntest«, sagte Donna später in der Küche zu ihm. »Dein Dad würde sich sehr freuen. Und ich auch.« Sie lächelte ihn an.

»Ich überleg's mir«, murmelte er.

»Du machst dir doch keine Sorgen mehr wegen dem Paar in der Bucht?« Sie legte wie eine Schwester eine Hand auf seinen Arm. »Das war nicht deine Schuld. Es waren Erwachsene. Es war dumm von ihnen, dass sie dort ins Wasser gegangen sind.«

Tab hatte den Kopf hängen lassen. »Ja.«

Nun riss ein Geräusch auf dem Verandadach vor dem Fenster Tab zurück in die Gegenwart. Irgendetwas klapperte da draußen. Vermutlich ein Waschbär auf der Suche nach Küchenabfällen. Tab knipste das Licht aus und schlief weiter.

24

Samstag, 5.00 Uhr, hundert Meilen westlich von La Palma

Niemand an Bord der USS *Tarp* hatte je eine solche Dämmerung erlebt. Rauch und Asche vom Vulkanausbruch verdüsterten den Himmel. Ein bedrohlicher Sonnenaufgang begrüßte die Besatzung – ein Himmel, der von leuchtend roten und grünen Streifen durchzogen war, durch die die Sonne wie ein blutunterlaufenes Auge schimmerte. Von der Dämmerung erhellt, stieg die riesige Rauchfahne des Vulkans kilometerhoch in die Atmosphäre und warf einen langen, bedrohlichen Schatten aufs Meer. Der Ascheregen hatte die Decks grau gefärbt, und die Wellen waren mit schillerndem, wogendem Staub überzogen. Immer wieder trieben Schwärme toter oder sterbender Fische vorbei.

Vor zwei Stunden hatte die übermüdete Besatzung der *Tarp* damit begonnen, die letzte verbleibende Boje des Tsunami-Frühwarnsystems DART zu installieren. Es war ein komplizierter und zeitaufwendiger Vorgang. Zuerst wurde das ferngesteuerte U-Boot ATMOS mit dem großen Kran aus dem Bauch der *Tarp* gehoben und schwebte zuerst über dem Deck, denn zunächst einmal mussten Überprüfungen vorgenommen werden, was zwei Stunden in Anspruch nahm. Inzwischen führten Ingenieure letzte Tests am Bodendruckmessgerät durch und befestigten die Anker sowie die Verbindungskabel zur oberen Sendeboje.

Sobald diese Vorarbeiten beendet waren, konnten sie mit der schwierigen Arbeit beginnen, das Bodendruckmessgerät aufs Wasser zu setzen. Anschließend wurde es mit der Winde in zwanzig Meter Tiefe herabgelassen. Taucher führten eine letzte Inspektion durch und überprüften, ob die Kabel problemlos abrollten. Dann wurde das U-Boot zu Wasser gelassen. Eine Kommunikationsstörung mit dem Mutterschiff wurde in letzter Minute behoben. Um acht Uhr wurde die Order erteilt, mit dem Herablassen des Bodenmessgeräts und des U-Boots zu beginnen. Die dicken Kabeltrommeln am Heck drehten sich, als das U-Boot in die Tiefe sank und aus dem Blickfeld der Schiffsbesatzung verschwand. Bei einer Geschwindigkeit von sechzehn Metern in der Minute würde es vier Stunden dauern, bis das U-Boot den Meeresboden erreicht hatte.

In den Labors unter Deck zuckten die Linien auf den Monitoren der Seismografen, als sie den Fortgang der Eruption aufzeichneten. »Bin ich froh, wenn wir das hier über die Bühne gebracht haben«, sagte Mary Sennet zu ihrem Chef, Derek Wanless. »Diese Beben hören gar nicht mehr auf. Es ist ein Wunder, dass nicht der ganze Berg ins Meer rutscht.«

Wanless schüttelte den Kopf. »Das wird nicht passieren.«

»Sie scheinen sich sehr sicher zu sein.«

»Bin ich auch. Die Flanken eines Insel-Schicht-Vulkans können im Grunde gar nicht abbrechen. Die Energie, die benötigt wird, um die Massenträgheit eines fünfhundert Kubikkilometer großen Blocks zu überwinden, könnte nur durch den Zusammenbruch einer gigantischen Magmakammer erzeugt werden.«

»Und was ist mit dem Magma, das in die tiefer liegenden Spalten eindringt und seitlichen Druck auf die Basis der Bruchlinie ausübt? Wird diese Theorie jetzt nicht anerkannt? War das nicht der Auslöser für den gewaltigen Abbruch der Flanke auf Gran Canaria? Das war ein Schichtvulkan.«

»Eine solche Eruption wird es nicht geben. Außerdem ist La Palma noch nicht in einer kritischen Phase.«

Wer's glaubt, dachte Mary und schaute unwillkürlich auf die Uhr. Wanless bemerkte es. Er klopfte ihr auf die Schulter. »Noch ein paar Stunden, dann können wir die Boje vom U-Boot trennen, und dann sind wir hier weg«, sagte er. »Ich glaube, wir alle werden froh sein, wenn zwischen uns und dem Cumbre Vieja möglichst viele Meilen liegen.«

Siebenhundert Meter unter der Wasseroberfläche und dreihundert Meilen weiter südlich fuhr am Rande des Kap-Verde-Beckens die USS *Thresher*, ein Atom-U-Boot-Jäger der Los-Angeles-Klasse, von einer Patrouillenfahrt heimwärts. Der befehlshabende Offizier, Captain Butch Krauss, und der Erste Offizier, Commander Leo Martin, die sich in der Kommandozentrale aufhielten, hatten Sorge, dass das Rattern einer der Kühlpumpen des Hauptreaktors dem russischen U-Boot der Kilo-Klasse, das sich in der Region des Mittelatlantischen Rückens herumtrieb, ihre Anwesenheit verraten könnte.

»Das Beste wäre«, sagte Martin, »den Bug in die westliche kanarische Strömung zu richten, die Geschwindigkeit auf ein Minimum zu drosseln und uns so leise wie möglich von der Strömung ziehen zu lassen.«

Captain Krauss studierte die Karte. »Ich stimme Ihnen zu, dass der Russe das von uns erwartet; darum hält er eine Position seewärts über dem Mittelatlantischen Rücken. Er hofft, dass er die Geräusche unserer Pumpe auf seinem Sonargerät aufspüren und uns die ganze Strecke bis Norfolk verfolgen kann, wenn er nahe genug an uns herankommt.«

»Eine andere Möglichkeit für uns wäre, mit maximaler Geschwindigkeit den Rücken hinaufzufahren und zu hoffen, ihm in der Thermokline des tiefen Wassers zu entkommen.«

»Nein, das hätte er gerne, und den Gefallen tu ich ihm nicht. Legen Sie das Schiff nach Osten.« Captain Krauss tippte auf die Karte. »Wir steuern auf die Untiefen in der Nähe der Kanaren zu.«

»Aber dort gibt es vulkanische Aktivitäten, Sir. Die Beben werden ständig auf den Schirmen angezeigt.«

»Eben.« Krauss lächelte. »Der Vulkan wird den Lärm der verflixten Pumpe überdecken. Dann haben wir die Chance, den Russen abzuhängen, steuern nach Norden in die iberische Tiefsee und suchen uns eine Route durch den Rücken nach Hause.«

»Jawohl, Sir.« Der Erste Offizier machte sich Notizen. »Wie nahe sollen wir an die Inseln heran?«

»Das Wasser dort ist tief. Wir können so nahe an die Küste heran, wie wir wollen.«

»Äh ... vergessen Sie den Ausbruch nicht, Sir.«

Der Captain lächelte. »Zwanzig Meilen müssten genügen. Weit genug weg, um allem auszuweichen, womit der Vulkan uns bewerfen könnte. Passen Sie unseren Kurs entsprechend an.«

»Aye, aye, Captain.«

»Und drosseln Sie die Geschwindigkeit auf zehn Knoten. Wir gehen die Sache langsam an.«

USS *Tarp*

Gegen Mittag erreichten das Druckmessgerät und das U-Boot den Meeresboden in sechstausendfünfhundert Metern Tiefe. Das U-Boot führte eine abschließende Inspektion durch und korrigierte die Position des Sensors mit seinem ferngesteuerten Arm, während die Ingenieure an Bord des Mutterschiffes die Operation auf ihren Schirmen verfolgten. Als alle zufrieden waren, wurden die Druckmessgeräte aktiviert und die Kommunikation überprüft. Mary Sennett und Derek Wanless kontrollierten die Anzeigen. Es schien alles in Ordnung zu sein, jedenfalls unter Berücksichtigung der Interferenz durch die andauernden Beben auf La Palma, kaum hundert Meilen entfernt.

Mary beobachtete, wie die Nadel des Seismografen heftig ausschlug. Sie konnte nur hoffen, dass Derek sich nicht irrte. Der unheilvolle Schatten, der über dem Horizont im Osten aufstieg, schien sich im Lauf des Vormittags vergrößert zu haben. Er erreichte nun eine Höhe von siebentausend Metern und verdeckte die Sonne.

Als die Überprüfungen abgeschlossen waren, erteilte Woods Hole über Funk die Erlaubnis, mit dem Aufstieg des U-Bootes zu beginnen. Inzwischen war die Boje auf dem Wasser in Betrieb genommen und die Satellitenübertragung überprüft worden. Es gab Verzögerungen, da sämtliche Schaltungen gecheckt werden mussten, bis festgestellt war, dass sie voll funktionstüchtig waren. Um drei Uhr wurde die Boje auf der Wasseroberfläche endlich freigegeben. Jetzt war das gesamte Frühwarnsystem installiert. Es musste nur noch der neue Datenstrom integriert werden. Aber das war ein Softwareproblem, um das sich Woods Hole kümmern würde.

Schließlich durchbrach das U-Boot fünfzig Meter von der Backbordseite der *Tarp* entfernt die Wasseroberfläche. Es wurde sofort an Bord gehievt und im Rumpf versenkt.

»Okay, Leute«, verkündete der Captain zur Freude aller an Bord über die Lautsprecher. »Verschwinden wir von hier.«

Mary hätte vor Erleichterung beinahe geweint.

Samstag, 15.00 Uhr, Charco Verde, La Palma, Kanarische Inseln

Der neue Schlot an der Uferlinie, der mit einem wütenden Brodeln an der Flanke des Cumbre Vieja aufgebrochen war, hatte sich besorgniserregend vergrößert. Luftaufnahmen zeigten einen schwarzen Lavakegel mit einem Durchmesser von einhundert Metern, umgeben von einem äußeren Wall aus kompakter Asche und Schlacke. Schätzungen zufolge war der Kegel in den letzten achtundvierzig Stunden um zehn Meter gewachsen. Doch Schätzungen reichten nicht aus. Messungen in Echtzeit wurden benötigt. Das bedeutete, es mussten Instrumente installiert werden; deshalb waren Arbeiten im Zentrum der Gefahr unumgänglich. Die Vulkanologen waren gezwungen, ihr Leben aufs Spiel zu setzen.

Felipe führte die Gruppe an. Das war sein Berg. »*Yo también!* Ich auch!«, rief Concha, und niemand stellte ihr Recht als seine Assistentin in Frage. In letzter Minute gesellte sich ein Journalist zu der Gruppe.

Sie fuhren im Wagen. Zwar hatte man ihnen einen Helikopter versprochen, doch der Flug wurde in letzter Minute storniert. Technische Probleme. Felipe saß am Steuer. Der Wagen kam auf Verwehungen frisch gefallener Asche immer wieder ins Rutschen. Einmal mussten sie einem Erdrutsch ausweichen, ein anderes Mal einen tiefen Spalt in der Straße umfahren.

Als sie das Dorf erreichten, schien es wie ausgestorben zu sein. Los Llanos war eine Geisterstadt. Die Häuser mit den einst roten Dächern waren von einer dicken grauen Staubschicht bedeckt. In der Ferne waren brennende Kiefernwälder zu sehen, und die drei Schlote am Bergkamm schleuderten Rauch und Staub in die Luft.

Die Umrisse der Gebäude konnte man unter der dicken Ascheschicht nur noch erahnen. Es musste einmal ein hübscher, kleiner Ort gewesen sein. Als sie an einem Hotel vorbeifuhren, winselte ein Hund, und ein Mann auf einer Terrasse, die kaum noch als solche zu erkennen war, warf ihnen einen starren Blick zu.

»Ich dachte, der Ort wäre evakuiert worden«, sagte Malcolm.

Concha zuckte mit den Schultern. »Sie können die Leute nicht zwingen. Alles, was sie haben, ist hier.«

»Die armen Schweine«, sagte der Journalist, als ob die Menschen ihn interessiert hätten.

Felipe fuhr den Jeep so nahe wie möglich an den Kegel heran. Als sie ausstiegen, knirschte die Asche unter ihren Stiefeln wie frisch gefallener Schnee. Felipe zerdrückte etwas Asche zwischen seinen Fingern. Es waren sehr feine Partikel. »Könnte von Wasser durchsetzt sein«, sagte er.

Eine gewaltige Detonation rumpelte über ihren Köpfen. Pechschwarze Wolken, in die sich weißer Dampf mischte, stiegen auf; Flammen und Rauch schossen aus dem Kegel. Die feine Asche, die ausgeworfen wurde, und die Dämpfe im Rauch waren Anzeichen dafür, dass Wasserdampf ausgestoßen wurde. Felipe starrte auf seine Stiefel, die zur Hälfte in der Schicht roten Staubes versanken. »Genau unter uns könnte ein eingeschlossener See liegen.«

»Die Grundwasserspiegel sind doch statisch, oder?«, fragte der Amerikaner.

»Ja, aber das hat nichts zu bedeuten. Sie könnten sich durch die Erdbewegungen verschoben haben.«

Malcolm vertraute dem älteren Mann und respektierte dessen Einschätzung. Felipe hatte mit diesem Vulkan und seinen Eigenheiten größere Erfahrung als jeder andere. Und er war kein Mann, der schnell in Panik geriet.

»Sie haben ein ungutes Gefühl, nicht wahr?«, fragte Malcolm.

Der Spanier presste die Lippen zusammen und nickte. »Ja, habe ich«, sagte er, ohne es näher zu erläutern.

Während unaufhörlich warme Asche auf sie rieselte, bahnten sie sich ihren Weg an den alten Lavaauswürfen entlang. Sie trugen Handschuhe, Schutzbrillen und Helme, und sie schwitzten in ihren dicken Schutzanzügen und wegen der schweren Ausrüstung. Bald waren sie dem Kegel ziemlich nahe gekommen.

Zur Erleichterung aller rief Felipe den Trupp schließlich zum Anhalten auf. Sie hatten den alten Lavastrom überquert und den äußeren Ring aus Asche erreicht, wo die Instrumente aufgestellt werden sollten. »Nur fünfzehn Minuten«, warnte Felipe die anderen. Sie waren weniger als fünfhundert Meter vom Krater entfernt, und der Kegel spie nun im Rhythmus weniger Minuten glühende Lavabrocken aus.

Die Geologen begannen mit der Arbeit. Sie gruben die Gravimeter und die GPS-Empfänger ein und schützten sie, wo es möglich war, hinter Felsbrocken vor Schäden. Das wichtigste Gerät war die Satellitenschüssel, die die Daten per Satellit an das Observatorium in La Palma übertragen sollte. Malcolm und Concha hatten die Satellitenschüssel gemeinsam auf den Berg getragen; auf Felipes Anweisung errichteten sie einen kleinen Wall aus Felsbrocken, um sie vor einem direkten Einschlag zu schützen. Felipe checkte die Verbindung über das Satellitentelefon und sprach kurz mit dem Observatorium.

»Wir müssen uns beeilen«, sagte er dann zu Malcolm und der Studentin. »Das Observatorium sagt, dass die GPS-Werte höher sind als erwartet.«

»Was bedeutet das?«, fragte Scott, der Journalist.

»Es geht um das GPS-Gerät, das wir gerade installiert haben«, erklärte Malcolm ihm. »Die Empfänger signalisieren dem Satellitensystem ihre Position. Dadurch können wir ihre Position in Echtzeit mit einem hohen Grad an Genauigkeit kontrollieren. Wenn sie richtig geeicht sind, setzt die Aufwärtsbewegung sich schneller fort, als wir erwartet hatten, und zwar um einen halben Zentimeter, seit wir hier sind.«

»Muss man das ernst nehmen?« Scott blinzelte ihn mit

dümmlicher Miene an. Durch den Staub auf seinem Gesicht rann der Schweiß. »Könnte das jemand in eine für mich verständliche Sprache übersetzen?«

Malcolm versuchte es. »Wir haben drei Empfänger in einem Dreieck rund um den Krater positioniert. Der Abstand zwischen den Empfängern hat sich messbar vergrößert. Das zeigt ein Anschwellen der Kegelbasis an.«

»Und was bedeutet das?«

»Das bedeutet, dass von unten etwas drückt.«

Und als wollte der Vulkan diese Worte unterstreichen, begann der Boden unter ihren Füßen zu tanzen.

USS *Tarp*, 15.40 Uhr

Das Schiff fuhr mit zwanzig Knoten auf einem nordwestlichen Kurs, während Wanless und Mary im Labor die Übertragungen der letzten Boje überprüften.

»Es hat eine neue Erschütterung gegeben«, sagte Wanless. »Sehr stark diesmal. Sieht so aus, als würde das Epizentrum direkt unter dem Berg liegen. Die geologische Überwachungsbehörde wertet soeben die Daten aus.«

Mary schaute ängstlich auf den Seismografen. Es war eindeutig das stärkste Beben der derzeitigen Serie. Sie freute sich mehr denn je, dieses Gebiet endlich zu verlassen.

Wanless war an die Workstation der Druckboje zurückgekehrt. Plötzlich stieß er einen leisen Pfiff aus. »Mary, überprüfen Sie das. Sieht wie unser erster positiver Wert aus.«

Als Mary einen Blick auf den Schirm warf, wurde ihr übel. »Das kann nicht sein!«, stieß sie hervor. »Das ist nicht möglich! Doch nicht so schnell!«

Ein paar Techniker kamen herüber. »Mein Gott«, murmelte einer. »Sieht so ein Tsunami aus?«

»Ich glaube ja.« Wanless starrte gebannt auf die Anzeige. »Die Einwohner von La Palma könnten Ihnen diese Frage in genau diesem Augenblick beantworten.«

Santa Cruz de la Palma, 16.00 Uhr

Auf dem Osthang eines alten Vulkankraters gelegen, nahm die Hauptstadt nach der Siesta wieder die Arbeit auf. Die Bars und Cafés in der Avenida Marítima öffneten gerade wieder. Dank der kräftigen Nord-Ost-Passatwinde waren der Stadt die Unannehmlichkeiten des Ascheregens größtenteils erspart geblieben. Dennoch war ein Fünftel der Einwohner seit dem Beginn der Notsituation geflohen, oder sie hatten die Fähre nach Teneriffa genommen.

Und dann geschah es. Die Menschen nahmen das erste Beben als mehrere aufeinanderfolgende, starke Erschütterungen wahr. Niemand wurde ernsthaft verletzt, dennoch brach mancherorts Panik aus. Glocken läuteten, Sirenen von Rettungswagen heulten, Autohupen gellten. Auf den Straßen und Plätzen drängten sich verängstigte Menschen. Andere flohen an die breiten Strände.

Das zweite, kleineren Beben hielt vierzig Sekunden an. Wieder flüchteten Menschen an den Strand.

Dann kam der Tsunami.

Ozeanografen stellten später die Theorie auf, dass Schockwellen von der Westseite der Insel ausstrahlten und sich nach Norden und Süden ausbreiteten, bis sie im Meer vor La Palma kollidierten, wo sie durch die geologischen Besonderheiten der Golfs, an dem der Hafen lag, verstärkt wurden.

Die erste Welle rollte als riesiger Brecher auf den Ort zu – eine Welle, deren Höhe vom Wellental bis zum Wellenkamm auf sechs Meter geschätzt wurde. Sie toste über den Deich hinweg in die Reihen der geparkten Wagen und riss sie wie Spielzeuge mit sich. Das Wasser schoss über die Straßen und Bürgersteige und überflutete die Cafés und Häuser an der Uferpromenade. Doch zum Glück wurde die Kraft der Welle rasch gebrochen; zuerst wurde sie vom Deich gedämpft, anschließend von der Barriere der Trümmer, die sie vor sich aufgetürmt hatte. Am Fährterminal im Süden der Stadt sorgte außerdem der lange Hafendamm für Schutz. Ein Tragflügelboot, das Minuten zuvor nach Teneriffa abgelegt hatte, erlebte nur ein paar kurze, wenn auch heftige Turbulenzen. Doch bei anderen Schiffen, die im Hafen lagen, rissen die Leinen; ein fünfundzwanzig Meter langer Schoner wurde auf den Kai geschwemmt. Viele kleinere Boote wurden zerschmettert.

Zweihundert Menschen wurden verletzt, doch die Anzahl der Toten war für eine solche Katastrophe gering: Nur fünf Menschen verloren ihr Leben.

Es gab keine weiteren Wellen und kein weiteres Beben, doch die Welt hatte einen Vorgeschmack auf das bekommen, was auf sie lauerte.

Das erste Beben war so stark, dass es noch vierzig Meilen entfernt auf den Nachbarinseln Hierro und Gomera zu spüren war und auf Seismografen rund um das Atlantische Becken registriert wurde. Die Instrumente des USGS-Erdbeben-Informationszentrums in Washington berechneten blitzschnell das Epizentrum, und Experten, die die Beben auf der Insel überwachten, alarmierten den Krisenstab im Weißen Haus. Das erste Beben erreichte auf der Richterskala einen Wert von 5,3, das zweite einen Wert von 4,1. Der USGS stand mit dem Vulkan-Observatorium auf der Insel La Palma in Kontakt, dessen eigene Messungen das Epizentrum direkt unter dem Vulkan in einer Tiefe von ungefähr zehn Kilometern lokalisierten.

25

Goodwill, Maine, Samstag, 8.00 Uhr

Als Don Egan in seinem Büro eintraf, saß Annie Pellew bereits an ihrem Schreibtisch.

»Morgen, Annie. Scheint heute wieder ein heißer Tag zu werden.«

»Fünfunddreißig Grad, wenn man der Vorhersage glauben kann.«

»Auf jeden Fall gut für den Festumzug. Gibt's was Neues?«

»Natalie Maxwell möchte Sie sprechen«, sagte Annie.

»So früh?« Don ging in sein Büro, wo Natalie sich gerade mit einem Kamm durchs Haar fuhr.

»Hi, Natalie«, sagte Don. »Was führt dich hierher?«

Natalie senkte den Blick und biss sich auf die Lippe. »Ich möchte dich um einen Gefallen bitten.«

»Schieß los.«

»Diese Surfer, die du gestern Abend verhaftet hast ...« Sie musterte ihn. »Das sind Freunde von mir. Ich weiß nicht, wessen sie beschuldigt werden, aber ich würde für sie bürgen, wenn du sie auf freien Fuß setzt.«

Don rieb sich übers Gesicht. »So einfach ist das nicht. Gegen diese Burschen werden schwerwiegende Klagen erhoben.«

»Ich kenne die Männer, Don. Sie sind hier, um zu surfen und ihren Spaß zu haben. Sie haben bestimmt nicht vor, jemandem zu schaden.«

»Ich wäre wirklich froh, wenn ich dir helfen könnte, Natalie, aber das liegt nicht allein in meinem Ermessen.«

Natalie presste zornig die Lippen zusammen. »Muss ich Mr. McGaffey in die Sache hineinziehen?« Jock McGaffey war der Anwalt der Maxwells. »Am Ende kommt es auf dasselbe heraus, nur dass es für alle Beteiligten mehr Arbeit ist.«

Annie erschien in der Tür. »Das wird nicht klappen. Mr. McGaffey ist an diesem Wochenende nicht in der Stadt«, sagte sie und kehrte ohne ein weiteres Wort an ihren Schreibtisch zurück.

Natalie war vor Wut erblasst. »Die Männer haben nichts mit dem Feuer zu tun!«, rief sie.

»Sie wurden mit Benzin am Tatort angetroffen, Natalie«, sagte Don.

»Das Benzin war für die Jetskis! Du hast kein Recht, sie deswegen festzuhalten.«

»Verdammt, Natalie!«, sagte Don. »In den letzten vierundzwanzig Stunden hat es hier drei Feuer gegeben, und in allen drei Fällen war es Brandstiftung. Und heute legt ein Tanker mit zwanzigtausend Tonnen Flüssiggas hier an. Wenn da auch nur ein Funke überspringt, geht das Schiff wie eine Bombe hoch. Dann bleibt von der Stadt nichts mehr übrig. Vielleicht sind deine Freunde unschuldig, aber ich kann das Risiko nicht eingehen. Es ist für alle sicherer, wenn sie übers Wochenende in Gewahrsam bleiben. Am Montag, wenn der Tanker wieder abgelegt hat, sehen wir weiter.«

In Internet gab es in zahlreichen Blogs und Chatrooms nur ein Thema: die Vulkanausbrüche und die Beben. Besonders interessierte User beobachteten die Seismografen in der Region, und so konnte auch Ray Burns die Bewegungen der Nadel in Echtzeit verfolgen: Man hatte Webcams installiert, die auf einige Schlote des Cumbre Vieja gerichtet waren. Informationen über den Tsunami jedoch sickerten nur schleppend durch.

Ray Burns loggte sich bei mehreren Webseiten von Wissenschaftsgruppen ein, die aktuelle Informationen über die Aktivitäten auf La Palma ins Netz stellten. Die dramatischste Nachricht lautete:

He, ihr armen Schweine an der amerikanischen Ostküste. Überprüft die letzte der DART-Bojen, geht auf www.santacruzdelapalma.sp, lest dort die Berichte über den Tsunami und HAUT AB IN DIE BERGE!

Ellsworthy, Maine, Mittagszeit

Der Privatjet fuhr das Fahrwerk aus, und die Räder setzten kreischend auf der Landebahn des Flugplatzes auf. Der Jet war von einer Produktionsfirma gemietet worden, die im Gegenzug Exklusivrechte bei der Vermarktung des Films beanspruchte. K. Zamos drückte sich sein Handy ans Ohr und verhandelte noch über Einzelheiten, als er bereits die Gangway hinunterstieg. »Ja, der King persönlich wird die Hauptrolle spielen. Hundert Prozent. Er hat die ganze Sache angeleiert.«

Zamos hatte ein vierköpfiges Kamerateam mitgebracht, das er von einem Filmset abgezogen hatte; außerdem war Carly bei ihm, eine erstklassige Autorin und derzeit Zamos' persönliche Assistentin – und vielleicht noch mehr. Alle waren vom langen Flug übermüdet und gereizt. Von diesem Film hing sehr viel ab, und dabei ging es nicht nur um Geld. Es standen Karrieren auf dem Spiel. *Ihre* Karrieren. Wenn alles klappte, hätten sie ausgesorgt. Wurde der Film ein Reinfall, waren sie erledigt.

Zamos brachte sich in eine gefährliche Lage, indem er auf den Vorschlag des Hinkenden einging, dessen Traum dieses Projekt war. Zugleich aber war es ein Kartenhaus, das auf der

Besessenheit dieses verkrüppelten Surfers und einer wilden Theorie basierte. Doch es war schon häufiger vorgekommen, dass eine Vision ein Vermögen eingebracht hatte. Das ganze Surfer-Business war ein Risiko. Doch Zamos war überzeugt, dass der King noch ein letztes Mal zu einer Leistung fähig war, die ihn zu einer Legende machen würde.

Auf dem Vorfeld fuhr ein roter Roadster los und näherte sich dem Flugzeug. Das Verdeck war heruntergeklappt, und der Wind ließ das schwarze Haar der Fahrerin flattern.

»Was soll das denn?«, sagte die rothaarige Carly kichernd, als der Jaguar näher kam. »Wo ist die Limousine?«

Der Jaguar hielt vor der Treppe, und die Frau hinter dem Lenkrad nahm die Sonnenbrille ab. »Willkommen in Maine. Ich bin Natalie Maxwell. Steig ein.« Sie blickte Zamos auffordernd an und klopfte auf den ledernden Beifahrersitz. »Für den Rest der Truppe steht ein Van zur Verfügung.«

Zamos setzte sich neben sie.

»Wir hatten zuerst vor, euch alle im Hotel unterzubringen«, sagte Natalie und fuhr über das Rollfeld zur Straße. »Doch dann haben wir uns etwas Besonderes ausgedacht. Wir ...«

Zamos unterbrach sie mit einer ungeduldigen Handbewegung. »Wo ist der King?«

»Beschäftigt. Du siehst ihn später.«

Natalie jagte über die Brücke am Indian Point, als wäre sie auf der Flucht. Staubwolken wirbelten auf, als der Jaguar über die schmale Straße in den Wald vor der Stadt raste. Nach etwa einer Meile zweigte ein Privatweg ab. Das Tor flog an ihnen vorbei, als Natalie um die Ecke schoss und die Reifen des Jaguars den Kies auf der Zufahrt emporschleuderten. Die Zufahrt endete in einem schattigen Wendekreis vor einer alten Villa. Natalie bremste vor dem Portal.

»Um dein Gepäck brauchst du dich nicht zu kümmern«, sagte sie. »Es wird auf dein Zimmer gebracht.«

Zamos' Blick fiel auf das Haus, die Gärten, den privaten Strand und dann auf die junge Frau. »Ich wette«, sagte er grinsend, »dass du dieses Haus als Cottage bezeichnest.«

»Richtig«, sagte sie. »Unsere anderen Häuser sind viel größer als diese Bruchbude.«

Der Hinkende kochte vor Wut. Er und der King saßen noch immer im Gefängnis. Natalie hatte ihnen ein Handy zugespielt und versuchte nun, ihnen einen Anwalt zu besorgen, doch es war Wochenende, und Don war unerbittlich.

»Sorg dafür, dass Zamos sich von der Stadt fernhält. Wenn er mit jemandem spricht und erfährt, dass der King im Knast sitzt, fällt die ganze Sache ins Wasser«, sagte der Hinkende mit Nachdruck, als Natalie ihn anrief, um Bericht zu erstatten.

»Er ist ungeduldig. Er will wissen, warum du ihn noch nicht angerufen hast.«

»Ich rufe ihn schon an. Du weißt, was du zu tun hast.«

Natalies Hand zitterte, als sie das Gespräch beendete und die Nummer wählte, die der Hinkende ihr gegeben hatte. Sie hatte nicht vorgehabt, sich so tief in diese Sache verwickeln zu lassen.

Die Zentrale eines kleinen Charterflugunternehmens meldete sich: »Was können wir für Sie tun?«

Natalie atmete tief durch. »Ich brauche einen Hubschrauber.«

Hummerfänger, Bearskin Neck, 14.00 Uhr

Jean-Alice saß hinter dem Tresen und trank einen Schluck Kaffee. Sie hatte für das Wochenende vier Aushilfen eingestellt, zwei für die Küche und zwei zur Bedienung der Gäste.

Dennoch liefen sie sich fast die Füße wund. Um elf Uhr hatte der Betrieb begonnen, als die ersten Touristen in den »Hummerfänger« gekommen waren, um ein verspätetes Frühstück oder einen Brunch einzunehmen, je nachdem, ob sie Frühaufsteher waren oder nicht.

In der Stadtmitte drängten sich Tausende von Touristen, und vor allen Lokalen in der Stadt standen die Menschen, die zu Mittag essen wollten, an diesem Tag Schlange. Um zwölf Uhr wimmelte es auch vor dem »Hummerfänger« von Mittagsgästen. Jean-Alice konnte sich nicht erinnern, seitdem auch nur eine ruhige Minute gehabt zu haben.

»Zum Glück haben sie die Typen verhaftet, die das Feuer gelegt haben«, sagte sie zu Rick.

Rick erwiderte nichts. Natalie hatte ein Dutzend Nachrichten auf seinem Handy hinterlassen, aber bisher hatte er ihr nicht geantwortet. Wer verhaftet worden war und warum, war Dons Sache. Rick hatte sich fest vorgenommen, sich herauszuhalten.

»Was genau da gelaufen ist, werden wir wohl erst dann wissen, wenn der Bericht der Kriminaltechnik vorliegt«, sagte er.

»Gibt es schon Neues über die Touristen, die in der Maple Cove vermisst werden?«, fragte Jean-Alice.

»Nein.« Rick schüttelte den Kopf. »Der Bruder der Frau war heute Morgen bei uns. Er will uns helfen, seine Schwester zu suchen. Der Mann ist völlig fertig. Er und seine Schwester scheinen sich sehr nahezustehen, beinahe wie Zwillinge. Don und ich sind mit ihm zur Bucht rausgefahren und haben ihm das Auto und die Mountainbikes gezeigt. Dann wollte er sich mit Abby treffen. Sie hat Rotz und Wasser geheult. Sie ist sicher, dass alles anders ausgegangen wäre, hätte sie den Cops eher Bescheid gegeben, dass das Paar nicht im Motel aufgetaucht ist, obwohl sie ein Zimmer reserviert hatten. Aber es kommt immer wieder vor, dass reservierte Zimmer nicht in

Anspruch genommen werden, und auch Fehlbuchungen sind keine Seltenheit. Woher sollte Abby wissen, dass die Sache so abläuft?«

»Was wird der Bruder jetzt machen?«

»Er will hier bleiben, bis es eine Spur gibt. Abby hat im Motel noch ein Zimmer für ihn gefunden.« Rick seufzte. »Aber dieses Paar wird nicht wieder auftauchen.«

»Das glaube ich auch nicht«, sagte Jean-Alice. »Ihr erster Urlaubstag. Die armen Leute.«

Rick aß ein Steak-Sandwich. Er saß auf einem Hocker am Ende des Tresens neben der Durchreiche zur Küche, das Jean-Alice stets ihren Freunden vorbehielt. Das Kneipenende, nannten die Einheimischen diesen Platz.

Jean-Alice stand auf. Sie musste sich um die Gäste kümmern. Rick rieb sich über den Nacken. Er hatte nicht genug geschlafen, und ein langer Tag lag vor ihm. Das Feuer war gelöscht, doch es waren vier Löschwagen notwendig gewesen, und es hatte die halbe Nacht gedauert. Zum Glück hatten die Flammen das Gaskraftwerk nicht erreicht. Nur eine schwelende Narbe im Wald war geblieben – und eine Stadt in Angst und Schrecken.

Der Festumzug sollte heute wie geplant stattfinden, allerdings mit einer Schweigeminute zum Gedenken an das vermisste Paar aus New York. Rick hatte bereits mit Mr. Schaffer darüber gesprochen, der sich gerührt zeigte. Die Suche nach seiner Schwester und ihrem Freund gingen an der Nord- und Südküste sowie auf den Inseln weiter. Morgen sollte eine Tauchereinheit der Küstenwache im Strudelkanal nach den Vermissten suchen.

Es wurden noch immer keine Wale gesichtet, und die Tour der *Pequod* fiel nun schon den zweiten Tag hintereinander aus. Die Fischer hatten nicht mal einen Delfin gesehen, und Patsy war verzweifelt, obwohl Rick ihr erklärt hatte, dass beim traditionellen Stadtfest sowieso kaum jemand Interesse an einer Tour hatte.

»Alle Touristen bleiben an Land, um nichts von den Höhepunkten des Festes zu verpassen.«

»Zum Henker mit den Touristen!«, hatte Patsy gerufen. »Ich mache mir Sorgen um meine Wale. Irgendwas hat sie von den Plätzen verscheucht, an denen sie normalerweise Nahrung finden, und ich würde verdammt gerne wissen, was das ist.«

Im Fernseher über der Theke wurden Sporthöhepunkte gezeigt, doch es war so laut, dass man nichts verstehen konnte. Auf dem Nachrichtenbalken unten auf dem Bildschirm wurde von den Todesopfern auf den Kanaren berichtet, doch es schien niemanden mehr zu interessieren.

Jean-Alice kam zu Rick. »Noch ein Bier?« Ohne eine Antwort abzuwarten, schob sie ihm eine neue Flasche hin, verschränkte die Arme auf der Theke und schaute ihn an. »Rick, ich sage das als Freundin zu dir«, begann sie leise, damit niemand es hören konnte. »Sieht so aus, als müsste deine Verlobung mit Natalie ein bisschen gekittet werden.«

Als Jean-Alice seine angespannte Miene sah, legte sie ihre Hand auf die seine. »Wir beide kennen uns schon ewig, Rick. Ich weiß noch, wie du als kleiner Junge hier auf dem Hosenboden herumgerutscht bist. Darum kann ich offen mit dir sprechen. Willst du jetzt die ganze Zeit mit dieser Leidensmiene herumlaufen, während Natalie sich mit den Surfern vergnügt?«

Rick zuckte mit den Schultern. »Wenn sie es so will. Es ist ihre Entscheidung«, murmelte er und wandte den Blick ab.

»Das ist alles? Es ist doch sonst nicht deine Art, kampflos aufzugeben. Oder ist an den Gerüchten etwas dran?«

»Welche Gerüchte?«

»Dass zwischen dir und Sarah Hunter wieder was läuft.«

Rick setzte eine abweisende Miene auf.

»Tut mir leid«, entschuldigte sich Jean-Alice. »Es geht mich nichts an.«

Es dauerte eine Weile, bis Rick erwiderte: »Sarah rächt sich für Dinge, die vor langer Zeit zwischen uns gewesen sind. Das alles ist eine Ewigkeit her, und keiner von uns kann jetzt noch etwas daran ändern. Wenn Natalie die Gerüchte ernst nimmt, die Sarah verbreitet, ist es ihre Sache.«

Jean-Alice seufzte. »Es ist dein Leben. Ich dachte nur, ich könnte dir vielleicht helfen.«

Sie hatte den Satz kaum beendet, als es in der Kneipe lauter wurde. Morrissey, der Wal, stürmte durch die Tür. Als er Rick sah, erhellte sich sein Gesicht, und er steuerte mit einem gutmütigen Brummen auf ihn zu. Ein Mann mit einem weißen Sonnenhut, der auf dem Hocker neben Rick gesessen hatte, warf Geld auf die Theke und räumte hastig seinen Platz.

»Danke, Kumpel.« Der Wal wuchtete seinen schweren Körper auf den Hocker. »Junge, ist das eine Hitze!« Der Schweiß lief ihm übers Gesicht. »Hi, Rick. Sag mal, Jeannie, hast du zehn Pfund Eis für mich?«

»Soll ich es dir über den Kopf schütten, oder was?«

»Nein, bring mir nur ein Glas voll und schütte es hierhin.« Er riss sein Hemd auf. »Kühl mich ab!«

»Spring ins Hafenbecken«, gab Jean-Alice zurück und schob einen Glaskrug mit einer Schaumkrone über die Theke.

Der Wal stürzte das Bier hinunter und wischte sich den Mund ab. »Mann, das hab ich gebraucht. Ich schätze, heute ist der heißeste Tag des Jahres.«

»Wird Don Egan diese beiden Surfer unter Anklage stellen?«, fragte Jean-Alice. »Was meinst du?«

Der Wal hob seine breiten Schultern. »Keine Ahnung. Gib mir lieber noch 'n Bier.«

Ein grauhaariger alter Hummerfischer, der gegenüber der Theke saß, hatte mitgehört. »Diese Surfer tauchen hier auf, und dann haben wir drei Feuer in zwei Tagen. Soll das ein Zufall sein? Solche Leute sind am besten im Knast aufgehoben.«

Jean-Alice strich sich eine Strähne aus der Stirn. »Ich begreife nicht, wie jemand im Wald ein Feuer legen kann.«

Der alte Mann entblößte seine gelben Zähne und stieß hervor: »Wer weiß, wie solche Leute denken. Das sind Unruhestifter. Ab in den Knast, sag ich, dann ist man sie los.«

Rick stand auf. »Der Festumzug fängt an. Bis dahin, Jeannie. Sehen wir uns an der Startlinie, Wal?«

»Klar. Jeannie, mach mir ein dickes Sandwich mit einem saftigen Stück Hummer. Ach, Quatsch, mach gleich zwei. Ich muss heute bei Kräften bleiben.«

»Kommt sofort.« Jean-Alice gab die Bestellung weiter. »Rick?« Sie kroch unter der Theke hindurch und folgte ihm zur Tür. »Hör zu«, murmelte sie und legte ihm eine Hand auf den Arm. »Nimm es nicht so schwer, was ich vorhin gesagt habe. Bleib am Ball. Natalie ist eine nette junge Frau, nur manchmal ein bisschen ungestüm. Ich schätze, es ist nicht einfach, plötzlich gebunden zu sein.«

Rick drückte kurz ihre Hand. »Danke. Schön zu wissen, dass jemand sich für sie einsetzt.«

»Dummkopf.« Jean-Alice erwiderte den Händedruck. »Ich setze mich für dich ein. Ich möchte nicht, dass jemand dir wehtut.«

»Meine Güte, ist das heiß.« Jessica Gardiner, Lloyds Mutter, fächelte sich Luft zu. »Ich wünschte, wir wären wieder auf dem Fluss, und nicht in diesem Gedränge.«

»Ja, es ist schwül«, erwiderte ihre Freundin Julie. »Bestimmt kommt ein Gewitter.«

Für die Kinder vom Indian Patch war der Höhepunkt des

Tages die Gruppe der Stelzenläufer, die eigens aus Quebec von der anderen Seite der Grenze engagiert worden war. Lloyd Gardiner hatte sechs Gestalten in unterschiedlichen Kostümen gezählt, die durch die Menge in der Bay Road stelzten. Es gab eine hässliche Hexe, einen geifernden Vampir mit Furcht erregenden Vampirzähnen, Uncle Sam in seiner gestreiften Hose und sogar eine Prinzessin Diana. Ein ganz in Schwarz gekleideter Schornsteinfeger mit einem großen Hut hatte es Lloyd besonders angetan. Er war listig und versteckte sich hinter Bäumen oder in Seitenstraßen, um dann plötzlich irgendwo aufzutauchen, wo man ihn am wenigsten erwartet hätte. Der Bursche musste sich im Hafenviertel gut auskennen. Sogar die Einheimischen staunten über seine Gerissenheit.

In seiner engen schwarzen Hose, die um seine Stelzen flatterte, und seinem abgewetzten Frack sah er wie eine Vogelscheuche aus. Doch er besaß unglaubliche Energie. Er tänzelte, drehte und bückte sich, zog an den Hüten der Leute oder schlug ihnen mit seinem langen Stock auf den Rücken. Während die anderen Stelzenläufer elegant durch die Menge stolzierten und sich graziös verneigten, wenn sie angesprochen wurden, war der Schornsteinfeger spitzbübisch und boshaft und rief den Leuten spöttische Bemerkungen in französischer Sprache zu. Er schien vor allem an Lloyd Gefallen zu finden. Sobald sie aufeinandertrafen, was oft geschah, da der Junge ihn ständig verfolgte, erklang sein verrücktes Lachen, und sein rußgeschwärztes Gesicht verzerrte sich zu einer gehässigen Grimasse.

Im Hafen tummelten sich zahllose Segelboote und alle Arten von Dingis bis hin zu fünfundzwanzig Meter langen Schonern, die New Yorker Bankern gehörten. Der Stolz des Hafens war die *Elise 2*, Elliott Maxwells Zwanzig-Millionen-Dollar-Jacht, die am Kai des Jachtclubs festgemacht war. Elliott war

Präsident des Clubs und Wettkampfrichter der Regatta. Seine Jacht diente den Schiedsrichtern während der Rennen als Stützpunkt und Beobachtungsstation. Die *Elise 2* war eine wunderschöne, sündhaft teuere Jacht; allein die laufenden Kosten beliefen sich auf ein Vermögen. Natalie weigerte sich, die Jacht überhaupt noch zu betreten. Sie behauptete, Platzangst zu bekommen.

Der Festumzug sollte sich um sechzehn Uhr in Marsch setzen, doch das Eintreffen des Gastankers sorgte für Verzögerungen. Als Rick den Bearskin Neck verließ, sah er durch den Dunst über Long Island die Silhouette eines großen Schiffes, das auf den Sund zusteuerte.

Er rief Jack Pearl an.

»Ist das da draußen der Gastanker? Ich dachte, die Firma hätte die Lieferung storniert, als die von dem Feuer gestern Nacht gehört haben.«

»Hatten sie auch, aber dann haben sie ihre Meinung geändert. Frag mich nicht, warum. Das Schiff soll wie vereinbart im Sund anlegen. Morgen früh wird mit dem Löschen der Ladung begonnen.«

»Warum nicht heute Abend?«, fragte Rick.

»Weil sie sichergehen wollen, dass heute nicht noch ein Feuer ausbricht.«

»Das Löschen wird ungefähr sechs Stunden dauern, nicht wahr?«

»Ja.«

»Wenn sie um acht Uhr anfangen, sind sie also gegen zwei Uhr fertig. Das heißt, sie laufen mit der Flut am Nachmittag aus und vermasseln uns das Finale der Regatta.«

»Leider.«

»Danke, dass du 's mir gesagt hast, Jack. Dann werde ich Elliott Maxwell mal die gute Nachricht überbringen.«

Es war Brauch, dass der Festumzug auf dem Parkplatz des

Supermarkts an der Brücke über den Indian Creek Aufstellung nahm. Viele Festwagen wurden Jahr für Jahr eingesetzt; deshalb war es eine Heidenarbeit, sie zu reinigen, zu reparieren und neu zu bemalen. In diesem Jahr war das Motto der Parade die Geschichte – was gut passte, da die Stadt ihr dreihundertjähriges Bestehen feierte. Beth Robbins und Mrs. Mather, die die Theater-AG der Highschool leitete, hatten Kostüme nach originalgetreuen Vorlagen aus dem achtzehnten Jahrhundert genäht.

Ehe die Festwagen sich in Bewegung setzten, rief Rick zu einer Schweigeminute und verlas die Namen von Randall Baines und Kimberly Schaffer. Es war ein feierlicher Augenblick.

Der Umzug wurde wie jedes Jahr vom Spielmannszug angeführt. Es folgte die Feuerwehr mit einem auf Hochglanz gebrachten Löschzug. Rick und seine Vettern hatten beschlossen, in diesem Jahr mit einem eigenen Wagen nach dem Vorbild der *Pequod* teilzunehmen, statt sich den Händlern auf dem Bearskin Neck anzuschließen. Rick hatte sich einen Tieflader von Chance Greene ausgeliehen und mit Paul und Magnus ein Modell eines alten Walfangbootes nachgebaut, das einen ziemlich naturgetreuen Moby Dick verfolgte. Das Boot mit seinen Segeln und Schoten sah sehr professionell aus. Der Wal war weiß angestrichen, mit einer Figur von Captain Ahab darauf, dessen Holzbein am Kopf von Moby Dick klebte.

Die Fahrer stiegen in ihre Wagen und ließen die Motoren an. Der Spielmannszug machte sich bereit. Die Musiker schwitzten in ihren Uniformen. Die Cheerleader warfen ihre Schultern zurück. Die Tambourmajoretten hoben ihre Stöcke. Der Dirigent gab das Zeichen, und dann setzte sich der von einem Fahnenträger angeführte Festzug mit einem Trommelwirbel in Bewegung.

Am Himmel kreiste ein blau-gelber Hubschrauber, auf dessen Kanzel sich das Sonnenlicht spiegelte, und filmte das Geschehen. Er drehte und ging tiefer, ehe er über den Sund davonflog.

Draußen an der Maple Cove entwarf Ray Burns eine Vergleichskarte. Legte man zugrunde, dass ein Tsunami sich mit einer konstanten Geschwindigkeit von ungefähr achthundert Stundenkilometern fortbewegte, wie die meisten Fachleute behaupteten, würde es fünf Stunden dauern, bis er den Atlantik überquert hätte. Eine um acht Uhr morgens Ortszeit durch das Beben auf den Kanaren ausgelöste Welle würde die Küste von Maine demnach um dreizehn Uhr kanarischer Zeit erreichen – um acht Uhr morgens amerikanischer Ostküstenzeit. Unter Berücksichtigung der internationalen Zeitzonen würde ein bei den Kanaren ausgelöster Tsunami die Küste Neuenglands also zu derselben Tageszeit erreichen.

Diese Berechnung konnte aus beiden Richtungen durchgeführt werden. Wenn zum Beispiel ein Tsunami den Goodwill-Sund um achtzehn Uhr dreißig erreichte, müsste es möglich sein, einen direkten Zusammenhang mit seismischen Bewegungen auf der europäischen Seite des Atlantiks herzustellen, die sich zur selben Zeit ereigneten.

Ray, der die Aufzeichnungen der von den Behörden aufgestellten Messgeräte als Grundlage nahm, stellte eine Liste aller bedeutsamen Beben und Eruptionen auf, die während der gegenwärtigen Krise aufgetreten waren. Beispielsweise die unerklärlichen Wellen, die das Wasser des Sunds am Donnerstagabend aufgewühlt hatten. Konnten sie mit entsprechenden Ereignissen auf La Palma in Zusammenhang gebracht werden, die zu derselben Zeit aufgezeichnet worden waren?

Die Antwort war eindeutig: Seismische Dokumentationen der Insel zeigten einen klaren Anstieg der Aktivität zu dem Zeitpunkt, als sich neue Ausbrüche ereigneten.

26

Die Aussicht aus der Kabine des Hubschraubers war spektakulär. Die Luft war klar, und die Umrisse jeder Insel und jeder Bucht im Sund waren deutlich zu erkennen. Natalie sah die Jacht ihres Vaters – einen strahlend weißen Fleck drüben am Jachtclub – sowie die Menschenmenge, die die Bay Road säumte. Rick war jetzt sicher auch mit seinem Festwagen dort unten. Natalie spürte Schuldgefühle, weil sie nicht mit ihm und Rebecca an dem Umzug teilnahm.

Zamos und die Kameramänner waren ausgelassen wie Schulkinder bei Ferienbeginn. Natalie verdrängte den Gedanken an die Kosten für den Helikopter, denn sie hatte das Konto ihres Vaters damit belastet. Ihr Leben schien im Augenblick ziemlich aus dem Ruder gelaufen zu sein.

Zamos gab dem Piloten die Anweisung, zurück zum Sund zu fliegen. »Ich möchte mir diesen Felswall an der Mündung des Sunds anschauen. Wie hieß er gleich?«, rief er Natalie laut zu, damit sie ihn trotz des Motorenlärms verstand.

»Das Riff. So nennen wir den Felswall hier. Der Meeresboden fällt so steil ab wie eine Bergwand.« Der Hinkende hatte das in seinen Anweisungen per Telefon betont: »Achte darauf, dass er einen guten Blick darauf werfen kann«, hatte er gesagt. »Und weise ihn darauf hin, dass die Farbe des Wassers sich verändert, was auf das steile Abfallen des Meeresbodens zurückzuführen ist.«

Doch Zamos brauchte keine Erklärungen. Er hatte die Karte und konnte sie lesen. »Mann«, sagte er zu Carly, »sieh dir diese Tiefenmarkierungen an. Der Meeresboden fällt tatsächlich so steil ab wie eine Wand. Siehst du die Höhenlinien dahinter? Das ist ein Unterwassergraben, der sich bis runter zur Tiefseeebene erstreckt. Es ist unglaublich. Als hätte jemand mit einer Axt den Festlandsockel gespalten.«

Die Kameramänner diskutierten über Winkel und Lichtverhältnisse. »He«, rief plötzlich einer. »Wo kommt das her?«

Alle schauten hinunter. Der Kameramann zeigte auf eine sich schnell bewegende Linie, die vom Riff landwärts rollte.

»Sieht so aus, als würde eine starke Dünung entstehen.«

Alle beobachteten.

»Ja, und sie wird immer stärker«, meinte jemand.

»Mann, ich wäre jetzt gern mit meinem Brett da unten.«

»Gary«, rief Zamos. »Mach Aufnahmen davon.«

»Die Kamera läuft.«

Natalie schaute fasziniert in die Tiefe. Als der Helikopter drehte, damit die Passagiere einen besseren Blick hatten, erschien Curtain Bluff im Fenster auf der Steuerbordseite. Unerbittlich schlug die Dünung gegen die weißen Klippen. Gebannt beobachteten Zamos und die Kameramänner, wie die weiße Gischt geräuschlos über die Felsen sprühte.

Natalie blickte auf die Uhr. Es wurde Zeit umzukehren.

»Okay, fliegen Sie bitte zurück«, rief sie dem Piloten zu.

Einer der Kameramänner erhob Einspruch. »He, Lady, wir sind hier noch nicht fertig.«

»Ich weiß nicht, ob wir genug Sprit haben.« Sie warf dem Piloten einen Blick zu.

Der schaute auf die Anzeige. »Der Sprit reicht noch für eine Stunde.«

»Gut«, sagte Zamos.

Natalie dachte schnell nach. »Setzen Sie mich unten auf dem Neck ab. Am Jachthafen ist ein Landeplatz.«

»Okay.«

»Du verlässt uns, Natalie?«, fragte Zamos erstaunt.

»Ich muss noch was erledigen. Ihr habt genug Zeit, alles zu filmen. Der Pilot setzt euch am Point ab, wenn ihr fertig seid. Wir treffen uns dort.«

Zamos kniff die Augen zusammen. »Bring den King beim nächsten Mal mit.«

»Ich sag ihm Bescheid«, versprach Natalie.

»Wenn er nicht auftaucht, ist die Sache geplatzt.«

Goodwill-Sund

Elliott Maxwell schaute sich nie den Umzug aus Anlass des Gründungstages an. Für Elliott war dieser Umzug eine lärmende Belanglosigkeit, die das *wirklich* wichtige Ereignis des Wochenendes, die Regatta des Jachtclubs, nur störte. Die Regatta war in seinen Augen der einzig lohnende Event des ganzen Sommers; alles andere war nebensächlich.

Mit sich und der Welt zufrieden, stand Elliott in einer weißen Leinenhose und einem Hemd aus feiner Baumwolle am Heck der *Elise 2* unter der Markise auf dem Deck. Es war zu heiß, um den blauen Blazer anzuziehen. Obwohl die Sonne noch nicht den Zenit erreicht hatte, tranken Elliott und seine Kollegen vom Komitee bereits Champagner aus silbernen Pokalen, die er von seinem Großvater geerbt hatte und in die das Monogramm der Maxwells graviert war. Der Cocktailempfang vor dem Festumzug, zu dem der Clubpräsident an Bord seiner Jacht einlud, war eine alte Tradition.

»Oh, Darling, wie *schön*, dass ihr beide kommen konntet«, trällerte seine Gattin, als sie die Gäste im großen Salon begrüßte. »Und was für ein *herrlicher* Tag. Auf dem Wasser ist es viel *kühler.*« Die große Terrassentür zum Heck war geöffnet, sodass die zahlreichen Gäste flanieren konnten. Der Dresscode schrieb den Frauen ein ungezwungenes Outfit vor, womit dezente Eleganz und nicht zu viel Schmuck gemeint waren. Elise stahl in einem perfekt geschnittenen Seidenkleid aus Mailand allen Damen die Schau; aber sie war ja auch die Gastgeberin, und es war ihre Jacht. Elliott betrachtete sie wohlgefällig. Seine Frau war noch immer hübsch und faszinierend und – soweit es seine Wünsche betraf – weitgehend willfährig, im Gegensatz zu seiner Tochter. Er seufzte. Wo zum Teufel blieb Natalie?

Mindy McNeil, Coles Mutter, hatte soeben dieselbe Frage gestellt. »Und Rick ist ein so hübscher junger Mann«, fügte sie strahlend hinzu. »Ich hoffe, mit den beiden ist alles in Ordnung.«

Elise kniff die blauen Augen zusammen. Mindys zuckersüßer Tonfall war ihr nicht entgangen. Offenbar hatte die Frau etwas von den Gerüchten gehört. Es wurde immer schwieriger, Natalies sprunghaftes Benehmen zu erklären.

Zum Glück tauchte in diesem Augenblick die kleine Izzy Jenks auf, eine entfernte Cousine von Rick, und ging mit einer Platte Kanapees umher.

»Natalie wird gleich kommen. Sie ist noch an Land und hilft beim Festumzug«, erwiderte Elise, nachdem sie ein Kanapee verzehrt hatte. »Sie hat viele Freunde in der Stadt.«

Vom Helikopter bot sich ein verwirrendes Bild. Eine zweite Brandungslinie wälzte sich den Sund hinauf; man konnte die Brecher an den Stränden am Rand des Sunds erkennen, doch gleichzeitig wurde ihre Form undeutlicher. Die Kameraleute waren sich nicht einig, was passierte. Gary zeigte auf weißes Wasser am Nordufer zwischen Curtain Bluff und Maple Cove. »Als wenn rechts die Dünung schneller wird.«

»Da unten sind Schiffe«, meinte Zamos.

Natalie warf einen Blick über die Schulter. »Das große

Schiff in der Mitte des Kanals ist ein Tanker, der Flüssiggas für die Elektrizitätswerke liefert.«

»Und weiter links, das kleine Schiff?«

»Das ist die *Elise 2*, eine Privatjacht.«

»Tolles Teil. Wem gehört die?«

Natalie schwieg. Die rothaarige Carly warf ihr einen verschmitzten Blick zu. »Deinem Daddy, was?«

Natalie zuckte mit den Schultern. »Er hat ziemlich teure Hobbys.«

Zamos gluckste. »Vielleicht solltest du ihn mal anrufen. Sieht so aus, als könnte die See ziemlich stürmisch werden.«

Der Pilot schaute in die Tiefe. »Wir sind gleich am Jachthafen.«

Natalie ging den Plan noch einmal in Gedanken durch. Zum Glück gab es Handys. Sie wählte die Nummer von Brandie, der Surferin aus Kalifornien, deren Freund Mack das große Motorrad fuhr. »Wir müssen uns beeilen. Trommle die Leute zusammen!«, rief sie ins Handy, als der Helikopter über dem Hafen kreiste. »Sie sollen sich an der Ecke Bay Road versammeln. Alle, die du auftreiben kannst. Anweisung vom King. Und bringt Ketten mit!«

Der Festumzug kam in Fahrt. Die Wagen an der Spitze hatten beinahe die Bay Road erreicht; trotz der glühenden Hitze waren sehr viele Zuschauer gekommen. Der Spielmannszug spielte mit Begeisterung und erntete jubelnden Applaus. Beth Robbins hatte Clowns engagiert, die zur Freude der Kinder entlang der Straße Süßigkeiten verteilten.

Rick fuhr im Schritttempo. Je länger der Umzug dauerte, desto besser. Es hieß, dass die Besucherzahl einen nie gekannten Rekord erreichte. Ein erfolgreiches Stadtfest setzte stets positive Akzente für den Rest der Saison. Für eine Stadt wie Goodwill, die einen großen Teil ihrer Einkünfte durch den Fremdenverkehr erwirtschaftete, war das von entscheidender Bedeutung.

Ricks Handy klingelte und kündigte eine SMS an. Er überflog sie, während er mit einer Hand lenkte. Kein Text, nur ein Foto, doch wegen der grellen Sonne konnte er es nicht richtig erkennen. Das war der Nachteil dieser winzigen Displays. Als würde man bei schlechtem Licht durch ein Schlüsselloch spähen. Er würde sich das Foto später ansehen.

Sie fuhren im Schneckentempo weiter. Rick winkte Leuten auf den Bürgersteigen zu und begrüßte Freunde. Ein Helikopter hob am Hafen ab und flog in Richtung Sund. Vermutlich Freunde der Maxwells, die zu einem Cocktailempfang auf der Jacht erwartet wurden. Weiter vorne ragten die Stelzenläufer, die engagiert worden waren, um die Touristen zu unterhalten, wie übergroße Marionetten aus der Menge.

Der Abwind des Helikopters peitschte Natalie das Haar ins Gesicht, als sie vom Hubschrauberlandeplatz auf dem Bearskin Neck in Richtung Stadt lief.

»Brandie!«, rief sie ins Handy. »Seid ihr bereit?«

»Wir warten. Wo bist du?«

»Unterwegs. Wo ist der Festumzug?«

»Ich kann den Spielmannszug sehen.«

»Dann beginnt jetzt die Show.«

Sheena Dubois war mit ihrem Camcorder in der Stadtmitte unterwegs und interviewte die Leute, die sich bestens amüsierten. Niemand schien sich mehr um einen drohenden Tsunami zu sorgen. »Da dreitausend Meilen von Gottes blaugrünem Ozean zwischen uns und dem Vulkan liegen, Lady, schlafe ich tief und fest.«

Sheena besorgte sich an einem Stand einen Eistee und ging Richtung Westen zur Brücke am Indian Point, um dort auf den Festumzug zu stoßen. An der Straßenecke blieb sie stehen und machte ein paar Aufnahmen von der Menge an der alten Eisfabrik, wo ein paar Stelzenläufer und eine Gruppe von Kindern ein hübsches Motiv abgaben. Es versetzte ihr einen Stich, Tab Southwell im Sucher zu erblicken. Tab war ganz allein und sah verloren aus. Southwell hatte ihr erzählt, dass der Junge ziemlich durcheinander sei und sich Vorwürfe mache, weil er dem vermissten Touristenpaar nicht geholfen hatte. Sheena wäre gerne zu ihm gegangen, um mit ihm zu reden und ihn ein bisschen aufzuheitern, doch es war ihr unangenehm. Wie sollte sie sich ihm als Geliebte seines Vaters vorstellen?

Du musst diese Sache beenden, Mädchen, sagte sie sich nicht zum ersten Mal. Es ist schlecht für dich, schlecht für den Jungen und schlecht für Donna. Der Einzige, der seinen Spaß hat, ist Southwell.

In der Bay Road wurde das Pfeifen und Trommeln lauter. Lloyd Gardiner schaute in das rußgeschwärzte Gesicht des Stelzenläufers und lachte. Der Mann grinste ebenfalls. *»Pas beaucoup de temps maintenant!* Jetzt brauchen wir nicht mehr lange zu warten, mein kleiner Freund«, sagte er in scherzhaftem Ton.

Lloyds Schwester Betsy winkte der Stelzenläuferin im Kostüm der Prinzessin auf der anderen Straßenseite zu. Die Familien hatten gute Plätze ergattert, um sich den Festumzug an der Hafenseite der Bay Road an der alten Eisfabrik anzusehen. Die Karussells hinter ihnen standen im Augenblick still, da die Menge die Bürgersteige bevölkerte, um dem Festumzug zuzujubeln. Lloyd, der um die Beine der Stelzenläufer herumspähte, sah die Sonne auf den Musikinstrumenten funkeln, als der Spielmannszug sich näherte. In der Ferne erklangen tiefe Signalhörner – die Schiffe im Hafen stimmten in das Konzert ein. Alle jubelten, klatschten, schwangen Hüte und wirbelten Fahnen durch die Luft.

Lloyds Mutter hatte beide Kinder an die Hand genommen. »Der Schornsteinfeger sucht mich!«, protestierte Lloyd, doch seine Mutter ließ ihn nicht los.

»Komm, Lloyd«, sagte sein Dad. »Ich nehme dich huckepack, dann kannst du besser sehen.« Er half dem Jungen, auf seine Schultern zu klettern. Lloyd war begeistert. Er konnte nun die Aufstellung des ganzen Spielmannszuges und die ersten Festwagen sehen. Und er war fast so groß wie der Schornsteinfeger.

Immer mehr Schaulustige, die einen Blick auf den sich nähernden Spielmannszug werfen wollten, drängten zur Ecke. Lloyd spürte, dass von hinten Leute drängelten. Zwei junge Männer in Segelshorts versuchten, sich mit den Schultern einen Weg nach vorn zu bahnen. Lloyds Vater drehte sich um und sagte böse: »He, hört auf zu drängeln. Hier stehen Kinder.«

Goodwill-Sund

Auf der Brücke der *Marie-Sainte*, dem riesigen Flüssiggas-Tanker aus Quebec, diskutierte Captain Roland Leclerc mit seinem Lotsen, wie sie sich am besten dem Goodwill-Sund nähern sollten. Leclerc war Frankokanadier und hatte zwölf Jahre in der kanadischen und amerikanischen Handelsmarine gedient. Dieses war sein drittes Jahr als Kapitän der *Marie-Sainte*, und inzwischen war er mit den Kanälen fast ebenso vertraut wie der Lotse.

Fast, aber nicht ganz. Al Smither aus Portland, Maine, war

zehn Jahre älter als der Kanadier und hatte sein Leben lang Erfahrungen an dieser Küste gesammelt. Bei jedem Wetter hatte er Boote und Schiffe in und aus dem Hafen von Boston und Halifax geschleust; er hätte sogar im Schlaf sagen können, wo sich die Kanäle, Sandbänke, Riffe und Strömungen befanden.

»Die Jachten versperren den Kanal«, sagte Leclerc und blickte nach vorn. Die Brücke lag genau dreißig Meter über der Wasserlinie. Sie musste so hoch sein, damit die sperrigen weißen Tanks der *Marie-Sainte* darunter hindurchfahren konnten – Tanks, die mit genügend Flüssiggas gefüllt waren, um die Stadt fünf Jahre lang mit Brennstoff zu versorgen. Nur ein Bruchteil der Ladung war für Goodwill bestimmt. Der Rest sollte in Portland gelöscht werden.

Aus dieser Höhe hatte man einen herrlichen Blick auf den Sund, in dem jetzt eine Armada von Jachten und Booten aller Art festgemacht hatten. Leclercs geschultes Auge erkannte sofort ein paar größere Schiffe zwischen ihnen, unter anderem einen Katamaran aus St. John, Nova Scotia, sowie die *Pequod* an ihrem gewohnten Liegeplatz. Außerdem fiel sein Blick auf die Backbordseite einer großen Motorjacht, die den Tanker offenbar zuerst passieren lassen wollte, um erst dann selbst loszufahren. Die Sicherheitsbestimmungen schrieben vor, dass sämtliche Schiffe in einem Umkreis von einer halben Meile vom Tanker beidrehten, bis dieser sicher angelegt hatte. Ein Küstenwachboot fuhr dem Tanker voraus, um die Einhaltung dieser Bestimmung zu erzwingen.

Al Smither schob den Kaugummi in seinem Mund zur anderen Seite. »Regatta«, sagte der Lotse nur, der sich immer kurz und knapp ausdrückte. Es hatte schon Fahrten gegeben, da hatte Leclerc einen ganzen Tag auf der Brücke gestanden, ohne dass die beiden ein einziges Wort gewechselt hatten, wenn es nicht unbedingt notwendig gewesen wäre.

Plötzlich versteifte der Lotse sich. »Achten Sie auf den Kurs!«, rief er den Steuermann an. Der Zeiger der elektronischen Positionsanzeige auf dem Schirm vor dem Lotsen hatte sich um den Bruchteil eines Punkts nach Backbord verschoben.

Der Steuermann berührte vorsichtig das Steuer. Das Schiff wog zwanzigtausend Tonnen – für einen Tanker dieses Ausmaßes gar nicht so viel, aber für die Enge des Sunds war es ein riesiger Brocken. Sämtliche Kontrollsysteme, Geschwindigkeit, Kurs und Motorkraft wurden computergesteuert. Die Männer hatten nur darauf zu achten, winzige Anpassungen innerhalb der Parameter vorzunehmen, die von der Software vorgegeben wurde, und um in einem Notfall zu übernehmen. War das Schiff sich selbst überlassen, war sein elektronisches Gehirn bestens befähigt, die *Marie-Sainte* sicher durch den tiefen Kanal zu seiner Anlegestelle an der hinteren Mole zu manövrieren. Leclerc und der Lotse waren bloße Beobachter. Wäre es dringend erforderlich, den Kurs anzupassen, hätte der Computer dies schon vor Minuten vorausgesehen und die Änderungen vorgenommen. Er hätte nicht einmal die Brücke informiert. Im Grunde waren Seeleute beinahe überflüssig. Die nächste Generation der Schiffe würde auf Fahrt gehen, ohne sich mit den Problemen und Kosten einer Crew zu belasten.

»Captain!«, rief der Steuermann plötzlich.

Leclerc wandte den Blick weder dem Steuermann noch den Gegebenheiten auf dem Wasser zu, sondern dem Kontrollschirm. Eine rote Warnleuchte blinkte; darunter stand eine knappe Mitteilung: GESCHWINDIGKEIT ÜBER MEERESGRUND 0,5 KNOTEN.

Leclerc wurde sofort hellhörig, als er die Bedeutung erkannte, die hinter dieser nüchternen Information stand, und entsprechende Schlüsse zog. Die Vorwärtsgeschwindigkeit der *Marie-Sainte*, die momentan auf ein Schneckentempo von zwei Knoten gedrosselt war, sank noch schneller, als das computergesteuerte Motor-Kontrollsystem reagieren konnte. Instinktiv schweifte Leclercs Blick zur Motorkraftanzeige. Beide Motoren waren auf die kleinste Umdrehung eingestellt. Von den langsam rotierenden Schrauben wurden keine Warnsignale empfangen. Die Ruder standen noch immer mitschiffs, wie es sein sollte. Die Motoren waren nicht überhitzt. Die Treibstoffzufuhr verlief normal. Die Getriebe funktionierten einwandfrei.

Höchstwahrscheinlich lag es an einer starken Strömung, die das Wasser aus dem Sund ins Meer zog, was bei auslaufender Flut mitunter vorkam. Der zusätzliche Widerstand würde die Verlangsamung des Tankers erklären. Doch es war Flut, und die Strömung hätte in den Sund hinein- und nicht hinausfließen müssen.

Während Leclerc im Kopf alle Möglichkeiten durchspielte, blinkte eine Sekunde später eine zweite Warnleuchte, diesmal begleitet von einem Warnton, einem eindeutigen Signal, dass der Computer Probleme festgestellt hatte. Eine neue Mitteilung erschien auf dem Monitor: TIEFE 2 METER.

Leclercs Aufmerksamkeit war geweckt. Das Echolot unter dem Bug hatte ein plötzliches Ansteigen des Meeresbodens vor ihnen registriert. Es bestand nicht die Gefahr, dass das Schiff auf Grund lief – noch nicht –, doch der voreingestellte Grenzsicherheitswert unter dem Kiel war erreicht.

Und als wäre das nicht schon genug, erklang das Signal erneut; diesmal war ein anderer Ton zu vernehmen. Auf dem Monitor wurde eine dritte Mitteilung angezeigt: KURSFEHLER DREI GRAD BACKBORD. Auf der elektronischen Seekarte war das Symbol für das Schiff minimal vom Kurs abgekommen. Eine vierte Meldung erschien: DRIFT 0,5 KNOTEN.

Die GPS-Empfänger, die die Position des Schiffes mit einer

Genauigkeit von einem Meter kontinuierlich aktualisierten, hatten festgestellt, dass das Schiff im Wasser seitwärts versetzt wurde, eine Bewegung, die als Abdrift bekannt war. Die starke Gegenströmung sorgte zusammen mit der langsamen Vorwärtsbewegung dafür, dass die *Marie-Sainte* an Steuerkraft verlor, sodass ihr Bug sank. Damit war eine dritte Komplikation hinzugekommen.

Captain Leclerc spähte zum Lotsen hinüber. Er war in einer misslichen Lage. Nach dem Seerecht und den Gesetzen der Vereinigten Staaten von Amerika, in deren Gewässern sie fuhren, lag die Zuständigkeit für das Manövrieren in den Händen des Lotsen mit seinen Fachkenntnissen und Erfahrungen in diesen Gewässern. Im weiteren Sinne aber lag die Verantwortung noch immer beim Captain. Wenn er, Leclerc, einen berechtigten Grund zu der Annahme hatte, dass das Schiff nicht richtig geführt wurde, und wenn er nicht sofort reagierte und Abhilfe schaffte, riskierte er eine Klage wegen Fahrlässigkeit.

Zum Glück arbeiteten Leclerc und Smither schon seit Jahren zusammen, und der Kanadier schätzte das Urteil des Lotsen sehr. Die Lage war ernst, und ihre Möglichkeiten begrenzt. Das Schiff verlor an Geschwindigkeit, was vermutlich mit einer ungewöhnlichen Flutwelle im Kanal zusammenhing. Um dieses Problem zu lösen hätte es sich angeboten, die Geschwindigkeit zu erhöhen, doch der plötzliche Verlust an Tiefe schloss diese Option aus Sicherheitsgründen aus.

Wie um die Dringlichkeit der Situation zu unterstreichen, wurde nun an einer anderen Stelle des Schiffes Alarm geschlagen. Der diensthabende Offizier im Steuerbordbereich der Brücke rief plötzlich: »Captain, Rauchschwaden am Hafen!«

An der Bay Road blieb der Festumzug stecken. Rick hatte nicht nur sein Handy, sondern auch ein Funkgerät bei sich, das ihm die Verbindung mit den anderen Stadtverordneten und der Security ermöglichte. Als er versuchte, Chance Greene im ersten Wagen zu erreichen, hörte er nur statisches Knistern.

Er stellte den Motor ab, damit er abkühlte, und wischte sich übers Gesicht. Es war noch immer schrecklich heiß. In der Menge machte sich Langeweile breit; die Leute schlenderten in Richtung Hafen. Rick fiel das Foto ein, das jemand ihm aufs Handy geschickt hatte. Er rief es auf und beugte sich über das Display, damit die grelle Sonne ihm nicht die Sicht nahm. Das Bild war jetzt deutlich zu erkennen. Rick fluchte leise. Das Foto zeigte Natalie, die auf einer großen Couch neben einem Surfer saß.

»Scheiße!« Rick schleuderte das Handy wütend durchs Fahrerhaus. Es prallte gegen die Beifahrertür und fiel auf die Trittstufe.

»Was ist?«

Rick hob erbost den Blick. Rebecca stand neben dem Fenster. »Ich wollte mal sehen, was uns aufhält«, sagte sie. »Was ist passiert? Hast du dein Handy fallen lassen?«

»Ja, verdammt«, knirschte Rick. Er wollte ihr nicht sagen, dass ihm jemand diesen Schnappschuss geschickt hatte – nicht jetzt.

»Ist es kaputt?«

»Keine Ahnung. Das Display zeigt nichts mehr.«

»Das Handy läuft doch übers Geschäft, oder? Dann ist es versichert. Du kannst ein Neues anfordern, vielleicht sogar ein neueres Modell.«

»Ein neues Modell wäre genau das Richtige«, wetterte Rick.

Seine Schwester runzelte die Stirn. »Was?«

»Mein Gott, ich weiß nicht mehr, was hier abgeht.«

Rebecca schaute ihn besorgt an. »Geht es um Natalie?«

Rick verzog das Gesicht. »Ein anonymer Anrufer, dem mein Wohl am Herzen liegt.« Er erzählte ihr kurz von dem Foto.

Rebecca seufzte. »Manchmal kann diese Stadt sehr klein sein.«

»Ja. Und zurzeit laufen hier ein paar Typen rum, auf die ich gut verzichten könnte.«

In diesem Moment rauschte sein Funkgerät. Chance Greenes wütende Stimme erklang. Rick drückte auf die Sprechtaste. »Ich bin hinten im Zug. Was gibt's?«

Wieder statisches Rauschen. Die Leute liefen dorthin, wo sie den Spielmannszug vermuteten, und reckten die Hälse, um zu sehen, war los war. Erst jetzt fiel Rick auf, dass die Musik nicht mehr spielte. Er öffnete die Tür. »Ich schau mal nach, was los ist«, sagte er zu Rebecca. »Kannst du kurz für mich übernehmen?«

»Klar.«

Er ging an den Zugwagen entlang. Ein paar andere Fahrer taten es ihm gleich. Am Zuganfang standen die Leute dicht gedrängt. »Rick Larson«, rief er, »ich bin Stadtrat. Lassen Sie mich bitte durch.« Jemand legte eine Hand auf seine Schulter. Er drehte sich um und sah Sheena mit ihrem Camcorder.

»Ich bin gleich hinter dir«, sagte sie.

»Weißt du, was hier los ist?«

»Eine Sitzblockade.«

»Was?«

»Die Surfer. Sie versperren die Straße weiter vorn. Du wirst es gleich sehen.«

Schließlich tauchte der Spielmannszug in der Bay Road auf, gefolgt vom Feuerwehrwagen, der den Festzug anführte. Die Menge applaudierte. Lloyd Gardiner jubelte aus voller Kehle. Plötzlich stießen die beiden Surfer, die hinter ihnen gedrängelt hatten, den Jungen und seinen Vater grob zur Seite und stürmten auf die Straße. Andere folgten – junge Männer und Frauen, die sich an den Händen hielten, um vor den Feuerwehrwagen eine Kette auf der Straße zu bilden. Als sich noch mehr Surfer einen Weg durch die Menge erzwangen, um sich ebenfalls vor dem ersten Wagen auf die Straße zu setzen, erstarb der Jubel, und die Menschen begannen zu lachen.

»Warum tun die das, Dad?«, fragte Lloyd.

»Ich weiß es nicht«, erwiderte Ted Gardiner. »Sieht wie ein Protest aus. Ich schätze, sie werden die Katze gleich aus dem Sack lassen. Warte ab.«

Am Zuganfang war Chaos ausgebrochen. Vor dem Feuerwehrwagen drängten sich so viele Menschen, dass es kaum möglich war, die Demonstranten von den Schaulustigen zu unterscheiden. Ungefähr zwanzig Jugendliche blockierten die Straße. Sie hatten eine Kette gebildet und riefen Sprechgesänge, doch es herrschte ein solcher Lärm, dass man nichts verstehen konnte. Ein Junge hielt ein Schild in die Höhe, auf das er mit bunten Markern LASST DIE ZWEI AUS GOODWILL FREI gekritzelt hatte. Ein oder zwei junge Männer hatten Surfbretter dabei, die sie benutzten, um Dons Officer abzuwehren. Inzwischen war eine junge Frau hinter die Vorderräder des Feuerwehrwagens gekrochen. Zwei von Freddys Männern versuchten, sie hervorzuzerren. Offenbar hatte sie sich an eine Achse gekettet. Ein Feuerwehrmann zog an ihren Beinen. Als sie um sich trat, rutschten ihre Shorts herunter, und ihr blasses Hinterteil wurde entblößt. Das Mädchen kreischte, die Menge grölte, und die Männer zogen sich mit roten Köpfen zurück.

Rick kochte vor Wut fast über. Er herrschte die Surfer in seiner Nähe an: »Okay, ihr habt euren Spaß gehabt! Es ist ein heißer Tag, und es steht noch eine Menge auf dem Programm. Wenn ihr wisst, was gut für euch ist, dann macht euch jetzt vom Acker!«

»Leck mich«, sagte ein etwas älterer Surfer und spuckte auf

die Straße. Seine Haut war tief gebräunt, und er hatte einen grauen Pferdeschwanz. »Lassen Sie unsere beiden Freunde aus dem Knast frei, dann ketten wir unsere Freundin von Ihrem hübschen roten Pumpmobil los, *capisce?*«

Andere Surfer strömten herbei und fielen in den Protest ein. Den Schaulustigen gefiel die Abwechslung, und sie warteten gespannt, was als Nächstes geschah. Als Chance Greene Rick erblickte, rannte er auf ihn zu. »Steh nicht da rum! Tu was, Mann!« Er war rot vor Wut.

Rick ließ sich nicht beirren. »Das ist Dons Ressort«, gab er zurück. »Sollen sich unsere Gesetzeshüter darum kümmern.«

»Bist du blind?«, stieß Greene hervor. »Weißt du denn nicht, wer dahintersteckt? Sieh dich doch mal um!«

Im selben Augenblick hob jemand ein Megafon vor den Mund und rief: »Was wollen wir?«

Die Demonstranten, die auf der Straße saßen, riefen: »Den King!«

»Was wollen wir?«

»Den King! Lasst den King frei!«

Die Anführerin mit dem Megafon war Natalie. Sie war auf die Motorhaube des Löschzuges geklettert und stand dort mit gespreizten Beinen, zurückgeworfenem Kopf und zerzaustem Haar und wandte sich an die Zuschauer, die die Aktion gebannt verfolgten. »Es tut uns leid, Leute, dass wir euch den Spaß an dem Festumzug verderben, aber wir brauchen eure Hilfe, weil zwei unserer Freunde ins Gefängnis geworfen wurden.«

In den Reihen der Zuschauer entstand Unruhe. »Warum?«, wollte ein Mann wissen.

»Warum?«, rief Natalie mit blitzenden Augen zurück. »Das fragen wir uns auch. Keine Anklageerhebung, kein Rechtsbeistand. Ein korrupter Stadtrat und ein …«

Weiter kam sie nicht. Mit wütendem Gebrüll sprang Chance

Greene zu dem Löschwagen, zog Natalie herunter und wand ihr das Megafon aus der Hand. Drei Surfer, die in der Nähe saßen, stürzten sich auf ihn und entrissen ihm das Megafon. Larry Hageman schritt ein, um die Kämpfenden zu trennen. Natalie wurde von einem Ellbogen getroffen, prallte gegen den Löschwagen und glitt zu Boden.

Rick fluchte laut, stürzte sich ins Gewühl, packte Natalie am Arm und riss sie hoch. »Was soll das?«, brüllte er. »Hast du den Verstand verloren?«

»Lass mich los!« Natalie schüttelte ihn ab.

»Langsam wird es hier unangenehm«, sagte Jessica Gardiner zu ihrem Mann. »Wir sollten verschwinden. Das ist nichts für die Kinder.«

»Ach, nur eine kleine Balgerei«, erwiderte ihr Mann lachend. »Die Cops kriegen das schon in den Griff. Niemand ist verletzt.«

Aus Sicht der Zuschauer schien sich die Lage beruhigt zu haben. Die Cops beschränkten sich darauf, die Teilnehmer des Festzuges und die Demonstranten zu trennen. Der kleine Lloyd Gardiner begann sich zu langweilen. Er schaute sich um und zog am Schwalbenschwanz des Schornsteinfegers. »Ich rieche Rauch«, sagte er mit wichtiger Miene.

»Comment?«

»Ich hab gesagt, ich rieche Rauch. Als wenn's brennt, oder als würde jemand rauchen.«

»Tu demandes une cigarette?«, fragte der Schornsteinfeger und warf in vorgetäuschtem Entsetzen die angemalten Hände in die Luft. *»Quelle affreux! Mais non, mais non*, du bist noch viel zu jung, mein kleiner Freund!«

»Nee, Blödmann«, widersprach Lloyd verärgert. »Kannst du kein Englisch? Ich rieche Rauch!«

»He, mein Junge.« Sein Vater kniff ihm ins Knie. »Das war nicht sehr höflich. Entschuldige dich bei dem Herrn.«

Jetzt hörte man es irgendwo in der Nähe knistern. Lloyd reckte den Hals und schaute sich um. Da er auf den Schultern seines Vaters saß, hatte er einen guten Blick. Eine dünne Rauchfahne drang aus einem eingeschlagenen Fenster an der Front des großen Ziegelsteingebäudes hinter ihnen.

»Da ist der Rauch. Ich sehe ihn!«, rief Lloyd aufgeregt.

In diesem Augenblick brach Tumult aus.

»Die alte Eisfabrik brennt!«, schrie jemand. Auch andere Menschen stießen ängstliche Schreie aus. Einige suchten das Weite, während andere nach vorn drängten, um einen besseren Blick zu haben. Die Demonstranten schlossen ihre Ketten auf und ergriffen die Flucht.

Lloyd, der von allen Seiten bedrängt wurde, klammerte sich an die Schultern seines Vaters. Aus dem zerschmetterten Fenster drang nun unablässig schwarzer, rußiger Rauch. Auch aus Spalten und Öffnungen im Dach quollen Rauchschwaden, die zusehends dicker wurden.

Und dann ertönten die Sirenen.

27

Ein Schrei erklang auf der Brücke der *Elise 2*. Augenblicke später riefen Männerstimmen am Heck der Jacht; dann waren schnelle Schritte zu hören.

»Was ist da drüben los, verdammt? Können Sie etwas sehen?«, fragte Elliott Maxwell, der am Heck seiner Jacht stand, eines der Besatzungsmitglieder.

»Da brennt ein Gebäude, Mr. Maxwell. Sehen Sie den Rauch da drüben am Hafen?«

Die Gäste versammelten sich an der Reling, um es sich anzusehen. Auf der Brücke über ihnen ertönten wieder laute Schreie. Die Jacht schaukelte leicht, als der Hauptmotor ansprang.

»Die haben die Gangway eingezogen. Fahren wir weg?«, fragte eine Frau aufgeregt.

Das Dröhnen der Motoren war zu hören. Elise Maxwell spürte, dass sich das Deck unter ihren Füßen neigte. Glas klirrte, und Mindy lachte nervös. »Oh!« Sie klammerte sich an die Rückenlehne eines Sofas. »Ich habe ganz vergessen, dass ich auf einer Jacht bin.«

Auf der Brücke rief jemand Befehle. Elise erkannte die Stimme des Captains, doch wegen des Lärms konnte sie kein Wort verstehen. Die Gäste ließen ihre Drinks stehen und verließen fluchtartig den Salon. Durch ein Bullauge in der Nähe sah Elise die Hafenfront an ihnen vorbeiziehen, als der Bug aus dem Anlegeplatz ausscherte.

Auf der Brücke der *Marie-Sainte* ertönte eine Computerstimme: *»Gefährliche Nähe steuerbord auf vierhundert Meter.«*

Der tiefe Kanal folgte nicht der Mittellinie zum Sund hinauf, sondern führte an dieser Stelle zum Nordufer, wodurch einlaufende Schiffe in gefährliche Nähe zu Two Bush Island gerieten. Die Drift der *Marie-Sainte* führte den Tanker nahe an die vorgelagerten Felsen heran.

Auf die diensthabenden Offiziere auf der Brücke stürmten nun zahlreiche Hinweise und unterschiedliche Warnsignale ein. Das Schiff verlor an Steuerkraft und wurde zu den Felsen hingezogen. Die Geschwindigkeit zu erhöhen oder das Ruder herumzureißen waren wegen des seichten Wassers nicht möglich. Leclercs Gedanken überschlugen sich, als er herauszufinden suchte, was zu dieser dramatischen Situation geführt haben könnte.

Noch mehr Sorgen bereitete ihm das Feuer, das an der Hafenfront ausgebrochen war. Die *Marie-Sainte* war mit dem hochexplosiven Flüssiggas an Bord eine riesige schwimmende Bombe. Daher war das Schiff mit modernster Feuerlöschtechnik ausgestattet. Leclerc brauchte auf der Brücke nur einen Knopf zu drücken, und auf dem gesamten Schiff wurden Hochdruck-Schaumwerfer und Sprinkleranlagen aktiviert. Strenge Vorschriften untersagten das Benutzen offener Flammen auf oder in der Nähe des Schiffes; das galt auch für den Liegeplatz während des Löschens. Jeder Brand in der Nähe des Schiffes führte zu einem sofortigen notfallmäßigen Schließen sämtlicher Ventile und Klappen und dem Einsatz eines Feuerwehrtrupps an Bord und an Land.

Leclercs Blick folgte dem ausgestreckten Arm des Offiziers. Das Feuer musste an der Südseite des Hafens ausgebrochen sein, und die ablandige Brise wehte den Rauch auf das Schiff zu. Wenn der Rauch Funken mit sich trug, war es von größter Bedeutung, unverzüglich Gegenmaßnahmen zu ergreifen.

Leclerc reagierte instinktiv. Er drückte auf den roten Feueralarmknopf auf dem Schaltpult. Augenblicklich ertönten überall auf dem Schiff schrille Sirenen. Der Feuerwehrtrupp in den gelben Schutzanzügen, der schon für das Anlegemanöver bereitstand, schwärmte auf dem Hauptdeck aus. Gleichzeitig wurden mit Auslösen des Alarms die Sprinkleranlagen aktiviert, die nun die riesigen Gastanks mit einem feinen Wassernebel berieselten, um das Metall zu kühlen und etwaige Funken zu löschen.

Al Smither hatte bis jetzt kein Wort gesagt, nun aber öffnete er den Mund. Leclerc ahnte, welchen Befehl der Lotse geben würde, und bereitete sich innerlich darauf vor. Doch ehe der Lotse etwas sagen konnte, gab es eine weitere Unterbrechung. Der Zweite Offizier rief: »Sir, kreuzendes Schiff in Sicht!«

In der Bay Road läuteten die Feuerglocken. Die Menge beobachtete fasziniert, als der Löschzug, der nun nicht mehr von Demonstranten an der Fahrt gehindert wurde, aus der Reihe der Festwagen ausscherte und vor dem brennenden Gebäude hielt. Lloyd war gebannt vom Anblick der Feuerwehrleute mit ihren Helmen und in ihrer gelb-schwarzen Schutzkleidung, die vom Wagen sprangen, die Schläuche ausrollten und sie an Hydranten auf dem Bürgersteig anschlossen.

»Sie brechen die Türen auf! Jetzt sind sie im Haus und ziehen die Schläuche hinter sich her!« Lloyd, der noch immer auf den Schultern seines Vaters saß, hatte einen guten Blick und kommentierte aufgeregt das Geschehen.

»Ted, meinst du nicht, wir sollten uns ein Stück abseits hinstellen?«, fragte Jessica Gardiner ihren Mann leise, damit die Kinder keine Angst bekamen.

»Ach was, es passiert schon nichts«, versicherte ihr Mann, der das Geschehen ebenso gebannt verfolgte wie die Kinder.

»Wo sind eigentlich die Van Burens?«

Ted Gardiner reckte sich und hielt nach ihren Freunden Ausschau. »Brook steht auf der anderen Straßenseite. Paula und Julie sind bei ihm. Jules!« Er winkte ihr zu. »Kommt doch zu uns!«

Julie winkte zurück. »Hier am Meer ist es sicherer«, erwiderte sie lachend.

Leclerc und Smither fuhren herum und richteten ihre Blicke auf die neue Gefahr. Die Jacht an der Backbordseite, die noch vor einer Minute am Hafendamm des Jachtclubs festgemacht war, setzte sich in Bewegung. Offenbar hatte sie schon abgelegt, denn unter dem Heck schäumte das Kielwasser, als die Schrauben sich drehten.

Leclerc hätte nicht sagen können, ob die Jacht ebenso wie der Tanker von einer Strömung erfasst worden war, oder ob sie bloß eine größere Entfernung zum Feuer suchte, doch jetzt war keine Zeit, das herauszufinden. Der Bug der Jacht war etwa eine halbe Meile von ihnen entfernt und befand sich auf Kollisionskurs. Die Vorschriften verlangten, dass beide Schiffe augenblicklich den Kurs änderten, um den Abstand zwischen ihnen zu vergrößern, doch die Manövriermöglichkeit der Schiffe war eingeschränkt.

Der Lotse rief: »Alle Maschinen stopp!«

Der Erste Offizier reagierte mit einer Schnelligkeit, die erkennen ließ, dass er den Befehl bereits erahnt hatte. Er schob den Hebel der Geschwindigkeitskontrolle in die mittlere Position. Damit wurden die langsam rotierenden Propellerschäfte aus den Turbinen entkuppelt. Die Fahrt der *Marie-Sainte* wurde verlangsamt, doch zum Stillstand kam sie nicht.

Es war dennoch ein entscheidender Schritt. Durch diese Aktion hatte der Lotse seinen Handlungsspielraum erweitert.

Indem er die Weiterfahrt des Tankers verlangsamte, gewann er Zeit, das dringlichste Problem in Angriff zu nehmen: die Gefahr, in seichtem Wasser auf Grund zu laufen.

»Bugstrahlruder eins auf halbe Kraft«, befahl Smither.

Leclerc nickte. Genau diese Anweisung hätte auch er erteilt.

Am Bug des Tankers befanden sich auf beiden Seiten Schiffsschrauben, die für das Manövrieren in engen Gewässern benutzt wurden. Ein entsprechendes Paar Schrauben am Heck des Schiffes unterstützte diesen Vorgang. Wenn die Bug- und Heckstrahlruder richtig eingesetzt wurden, war es möglich, auf engstem Raum zu manövrieren.

»Heckstrahlruder drei starten, halbe Kraft«, befahl Smither.

Wieder nickte Leclerc. Da es aufgrund der verringerten Geschwindigkeit an Steuerkraft mangelte, versucht Smither nun auf anderer Weise, die Kontrolle über das Schiff zurückzuerlangen. Die Kraft des Bug- und Heckstrahlruders an Steuerbord würde dem Sog der Strömung entgegenwirken, die das Schiff auf die Felsen von Two Bush Island zu schieben drohte.

Auf dem Navigationsschirm leuchteten weiterhin Warnhinweise. Die Anzeige des Tiefenmessers blieb unverändert. Das zumindest war ein gutes Zeichen.

»Hauptmotoren halbe Kraft zurück«, befahl Smither.

Mit diesem Befehl ließ der Lotse die Geschwindigkeit des Schiffes vorsichtig drosseln. Da er die Bug- und Heckstrahlruder bereits aktiviert hatte, um dem Sog der Strömung entgegenzuwirken, konnte er die Gefahr ignorieren, die von Two Bush Island ausging.

Leclerc schaute auf den Schirm. Das Symbol, das die Position des Schiffes kennzeichnete, hatte sich stabilisiert und zeigte an, dass der Bug nicht mehr ausschwenkte, doch die Driftgeschwindigkeit blieb bei einem halben Knoten. Die Strömung musste sehr stark sein, wenn sie einen Zwanzigtausend-Tonnen-Tanker wie ein Spielzeugboot durchs Wasser schieben konnte. Leclerc schaute durch das Fernrohr auf die Rauchsäule, die über dem Hafen aufstieg. Der Sprühnebel aus den Sprinkleranlagen, der die Gastanks kühlte, behinderte seine Sicht, doch er sah Menschenmassen auf der Straße und die Blaulichter von Rettungs- oder Einsatzfahrzeugen. Was war da drüben los? Der Zweite Offizier, der hinter ihm stand, sprach über Funk mit der Küstenwache und fragte, ob es sicher genug für den Tanker sei, um anzulegen.

Leclerc schaute wieder auf den Monitor. Der Tanker stand jetzt beinahe. Smither hatte durch den Einsatz der Bug- und Heckstrahlruder, die dem Sog der Strömung entgegenwirkten, die Kontrolle über den Tanker zurückerlangt. Der Tiefenmesser zeigte sogar einen minimal erhöhten Wert an, sodass der Warnhinweis vom Monitor verschwand. Zum ersten Mal seit der Alarmmeldung atmete Leclerc ein wenig freier auf.

Smither schaute ebenfalls auf den Schirm und schüttelte den Kopf. Leclerc sah, dass der Lotse den Blick kurz auf die Insel steuerbord richtete, ehe er sich ihm zuwandte. »Wie war Ihr Tiefgang in St. John?«, fragte er dann.

Leclerc zuckte mit einer Schulter – eine typisch französische Geste. »Siebeneinhalb Meter«, sagte er.

»Warum ist dann der vorgeschriebene Tiefgang überschritten?«, fragte Smither.

»Wir haben genauso viel geladen wie immer«, erwiderte Leclerc und schaute dem Amerikaner in die Augen. »Es muss mit der Strömung zu tun haben.«

Smither nickte. »Die Strömung«, pflichtete er ihm bei.

Der Erste Offizier hüstelte.

»*Oui?*«, fragte Leclerc und drehte sich zu ihm um.

Der Erste Offizier wies mit dem Kopf auf den Navigationsschirm. Leclerc studierte die Werte und kniff die Augen zusammen.

Die Anzeigen veränderten sich. Der Geschwindigkeitsmesser ging nach oben: 0,5 Knoten ... 0,6 ... 0,7 ...

Es gab keinen Zweifel. Das Schiff gewann an Fahrt. Und da war noch etwas: Die Anzeige des Tiefenmessers hatte sich ebenfalls verändert. Sie stand jetzt auf 2,5 – ein halber Meter Wasser mehr unter dem Kiel als noch vor fünf Minuten.

Der Captain und der Lotse wechselten einen Blick. Leclerc sprach als Erster. »Die Strömung muss jetzt in die entgegengesetzte Richtung fließen.« Es war die einzig mögliche Erklärung.

Als sollten sie daran erinnert werden, dass die Gefahr noch nicht gebannt war, meldete sich die näselnde Computerstimme. *»Kollisionsalarm Backbord achthundert Meter.«*

Leclerc drückte auf den Knopf, der das Signalhorn aktivierte. Drei Mal wurde Druckluft durch den Metalltrichter der Messingkehle des Horns gestoßen, und der tiefe Bass ließ den Sund erbeben. Die Jacht ließ nun ebenfalls ihr Signalhorn ertönen, das von den Bergen widerhallte. Auf dem Deck sah man Gestalten umhereilen. Für Leclerc sah es so aus, als wäre die Jacht ebenfalls in Schwierigkeiten und hätte mit derselben Strömung zu kämpfen, die dem Tanker zu schaffen machte. Die Jacht fuhr noch immer langsam und schien Probleme zu haben, die Steuerkraft aufrechtzuerhalten. Leclerc vermutete, dass sie nicht mit Bug- und Heckstrahlruder ausgestattet war, um sich aus der misslichen Lage zu befreien. Die starke Strömung trieb beide Schiffe unerbittlich aufeinander zu.

Der Navigationscomputer auf der Brücke der *Marie-Sainte* arbeitete nun unermüdlich. Auf dem gesamten Schiff schrillten Alarmglocken. Leclerc konnte sich vorstellen, wie die Mannschaft im Maschinenraum sich fühlte, wenn sie spürte, dass die wasserdichten Türen geschlossen wurden und sie in einem Stahlsarg eingeschlossen war, während die Feuerglocken über ihren Köpfen unablässig schrillten.

»Kollisionswarnung Backbord sechshundert Meter.«

Leclercs Magen verkrampfte sich vor Angst. Wenn es nicht einem der beiden Schiffe gelang, eine radikale Kursänderung vorzunehmen, war eine Kollision unvermeidlich – mit möglicherweise katastrophalen Folgen.

Der Captain der *Elise 2* hieß Nick Costakis, ein ehemaliger Korvettenkapitän der US-Küstenwache mit zwölfjähriger Erfahrung auf Küstenwachbooten und kleinen Schiffen. Nick war diese Küste bestens vertraut. Ehe das Feuer ausgebrochen war, war ihm das aufgewühlte Wasser im Sund aufgefallen, was er auf das Herannahen des Tankers mit zu hoher Geschwindigkeit zurückgeführt hatte. Seit seiner Zeit beim Militär hatte Nick keine allzu gute Meinung von den Handelskapitänen.

Als er auf das Feuer in der Eisfabrik am Hafen aufmerksam wurde, rieten seine seemännischen Instinkte ihm, den Liegeplatz zu verlassen und sofort aus dem Gebiet zu verschwinden. Er gab rasche Befehle. Nick war ein anspruchsvoller Kapitän; auf seinem Schiff wurden Schlamperei oder mangelnde Disziplin nicht geduldet.

Ein Boot wie die Jacht der Maxwells, das praktisch hochseetauglich war, entsprach von seiner Ausstattung und Wartung her den höchsten Standards eines Marineschiffes. Im Gegensatz zu Kapitän Leclercs Vermutung war die *Elise 2* mit Bug- und Heckstrahlruder ausgestattet. Nick benutzte sie nun, um die Jacht so schnell wie möglich aus dem Liegeplatz herauszumanövrieren. In weniger als fünf Minuten steuerte er auf den Hauptkanal zu.

Nick schaute durch das Fernglas auf den Tanker. Er fuhr direkt auf sie zu und schien an Geschwindigkeit zu gewinnen. Der Anzeige seines Radargeräts zufolge lief die *Marie-Sainte* vier Knoten – eine Geschwindigkeit, die in Nicks Augen für die Bedingungen dieses engen Kanals viel zu hoch war. Er befahl eine Änderung des Kurses um fünf Grad, um die Jacht auf einen Parallelkurs zu steuern.

Elliott Maxwell stieg keuchend den Aufgang vom unteren Deck herauf. »Was geht hier vor?«, fragte er und starrte auf den Hafen, über den Rauchschwaden trieben.

»Feuer«, erwiderte Nick mit einem Blick über die Schulter, während er weiterhin den Tanker beobachtete. »Ich bringe die Jacht aus der Gefahrenzone, Mr. Maxwell.«

»Natürlich.« Elliott hatte eine hohe Meinung von seinem Kapitän, der sein vollstes Vertrauen genoss.

Nick wartete darauf, dass der Bug der *Elise 2* herumschwang. Als dies nicht geschah, fuhr er den Steuermann an: »Kurs null fünf null, habe ich gesagt!«

Der Steuermann räusperte sich. Er stammte aus Neufundland und war ein guter, zuverlässiger Mann. »Keine Reaktion, Sir.« Er drehte das Ruder mit aller Kraft.

»Es muss das Kielwasser des Tankers sein, das uns zurückhält«, sagte Nick. »Umdrehung auf zweitausend erhöhen.«

»Umdrehung zweitausend. Aye, Sir«, bestätigte der Erste Offizier. Neben Nick gab es zwei Offiziere an Bord, womit die Jacht eine fast ebenso große Besatzung hatte wie der Tanker.

Auf der Motoranzeige wurde der neue Wert der eingegebenen Daten angezeigt.

»Kurs null sechs null.«

»Sie bewegt sich, Sir. Ich spüre es.« Der Steuermann schwitzte. Die Jacht wurde seitwärts durchs Wasser geschoben; ihr Bug zeigte unbeirrt auf den sich nähernden Tanker.

»Gibt es ein Problem mit der Steuerung?«, fragte Elliott verwirrt.

»Nein, die Steuerung funktioniert einwandfrei, und die Motoren laufen optimal«, sagte Nick. »Mit dem Schiff ist alles in Ordnung. Das Problem ist das Kielwasser des Tankers, das unseren Bug zur Seite schiebt.« Er wandte sich an den Ersten Offizier: »Bugstrahlruder an Backbord auf halbe Kraft.«

»Die Jacht hält den Kurs, aber der Bug schwingt noch immer nicht herum«, meldete der Steuermann kurz darauf.

Der Tanker ließ nun sein Signalhorn ertönen, und der ohrenbetäubende Lärm hallte übers Wasser.

»Diese Idioten!«, schimpfte Elliott. »*Die* sind doch an dem Schlammassel schuld!«

»Der Tanker hat vermutlich dieselben Probleme wie wir«, sagte Nick und wandte sich wieder dem Ersten Offizier zu. »Drei Viertel Kraft an Backbord voraus.«

»Drei Viertel an Backbord voraus – aye, Sir.«

Nick befahl, die Motorleistung weiter herunterzufahren. Das Wasser in Ufernähe war aufgewühlt; Wellen schlugen gegen den Hafendamm. Elliott beobachtete den Tanker. Er schien sich jetzt schneller zu nähern, und noch immer ertönte wütend das Signalhorn. Die riesigen Tanks ragten bedrohlich in die Höhe.

Mehrere Minuten vergingen. Der Tanker näherte sich unerbittlich. Sein Vordeck und die Tanks waren von feinem Nebel eingehüllt.

»Der Tanker hat seine Sprinkleranlagen aktiviert«, sagte der Erste Offizier.

Elliott starrte über den Bug. Plötzlich bemerkte er, dass sie beidrehten. Er atmete auf. Endlich reagierte die Jacht! Langsam steuerte sie den neuen Kurs an.

»Kurs halten«, befahl Nick dem Steuermann.

»Mein Gott!«, rief der Erste Offizier plötzlich. »Was hat das denn zu bedeuten?« Er starrte entsetzt auf den Tanker.

Als die *Elise 2* ihren Bug drehte, drehte die *Marie-Sainte* ebenfalls, als würde eine unsichtbare Hand sie dazu zwingen. Wieder befanden die beiden Schiffe sich auf Kollisionskurs.

»Mr. Maxwell«, sagte Nick mit ruhiger Stimme, »wir müssen uns auf eine Kollision vorbereiten. Alle Passagiere sofort an Deck und Rettungswesten anlegen.«

Jack Pearl, der Hafenmeister, war draußen am Ende des Kais und brüllte in sein Funkgerät. »Diese verdammten Idioten!«, rief er, sodass es jeder hören konnte. Er hatte es schon oft erlebt: Kapitäne großer Schiffe näherten sich mit zu hoher Geschwindigkeit. »Die Strömung erfasst sie, und dann müssen sie mit voller Kraft zurücksetzen, wobei sie ein so hohes Kielwasser aufwerfen, dass es die Boote überflutet. Verdammt, manche lernen es nie!«

Die *Marie-Sainte* näherte sich schnell dem Hafendamm. Am schäumenden Wasser unter dem Heck war zu erkennen, dass der Lotse die Hauptschrauben sowie Bug- und Heckstrahlruder rückwärts laufen ließ. Der Bug glitt zur Backbordseite herum, und das Schiff krängte. Und dann kam auch schon das Kielwasser.

»Verdammt!«, fluchte Jack und lief zur Leiter zum oberen Deck, als der mannshohe Wellenkamm mehrere kleinere Schiffe überflutete und ihre Festmacher wie Zahnseide zerriss.

Jean-Alice hörte die Sirenen ebenfalls – und wie viele andere glaubte auch sie, der Lärm gehöre zum Stadtfest. In der Hafenkneipe hielt sich kein einziger Gast mehr auf, da alle sich den Festumzug anschauen wollten. Die Wirtin schloss die Tür hinter sich und schlenderte den Neck hinauf, um sich den Festumzug ebenfalls anzusehen.

Plötzlich rannten von der anderen Seite des Hafenviertels mehrere Leute auf sie zu. Einen Augenblick glaubte Jean-

Alice, die Leute hätten es deshalb so eilig, weil sie die Festwagen noch sehen wollten, dann aber sah sie den gewaltigen Tanker hinter dem Hafendamm aufragen und die Dünung des Kielwassers, das auf den Hafen zurollte. Sie blieb wie angewurzelt stehen.

Weiße Gischt schäumte am Ende des Kais auf, wo die *Pequod* an ihrem Liegeplatz auf dem Wasser schaukelte. Im selben Augenblick hörte Jean-Alice das Donnern der herantosenden Welle; dann überflutete das Wasser auch schon die Straße.

Die Demonstranten hatten sich zurückgezogen. Natalie rannte durch die Rauchschwaden, die aus dem brennenden Gebäude drangen. Als sie Rick vor dem Eingang entdeckte, blieb sie abrupt stehen. Ihre Mundwinkel zuckten, und sie wurde blass.

»Rick!«, rief sie verzweifelt. »Du musst mir glauben. Das gehörte nicht zu unserem Plan.«

Er warf ihr einen kalten Blick. »Verschwinde. Hau ab.«

»Es tut mir leid, Rick«, sagte Natalie beschwörend. »Ich weiß, was du denkst, aber glaub mir bitte, die Surfer haben nichts damit zu tun.«

Rick starrte sie schweigend an. Sie hätte eine Fremde sein können.

»Rick«, bettelte sie. »Sieh mich nicht so an. Du musst mich doch besser kennen!«

Seine Stimme war schroff und kalt. »Das dachte ich auch. Aber ich hatte wohl die ganze Zeit einen anderen Menschen vor Augen.« Er drehte sich um und verschwand im Rauch.

»Rick!«, rief Natalie verzweifelt. »Rick, bitte, hör mir zu!«

Auf der Brücke der *Marie-Sainte* herrschte helle Aufregung. Beide Hauptmotoren liefen mit voller Kraft nach achtern, doch der Tanker bewegte sich noch immer vorwärts.

»Wir müssen das Ruder herumreißen!«, sagte Leclerc zu Smither.

Der Amerikaner schaute sich hektisch um. Der Tanker wurde unerbittlich zur Hafeneinfahrt gezogen. In wenigen Minuten würden sie die dort festgemachten Boote zertrümmern und mit verheerender Wucht gegen die Kaimauer prallen. Die einzige Alternative war, eine Kursänderung nach Backbord vorzunehmen und den Weg der Motorjacht zu kreuzen, die sich ihnen rasch näherte.

Smither stieß den Steuermann zur Seite, übernahm selbst das Ruder und bracht Bug- und Heckstrahlruder auf Höchstleistung.

Leclerc aktivierte die Lautsprecher. »An alle! Achtung! Kollisionsgefahr!«

Die Mannschaft auf der Brücke war äußerlich ruhig, doch geballte Fäuste und zusammengepresste Kiefer ließen die Anspannung erkennen.

Leclerc hob den Hörer der Direktverbindung zum Maschinenraum ab. Er konnte sich vorstellen, wie die Besatzung sich dort unten fühlte, eingeschlossen hinter wasserdichten Stahltüren, ohne Chance auf ein Entkommen.

»Sommer.« Es war die Stimme der Ingenieurin Anna Sommer, siebenunddreißig Jahre alt, verheiratet, zwei Kinder. Weibliche Offiziere waren noch immer die Ausnahme an Bord eines Schiffes.

»Hier Brücke«, sagte Leclerc in den Hörer. »Wir haben Manövrierprobleme. Ich gebe volle Kraft voraus auf beiden Hauptmotoren.«

»*Entendu, mon Capitaine.* Wir warten auf Befehle«, erwiderte Anna.

»Bien.« Leclerc legte auf.

Auf Anna konnte er sich hundertprozentig verlassen, doch ob das auch für die Mannschaft galt? Es waren unerfahrene Leute. Es musste nur einer die Nerven verlieren und versuchen, die eigene Haut zu retten. Panik breitete sich so schnell aus wie ein Feuer. Anna würde auf ihrem Posten bleiben, aber könnte sie die Motoren notfalls auch alleine bedienen?

Niemand wusste, wer zuerst »Tsunami!«, rief, doch die Folgen waren katastrophal. Eine riesige Menschenmenge ergriff die Flucht vor den herantosenden Wassermassen. Die einzigen Fluchtwege waren die engen Gassen, die nach Westen zur Green führten. Mehr als dreitausend Männer, Frauen und Kinder strömten voller Panik in diese Gassen hinein. Sie stießen und schubsten einander und wurden von Nachdrängenden beinahe überrannt.

Jessica hatte die Fernsehbilder der Katastrophe im Indischen Ozean vor vier Jahren vor Augen. Sie glaubte, hinter sich das Donnern einer riesigen Welle zu hören, die sich durch den Sund wälzte. Die Angst vor einer meterhohen Wasserwand, die über den Hafen hinwegtoste, trieb sie und die anderen zu einer überstürzten Flucht auf höheres Gelände an.

Lloyd sah sich um und erblickte hinter sich den Schornsteinfeger, der von der Menge mitgerissen wurde. Er taumelte von einer Seite zur anderen und kämpfte auf den Stelzen ums Gleichgewicht. Dann schien er plötzlich zu stolpern. Lloyd musste hilflos mit ansehen, wie die lange, dünne Gestalt schwankte, die Arme hochwarf in dem verzweifelten Versuch, das Gleichgewicht zurückzuerlangen, und dann mit gebrochenen Stelzen zu Boden stürzte.

Die letzte Bild, das der Junge sah, war ein schwarzer Ärmel mit einer weiß angemalten Hand, die ins Leere griff.

»Officer!« Der King schlug mit der Faust gegen die Stahltür seiner Zelle.

Logan Clancy lief fluchend den Gang hinunter, riss die Klappe der Zellentür auf und spähte hindurch. »Was gibt's, verdammt?«

»Was ist da draußen los? Was haben die Schreie zu bedeuten?«, fragte der Hinkende.

»Wellen im Hafen. Aber das hat euch nicht zu interessieren.«

»Wellen? Wie groß?«

»Riesig. Gigantisch. So was habt ihr noch nie gesehen«, verspottete Logan sie. »Die Stadt wird überschwemmt. Habt ihr Angst? Das solltet ihr auch!«

»Lassen Sie uns hier raus, Mann!«

»Den Teufel werde ich tun. Ihr Chaoten bleibt hier. Meinetwegen könnt ihr wie Ratten ersaufen. Interessiert mich nicht.«

Logan warf die Klappe zu.

Der Bug der *Marie-Sainte* war weniger als zweihundert Meter von der Jacht entfernt, die noch immer verzweifelt versuchte, dem Tanker auszuweichen. Das Schiff war nun auf eine Kollision vorbereitet; alle Türen und Luken im gesamten Kajütenbereich achtern waren verschlossen. Eine Atmosphäre aus Angst und drückender Stille lastete über dem Schiff. Die Besatzungsmitglieder trugen Rettungswesten und waren mit Atemschutzgeräten ausgestattet. Sie hatten es ein Dutzend Mal geprobt, doch jetzt war der Ernstfall eingetreten.

Von der Brücke aus, auf der Leclerc stand, war der Blick auf die *Elise 2* durch die Aufbauten des Tankers fast vollständig versperrt. Er konnte die Furcht der Menschen an Bord der Jacht nur erahnen. Die Motoren des Tankers liefen noch immer rückwärts, als er Abstand zu halten versuchte, doch die Vorwärtsbewegung betrug noch mehr als drei Knoten – hundert Meter in der Minute. Bei einer Kollision würde der zwanzigtausend Tonnen schwere Tanker die Jacht in Stücke reißen.

Leclerc überlief es eiskalt. Die Gastanks waren zwar bestens geschützt, um fast jeder Kollision standzuhalten. Dennoch stellte er sich im Geiste die Wolke entweichenden Gases vor, die landwärts getrieben wurde. Da ein Gebäude bereits brannte, bestand die hohe Wahrscheinlichkeit einer Explosion, die eine katastrophale Feuerwalze auslösen und die Stadt in Schutt und Asche legen könnte.

Das rhythmische Piepen des Tiefenmessers verwandelte sich in ein ununterbrochenes Heulen. Leclerc spähte auf die Anzeige. Sie hatten nur noch zwei Meter Wasser unter dem Kiel, und die Strömung zog sie noch immer in Richtung Land …

Er schaltete die Lautsprecheranlage ein, um eine letzte Warnung auszusprechen, als ein Beben den Rumpf erschütterte. Nackte Angst erfasste Leclerc. Die Jacht war plötzlich nicht mehr zu sehen. Waren sie kollidiert? Nein, dann hätte es eine stärkere Erschütterung geben müssen.

Plötzlich verstummte das Heulen des Tiefenmessers. Leclerc und Smither wechselten einen Blick.

»Mein Gott. Wir sind auf Grund gelaufen …«, sagte der Lotse.

Leclerc erholte sich als Erster von dem Schrecken. Da das Schiff auf Grund lag, ging das Kommando automatisch wieder an ihn über. »Alle Maschinen stopp!«, befahl er.

Eine sonderbare Ruhe legte sich über den Tanker. Der Tiefenmesser zeigt tatsächlich null an. Leclerc sah so etwas zum ersten Mal. Durch die großen Fenster der Brücke konnte er die Jacht erblicken, die nun am Bug des Tankers vorbei in sichere

Gewässer fuhr. Zumindest diese Gefahr war jetzt abgewendet.

Leclerc wandte seine Aufmerksamkeit dem brennenden Gebäude am Hafen zu. Noch immer stiegen Rauchschwaden auf, doch die Feuerwehr war bereits vor Ort.

»Schadensmeldungen«, befahl er.

»Druck in allen Tanks normal«, meldete der Erste Offizier.

Anna Sommer meldete sich aus dem Maschinenraum: »Maschinen gestoppt. Keine Schäden an den Antriebssystemen. Hauptschrauben laufen frei. Ruder reagieren normal. Alle Subsysteme einwandfrei.«

Also waren weder die Tanks noch die Motoren des Schiffes beschädigt. Endlich einmal gute Nachrichten.

Smither erstattete der Hafenbehörde über Funk Bericht.

28

Mittelatlantischer Rücken, 22.00 Uhr

Die USS *Tarp* fuhr in langsamer Fahrt westwärts. Dr. Mary Sennett hatte gegessen und sich einen Film angeschaut, den sie schon auf der Hinfahrt gesehen hatte. Das war eines der Probleme bei langen Fahrten: Es gab nie genügend DVDs.

Sie ging ins Kommunikationszentrum, um einen Anruf über Satellit anzumelden. Jeder an Bord durfte eine gewisse Zahl von Anrufen tätigen, doch einer der Satelliten war vorübergehend ausgefallen; daher gab es Einschränkungen.

Mary traf auf Wanless. Er sah besorgt aus.

»Alles in Ordnung?« Mary wusste, dass Wanless' Frau schwanger war, doch das Baby wurde erst in einem Monat erwartet.

Er schüttelte den Kopf. »Nichts, das mir den Schlaf rauben würde. Woods Hole hat angerufen. Eine der Bojen spielt verrückt. Sie können nicht feststellen, ob es eine Störung bei der Datenübertragung gibt oder ob eine Funktionsstörung des Messgeräts vorliegt.«

»Um welche Boje geht es?«

»Null acht.«

Mary versuchte, das Gefühl der Hoffnungslosigkeit abzuschütteln, das sie befiel. »Null acht« war der Code der letzten Boje der Serie – jener Boje, die sie erst gestern installiert hatten.

»Die Tests sind einwandfrei verlaufen«, sagte Mary. »Wir haben sie gemeinsam durchgeführt.«

»Ich weiß. Die verdammte Boje hat bis zur letzten großen Erschütterung perfekt funktioniert. Seitdem läuft der Datenstrom unregelmäßig.«

»Was heißt unregelmäßig?«

Wanless seufzte. Sie standen draußen neben einem Aufgang, und der Wind zerzauste sein lichtes Haar. Er strich es glatt, doch es war zwecklos. »Nach den Angaben aus Woods Hole zeigt der Druckmesser einen zu hohen Wert an. Ich habe die Daten überprüft und eine Reihe von Spitzen entdeckt.«

»Hohe Werte?« Mary schaute ihn aufmerksam an.

Wanless nickte. »Ja, aber nicht besorgniserregend. Ich habe denen gesagt, dass es vermutlich ein Problem der Datenübertragung ist.«

»Und haben sie es Ihnen abgenommen?«

»Ich weiß nicht. Sie machen jetzt Testübertragungen und werden uns informieren, wenn sie Erfolg hatten.«

Mary ging mit besorgter Miene weiter. Der Himmel über dem Heck war schwarz; kein Stern stand am Firmament.

Mittelatlantischer Rücken, USS *Thresher*

Der Erste Offizier klopfte an Captain Krauss' Kabinentür. »Sir, die Kühlpumpe macht immer noch Lärm, aber heute Morgen hatten wir keine feststellbare Verschlechterung. Der Chefingenieur ist zuversichtlich, dass wir problemlos nach Virginia zurückkehren werden. Geschwindigkeit und Leistung werden nicht beeinträchtigt.«

»Von dem Lärm einmal abgesehen«, stieß der Captain hervor.

»Ja, Sir. Noch etwas, Sir. Die seismischen Störungen durch den Vulkan nehmen offenbar wieder zu. Wir hatten zwei große Erschütterungen in den letzten vier oder fünf Stunden.«

Der Captain nickte. »Und wir müssten nahe an der Insel vorbei. Vielleicht ist jetzt der richtige Zeitpunkt, über einen anderen Kurs nachzudenken.«

In der Kommandozentrale des U-Boots zeigte ein Navigationsoffizier ihnen ein 3-D-Bild des Ozeanbettes um La Palma auf einem 40-Zoll-Flachbildschirm. »Auf unserem derzeit geplanten Kurs müssten wir morgen früh um neun Uhr genau hier sein, Sir.« Er drückte auf eine Taste, um ein Icon hervorzuheben. »Einundzwanzig Meilen vor der Südspitze der Insel.«

Der Captain betrachtete die Seekarte, während die anderen Offiziere auf seine Entscheidung warteten. »Die Aktivitäten des Vulkans konzentrieren sich auf die Nordseite?«

»Ja, Sir«, meldete der Erste Offizier. »Es scheint vier oder fünf Hauptschlote zu geben, die sich von Norden nach Süden erstrecken. Und an der Westküste bei Puerto Naos liegt ein weiterer kleinerer Schlot.« Er zeigte auf die Stelle.

Der Captain runzelte die Stirn. »Vorschläge? Wie lauten Ihre taktischen Einschätzungen? Leo?«

»Meine Sorge sind mögliche Turbulenzen aufgrund der seismischen Aktivitäten auf der Insel, Sir«, sagte der Erste Offizier, »zumal es uns die Messungen der Hintergrundgeräusche erschwert. Die Russen könnten das für eine radikale Kursänderung nutzen. Sie könnten den Rücken hinauffahren und sich dort auf die Lauer legen, bis wir auftauchen. Unsere beschädigte Pumpe macht so viel Lärm, dass er keine Probleme haben würde, uns zu orten.«

Der Captain nickte. »Noch etwas?«

Der Navigationsoffizier meldete sich zu Wort. »Wir könnten durch den Kanal von La Palma nach Hierro fahren und so in den Osten der Insel gelangen.«

Der Captain schüttelte den Kopf. »Das würde zu viel Zeit kosten. Außerdem müssten wir den Rücken nach Norden überqueren, und genau das wird der Russe von uns erwarten.«

Er starrte auf die Seekarte und presste die Fingerspitzen gegeneinander. »Wir halten unseren jetzigen Kurs und fahren bis morgen früh neun Uhr weiter. Bis dahin sind wir innerhalb der Turbulenzzone, was den Lärm der verdammten Pumpe überdecken wird. Wenn der Russe bloß vorgetäuscht hat, uns verloren zu haben, zwingt ihn das, sich bemerkbar zu machen. Wenn nicht, fahren wir in langsamer Fahrt Richtung Westen und müssen darauf hoffen, ihn auf dem Sonargerät zu entdecken.«

Charco Verde, La Palma, Kanarische Inseln, 22.00 Uhr

In dem menschenleeren Fischerdorf bewegten sich Schatten. Der rötliche Schimmer des Lavastroms, der aus dem Spalt floss, der sich auf der Bergseite nördlich des Dorfes geöffnet hatte, tauchte die wenigen flachen Gebäude in ein bedrohliches Zwielicht. Die Dächer der Häuser und die engen Straßen waren von einer dicken Ascheschicht überzogen. Der Rauch, der ins Tal zog, war mit schwefeligem Gestank gesättigt. Irgendwo heulte ein Hund den verschleierten Mond an.

Zuerst war flüssige Lava mit hoher Geschwindigkeit aus dem Spalt geschossen, ein Strom weißglühenden Gesteins, der fast vierhundert Meter in den ersten vier Stunden zurückgelegt hatte. Jetzt strömte die Lava langsamer – wie eine Lawine im Zeitlupentempo – und begrub auf ihrem Weg alles unter sich.

Von den unteren Hängen war der Lavastrom über die Felder geflossen, bis er die Obstgärten hinter dem Dorf erreichte. Zwei Tage lang hatten die Dörfler sich versammelt und das Geschehen beobachtet. Familien, deren Besitz auf dem Weg des Lavastroms lag, klammerten sich weinend aneinander und flehten zu Gott, er möge den Lavastrom umleiten. Vergebens. Unbeirrt setzte er seinen Weg fort, hinterließ eine Schneise der Zerstörung, riss Mauern und Gebäude nieder und war dort, wo er an der Luft abgekühlt war, von einer Kruste grauer Schlacke überzogen, in der sich immer wieder klaffende Risse auftaten, die den glühenden Kern enthüllten.

Häuser wurden eingeäschert, ihre Trümmer wurden zur Seite gewälzt. Für die Wand aus weißglühender Gesteinsmasse gab es kein Hindernis; sie bahnte sich überall ihrem Weg, gnadenlos und vernichtend.

Und nun näherte der Lavastrom sich dem Hafen.

Unter dem Eingang von Carlos' Hotel flackerte eine Taschenlampe. Vor ein paar Stunden hatte die Guardia Civil die restlichen Einwohner evakuiert. Sie waren mit ihren Habseligkeiten auf einen Wagenkonvoi verfrachtet und auf die andere Seite der Berge transportiert worden. Nur wenige hatten sich widersetzt. Das unerbittliche Fortschreiten des Lavastroms, der über die Felder kroch und alles auf seinem Weg verbrannte, versetzte die Menschen in Furcht und Schrecken.

Nur Carlos war geblieben. Die Asche klebte an seinen Schuhen, als er über die verlassene Straße lief. Das Grollen und Prasseln des langsam vordringenden Lavastroms erklang in der Dunkelheit; das Zischen des Dampfes vermischte sich mit einem beständigen Knirschen und Knacken, das zwischen den leeren Häusern erklang. Die aufgeheizte Luft fauchte von den Hängen; es klang wie ein aufziehender Sturm.

Als Carlos sich dem Lavastrom näherte, nahm der Lärm zu. Der Rauch brannte in seinen Augen, und seine Kehle kratzte. Als er um eine Ecke bog, wich er jäh zurück und warf instinktiv die Hände hoch, um sich vor einem Schwall brennend heißer Luft zu schützen. Keine zehn Meter von ihm entfernt brach die Front eines Hauses zu seiner Rechten zusammen; die Trümmer türmten sich auf der Straße zu einem rauchenden Berg. Durch die Wolken aus stickigem Staub konnte Carlos die roten, knisternden Flammen und die dampfende Lawine brennenden Gesteins nur schwach erkennen. Steine und Geröll prasselten nieder. Genau vor ihm hatte sich ein haushoher Strom zähflüssigen Gesteins einen Weg mitten durch das Haus gebahnt.

Der Lavastrom floss jetzt merklich schneller. Er wälzte sich über die Gasse hinter dem Haus und verbrannte die Rückseite. Die enge Straße war durch die Unmengen an Trümmern, die sich mit glühenden Lavaklumpen vermischt hatten, nahezu versperrt. Carlos musste sich beeilen, dass er vorbeikam, ehe die Lava die Straße gänzlich unpassierbar machte. Zwei Häuser weiter führte eine andere Gasse nach rechts zum Hafen. Mit wütender Entschlossenheit bahnte Carlos sich einen Weg durch den Schutt. Kaum hatte er ein paar Schritte zurückgelegt, als ein lockerer Balken unter seinen Füße nachgab. Er stürzte und landete auf einem Haufen heißer Steine. Brüllend vor Schmerzen sprang er auf.

Der Lavastrom floss plötzlich noch schneller. Ein lautes Rumpeln erklang in der Dunkelheit, als ein Teil der Kruste aufbrach und das weißglühende Innere enthüllt wurde. Carlos schnappte nach Luft, als ihm sengende Hitze entgegenschlug. Hinter ihm schoss plötzlich mit lautem Heulen ein zähflüssiger Felsbrocken durch die Luft, prallte dort auf die Straße, wo Carlos noch wenige Minuten zuvor gestanden hatte, und schnitt ihm den Rückweg ab.

Panik erfasste Carlos. Er umklammerte die schwelenden Trümmer, riss sich die Fingernägel ein und hinterließ blutige Flecke auf den dampfenden Steinen. Er roch sein verbranntes Haar und spürte, dass sich im Gesicht und auf den Händen Blasen bildeten.

Eine ausgeglühte Hauswand ragte vor ihm auf und versperrte ihm den Weiterweg, doch die Angst verlieh ihm zusätzliche Kräfte. Carlos und warf sich mit der Schulter voran gegen das Fenster. Der halb verkohlte Holzrahmen zerbarst.

Carlos landete nach einem halsbrecherischen Sprung auf festem Boden, schlug jedoch mit dem Kopf auf. Schwindel erfasste ihn. Benommen richtete er sich auf. Entsetzt sah er, wie ein Lichtschimmer auf ihn zuraste. Hilflos suchte er Halt in der Dunkelheit, stolperte voran und gelangte schließlich keuchend auf einen Hinterhof.

Der Weg dahinter wurde von hohen Mauern begrenzt, zwischen denen sich stickiger Rauch staute. Carlos hatte keine Ahnung, wo er sich befand. Als er den Schimmer einer Flamme hinter einem Rauch- und Staubvorhang sah, wandte er sich hastig in die Gegenrichtung und floh.

Ein paar Minuten später gelangte er erschöpft in die relative Sicherheit des Hotels. An der Hotelbar schenkte er sich einen *cocal* ein, einen dunklen kanarischen Rum, und kippte ihn in einem Zug hinunter, wobei er sich innerlich auf das vorbereitete, was getan werden musste.

Auf dem Kiesweg auf dem Hof waren Schritte zu hören, und drei Gestalten näherten sich dem Lichtkreis vor der Tür.

»Juan?«, rief Carlos leise.

»Sí, compadre.«

»Hast du die anderen mitgebracht?«

»Ja, bis auf Olivero. Sein Haus ist verschlossen, und als ich geklopft habe, hat niemand reagiert.« Juan zuckte mit den Schultern und verzog das Gesicht. Ihm gehörte die Autowerkstatt auf der Insel; seine beiden Begleiter waren Fischer.

»Der Wind frischt auf«, sagte der Älteste, ein Mann mit dunkler Haut und Silberblick. Er hieß Pedro de Vera. »Wir müssen uns beeilen.« Sie alle waren nervös und wollten es schnell hinter sich bringen.

»Folgt mir.« Carlos führte die anderen zum Schuppen hinter dem Hotel, wo Vorräte gelagert wurden. »Nehmt jeweils zu zweit eine Kiste. Fasst sie an den Griffen an und lasst sie ja nicht fallen!«

Diese Warnung war unnötig. Die Männer behandelten die Holzkisten, als wären sie aus Glas.

Sie trugen gerade die letzte Kiste heraus, als es wieder begann. Unter den Füßen spürten sie ein schwaches Beben, wie das Pochen eines unsichtbaren Pulses, als das Herz des Berges unter der Anspannung zitterte.

29

Goodwill, 19.00 Uhr

Rick lief durch die ausgebrannte Fabrikhalle. Freddys Leute hatten die Flammen gelöscht; dabei hatte ihnen das Kielwasser des Tankers geholfen, das die Straße zwanzig Zentimeter hoch überschwemmt hatte, ehe es sich wieder zurückzog. Ein paar letzte Rauchfetzen drangen noch durch das große Loch über Ricks Kopf, wo ein Teils des Daches eingestürzt war. Gegenüber der verkohlten Treppe ragte der geschwärzte Kieferknochen des Pottwals wie ein zerstörtes Symbol seiner Familiengeschichte empor. Rebecca rieb mit einem Taschentuch über den Ruß und seufzte. »Gott sei Dank mussten Mom und Dad das nicht erleben«, sagte sie.

Rick legte ihr einen Arm um die Schultern. »Die Fabrik gehört jetzt sowieso Chance. Ich schätze, jetzt macht er ernst und reißt sie ab.«

Seine Schwester wischte sich über die Augen. »Das macht mich sehr traurig. Ich weiß, es ist nur eine hässliche alte Fabrik aus Ziegelsteinen, aber sie hat uns so lange gehört, dass sie mir fehlen wird.«

Rick drückte sie an sich. »Wir stecken das schon weg. Das ist unsere Stadt. Nichts wird uns je von hier vertreiben.«

»Zuerst Mom, dann Dad, und jetzt das. Es ist schwer, Rick, und für eine Frau ist es noch schwerer. Ich trage nicht einmal mehr unseren Namen.«

»Mike ist ein guter Mann«, sagte Rick, »und deine Jungs sind richtige Larsens.«

Rebeccas Gesicht erhellte sich ein wenig. »Das stimmt. Diese kleinen Kröten. Ich habe ihnen gesagt, sie sollen bei Patsy auf dem Festwagen bleiben, als ich nachgesehen habe, ob mit unserem Laden alles in Ordnung ist. Kaum war ich außer Sicht, sind sie vom Wagen gesprungen und hier hineingelaufen, als es noch brannte. Freddy Tarr musste die beiden beim Kragen packen und rauswerfen.«

In ihrem Geschäft für Bootszubehör waren lediglich ein paar kleinere Wasserschäden aufgetreten. Dasselbe galt für den »Hummerfänger«. Ein paar Boote im Jachthafen waren gekentert, andere waren an Land gespült worden. Doch es hätte viel schlimmer ausgehen können. Den größten Schaden hatte der Ruf der Stadt als sicherer Familienurlaubsort erlitten.

»Ich habe gehört, Natalie hat ein paar ihrer Gemälde herausgeholt«, sagte Rebecca.

»Sieht so aus«, meinte Rick.

»Mir hat das Bild, das sie von Dad gemalt hat, immer am besten gefallen.«

»Mir auch. Sie hat ihn wirklich gut getroffen.«

Rebecca warf ihm einen Blick zu. »Ist mit der *Pequod* alles okay?«

Rick verzog das Gesicht. »Auf dem Rumpf ist auf der Steuerbordseite eine drei Meter lange Schramme. Die ganze Farbe ist abgekratzt, bis auf das blanke Metall. Das Kielwasser des Tankers hat die Heckfangleine der *Sequoia* zerrissen und sie um hundertachtzig Grad gedreht, bis die Bugleine sich gelöst hat und das Schiff wie ein Torpedo durchs Wasser schoss. Es prallte zuerst gegen den Pier, dann gegen die *Pequod* und schließlich gegen Chance Greenes neuen Wellenbrecher. Mike sagt, die *Sequoia* ist ein Wrack.« Die *Sequoia* war ein ehemaliges kanadisches Küstenwachboot der Marine, das sich jetzt in Privatbesitz befand und vor zwei Wochen mit Motorproblemen in den Sund geschleppt worden war. »Am Außenhafen war es am schlimmsten. Morrissey hat ein paar Fanggeräte verloren. Er will eine Schadenersatzklage einreichen.«

Feuer, Überschwemmungen, Zerstörungen.

Wurde Goodwill vom Unglück verfolgt?

Für Chance Greene stand fest, wen die Schuld an dem Desaster beim Festumzug traf. »Natürlich waren es die Surfer!« Er schlug mit der Faust auf den Tisch. »Das Feuer war kein Unfall. Wer das sagt, ist verrückt! Wir haben zwei von den Typen eingesperrt, und das Feuer war ihre Rache. Sperr sie alle ein. Ab in den Knast mit diesen Scheißkerlen!«

»Wir haben nicht genug Platz«, warf Don ein.

»Dann bring sie aus der Stadt!« Mit Chance war nicht mehr vernünftig zu reden. »Zehntausend Dollar habe ich für den Festumzug hingeblättert. Das ganze Geld ist in den Sand gesetzt wegen einer Bande Herumtreiber, die jetzt über uns lachen.«

»Viele von uns haben Geld in das Stadtfest gesteckt, Chance«, erinnerte Rick ihn. »Und außerdem viel Zeit und Mühe. Beth und Mrs. Mather haben den ganzen Winter Kostüme für den Festumzug genäht.«

Jack Pearl meldete sich zu Wort. »Mich beunruhigt viel mehr, dass bei uns im Hafen ein manövrierunfähiger Tanker mit zwanzigtausend Tonnen Flüssiggas liegt und in dieser Stadt offenbar ein Feuerteufel herumläuft.«

»Die beiden Verdächtigen von gestern Abend sind noch in Gewahrsam«, sagte Don. »Aber ich will ganz offen sein. Wenn die Kriminaltechniker nichts finden, kann ich die beiden nach dem Wochenende nicht mehr festhalten.«

»Dann lass dir irgendeinen Vorwand einfallen«, rief Chance. »Mein Gott, es fehlt nicht mehr viel, und in der Stadt bricht

Panik aus. Was glaubst du wohl, welche Auswirkungen es hat, wenn du die beiden Hauptverdächtigen freilässt?«

»Warum habt ihr diese beiden Typen eigentlich angehalten?«, fragte Rick. Don wandte den Blick ab, was bewies, dass ihm unbehaglich zumute war. »Nun, wir ... wir hatten einen Hinweis bekommen. Zwei Personen in einem SUV, die sich verdächtig verhielten.«

»War das vor dem Feuer oder danach?«

»Eine halbe Stunde, bevor der Feueralarm ausbrach. Ich habe es alles vermerkt.«

»Und wer war der Anrufer?«

Dons Unbehagen wuchs. »Annie hat das Gespräch entgegengenommen. Aber sie hat nicht mit der Person gesprochen, die etwas beobachtet hatte. Jemand anders hatte angerufen und die Informationen eines Dritten weitergegeben.«

»Ich verstehe nicht«, sagte Rick. »Mit wem hat Annie denn nun gesprochen?«

Dons Wangen hatten sich rot gefärbt. »Der Anrufer hat seinen Namen nicht genannt«, murmelte er.

»Willst du damit sagen, es war ein anonymer Anruf?«

Don hob die Hände und erklärte, was sich zugetragen hatte. »Ich wollte die Wache gerade verlassen. Das Telefon klingelte, und Annie hob ab. Es war eine Frau. Sie hat gesagt, jemand habe sie angesprochen und behauptet, zwei Personen im Wald hinter dem Kraftwerk gesehen zu haben, die sich verdächtig verhielten. Sie hat keine Namen genannt. Sie hat nur gesagt, dass diese Personen einen SUV fuhren.«

Rick spürte Wut in sich aufsteigen. »Zwei Männer in einem SUV?«

»Es war von zwei *Personen* die Rede. Über das Geschlecht wurde nichts gesagt.«

»Dann kann der Anrufer auch einen Mann und eine Frau gemeint haben?«, fragte Rick.

»Oder zwei Frauen«, warf Jack Pearl lachend ein.

Rick warf ihm einen bösen Blick zu. »Und die beiden Männer, die du angehalten hast, saßen in einem Pick-up?«

»Nun …« Don rieb sich übers Kinn. In dem grellen Licht sah er abgespannt und müde aus. »Es war eins von diesen Modellen, die einem SUV ebenso ähneln wie einem Pick-up.«

Rick wusste, was er meinte. Wahrscheinlich war es ein Ranger Pick-up mit Doppelkabine und kurzer Ladefläche, auf der man ein Motocross-Bike, zur Not auch einen Jetski transportieren konnte.

Es war einfach, den Surfern an allem Unglück, das der Stadt widerfuhr, die Schuld zu geben.

Marie-Sainte, Goodwill-Sund

Leclerc war völlig erschöpft, als die Küstenwache von Bord ging. Die Beamten hatten sich zwei Stunden an Bord aufgehalten und den Tanker mit dem Logbuch und Sicherheitskopien der Computersysteme verlassen. Die Eigner der *Marie-Sainte* müssten mit einer Klage rechnen, hatten die Beamten angedeutet; Leclerc würde zu gegebener Zeit genauere Informationen erhalten.

Bei den vorläufigen Untersuchungen gab es keinerlei Hinweise auf eine undichte Stelle in den Tanks oder den Rohrleitungen. Es war kein Gas ausgetreten, und es sah nicht so aus, als würde dies noch geschehen. Der Tanker war auf Grund gelaufen; auf der Steuerbordseite, etwa zwanzig Meter vom Bug entfernt, waren die Rumpfplatten auf einer größeren Fläche beschädigt. Im Kielraum hatten sich kleinere Wasserlachen gebildet, doch diese konnten mühelos abgepumpt werden. Die größte Sorge war, dass der Kiel des Tankers durch sein Eigengewicht bei Ebbe noch tiefer in den

Schlamm absinken würde, was weitere Schäden nach sich ziehen könnte.

Es war von größter Bedeutung, das Schiff so schnell wie möglich zu entlasten, um den Druck auf den Rumpf zu verringern. Das bedeutete, dass die Tanks geleert werden mussten, indem entweder eine Rohrleitung mit den Entladungsventilen am Kai verbunden wurde, oder – falls das nicht möglich war – das Gas auf einen zweiten Tanker umgeleitet wurde, der noch herbeigeschafft werden musste. Leclerc hatte im Gespräch mit der Küstenwache nachdrücklich darauf hingewiesen, doch er wusste, dass nicht er, sondern die Küstenwache jetzt die Entscheidungen traf.

Eine andere Sorge bereitete ihm die Mannschaft. Wie er vorhergesehen hatte, stand ein Teil der jüngeren Besatzungsmitglieder unter Schock, nachdem sie so knapp einer Katastrophe entkommen waren. Daher hatte er es für das Beste gehalten, sie über Nacht an Land zu schicken, damit sie sich erholen konnten. Er hatte einen Bus gemietet, der etwa ein Dutzend Besatzungsmitglieder zu Hotels in Ellsworthy gebracht hatte. Nur ein Offizier blieb zurück.

Wenn jetzt ein Notfall eintrat, würde es an Arbeitskräften mangeln.

»In der Stadt sagen die Leute, dass es das Kielwasser des Tankers war und kein Tsunami«, sagte Brook Van Buren. »Im Fernsehen wird auch nichts von einem Tsunami gebracht.«

»Das haben sie in Thailand auch gesagt, und was ist passiert? Dreihunderttausend Tote!«, widersprach seine Frau Julie.

»Ich weiß, aber es ist schon über zwei Stunden her, und auf dem Meer rührt sich nichts. Es sieht so aus, als hätten die Experten diesmal recht.«

In dem Cottage namens »Indian Patch« diskutierten die Gardiners und die Van Burens über das Geschehen.

»Es interessiert mich nicht, ob es falscher Alarm war. Ich bleibe mit den Kindern keine Stunde länger hier«, erklärte Jessica und schaute ihrem Mann entschlossen in die Augen. »Ich könnte hier vor Angst nicht mehr schlafen. Erinnerst du dich an die Bilder von dem Hotel in Phuket? Die Wellen haben vier, fünf Stockwerke zertrümmert. Die Leichen der Hotelgäste wurden nie gefunden.«

Julie Van Buren unterstützte sie. »Paula hat furchtbare Angst. Sie will unbedingt vom Meer weit weg.«

»Es gibt keinen Grund, warum wir bleiben müssen«, sagte Brook. »Wir könnten noch heute Abend fahren, sobald wir gepackt haben.«

»Genau«, pflichtete Ted ihm bei. »Die Zelte und Schlafsäcke sind schon eingepackt. Es ist noch hell, und es ist genug Zeit. Wir fahren ins Landesinnere, bis wir einen Platz finden, an dem wir campen können.«

»Campen?«, fragte Jessica unsicher. Die beiden Frauen wechselten besorgte Blicke. In der Ferne donnerte es. »Hört sich so an, als käme ein Unwetter.«

»Okay, dann eben ein Gasthof oder ein Hotel.«

»An einem Wochenende im Juni? Dann müssten wir aber großes Glück haben.«

»Im Fernsehen haben sie gesagt, man müsse mindestens fünf Meilen ins Landesinnere fahren, um ganz sicher zu sein«, warf Julie ein.

Brook legte einen Arm um ihre Schultern. »Dann fahren wir eben zehn Meilen, um hundertprozentig sicher zu sein«, sagte er lachend.

Jessica meinte: »Mir würden auch zwanzig Meilen nicht genügen. Im Augenblick wäre es mir am liebsten, wenn zwischen uns und dem Meer eine Bergkette läge.«

»Mach dir keine Sorgen«, beruhigte ihr Mann sie. »Okay, dann ist alles klar. Wir packen und fahren los.«

Jessica sprang auf. »Kommt, Kinder«, rief sie. »Sucht eure Sachen zusammen. Lloyd, pack das Zeug von deiner PlayStation ein. Beeilung!«

Elliott Maxwell brachte seine Jacht zurück zu seinem privaten Liegeplatz unterhalb von Indian Point. Natalie trat zu Zamos und seiner Crew auf die Terrasse der elterlichen Villa. Sie war niedergeschlagen.

Zamos war nicht in der Stimmung, weitere Verzögerungen zu akzeptieren. »Du hast gesagt, du bringst den King mit. Wo ist er?«, fragte er.

Natalie zuckte mit den Schultern. »Ich bin nicht sein Kindermädchen.«

»Er hat versucht, mich anzurufen«, sagte die rothaarige Carly. »Aber die Verbindung ist abgebrochen.«

»Ach ja?«

Carly schaute Natalie herausfordernd an. »Was gibt es für ein Geheimnis? Zamos hat gesagt, du sollst den King mitbringen, oder die Sache platzt.«

Natalie verlor die Geduld. »Wollt ihr wissen, wo er ist? Okay, ich sage es euch, aber es wird euch nicht gefallen. Er sitzt im Knast!«

»Im Gefängnis?« Zamos starrte sie ungläubig an.

»Sie haben ihn und den Hinkenden wegen Brandstiftung eingebuchtet.«

»Brandstiftung?«, fragte Zamos fassungslos. »Waren sie das wirklich?«

»Natürlich nicht. Es ist eine abgekartete Sache. Die Polizei hat einen Kanister gefunden und untersucht ihn auf Fingerabdrücke. Das wird ihre Unschuld beweisen, aber bis dahin ...« Natalie zuckte mit den Schultern. »Der King wollte nicht, dass ich es dir sage. Vermutlich hat er Angst, dass der Deal dann platzt.«

Zamos drehte sich zu Carly um. »Weißt du«, sagte er leise, »ich finde das gar nicht übel ...«

Carly nickte. *»Der King im Knast.* Daraus lässt sich was machen. Wird er rechtzeitig wieder auf freien Fuß gesetzt? Kann die Frau ihn da rausholen?«

Zamos lächelte. Er hatte das Bild vor Augen: Ein Held mit kleinen Schwächen, der zu Unrecht unter Anklage steht, eine hübsche Erbin, eine Surfer-Legende, eine riesige Welle ...

Sein Blick wanderte zum Sund. Er stellte sich eine dreißig Meter hohe Welle vor, die auf die Inseln zuraste, und der King surfte auf dem Wellenkamm.

Ritt auf der Todeswelle. Der verdammte Film konnte ein Blockbuster werden.

»Besorg ihm einen Anwalt«, sagte er. »Diese Story wird immer besser.«

Logan Clancy tat wieder Dienst in der Green. Sämtliche Einsatzpläne waren über den Haufen geworfen worden. Seine Frau war wütend.

»Denk doch an die vielen Überstunden, die ich mir aufschreiben kann«, sagte Logan zu ihr.

»Don Egan, der Geizhals, bezahlt die Überstunden doch nie, das weißt du genau«, gab sie zurück. »Er wird es so hinstellen, als hättest du die Überstunden freiwillig zum Wohle der Allgemeinheit gemacht.«

»Es ist nicht Dons Schuld, sondern die der Stadtverordneten mit ihrem verdammten Budget. Don kann kein Geld ausgeben, das er nicht hat.«

Auf jeden Fall war Logan jetzt wieder zum Dienst angetreten und der Einzige, der sich in der Wache aufhielt. Die beiden Streifenwagen patrouillierten durch den Ort, falls der Feuerteufel wieder zuschlagen sollte. Don war bei einer Sitzung des Stadtrats. Selbst Annie hatte sich frei genommen, was selten genug vorkam. Daher war er mit den beiden Surfern in der Zelle allein. Was Logan anging, konnten sie dort schmoren, bis sie schwarz wurden. Das hatte er ihnen vorhin auch ins Gesicht gesagt. Als sie protestierten, hatte er ihre Handys einkassiert. Wenn sie noch mehr Ärger machten, käme als Nächstes der Fernseher dran.

Jetzt waren die Burschen ruhig. Er hatte ihnen von Burger King etwas zu essen besorgen lassen und in seiner Schicht jetzt nichts weiter mehr zu tun, als um zehn Uhr das Licht auszuschalten.

Er setzte sich im großen Büro der Wache auf einen Stuhl, legte die Beine auf einen zweiten Stuhl und stellte das Funkgerät leise, damit er sich den Film im Fernsehen anschauen konnte. Draußen in der Green war für einen Samstag wenig Verkehr. Die halbe Stadt hatte bereits das Weite gesucht.

Erst als er über den Flur zur Toilette ging, hörte er das Pfeifen. Die Männertoilette lag auf der Rückseite des Zellenblocks und hatte oben ein Kippfenster, das auf den Abstellplatz ging, auf dem die abgeschleppten Fahrzeuge standen. Zuerst dachte er, es sei ein Vogel oder ein anderes Tier, doch er hörte mehrere Töne, und ab und zu hatte er das Gefühl, leise Stimmen zu vernehmen.

Logan zog den Reißverschluss der Hose hoch und lauschte. Er hörte das Pfeifen noch immer – abwechselnd und von zwei Seiten. Kurze und lange Töne unterschiedlicher Tonlage.

Logan packte das Fensterbrett mit beiden Händen und zog sich hoch, bis er durch den Spalt spähen konnte. Der Zaun führte um den Abstellplatz herum und grenzte an die Mauer des Häuserblocks ein paar Meter entfernt. Drei Jugendliche –

es konnten nur Surfer sein – lehnten sich gegen die Brüstung des Zauns. Einer von ihnen pfiff, neigte den Kopf und lauschte. Einen Moment später drangen Pfeiftöne aus den Zellen.

»He! Was soll das?«, rief Logan.

Die Pfiffe verstummten abrupt. Die Jugendlichen hinter dem Zaun fuhren herum und entdeckten Logans wütendes Gesicht im Fensterspalt. Ein Jugendlicher mit kurz geschorenem Haar und gepiercten Augenbrauen reckte sich. »Gibt es ein Gesetz, das Pfeifen verbietet?«, fragte er aufsässig.

»Du hältst dich wohl für besonders schlau, was?«, fuhr Logan ihn an. »Das hier ist Polizeigelände. Haut ab.«

Der Junge verzog das Gesicht. »Das Polizeigelände geht nur bis zum Zaun. Sie können uns gar nichts, Mann!«

»Du hast ja keine Ahnung, was ich alles kann«, knurrte Logan. »Wenn ihr noch eine Minute länger da herumlungert, sperre ich euch zu euren Freunden in die Zelle. Dann könnt ihr pfeifen, so viel ihr wollt.«

Einer der anderen trat vor. Es war ein etwas älterer Bursche mit langem Haar, das er zu einem Pferdeschwanz gebunden hatte. Er hob die Hände, um Logan zu beschwichtigen. »Niemand will Ärger machen, Officer. Wir sind nur ein bisschen durch die Stadt spaziert. Komm, Phil, wir gehen.«

Der Junge mit dem Bürstenhaarschnitt starrte Logan mit unverhohlenem Hass an. »Zum Teufel mit Ihnen, Mister, und mit Ihrer verdammten Stadt!« Er reckte die geballte Faust. »Cumbre Vieja! Dein Tag wird kommen!«, rief er.

Aus den Zellen nebenan erklang umgehend die laute Antwort: »Cumbre Vieja! Cumbre Vieja!«

Das Echo hallte durch den Block.

Logan rannte wütend zu den Zellen. Seine Stiefel pochten auf dem Betonboden, als er zur letzten Zelle lief und mit den Fäusten gegen die Tür hämmerte. »Haltet das Maul!«

Aus der Zelle drang spöttisches Lachen. »Cumbre Vieja, Arschloch!«

Logan schaltete das Licht aus, und im Block wurde es dunkel. »Wollt ihr singen? Dann singt im Dunkeln!«

Donnerte grollte. Das Wetter schlug um.

Mittelatlantischer Rücken, USS *Tarp*, Mitternacht

Die Nachricht, auf die Mary Sennett sehnsüchtig gewartet hatte, kam nach zwei Stunden. Derek Wanless rief die Mitarbeiter zusammen. In knappen, nüchternen Worten informierte er sie über das, was alle schon durch Gerüchte erfahren oder zumindest vermutet hatten. Mit Hilfe der Tests an Boje 0.8, die von Experten in Woods Hole durchgeführt worden waren, konnte die Störung am Druckmessgerät nicht behoben werden.

»Es gibt keine andere Möglichkeit, als zurückzufahren und das U-Boot hinunterzulassen, um eine visuelle Inspektion vorzunehmen. Ich habe mit dem Captain gesprochen, und er hat eine Kursänderung angeordnet. Wenn wir heute Nacht mit höchstmöglicher Geschwindigkeit fahren, müssten wir gegen zehn Uhr Ortszeit morgen früh die Stelle erreicht haben, wo die letzte Boje auf dem Meeresboden verankert wurde. Ändern Sie bitte dementsprechend Ihre Dienstpläne. Das ist alles. Gute Nacht.«

Mary ging aufs Deck, um frische Luft zu schnappen. Ihr Zuhause, wo sie in zwei Wochen hatte sein wollten, schien plötzlich auf einem anderen Planeten zu liegen.

Sie spürte das Krängen des Schiffes, als der Kurs geändert wurde und sie dorthin zurückkehrten, von wo sie gerade kamen.

Der Feuerberg holte sie zurück.

30

Goodwill, Seafarers Motel

Beth Robbins hatte die Idee gehabt, den Kontakt zwischen Frank Schaffer und Martin Seymour herzustellen, dem Rutengänger.

»Seymour ist wirklich erstaunlich. Shelley Winter draußen in Hemlock Hill hatte ihren Ring verloren. Seymour begann mit seiner Suche und sagte ihr, wo sie nachsehen solle. Und der Ring war da!«

Sie sprach mit Don Egan. Don hatte Frank am Motel abgesetzt, und Abby zeigte ihm das Zimmer.

Don war unsicher. Er wisse nicht viel über Rutengänger, sagte er.

»Ein Versuch kann nichts schaden. Dann kann der arme Mann wenigstens etwas tun«, meinte Beth. »Er tut mir schrecklich leid. Er weiß nicht, was mit seiner Schwester passiert ist.«

Don seufzte tief. »Okay, solle Seymour sein Glück versuchen. Wenn er meint, er könne helfen, dann können Sie ihn fragen.«

»Ich rufe Martin gleich an.«

»Es muss aber klar sein, dass es eine private Sache zwischen Frank Schaffer und Seymour ist. Ich will nicht, dass die Polizei da hineingezogen wird. Okay?«

»Klar. Danke, Don. Ich habe das Gefühl, als könnte Seymour helfen.«

»Mr. Seymour? Guten Tag. Ich bin Frank Schaffer. Es ist nett, dass ich zu Ihnen kommen durfte.«

»Ich freue mich, Sie kennen zu lernen, Frank. Meine Freunde nennen mich Martin. Kommen Sie rein. Sie sind ja ganz nass.«

Das Haus war einst eine kleine Farm gewesen. Im Erdgeschoss befand sich jetzt ein großes Wohnzimmer mit alten Holzbalken und einem Holzboden. Das Mobiliar war abgenutzt, und auf dem Boden stapelten sich Bücher. »Entschuldigen Sie die Unordnung«, sagte Seymour. »Ich bin Junggeselle.«

Frank Schaffer war jünger, als Seymour ihn seiner Stimme nach am Telefon eingeschätzt hatte. Kaum dreißig. Er trug eine hellbraune Hose und ein Poloshirt. Er hätte ein Tourist in der Bay Road sein können, doch er hatte seine Schwester verloren, und der Kummer war ihm anzusehen.

»Wir stehen uns sehr nahe. Kim und ich sind nur zehn Monate auseinander. Als Kinder haben wir alles gemeinsam gemacht. Für Mom und mich ist es eine Katastrophe. Für Randys Familie auch.«

Martin warf Eis in zwei große Gläser und goss eiskalten Kaffee darüber. »Zucker?«

»Nein, für mich nicht.«

»Wenn es Ihnen nichts ausmacht, wieder nass zu werden, würde ich vorschlagen, wir trinken ihn draußen in der Scheune.«

Der Rasen grenzte an einen Hof, auf dem eine Holzscheune mit einem Giebeldach und einem Loft stand, in dem Martin arbeitete. In der Mitte stand ein großer Architektentisch, auf dem zahlreiche Karten lagen. Aus den Oberlichtern fiel Licht darauf. Unter dem Giebeldach roch es nach Sommerheu.

»Das ist ein Stadtplan in großem Maßstab«, erklärte er.

»Fünf Zentimeter entsprechen einer Meile. Ich glaube, diese Größe ist genau richtig.«

An einem Holzbalken über dem Tisch hing an einer dünnen Schnur ein Bleigewicht in Form eines grünen Tannenzapfens. Seymour stieß leicht dagegen. »Das ist ein Bleilot. Maurer haben ähnliche Geräte über Tausende von Jahren hinweg benutzt. Die Aquädukte des Römischen Reiches, die gotischen Kathedralen und die mittelalterlichen Burgen in Europa verdanken ihre Existenz allesamt einem einfachen Gewicht und einer Rolle Schnur.«

Frank Schaffer trank einen Schluck Kaffee und signalisierte durch ein stummes Nicken, dass er alles verstanden habe.

»Die Technik, die ich anwende, heißt ›indirekte Wünschelrutensuche‹«, fuhr Martin fort. »Im Augenblick liegt hier eine Karte des Maxwell'schen Anwesens am Indian Point. Elliott Maxwell würde gerne wissen, ob es irgendwann einmal eine Indianersiedlung auf seinem Grundstück gab. Um mit der Suche zu beginnen, lege ich den Teil der Karte, den ich durchleuchten will, unter das Pendel und halte die Schnur locker in den Händen.« Er hielt sie zwischen Daumen und Zeigefinger und demonstrierte es. Frank schaute fasziniert zu.

Martin ließ die Schnur los und strich mit einer Hand über die Karte. »Wenn ich glaube, eine Störung des Bodens entdeckt zu haben, mache ich mit dem Bleistift eine Markierung. Hier, sehen Sie.«

Frank beugte sich über den Tisch. Als Martin die Oberbeleuchtung einschaltete, sah er auf dem Papier Muster, die durch geschwungene, dünne Bleistiftstriche entstanden waren.

»Sind das Indianersiedlungen?«

Seymour schüttelte den Kopf. »Wir glauben nicht. Es ist verwirrend, doch den Ausgrabungen zufolge ist es wahrscheinlicher, dass die Linien auf Flutränder aus einer Ära hindeuten, als der Meeresspiegel höher war als heute.«

»Glauben Sie, diese Technik kann uns helfen, meine Schwester und ihren Freund zu finden?«

»Das ist sicher möglich. In der Vergangenheit hatte ich einige Erfolge, Dinge zu finden, die Leute verloren oder verlegt hatten.«

»Ja, Beth hat mir davon erzählt. Sie haben einen Ring gefunden, den eine Freundin von ihr verloren hatte.«

»Sicher, in diesem Fall aber geht es um eine Person und nicht um einen Gegenstand.« Während des Sprechens zog Seymour die große Karte des Goodwill-Sunds zu sich heran und beugte sich darüber.

»Ich glaube, wir sollen an der Bucht beginnen«, sagte Schaffer kurz darauf.

»Ja.« Martin richtete sich auf. »Ich habe mir den Ort nur gerade im Geiste vorgestellt.«

»Beth hat gesagt, ich solle ein Foto von Kim und Randy mitbringen.« Frank reichte Martin die Bilder. »Sie wurden Anfang des Jahres aufgenommen, als sie ein Wochenende in Poughkeepsie verbracht haben. Und das hier ist ihr französischer Schal, den sie so gerne trägt. Ihren Glücksschal, nennen wir ihn.«

Martin Seymour nahm beides entgegen. Er richtete die Karte unter dem Pendel aus und strich sie mit den Händen glatt. »Ich bitte Sie jetzt, sich auf Ihre Schwester und deren Freund zu konzentrieren. Sie sind mit Fahrrädern zur Bucht gefahren, nicht wahr? Okay. Versuchen Sie, sich vorzustellen, Sie wären bei ihnen. Stellen Sie sich vor, Sie wären ein kleines Stück hinter ihnen und folgten ihnen den Pfad von der Uferstraße hinunter.« Er warf dem jüngeren Mann einen Blick zu. »Es wird nicht leicht für Sie sein, aber es ist wichtig, eine Verbindung zwischen ihnen und uns aufzubauen.«

»Ich werde mir Mühe geben.«

»Dann fangen wir an.« Martin streckte die rechte Hand zu dem Pendel aus, und das Gewicht zitterte an der Schnur.

Zwanzig Uhr. Blitze zucken über den Himmel, während Wolkenbrüche niedergehen und die Stadt vor Angst und Schrecken zittert. Sheena Dubois saß in ihrem winzigen Büro. Ihre Finger huschten über die Tastatur. *Vor drei Stunden konnte ein katastrophales Unglück nur wie durch ein Wunder verhindert werden. Die Schiffe im Sund gerieten in Aufregung, als aus dem bekannten Wahrzeichen der Stadt, der alten Eisfabrik, Rauch drang. Inzwischen entging ein riesiger Gastanker, die* Marie-Sainte *aus St. John, knapp einer Kollision mit einem anderen Schiff, das vor den Flammen floh. Die Offiziere an Bord der* Marie-Sainte *geben einer ungewöhnlich starken Strömung die Schuld, doch Hafenmeister Jack Pearl sagt, der Wasserstand und die Strömung seien für die Tide in dieser Jahreszeit ganz normal gewesen. Eine große Zahl von Schiffen im Außenhafen wurde vom Kielwasser des Tankers überschwemmt, und Zuschauer des alljährlichen Festumzugs anlässlich des Gründungstages mussten durch fußhohes Wasser in der Bay Road waten. Eine Untersuchung wird eingeleitet.*

Tab Southwell aus Maple Cove, der sich ebenfalls auf der Hafenseite der Bay Road den Festumzug anschaute, löste den Feueralarm aus. Tab sagte, er habe den Rauch gerochen und es für das Beste gehalten, einmal nachzuschauen. Da er schnell reagiert und Hilfe gerufen hat, konnte ein größerer Brand verhindert werden. Die Flammen wurden von der Freiwilligen Feuerwehr des Ortes gelöscht, die mit ihren Wagen am Festumzug teilnahm. Brandmeister Frederick Tarr erklärte: »Es war ein Glück, dass wir in der Nähe waren. In der großen Fabrikhalle lag allerlei Zeug herum, das Feuer fing, und der Brand konnte sich wegen der holzverkleideten Wände schnell ausbreiten.« Tarr meinte, eine Zigarette oder ein Streichholz seien vermutlich die Ursache gewesen, und fügte hinzu: »In dieser Jahreszeit müssen wir alle wachsam sein.«

Sheenas Telefon klingelte. Sie schaute aufs Display und biss sich auf die Unterlippe. Die Nummer von Dr. Southwell. Sie hatte sich gestern Abend vorgenommen, die Sache zu beenden. Vielleicht war jetzt der richtige Zeitpunkt. Sie meldete sich.

»Hallo.«

»Hallo. Können wir uns sehen?«

»Hast du vergessen, dass du mich gestern Abend aus dem Wagen geworfen hast?«

»Es tut mir leid, aber es war in dieser Situation für uns beide das Beste, hm? Ich hab jedenfalls was für dich.«

»Was?«, fragte Sheena neugierig, obwohl sie gerade noch hatte Schluss machen wollen.

»Eine Überraschung. Wir treffen uns in einer halben Stunde draußen auf dem Waldweg.« Er legte auf.

Martin Seymour ging sehr gewissenhaft vor. »Haben Sie ein Handy dabei?«, fragte er Frank Schaffer. »Falls ja, schalten Sie es bitte aus. Ich habe festgestellt, dass elektromagnetische Felder meine Sinneswahrnehmungen trüben. Deshalb benutze ich nie ein Handy. Ich habe noch nicht einmal einen Fernseher oder ein Radio im Haus.«

Frank schaltete sein Handy aus und legte es auf ein Regal neben der Tür.

Sie setzten sich an den Tisch. Martin fasste das Pendel zwischen Zeigefinger und Daumen der rechten Hand, ließ es jedoch am Deckenbalken hängen, sodass das Gewicht über der Karte hing. »Diese Methode stellt sicher, dass das Pendel zu keinem Zeitpunkt mit der Karte oder dem Tisch in Berührung kommt«, erklärte er. »Es soll möglichst vermieden werden, dass äußere Einflüsse den Vorgang stören.« Er hielt kurz inne. »Jetzt bitte ich Sie«, fuhr er dann fort, »den Schal Ihrer Schwester, den Sie mitgebracht haben, zwischen uns auf den Tisch zu legen.«

Frank legte den Seidenschal ordentlich zusammengefaltet neben die Karte.

»Vielleicht wäre es besser, wenn Sie den Schal einmal ausschütteln, dann wirkt es natürlicher. Ausgezeichnet, danke. Und wenn wir beide die freien Hände nun auf den Schal legen … gut. Wenn Sie bequem sitzen, können wir beginnen.«

Die Karte des Sunds lag so auf dem Tisch, dass Maple Cove direkt unter dem Pendel lag. Martin hielt die Schnur locker und stützte einen Ellbogen auf dem Tisch auf. »Ich nehme nur ein bisschen die Spannung heraus«, erklärte er, »sodass ich jede noch so winzige Vibration spüren kann.« Er schaute Frank durch seine Brille an. »Jetzt kommt der schwierige Teil. Sie müssen versuchen, sich völlig zu entspannen und sich nur auf den Schal zu konzentrieren. Versuchen Sie, sich Ihre Schwester mit dem Schal vorzustellen. Wenn es Ihnen gelungen ist, sie bildlich vor Augen zu haben, halten Sie dieses Bild fest. Klammern Sie sich daran, und lassen Sie sich nicht forttreiben. Ihre Konzentration darf nicht nachlassen«, betonte Martin. »Wenn Ihre Schwester irgendwo da draußen ist und versucht, uns zu kontaktieren, damit wir ihr helfen, ist es wichtig, dass Ihr Geist aufnahmebereit bleibt.«

Sie saßen schweigend da. Martin hielt das Pendel unmittelbar über den Parkplatz am Rande der Bucht. »Hier sind Ihre Schwester und ihr Freund ins Leere getreten, auf jeden Fall, soweit unsere Wahrnehmung sich ausdehnt«, sagte er.

Ein paar Minuten vergingen. Die Schnur reagierte nicht auf Martins Berührung. Das Pendel hing wie ein gefrorener Wasserstrahl im Raum. Seymour hatte das Licht gedämpft, und der Regen, der aufs Dach prasselte, wirkte einschläfernd auf Frank. Er erinnerte sich an Martins Anweisungen und versuchte, sich ein Bild von Kim ins Gedächtnis zu rufen. Es war schwierig.

Es dauerte eine Weile, bis Martin sich entspannte. Er lächelte Frank an. »Bisher nichts«, gab er zu. »Aber das ist ganz normal. Es dauert immer eine gewisse Zeit, bis es zu vibrieren beginnt. Ich vergleiche es gerne mit dem Stimmen eines Instruments. Wie fühlen Sie sich?«

»Ganz gut. Ein bisschen müde. Es ist schwieriger, als es aussieht.«

»Ja. Können wir trotzdem weitermachen?«

»Natürlich.«

»Hier«, sagte Sheena. »Du hast die Aufregung heute Nachmittag in der Stadt verpasst, nicht wahr? Schau dir das mal an.« Sie klappte das Display heraus und reichte Southwell den Camcorder.

Sie saßen auf dem Pfad hinter der Bucht in ihrem Wagen. Der Regen strömte die Scheiben hinunter. Southwell hatte Sheena einen hübschen, goldenen und silbernen Armreifen geschenkt, den sie nun am Handgelenk trug.

Southwell spähte aufs Display. »He, da ist Tab!«, rief er.

»Wo? Ich hatte ihn gar nicht gesehen.« Sheena nahm den Camcorder wieder entgegen.

»Spul mal kurz zurück. Noch ein bisschen weiter. Stopp. Da ist er. Siehst du ihn? Er kommt gerade aus der Eisfabrik.«

»Hm. Ich muss da was verwechselt haben. Das Feuer kommt später.«

»Das war Tab. Ich habe ihn gesehen. Spul noch mal zurück. Da, siehst du? Das ist er.«

Sheena antwortete nicht. Ihr Mund war trocken, und ihr Magen verkrampfte sich vor Angst. Warum hatte sie das vorhin nicht gesehen? Hatte sie diese Szene übersprungen oder einfach ausgeblendet?

Southwell sprach weiter. »Fred Tarr hat mich vorhin angerufen und gesagt, der Junge habe das sehr gut gemacht. Ist da noch mehr? Lass mal vorlaufen.«

Mit einem flauen Gefühl im Magen ließ Sheena das Band weiterlaufen.

»Das ist ja verrückt! Du spinnst! Niemand würde meinem Sohn so etwas zutrauen.«

Sheena blieb dabei. »Schau dir das Band noch einmal an. Tab geht ins Gebäude. Rechts unten auf dem Display steht die Zeit, zwölf Minuten nach fünf. Der Feueralarm wurde erst um halb sechs ausgelöst. Tab geht hinein ...« Sie ließ den Film weiterlaufen. »Und hier kommt er wieder heraus. Jetzt ist es zwanzig nach fünf. Er war acht Minuten in dem Gebäude. Was hat er die ganze Zeit da gemacht?«

»Keine Ahnung. Er kann alles Mögliche gemacht haben. Vielleicht hat er gepinkelt.«

»Jetzt schaut er sich um. Er wirkt unruhig.«

»Er ist dreizehn, du meine Güte. Kinder in dem Alter sind so.«

»Schau dir an, wie es weitergeht. Er geht von der Tür weg. Er zögert, bleibt stehen, wirft verstohlene Blicke in alle Richtungen. Jetzt ist es sechsundzwanzig Minuten nach fünf, und da ist eine Aufnahme des Gebäudes. Man sieht genau, dass aus dem Fenster über der Eingangstür im ersten Stock Rauch dringt. Die Menschen in der Menge werden unruhig. Sie spüren, dass irgendwas nicht stimmt, aber sie wissen nicht, was es ist. Vermutlich riechen sie den Rauch, sehen aber noch nichts.«

»Das sagst du«, murmelte Southwell.

»Denk daran, ich war da. Tab zögert noch immer, doch dann trifft er eine Entscheidung. Er läuft zurück zur Eisfabrik ... da, jetzt rennt er. Er drückt die Tür auf und kommt sofort wieder heraus! ›Feuer!‹, schreit er.«

Sheena stoppte das Band. Southwell starrte auf das Standbild seines Sohnes auf dem Display, das den Jungen zeigt, einen stummen Schrei auf den Lippen.

»Das beweist gar nichts«, flüsterte er mit hohler Stimme.

Sheena fühlte sich plötzlich wie erschlagen.

»Brandstiftung ist ein Verbrechen, das gerne nachgeahmt wird. Tab muss nicht alle Feuer gelegt haben. Ich weiß es nicht, aber ich vermute, dass er das mit uns beiden irgendwie herausbekommen hat. Es macht ihn fertig. Wie du gesagt hast, mag er Donna sehr. Sie sorgt für Stabilität in seinem Leben, wenn er den Sommer hier verbringt. Die Sache mit dem vermissten Pärchen muss den Jungen völlig aus dem Gleichgewicht geworfen haben. Jedenfalls weiß ich genau, dass er bei dem Feuer gestern Abend dabei war, weil ich ihn gesehen habe. Auch das passt ins Bild. Brandstifter schauen sich gerne die Auswirkungen ihrer Taten an.«

Southwell konnte es nicht fassen. Seine Welt drohte zusammenzubrechen. Sein Atem ging schwer, und er suchte nach Worten. »Das … das kriegen wir schon wieder hin«, sagte er dumpf. »Wir werden schon einen Weg finden. Ich spreche mit dem Jungen.«

»Du musst mehr tun als nur mit ihm sprechen«, sagte Sheena. »Tab braucht professionelle Hilfe. Du bist Arzt. Du müsstest es wissen.«

»Es wurde doch niemand verletzt. Ein paar Hektar Wald sind verbrannt, aber der erholt sich wieder, und die Eisfabrik war eine halbe Ruine, die seit zwanzig Jahren leer steht. Chance Greene wollte sie sowieso abreißen.«

»Du musste etwas tun. Vielleicht ist Tab in diesem Augenblick wieder mit einem Kanister Benzin unterwegs.«

Southwell schüttelte noch immer den Kopf. »Ich begreife das nicht. Wir waren doch immer so vorsichtig. Wie hat Tab das mit uns herausgefunden?«

»Dieser Regen! Wir werden niemals einen Schlafplatz für heute Nacht finden«, schimpfte Jessica.

»Wir müssen eben weiterfahren, bis wir etwas finden«, sagte ihr Mann erschöpft.

Sie waren schon eine Stunde unterwegs, und es sah ganz danach aus, als behielte seine Frau mit ihrer Vorhersage recht. Vor allen Gasthäusern, an denen sie vorbeikamen, hingen Schilder mit der Aufschrift: BELEGT. Nachdem sie schließlich einer gewundenen Straße gefolgt waren, an der ein Schild auf das RIVER RECREATION CENTER hingewiesen hatte, überquerten sie eine Brücke, hinter der eine beleuchtete Tafel hing.

Ted bremste. »Hier ist es.«

»›Wildwasserfahrten – Fremdenzimmer – Camping‹«, las Jessica laut vor. »Hier steht, dass noch was frei ist. Wir sollten es versuchen.«

»Sieht mir ziemlich heruntergekommen aus«, murmelte Julie, als sie durch den Regen zum Eingang liefen.

»Das ist mir vollkommen schnuppe, und wenn sie hier gerade *Psycho* mit Tony Perkins drehen«, erwiderte Jessica. »Ich gehe keinen Schritt mehr.«

Der Gastwirt erwies sich als freundlich und hilfsbereit. »Für eine Nacht Zimmer für zwei Familien? Ja, das bekommen wir hin. Sie können vor den Zimmern parken.«

»Wie weit ist es bis zum Meer?«, fragte Jessica plötzlich.

»Der nächste Strand ist in Goodwill, etwa zwanzig Meilen von hier.«

»Und Luftlinie?«

Der Mann zuckte mit den Schultern. »Schwer zu sagen. Zehn, vielleicht zwölf Meilen. Die Straße ist kurvenreich.«

Die Familien wechselten Blicke.

Lloyd betrachtete derweil die Plakate an der Wand. »Können wir morgen eine Floßfahrt machen?«, fragte er aufgeregt.

»Klar kannst du das«, sagte der Besitzer. »Du musst dich um

halb zehn hier draußen einfinden, dann bist du um halb elf auf dem Wasser. Die Schleusen im Staudamm eine Meile flussaufwärts werden um Viertel vor elf geöffnet.«

»Das Motel liegt an einem Fluss?«, fragte Jessica erstaunt. Sie spähte durch die nassen Fenster im Empfangsbereich in den Regen.

»Bei diesem Sauwetter ist das nicht so ganz klar, nicht wahr?« Der Gastwirt grinste. »Der Kanal verläuft etwa hundert Meter hinter dem Abhang hier. Sie können die Bäume auf den Böschungen sehen.«

»Können wir eine Floßfahrt machen? Mom? Dad? Bitte!«, bettelten die Kinder.

Die Erwachsenen berieten sich. »Ich weiß nicht. Wie gefährlich sind die Fahrten?«, erkundigte Julie sich.

»Machen Sie sich keine Sorgen. Die Abschnitte sind in Schwierigkeitsgrade zwischen zwei und fünf eingeteilt. Grad zwei ist für Kinder ab sieben.«

»Ich werde nächste Woche sieben«, sagte Lloyd. »Ist das okay?«

»Klar. Ich finde, du siehst mindestens aus wie acht«, sagte der Gastwirt. »Jetzt mal im ernst. Ich nehme Kinder in dem Alter auf dieser Strecke immer mit. Ist kein Problem. Es ist eine aufregende Fahrt, und wir haben die besten Sicherheitsstandards. Auf jedem Floß fährt ein erfahrener Guide mit. Die Kinder werden viel Spaß haben, und es ist eine gute Möglichkeit für sie, sich an den Fluss zu gewöhnen. Es kostet fünfzig Dollar für Erwachsene und dreißig pro Kind.«

Ted rechnete kurz nach. »In Ordnung«, sagte er, nachdem auch Brook genickt hatte. »Um halb zehn?«

»Ja. Hier an der Rezeption. Bringen Sie Badesachen und dicke Pullover mit, die den Wind abhalten. Keine Baumwolle. Sie trocknet zu langsam, und dann frieren Sie. Synthetik ist besser. Sie können sich hier auch Neoprenanzüge ausleihen.

Zu dieser Jahreszeit würde ich Ihnen dazu raten. Und dann brauchen Sie noch ein Handtuch und eine Ersatzgarnitur Kleidung.«

»Okay. Wo könnten wir etwas essen? Wir sind halb verhungert.«

»Zum Speisesaal geht es durch diese Tür. Der Koch macht fantastische Steaks.«

Ehe sie zurück zum Wagen liefen, um zu ihren Zimmern zu fahren, hatte Jessica noch eine letzte Frage. »Wie heißt der Fluss hier?«

»Haben Sie das Schild nicht gesehen, als Sie über die Brücke gefahren sind? Das ist der Dead River.«

31

La Palma, Kanarische Inseln

Der Flug mit dem Helikopter über die Vulkankette war für fünf Uhr festgelegt worden. Zu einem späteren Zeitpunkt wäre es besser gewesen, denn die Geologen brauchten gute Lichtverhältnisse, um die Bergflanke zu überprüfen, doch die Behörden waren verunsichert. Das letzte Beben auf La Palma hatte vierzehn Opfer gefordert, acht davon aus einer einzigen Familie. Ein vierstöckiges Haus war eingestürzt und hatte die Bewohner unter den Trümmern begraben. Auf Anraten des Observatoriums hatten die Behörden eine Vulkanwarnung Stufe vier herausgegeben. In den nächsten vierundzwanzig Stunden wurden größere Eruptionen erwartet.

Mit der Organisation klappte es von Anfang an nicht. Die Geologen – Felipe, Concha, Malcolm Mackenzie und ein Portugiese, der in letzter Minute auf die Liste gesetzt wurde – versammelten sich wie schon zuvor auf dem Landeplatz des Observatoriums. Der Hubschrauber, eine Bell Augusta der spanischen Luftwaffe, der aus Teneriffa kam – seit dem letzten Erdbeben wurden Hubschrauber über Nacht nicht mehr auf La Palma stationiert –, musste zuerst einen Regierungsbeamten zwischen zwei anderen Inseln befördern. Dann wurde er vom Zivilflughafen an der Küste in der Nähe der Hauptstadt angefordert. Als der Helikopter endlich mit den Wissenschaftlern startete, waren weitere drei Stunden verloren gegangen.

Der Wind wehte aus Südosten, sodass die Caldera und das

Observatorium von einer dicken Schicht Asche bedeckt waren. Als der Hubschrauber abhob, wirbelten roten Staubwolken durch die Luft. Der Copilot rief Felipe etwas zu, als sie drehten und nach Osten Richtung Hauptstadt flogen. Malcolm versuchte, dem Wortwechsel zu folgen, doch in der Kabine war es zu laut, und der Spanier sprach zu schnell.

»Was hat er gesagt?«, rief er Felipe zu.

Felipe übersetzte: »Die Sicht ist auf der ganzen Insel sehr schlecht. Wir müssen einen Bogen über Gomera und Hierro fliegen und uns von Süden nähern. Das wird sechzig Minuten dauern und eine Menge Sprit kosten.«

»Er verarscht uns. Fragen Sie ihn, wie viel Zeit er uns über dem Bergkamm geben kann.«

Felipe nickte. Zwischen ihm und den beiden Piloten entbrannte ein heftiger Wortwechsel. Felipe drehte sich wieder um. »Der Pilot sagt, es hängt alles von dem Staub ab. Wenn es sehr schlimm ist, können wir uns nur kurze Zeit dort aufhalten und den Bereich nur einmal überfliegen. Sonst setzen sich die Filter zu und die Motoren überhitzen, und das wäre gefährlich.«

Malcolm schaute durchs Fenster auf die wirbelnden ockergelben Wolken, die auf dem Berg hingen. Er fragte sich, wie die Piloten bei diesen Sichtverhältnissen überhaupt fliegen konnten.

Während sie das Wasser überquerten, klarte es auf, bis sie die steilen Kliffs von Gomera erreichten und den neuen Kurs einschlugen. Nach zwanzig Minuten sahen sie unten die Bucht der winzigen Insel Hierro in der Sonne glitzern.

»Hier ist nicht viel Asche«, sagte Malcolm zu Concha.

»Nein«, erwiderte sie. »Der Wind steht günstig.«

Der Copilot meldete sich.

»Wir bereiten uns jetzt auf den Anflug vor«, übersetzte Felipe. »Der Pilot muss sehr vorsichtig sein, weil die Radargeräte wegen der Staubwolken, die aus den Schloten steigen, nichts anzeigen.«

Die armen Schweine machen sich die Hosen voll, dachte Malcolm. Sie hatten sich unten in der Basis die Berichte im Fernsehen angeschaut und glaubten nun, dass der Vulkan jeden Moment in die Luft fliegen könnte. Sie hatten wahnsinnige Angst, bei lebendigem Leibe zu verbrennen. Malcolm befürchtete, dass der Pilot in mittlerer Flughöhe nur einmal über den Vulkan fliegen und dann erklären würde, dass er den Flug abbräche und umkehre. Felipe, der neben ihm saß, hatte offenbar dieselben Schlüsse gezogen, denn er hatte bereits seine Kamera in der Hand und bereitete alles für die Aufnahmen vor.

Sie flogen nordwärts. Vor ihnen ragte eine riesige, dunkle Wolke wie ein rostfarbenes Leichentuch über La Palma dreitausend Meter in die Höhe. Der Ozean unter ihnen lag im Schatten und war an einigen Stellen vom Ascheregen vollkommen verdreckt. Als sie die kleine Stadt Fuencaliente an der Südspitze überflogen, sahen sie, dass die ehemals hübschen weißen Häuser jetzt schwarz und verlassen waren. Eine Meile außerhalb des Ortes kochte und rauchte der klaffende Abgrund des qualmenden Kegels; ab und zu wurde ein glühender Funkenregen in die Luft geschleudert.

Der Helikopter kreiste, damit sie Aufnahmen machen konnten; dann flogen sie weiter und folgten der Westküste.

Malcolm klopfte Felipe auf die Schulter. »Da ist zu weit weg. Wir müssen den zentralen Bergkamm überfliegen.«

Der Pilot rief eine Antwort, worauf auch Felipe lauter wurde. Es entwickelte sich eine heiße Diskussion.

»Ich habe gesagt, dass wir näher heran müssen«, übersetzte Felipe. »Das gefällt ihnen nicht, aber habe ihnen gesagt, dass die Werte, die wir sammeln müssen, sehr wichtig sind. Jetzt fliegen sie uns zwar hin, sind aber ziemlich sauer.«

Der Pilot schimpfte noch immer, drehte aber dennoch nach Steuerbord. Malcolm sah ein Fischerboot unter ihnen, das nach Norden in Richtung Puerto Naos fuhr. Ihr Schatten glitt über den vom Staub matten Ozean. Der Pilot hatte die Flughöhe auf etwa tausend Meter gesenkt. Ein schwarzer Sandstrand zog unter ihnen vorbei, und der Boden stieg allmählich an.

Malcolm konnte bereits die Klippen erkennen. Als er aus dem linken Seitenfenster schaute, sah er eine Rauchfahne am Rande des Wassers aufsteigen. Er warf einen Blick auf seine Karte. Sie mussten in der Nähe von El Charco sein. Die von Staub überzogenen Bäume waren grau wie Leichen.

Felipe rief dem Copiloten die Koordinaten zu, worauf der sie in den Computer eingab. Die Piloten bemühten sich gar nicht erst, ihre Wut zu verbergen. Nur aus Angst, ein zweites Mal zurückbeordert zu werden, flogen sie weiter.

Der Helikopter neigte sich nach unten und begann zu kreisen. Sie hatten die erste Stelle erreicht, an der die Wissenschaftler abgesetzt werden mussten, und suchten einen Landeplatz. Irgendwo unter dem Staub und Rauch könnte das liegen, weshalb sie hergekommen waren: das südliche Ende der 1949 entstandenen Bruchlinie.

»Mein Gott!« Der Portugiese, der hinter Felipe saß, bekreuzigte sich. Vor ihnen ragten Felsen auf. Der Helikopter stieg höher. Die Staubwolken teilten sich und gewährten einen erschreckenden Blick auf eine Fontäne brennender Lava, die wie ein höllischer Albtraum aus dem Krater des Hoyo Negro schoss.

Der Pilot setzte sie auf dem Bergkamm ab. Als die Wissenschaftler protestierten, dass sie näher an den Krater müssten, brüllte er sie an: »Steigen Sie aus! Tun Sie, was Sie tun müssen! Jede Minute, die wir hier auf Sie warten, setzen wir unser Leben aufs Spiel!«

Ihnen blieb nichts anderes übrig, als zu Fuß zu gehen. Der Ascheregen in der Nähe der Schlote und die unablässig aufsteigenden Rauchschwaden verursachten eine solche Dunkelheit, dass die Gruppe sich den Weg teilweise ertasten musste. Auf Felipes Drängen banden sie sich Taschentücher vors Gesicht, um sich vor dem Staub und Rauch zu schützen. Vor allem das Methangas stellte eine Gefahr dar. Sie hätten Gasmasken tragen müssen, doch die hatten sie versehentlich zurückgelassen.

Der Bereich der Verwerfung, auf dem sie sich nun voranarbeiteten, war dramatisch. Beim Ausbruch im Jahre 1949 war hier der Boden entlang der Westflanke senkrecht um vier Meter abgesackt, während er gleichzeitig über eine Strecke von drei Kilometern einen halben Meter seitlich abgerutscht war. Die Frage war nun, ob dieser Bruch sich tief ins Innere des Berges erstreckte, oder ob es sich nur an der Oberfläche befand. Hatte das Absacken des Bodens nur mit dem Zusammenbruch von Magmakammern zu tun, die die zahlreichen Schlote versorgten, oder befanden sie sich auf einer Bruchlinie, die beim nächsten großen Beben wie eine Glasplatte brechen könnte?

Deshalb suchten sie nun nach Anzeichen, dass der Berg auseinanderzubrechen drohte: Risse, Spalten und Verwerfungen.

Die Wissenschaftler schwitzten in ihren feuerfesten Schutzanzügen. Die verpestete Luft reizte ihre Kehlen, sodass sie immerzu husteten. Die Landschaft sah aus wie ein Schlachtfeld. Überall waren Hügel aus Schlacke und Schotter entstanden. Die Hänge waren von pockenartigen Beulen aus ausgeworfenen Gesteinssplittern und Kratern überzogen, wo Felsbrocken wie Meteoriten eingeschlagen waren, und es hagelte Steinsplitter. Der Kegel des Hoyo-Kraters war knapp zwei Kilometer entfernt. Als der Wind in ihre Richtung drehte, wurden der Rauch und der Lärm der kreischenden Schlote schier unerträglich.

Malcolm befürchtete, jeden Augenblick die Rotoren des Helikopters zu hören, falls die Piloten die Flucht ergriffen und ihre verrückten Passagiere dem Schicksal überließen.

Die Wissenschaftler überprüften ungefähr einen halben Kilometer der Verwerfung, wateten durch kniehohe Ascheverwehungen und kletterten über Adern messerscharfer Lava. Überall entlang des Felskamms gab es feine Risse, die durch die permanenten leichten Beben der letzten Wochen entstanden waren. Doch so angestrengt Malcolm und die anderen auch suchten – sie fanden keine der klaffenden Spalten, die Vorboten eines größeren Flankenabbruchs gewesen wären.

Malcolm fragte Concha, mit der er ein Team bildete, nach ihrer Meinung. Sie schüttelte den Kopf. »Ich glaube, wir sollten zurück zum Hubschrauber.«

Malcolm ging noch hundert Meter weiter. Die Studentin folgte ihm zögernd. »Da ist nichts«, sagte sie. »Wir sollten zurück. Die Piloten haben Angst.«

Malcolm gab sich geschlagen. Vermutlich hatte sie recht.

Erleichtert kehrten sie um. Sie trafen Felipe und den Portugiesen am Hubschrauber.

»Wir haben nichts gefunden. Und ihr?«

»Auch nichts.«

»*Madre de Dios*, was für ein Segen!«

Die Besatzung war nervös. »Beeilung!«, rief der Pilot. »Nichts wie weg hier!«

Als sie abhoben, schaltete Felipe das Funkgerät ein, um dem Observatorium die gute Nachricht zu übermitteln, dass nichts auf einen Flankenabbruch hindeutete.

Malcolm klammerte sich an seinen Sitz, als die Bell Augusta wieder durch ein Luftloch flog und ruckte. Sie überflogen die Gipfel der Ruta de los Volcanes, knapp zweihundert Meter oberhalb des größten rauchenden Kegels. Bis jetzt hatten sie fünf größere Schlote gezählt, die alle Asche und glühende Gesteinsfragmente auswarfen. Roter Staub und Rauch wirbelten durch die Luft und verdeckten den Himmel.

»Sehen Sie, da unten! Da ist ein Platz!«, rief Felipe laut genug, um den Lärm der Rotoren zu übertönen.

Als die Geologen durch die dreckigen Polycarbonat-Fenster schauten, sahen sie die Klippe an der Seite des Felskamms, eine senkrechte Wand, die aus den zerfurchten Überresten ehemaliger Lavaströme gebildet worden war.

Die Lage verschlechterte sich zusehends. Wiederholte Detonationen vom Kegel des Hoyo Negro erschütterten den Helikopter; Steine und Lavapfropfen prallten gegen den Rumpf. Der Portugiese zog an Malcolms Ärmel und zeigte hinaus. Malcolm hob den Daumen, um zu zeigen, dass er verstanden hatte. Felipe sprach in dringlichem Ton mit dem Piloten, der schreiend antwortete und wütend den Kopf schüttelte. Malcolm verstand nur *»No!«* und *»Prohibido!«*

»Fünfzehn Minuten! Sagen Sie dem feigen Scheißkerl, dass wir nur fünfzehn Minuten brauchen!«, rief er Felipe zu.

Der Hubschrauber ruckelte so stark, dass Malcolm Mühe hatte, sein Fernglas richtig einzustellen.

»Was sehen Sie?«, rief der Portugiese.

»Nichts. In der Luft ist zu viel Staub ... ich kann keine Details erkennen«, rief Malcolm zurück. »Verdammt, Felipe, der Typ muss uns absetzen! Darum hat er uns schließlich hierher geflogen!«

Felipe hob die Hände. *»Cinco! Cinco! Capitán«*, bettelte er. »Fünf Minuten, ja?«

Der Pilot fluchte, rief dem Copiloten etwas zu und zeigte mit dem Daumen in die Tiefe. Der Bug neigte sich jäh nach unten, als der Hubschrauber ins Trudeln geriet, doch der Pilot schaffte es, die Maschine zu stabilisieren, ehe er den Landeplatz ansteuerte. Als er unsanft aufsetzte, wirbelte Schotter durch die Luft.

Malcolm und die anderen nahmen ihre Sachen und rissen die Seitentür auf. Der Pilot drehte sich zu ihnen um. Trotz des Helms sahen sie, dass sein Gesicht vor Wut verzerrt war. »Fünf Minuten! *Cinco minutes!* Dann fliegen wir weiter, und Sie bleiben hier!«, wetterte er. »Sie bleiben in diesem verdammten *malpaís* und sterben!«

Malcolm senkte den Kopf, um sein Gesicht vor dem schneidenden Wind der Rotoren zu schützen, während er zu den Felsen rannte und Concha vor sich herschob. Die vier hockten sich auf den Boden und warteten, bis die Rotoren sich langsamer drehten. Dann schlug Malcolm Felipe auf die Schulter, und sie liefen im Gänsemarsch an der Bruchlinie entlang. Wieder suchten sie nach Spalten, Rissen, Anzeichen für Bewegungen, die auf einen bevorstehenden Abbruch der Flanke hindeuteten.

Und sie beteten, dass sie keine finden würden.

Aber diesmal war Malcolm sich nicht so sicher.

Er hatte gerade zehn Schritte zurückgelegt, als die Studentin an seiner Seite einen Schrei ausstieß und bäuchlings in die Asche fiel. Er riss sie am Arm hoch.

»Sind Sie verletzt?«

Concha hustete, um ihre Kehle vom Staub zu befreien, und schüttelte den Kopf. Felipe folgte dicht hinter ihnen. »Wir müssen uns beeilen«, keuchte der Spanier, der sich ein Taschentuch auf den Mund presste. »Sie gehen mit Concha dort entlang«, sagte er und zeigte in die entsprechende Richtung.

»Nein.« Malcolm wies mit dem Kopf zum Hoyo-Krater. »Ich will mich da hinten umsehen. Ich hatte den Eindruck, während des Fluges dort zwischen den herabgestürzten Felsen Unregelmäßigkeiten entdeckt zu haben.«

Felipe starrte ihn an. »Gut, wie Sie wollen. Dann übernehme ich die andere Seite mit Lopez. Gehen Sie nicht zu weit. Wenn der Ausbruch sich verschlimmert, werden die Piloten nicht auf uns warten.«

»Haben Sie hier die frische Bruchlinie gesehen?«, rief Concha.

»Ja, ich glaube«, rief Malcolm zurück. Das laute Kreischen des Dampfes, der aus den Spalten auf der Bergflanke drang, verhinderte jedes vernünftige Gespräch.

»Ich sehe nichts.« Ein paar schwarze Haarsträhnen, die unter dem gelben Schutzhelm hervorguckten, strichen Concha über die Wangen.

»Wir versuchen es weiter hinten.«

»Qué?«

Malcolm zog sie am Arm und zeigte es ihr. »Da unten, sieht das nicht wie die Nachwirkung eines Bebens aus, das vor kurzem stattgefunden hat?«, rief er ihr ins Ohr.

Concha spähte den Hang hinunter und runzelte die Stirn. »Vielleicht, aber es ist nicht tief.«

»Wir müssen es überprüfen. Sie warten hier.«

»Nein, ich komme mit. Ich habe keine Angst.«

Gemeinsam schlidderten sie einen Wall aus Geröll zu einer Stelle hinunter, wo der Boden einen Riss aufwies.

»Der Riss ist nicht tief«, sagte Concha, die sich in den Dreck hockte. Sie waren hier ein wenig vor Lärm und Wind geschützt.

Malcolm ging auf und ab und ließ seine Blicke schweifen. Er kam zu dem Schluss, dass Concha recht hatte. Der Boden war an einigen Stellen aufgerissen, doch das konnte ebenso gut die Folge normaler Beben in Verbindung mit dem Anschwellen des Hoyo-Kraters sein. Dennoch hatte er ein ungutes Gefühl. Es hatte teils mit der Größe der Risse zu tun und teils damit, wie sie sich über den Boden schlängelten und miteinander verbunden waren. Malcolm hatte das

Gefühl, dass irgendetwas Ungeheueres, Schreckliches auf sie lauerte.

Er schaute auf die Uhr. Zehn Minuten waren bereits verstrichen. Als er zum Sprechen ansetzte, verschluckte eine ohrenbetäubende Erschütterung des Vulkans seine Worte. Ein leuchtend roter Kegel schoss in die aufsteigenden Rauchwolken hinein. Funken und flüssige Lavapfropfen jagten in die Höhe.

»Lauf!«

Diesmal war es die Studentin, die seinen Arm umklammerte. Sie duckten sich unter dem tödlichen Regen und zogen sich gegenseitig den Hang hinauf. Aus dem Rauch vor ihnen schälten sich von Staub umhüllte Gestalten. Felipe streckte den Arm aus und half Malcolm hinauf auf festen Grund. »Wir haben Sie gesucht. Beeilung, sonst fliegt der Hubschrauber ohne uns.«

»Warten Sie. Ich habe da hinten ein paar Risse gesehen … wir müssen sie überprüfen.«

»Ich habe nichts gesehen. Sonst jemand?«

Die beiden anderen schüttelten die Köpfe.

Concha schaute Malcolm an. »Das waren durch Beben verursachte Schäden!«

»Das kann man nicht sagen!«, erwiderte Malcolm erregt. »Wir wissen es nicht genau, wenn wir es nicht überprüfen.«

Felipe war unnachgiebig. »Das ist verrückt. Ich kann nicht das Risiko eingehen, noch jemanden zu verlieren.«

»Wir haben den Bereich nicht ausreichend untersucht!«

»Sind Sie verrückt, Malcolm? Wollen Sie, dass wir alle umkommen?«

Malcolm sah ihm ins Gesicht. »Bevor wir diesen Bereich nicht sorgfältig untersucht haben, wissen wir nicht, ob die Flanke stabil ist. Ich gehe allein!«

»Ich trage hier die Verantwortung«, sagte Felipe wütend.

»Und deshalb treffe ich auch die Entscheidungen. Sie gehen nicht.«

Ehe Malcolm etwas erwidern konnte, hörten sie ein Pfeifen. Eine glühende Lavabombe, so groß und schwer wie ein Zementsack, schoss aus dem Rauch hervor und schlug nur wenige Meter entfernt mit einer Wucht auf, dass der Boden bebte. Rauchende Trümmer prasselten auf die Gruppe.

»Weg hier!«, rief Felipe. »Zurück zum Hubschrauber!«

Rutschend und stolpernd liefen sie durch den Rauch. Bevor der Hubschrauber in Sicht kam, hörten sie das Knattern der Rotoren. Mein Gott, dachte Malcolm, hoffentlich hauen die Mistkerle nicht ab und lassen uns hier zurück!

Staub und Sand klebten auf ihren Gesichtern. In gebückter Haltung rannten sie auf den Lärm zu. Die Wissenschaftler hörten die Schreie der Piloten, die sie zur Eile mahnten. Endlich erreichten sie die Einstiegstür und schoben sich gegenseitig hindurch. Malcolm war der Letzte. Kaum war er an Bord, hob der Pilot ab. Malcolm rang nach Atem und ließ sich erschöpft auf den Sitz neben Concha fallen. Trotz des enormen Lärms der Rotoren hörte er den Spanier mit dem Observatorium sprechen. »Alles überprüft. Kein bedeutsamer Bergrutsch an der Abbruchkante. Ja, wir haben den Berg verlassen und kommen jetzt zurück. Over.«

Es waren die letzten Worte des Spaniers.

Ein leuchtend rotes Licht hüllte den Bug des Helikopters ein. Ein lautes Knacken war zu hören; dann zerbarst die Steuerbordseite der Maschine in einem Hagel aus Glassplittern und Metallscherben. Der Hubschrauber schlingerte heftig, fiel wie ein Stein in die Tiefe und legte sich so stark auf die Seite, dass Malcolm vom Sitz rutschte. Eiskalte Luft toste durch das Loch und wirbelte Trümmer ins Innere. Malcolm klammerte sich fest, damit er nicht durch die Öffnung geschleudert wurde, doch der Hubschrauber drehte sich im

Kreis, während die Rotoren laut kreischten und die Rucksäcke sowie Teile der Ausrüstung durch die Kanzel geschleudert wurden.

Malcolm sah aus dem Augenwinkel die Klippen, die vor den Fenstern aufragten. Der Hubschrauber musste sich gedreht haben und gegen die Felswand geprallt sein – nun stürzte er den Berg hinunter.

Kurz darauf folgte ein zweiter dröhnender Aufprall, viel schlimmer als der erste. Malcolm prallte gegen das Dach. Das Kreischen des Metalls, das zerrissen und zerquetscht wurde, und die heftigen Erschütterungen setzten ihm so sehr zu, dass er beinahe das Bewusstsein verloren hätte. Die Schreie der anderen nahm er nur wie aus weiter Ferne wahr. Die Kabine war von Rauch und Staub erfüllt. Der Hubschrauber schien zu rutschen, zu fallen und gegen Felsen zu prallen.

Plötzlich endete jede Bewegung. Malcolm spürte Wind im Gesicht, sah eine Lücke, rollte sich instinktiv zusammen und sprang hinaus.

Zwischen riesigen Felsbrocken lag die Bell Augusta wie ein sterbender Käfer auf dem Felskamm. In zwanzig Metern Umkreis war der Boden von Metalltrümmern übersät. Rauch und Dampf stiegen auf. Malcolm starrte durch das Loch, das in die Seite des Hubschraubers gerissen worden war, und sah Concha zusammengesunken im Sitz. Er rappelte sich auf, griff ins Wrack und versuchte vergebens, die junge Frau in Freie zu ziehen. Sie war nur halb bei Bewusstsein und stöhnte, doch sie rührte sich nicht. Verdammt, sie war noch angeschnallt! Es dauerte kostbare Zeit, bis es Malcolm gelungen war, den Gurt zu lösen. Er schob einen Arm unter Conchas Rücken und zog sie heraus.

Es roch stark nach Rauch. Die Angst vor einem Feuer verdrängte jeden anderen Gedanken. Malcolm hievte Concha über die Schulter und lief mit stolpernden Schritten davon.

Sein Herz klopfte wild, seine Beine schmerzten, und der leblose Körper der Studentin lastete schwer auf seiner Schulter. Ein roter Schimmer erhellte die Felsen.

Dann hörte Malcolm den Knall, als das Benzin sich entzündete, und spürte die Hitze der Flammen im Rücken. In diesem Augenblick wusste er, dass die anderen tot waren.

Malcolm wusste nicht, wie weit er Concha trug. Als seine Beine den Dienst versagten, fiel er auf die Knie. Die Studentin riss die Augen auf und starrte ihn an.

»Sind Sie verletzt?«, fragte Malcolm. Concha erwiderte nichts, schaute sich mit ihren dunklen Augen schockiert um.

»Concha? Sind Sie verletzt?«, fragte Malcolm noch einmal.

Sie fuhr sich mit der Zunge über die aufgerissenen Lippen. »Da«, krächzte sie und hob den Arm. In diesem Augenblick sah Malcolm es auch.

»Mein Gott!«, flüsterte er.

Sie hatten gefunden, was sie gesucht hatten. Der Beweis lag genau vor ihnen. Dort, wo sie erschöpft auf die Erde gesunken waren, spalteten neue Risse den Boden und verbreiterten die vor sechzig Jahren entstandene Bruchlinie.

Der Vulkan riss auseinander, und sie beide waren die einzigen Menschen, die es erlebten.

Und sie hatten keine Möglichkeit, die Welt zu warnen.

Felipes letzte Worte waren ein katastrophaler Irrtum gewesen. Er hatte mit seinem Leben dafür bezahlt.

32

Goodwill, Bearskin Neck

Rick erwachte um fünf vor fünf, kurz bevor der Wecker klingelte. Die Nachtluft war nach dem Regen feucht gewesen, doch an diesem Morgen hatte der Wind nach Osten gedreht. Es war ein grauer, kühler Tag, und die Luft war salzhaltig. Rick warf die Decke zurück und kroch aus dem Bett. Er war allein in seiner Wohnung über dem Geschäft. Seit der Verlobung hatte Natalie keine einzige Nacht dort verbracht.

In der langsam anbrechenden Dämmerung verließ er das Haus und stieg in den Pick-up. Bis zur Green brauchte er mit dem Wagen nur drei Minuten. Im Polizeirevier saß Ted Hopper, einer der beiden Officer, die Nachtdienst hatten, hinter seinem Schreibtisch. »Dein Tag beginnt, und meiner geht zu Ende«, knurrte er. Ted stand sechs Monate vor dem Ruhestand und machte diese Bemerkung jeden Sonntag. Er nahm den Schlüssel für die Garage, in der der Panzerwagen stand, und führte Rick zur Rückseite des Gebäudes.

»Wirst du den Job eigentlich niemals leid?«, fragte er, als sie die Garage betraten.

Rick zuckte mit den Schultern. »Ich muss für meine Rente sorgen. Das frühe Aufstehen macht mir nichts aus – nicht im Sommer.«

Der dunkelblaue Panzerwagen stand an der hinteren Wand, wo Rick ihn gestern abgestellt hatte. Neben der Beifahrertür wartete ein hagerer, blasser Mann mit einer Schrotflinte. Evan Kelso war der Wachmann der Bank.

»Morgen, Evan«, begrüßte Rick ihn. Der wortkarge Kelso nickte schweigend.

Ehe Rick einstieg, ging er um den Wagen herum und überprüfte die Reifen. Dann zog er die schusssichere Weste an, setzte den Helm auf, band den Gürtel mit der Pistole um, die das Unternehmen stellte, und kletterte auf den Fahrersitz. Auf sein Zeichen drückte Hopper auf den Knopf, worauf das Garagentor sich öffnete.

»Alles okay?«, fragte Rick.

»Alles klar«, sagte Kelso.

Rick ließ den Wagen an. Die Uhr auf dem Armaturenbrett zeigte fünf Uhr neunundzwanzig an. Pünktlich auf die Minute.

Der erste Halt war die Bank in der Main Street. Rick bog hinter dem Crocus Lane ab, wo sich ein Stahltor befand, hinter dem eine eigens für den Geldtransporter angelegte Parkbucht lag. Er wartete mit laufendem Motor, bis Kelso die leeren Geldkassetten eingesammelt hatte, die in Bangor gefüllt und zurückgebracht wurden, um die Geldautomaten in Goodwill zu füllen. Bangor lag hundert Meilen entfernt auf der Route One. Um diese Zeit gab es kaum Verkehr, und Rick schätzte, dass er die Rundtour in vier Stunden hinter sich gebracht hatte.

Rick fuhr auf den Highway und gab Gas.

Charco Verde, La Palma, 10.30 Uhr

Das letzte Beben hatte die kleine Stadt drei Minuten lang erschüttert. Der Boden war angeschwollen und hatte gebebt, als wollte er das Gewicht der Häuser, das auf ihn drückte, abwerfen. Das Meer war dreimal angestiegen und wieder zurückgewichen und hatte dabei Boote zertrümmert, die bei früheren Beben bereits beschädigt worden waren. Die Wellen hatten gegen den Damm geschlagen, Geländer verbogen und Pflastersteine herausgerissen.

Auch der von Sand und Staub bedeckte Boden von Carlos' Innenhof wölbte sich. Die Steinplatten zerbarsten, als würde ein riesiges Tier versuchen, die Erde von unten zu durchbrechen. Die Aschewolken hatten eine Dunstglocke über die Insel gelegt; die Temperatur lag bei fünfzehn Grad. Der Schlot hinter den Felsen wurde von Stunde zu Stunde größer und spuckte Asche und glühende Lava aus, die den Kegel hinunterfloss und dessen Flanken mit einem steinernen Panzer überzog. Der Sand am Strand war heiß unter den Füßen, und ab und zu waren aufsteigende Dampffetzen zu sehen.

»Wir können nicht mehr warten«, sagte Carlos zu den anderen. »Wir müssen handeln, oder der Vulkan vernichtet uns.«

Die anderen Männer nickten. Sie hatte keine andere Wahl. Ohne den Ort waren sie nichts.

Sie hatten ein Dutzend Stahlfässer in einer Fabrik im Zentrum der Insel aufgetrieben, hatten den Sprengstoff in die Fässer gepackt und diese anschließend versiegelt. Carlos' Vetter, der Betriebsdirektor des Steinbruchs in Taburiente, hatte den Sprengstoff besorgt.

Es waren zwei Männer nötig, um ein beladenes Fass aus dem Schuppen zu tragen und auf den Anhänger zu laden, der draußen stand. Vor den Anhänger war ein Traktor gespannt, den Carlos sich von einem Bekannten ausgeliehen hatte. Er war mit einer hydraulischen Gabel versehen, mit deren Hilfe sie die Fässer auf den Felskamm hieven konnten.

»Wir stellen die Fässer dicht nebeneinander an die Seite des Kegels, die zum Meer liegt«, sagte Carlos zu den anderen. »Die Explosion wird ein Loch in den Kegel reißen und den Felsen spalten, sodass er ins Meer rutscht.«

»Ja, vernichten wir dieses verdammte Scheißding!«, murmelte Pedro mit finsterer Miene.

Es dauerte länger als erwartet, den Anhänger zu beladen. Die Fässer wogen jeweils sechzig Kilogramm, und die Männer hatten schreckliche Angst vor einem Ausrutscher, obwohl Carlos' Cousin gesagt hatte, dass das *plástico* ohne Zünder kaum explodieren würde. Als der Konvoi sich dann endlich in Bewegung setzte, wechselten die Gezeiten.

Der rauchende, spritzende Schlot des Kegels bot einen grausigen Anblick.

Ruta de los Volcanos

Hoch auf dem rauchenden Bergkamm saß Malcolm im Staub und stützte den Kopf in die Hände. »Es ist alles meine Schuld. Hätte ich keine Zeit damit verschwendet, mit Felipe zu streiten, hätte der Hubschrauber es noch geschafft.«

Concha starrte ihn finster an. »Nein, Sie hatten recht. Wir hätten intensiver suchen müssen, dann hätten wir die neue Bruchlinie auch gefunden. Dann hätten wir nicht im Hubschrauber gesessen, als die Splitterbombe den Rotor traf. Jetzt sind die anderen tot, und wir leben. Wir müssen einen Weg finden, der den Berg hinunterführt, damit wir das Observatorium informieren können, was hier vor sich geht, ehe noch mehr Menschen sterben.«

Malcolm spuckte Dreck aus und erhob sich mühsam. Die Studentin hatte recht. Schuldzuweisungen und Gejammer brachten sie nicht weiter. Jetzt war allein wichtig, die Nachricht – die Warnung – weiterzugeben. Leider waren alle Handys und Funkgeräte beim Absturz vernichtet worden.

»Sobald der Hubschrauber vermisst wird, werden sie eine Suchmaschine schicken«, sagte Concha voller Hoffnung.

»Rechnen Sie lieber nicht damit. Das wäre viel zu gefährlich. In den dichten Staub- und Rauchwolken würde man uns sowieso nicht finden. Die nächsten Orte liegen unten an der Küste. Vielleicht funktionieren in Puerto Naos oder Charco Verde noch die Telefone.«

Durch unvorstellbaren Druck in die Höhe gepresst, bahnte das Magma sich seinen Weg und brach durch Risse und Spalten im Fels an die Oberfläche. Nicht mehr lange, und der gesamte Bereich zwischen dem Bergkamm, auf dem sie sich befanden, und dem Ufer, fünf Kilometer weiter westwärts, würde ins Meer rutschen, und die schlimmsten Albträume würden Wirklichkeit.

Die letzte Phase der Eruptionen begann. Vorerst konnten sie nur hoffen, dass die Zeit reichte, um die Bevölkerung von diesem Teil der Insel zu evakuieren.

Charco Verde

»Und wenn das *plástico* von einem Funken getroffen wird?«, fragte Pedro nervös.

Der Traktor hatte das Ende des Strandes erreicht. Die Männer banden zum Schutz vor den beißenden Dämpfen Taschentücher vor die Gesichter und kletterten auf die Felsvorsprünge, die die Bucht überragten. Der Schlot lag unter ihnen, ein rauchender Schlund, der die kleine Bucht mit dem geschwärzten Kegel, der in der Mitte aufragte, verunstaltete wie ein blutendes Geschwür. Stinkende Dampf- und Rauchschwaden drangen zischend aus der Öffnung. Die Männer sahen, dass ein rotglühender Gesteinsbrocken über den Rand des Kegels rollte und den Hang hinunterpolterte.

Carlos wischte sich den Staub aus dem Gesicht. »Der Sprengstoff ist sicher. Im Steinbruch wird er ständig benutzt. Von der Hitze explodiert er nicht. Dazu braucht man einen Zünder.«

Der Fischer schob seine Hände tiefer in die Taschen und zuckte mit den Schultern. »Das ist verrückt.«

Carlos funkelte ihn wütend an. »Willst du lieber als Kellner auf Lanzarote arbeiten? Hör auf zu jammern und benimm dich wie ein Mann!«

Sie koppelten den Traktor ab und hievten mit Hilfe der hydraulischen Gabel die Fässer mit dem Sprengstoff auf die Felsen. Von dort aus schleppten die Männer die Fässer bis an den Rand und ließen sie an Seilen in den äußeren Schlot hinunter. »Als würde man Weinfässer in den Keller schaffen«, meinte einer.

»Lasst die dummen Scherze und macht schneller!«, fuhr Carlos sie an. »Holt das nächste Fass.«

In einer Stunde wechselten die Gezeiten.

Auf dem Atlantik, 11.30 Uhr

Über die Lautsprecher an Bord der USS *Tarp* wurde verkündet, dass die an der Meeresoberfläche schwimmende Senderboje des defekten Bodendruckmessgerätes des DART-Systems auf dem Radarschirm gesichtet worden war. Mary Sennett hatte eine schlaflose Nacht hinter sich, und heute Morgen schien der Berg höher aufzuragen denn je – ein riesiges schwarzes Monster am Horizont. Die wie ein Amboss geformte Rauchfahne erstreckte sich bis in die Stratosphäre, und ihr riesiger Schatten lag wie ein Leichentuch über dem Ozean.

»Der Berg des Verderbens«, meinte jemand.

Mary konnte nicht darüber lachen. Die Häufigkeit und Kraft der Beben nahm zu. Man musste kein Geologe sein, um zu begreifen, dass eine Katastrophe bevorstand. Mary betete, dass sie die Boje bergen und reparieren konnten, ehe die ganze Insel in die Luft flog.

Derek Wanless versuchte, seine Leute aufzumuntern. »Ich will nicht behaupten, dass unsere Rückkehr kein Risiko birgt, aber zu Hause verlässt man sich auf das DART-System, um rechtzeitig über drohende Tsunamis unterrichtet zu werden. Wir dürfen dieses Vertrauen nicht enttäuschen. Deshalb müssen wir das Bodendruckmessgerät an Bord holen. Der Captain hat Befehl erteilt, das U-Boot vorzubereiten, damit wir sofort loslegen können, sobald das Schiff die Boje erreicht hat. Je eher wir diese Sache hinter uns gebracht haben, desto schneller sind wir hier weg.«

Mary rechnete im Kopf nach. Es dauerte mindestens fünf Stunden, bis das U-Boot den Meeresboden erreicht hatte und mit dem Bodendruckmessgerät an die Oberfläche zurückgekehrt war. Zusätzliche Zeit würde es kosten, das Modul auszuwechseln; einschließlich der Tests war mit zwei bis vier Stunden zu rechnen. Weitere fünf Stunden, um die Boje wieder auf den Meeresboden zu senken und das U-Boot aufsteigen zu lassen. Insgesamt also mindestens zwölf Stunden – vorausgesetzt, dass die Tests des Gerätes abgeschlossen werden konnten, während das U-Boot aufstieg. Die Bestimmungen der Marine untersagten, das U-Boot außer in Notfällen nachts zu benutzen, was bedeutete, dass sie die ganze Aktion auf morgen verschieben mussten. Wenn das Wetter hielt, wenn es zu keinen Kabelbrüchen kam und wenn alle Tests des Systems zufriedenstellend verliefen, würde es bestenfalls vierundzwanzig Stunden dauern, ehe sie die Anker lichten konnten.

Während der Weiterfahrt bot sich Mary wieder der vertraute Anblick von Unmengen schwimmenden Bimssteins und vergifteten Fischen, die auf dem Rücken trieben. Asche hüllte das Schiff in ein geisterhaftes Grau. Die Sonne leuchtete jetzt, kurz vor Mittag, in einem unheilvollen Zwielicht.

»Es kommt mir vor, als würden wir die Unterwelt betreten«, sagte Mary zu Derek.

Er zuckte mit den Schultern. »Ich glaube, wir sind noch gut

bedient. Denken Sie an die Geologen da draußen auf dem Vulkan.«

Mary schauderte.

USS *Thresher*, Mittagszeit

Die Trimmtanks zischten, als Wasser abgepumpt wurde und das U-Boot langsam aufstieg.

»Periskoptiefe, Sir«, meldete der Erste Offizier. »Radarmast ausgefahren. Keine Luftaktivitäten. Entfernung zum Land zwanzig Komma acht Kilometer. Der Russe ist noch immer nicht auf dem Sonar zu sehen. Ein Oberflächenkontakt bei null-vier-null, wahrscheinlich kleines Fischerboot, Entfernung zweitausendfünfhundert Meter zur Küste, vermutlich mit Kurs auf Puerto Naos. Auf dem Schirm wird auch das Forschungsschiff USS *Tarp* ungefähr vierzig Kilometer nordwestlich angezeigt. Die *Tarp* hat den Auftrag, die Bojen des Frühwarnsystems auf dem Meeresboden zu verankern.«

»Sehr gut. Periskop ausfahren.«

»Periskop wird ausgefahren, Sir.«

Das glänzende Stahlrohr glitt in die Höhe. Der Captain packte die Griffe und blickte durch die Linsen. Die Bilder, die das Periskop lieferte, wurden für die anderen Offiziere auf einen Computermonitor übertragen.

»Der Himmel ist bedeckt«, sagte Krauss, als er sich umschaute. »Man könnte meinen, die Dämmerung setzt ein, und dabei ist es mitten am Tag ... Ziemlich viel Dreck im Wasser ... Asche und Bimsstein größtenteils. Sie hatten recht mit dem Fischerboot ... hellblau, kein Ruderhaus, drei Mann an Bord ...« Er vergrößerte das Bild und stellte es schärfer.

»Sieht so aus, als wären sie so weit rausgefahren, um vor dem Ascheregen zu fliehen«, meinte der Erste Offizier.

Der Captain schwang die Linse herum und pfiff leise. »Verdammt. Ich sehe da draußen Wolken von mindestens siebentausend Metern Höhe ...«

»Starke seismische Aktivitäten an der Küste«, meldete der Sonar-Operator plötzlich. »Scheint wieder ein heftiges Beben zu sein.«

»Wir sollten ein paar Fotos fürs Logbuch machen.«

Der Obermaat schoss Bilder von der brennenden Insel.

»Es scheinen vier Kegel zu sein, die alle rauchen«, sagte der Erste Offizier zum Captain. »Vielleicht stimmten die Theorien, und die Insel zerbricht in zwei Teile.«

Krauss schüttelte den Kopf. Er gab sich keinen Spekulationen hin.

»Captain, das Boot ist verschwunden«, rief ein jüngerer Offizier, der die Aufgabe hatte, das Fischerboot durch das Ersatzperiskop zu beobachten.

Krauss schwang das Periskop herum. Auch er sah das Boot nicht mehr. Es herrschte sekundenlang Stille, ehe der Erste Offizier sich zu Wort meldete: »Es muss gesunken sein.«

Der junge Offizier, der beobachtet hatte, sah verwirrt aus. »Ich verstehe das nicht. Gerade war es noch da, und im nächsten Augenblick geht es unter, als hätte jemand es unter Wasser gezogen?«

Die Männer in der Kommandozentrale starrten auf die Monitore. Auf dem Meer war nichts mehr zu sehen. Das Fischerboot mit den drei Männern an Bord, das sie durch die starke Linse des Periskops deutlich gesehen hatten, war von der Bildfläche verschwunden.

»Suchen Sie nach anderen Schiffen in der Nähe«, befahl Krauss.

»Negativ auf dem Radarschirm, Sir. Und der Sonarschirm ist aufgrund der seismischen Störungen unscharf, aber es sieht nicht danach aus, als wäre ein Schiff in der Nähe.«

»Was ist mit dem Russen?«

»Nichts, Sir. Wenn er sich in einem Umkreis von zwanzig Meilen aufhalten würde, hätten wir ihn.«

Krauss betrachtete noch immer die Wasseroberfläche und hoffte insgeheim, das Boot würde wieder auftauchen. »Hat jemand ein Funknotrufsignal aufgefangen?«

»Negativ, Sir.«

»Sir«, meldet der Sonar-Operator, »ich habe Geräusche. Wahrscheinlich das sinkende Schiff.«

Der Erste Offizier und der Captain wechselten einen Blick. »Das ging aber schnell. Die armen Schweine.« Der Erste Offizier strich sich mit der Zunge über die Lippen. »Das Boot muss wie ein Stein gesunken sein.«

»Ja, aber warum?«, fragte Krauss.

»Weitere Geräusche, Sir«, rief der Sonar-Operator.

Krauss trat zu dem Mann vor den Schirm. »Ein Motor?«

»Nein, Sir, hört sich eher nach Gasblasen an, die an die Oberfläche steigen.«

»Vermutlich stammen sie von dem zerborstenen Rumpf«, sagte der Erste Offizier. Alle warteten gespannt. »Nehmen Sie die Geräusche noch auf?«, fragte Krauss.

Der Operator schüttelte den Kopf. »Die Hintergrundgeräusche von der Insel sind zu laut.«

»Ich fasse es nicht«, sagte der Erste Offizier. »Wie lange hat es gedauert? Eine Minute? Anderthalb? Wie kann ein kleines Fischerboot in so kurzer Zeit auf dem Meeresboden aufschlagen?«

»Wie war die letzte bekannte Position des Schiffes?«, fragte Krauss.

»Tausendfünfhundert Meter bei null drei null, Sir«, meldete der Navigationsoffizier.

»Sir, Temperatur des Meerwassers steigt!«, rief ein Techniker, der die Werte kontrollierte.

Alle drehten sich zu ihm. »Um wie viel?«, fragte Krauss.

»Um zwei Grad auf achtzehn Grad. Wir müssen durch eine Thermokline fahren.«

Der Erste Offizier sah verwirrt aus. »Ein Wärmefeld? Treibstoff, der aus dem Boot ausgetreten ist?«

»Neunzehn Grad!«, rief der Techniker.

»Vermutlich dringt heißes Wasser aus einem Spalt auf dem Meeresgrund«, sagte der Navigationsoffizier.

Dann brach Chaos aus.

Plötzlich schlingerte das U-Boot und begann rasch zu sinken. Der Periskop-Schirm wurde schwarz. Alarmglocken schrillten.

Charco Verde, La Palma

Alles verlief reibungslos, als sie den Sprengstoff an Ort und Stelle platzierten. Carlos hatte die Operation bis ins letzte Detail geplant. Jedes Fass wurde mit der Winde von der Ladefläche gehoben und in den Schlot am Rande der Felsen heruntergelassen. Während die letzten Fässer auf den Berg gebracht wurden, kletterte Carlos in den Schlot hinunter und trotzte dem Funkenregen und gelegentlichen Lavapfropfen, um die Zündschnüre zu verkabeln.

Jedes Fass war mit elektrischen Zündern versehen und mit einem Kabel verdrahtet, das durch ein in die Deckel gebohrtes Loch verlief. Alle Deckel waren mit wasserdichter Dichtungsmasse versiegelt. Bei dem Sprengstoff handelte es sich um den Plastiksprengstoff C-4.

Carlos musste nun jedes Fass mit einer Kondensator-Zündmaschine verbinden, ein Gerät, das den Zündstrom über die Auslöseeinrichtung entweder gleichzeitig an alle Zündkapseln lieferte oder zeitversetzt. Carlos hatte die Kabel so angebracht, dass alle Zünder gleichzeitig zündeten und eine einzige Explosion ausgelöst wurde.

Das letzte Fass wurde heruntergelassen und oben auf die anderen gestellt. Carlos suchte die jeweiligen Drahtenden, die aus den Deckeln ragten, isolierte sie, drehte die nackten Drahtenden zusammen, steckte sie in die Verbindungsbox und zog die mit Plastik überzogene Schraube fest. Wie sein Vetter es ihm geraten hatte, überprüfte er dann alle zwölf Verbindungen und stellte sicher, dass sie fest verbunden waren. Im Schlot sammelte sich dicker Rauch aus Hydrochloridsäure und Schwefeldioxid. Carlos war schwindelig, und er kämpfte gegen Übelkeit an. Schließlich rollte er das Ende der Kabelrolle ab, steckte es in die Verbindungsbox und drehte die Schraube fest.

»Hier«, rief er keuchend Pedro zu, der auf dem Felsen stand. »Nimm das. Du musst mir helfen. Ich schaffe es nicht allein.«

Mit Pedros Hilfe kletterte er aus dem Schlot. Gemeinsam rollten sie das Kabel ab und reichten den Männern auf dem Anhänger die Rolle. Als Carlos den Dämpfen im Schlot nicht mehr ausgesetzt war, spürte er, wie seine Kraft zurückkehrte. »Also dann«, sagte er zu dem Fahrer. »Bring uns zurück zur Mauer. Und fahr langsam, sonst reißt das Kabel.«

Die Mauer war der zweihundert Meter entfernte Abschnitt eines Wellenbrechers, den die Stadt vor ein paar Jahren errichtet hatte. Damals sollte die Seepromenade erweitert werden, doch das Projekt war später aufgegeben worden. Am Ende der Mauer hielten sie an. Die Männer stiegen alle aus und versammelten sich um Carlos, der bereits damit beschäftigt war, das Kabel mit der Kondensator-Zündmaschine zu verbinden.

»Bist du sicher, dass wir genügend *plástico* haben?«, fragte Pedro de Vera.

»Zwölf Fässer, und in jedem sind sechzig Kilo. Das sind mehr als siebenhundert Kilo Sprengstoff«, erwiderte Carlos.

»Mein Vetter sagte, das würde ausreichen, um ein Loch in die Insel zu sprengen und sie zu versenken.« Er lachte bitter auf.

Carlos überprüfte die Drähte und Verbindungen und drehte die Kurbel der Kondensator-Zündmaschine. Zwei Lichter leuchteten gefährlich rot. Carlos legte einen Finger auf den Schalter. »Seid ihr bereit?«, fragte er. »Leg dich hinter die Mauer, Dummkopf«, fügte er an Juan gewandt hinzu. Juan war der jüngste der Truppe.

»Ich will die Explosion sehen«, murrte der junge Mann.

»Du wirst sie hören. Das muss genügen«, sagte Carlos, worauf die anderen lachten. Sie waren erleichtert, dass der größte Teil der Arbeit hinter ihnen lag.

»Fertig?«, wiederholte Carlos.

Die anderen nickten.

Carlos spuckte in den Sand und rieb sich die Hände. *»Atención!«*, rief er.

Ruta de los Volcanos, 13.00 Uhr

Malcolm Mackenzie lief noch immer humpelnd neben Concha über den Bergkamm. Das spanische Mädchen hatte die Führung übernommen. Concha kannte die Insel, doch auch sie fand sich in dieser veränderten Landschaft kaum zurecht. Hunderte von Hektar Wald auf den Hängen waren abgebrannt; Pfade und Wege lagen unter Sand- und Ascheverwehungen verborgen. Beide Geologen waren von rotem Staub bedeckt. Er brannte in ihren Augen und ihren Kehlen. Von Zeit zu Zeit stiegen Rauchfahnen aus einem der Schlote auf dem Bergkamm und hüllten sie in eine beißende Wolke, sodass sie kaum noch Luft bekamen und wie Betrunkene torkelten.

Es war dunkel und kalt unter den Ascheschwaden. Damit sie besser laufen konnten, hatten sie bis auf ihre Shorts und

T-Shirts alles ausgezogen und ihre Schutzanzüge am Wegrand abgelegt. Malcolm hatte schrecklichen Durst, doch ihre Wasserflaschen waren beim Absturz des Hubschraubers vernichtet worden.

Irgendwo in der Ferne in einem Engpass zwischen zwei Bergrücken lag ein Campingplatz in Pilar. Von dort wand sich eine schmale, steile Straße hinunter zu der Schnellstraße, die beide Enden der Insel miteinander verband, und zu dem Tunnel unter dem Bergkamm, der in die Hauptstadt Santa Cruz führte. Wenn sie Glück hatten, könnten sie in Pilar telefonieren oder zumindest einen Wagen finden, der sie mit in die Hauptstadt nahm.

Unter ihren Füßen bebte noch immer die Erde, doch die Stärke der Beben schien abzunehmen. Vielleicht hatte es damit zu tun, dass sie sich aus der unmittelbaren Zone der Ausbrüche entfernten. Doch hinter ihnen stiegen noch immer dichte Rauchwolken und Asche in die Atmosphäre und verdunkelten die Sonne, sodass sie sich in einem gespenstischen Zwielicht ihren Weg zwischen verkohlten Bäumen und den Schwaden giftiger Gase ertasten mussten, die über den Boden wogten.

Sie waren eine Stunde unterwegs, als Concha an einem Pfad stehen blieb, der linker Hand den Berg hinunterführte. »Ich glaube, hier geht es nach Puerto Naos und Charco Verde«, sagte sie, wobei sie den Staub aus ihrem Haar schüttelte. Auf ihrem Gesicht mischten sich Ruß und Schweiß. »Wenn wir diesen Weg einschlagen, könnten wir auf eine Straße treffen, die nach El Paso führt.«

»Dann entfernen wir uns aber von der Schnellstraße, und alle Ortschaften westlich vom Bergkamm sind evakuiert.«

Concha zuckte mit den Schultern. »Vielleicht treffen wir auf eine Armeepatrouille. Sie könnte uns mitnehmen. Vielleicht werden wir schon gesucht.«

Malcolm hielt das für unwahrscheinlich. Selbst wenn es aufgefallen wäre, dass der Hubschrauber verschwunden war – die Rettungskräfte hatten zu viel tun; es würde Stunden dauern, bis die Behörden genügend Leute abstellen könnten, um eine Suchaktion einzuleiten.

»Es wäre leichter für uns, bergab zu laufen«, fügte Concha ermattet hinzu. Sie sah schrecklich abgespannt aus. Die Strapazen forderten ihren Tribut.

»Ich schaff das schon«, erwiderte Malcolm grimmig. »Wir müssten nach einer Meile auf die Straße treffen, dann wird es leichter für uns.«

»Das Militär hat Funkgeräte. Sie stehen mit Santa Cruz in Verbindung. Wenn wir Soldaten treffen, könnten wir schnell eine Katastrophenwarnung weiterleiten.« Concha zögerte, ehe sie fortfuhr. »Außerdem habe ich Verwandte an der Küste.«

»Wo an der Küste?«

»In Charco Verde, dort, wohin wir jetzt gehen.«

Malcolm erinnerte sich. »Wo der neue Schlot entstanden ist?«

»*Sí.* Aber der Schlot existiert vielleicht schon nicht mehr. Mein Onkel wollte ihn in die Luft sprengen, damit das Meerwasser hineinläuft und ihn löscht.«

Malcolm blickte sie fassungslos an. »*Was?*«

»Mein Onkel und seine Freunde, Männer aus dem Dorf, haben Angst, dass der neue Schlot die Strände zerstört und die Touristen nie mehr wieder kommen. Deshalb haben sie Sprengstoff besorgt, um den Kegel aufzusprengen ...«

Malcolm starrte sie entsetzt an. »Das haben sie Ihnen gesagt, als wir dort waren? Und Sie haben nichts getan?«

Concha senkte schuldbewusst den Kopf.

»Mein Gott«, krächzte Malcolm. »Feuer und Wasser! Phreatische Reaktionen!«

Concha schaute ihn an. »Es wird Dampfexplosionen geben,

ja, aber die Männer werden in sicherer Entfernung sein, wenn sie die Explosion auslösen. Es wird niemand verletzt.«

Malcolm schüttelte den Kopf. »Sie wissen ja gar nicht, was es bedeutet, wenn eine Dampfexplosion ausgelöst wird.«

Concha schaute ihn verständnislos an.

»Genau das, was beim Krakatau passiert ist.« Malcolm erklärte es ihr. Dampfexplosionen wurden per Zufall in der Stahlindustrie beobachtet, als entdeckt wurde, dass Wasser, das mit hochgradig erhitztem Material in Berührung kam – in diesem Fall mit geschmolzenem Stahl –, mitunter schlagartig verdampfte, worauf heiße Klumpen des Brennstoffs ausgeworfen und in einer Kettenreaktion weitere Explosionen ausgelöst wurden. Später wurde in Kernkraftwerken ein ähnliches Phänomen beobachtet, als flüssiges Natrium als Kühlmittel benutzt wurde. Der die Reaktion auslösende Brennstoff war in diesem Fall geschmolzenes Uranoxid.

»Ich verstehe den Zusammenhang nicht«, warf Concha ein. »Lavaströme fließen häufig ins Meer, und es entsteht *keine* Explosion. Dampf ja, aber keine Dampfexplosion.«

»Das hat damit zu tun, dass Lava, die ins Meer fließt, sich nicht mit dem Wasser vermischt, von seltenen Ausnahmen abgesehen. Es bleibt eine klare Grenze zwischen den beiden Flüssigkeiten. Wasser am Rande dieser Grenze wird zu Dampf erhitzt und verkocht, aber das ist ein vergleichsweise unspektakulärer Prozess. In diesem Fall gibt es keine Vermischung, die zu einer Explosion führt.« Malcolm erzählte Concha vom Heimaey-Experiment in Island. »1973 gab es in Island eine kleine Stadt mit einem ähnlichen Problem wie in Charco Verde. Ein Lavastrom floss aus einem nahegelegenen Schlot in den Hafen und drohte ihn zu vernichten. Ingenieure hatten die glorreiche Idee, eine Bresche in die Seite des Lavastroms zu schlagen, um die Kruste aufzubrechen und den Strom ins offene Meer umzuleiten. Zum Glück erkannten einige Wissenschaftler in letzter Minute das potentielle Risiko. Sie begriffen, dass eine Explosion von nur zehn Kilo Sprengstoff eine Kettenreaktion auslösen könnte, die zu einer Explosion hätte führen können, deren Wirkung der Sprengkraft von vier Millionen Tonnen TNT entsprochen hätte.«

Concha lehnte sich an einen Felsen und drückte sich eine Hand auf die Brust. »Und Krakatau ...?«, flüsterte sie.

Malcolm strich mit der Zunge über seine aufgerissenen Lippen. Seine Kehle brannte von dem Staub und Rauch. Jedes Wort bereitete ihm Schmerzen. »Krakatau war immer ein Rätsel. Wie kann ein vergleichsweise kleiner Vulkan mit einer solch unglaublichen Kraft in die Luft fliegen? Jetzt wissen wir es. Krakatau war eine Insel. Einer der früheren Ausbrüche muss den Kegel zerschmettert und einen Spalt in die Seite geschlagen haben, sodass das Meer in das weißglühende Zentrum der Caldera hineinfließen konnte. Es wurde eine ungeheure Explosion ausgelöst, doch das Schlimmste kam noch. Die Explosion öffnete den Weg in die unterirdische Magmakammer, einen riesigen See aus geschmolzenem Gestein unter dem Vulkan. Stellen Sie sich die Energie vor, die freigesetzt worden sein muss, als das Meerwasser da hineinfloss. Es war eine Explosion von unvorstellbarer Kraft. Die Schockwellen waren rund um den Globus zu spüren.«

»Malcolm, ich schwöre, das habe ich nicht gewusst.«

»Ihr Onkel und seine Freunde – wie viel *plástico* haben sie sich beschafft?«

Concha starrte ihn entsetzt an. »Carlos hat gesagt, mehr als siebenhundert Kilo«

»Allmächtiger, sie können die ganze Insel in die Luft jagen!«

33

Charco Verde, La Palma, 13.00 Uhr

Carlos drückte auf den Schalter auf der Kondensator-Zündmaschine, um den Zündkreis zu schließen. Das System funktionierte einwandfrei. Der Hochspannungsimpuls jagte durch die Kabel und strömte gleichzeitig in alle zwölf von Aluminium ummantelten Zünder, die in den Blocks des C-4-Plastiksprengstoffs in den Fässern eingebettet waren, die sie in den Schlot gestellt hatten. Binnen einer Mikrosekunde blitzte eine Stichflamme auf, worauf zwölf Golddrähte verdampften und achtzig Milligramm PETN die erste Explosion auslöste.

Das PETN wiederum verursachte die Detonation einer zweiten Sprengladung, die aus einem Gramm Hexogen bestand. Bei der Zündung begann das Hexogen mit unglaublicher Geschwindigkeit zu brennen. Dabei entstand ultraheißes Gas, das sich extrem schnell ausbreitete. Dieses heiße Gas schoss durch die C-4-Sprengstoff-Blöcke hindurch.

Siebenhundertzwanzig Kilogramm des aus neunzig Prozent reinen Hexogens bestehenden Sprengstoffes detonierten an der Kegelwand des Schlotes in Charco Verde in einer gewaltigen Explosion. Carlos und seine Freunde, die fünfhundert Meter entfernt hinter der Mauer Schutz gesucht hatten, wurden in den Sand geschleudert. Carlos spürte eine glutheiße Luftwoge über sich hinwegschießen. Ein Wirbelsturm aus Sand, Steinsplittern und Asche fegte über den Strand. Als Carlos wieder zu sich kam, lag er halb unter Trümmern begraben und war vollkommen taub. Seine Augen waren geschwollen, sodass er nur verschwommene Schatten sah. Er rappelte sich mühsam auf und taumelte benommen an seinen stöhnenden Freunden vorbei. Wie durch einen Nebel bewegte er sich zur Mauer und spähte zu der Stelle hinüber, wo der Kegel gewesen war.

Zuerst sah er nur weißen Nebel. Seine Ohren klingelten noch immer – zumindest kam es ihm so vor, bis er begriff, dass er den zischenden Dampf hörte, der aus den Trümmern des Schlotes schoss. Weiße Dampfschwaden quollen zum Himmel und verdunkelten die Aschewolken. Von seinem Standort aus spürte Carlos, wie der Boden von dem ungeheuren Druck bebte, der sich in der Tiefe bildete.

Dann riss der Strand auf, und schwarze Aschefontänen schossen empor und berieselten den Sand mit glühenden Steinen. Brennende Funken und Bimsstein regneten auf Carlos herunter. Sand wirbelte auf und nahm ihm die Sicht.

Das Meer stieg und fiel. Asche und Bimsstein färbten die Oberfläche grau. Brecher rollten auf die Küste zu. An einigen Stellen brodelte und kochte das Wasser und wurde von schäumenden Dämpfen aufgewühlt. Schlammgeysire blubberten und spien riesige Mengen schmutzigen gelben Schaums aus, der einen unerträglichen Schwefelgestank verbreitete. Unaufhörlich brandete das Wasser an die Küste und zog sich wieder zurück, als würde es jedes Mal vor dem glühend heißen Ufer fliehen.

Einen Augenblick schien der Lärm nachzulassen, doch kurz darauf hallten lautes Knacken und Knirschen über den Strand. Feuersäulen aus dem Schlot schossen Hunderte von Metern in die Luft und rieselten als tödlicher Regen nieder. Unheilvolles, dumpfes Grollen dröhnte unter der Erde. Der Sand hob sich und bebte. Dann folgten eine Reihe polternder Schläge, die an Artilleriefeuer erinnerten. Immer mehr Feuersäulen, die helle Rauchfahnen hinter sich herzogen, schleuderten weißglühendes Gestein aus dem Schlot in ungeheuere Höhe. Die Magmabomben stürzten heulend wieder herab und versanken dampfend im Ozean.

War es der Todeskampf des Schlotes? Carlos wusste es nicht. Sie hatten getan, was sie tun mussten. Sie hatten als Männer gehandelt und ihr Leben riskiert, um ihre Stadt zu retten. Jetzt mussten sie ihr eigenes Leben retten.

Carlos verließ den Schutz der Mauer und lief zu den anderen zurück. *»Vamos!«*, rief er und rüttelte die benommenen Männer. »Auf den Traktor! Wir müssen schleunigst hier abhauen.«

Wie Schlafwandler gehorchten sie, zogen sich stöhnend auf den Anhänger. Carlos setzte sich ans Steuer des Traktors und fegte das zerbrochene Glas der Windschutzscheibe zur Seite. Er drehte den Zündschlüssel und betete, dass der Motor zündete.

Als er ansprang, erklang ein Donnerschlag, als wäre das Ende der Welt gekommen. Ein letztes Mal fiel Carlos' Blick auf den Strand, der sich in ein gigantisches Flammenmeer verwandelt hatte.

USS *Thresher*

»Sir, wir gewinnen an Tiefe. Hundert Meter in der Minute!«, rief der Offizier vom Dienst.

»Scheiße!« Der Erste Offizier wurde leichenblass. Die *Thresher* sank so schnell, wie eine Kabine einen Fahrstuhlschacht hinuntersaust.

Krauss' Blick glitt zu den Anzeigen. Ein Strudel oder eine Strömung hatte die *Thresher* in ihrer Gewalt und zog sie in die Tiefe. Noch hatten sie zweitausend Meter unter dem Kiel; es blieben noch mehr als tausenddreihundert Meter, bis sie eine

Tiefe erreicht hätten, in der ihr Rumpf nach den Angaben der Groton-Schiffswerft, die das U-Boot gebaut hatte, einem Druck von zwei Tonnen pro Quadratzentimeter ausgesetzt wäre und zerquetscht würde.

»Hart Backbord«, rief Krauss dem Steuermann zu. »Motoren auf siebenhundert. Ballast abwerfen.«

»Wir sinken weiter!«, rief der Erste Offizier. »Hundert pro Minute.«

»Das Meerwasser hat einundzwanzig Grad!«, meldete der Techniker, der das Außenthermometer überprüfte.

Es war verrückt: Das Schiff sank immer tiefer, und doch wurde das Wasser wärmer.

»Zweihundertfünfzig Meter pro Minute.«

Krauss wandte sich dem Ersten Offizier zu. Seine Miene war angespannt. »Methan!«, sagte er.

Methangas. Aus einem Spalt im Meeresboden drang ein tödlicher Mix von Dämpfen ins Meer. Methan, ein farbloses, geruchloses, erstickendes Gas, das eine explosive Mischung mit der Luft bildete. Und noch eine andere Gefahr ging von dem Gas aus: Ein plötzlicher Ausstoß größerer Mengen Methan konnte die Wasserdichte dramatisch senken, sodass das Wasser das Gewicht eines Schiffes oder Bootes nicht mehr trug. Ein Schiff, das durch stark mit Methangas angereichertes Wasser fuhr, hätte ebenso gut versuchen können, durch die Luft zu fahren. Es sank unkontrollierbar, buchstäblich wie ein Bleigewicht.

Genau das war mit dem Fischerboot passiert.

Und genau das geschah jetzt mit der *Thresher*.

»Dreihundert Meter!«

Im selben Augenblick schien ein gigantischer Hammer auf das U-Boot zu schlagen.

Als das Donnern weiterer Ausbrüche durch die Berge hallte, starrten Malcolm und Concha einander voller Entsetzen an.

»*Madre de Dios*, sie haben wirklich es getan, die Idioten!«, sagte das Mädchen schockiert. »Sie haben den Sprengstoff gezündet!«

Die Explosionen nahmen an Intensität und Stärke zu. Dichte Dampf- und Rauchschwaden trieben von der Küste herüber und stiegen zum bedeckten Himmel auf, der in rotes Licht getaucht wurde. Lodernde Lavabomben verbrannten die Wolken und hinterließen wirbelnde Rauchfahnen, als sie über den Vulkan hinwegschossen.

Malcolm ergriff Conchas Arm. »Ins Landesinnere«, sagte er grimmig. »Wir müssen vom Berg runter!«

Mit stolpernden Schritten liefen sie den Pfad entlang, der zum Campingplatz führte. Der Wind wehte aus Westen und führte dicke Aschewolken mit sich. Schon bald rieselte warmer Bimsstein auf sie nieder. Das Licht war verblasst; nur ein trüber gelber Schimmer wies ihnen den Weg. Malcolm rechnete im Stillen nach. Sie waren in der Nähe des nördlichen Endes des Cumbre Vieja und etwa vier Meilen von der Küste entfernt. Der schwächste Bereich des Berghangs, der am ehesten abbrechen könnte, lag hinter ihnen. Doch bei einer so gigantischen Explosion spielte das keine Rolle. Siebenhundert Kilo Hexogen konnten theoretisch eine Explosion von mehreren Megatonnen Sprengkraft auslösen.

Malcolm versuchte sich vorzustellen, wie der Kegel inmitten der kleinen Bucht zerbarst und das Meerwasser in den Schlot strömte. Heißer Dampf würde entstehen, und durch die Dampfnester würde es zu weiteren Explosionen kommen. Genau das hörten sie jetzt wahrscheinlich. Doch wie Concha ganz richtig bemerkt hatte, strömte bei Vulkanausbrüchen häufig Lava ins Meer, ohne dass es zu einer katastrophalen Reaktion kam.

Es sei denn, es handelte sich um einen Ausbruch wie beim Krakatau …

Malcolm zuckte zusammen. Selbst das war nur eine Theorie, eine von mehreren Erklärungen. Doch das Wasser war sicherlich ein Schlüsselelement. Krakatau war eine Insel. Dass der Vulkan zerrissen war, hatte mit hoher Wahrscheinlichkeit dazu geführt, dass das Meerwasser in den weißglühenden Schmelzofen des freigelegten Magmas geströmt war. Die daraus resultierende Explosion hatte mehr als sechs Kubikmeilen der Insel mehr als dreißig Kilometer hoch bis in die Stratosphäre geschossen.

Mein Gott, dachte Malcolm. Welche Hoffnung konnte dann noch jemand auf der Insel haben?

USS *Tarp*, 14.00 Uhr

Der Captain der *Tarp* hatte den Befehl erteilt, das U-Boot aufs Wasser zu setzen.

Das Schiff rollte neben der Senderboje auf der Dünung und hielt mit seinen Hilfsschrauben die Position. Dank ihres GPS und der computergesteuerten Motoren konnte die *Tarp* eine exakte Position über jedem Punkt des Meeresbodens beibehalten.

Mary Sennett war hinuntergestiegen, um zu überprüfen, ob die Videoverbindungen richtig funktionierten. Die *Tarp* war in diesem Augenblick genau einundfünfzig Meilen von Charco Verde entfernt, das im Nordwesten lag. Die Detonation von Carlos' siebenhundertzwanzig Kilo Sprengstoff war für alle, die sich auf den Decks aufhielten, deutlich zu hören gewesen, nicht aber für diejenigen unter Deck. Die nachfolgende Explosion jedoch hörten alle. Das Donnern der Explosion und die Schockwelle erreichten das Schiff gleichzeitig. Als Mary das

Bild auf ihrem Monitor flackern sah, drang das laute Grollen von draußen an ihr Ohr. Den Bruchteil einer Sekunde schoss ihr der Gedanke durch den Kopf, das Schiff könnte auf eine Miene gelaufen sein. Später konnte sie nicht mehr nachvollziehen, wie sie auf einen solch dummen Gedanken verfallen konnte. Sie nahm eine Rettungsweste aus einem Fach über ihrem Kopf und rannte die Stufen zum Deck hinauf, wo alle mit offenen Mündern auf die gigantische Säule brennenden Rauchs am Horizont starrten.

Der Augenblick des Erstaunens wurde rasch von hektischer Aktivität abgelöst. Der Captain rief Befehle und gemahnte seine Besatzung in scharfem Tonfall an ihre Aufgaben. Luken und Türen wurden verschlossen; sämtliche Gegenstände, die ihnen bei einer Erschütterung des Schiffes um die Ohren fliegen konnten, wurden befestigt. Jeder an Bord zog eine Rettungsweste an und nahm den ihm zugewiesenen Platz ein. Das Schiff drehte den Bug zur Insel, und alle warteten.

Als Mary sah, dass Derek Wanless ins Labor hinunterstieg, folgte sie ihm. Er setzte sich vor den Zentralserver und aktivierte die Satellitenverbindung.

»Machen Sie noch ein Back-up?«, fragte Mary. »Ich helfe Ihnen.«

»Nur eine Vorsichtsmaßnahme«, erwiderte er knapp. »Die Ergebnisse unserer harten Arbeit dürfen auf keinen Fall verloren gehen.«

Mary setzte sich an einen anderen Computer. Ihre Finger huschten über die Tastatur, als sie die Dateien heraussuchte, die sie versenden wollte, wobei sie mit den wichtigsten Daten begann. »Gut, dass wir gestern Abend ein vollständiges Backup angefertigt haben«, sagte sie.

Wanless antwortete nicht. Jeder rechnete im Stillen nach, wie hoch die Wahrscheinlichkeit war, dass ihre größte Angst Wirklichkeit wurde: Wenn die Flanke des Vulkans abgebrochen war, könnte in genau diesem Augenblick eine Monsterwelle auf sie zurasen. Mary schaute auf die Uhr: acht Minuten nach zwei. Vier, vielleicht fünf Minuten, seitdem sie die Explosion gehört hatten. Wie schnell würde die Welle sich bewegen? Darüber hatten Mary und Wanless oft diskutiert. Einige Fachkundige schätzten die Geschwindigkeit auf sieben- bis achthundert Stundenkilometer. Andere gingen von einer viel geringeren Geschwindigkeit aus. Mary beschloss, die Höchstgeschwindigkeit zu halbieren und vierhundert Stundenkilometer als Berechnungsgrundlage zu nehmen. Das würde bedeuten, dass eine Welle gut sechs Kilometer pro Minute zurücklegte. Eine solche Welle würde genau dreizehn Minuten brauchen, um die *Tarp* zu erreichen. Es würde kaum einen Unterschied machen, wenn sie wenden und mit voller Kraft fahren würden. Die Höchstgeschwindigkeit der *Tarp* betrug auf offener See weniger als dreißig Knoten. Mary konnte bestenfalls hoffen, dass sich das Unvermeidliche um zwei Minuten verzögerte.

Die nächste Frage lautete, mit welcher Höhe bei dieser Welle zu rechnen war. Das war schwieriger. Schätzungen der Größe einer Welle, die der Abbruch der Flanke des Cumbre Vieja verursachen könnte, variierten von abenteuerlichen fünfhundert Metern bis zu einem Zehntel dieses Wertes. Doch selbst wenn Mary von der niedrigsten Schätzung ausging, hätte sie eine fünfzig Meter hohe Welle, die mit vierhundert Stundenkilometern übers Meer raste. Es war unerträglich, auch nur darüber nachzudenken.

Aber kurze Wellen verloren schnell an Höhe, wenn sie sich vom Ort ihres Entstehens entfernten und ihre Energie auf einen ausgedehnten Bereich des Ozeans verteilten. Die meisten Experten gingen davon aus, dass die Höhe der Welle im Anfangsstadium rapide sank. Es könnte mit einem Tsunami gerechnet werden, der nach den ersten fünfzig zurückgelegten Meilen die Hälfte seiner Höhe eingebüßt hätte. Dann könnten sie in den nächsten vier oder fünf Minuten damit rechnen, eine fünfundzwanzig Meter hohe Welle am Horizont zu sehen.

Das Prasseln der Lautsprecher riss Mary aus ihren Gedanken.

»Achtung, hier spricht der Captain. Wir müssen damit rechnen, in den nächsten Minuten von großen Wellen überrollt zu werden. Überprüfen Sie, ob Ihre Rettungswesten richtig befestigt sind. Gehen Sie nicht an Deck. Ich wiederhole – gehen Sie nicht an Deck, es sei denn, Sie werden von einem Offizier dazu aufgefordert. Es ist möglich, dass diese Gefahrensituation mehrere Stunden anhält. Sobald die Situation sich wieder normalisiert hat, werden Sie darüber informiert. Bis Sie eine solche Information erhalten, besteht höchste Alarmstufe, und das Tragen der Rettungswesten ist zwingend vorgeschrieben. Viel Glück.«

Sie warteten und zählten die Minuten. Das Grollen und Donnern hielt an, war aber nicht mehr so laut. Die Eruption schien schwächer zu werden. Eine fünfundzwanzig Meter hohe Welle, dachte Mary, und stellte sich diese gigantische Wasserwand vor. Doch die *Tarp* war ein Marineschiff und dafür gebaut, auch schwerer See standzuhalten.

Die Lautsprecher knatterten erneut. »Hier ist noch einmal der Captain. Eine etwa zehn Meter hohe Welle rollt auf uns zu. Wir fahren mit dem Bug in diese Welle hinein. Haltet euch fest, Leute!«

Mary und Wanless lächelten sich nervös an. Zehn Meter. Es hätte schlimmer kommen können, doch vielleicht war das nur der Anfang.

»Achtung!«, rief der Captain eine Minute später. Die See wurde stürmischer. Das Deck neigte sich und kippte dann gefährlich nach hinten. Mary grub die Fingernägel in ihre Handflächen und vermied den Blick aus den Bullaugen. Sie spürte das Vibrieren der Motoren, die mit voller Kraft liefen, doch die *Tarp* steuerte unbeirrt auf den Wellenkamm zu. Die Fahrt den Wellenrücken hinunter war vergleichsweise einfach. Das Schiff stabilisierte sich und rollte im Wellental.

Mehrere Minuten vergingen. »Die nächste Welle kommt«, informierte der Captain die Besatzung. »Sie ist größer als Nummer eins, aber wir werden damit fertig.«

Mary, die unten im Labor saß, umklammerte fest die Stuhllehnen. Die zweite Welle erschien ihr sehr viel größer; vielleicht war sie auch nur steiler. Das Wasser krachte auf die Decks, als die *Tarp* sich mühsam den Wellenkamm hinaufquälte. Die rasante Fahrt ins Wellental schien kein Ende zu nehmen.

Der Captain meldete sich wieder. »Ich glaube, es interessiert Sie, dass die letzte Welle nach unseren Berechnungen hier auf der Brücke über vierzehn Meter hoch war, was für unser Schiff eine persönliche Bestleistung darstellt.« Mary hörte ein paar Lacher im Hintergrund und grinste. Der Captain fuhr fort: »Unser Navigationsoffizier hat die Rauchfahne des Vulkans berechnet, der hinter diesem Schlamassel steckt. Sie werden es kaum glauben – sie erreicht eine Höhe von fünfzehn Meilen. Eines der Details, die Sie sich merken sollten, um zu Hause Eindruck zu schinden.«

Santa Cruz de la Palma, Hauptstadt der Insel

Die Stadt hatte sich langsam vom Schock des Tsunami erholt, den sie am gestrigen Nachmittag erlebt hatte, als die neuen Ausbrüche wieder Panik hervorriefen. Doch die Sachschäden hielten sich in Grenzen. Allerdings wer ein Teil der Klippen eingebrochen, die den LP-1 Highway überragten, der nach Süden zum Flughafen führte; die Felsbrocken blockierten nun beide Fahrspuren.

Obwohl es früher Nachmittag war, hatte sich ein düsteres Zwielicht über die Stadt gelegt, und durch den großflächigen Stromausfall verschärfte sich die Situation. Fahrzeuge fuhren im Schneckentempo; der starke Asche- und Bimssteinregen verdunkelte das Licht ihrer Scheinwerfer. Die meisten Seitenstraßen waren unpassierbar, und es kam zu zahlreichen kleineren Unfällen.

Viele Menschen aus dem Umland suchten Schutz in der Hauptstadt. Die Regierung in Madrid hatte Maßnahmen zur Evakuierung der Einwohner getroffen. Drei Tragflügelboote aus Teneriffa und Fuerteventura mussten zusätzliche Fahrten machen. Im Notfall konnten sie tausendfünfhundert Passagiere an Bord nehmen. Weitere Schiffe waren vom Festland und aus Italien gechartert worden, würden aber erst in ein paar Tagen zur Verfügung stehen. Jetzt sah es so aus, als könnten sie zu spät kommen.

Sämtliche Flüge von der Insel waren ausgebucht. Da jedoch ständig die Asche von der Start- und Landebahn geräumt werden musste, starteten weniger Maschinen. Noch vor dem Tsunami war ein Drittel der Bevölkerung geflohen, zehntausend Menschen allein in den vergangenen vierundzwanzig Stunden, und viele drängten sich nur mit dem, was sie auf dem Leib trugen, an Bord der Schiffe.

Mehr als zwanzigtausend Menschen blieben zurück. Es waren größtenteils die Älteren, die Armen, die Kranken und diejenigen, die sich um sie kümmerten. In jeder Tragödie war es dieselbe Besetzung. Die noch auf der Insel waren, konnten nur warten und beten. Alle Kirchen waren überfüllt. Die Priester standen am Rande der Erschöpfung, nachdem sie rund um die Uhr Messen gelesen hatten. Die Gläubigen zündeten Kerzen an, die Ungläubigen fluchten. Es kursierten Gerüchte über Diebstähle und Plünderungen. Die Immigranten waren wie immer an allem Schuld und liefen Gefahr, auf offener Straße gesteinigt zu werden. Als hätten sie nicht schon genug Probleme, ihr nacktes Leben zu retten. Wie Geister drückten sie sich im Schatten verlassener Häuser herum und sprachen ihre eigenen Gebete.

Doch es bedurfte mehr als Gebete, mehr als Kerzen und versprochener Schiffe, die niemals kamen.

34

Washington, 8.00 Uhr

Die Nachricht von stärkeren Aktivitäten auf La Palma war um die Welt gegangen. CBS sendete ein Interview mit Professor Jean Ballister.

»Die Informationen sind noch sehr vage«, erklärte Ballister. »Aber eines ist sicher: Die Lage hat sich dramatisch zugespitzt.«

»Wir haben gerade eine Meldung vom Verteidigungsministerium erhalten«, sagte die Moderatorin. »Die *Tarp* berichtet, fünfzig Meilen nordwestlich von La Palma auf zwei extrem hohe Meereswellen gestoßen zu sein, zwölf bis fünfzehn Meter hoch, deren Geschwindigkeit auf zwei- bis dreihundert Knoten geschätzt wird. Außerdem spitzt die Lage in La Palma sich dramatisch zu. In Santa Cruz regnet es Asche, und Explosionen erschüttern die Stadt. Die Regierung bittet um Hilfe bei der Evakuierung der Einwohner. Das hier wurde uns vom spanischen Fernsehen eingespielt.«

Das Bild wechselte zu einer Aufnahme der Küstenstadt Charco Verde, die vollständig von gewaltigen Rauchsäulen, Dampfschwaden und Asche verdeckt war, die Tausende von Metern in die Luft geschleudert wurden.

»Ihr Kommentar, Professor Ballister?«

Jean Ballister schürzte die Lippen. »Die Ausbrüche haben in den letzten Stunden mindestens um zwei, wenn nicht gar drei Stufen zugenommen. Das ist ein gewaltiger Anstieg. Die Situation ist alarmierend. Wir Wissenschaftler müssen uns jetzt die

Frage stellen, welche Faktoren zu einem Ausbruch der Stärke vier oder fünf auf der Richterskala führen könnten.«

»Haben Sie eine Theorie?«, wollte die Moderatorin wissen.

»Ich habe nur eine Erklärung für eine solch dramatische Zunahme der Ausbrüche: In die Magmakammer muss Meerwasser geflossen sein.«

»Was bedeutet das konkret?«

»Es bedeutet«, sagte Ballister leise, »dass wir uns auf einen Super-Krakatau gefasst machen müssen.«

USS *Thresher*

»Sir!«, rief der Steuermann über den Lärm in der Kommandozentrale hinweg. »Das Backbordruder reagiert nicht!«

Zweihundertdreißig Meter unter der Meeresoberfläche fuhr die *Thresher* endlich aus dem Methanstrudel heraus, der sie nach unten zog. Über den Boden der Kommandozentrale floss Wasser, und die Notbeleuchtung war aufgeflammt. Als das U-Boot sich stabilisiert hatte, befahl Captain Krauss, die Maschinen zu stoppen und Schadensmeldung zu machen.

»Sir«, meldetet der Chefingenieur. »Meine Männer arbeiten an Kühlpumpe zwei. Bis wir den Fehler behoben haben, beträgt die Leistung des Reaktors nur fünfzig Prozent.«

»Verdammt! Gerade jetzt, wo wir die zusätzliche Leistung brauchen.«

»Ich weiß, Sir. Tut mir leid. Das Auftauchen hat einen Großteil der Energie der Reservesysteme verbraucht. Die Werte lagen im roten Bereich.«

»Hier ist es heiß wie in der Hölle, Sam. Können Sie das beheben?«

»Ja, Sir. Einer der Hauptventilatoren ist defekt, aber in ein paar Minuten werden Sie wieder frische Luft atmen.«

»Was ist mit dem Ruder?«

»Der Steuermann meint, wir müssen die Hydraulik abmontieren, Sir. Das wird etwa eine Stunde in Anspruch nehmen. Wenn wir Glück haben, können wir das Problem beheben, ohne aufzutauchen. Sonst müssten wir einen Taucher ins Wasser schicken.«

»Nur wenn wir keine andere Wahl haben. Solange die Gefahr droht, dass weiterhin Methan aufsteigt, wird niemand tauchen.«

»Ja, Sir, verstehe. Wir geben unser Bestes.«

»Können wir etwas tun, um das Leck im Dach zu reparieren?«

»Vermutlich eine gebrochene Dichtung im Periskopschaft. Ein Techniker kümmert sich darum.«

Krauss entließ den Chefingenieur und kehrte zur Seekarte zurück. Ein Ruder war blockiert; der Reaktor brachte nur die halbe Leistung, und sie waren noch immer knapp sechsundzwanzig Meilen von der Insel entfernt.

Neben ihm hüstelte jemand diskret. Es war der Erste Offizier. »Sir, Sie sollten wissen, dass der Steuermann auch an steuerbord festgestellt hat, dass das Ruder blockiert ist, kurz bevor wir die Maschinen gestoppt haben. Aber er sagt, es ist wieder in Ordnung.«

Krauss hatte das Gefühl, eine eisige Hand greife an sein Herz. Mit einem Ruder war die *Thresher* kaum zu steuern. Wenn die Backbordschraube sich langsam rückwärts drehte, würden sie vermutlich in der Lage sein, der Drehung des U-Boots entgegenzuwirken und den Kurs zu halten. Mit zwei blockierten Rudern aber wären sie in einer Kreisbewegung gefangen, die sie in der Gefahrenzone festhielt.

Ein erneutes Donnern drang von der Insel herüber und ließ das U-Boot erbeben. Der Cumbre Vieja war noch nicht mit ihnen fertig.

CBS-Studios, Washington

Jean Ballister setzte ihre Ausführungen fort. »Das Schema eines Krakatau oder eines Super-Krakatau folgt einem bestimmten Muster. Im Endstadium steigen die Auswürfe an Asche und Bimsstein dramatisch an, und die Häufigkeit und Stärke der Eruptionen nehmen zu. Die Aschewolken erreichen eine Höhe von mehr als fünfzehn Meilen, und die Explosionen setzen sich mehr oder weniger kontinuierlich fort. Das Ende des Krakatau war gekommen, als eine einzige katastrophale Explosion die Caldera zerstörte. Darauf folgten zwei etwa gleich starke Explosionen, die in einer verheerenden finalen Detonation gipfelten, die die Insel spaltete und völlig zerstörte. Die erste Explosion erfolgte um halb sechs Uhr morgens örtlicher Zeit, die vierte und letzte ereignete sich abends um zwei Minuten nach zehn. Zehn Kubikkilometer Gestein wurden binnen viereinhalb Stunden in die Atmosphäre geschleudert.«

»Wollen Sie damit sagen«, fragte die Moderatorin, »dass wir noch Schlimmeres zu erwarten haben?«

»Ja.«

»Sprechen wir hier über einen Killer-Tsunami?«

»Wenn die Eruption sich wie ein Super-Krakatau entwickelt und die Insel spaltet, wird die Ostküste einer sehr großen Gefahr ausgesetzt sein.«

»Und das ist Ihrer Meinung nach wahrscheinlich?«

Ballister schüttelte den Kopf. »Ich bin Vulkanologin, keine Ozeanografin. Aber es gibt eine Möglichkeit, eine halbwegs zuverlässige Prognose zu machen, ob und wann es passiert.«

»Und wie?«

»Wir sprachen vorhin von der USS *Tarp*, dem Forschungsschiff, das versucht, die Boje des DART-Frühwarnsystems zu reparieren. Nach ihrer letzten Positionsmeldung ist die *Tarp* ungefähr fünfzig Meilen von der Küste vor La Palma entfernt.«

»Wenn die Welle groß genug ist, um uns hier zu bedrohen, ist das Schiff in der Lage, uns eine Warnung zu schicken?«, fragte die Moderatorin.

Ballister schaute noch immer auf die Karte. »Wenn der Cumbre Vieja in die Luft fliegt und seine Westflanke in den Ozean rutscht, wird die Riesenwelle, die dabei entsteht, eine Höhe von fünfhundert Metern erreichen. Die *Tarp* hätte keine Chance.«

Die Moderatorin blickte die Professorin ängstlich an. »Das bedeutet, wenn die *Tarp* untergeht und wir den Funkkontakt mit dem Schiff verlieren, wird das ein Zeichen sein ...« Ihr versagte die Stimme.

Professor Ballister beantwortete die Frage. »Dass so etwas Teuflisches auf uns zukommt? Ja, das könnte man so sagen.«

35

Goodwill, 8.30 Uhr

Ricks Schwester Rebecca stand früh auf, um das Geschäft zu öffnen. Im Sommer herrschte an Sonntagen immer viel Betrieb. Dann kamen Bootseigner in den Jachthafen und arbeiteten an ihren Schiffen. Rebecca öffnete die Fensterläden und die Türen vorn und hinten, um zu lüften und die Feuchtigkeit zu vertreiben, die die gestrige Überschwemmung verursacht hatte.

Ricks Vetter Paul fuhr in seinem Pick-up am Geschäft vorbei zum Hafendamm, um nach der *Pequod* zu sehen. Vom Hafen drang das laute Dröhnen des Schürfkübelbaggers herüber, der das Kanalbett ausheben sollte, damit der Tanker abgeschleppt werden konnte. Ein leichter Dunst verschleierte den Blick auf die Inseln im Sund, und die Möwen schrien.

Im Geschäft gab es keinen Fernseher, nur ein Radio, damit sie immer über die Wettervorhersage informiert waren. Rebecca schaltete es ein.

»*… Hinweise darauf, dass es derzeit einen größeren Ausbruch auf der Insel La Palma in der Kanarischen Inselgruppe gibt. Regierungsexperten beschreiben die Gefahr als ›Super-Krakatau‹ …*«

»O Gott!«, stieß Rebecca hervor. Ihr erster Gedanke galt ihrer Familie. Mike schlief noch, aber wo waren die Jungen?

Sie lief zum Regal hinter der Theke und nahm Kisten herunter, in denen hochwertige Elektronikartikel lagen. Dann brachte sie die Kisten zum Wagen und stellte sie auf die Ladefläche. Es war verrückt. Wenn sie den Laden alleine leer räumte, würde es den ganzen Tag dauern. Sie rief zu Hause an.

»Mike! Mike, wach auf!«, rief sie ins Telefon. »Zieh die Jungen an und kommt sofort her!«

Und wo war Rick, wenn er gebraucht wurde?

Frank Schaffer erwachte im Gästezimmer auf der Farm. Licht fiel durchs Dachfenster. Als Frank die Läden öffnete, sah er in Reichweite einen Apfelbaum stehen. Er duschte in einem Badezimmer mit getünchten Wänden und Holzfußboden. Sie hatten gestern Abend zwei Stunden mit dem Pendel gearbeitet, ehe Martin die Sitzung beendet hatte.

»Wir stehen kurz vor einem Durchbruch, ich spür's«, hatte er erschöpft gesagt. »Irgendetwas blockiert uns, aber ich weiß nicht, was es ist.«

»Ob ich etwas falsch mache?«

»Nein, nein, auf keinen Fall. Vermutlich strengen wir uns zu sehr an. Die Kraft darf nicht erzwungen werden. Man muss sie an ihren Platz fließen lassen. Ich spüre eine Präsenz da draußen ... sie will mit uns kommunizieren. Doch die Nachricht kommt im Augenblick nicht durch.«

Er warf seinem Gast einen bedauernden Blick zu. »Es tut mir leid. Für Sie ist es eine Qual, nicht wahr? Sie sind enttäuscht. Nun, vielleicht klappt es morgen früh besser.«

Es regnete noch immer, als sie zurück ins Haus gingen und eine Flasche Wein öffneten. Frank sprach von seiner Schwester und seiner Familie, während Martin Steaks aus dem Kühlschrank nahm, die sie in der Küche aßen. Als Martin ihm ein Gästezimmer für die Nacht anbot, nahm Frank dankbar an.

»Guten Morgen«, begrüßte Martin ihn nun, als er in die Küche kam. »Ich hoffe, Sie haben in dem kleinen Dachzimmer gut geschlafen. Zuletzt hat die verwitwete Mutter des Farmers dort gewohnt. Sie wurde dreiundneunzig Jahre alt. Der Kaffee ist schon aufgesetzt. Wenn Sie möchten, besorge ich rasch ein paar Eier.«

Sie frühstückten auf der Veranda. Es war ein wenig dunstig, und die Luft war feucht und kühl.

»Heute scheint es nicht so heiß zu werden«, meinte Martin und goss sich Saft ein. Vor einer Sitzung trinke er niemals Kaffee, erklärte er seinem Gast.

»Meine Schwester Kim trinkt so früh am Morgen auch keinen Kaffee«, sagte Frank. »Sie ist der Meinung, Kaffee sei eine Droge.«

»Wenn Sie fertig sind«, sagte Martin, »gehen wir wieder in die Scheune.«

Sie fanden die Karte und das Pendel genau dort, wo sie beides am Abend zuvor zurückgelassen hatten. Ehe sie sich hinsetzten, betete Martin das Vaterunser. »Das mache ich jeden Morgen vor der Arbeit«, erklärte er. »Auf diese Weise reinige ich den Raum von negativen Einflüssen und leite die Energie zum Licht.«

Obwohl Sonntag war, wachte auch Sheena früh auf. Sie hatte eine unruhige Nacht gehabt. Southwell war verständlicherweise sehr aufgeregt gewesen, als sie sich getrennt hatten. Und er war wütend. Er wollte alles tun, damit Tab keine Schwierigkeiten mit der Polizei bekam. »Überlass das nur mir. Ich werde dem Jungen den Kopf waschen«, versprach er. »Ich lasse ihn nicht mehr aus den Augen.«

»Aber du musst doch arbeiten. Was willst du denn tun? Donna um Hilfe bitten?«

Er schloss die Augen. »Mein Gott«, flüsterte er. »Wenn Sie es herausfindet, bin ich erledigt.« Er stützte den Kopf auf die Hände. »Vielleicht sollte ich ihn zu seiner Mutter zurückschicken.«

»Und wenn er da weitermacht? Du musst eine Lösung finden.«

»Ich weiß, ich weiß.«

»Die Cops haben Beweise. Freddy Tarrs Männer haben im Wald einen Kanister gefunden, in dem das Benzin war. Don Egan lässt ihn auf Fingerabdrücke untersuchen.«

Southwell schaute sie grimmig an. »Sie können nichts beweisen. Selbst wenn auf irgendeiner Flasche seine Fingerabdrücke sind! Er war da und hat sich das Feuer angesehen. Genauso wie du und zwei Dutzend anderer Leute auch. Es kann jeder gewesen sein.«

Er brauche Zeit, um sich eine Strategie zu überlegen, hatte er gesagt. Zeit – genau das, worum Männer immer baten.

Als Sheena heute Morgen aufwachte, wurden auf allen Kanälen Nachrichten von La Palma gebracht. Die Fernsehberichte waren alarmierend. Professor Ballister wurde mit ihrer Bemerkung über den »Super-Krakatau« zitiert. War Amerika wirklich einer solchen Gefahr ausgesetzt? Afrika war Tausende von Meilen entfernt, doch die Erinnerungen an das Erdbeben im Indischen Ozean waren in den Köpfen der Menschen noch lebendig. In Florida verließen viele Bewohner der Keys ihre Häuser, um sich auf dem Festland in Sicherheit zu bringen. Die Behörden riefen zur Besonnenheit auf. Das Frühwarnsystem war installiert, und es war noch kein Tsunami registriert worden. Einige Experten blieben trotzdem skeptisch. »Eine typische Reaktion der Regierung«, wurde ein Wissenschaftler zitiert. »Alle Warnungen ignorieren und sich stattdessen auf ein Multi-Millionen-Dollar-Hightechsystem verlassen, das Daten über die Welle liefert, *nachdem* sie zugeschlagen hat.«

Der Mann hat recht, dachte Sheena.

Sie rief im Gefängnis an und bat, mit Don verbunden zu werden. Annie Pellew war ziemlich unfreundlich, stellte sie aber durch.

»Guten Morgen, Don. Wie geht's?«

»Ich hab zu tun, Sheena. Was willst du?«

»Haltet ihr den King noch immer fest?«

»Wie war gleich der Name?«

»Keine Spielchen, Don. Dazu fehlt die Zeit. Du weißt, wen ich meine. Den King of the Mountain. Den Anführer der Surfer.«

»Und was hast du damit zu tun, wenn wir ihn noch festhalten?«, fragte Don mürrisch.

»Das muss ich in den Lokalnachrichten bringen. Vielleicht sogar im überregionalen Teil. Könnte eine große Story werden.«

»Ich könnte mir eine größere Story vorstellen.«

»Wie den Tsunami?« Sie hörte Don seufzen. »Die Experten nennen ihn jetzt ›Super-Krakatau‹.«

»Ach ja? Ist ja toll. Du musst nicht all den Mist glauben, der im Fernsehen gebracht wird. Du hörst dich an wie diese Idioten in unserer Zelle.«

»Sie glauben, die Monsterwelle würde gleich um die Ecke kommen, was?«

»Frag sie doch.«

»Genau darum wollte ich dich bitten. Um ein Interview mit den Burschen.«

»Dass ich nicht lache!«

Sheena versuchte es auf andere Weise. »Ist die Kriminaltechnik schon weitergekommen? Erste Erkenntnisse bei den Fingerabdrücken?«

»Ich frage dich nicht, woher du das hast!«

Sheena lachte. »Ich würde es dir sowieso nicht sagen. Hat Ellsworthy noch keine Übereinstimmung gefunden?«

»Wer soll dir eigentlich auf den Leim gehen? Heute ist Sonntag. Am Wochenende arbeitet das Labor nicht.«

»Stimmt es, dass Miss Maxwell einen Anwalt engagiert hat?«

»Die arbeiten sonntags ebenfalls nicht. Auf jeden Fall kein Anwalt, den ich kenne.«

»Mit Geld ist alles möglich, Don. Sie wird einen finden. Und ich wette zwanzig Dollar, dass es keine Übereinstimmung geben wird.«

»Lass mich in Ruhe, Sheena.«

»Was hast du denn ohne die Fingerabdrücke? Ein Motiv?«

Don knurrte. Sheena kicherte. »Also auch kein Motiv, und das Feuer in der Eisfabrik können sie sowieso nicht gelegt haben. Für diese Zeit haben sie ein Alibi. Das kannst selbst du den Burschen nicht anhängen. Lass sie laufen, Don, bevor ein Richter es anordnet.«

Ein lautes Fluchen war zu hören, ehe die Verbindung abbrach. Sheena lächelte grimmig. Das zumindest war sie den Surfern schuldig. Sie würde selbst Tab zuliebe nicht tatenlos zusehen, dass jemand unschuldig wegen Brandstiftung im Knast saß. Doch Dons Verhalten hatte sie überrascht. Normalerweise war er unnachgiebig. Vielleicht war er sauer auf den King, weil der Bursche hinter Ricks Rücken mit Natalie flirtete.

Apropos Rick – wieso ging er nicht ans Handy?

Goodwill, 9.00 Uhr

Der Himmel war noch immer bewölkt, als Rick den Geldtransporter auf dem Parkplatz in der Garage des Police Department abstellte. Er stieg aus und reckte sich. Er und Kelso verstauten ihre Waffen hinten im Panzerwagen. Dann schloss Rick den Wagen ab und reichte Kelso die Schlüssel, der sie auf den Schreibtisch legen würde. »Bis dann.«

Kelso nickte und ging schweigend davon. Sonntags ging er immer in die Kirche, und nach der Messe arbeitete er im Garten. Es gab in der ganzen Stadt keine Hecke, die ordentlicher geschnitten war als seine.

Als Rick auf seinen Pick-up zusteuerte, sah er, dass der rote Jaguar auf die Green einbog und vor dem Gebäude anhielt. Natalie stieg aus und stürmte durch die Tür, ohne ihm einen Blick zuzuwerfen. Sie musste es verdammt eilig haben.

Rick zuckte die Achseln, stieg in den Pick-up und fuhr zum Hafen hinunter. Chance Greenes Porsche-SUV, der den Wert von Ricks Haus besaß, fuhr laut hupend die Bay Road hinunter. Der Tanker lag noch immer im Schlamm vor dem Hafendamm fest, und Jack Pearls Boot und das der Küstenwache hatten längsseits festgemacht. Viele Leute machten sich an ihren Booten zu schaffen oder schlenderten durchs Hafenviertel. Die *Chimay* lag dort, wo Rick sie festgemacht hatte. Er löste die Leinen, sprang aufs Deck und ließ den Motor an. Es dauerte nicht lange, bis er durch die Hafeneinfahrt Richtung Greenstone Island fuhr.

Das Handy steckte in seiner Tasche, doch er hatte es ausgeschaltet.

Er brauchte Zeit, um in Ruhe nachzudenken.

Der King war auf hundertachtzig. Er lief wie ein Tiger im Käfig auf und ab – zwei Schritte zur Tür, Wende, zwei Schritte zurück zum vergitterten Fenster. So ging es pausenlos.

Dem Hinkenden ging es allmählich auf die Nerven. Das steife Bein ausgestreckt, saß er auf der Pritsche. »Hör auf. So wird alles nur noch schlimmer.«

Der King wäre vor Wut beinahe geplatzt. Das Handy, das Natalie ihnen hatte zukommen lassen, war leer, und der Strom in der Zelle war über Nacht abgestellt worden, zur Strafe für das Pfeifen und das ständige Hämmern gegen die Tür. Wenn sie sich weiter so rebellisch verhielten, drohten ihnen Einzelzellen.

Vor dem Fenster blieb der King stehen und schaute auf den Parkplatz. Gegenüber war der Zaun, wo ab und zu ein paar Surfer auftauchten, um ihnen per Pfeifsignal Mitteilungen zukommen zu lassen, ehe die Cops sie verjagen konnten. Im Augenblick stand dort niemand.

Die Sonne würde den Dunst bald vertreiben, und dann war mit sagenhaften Wellen zu rechnen. Und er, der King of the Mountain, war wie ein Hund hier eingesperrt.

Das Fenster war verschlossen und mit einem Drahtgitter versehen. Von außen war es durch Gitterstäbe gesichert. Der einzige Weg hinaus führte durch die Stahltür, die von außen verschlossen und verriegelt war. Der King hatte das Gefühl, in dieser Enge zu ersticken.

Auf der Betontreppe, die zum Zellenblock führte, hörte er Schritte. Logan Clancy öffnete die Klappe in der Stahltür und schaute hindurch. »Ihr habt Glück. Der Chef hat angeordnet, den Strom wieder einzuschalten, damit ihr wieder fernsehen könnt. Sobald ihr wieder Ärger macht, klemmen wir den Saft wieder ab.«

Er drückte auf einen Schalter, worauf das Oberlicht aufflammte.

»Wurde auch Zeit«, sagte der Hinkende.

Kurz darauf starrte er wie gebannt auf den Fernseher.

»He«, sagte er. »Sieh dir das an!«

Es wurden Bilder des tosenden Meeres gezeigt. Im Hintergrund stiegen riesige Aschewolken in einen Himmel, der von Glut und Feuer rot gefärbt wurde. Der Hinkende stellte den Ton lauter. Die Stimme des Moderators erklang:

»... werden auf höheres Gelände evakuiert. Die plötzlich angestiegene vulkanische Aktivität hat die Behörden überrascht. Den Geologen zufolge könnte die schnelle Aufeinanderfolge seismischer Beben ein Zeichen für noch gewaltigere Explosionen sein. Es ist bereits die Rede von einem möglichen

Ausbruch eines Vulkans vom Typ Super-Krakatau innerhalb der nächsten zwölf Stunden.«

»Scheiße!«, rief der Hinkende. »Scheiße, Scheiße, Scheiße!«

Das Pendel verhielt sich seltsam. Anders konnte man es nicht nennen. Gestern Abend hatte die Schnur sich nicht gerührt. Heute Morgen jedoch schien sie ein Eigenleben zu entwickeln. Als Martin Seymour das Pendel in die Hand nahm, begann es fast augenblicklich zu zittern und zu schwingen. Es dauerte nicht lange, bis die Karte darunter mit Bleistiftstrichen überzogen war.

»Das verstehe ich nicht. Das ergibt keinen Sinn. Gestern haben wir keine einzige Antwort bekommen, und jetzt ist ein ganzer Sturm von Einflüssen. Die Luft vibriert so stark, dass ich es fast auf der Haut spüre.«

Rebecca ging zum »Hummerfänger«, um mit Jean-Alice zu sprechen. Der »Wal« Morrissey und eine Gruppe Einheimischer saßen an der Theke, schauten sich Berichte auf CNN an und diskutierten. Jean-Alice stand hinter dem Tresen und sprach mit Sarah Hunter.

»Hi«, begrüßte Sarah sie. »Ich wollte gerade zu dir.«

Rebecca kniff die Lippen zusammen. »Wenn du Rick suchst – ich kann dir nicht sagen, wo er steckt.«

»Kannst du nicht, oder willst du nicht?« Sarah funkelte sie an.

Jean-Alice schaltete sich ein. »He, streitet euch nicht. Immer schön friedlich. Sarah ist nur vorbeigekommen, um sich zu verabschieden.«

»Verschwindest du jetzt aus der Stadt, nachdem du so einen Wirbel veranstaltet hast, um Rick zurückzuerobern?«

Sarah hob eine Hand, um Rebecca zu beruhigen. »Ja, ich habe um deinen Bruder gekämpft. Ich liebe ihn noch immer. Was hättest du an meiner Stelle getan? Einfach zugesehen, wie diese Maxwell-Schlampe ihn mir wegschnappt? Den einzigen Mann, der mich jemals anständig behandelt hat?«

Rebecca zuckte mit den Schultern. »Und warum willst du weggehen?«

Sarah ließ die Schultern hängen. »Was für einen Grund hätte ich, zu bleiben?«

»Rick ist nicht der einzige Mann in der Stadt«, sagte Jean-Alice und warf Rebecca einen Blick zu. »Einen Latte? Geht aufs Haus.«

»Danke.« Rebecca setzte sich auf einen Hocker. »Wer weiß, wie alles ausgeht, wenn man bedenkt, wie die Dinge im Augenblick zwischen den beiden laufen.«

»Du meinst diesen Surfer, mit dem Natalie sich jetzt trifft?« Jean-Alice schüttelte den Kopf. »Das hat gar nichts zu bedeuten.«

»Natalie müsste ja auch verrückt sein, wenn sie einen blöden Surfer Rick vorzieht«, sagte Sarah.

»Er war hier, dieser Surfer«, sagte Jean-Alice nachdenklich. »Ein großer Kerl. Ich kam mir neben ihm richtig zerbrechlich vor. Und er sieht verdammt gut aus, das muss man ihm lassen. Er ist der Typ, der jeder Frau den Kopf verdrehen kann.«

In der Zelle im Polizeirevier in der Green hob der Mann, über den Jean-Alice sprach, soeben die Faust und schlug sie wütend gegen die Metalltür. Annie Pellew, die an ihrem Schreibtisch saß, schürzte die Lippen und warf Logan Clancy einen Blick zu. Logan zuckte mit den Schultern. Sollten die Idioten doch gegen die Tür hämmern. Wenn es nach ihm ginge, konnten sie in der Zelle verrotten.

Der King drehte sich zum Fenster um. Er ballte die Fäuste, öffnete sie langsam und dehnte die Finger. Er amtete tief ein und spannte die Muskeln, bis sein Rücken bebte und die Gelenke knackten. Dann trat er einen Schritt vor und schob die Finger durch das Stahlgitter vor dem Fenster. Der Hinkende beobachtete ihn gebannt, als er das Gitter umklammerte und versuchte, es mit brutaler Kraft herauszureißen.

»He, Mann«, sagte er. »Wenn du die Zelle hier auf den Kopf stellst, werden die Cops uns ...«

Die gewaltigen Muskeln des Kings spannten sich. Mit einem lauten Knirschen riss er den oberen Rand des Stahlgitters aus dem Metallrahmen. Die Adern an seinen Schläfen traten hervor. Langsam gab das Gitter nach und riss an einer Seite heraus. Mit einem triumphierenden Schrei packte der King den unteren Rand und zerrte den Rest des Gitters mit brutaler Kraft aus dem Beton.

Der Hinkende starrte mit weit aufgerissenem Mund auf das Loch.

»Mein Gott ...«, flüsterte er.

Martin Seymour zog die Hand von der Schnur zurück, als hätte er einen elektrischen Schlag bekommen.

»Was ist? Haben Sie etwas gespürt?«, fragte Frank gespannt.

Martin drehte sich zu ihm um. In seinen Augen spiegelte sich Verwirrung und noch etwas anderes.

Angst. Es dauerte einen Moment, bis er sprach. »Ich weiß nicht genau, was es bedeutet. Ich habe noch nie ein so starkes Beben erlebt.«

Die beiden Männer starrten auf das Pendel. Es zitterte noch immer und schien ein schauriges Eigenleben angenommen zu haben. Ruckartig schwang es über die Karte des Sunds, als wäre es von einem Dämon besessen.

»Es scheint, als würde …« Frank stockte. »Als würde etwas Furchtbares passieren.«

Martins Gesicht wurde aschfahl.

Draußen im Sund hing Dunst über dem Wasser und legte sich auf das Fenster des Walfängers. Der Wind war nur schwach; dennoch rollte das Boot in einer starken Dünung. Rick hielt den Kurs mit Hilfe des Peilkompasses und hielt nach anderen Booten Ausschau, wobei er nicht damit rechnete, viele zu sehen. An einem Sonntag waren kaum Fischerboote unterwegs, und der leichte Nebel hielt sicher auch viele Jachtbesitzer zurück.

Rick fuhr an Two Bush Island vorbei und dachte an das vermisste Paar. Ein Quallenschwarm schwamm vorbei – Überlebende einer einst großen Armada. Noch immer waren keine Wale in Sicht, nicht einmal ein Delfin, nur ein paar Vögel. Die Dünung ließ nach, ein Zeichen, dass er sich dem Windschatten von Greenstone Island näherte. Rick überprüfte das Radargerät, auf dem die Insel angezeigt wurde, genau vor ihm, zwei Meilen entfernt.

Zehn Minuten später hatte er die Greenstone Bay erreicht.

Der Anlegesteg, den er gebaut hatte, hatte die Unbilden des letzten Winters nur so eben überlebt. Rick musste den Steg dringend reparieren, doch bislang hatte er keine Zeit gehabt. Er fuhr die *Chimay* längsseits heran, drosselte den Motor und ließ ihn im Leerlauf tuckern. Er machte das Boot fest, stellte die Maschine ab und sprang an Land.

Auf der Insel herrschte vollkommene Stille – ein Eindruck, der durch den Nebel noch verstärkt wurde. Er dämpfte das Rauschen des Meeres und das Geräusch der Wellen am Ufer. Das Haus lag oben an einem überwucherten Weg. Im Augenblick war es ein Symbol für zu viele unbeantwortete Fragen.

Rick ging am Strand entlang und blickte auf den sauberen Sand. Ein von der auslaufenden Flut vergessener Stein erregte seine Aufmerksamkeit. Er hob ihn auf und wischte ihn ab. Sogar an diesem trüben Morgen schimmerte der durchscheinende Marmor, als würde er von innen beleuchtet. Ein Stück Marmor aus Goodwill, makellos und rein.

Ein Talisman. Rick steckte den Stein in die Tasche.

Dann verharrte er mitten im Schritt.

Es kam ihm vor, als hätte ein leichtes Donnern die Bucht erzittern lassen. Er lauschte. Ja, da war es wieder … ein Pochen, sehr fern und für das menschliche Gehör kaum wahrnehmbar … ein unheilvoller, dumpfer Schlag, der wie aus dem Nichts zu kommen schien und unter seinen Füßen durch den Boden rollte.

36

Cumbre Vieja, La Palma

Malcolm und Concha taumelten hintereinander über den schmalen Pfad, der sich an den Steilhang des Berges schmiegte. Die Landschaft ringsum war wie aus einem Albtraum. Weißglühende Lavabomben hatten die Wälder verbrannt. Die wenigen Bäume, die überlebt hatten, waren von Staub umhüllt und sahen wie geisterhafte Wächter des Todes aus.

Von hektischer Hast getrieben, setzten Malcolm und die Studentin ihren Weg mit unsicheren Schritten fort. Ihre Lage war nahezu hoffnungslos. Seit der ersten großen Explosion hielten die Beben und Erschütterungen aus dem neuen Schlot unablässig an, und der Boden unter ihren Füßen wölbte sich und bebte bei jedem Schritt.

Als sie hinter einem mächtigen Felsbrocken hervorkamen, schlug ein greller Blitz – hundert Mal heller als alles, was sie bisher gesehen hatten – mit ungeheuerer Wucht in den Felsen ein. Concha und Malcolm wurden zu Boden gerissen, als die Schockwelle wie eine unsichtbare Faust durch das Tal raste, Baumstämme zersplitterte, Felsen zersprengte und Stein- und Geröllawinen auslöste.

Malcolm streckte instinktiv den Arm aus. Er hatte Glück im Unglück und bekam einen Wacholderstrauch mit tiefen Wurzeln zu fassen, der seinem Gewicht standhielt. Steine und Felsbrocken schossen von den oberen Hängen herunter, doch Malcolm hielt sich eisern fest und zog den Kopf zwischen die Schultern. Ein Wirbelwind aus stickigem Staub folgte auf die

Explosion, drang in Mund, Nase und Ohren und verklebte ihm die Augen. Die Gewalt der Erschütterung hatte ihm die Luft aus der Lunge gepresst. Jetzt lag er da, keuchte und würgte, als der Staub ihm in die Kehle drang. Eine Zeitlang sah es aus, als gäbe es für ihn nur die Möglichkeit, entweder den Strauch loszulassen und in die Tiefe zu stürzen oder vom Sauerstoffmangel die Besinnung zu verlieren und lebendig begraben zu werden.

Wiederholte Detonationen ließen das gesamte umliegende Gelände erbeben. Ein ohrenbetäubendes Donnern, das von einem lauten Röhren begleitet wurde, erfüllte das Tal. Drüben im Westen konnte Malcolm undeutlich eine Säule glühender Asche erkennen, die in die Höhe schoss. Riesige weiße Rauchschwaden, durchsetzt mit schwarzem Staub und blutroten Flammen, stiegen empor. Brennende Lavapfropfen schossen durch den kochenden Dampf. Immer mehr Rauch quoll aus dem Leib der Erde und verwandelte den Tag in eine finstere Nacht. Die Berge bebten, als wäre eine riesige Tür zugeschlagen worden. Der Boden vibrierte und wölbte sich. Aus den brennenden Wolken senkte sich Hitze herab, während Asche und weißglühendes Gestein durch die Luft wirbelten.

Malcolm hatte das Gefühl, eine Ewigkeit sei vergangen, ehe er all seinen Mut zusammennahm und auf die letzte Detonation wartete, die erfolgen würde, wenn das steinerne Dach der größten Magmakammer einstürzte und hundert Millionen Tonnen glühender Lava freigesetzt wurden. Doch endlich schien das Donnern der Explosionen abzuflauen, und der Niederschlag der Steine und des Staubes nahm ab. Malcolm spuckte aus, kniete sich mühsam hin und kroch zurück zum Pfad.

Er schaute sich nach Concha um. Die Studentin war ihm ein paar Schritte vorausgegangen, als die Explosion erfolgte. Jetzt war sie nirgendwo zu sehen. »Concha!«, rief Malcolm. Er musste schreien, um seine eigene Stimme zu hören. Aus dem neuen Schlot quollen noch immer dicke Rauchschwaden; es schien kein Ende zu nehmen. Malcolm musste alle Kraft aufbieten, um nur ein paar Meter weit sehen zu können.

»Concha!«, rief er verzweifelt. Der Dreck in seinen Lungen und der wirbelnde Staub ließen seine Stimme zu einem schwachen Krächzen werden. »Concha!«

Plötzlich vernahm er einen leisen Schrei. Er blickte den Hang hinunter und sah ein Gesicht, das hinter einem Berg rostschwarzer Schlacke hervorschaute. Concha war zehn Meter durch das Geröll geschliddert und auf einem lockeren Felsbrocken hängen geblieben.

»Halten Sie sich fest!«, rief Malcolm.

Wie die meisten Vulkanologen war er ein erfahrener Bergsteiger. Er trat zur Seite, damit nicht noch mehr Geröll auf das Mädchen niederprasselte, und suchte eine Stelle, wo sich Sträucher befanden, an denen er sich festhalten konnte. Dann rutschte er hinunter, bis er mit Concha auf einer Höhe war. Nun musste er seitwärts über den Hang zu der Stelle klettern, wo sie lag.

»Mein Fuß ist eingeklemmt«, sagte Concha, als Malcolm sie endlich erreicht hatte.

»Ist er gebrochen?«

»Ich glaube nicht, aber sobald ich versuche, ihn herauszuziehen, neigt der Felsbrocken sich gefährlich, und ich habe Angst, dass er mich mit in die Tiefe reißt, wenn er sich löst.«

Conchas Bein war unter dem Felsblock eingeklemmt; wenn sie sich bewegte, begann er gefährlich zu schwanken und konnte jeden Moment wegrollen. Concha hatte sich bei ihrem Sturz Abschürfungen im Gesicht zugezogen, und ihr T-Shirt war zerfetzt. Ansonsten aber schien sie unverletzt zu sein. Malcolm zog den Gürtel aus der Hose und wickelte ihn fest um Conchas Taille. Den Gürtel hielt er an einem Ende fest und schlang den Arm um eine Kiefer. »Okay, ich hab Sie. Versuchen Sie jetzt, den Fuß herauszuziehen.«

»Es geht nicht ...«, keuchte sie.

»Versuchen Sie es noch einmal. Ich halte Sie fest.«

Als sie ihr Bein verdrehte, um es herauszuziehen, neigte der Felsbrocken sich unheilvoll. Concha stieß einen Schmerzensschrei aus. Malcolm sah, dass der Felsbrocken ein winziges Stück zur Seite gerutscht war, doch er lag noch immer auf Conchas Bein. Die Lage war dramatischer als zuvor.

»Versuchen Sie, den Fuß aus dem Stiefel zu ziehen.«

Concha quälte sich ein paar Minuten; dann lehnte sie sich erschöpft zurück. »Es hat keinen Zweck. Ich bekomme den Fuß nicht frei.«

»Okay, ich lasse jetzt kurz den Gürtel los und versuche, näher an Sie heranzukommen. Vielleicht kann ich Sie von unten befreien.«

Er hatte kaum ausgesprochen, als eine erneute Explosionswelle durch die Berge raste. Concha biss sich auf die Lippe und atmete tief durch. »Sie brauchen nicht hier bei mir zu bleiben«, keuchte sie.

Malcolm warf einen Blick über die Schulter und erstarrte. Aus etlichen Spalten auf dem Bergkamm schossen gewaltige Lavafontänen. Durch den Rauch sah er den grellroten Schimmer zahlreicher Magmaströme, die aus einem Dutzend verschiedener Schlote quollen.

Der Cumbre Vieja brannte. Die Explosionen an der Küste hatten die Magmakammern unter dem Vulkan aufgesprengt. Wenn kein Wunder geschah, würde es nur ein paar Stunden dauern, und die labile Bruchlinie auf dem südlichen Teil des Bergkamms würde in der gesamten Länge aufreißen.

Rings um den Globus registrierten zwanzigtausend Seismografen die Beben, die durch die Erde rasten. Computersysteme verarbeiteten und analysierten die Daten. Innerhalb von Minuten hatten sie das Epizentrum errechnet und ein Profil des Ausbruchs erstellt. Dadurch wiederum wurde automatisch Alarm ausgelöst und eine Flut von E-Mails an Handys, Mailboxen und Internet-Websites auf der ganzen Welt verschickt.

TOP-NEUIGKEIT! CUMBRE VIEJA, LA PALMA, KANARISCHE INSELN. NEUER GIGANTISCHER VULKANAUSBRUCH. STÄRKE GESCHÄTZT 6 AUF DER RICHTERSKALA.

In dem Augenblick, als Malcolm versuchte, Concha zu befreien, starrte die Welt auf Monitore und betrachtete Bilder der Explosion in Echtzeit.

USS *Tarp*

Mary Sennett hatte noch nie solche Rauchwolken gesehen, nicht einmal auf Fotos oder in Filmen. Der Himmel war fast schwarz, und das am helllichten Tag. Alle Fenster und Luken waren hermetisch verschlossen. Jedes Bullauge war von einer dicken Schicht Asche bedeckt. Der Niederschlag an Steinen und an Bimsstein war so stark, dass die Besatzung sich nur mit Schutzhelmen, in Schutzkleidung und mit Atemschutzgeräten aufs Deck wagte, um sich vor dem wirbelnden Staub zu schützen. Auf den Decks und den Kabinendächern lagen die Niederschläge bereits einen halben Meter hoch.

Das Meer bot ein völlig verändertes Bild; nichts erinnerte mehr an das blau schimmernde Wasser des Atlantiks. Jetzt fuhren sie durch ein Meer ockergelben Schlamms und dicker Brocken schwimmenden Bimssteins. Gleich zu Beginn der Ausbrüche war das Schiff von unzähligen Lavabomben getroffen worden, großen Klumpen zähflüssigen Gesteins, die wie Raketen aus dem Rauch herausschossen. Eine hatte die obere Brücke getroffen und einen Offizier schwer verletzt, anderen Besatzungsmitgliedern Verbrennungen zugefügt und ein Feuer entfacht. Das Schiff wurde nun von der Kommandozentrale auf dem unteren Deck gesteuert.

Die *Tarp*, träge vom Gewicht der Stein- und Staubniederschläge auf den Decks, kämpfte halb blind gegen eine Reihe von Monsterwellen an, die im Osten wie dunkle Klippen in die Dunkelheit ragten. Mary und ihre Kollegen hatten schon mehrmals das Gefühl gehabt, die letzte Stunde des Schiffes habe geschlagen. Immer wieder knatterte der Lautsprecher, als der Captain sich meldete und vor noch schlimmeren Wellen warnte.

Unaufhörlich zuckten grelle Blitze über den bedeckten Himmel. Die Kommunikationsgeräte und die meisten anderen Instrumente waren zerstört. Durch die konstanten starken elektromagnetischen Entladungen waren die Stromleitungen durchgebrannt. Als die Alarmglocken erneut läuteten und das Wasser mit voller Wucht gegen die Bullaugen schlug, rollte das Schiff wie betrunken durch das Tal der nächsten Welle. Mary schaute hinaus.

Und schrie auf.

In der Dunkelheit der umherwirbelnden Wolken wurde das Schiff von einem Ende zum anderen von einem geisterhaften Schimmer erhellt. Auf den Spitzen der Antennen, Radarschüsseln, Mastkörbe und der Reling leuchtete ein schaurig flackernder Strahlenkranz.

Jemand legte eine Hand auf Marys Schulter. Derek Wanless hatte es auch gesehen. »Elmsfeuer!«, rief er laut. »Die Seeleute in den alten Zeiten betrachteten es als ein Zeichen für Gottes Schutz.«

Westküste von Marokko, 16.14 Uhr

Der bedrohliche Schimmer am südwestlichen Horizont hatte sich im Laufe des Nachmittags verdunkelt und ausgebreitet.

Um fünfzehn Uhr rollte das Donnern des Berges in sechzig Meilen Entfernung wie das ferne Grollen von Artilleriefeuer an die Küste. Das Beben heftiger Erschütterungen war deutlich im Boden zu spüren. Splitter umherwirbelnden Bimssteins wurden an die Küste geschwemmt, und jede Welle, die sich zurückzog, hinterließ einen dünnen Rand rostfarbenen Staubs.

Der Watchkeeper war ihr Anführer. Er ordnete an, dass alle ihre Sachen packten und sie im Land Rover verstauten, der bereits für die Fahrt bereitstand. Dann rief er die letzten von ihnen, die an der Brandungslinie in zweihundert Metern Entfernung surften, zu sich.

»Wir sind die Wächter des Meeres«, erinnerte er sie vom Dach des Stalls aus, wo er den Camcorder unter einem provisorischen Schutz aufgestellt hatte. »Es ist nicht unsere Aufgabe, die Helden zu spielen.«

»Mann, so ein Scheiß!«, widersprach der Australier mit den Rastalocken, der von allen Rasty genannt wurde. »Eine Welle gehört niemandem. Wir können auf Monsterwellen reiten, wo und wann wir wollen.«

Der Watchkeeper antwortete nicht. Er hatte die Kamera über einen PDA mit dem Satellitentelefon verbunden. Jetzt brauchte er nur noch auf den Knopf zu drücken, dann würde der PDA die Nummer wählen und über Satellit Bilder an eine amerikanische Website senden.

»Dreißig Meter, das schaffe ich!«, sagte Rasty.

»Wer hat etwas von dreißig Metern gesagt?«, fragte der Watchkeeper.

»Du selbst. Du hast gesagt, der King würde auf dreißig Meter hoffen.«

»Das ist auf der anderen Seite des Teiches, dreitausend Meilen weit weg. Hier …« Der Watchkeeper zuckte mit den Schultern. »Hier können wir mit dreihundert Metern rechnen.«

In der nun einsetzenden Stille versuchten alle in der Gruppe, sich die Wirkung einer dreihundert Meter hohen Welle vorzustellen, die sich mit sechzig Knoten am Strand brach.

»Du hast gesagt, wir bekämen eine Warnung«, sagte ein braungebranntes Mädchen ängstlich.

»Und was ist das da?« Der Watchkeeper zeigte aufs Meer. Erneut zuckte ein greller Blitz auf und erhellte die hoch aufragenden Wolkenspitzen mit rotem Licht, als der gigantische vulkanische Hochofen hinter dem Horizont noch mehr explosive Energie in die Atmosphäre schleuderte.

Fünf Minuten später erreichte sie die Schockwelle. Die jungen Leute diskutierten noch, ob sie bleiben oder gehen sollten, als plötzlich der Boden sich wölbte und bebte, als hätte jemand eine Mine gezündet. Mauern aus Lehm rissen ein; Sanddünen bebten und brachen zusammen, wobei dichte Staubwolken aufgewirbelt wurden. Das Dröhnen und Donnern prügelte auf die Trommelfelle ein und übertönte die Schreie der Mädchen. Dann folgte ein lang anhaltendes Getöse, das den Strand wie eine Lawine überrollte. Die Surfer klammerten sich aneinander, als die Erde sich unter den Erschütterungen der Nachbeben wölbte. Risse zogen sich durch den Boden; Palmen schwankten und stürzten um. Am Ufer brodelte und schäumte das Meer.

»Weg hier!«, rief der Watchkeeper den anderen zu. »Steigt in den Wagen! Beeilung!«

»Unsere Bretter liegen noch am Strand.«

»Vergesst die Scheißbretter. Dafür ist jetzt keine Zeit mehr. Wenn die Welle kommt, habt ihr keine Chance. Steigt in den Wagen und fahrt ins Binnenland, so schnell ihr könnt. Haltet nicht an und schaut nicht zurück.«

Der Watchkeeper brauchte die anderen nicht noch einmal zur Eile anzutreiben. Nachdem sie ihre letzten Sachen in den Wagen geworfen hatten, stiegen sie ein. Nur Rasty zögerte einen Moment.

»Was ist mit dir? Kommst du nicht mit?«, rief er, als der Watchkeeper auf die Leiter sprang und aufs Dach kletterte.

»Ich nehme das Motorrad. Ich muss noch was erledigen. Fahrt los! Schnell!«

37

Dead River, Maine

Die morgendliche Floßfahrt war abgesagt worden, doch am Nachmittag sollte wie versprochen eine Fahrt stattfinden. Lloyd Gardiner war ganz aufgeregt.

»Nein, nein«, beruhigte der Gastwirt die Eltern der Kinder. »Es besteht nicht das geringste Risiko. Wir sind mehr als fünfzehn Meilen von der Küste entfernt. Falls ein Tsunami aufgespürt wird, was bisher ja noch gar nicht der Fall ist ...« Er verstummte kurz und trank einen Schluck Wasser aus einem Plastikbecher. »Falls ein Tsunami in Sicht ist«, verbesserte er sich, »sollen die Bewohner in ›Risikozonen‹«, er malte Anführungszeichen in die Luft, »sich drei bis fünf Meilen von der Küste entfernen. Aber das betrifft im Augenblick nur die Bewohner Floridas. Der Staat Maine gehört nicht zu dieser Gefahrenzone. Nach den Informationen im Fernsehen ist Neuengland nicht gefährdet.«

»Ich weiß nicht, was ich davon halten soll.« Jessica klammerte sich an die Hand ihres Mannes. »Einerseits würde ich am liebsten sofort nach Hause fahren, andererseits will ich den Kindern nicht ihre Ferien verderben.«

»Die Stelle, an der Sie jetzt stehen, Ma'am«, sagte der Gastwirt, »liegt mehr als siebzig Meter über dem Meeresspiegel. Nach den aktuellen Berichten werden die Wellen höchstens zehn Meter erreichen, und das auch nur in Florida. Die verrücktesten Schätzungen liegen bei dreißig Metern. Selbst wenn die Küste unmittelbar vor dem Motel liegen würde, hätte der

Wellenkamm noch immer vierzig Meter unter Ihnen seine oberste Grenze erreicht.«

Die Frauen lachten nervös. Lloyds Vater schien beeindruckt zu sein.

»Im Ernst, Leute. Hier besteht nicht die geringste Gefahr eines Tsunami.«

»Warum wurde dann die Floßfahrt abgesagt?«, fragte Lloyd.

»Die Floßfahrt wurde *nicht* abgesagt, mein Junge«, erwiderte der Mann. »Um eine schnelle Strömung im Fluss zu bekommen, müssen wir darauf warten, dass die Elektrizitätswerke flussaufwärts die Schleusen des Staudamms öffnen. Bis jetzt wurden das Öffnen wegen der Ungewissheiten, die mit dieser Tsunami-Warnung zusammenhängen, verschoben. Vorhin aber wurde uns aber mitgeteilt, dass die Schleusen am Nachmittag wie vorgesehen um halb fünf geöffnet werden.«

»Können die das Wasser denn so lange zurückhalten?«, fragte Brook.

»Klar, im Sommer ist das kein Problem.«

»Gestern Nacht hat es stark geregnet«, warf Lloyds Vater ein.

»Genau. Und das bedeutet, dass viel Wasser in den Fluss fließt, wenn Sie Ihre Floßfahrt machen. Wie sieht's aus? Haben Sie sich entschieden?«

»Ich glaub schon.« Jessica lächelte ihren Mann an. »Haben wir?«

Er grinste. »Na klar.«

»Okay. Kommen Sie um drei Uhr hierher. Alle werden mit Rettungswesten und Schutzhelmen ausgerüstet, und wer möchte, bekommt einen Neoprenanzug. Dann fahren wir Sie mit dem Bus zur Anlegestelle der Flöße. Um vier Uhr sollten Sie auf dem Wasser sein. Es bleibt also noch Zeit für Erklärungen Ihres Guides, und Sie können sich mit der Ausrüstung vertraut machen. Sie fahren den Fluss ungefähr zehn Meilen stromabwärts, bis Sie die Biegung hier am Hotel erreichen. Ihr Guide wird Sie am Anlegesteg absetzen. Alles, was Sie im Bus lassen, wartet dort bei der Rückkehr auf Sie. Dann können Sie heiß duschen und sich umziehen und im Restaurant essen. Glauben Sie mir, Sie werden gewaltigen Appetit haben. Das wird die Fahrt Ihres Lebens!«

Goodwill, Mittagszeit

Captain Leclerc kämpfte mit der Bürokratie. »Ich verlange die Rückkehr meiner Besatzung!«, rief er ins Telefon, an dessen anderem Ende Con Wolfowitz von der Küstenwache saß. »Sie haben nicht das Recht, die Leute festzuhalten. Sie haben Seemannsvisa, und ihre Papiere sind in Ordnung.«

Die Fenster in Con Wolfowitz' Büro gewährten einen Blick auf den Sund. Während des Gesprächs schaute er auf den Tanker, der wie ein gestrandeter Wal hinter dem Hafendamm lag. Im Fernsehen wurden Bilder einer zerstörten Stadt irgendwo in Nordafrika gezeigt: von Trümmern übersäte Straßen, Fahrzeuge, die unter Schlamm und im Sand begraben waren.

»Sir«, erklärte Con dem Captain noch einmal ruhig. »Zahlreiche Besatzungsmitglieder haben das Schiff gestern Abend verlassen. Es wurde ihnen freundlicherweise erlaubt, an Land zu gehen, weil Ihr Schiff als unsicher galt, nachdem es auf Grund gelaufen war und das Risiko einer Explosion bestand. Sobald sie an Land waren, unterstanden sie automatisch dem Zuständigkeitsbereich der amerikanischen Einwanderungsbehörde.«

»Ja, das verstehe ich, aber das Feuer ist gelöscht, und es wurden Schlepper angefordert. Jetzt will ich meine Besatzung zurück.«

»Ehe ich dieser Bitte entsprechen kann, muss eine Inspektion vorgenommen werden, damit wir sicher sein können, dass von Ihrem Schiff keine Gefahr mehr ausgeht.«

»Von dem Schiff geht keine Gefahr aus. Weder der Rumpf noch die Tanks wurden beschädigt. Die Maschinen funktionieren. Sie haben das Schiff gestern Abend selbst überprüft«, sagte Leclerc.

Con wurde deutlicher. »Captain, Sie haben eine hochexplosive Ladung an Bord. Ihr Schiff liegt in einem Hafen auf Grund, in dem viel Betrieb herrscht, und das Schiff ist nicht in der Lage, aus eigener Kraft auszulaufen. Obendrein gibt es eine Tsunami-Warnung. Ich kann es Ihrer Besatzung nicht verdenken, dass sie nicht an Bord zurückkehren will. Ehrlich gesagt würde ich mich ebenso verhalten.«

»Wenn Sie sich weigern, mir zu helfen, werde ich mit der Einwanderungsbehörde sprechen. Ich werde alle Hebel in Bewegung setzen, um die Herausgabe meiner Männer zu erzwingen.«

»Die Einwanderungsbehörde wird Ihrer Bitte nicht entsprechen, bis unsere Experten das Schiff überprüft und grünes Licht gegeben haben. Und das wird nicht passieren, bis die Rettungsgesellschaft einen Schlepper schickt, der Sie aus dem Schlamm zieht. Wenn wir Ihr Schiff wieder flottbekommen haben, können die Inspektoren an Bord gehen und eine gründliche Überprüfung vornehmen. Sobald diese abgeschlossen ist, kann Ihre Besatzung an Bord zurück, und wir können uns alle wieder unserem normalen Alltag zuwenden.«

Leclerc antwortete nicht.

»Captain, haben Sie mich verstanden?«, fragte Con Wolfowitz.

»Ja, ich habe verstanden«, erwiderte Leclerc bissig. »Und wie soll ich ohne Besatzung zurechtkommen, wenn inzwischen ein Tsunami am Horizont auftaucht? Das sagen Sie mir mal, Mister.«

Doch Con Wolfowitz, der auf die riesigen weißen Tanks mit den zwanzigtausend Tonnen Flüssiggas schaute, wusste darauf keine angemessene Antwort.

Natalie raste im Jaguar die Küstenstraße entlang, als sie die Sirene hörte. Sie schaute in den Rückspiegel und sah einen Streifenwagen, der aufblinkte.

Sie hielt an.

»Was gibt's, Officer? Oh ... hallo, Logan, war ich zu schnell?«

»Hallo, Miss Maxwell. Nein, darum geht es nicht.« Logan sah verlegen aus. »Würden Sie bitte den Kofferraum öffnen?«

»Natürlich, wenn es Sie glücklich macht. Ich komme gerade vom Einkaufen.«

Sie zog an einem kleinen Hebel und öffnete den Kofferraum. Clancy wühlte kurz in den Sachen. »Okay, Ma'am, danke. Ich muss Sie bitten, mir zur Wache zu folgen.«

»Was denn? Jetzt gleich?«

»Ja, Ma'am, sofort. Befehl von Don Egan.«

»Warum? Was will Don von mir?«

»Das weiß ich nicht, Ma'am. Ich führe nur Befehle aus.«

»Stehe ich unter Arrest?«

»Nein, es sei denn, Sie kooperieren nicht, Ma'am. In dem Fall habe ich den Befehl, Sie zu verhaften.«

»Und was wirft man mir vor?«

»Beihilfe zur Flucht eines Häftlings, Ma'am.«

»Ein entflohener Häftling? Dachten Sie, ich hätte einen in meinem Kofferraum sitzen und ...« Langsam fiel der Groschen. »Er ist ausgebrochen? Was haben Sie mit ihm gemacht?«

»Das kann ich Ihnen nicht sagen, Miss Maxwell, aber es ist das Beste, wenn Sie sofort mitkommen.«

Im Polizeirevier in Goodwill herrschte das Chaos. Der Eingangsbereich war voller Menschen, die um Auskünfte und Unterstützung baten. Um dem Gewühl zu entgehen, führte Logan Natalie durch den Hintereingang in die Wache. Don hatte sie mürrisch begrüßt, ohne seine gewohnte Freundlichkeit. »Was war in den Paketen, die du den Häftlingen heute Morgen gebracht hast?«, fragte er Natalie schroff, nachdem Annie Pellew sie in sein Büro geführt hatte.

»Nichts Besonderes. Ein Handy, Ersatzakkus, ein paar Zeitschriften, um die der King gebeten hatte ...«, erwiderte sie achselzuckend. »Ist das verboten?«

»Hat einer von beiden versucht, dich zu kontaktieren?«

Natalie riss den Mund auf. »Ich glaube, diese Frage muss ich nicht beantworten.«

»Doch, das musst du, wenn ich dich nicht wegen Fluchthilfe einbuchten soll.«

»Er ist kein Verbrecher, und du hast keine Beweise, dass er das Feuer gelegt hat!«

Don seufzte. »Ich verstehe das alles nicht. Wir beide waren doch immer gute Freunde. Und jetzt drohe ich dir, dich einzusperren. Als wäre die ganze Welt verrückt geworden.«

»Tut mir leid, Don. Ich weiß, dass es schwer für dich ist und dass du deinen Job machen musst. Nachdem ich die Sachen hier vorbeigebracht habe, die ich vorhin aufgezählt habe, bin ich wieder gegangen, und seitdem habe ich nichts von ihm oder seinen Freunden gehört. Erst als Logan mich zum Anhalten gezwungen hat, wusste ich, dass etwas passiert ist.«

»Okay. Komm mit«, sagte Don.

Natalie folgte ihm zu den Zellen. Don riss die Tür auf. »Sieh selbst, was deine Freunde angerichtet haben.«

Natalie stockte der Atem. Die Zelle sah aus, als wäre eine Bombe darin eingeschlagen. Das Metallgitter war herausgerissen, die Glasscheibe eingeschlagen und der Fensterrahmen verbogen. Beinahe unvorstellbar jedoch war, dass eine der stählernen Gitterstangen, die das Fenster gesichert hatten, aus dem Beton gerissen worden war und ein klaffendes Loch hinterlassen hatte.

»Meine Güte!«, stieß Natalie hervor.

»Es sieht so aus, als wäre ein Orkan hier durchgefegt, nicht wahr?«, sagte Don und schaute Natalie an. »Das ist kein Spaß mehr. Dein Freund ist in einer Stimmung, in der ihm alles zuzutrauen ist. Es könnte jemand getötet werden. Wenn er angehalten wird und sich einer Verhaftung widersetzt, haben meine Beamten keine andere Wahl, als von ihren Schusswaffen Gebrauch zu machen. Deshalb solltest du ihm dringend raten, sich zu ergeben, falls er sich mit dir in Verbindung setzt.«

Als sie in den Eingangsbereich zurückkehrten, hatten sich dort neue Besucher eingefunden, die um Hilfe bitten wollten. Don sah erschöpft aus. »Irgendwie werden wir das schon durchstehen«, sagte er. »Du weißt nicht zufällig, wo Rick steckt?«

Natalie schüttelte den Kopf. »Ich habe heute noch nicht mit ihm gesprochen. Am Sonntagmorgen holt er immer das Geld von der Bank in Bangor ab. Ihm ist doch nichts passiert?«

»Nicht dass ich wüsste. Er hat den Geldtransporter wie jedes Mal zurückgebracht, aber dann scheint er es ziemlich eilig gehabt zu haben, und niemand weiß, wo er steckt. Und er geht nicht ans Telefon.«

»Tut mir leid, aber ich kann dir nicht helfen.«

Als Natalie im Wagen saß, meldete sich ihr Handy. Doch es war keine Nachricht vom King, wie sie gehofft hatte. Es war eine SMS:

Marokko, 16.23 Uhr. Starke Erschütterungen im Osten. Heftige Beben, gefolgt von einem ungeheuren Rücksog. Reite auf dem Berg! Erschlag die Welle!

Don Egan hatte anderes zu tun, als sich um die entflohenen Surfer zu kümmern. Nach den letzten Informationen aus La Palma breitete die Panik sich schneller aus als ein Buschfeuer im August. Auf jedem Fernsehkanal und in jedem Internetportal wurden Bilder des Super-Krakatau gezeigt, der auf der Insel explodiert war, und die Monsterwellen, welche die Küsten Portugals, Spaniens und die Touristenstrände im Süden Marokkos überfluteten. Nachdem Don mit der zuständigen Behörde gesprochen hatte, hatte er angeordnet, die Strände bis auf weiteres zu sperren. Inzwischen liefen die Telefone heiß, und auf der Wache drängten sich Bürger, die die Stadt verlassen wollten und um Rat und Hilfe baten.

»Wir können Ihnen nicht sagen, wie die Lage ist. Wir wissen nicht mehr als Sie!« Don wiederholte unablässig dieselben Sätze, wenn besorgte Bürger ihn um Rat fragten.

»Sind Sie endlich beim staatlichen Katastrophenschutz durchgekommen?«, fragte er Annie immer wieder.

»Ich hab doch gesagt, dass ich es versuche, Chef, aber es ist ständig besetzt. Man bekommt nur eine Ansage zu hören, dass in Kürze von offizieller Seite eine Erklärung abgegeben wird.«

»Versuchen Sie es weiter. Wir brauchen Hilfe, wenn wir diese Sache hier meistern sollen. Verdammt! Es scheint, als würden jetzt alle durchdrehen.«

Den beunruhigten Bürgern konnte Don immer nur dieselbe Antwort geben. »Gehen Sie nach Hause, schalten Sie den Fernseher ein und warten Sie ab. Wenn eine Evakuierung angeordnet wird, werden Fahrzeuge durch die Stadt fahren und über Lautsprecher Anweisungen erteilen. Wir werden sicherstellen, dass niemand vergessen wird.«

Don rief persönlich den Katastrophenschutz in Bangor an. »Nach Informationen aus Washington erstreckt sich der Gefahrenbereich nach Norden hin nur bis Jacksonville«, wurde ihm gesagt. »Lediglich in Florida und in den Staaten am Golf von Mexiko wird der Notstand ausgerufen.«

»Heißt das, ich kann die Sperrung der Strände aufheben?«

»Das müssen Sie je nach Lage selbst entscheiden. Diesbezüglich können wir Ihnen derzeit keine Hinweise geben.«

Doch als Don eine halbe Stunde später mit der Küstenwache sprach, erfuhr er, dass der Gefahrenbereich sich jetzt nach Norden hin bis Cape Cod erstreckte.

»Was ist an Cape Cod so Besonderes? Oder glauben Sie, nördlich von Boston lebten nicht genügend Menschen, sodass eine Rettung sich nicht lohnt?«, fragte er zornig.

»Wir geben nur weiter, was wir erfahren haben. Ich nehme an, sie müssen irgendwo eine Grenze ziehen.«

»Ach ja? Das ist ja toll!«, wetterte Don. »Irgendwelche Bürokraten in Washington ziehen eine Linie auf einer Landkarte und sagen, alle Orte weiter nördlich können Sie ignorieren? Soll uns das in Sicherheit wiegen?«

»Hören Sie«, erklärte der Beamte ihm ruhig. »Es hat sich nichts geändert. Bis jetzt wurden nur für Florida und die Küste am Golf vom Mexiko Evakuierungsbefehle erteilt. Aufgrund der Topographie könnten einige Gebiete nördlich von Jacksonville besonderen Risiken ausgesetzt sein. Landzungen, Buchten, Orte, wo der Festlandsockel besonders schmal ist...«

»Mein Gott«, sagte Don. »Das alles trifft genau auf uns zu.«

»Ja, aber vergessen Sie nicht, dass auch die Entfernung eine Rolle spielt. Ihr da oben an der Grenze steht auf der Gefahrenskala ganz unten. Unter uns gesagt, geben die kanadischen Behörden für kein einziges Gebiet Warnungen heraus.«

Auch Chance Greene war besorgt. Er saß in seinem Büro in der Bay Road und versuchte, einen Antrag auf Schadenersatz für die Brandschäden in der alten Eisfabrik auszufüllen. Wenn er den Antrag vor den vermutlich massenhaft eingehenden Anträgen auf finanziellen Ausgleich für die Schäden einreichen könnte, die es bald aufgrund der Tsunami-Warnung geben könnte, hätte er eine größere Chance, an Geld zu kommen, hoffte er zumindest. Leider schienen viele andere Leute dieselbe Idee gehabt zu haben.

»Was soll das heißen, Sie nehmen heute keine Anträge mehr entgegen? Sie sind verpflichtet, rund um die Uhr eine Hotline bereitzustellen.«

»Ja, Sir, aber wegen des derzeitigen nationalen Notstands ...«

»Was für ein Notstand? Ich habe nicht gehört, dass der Notstand ausgerufen wurde.«

»Uns liegen andere Informationen vor, Sir. Man sagte uns, dass der Präsident in Kürze öffentlich den nationalen Notstand ausrufen wird.«

»Scheiße! Betrifft das auch Kanada?«

»Das kann ich Ihnen nicht sagen, Sir. Da müssen Sie die Kanadier fragen.«

Chance knallte den Hörer auf die Gabel und rief einen Freund in Montreal an, der ebenfalls Stadtentwickler war.

»Chance, alter Junge, wo steckst du?«

»In meinem Büro in Goodwill. Was hast du denn gedacht?«

»Hast du keine Angst vor dem Tsunami?«

»Es heißt, dass nur Florida und der Golf von Mexiko in Gefahr sind.«

»Ich wollte, ich wäre so vertrauensvoll wie du. Uns wurde von den Experten etwas ganz anderes erzählt.«

»Ach? Und was?« Chance wurde es mulmig zumute.

»Ich sehe gerade fern. Die Zwangsevakuierung von St. John und Halifax. Die Bay of Fundy wird für alle Schiffe außer für Rettungsschiffe gesperrt. Sämtliche Einwohner der Küstengebiete werden aufgefordert, sich zehn Kilometer ins Inland zurückzuziehen. Sogar die Leute in Quebec haben Angst.«

»In Quebec? Aber Quebec liegt doch auf einem Riff, verdammt.«

»Es geht um die Häfen.«

»Wenn ich mich recht erinnere, hast du Land da unten.« Chance spürte eine gewisse Genugtuung, als er seinem Freund diese Frage stellte.

»Nicht mehr. Als vor ein paar Wochen mit den ersten Ausbrüchen des Vulkans die Probleme begannen, bekam ich ein gutes Angebot, und da sagte ich mir, warum nicht verkaufen? Tja, ich wünsche dir alles Gute, mein Freund. Wenn ich etwas für dich tun kann ...«

Chance legte wütend auf und stellte den Fernseher in seinem Büro lauter. Doch es war der Nachrichtenbalken unten im Bild, der seine Aufmerksamkeit fesselte:

TSUNAMI-WARNUNG! FLORIDA WARNT VOR ZEHN METER HOHEN WELLEN. DAS WEISSE HAUS BESTÄTIGT, DASS DIE GESAMTE OSTKÜSTE IN GEFAHR SEIN KÖNNTE. EINWOHNER VON KÜSTENGEBIETEN WERDEN ANGEWIESEN, SICH FÜNF KILOMETER VOM MEER ZU ENTFERNEN.

Bearskin Neck

Die Einzigen, die sich über die Entwicklung der Dinge freuten, waren die Surfer. Jubelnd stürmten sie in den »Hummerfänger«. Fotos von Riesenwellen wurden auf Handys gesendet, und die jungen Leute betrachteten begeistert die atemberaubenden Bilder.

»Ihr solltet jetzt gehen«, sagte Jean-Alice mürrisch. »Der ›Hummerfänger‹ wird vorerst geschlossen. In dieser Stadt gibt es Leute, die alles verlieren könnten – Häuser, ihre Arbeit, sogar ihr Leben. Habt ihr daran mal gedacht?«

Die Surfer starrten sie verständnislos an, als wüssten sie nicht, was es hieße, Verpflichtungen zu haben und Verantwortung zu tragen. Ein hellblonder Junge in Segelshorts sagte: »Wir machen die Wellen ja nicht selbst. Wir sind hier, um auf ihnen zu reiten. Wir tun keinem was.«

»Ja«, unterstützte ihn ein anderer Surfer. »Wenn Sie nicht zu nahe an den Strand gehen, wird Ihnen nichts passieren. Lassen Sie uns unseren Spaß.«

Jean-Alice spürte Wut in sich aufsteigen. »Ist das alles, was für euch zählt? Spaß?« Sie nahm einem Mädchen das Handy aus der Hand. »Schaut euch diese Brecher an. Sie sind dreißig, vierzig Meter hoch. Ganze Städte werden vernichtet, Häuser zerstört, Tausende Menschen sterben, und euch geht es nur darum, euren Spaß zu haben?«

Die Surfer scharrten verlegen mit den Füßen und senkten die Köpfe. »Das wissen wir ja alles«, sagte einer von ihnen. »Aber können wir etwas tun, um es zu verhindern? Nein. Das Meer kann nicht gezähmt werden. Wir müssen mit dem Strom schwimmen.«

Noch so ein blöder Satz, dachte Jean-Alice, und mir rutscht die Hand aus.

Plötzlich hörte sie draußen auf dem Neck lärmende Stimmen; dann erklangen Rufe. »Der King!« Der Hinkende kam in die Kneipe. Jean-Alice riss die Augen auf, als sie sah, dass der hünenhafte Muskelprotz ihn begleitete.

»Haben die euch Herumtreiber tatsächlich freigelassen?«, fragte sie mürrisch.

Der King antwortete nicht. Seine Augen strahlten. Die Begeisterung über seinen Ausbruch hatte den Glauben an seine messianische Mission verstärkt, und seine Leidenschaft übertrug sich auf die anderen. Weitere Surfer folgten und belagerten die Kneipe. Der King hob die Arme, worauf sich erwartungsvolle Stille ausbreitete, als alle auf seine Worte warteten.

»Freunde, unsere Zeit ist gekommen. Eine Welle nähert sich! Eine Welle, wie noch kein Mensch auf diesem Planeten sie gesehen hat, und wie sie vermutlich auch nie mehr jemand sehen wird. Ihr seid die Zeugen. Ihr seid aufgefordert, der Geschichte beizuwohnen. Ihr seid die Berichterstatter. Eure Stimmen werden die Legende an die nächsten Surfergenerationen weitergeben. ›Ich war an jenem Tag dabei!‹, werdet ihr sagen. ›Ich habe die Riesenwelle gesehen. Ich habe gesehen, dass der King of the Mountain den Giganten erlegt hat!‹«

Er richtete den Blick auf Jean-Alice, die die Hände in die Hüften stemmte und ihn mit zusammengepressten Lippen anstarrte. »Ich habe gehört, dass Sie nach unseren Motiven gefragt haben, Ma'am. Ich werde Ihnen erklären, was uns motiviert. Wir haben uns das Ziel gesetzt, unsere persönlichen Grenzen auszureizen. Immer wenn wir aufs Wasser gehen, wird jeder von uns von seiner Inspiration und seiner persönlichen Herausforderung angetrieben. Wir finden uns nicht mit einer Niederlage ab, und wir begnügen uns nicht mit einem zweiten Platz. Wir suchen Herausforderungen, wo immer wir sie finden. Vielleicht erscheint es Ihnen egoistisch, aber für uns ist ein Ruf nach etwas, das jenseits unserer Existenz liegt, eine höhere Bestimmung.«

Er drehte sich wieder zu seinen Anhängern um. »Freunde, bevor es losgeht, möchte ich euch allen für euer Kommen, eure Unterstützung und eure Ermutigung danken. Ich weiß, dass wir uns alle an diesen Tag erinnern werden. Und ich möchte euch ein Gedicht vortragen, das mir in schweren Zeiten Kraft gegeben hat, und ich glaube, es kann auch euch eines Tages vielleicht helfen:

Ich habe ein Rendezvous mit dem Tod
An einer umkämpften Barrikade,
Wenn der Frühling wiederkommt
Mit raschelndem Schatten
Und dem Duft der Apfelblüten.

Ich habe ein Rendezvous mit dem Tod,
Um Mitternacht in einer brennenden Stadt,
Wenn der Frühling in diesem Jahr
wieder hinauf in den Norden kommt
Und ich das Wort einlöse, das ich gab,
Werde ich das Rendezvous nicht versäumen.«

Greenstone Island

Rick lief am Strand entlang und den Pfad hinauf, der zum Haus führte. Den Pfad hatte er selbst ausgetreten, als er Baumaterial hierher geschleppt, gezogen, geschleift und geschoben hatte. Das Haus, das L-förmig gebaut war, war nicht allzu groß – fünf Zimmer mit einer Küche und einem Bad nach hinten raus. Rick hatte es sich immer als Sommerhaus vorgestellt, einen Ort, an den er flüchten konnte. Im Winter war das Klima auf der Insel zu rau, als dass man das ganze Jahr dort wohnen konnte.

Rick stellte sich vor, wie er hier draußen Zeit mit seiner Familie verbrachte und wie er seinen Kindern zeigte, wie man angelte, mit einem Boot umging und Möweneier sammelte.

Auch Natalie ließ ihren Träumen gerne freien Lauf, wenn es um dieses Haus ging. Sie sei die Villen leid, behauptete sie, und sehne sich nach einem einfachen Leben. Oder das glaubte sie jedenfalls.

Im letzten Spätherbst hatte Rick endlich das Dach gedeckt,

was ein großer Schritt nach vorn gewesen war. Mit den Fensterläden und der Eingangs- und Nebentür war das Haus nun zumindest vor Wasser geschützt. In diesem Sommer hatte Rick bisher nur einen Stapel Holz hierher gebracht, das er über einen gewissen Zeitraum gesammelt hatte. Wenn er später Zeit hätte, wollte er die restlichen Böden im ersten Stock auslegen.

Der Schlüssel lag stets unter dem Stein. Rick bückte sich danach, wobei ihm etwas auffiel.

Als Stufe vor dem Haus diente ein großer alter Mühlstein, den Rick auf der Insel gefunden hatte. Vor zwei Jahren hatte er ein ganzes Wochenende damit verbracht, den Stein zum Haus zu transportieren, wobei Natalie ihn mit Dosenbier bei Laune hielt, das sie im Meer gekühlt hatte. Anschließend hatten sie den Stein mit einer Drahtbürste gereinigt und die Initialen des Steinmetzen entdeckt, die in den Rand gemeißelt waren.

Jetzt wies die verwitterte Oberfläche des Steins einen frischen Fleck auf, der wie getrocknetes Blut aussah. Vielleicht das Blut eines Seehundes oder eines Vogels, denn Schafe gab es auf der Insel nicht mehr.

Rick erhob sich und stieß die Tür auf, die in den Angeln krächzte. Als sie sich öffnete, fiel ein Lichtstrahl in die schmale Diele.

Sie war leer, doch die Tür auf der linken Seite war nur angelehnt. Rick hörte ein wimmerndes Geräusch im Zimmer dahinter und schob die Tür vorsichtig auf. Natalie hatte den Raum mit Möbeln und Einrichtungsgegenständen ausgestattet, die ihre Eltern am Indian Point nicht mehr brauchten, darunter eine große alte Couch, die früher bei den Maxwells auf der Veranda gestanden hatte.

Auf dieser Couch lag nun eine junge Frau mit leichenblassem Gesicht. Ihre Augen waren geschlossen, und ein Läufer lag wie eine Decke über ihrem Körper. Ein Mann in Shorts und mit einem Becher in der Hand saß zusammengesunken neben ihr. Offensichtlich war er mit den Kräften am Ende.

»Kim«, sagte der Mann, der Rick gar nicht bemerkte, mit schwacher Stimme. »Kim, bitte, du musst etwas trinken.«

Die Frau hob unsicher eine zitternde Hand, um den Becher entgegenzunehmen.

In diesem Augenblick erblickte der Mann Rick in der Tür. Alle Farbe wich aus seinem Gesicht. Er stellte den Becher auf den Boden und versuchte aufzustehen, doch es gelang ihm nicht.

»Wer sind Sie?«, fragte Rick.

»Ich ... ich bin Randall Baines«, sagte der Mann mit schleppender Stimme. »Und das ist Kimberley Schaffer ...«

Rick konnte es nicht fassen. Es waren die beiden vermissten Mountainbiker, die Tab Southwell als Letzter lebend gesehen hatte.

Rick rannte den Hügel hinter dem Haus hinauf, da er dort Funkverbindung für sein Handy bekam. Er wählte den Notruf. »Verbinden Sie mich mit der Küstenwache«, sagte er, als sich eine Frauenstimme in der Zentrale meldete.

Rick hatte von Randall Baines erfahren, dass Kimberly sich den Fuß an einem Felsen im Strudelkanal verstaucht hatte. Es war ihm gelungen, sie auf einem Stück Treibholz über Wasser zu halten. In der Morgendämmerung hatte er dann erkannt, dass sie in die Greenstone Bay getrieben worden waren. »Irgendwie habe ich es dann geschafft, Kim ans Ufer zu tragen, und dann sah ich das Haus. Ich dachte, wir wären gerettet, aber dann sah ich, dass niemand auf der Insel war und dass es hier nichts zu essen gab. Ich habe versucht, ein Feuer zu machen, um Helfer zu alarmieren, aber es ging immer wieder aus. Und Kim wurde immer schwächer. Ich hatte uns schon aufgegeben ...«

Rick konnte sich nicht vorstellen, wie die beiden so lange im Wasser überlebt hatten. Doch es war eine warme Nacht gewesen; das hatte ihnen vielleicht das Leben gerettet. Nach Randalls Worten waren sie in einer warmen Strömung getrieben, die sie in die Bucht getragen hatte ...

»Der Hubschrauber ist unterwegs«, informierte ihn nun die Zentrale. »Er müsste in zehn bis fünfzehn Minuten bei Ihnen sein. Bestätige Einsatzort: Greenstone Island, Goodwill-Sund. Zwei Verletzte für Nottransport.«

»Richtig«, sagte Rick. »Soll ich eine Leuchtkugel abschießen, wenn ich den Hubschrauber höre?«

»Nicht nötig, Sir. Bleiben Sie bei den Unfallopfern, bis die Sanitäter eintreffen.«

Als Rick den Hügel hinunterlief, kam es ihm so vor, als hätte er ein leises Donnern gehört, so, als würde sich hinter dem Dunstschleier ein Unwetter zusammenbrauen.

Goodwill

Frank Schaffer war unnachgiebig. »Ich habe keine Angst! Das Pendel sagt uns deutlich, dass wir uns in der Bucht umschauen sollen. Das haben Sie selbst gesagt. Ich werde zur Maple Cove gehen und mich persönlich dort umsehen. Bleiben Sie hier, wenn es Ihnen lieber ist. Sie müssen nicht mitkommen. Ich schätze es sehr, was Sie für mich getan haben, aber jetzt komme ich auch allein zurecht.«

»Frank, ich habe nur gesagt, wir sollten zuerst die Polizei verständigen.« Martin Seymour versuchte, Schaffer zur Vernunft zu bringen. »Was haben Ihre Schwester oder Ihre Mutter davon, wenn Sie jetzt in Schwierigkeiten geraten?«

Doch Frank Schaffer war nicht von seinem Vorhaben abzubringen. »Ich weiß, was Sie gesagt haben, aber ich gehe zur

Bucht. Polizei und Küstenwache haben sicherlich ihr Bestes gegeben, aber sie haben Kim nicht gefunden. Sie sind der Einzige, der mir geholfen hat. Ich vertraue Ihnen und Ihrem Pendel. Es ist eine deutliche Botschaft. Ich gehe hinunter zur Bucht und suche Kim. Kommen Sie mit oder bleiben Sie hier?«

38

Cumbre Vieja

Malcolm Mackenzie lag inmitten von Asche und Staub bäuchlings am Hang und schlug mit dem Geologenhammer, den er stets am Gürtel trug, noch einmal kräftig auf den Felsspalt. Obwohl der Hammer aus geschmiedetem und gehärtetem Schweizer Stahl bestand und mit einer zehn Zentimeter langen, geschliffenen Spitze versehen war, konnte er dem Basaltgestein des Felsblocks, der Conchas Fuß einklemmte, kaum etwas anhaben. Die Studentin stöhnte und versuchte verzweifelt, ihren Fuß durch Drehen und Ziehen zu befreien.

Die Ausbrüche erfolgten nun in immer kürzeren Abständen. Im selben Rhythmus nahmen auch die Explosionen zu. Die ohrenbetäubenden Schläge wurden von Lavabomben begleitet, die mit tödlicher Wucht unaufhörlich aus dem Zweilicht hervorschossen. Inmitten dieses Infernos wirbelten gewaltige Splittermassen brennenden Bimssteins umher. Am schlimmsten waren die giftigen Gaswolken, die aus neu aufgebrochenen Spalten auf der Flanke im Süden quollen und ins Tal drifteten.

Die beiden Vulkanologen rangen nach Atem. Ihre Augen tränten, ihre Lungen brannten. Malcolm wusste, dass es nur eine Frage der Zeit war, bis eine *nuée ardente*, eine mit heißen Vulkangasen vermischte Glutwolke aus weißglühender Asche und Bimsstein, sie töten würde – eine Wolke, die durchs Tal fegte und alles verbrannte, was ihr in den Weg geriet.

Malcolm mobilisierte seine letzten Kräfte. Er wischte sich Staub und Schweiß aus dem Gesicht, ehe er den Hammer in einen Felsspalt schlug und den Griff mit aller Gewalt nach unten drückte. Plötzlich rutschte das Werkzeug ab, und Concha schrie auf.

»Verzeihung«, keuchte Malcolm.

»Schon gut ...« Concha und zog an ihrem Fuß.

Malcolm blinzelte und sah, dass ein Riss im Felsbrocken entstanden war. Er griff mit einer Hand in den Spalt, um das Felsstück zur Seite zu stoßen. Dabei brach ein großer Brocken ab. Mit einem Schrei der Erleichterung zog Concha ihren Fuß heraus.

In diesem Augenblick brach die Hölle los.

Die nächste Explosion war eine der schlimmsten bisher. Schockwellen rasten durch die Erde wie Wellen über den Ozean. Der Berghang bebte, wobei erneut stickige Staubwolken aufgewirbelt wurden. Plötzlich löste sich der Felsbrocken, der Conchas Fuß eingeklemmt hatte, stürzte krachend in die Tiefe und riss dabei den Boden unten ihnen weg. In der Geröllawine gefangen, rutschte Concha den Hang hinunter. In letzter Sekunde bekam Malcolm ihren Arm zu fassen und konnte verhindern, dass sie kopfüber in den rauchenden Abgrund stürzte. Einen Augenblick lang klammerten die beiden sich an den zerfurchten Hang, während Steine und Geröll über sie hinwegprasselten. Als der Ausbruch sich allmählich legte, krochen sie mühsam zu einer Stelle, an der sie festen Boden unter den Füßen hatten.

Doch selbst hier war die Sicherheit nur eine Illusion. Die beiden Geologen schauten sich ungläubig um. Wohin sie die Blicke auch wandten, sahen sie klaffende Spalten und Risse im Boden. In der Tiefe waren die senkrechten Brüche zu erkennen, wo die Vorderseite des Bergkamms drei bis vier Meter abgesackt war. Bei jeder neuen Explosion würden diese Risse sich vertiefen und ausbreiten.

»Madre de Dios!«, stieß Concha hervor. »Die ganze Flanke bricht ab!«

Malcolm nahm ihren Arm und zog sie hinter sich her. »Wir müssen schnellstens weg hier, bevor wir mit in die Tiefe gerissen werden.«

Concha weinte. »Mein armes La Palma ... arme *isla bonita*.«

39

Goodwill, Maine, 13.00 Uhr

Der King hatte die Kontrolle über sein Leben zurückerlangt. Jetzt richtete er seine Aufmerksamkeit nach vorn. In Zamos' abgedunkeltem Suburban saß er von dem Fernseher und verfolgte gebannt die Meldungen.

»Wo ist das, Marokko? Scheiße, seht euch diese Brecher an! Was geht da vor sich? Hat jemand mit den Wächtern des Meeres gesprochen?«

»Es gibt eine Nachricht von einem gewissen Watchkeeper.« Natalie las sie durch. »Er scheint ein sehr mutiger Typ zu sein.«

»Ja, er ist einer der Besten. Ich hoffe, er schafft es. Er hat sich selbst in Gefahr gebracht, um diesen Job zu erledigen. Ich lasse ihn nicht im Stich. Wir halten zusammen.«

Der Hinkende mischte sich ein. »Die Verbindung zu Marokko ist abgebrochen. Seitdem haben wir nichts mehr gehört. Für die amerikanische Ostküste werden über dreißig Meter hohe Wellen vorhergesagt.«

»Gibt es schon Neuigkeiten von den Azoren?«

Der Hinkende schaute im Computer nach. »Sieht so aus, als würden die Wellen sich an den Außenriffen brechen. Es gibt Berichte von zwanzig Meter hohen Wellen, aber die Jungs fanden keinen geeigneten Zugang.«

Die Zuhörer staunten. Zwanzig-Meter-Wellen waren Weltrekord.

»Und?« Der King spürte, dass der andere irgendetwas zurückhielt.

Der Hinkende zuckte die Schultern. »Hodson und Delray wurden von den Wellen verschluckt.«

»Sind sie ertrunken?«

Der Hinkende antwortete nicht.

»Scheiße, Mann, sie waren in Ordnung. Ich werde sie vermissen.«

»Ich hab dir gesagt, dass die Azoren nicht der richtige Ort waren.«

»Zwanzig Meter, hm?«

»Unsere Wellen werden noch größer sein. Das verspreche ich dir.«

»Ich hoffe, du hast recht.«

»Todsicher.«

Viertel nach eins. Der rote Rettungshubschrauber aus Ellsworthy flog über den Sund hinweg, und die Nachricht verbreitete sich rasch. Das vermisste Paar aus der Maple Cove war gefunden worden!

Es war unglaublich, aber wahr. Sie waren in die Greenstone Bay getrieben worden, wo Rick Larsen sie gefunden hatte, halb verhungert und erschöpft, aber lebend. Nun brachte der Hubschrauber sie zurück.

»Mann, Rick!«, rief Don Egan, als Rick ihn über Funk informierte, dass er jetzt mit der *Chimay* zurückkehrte. »Du hast dir einen guten Zeitpunkt für deine Spazierfahrt ausgesucht. Wir brauchen dich dringend hier an Land.«

»Ja, hab ich von den Sanitätern gehört. Ich wusste nicht, dass die Lage sich dermaßen zugespitzt hatte. Wie lauten die neusten Informationen?«

»Da gibt es verschiedene Meldungen. Jedenfalls muss es einen oder mehrere schlimme Ausbrüche gegeben haben, aber die größte Eruption scheint noch auszustehen.«

»Wir können also nur warten, bis es passiert.«
»Wahrscheinlich.«

Maple Cove

Southwell rief zu Hause an. »Donna, wo ist Tab? Er geht nicht ans Handy, aber ich muss ihn sprechen. Ich habe tolle Neuigkeiten für ihn. Rick Larsen hat gerade angerufen. Das vermisste Touristenpaar wurde gefunden.«

»Das ist ja großartig!«, rief Donna, nachdem Southwell ihr die Geschichte in knappen Worten erzählt hatte. »Tab wird ein Stein vom Herzen fallen.«

»Ja. Und das ist noch nicht alles. Ich habe gerade mit seiner Mutter gesprochen.«

»Diane? Was will sie? Tab sollte doch noch zwei Wochen bei uns bleiben.«

»Es geht um die Tsunami-Warnung. Es gefällt ihr nicht, dass Tab hier bei uns so nahe am Meer wohnt.«

»Sie erzählt doch ständig, dass das Meer auch bei ihr nur eine halbe Meile vom Haus entfernt ist. Auch Tab hat das neulich noch gesagt.«

»Ich weiß, ich weiß. Auf jeden Fall hat sie gedroht, hierher zu kommen und den Jungen abzuholen ...«

»So ein Quatsch! Das sind sechshundert Meilen! Vor Mitternacht ist sie nicht hier. Ich meine, wir sind hier doch nicht in Gefahr, oder?«

»Nein, das Haus ist sicher. Wir liegen hoch am Berg. Trotzdem ist es besser, wenn ihr beide eure Taschen packt und zu mir ins Krankenhaus kommt. Holst du Tab mal ans Telefon?«

»Kleinen Moment, er ist in seinem Zimmer. Tab!«, hörte Southwell sie rufen. »Dein Vater ist am Telefon!« Er hörte

Donnas Schritte auf der Holztreppe; dann meldete sie sich wieder. »Er muss weggegangen sein.«

Eine böse Vorahnung beschlich Southwell. »Ich hatte dir doch gesagt, du sollst ihn nicht aus den Augen lassen, Donna.«

»Ich weiß. Vor einer Minute war er noch hier. Er muss sich davongestohlen haben, als du mich angerufen hast!«, jammerte Donna. »Ich verstehe das nicht. Er sagt mir sonst immer Bescheid, wenn er weggeht.«

»Ich komme nach Hause.«

»Soll ich die Polizei anrufen?«

»Nein. Ich will nicht, dass die Cops wieder da hineingezogen werden. Es würde Tab nur aufregen. Außerdem haben die genug am Hals.«

»Was sollen wir tun? Ich fahre mit dem Wagen hinunter zur Bucht und suche ihn dort, ja? Das ist sein Lieblingsplatz. Er ist bestimmt dort. Ich fahre mit dem Wagen hin.«

»Nein, Donna, um Himmels willen! Fahr bloß nicht zur Bucht! Das ist viel zu gefährlich!«, rief er.

Doch Donna hatte schon aufgelegt.

Im Polizeirevier Goodwill versuchte Annie Pellew Frank Schaffer zu erreichen. »Sein Handy ist ausgeschaltet«, sagte sie zu Don. »Soll ich eine Nachricht hinterlassen?«

»Er ist doch im Seafarers untergebracht, oder? Versuchen Sie es zuerst dort.«

Annie wählte die Nummer des Motels. Beth Robbins meldete sich. »Ich wollte Sie schon anrufen, Annie, aber heute Morgen ging es hier drunter und drüber«, sagte Beth. »Die Hälfte unserer Gäste checkt dank dieser verdammten Fernsehberichte aus. Wir mussten ihnen sogar Geld erstatten. Was kann ich für Sie tun?«

Die beiden Frauen besprachen kurz die Lage, ehe Annie

wieder auflegte. »Beth sagt, Mr. Schaffer habe in dieser Nacht nicht in seinem Bett geschlafen«, wandte Annie sich an Don. »Er ist zu Martin Seymour gegangen, dem Wünschelrutengänger. Ich habe bei ihm zu Hause angerufen, aber da meldet sich auch niemand.«

»Versuchen Sie es im Krankenhaus«, schlug Don vor. »Vielleicht hat der Bruder die Nachricht schon von einem anderen erfahren und ist auf dem Weg dorthin.«

»Da hab ich schon angerufen. Seine Schwester ist bei Bewusstsein und fragt nach ihrem Bruder. Was sollen wir ihr sagen?«

»Dass wir ihren Bruder suchen. Und schicken Sie einen Wagen zur Maple Cove. Ich könnte mir vorstellen, dass er dorthin gegangen ist.«

Annie schaute auf die Dienstpläne. »Unsere Streifenwagen sind alle im Einsatz, Chef.«

Maple Cove

Mack und Brandie hatten die ganze Nacht gestritten. Am nächsten Morgen sagte Mack, er werde auf der Welle reiten. Er war es leid, immer den zweiten Platz hinter Typen wie Coughlin einzunehmen – wagemutigen jungen Burschen, denen aber seine Erfahrung fehlte.

Er fuhr mit dem Motorrad nach Ellsworthy und mietete dort ein Yamaha-Jetski mit einem 1200-Kubik-Motor und 160 Spitze. Zusätzlich zu der Maschine mietete er einen Anhänger und für weitere fünfzig Dollar einen klapprigen Safari-Minivan – ein Fahrzeug, das er verabscheute, doch um die Yamaha bis ans Meer zu transportieren, reichte es allemal.

Brandie würde den Jetski fahren. Sie war kräftig und kannte

auf dem Wasser keine Furcht. »Aber wer dreht den Film?«, wollte sie wissen.

Es gebe ein paar Typen, die er engagieren könne, erwiderte Mack. Sie waren noch jung, doch er hatte Filme von ihnen gesehen, und die waren spitzenmäßig.

»Können wir denen denn vertrauen?«, fragte Brandie. »Stell dir vor, die verpfeifen uns beim Hinkenden, und der sagt es dem King. Was dann?«

»Das Risiko müssen wir eingehen«, sagte Mack. »Diese Chance bietet sich nur einmal im Leben. Wenn wir sie nicht ergreifen, sind wir die Dummen.«

»Ich finde das nicht loyal.«

»Brandie, diese Welle gehört niemandem. Sie muss geritten werden, und *ich* will sie reiten.«

»Wie du meinst.«

»Bist du dabei oder nicht?«

Sie zuckte mit den Schultern. »Wenn du möchtest.«

Der gemietete Minivan mit dem Anhänger fuhr die Küstenstraße entlang. Aus der Stereoanlage dröhnten laute Hip-Hop-Klänge. Der Pfad zum Strand hinunter war gesperrt. Mack hielt an und wartete, bis Brandie die Pfosten herausgezogen hatte, damit er durchfahren konnte. Dann lenkte er den Van auf den Parkplatz und stellte den Motor ab, worauf die Musik verstummte.

»Bist du sicher, dass hier die richtige Stelle ist?«, fragte Brandie.

»Ich nehm's an.« Mack stieg aus.

»Sollen wir warten, bis diese Typen auftauchen?«

»Die Strände sind von der Polizei gesperrt worden ...« Er las einen Warnhinweis durch, der an einem Pfosten hing. »Fünf Knoten Höchstgeschwindigkeit. Von acht Uhr morgens bis fünf Uhr abends keine Wasserskier und keine Wassermotorräder ... Mann, so eine Scheißstadt! Scott hat gesagt, sie treffen sich mit uns draußen am Riff. Ich schätze, sie fahren alleine raus. Komm, wir laden alles ab und bringen den Jetski ans Ufer.«

In dem Van stapelten sich Surfutensilien und persönliche Gegenstände. Brandie schob die Seitentür auf und zog einen elastischen rosafarbenen Neoprenanzug heraus. Sie streifte das T-Shirt lässig über den Kopf und warf es in den Van.

»Mann, das Wasser ist ja spiegelglatt.«

Brandie schaute über den breiten Sandstrand, der sich bis an die Bucht hinzog, und auf die kleine Insel in der Nähe. Es war vollkommen ruhig. Kein Blatt raschelte in den Bäumen. Nur das Ticken des Motors, der abkühlte, war in der Stille zu hören.

Brandie warf ihr Haar zurück. »Es ist ganz glatt«, sagte sie enttäuscht. »Und so verdammt ruhig. Ich kann mir nicht vorstellen, dass sich hier noch was tut. Vielleicht hätten wir bei den anderen bleiben sollen.«

Mack schaute mit nachdenklichem Blick Richtung Südosten zum Sund. »Die Dünung bildet sich in diesem Augenblick auf der anderen Seite des Meeres«, sagte er leise. »Der King beansprucht die Welle für sich allein. Er verfolgt die Geschehnisse seit Wochen. Der Hinkende hat Beobachter an der afrikanischen Küste und sogar auf den Bermudas, die ihm Berichte über die dortigen Bedingungen schicken. Zamos ist eigens hierher geflogen, und du weißt, was das bedeutet.«

»Ich hab trotzdem ein blödes Gefühl, die Sache hinter seinem Rücken durchzuziehen.«

»He, ihm gehört die Welle nicht. Sie gehört allen. Mir reicht es, immer nur Befehle entgegenzunehmen.«

»Okay, dann lass es uns angehen. Wir waren den ganzen Tag noch nicht auf dem Wasser.«

Mack stieg wieder in den Van, wendete und setzte den Anhänger bis ans Ufer zurück. Gemeinsam zogen sie die Yamaha vom Hänger ins Wasser. Anschließend brachte Mack den Van mit dem nun leeren Hänger zurück zur Straße und parkte ihn unter den Bäumen. Ehe er zurückkehrte, stellte er die Pfosten, die den Weg versperrten, wieder in die Verankerungen.

»Da ist noch ein Hinweis.« Brandie zeigte auf das Flugblatt, als Mack zurückkehrte. »Da steht was über Strömungen vor der Insel. Sag mal, meinst du, hier an dieser Bucht sind diese beiden Touristen verschwunden?«

Mack warf einen gleichgültigen Blick auf das Flugblatt und biss sich auf die Lippe. »Bestimmt nur eine Geschichte, die sich die Einheimischen ausgedacht haben, um die Leute von hier wegzuhalten.«

Unten am Wasser befestigten sie das Seil an dem dafür vorgesehenen Stahlring und hakten das Surfbrett hinten an die Yamaha. Beide trugen Neoprenanzüge. Die Wasseroberfläche wurde kabbeliger. Mack betrachtete das als gutes Omen. »Fahr an der Insel vorbei aufs Meer raus«, befahl er Brandie. »Die Wellen dort sehen krasser aus, und wir sind vom Sund aus länger außer Sichtweite.«

Brandie stieg auf den Jetski und startete die Maschine. Der Motor sprang sofort an. Brandie spürte die unbändige Kraft der schweren Maschine. Mack überprüfte ein letztes Mal die Ausrüstung, ehe er sich auf den Soziussitz setzte. »Okay«, rief er Brandie ins Ohr. »Gib Gas!«

Ricks Schwager, Mike Caine, ging über den Neck zum Geschäft für Bootszubehör. Die *Marie-Sainte*, der Flüssiggas-Tanker, lag noch immer hinter dem Hafendamm auf Grund. Der Bagger hatte seine Arbeit eingestellt. Am Hafen herrschte hektische Aktivität. Dutzende Schiffe fuhren aufs Meer, während gleichzeitig viele Jachtbesitzer ihre Boote aus dem Wasser hoben und auf Anhänger luden. Auf dem Neck hatten sich Staus in beide Richtungen gebildet. Fahrzeuge mit beladenen Anhängern fuhren zurück zur Stadt, und andere kamen, um ihre Anhänger erst noch zu beladen. Als Mike das Geschäft betrat, packten Rebecca und die Jungen Kartons.

»Das Boot ist vollgetankt«, sagte er zu seiner Frau. »Ich fahre jetzt raus. Con Wolfowitz schätzt, dass man zehn Meilen vor der Küste in Sicherheit ist. Ich will nicht zu lange warten, damit ich auf der sicheren Seite bin.«

»Können wir mitkommen, Dad?«, fragten die Jungen.

»Nein, ihr bleibt hier und passt auf eure Mutter auf.«

Rebecca sah erschöpft aus. Sie schlang die Arme um ihren Mann und schmiegte sich an seine Brust. »Ich wollte, du würdest nicht gehen«, flüsterte sie. »Es ist gefährlich da draußen.«

»Das haben wir doch gestern Abend schon alles besprochen, Rebecca. Vom Laden abgesehen, ist das Boot unser größtes Kapital. Ein Tsunami wird alles zertrümmern, was im Hafen liegt. Auf dem Meer besteht keine Gefahr. Wir werden jede Welle überstehen.«

»Aber die Versicherung würde doch ...«

»Es kann Monate dauern, bis die Versicherung zahlt, und dann verpassen wir die Hummersaison. Das würde uns finanziell so weit zurückwerfen, dass wir Jahre bräuchten, um uns davon zu erholen. Lass mich tun, was ich tun muss. Du fährst mit den Jungen nach Ellsworthy und bleibst dort bei Onkel Stu und Tante Julia, bis die Gefahr vorüber ist.«

»Also gut«, stimmte sie zögernd zu.

»Versprich mir, dass du nicht zu spät aufbrichst. Ich will nicht, dass du hier in der Falle sitzt!«

»Ich verspreche es. Aber um dich mache ich mir Sorgen.«

»Mir wird schon nichts passieren. Die *Pequod* fährt auch raus.«

»Ist sie denn seetüchtig? Patsy war hier und hat gesagt, dass es Probleme mit einem Ruder gibt.«

»Magnus und Paul reparieren es gerade. Sobald sie fertig sind, fahren wir los. Dann lassen wir das Signalhorn ertönen, okay?«

»Wir werden darauf achten.«

»Und denk daran, die Jungen rechtzeitig hier wegzubringen. Nicht, dass ich das Boot rette und meine Familie verliere.«

Als Rebecca ihrem Mann nachsah, legte sich eine kalte Hand auf ihr Herz.

Curtain Bluff

Sheena war unterwegs zu Ray Burn, als ihr Handy klingelte. Sie schaute aufs Display. Es war Southwell. Sie drückte auf die Sprechtaste.

»Was ist los?«, fragte sie.

»Es geht um Tab. Er ist mit dem Fahrrad weggefahren. Wir suchen ihn überall.«

Sheena wendete. »Ich komme!«

Eine halbe Meile entfernt fuhr der Junge, um den alle sich Sorgen machten, den Hang hinunter zur Bay Road und bahnte sich einen Weg zwischen den Fahrzeugen hindurch, die die Stadt verließen. An der Einmündung zum Neck bremste Tab und ließ die Wagen vorbei. Als er den Blick nach links wandte, sah er drei schwere Motorräder, die von der Brücke kamen und einen langen Konvoi aus Pick-ups und SUVs anführten.

Die Biker saßen auf ihren Maschinen; ihre Haare flatterten

im Wind. Tab sah, dass auf den Motorrädern Logos mit Surfmotiven klebten. An der Kreuzung Main Street stoppte der Anführer und hielt die rechte Hand hoch, worauf der ganze Konvoi stehen blieb. Er nahm die Fahne, die er bei sich führte, hob sie hoch in die Luft und rief mit lauter Stimme, um den Verkehrslärm zu übertönen: »Auf den glorreichen Tod! Auf unsere Kumpels in Marokko, Spanien und auf den Azoren! Auf dass wir uns in Walhalla wiedersehen!«

»Walhalla!«, riefen fünfzig Kehlen. »Walhalla!«

Rick lenkte die *Chimay* mit hoher Geschwindigkeit zurück in den Sund. Die Sonne löste den Nebel allmählich auf, doch die Sicht blieb schlecht. Zahllose Schiffe suchten die Sicherheit des offenen Meeres, größtenteils Jachten und Fischkutter. Es herrschte reger Funkverkehr. Rick hörte einigen Funksprüchen aufmerksam zu.

Aus Gewohnheit hielt er aufs Nordufer zu. Am Strand der Maple Cove sah er ein paar Gestalten. Er schaute durchs Fernglas, konnte die Gesichter aber nicht erkennen. Die See wurde unruhiger. Die Felsen auf Two Bush Island waren von schäumender Brandung gesäumt. Die Strömung musste mit hoher Geschwindigkeit durch den Strudelkanal fließen.

Die Tanks und die Aufbauen der *Marie-Sainte* traten in sein Blickfeld. Sie überragten bedrohlich den Hafendamm. Wenn eine große Welle den Sund erreichte, könnte der Tanker ein großes Risiko darstellen. Kein Wunder, dass viele Leute sich und ihre Boote in Sicherheit brachten.

Ricks Handy klingelte, als die *Chimay* den Empfangsbereich des Mastes am Ende des Kais erreichte. Es war Phil Rebold, der Manager der Bank in der Main Street. Es gab normalerweise zwei Typen von Bankmanagern, die nach Goodwill kamen: junge, ehrgeizige Burschen, die nur kurze Zeit blieben, sowie ältere Herren kurz vor dem Ruhestand. Mr. Rebold gehörte zu der zweiten Gruppe.

»Rick.« Er hatte eine tiefe Stimme und sprach immer sehr langsam. »Mir wäre es lieb, wenn Sie noch einmal in die Bank kommen könnten.«

»Ich bin draußen im Sund. Gibt es ein Problem?«, fragte Rick.

»Kein richtiges Problem, nur eine Sache, die sofort erledigt werden muss. Vielleicht können Sie sich vorstellen, um was es geht.«

»Mit Verlaub, Mr. Rebold, aber ich habe im Augenblick sehr viel zu tun. Sagen Sie mir bitte, was Sie von mir wollen.«

Der Bankmanager hüstelte. »Die Geldlieferung von heute Morgen muss sofort zurückgebracht werden.«

Rick traute seinen Ohren nicht. »Sie wollen, dass wir das Geld zurückbringen?«

»Ja. Aber ich möchte nicht am Telefon darüber sprechen«, sagte Rebold. »Es ist nicht meine Entscheidung«, fügte er hinzu. »Die Zentrale hat angerufen.«

»Habe ich das jetzt richtig verstanden? Bangor hat gesagt, es wäre zu unsicher, so viel Bargeld in den Tresoren der Stadt aufzubewahren?«

»Genau darum geht es«, bestätigte Rebold in aller Ruhe. »Die Bank hat die Verpflichtung, mit den Geldern der Anleger sorgfältig umzugehen.«

Rick musste grinsen. Wenn man sich Geld lieh, gehörte es immer der Bank, aber sobald es ein Risiko gab, gehörte es den Anlegern.

»Sie glauben nicht, dass unsere Chancen hier besonders gut stehen, stimmt's, Mr. Rebold?«

»Diese Frage kann ich nicht beantworten«, erwiderte Rebold steif. »Auf jeden Fall muss das Geld sofort zurückgebracht werden. Ich habe mit Kelso gesprochen. Wenn Sie wie immer mit dem Wagen vorfahren, stehen die Geldsäcke bereit.«

Rick spürte Wut in sich aufsteigen. »Von ›müssen‹ kann keine Rede sein.«

»Darf ich Sie daran erinnern, dass Sie einen Vertrag haben?«, sagte Rebold.

»Ein Vertrag, der mich verpflichtet, einmal pro Woche den Geldtransporter zu fahren, und das habe ich in dieser Woche bereits getan.«

Der Manager wählte seine Worte sorgfältig. »Rick, die Bank hat Sie und Ihre Familie stets mit Respekt behandelt. Mit Vertrauen. Wir haben Sie unterstützt. Wir waren für Sie da, wenn Sie uns brauchten. Im Gegenzug erwarten wir Ihre Loyalität. Habe ich mich klar ausgedrückt?«

Ricks Tonfall wurde schärfer. »Mr. Rebold, ich bin Stadtverordneter. Meine Loyalität gehört in erster Linie Goodwill. Es tut mir leid, aber Sie müssen sich jemand anderen suchen, der das Geld zurückbringt, oder Sie vertrauen Ihren eigenen Tresoren.«

Rick brach die Verbindung ab und wählte die Nummer des Geschäfts für Bootszubehör, um Rebecca zu informieren, dass er zurückkam. Doch es war besetzt. Er versuchte es auf ihrem Handy, als er plötzlich verharrte.

Irgendetwas ging nicht mit rechten Dingen zu.

Es musste mit dem Boot zu tun haben.

Die *Chimay* fuhr rückwärts.

40

Cumbre Vieja, La Palma

Gigantische Explosionen erschütterten das Land. Nach einem verzweifelten Gewaltmarsch hatten Malcolm und Concha den Ort El Pilar am Ende des Pfades erreicht. Unter hohen Bimssteinhügeln halb begraben lag vor ihnen die Asphaltstraße, die durch die Berge hinunter zur neuen Schnellstraße in El Paso führte.

Der Asche- und Steinregen war jetzt so stark, dass sie ihre Gesichter bedecken mussten, um noch atmen zu können. Malcolm war erschöpft, lief jedoch taumelnd weiter, während das Mädchen sich Halt suchend an ihn klammerte. Die Straße schlängelte sich bergab und schmiegte sich mit ihren scharfen Kurven und den steilen Tälern eng an die Bergflanke. Ständig waren sie der Gefahr von Lawinen, Lavabomben und Steinschlag ausgesetzt. Oft versanken sie bis zu den Oberschenkeln in Ascheverwehungen. Dann wieder mussten sie über abgerutschte Hänge klettern oder über Spalten springen, die die Beben in den Boden gerissen hatten. An einigen Stellen war die Fahrbahn vollkommen weggerutscht, und sie mussten wie Bergsteiger um die klaffende Lücke herumklettern.

Von der Erschöpfung, der Hitze und dem Rauch benommen, halb blind und fast taub von den Explosionen, zerkratzt und blutend vom unaufhörlichen Stein- und Kieselhagel, der vom Himmel rieselte, stolperten sie weiter durch die Dunkelheit, die nur durch Feuer und Glut erhellt wurde.

Die Ausbrüche aus dem neuen Schlot erfolgten nun in so

schneller Folge, dass man die einzelnen Eruptionen kaum noch voneinander unterscheiden konnte. Ihre tauben Ohren nahmen nur einen fortwährenden Lärm wahr. Wieder prasselten Lavabomben auf sie nieder, nicht einzeln wie zuvor, sondern so rasch wie Artilleriefeuer. Einige zerplatzten beim Aufprall, andere prallten von den Felsen ab, rollten den Hang hinunter und lösten dabei weitere Erdrutsche aus; wieder andere zerbarsten beim Aufprall in Millionen spitzer Gesteinssplitter.

Kurz darauf verwandelte der Lärm sich in ein bedrohliches Grollen, untermalt von dumpfen Schlägen, die von Lavaauswürfen begleitet wurden, bei denen das flüssige Gestein hunderte Meter in die Luft schoss. Der Ausbruch näherte sich offenbar dem Höhepunkt. Malcolm zog Concha verzweifelt unter einen Felsvorsprung, um dem Sturm der brennenden Lavapfropfen zu entkommen, die durchs Tal fegten. An einem Ende versperrte ein herabgestürzter Felsbrocken einen Teil der Öffnung, wodurch eine Art Höhle gebildet wurde. Sie krochen hinein, so weit es ging, und hockten sich unter das niedrige Dach.

»Kopf runter!«, rief Malcolm. »Drücken Sie die Hände auf die Ohren! Gleich kommt es zum Ausbruch! Wenn es so weit ist, öffnen Sie den Mund und schreien Sie, so laut Sie können, um den Druck auszugleichen.«

Concha nickte. Ihre dunklen Augen waren weit aufgerissen und von Staub umrandet.

Die Detonation war schlimmer als alles, was zuvor geschehen war. Über dem Kegel zuckten leuchtend rote und gelbe Blitze und tauchten die Landschaft in ein geisterhaftes Licht. Mit dem ohrenbetäubenden Gebrüll zehntausender Düsentriebwerke schoss eine brennende Säule kochend heißer Gase und Bimssteins mehr als vierzig Kilometer empor, bis an den Rand der Ionosphäre. Den Bruchteil einer Sekunde später folgte die Druckwelle, die in einem Umkreis von fünf Meilen vom Epizentrum alles auf der Bergflanke vernichtete. Ein Wirbelsturm messerscharfer Gesteinssplitter zerfetzte gnadenlos alles auf seinem Weg. Mannshohe Felsbrocken schlugen wie gigantische Kanonenkugeln in die Flanke ein und zerbarsten beim Aufprall. Die wenigen Gebäude, die noch standen, wurden augenblicklich in Staub und Asche verwandelt. Aus einem Leuchtturm aus Stahlbeton, der eine Meile von dem Kegel entfernt stand, wurden Stahltüren und Fenster herausgerissen, und das obere Drittel wurde weggefegt.

Die Explosion war noch auf den Bermudas zu spüren, fast dreitausend Meilen weiter westlich. Auf La Palma waren die Folgen katastrophal. Malcolm und Concha waren halbwegs geschützt, weil sie sich in einem Tal befanden und zwischen ihnen und dem Vulkankegel Hügel lagen. Dennoch war die Wirkung verheerend. Der Druck presste die Luft aus den Lungen. Malcolms Kopf wurde gegen das Dach ihres notdürftigen Unterschlupfs geschleudert, sodass er das Bewusstsein verlor.

Als er wieder zu sich kam, war er beinahe erstickt und lag halb unter einem Berg aus Schutt begraben. Er blutete aus Ohren, Augen und Nase. Concha zog ihn heraus, doch er verstand nichts von dem, was sie sagte, denn er war nahezu taub.

Das Schlimmste aber stand noch bevor.

Die Erde brach auf, und der Berg rutschte ab – Millionen Tonnen Gestein. Die Wucht der Explosion schlitzte die Eingeweide des Cumbre Vieja auf. Während eine gigantische Wolke aus Rauch und glühenden Trümmern über dem Ozean niederging, jagte die Schockwelle durch das Innere der Insel und zerriss und zerbrach sie. Überall auf dem Felskamm des Vulkans taten sich Schlote auf, aus denen mit ungefesselter Kraft flüssiges Gestein schoss, als die Magmakammern tief unter der Erde aufplatzten und der aufgestaute Druck von tausenden Jahren freigelassen wurde. Die Lavaströme durchbrachen die unterirdischen Seen aus eingeschlossenem Wasser und verwandelten sie augenblicklich in Dampf, der die Explosivkraft von Atombomben um ein Vielfaches übertraf. Verwerfungen öffneten sich wie klaffende Kiefer. Die gesamte Bruchlinie entlang des Rückens zerbarst und spaltete die Basaltklippen.

Der Boden bebte, schwankte und wölbte sich. Steine schossen aus der bebenden Erde. Gebäude wurden verschlungen, Straßentunnel stürzten ein. Taub und blutend klammerten Malcolm und Concha sich aneinander. Die Zerstörungen setzten sich fort – ein unaufhörlicher Donner, der immer lauter wurde und wie eine Lawine anschwoll.

Mit dem Krachen von Kanonenschlägen setzten die Risse sich bis ins dunkle Herz des Vulkans fort. Während die Bruchlinien aufeinandertrafen und sich ausbreiteten, nahm die Geschwindigkeit des Zusammenbruchs exponentiell zu. Der Bruch bahnte sich seinen Weg über eine Strecke von zwanzig Kilometern – von der alten Caldera in Taburiente im Norden der Insel bis hinunter zu dem Zwillingskegel in Fuencaliente an der Südspitze.

Und wieder rutschte der Berg weiter ab. Inmitten unvorstellbaren Lärms, des Berstens und Splitterns der Felsen, der explosionsartigen Zertrümmerungen und der krachenden phreatomagmatischen Eruptionen, brach die Westflanke des Cumbre Vieja vom Berg ab. Entlang der Gipfellinie bildete sich ein tiefer Spalt, als hätte eine gigantische Axt den Vulkan getroffen. Die gesamte, nach Westen liegende Seite begann sich zu bewegen, während der ebene Teil der Insel sich zum Meer hin absenkte. Es war ein langsamer, verheerender Zusammenbruch, der mit der Eigenbewegung an Schwung und Wucht gewann, Straßen in Staub verwandelte und Bäume, Menschen, Stromleitungen, Tiere und Fahrzeuge verschlang. Diese vernichtende Lawine brennenden Gesteins riss alles ins Wasser, was ihr im Weg stand. Es war eine geologische Katastrophe, wie die Erde sie seit hunderttausend Jahren nicht erlebt hatte.

Als die Geschwindigkeit des Zusammenbruchs zunahm, spalteten sich große Felsblöcke ab, stürzten ins Wasser, sanken in die Tiefe und ließen ein senkrechtes, zwei Kilometer hohes Kliff wie eine offene Wunde zurück. Seine Oberfläche glühte rot von der ungeheuren Reibungshitze, die durch die rutschenden Felsmassen entstanden war. Eine halbe Billion Tonnen Gestein stürzte sechs Kilometer tief auf den Meeresboden.

Und dann kehrte das Meer zurück. Versteckt hinter einer riesigen Dunstglocke aus Staub und Rauch, rauschte das Wasser mit donnerndem Grollen zurück in die klaffende Lücke, die in die Seite des Vulkans gerissen worden war. Es brandete einen halben Kilometer hoch und schlug gegen das neu entstandene Kliff. Aus kochend heißen Wolken brach Dampf hervor, als das Wasser mit der brennenden Felsoberfläche in Kontakt kam. Klippen zerbarsten, als wären sie in die Luft gesprengt worden. Die unvorstellbare Zerstörung setzte sich immer weiter fort.

Minuten später donnerte die zurückgeworfene Welle, die noch immer gigantische zweihundert Meter vom Wellental bis zum Wellenkamm maß, aufs offene Meer hinaus.

Das Ereignis, vor dem die Welt sich gefürchtet hatte, war eingetreten: Der La-Palma-Tsunami war geboren.

USS *Thresher*

Es dauerte fünfzehn Minuten, bis die abgespaltenen Felsmassen des Cumbre Vieja vier Meilen tiefer und fünfzig Meilen vor der Küste den Meeresboden erreichten. Die Druckwelle der Explosion war so stark, dass das U-Boot wie eine Glocke vibrierte. Captain Krauss, der sich am Periskoprohr festhielt, spürte, wie das Beben das gesamte Schiff durchlief. Es schien kein Ende zu nehmen.

Seit der letzten Explosion vor ungefähr einer Stunde war die

Thresher in höchster Alarmbereitschaft, während sie langsam westwärts fuhr, um sich bis zum nächsten Ausbruch so weit wie möglich von der Insel zu entfernen. Krauss schätzte, dass sie ungefähr fünfundzwanzig Seemeilen zurückgelegt hatten. Selbst ein Vulkan im Todeskampf, so glaubte er, würde kaum in der Lage sein, Felsbrocken fünfzig Meilen weit zu schleudern.

Zufällig waren fünfzig Meilen genau die Entfernung, in der der Erdrutsch des Cumbre Vieja zum Stehen kam.

Krauss spürte es, als die *Thresher* erneut erbebte.

»Turbulenzen!«, rief er. Im selben Augenblick traf irgendetwas mit heftigem Getöse das Boot. Das Rumpeln und Beben setzte wieder ein. Wie ein Spielzeug wurde das Schiff von unsichtbaren Strömungen hin und her geworfen. Warnleuchten blinkten, Alarmglocken schrillten, als Felsen und Trümmer dröhnend auf den Rumpf stürzten. »Achtung, Kollision!«, konnte Krauss gerade noch schreien, ehe irgendetwas Gewaltiges gegen das Heck prallte. Weitere Alarmsirenen heulten auf. Durch die Sprechanlage drangen Schreie. Krauss dankte dem Himmel, dass er die höchste Alarmstufe ausgegeben hatte und daher alle Türen und Luken wasserdicht verschlossen waren. Hoffentlich war der Antrieb nicht beschädigt.

Wieder ging ein Rumpeln und Krachen durch das U-Boot. Auf einer Schalttafel blinkte ein rotes Notfalltelefon. Krauss hob ab. »Hier der Captain!«

»Sir, hier spricht der Chefingenieur. Die Hauptschraube verursacht Kavitationen. Sie muss einen Schlag abbekommen haben.«

Kavitationen waren durch Lufttaschen verursachte Vibrationen, die sich rings um eine Schiffsschraube bildeten.

»Meinen Sie, die Schraube hält noch ein paar Minuten durch, bis wir von hier weg sind?«

»Wir werden unser Möglichstes tun, Sir, aber wir müssen

die Leistung um zwei Drittel drosseln, damit der Schaft nicht überlastet wird.«

»Verstanden.«

Äußerlich war Krauss ruhig, doch in seinem Innern wühlte die Angst. Mit nur einem Drittel der Leistung konnte das U-Boot kaum zehn Knoten machen – ein Schneckentempo.

»Sir!« Der Erste Offizier lenkte seine Aufmerksamkeit auf den Trägheitsnavigationsmonitor. »Sieht so aus, als hätte uns eine starke Strömung gepackt.«

Als Krauss den Wert sah, blieb ihm vor Staunen der Mund offen stehen. Den Angaben auf dem Schirm zufolge betrug die augenblickliche Geschwindigkeit des U-Boots über dem Grund unfassbare achtundvierzig Knoten. »Das ist unglaublich«, entfuhr es ihm. Die Motorleistung war erheblich verringert, und es gab keine bekannte Strömung, die eine solche Kraft besaß. Das U-Boot wurde wie ein Torpedo durchs Wasser getrieben.

Der Erste Offizier schüttelte den Kopf. »Was immer da los ist, es muss gigantisch sein.«

Die *Thresher* rüttelte und klirrte wieder, während ringsum das Donnern weiterer Detonationen zu hören war. »Halten Sie das Boot in stabiler Lage«, rief Krauss. »Kurs und Tiefe beibehalten!«

»Ich versuche es, Sir!«, stieß der erste Steuermann hervor. »Aber das Boot wird hin und her geworfen!«

»Tun Sie Ihr Bestes«, rief Krauss, schaltete den Lautsprecher ein und setzte zum Sprechen an. »Hier spricht der Captain. Ich …«

Weiter kam er nicht. Es gab einen entsetzlichen Schlag an der Steuerbordseite, worauf das Boot erneut in Dunkelheit getaucht wurde und sich dramatisch neigte. Vom Bug ertönten Schreie, als die Männer gegen die Maschinen geschleudert wurden. Stickiger Rauch drang in die Kommandozentrale.

»Masken!«, konnte Krauss gerade noch brüllen. Mit einer Übelkeit erregenden Geschwindigkeit sank das U-Boot auf den Meeresboden.

USS *Tarp*

»Hier, ziehen Sie das an.« Derek Wanless drückte Mary einen dicken, orangefarbenen Rettungsanzug in die Hand, der zu einem Bündel zusammengeschnürt war. »Anweisung des Kapitäns. Wir alle müssen so ein Ding anziehen.«

Mary biss sich auf die Lippe. Vor Angst drehte sich ihr der Magen um. Wenn die Rettungsanzüge ausgegeben wurden, bestand die reale Gefahr, dass das Schiff unterging. Mary streifte die Schuhe ab und wühlte in ihrer Umhängetasche, um sich ein paar wertvolle persönliche Dinge in die Taschen zu stecken.

»Nehmen Sie Schokolade mit, vielleicht brauchen Sie die«, riet Wanless ihr. »Und beeilen Sie sich.«

Mary stieg in den unförmigen Anzug und zog die Reißverschlüsse zu. Es war unangenehm, in dem klobigen Ding zu stecken. Sie fragte sich, wie sie sich darin bewegen, geschweige denn schwimmen sollte. Derek zeigte ihr, wie man den Kragen und die Manschetten wasserdicht verschloss.

»Ich habe mit den Dingern zwar ein Überlebenstraining absolviert, aber ich hab wohl nicht richtig aufgepasst«, sagte Mary in einem Anflug von Galgenhumor.

»Machen Sie sich keine Sorgen. Wenn der schlimmste Fall eintritt und wir über Bord gehen müssen, hält dieses Ding Sie eine Woche über Wasser.«

Dennoch zitterten Marys Knie, als sie ihm durch die Tür und den Aufgang hinauf zum Hauptdeck folgte.

»Hier entlang! Beeilung!«, rief ein Matrose ihnen zu. »Alle

in den großen Aufenthaltsraum. Setzen Sie sich auf den Boden, und haken Sie sich unter.«

Mary hatte schreckliche Angst. Als sie sich zwischen Derek und Felix setzte, klebte ihre Zunge am Gaumen. Das gesamte wissenschaftliche Personal war anwesend. Einige waren angespannt, andere entschlossen, Fröhlichkeit zu demonstrieren. Von Zeit zu Zeit erklangen Instruktionen des Captains über die Lautsprecher. Blitze zuckten, und Donner grollte über ihren Köpfen. Draußen war es jetzt so dunkel, dass man kaum noch etwas sehen konnte. Nur im Westen war ein Lichtschimmer am Himmel erkennbar, und im Osten durchzuckten Feuerstrahlen die schwarze Nacht. Götterdämmerung, dachte Mary.

Der Lautsprecher knatterte wieder. Der Captain verkündete mit ruhiger, gefasster Stimme: »Es geht wieder los. Diesmal ist es eine verdammt große Welle. Halten Sie sich fest, so gut Sie können. Gott schütze uns alle.«

Die Leute umklammerten einander, als sie spürten, dass der Bug sich langsam hob.

Mary warf einen gehetzten Blick aus dem Fenster und erstarrte. Vor ihnen erhob sich eine Wasserwand, berghoch, von Blitzen gekrönt, bedrohlich, riesig, tödlich. Der Wellenkamm schien den düsteren Himmel zu berühren. Die *Tarp* stieg immer höher, immer steiler hinauf. Die Maschinen stampften. Das Schiff schlingerte heftig und tauchte den Bug ins Wasser. Gischtende Wogen spülten über die Decks und hämmerten gegen die Bullaugen. Es folgte eine rasante Fahrt in die Tiefe.

Und dann brach die Hölle los.

41

Goodwill-Sund

Rick erhöhte die Geschwindigkeit der *Chimay.* Doch selbst als er mit voller Kraft fuhr, kam der Walfänger so eben gegen die Strömung an. Das war verrückt. Der Gezeitenwechsel hätte jetzt einsetzen und das Wasser in die andere Richtung fließen müssen. Die Schiffe oben im Sund schienen noch nicht zu bemerken, was geschah. Sie fuhren mit hoher Geschwindigkeit, um schnell das offene Meer zu erreichen. Die Strömung kam ihnen sicherlich gelegen. Doch Rick blieb beinahe das Herz stehen, als er daran dachte, was gleich folgen würde.

Er warf einen Blick über die Schulter und rechnete fast damit, eine glitzernde Wasserwand zu erblicken, die von achtern auf ihn zuraste, doch er sah nichts. Das Monster musste sich weit draußen im Dunst bilden, um dann leise und unbemerkt über die ahnungslose Stadt herzufallen.

Es gab nur einen Kurs, den Rick einschlagen konnte, und genau das tat er auch. Langsam drehte er das Ruder und wendete vorsichtig das Boot, sodass er aus dem Sund herausfahren und der Gefahr von vorn begegnen konnte, sobald sie kam. Die Geschwindigkeit der Strömung erschwerte das Manöver erheblich. Die *Chimay* rollte, als sie mit der Breitseite auf eine Welle traf. Rick war augenblicklich nass bis auf die Knochen. Er hielt den Walfänger dennoch auf dem neuen Kurs. Das schäumende Wasser krachte gegen das Heck, und das Schiff schaukelte heftig, während es von der Strömung gezogen wurde.

Eine zwölf Meter lange Bermuda-Schaluppe, die für einen englischen Banker von der Hinckley Company neu gebaut worden war, überholte ihn steuerbords. Rick fragte sich, ob er die Leute über Funk warnen sollte, sagte sich dann aber, dass sie selbst schnell genug bemerken würden, was los war. Außerdem waren die Menschen in der Stadt einer viel größeren Gefahr ausgesetzt. Rick nahm das Mikro des Funkgerätes und gab das Funksignal des Hafenmeisters von Goodwill durch. »Jack, hier ist die *Chimay.*«

Die Antwort kam prompt. »Rick, ich hab mich schon gefragt, wo du steckst.«

»Ich bin im Sund und kämpfe gegen eine starke Strömung an, die mich ins Meer zieht. Siehst du am Hafen Anzeichen dafür, dass das Wasser zurückweicht?«

»Zurückweicht? Was redest du da?«

»Sieh am Ende des Kais nach!«

Während Rick wartete, legte er das Funkgerät aus der Hand, zog sein Handy aus der Tasche und versuchte, Rebecca zu erreichen, doch es war noch immer besetzt. Rick tippte die Nummer des »Hummerfänger« ein und fluchte, als er nur die Mailbox erreichte. »Jeannie, geh ran«, sagte er. »Es ist dringend!« Doch niemand meldete sich.

Mit dem anderen Ohr lauschte er, ob Jack sich über Funk meldete. Andere Seeleute bemerkten nun auch die starke Strömung. Im Sund breitete sich Angst aus.

Rick zögerte einen Moment; dann wählte er die erste Nummer auf seiner Schnellwahltaste. Das Telefon klickte, doch er hörte kein Freizeichen.

»Natalie?«, rief er. »Natalie, kannst du mich hören? Wo bist du?«

Doch die Verbindung war abgebrochen.

Jetzt wusste Rick, dass er umkehren musste.

»Was ist denn das?«, rief Brandie. An der Mündung des schmalen Kanals vor ihnen, der die Insel vom Ufer trennte, gischteten plötzlich schäumende Wassermassen. Durch die tosende Brandung konnten sie die zerklüfteten Felsen sehen, die an der Einfahrt zur Bucht wachten.

»Weiter! Fahr weiter!«, rief Mack von hinten.

»Halt dich fest!« Brandie drückte aufs Gas, worauf die Yamaha in rasantem Tempo übers Wasser jagte. Gischt spritzte auf und nahm ihnen die Sicht, als sie durch den Kanal rasten und eine Spur aus schäumendem Kielwasser hinter sich herzogen. Das Adrenalin strömte durch Brandies Adern. So eine Fahrt war das reinste Vergnügen für sie. Sie liebte es, mit dem Jetski in halsbrecherischem Tempo durchs Wasser zu kurven. Und diese Maschine war verdammt schnell! Sogar mit zwei Personen erreichten sie leicht fünfunddreißig Knoten.

»Heiz die Kiste richtig an!«, rief Mack. »Gib Stoff!«

Die Wellen wurden immer gewaltiger. Der Jetski sprang von Wellenkamm zu Wellenkamm und raste mit mörderischer Geschwindigkeit durchs Wasser. Dann verengte sich der Kanal, und die Strömungsgeschwindigkeit nahm zu. Hier war die See rauer und aufgewühlter. Ringsumher spritzte Gischt auf. Wie aus dem Nichts rollten gewaltige Brecher heran und rissen den Jetski in die Höhe. Die Yamaha bockte. Das Heck drohte auszubrechen, und Brandie hatte Mühe, die Maschine stabil zu halten. Die See wurde immer stürmischer. Die Wellen schlugen auf die Felsen und wirbelten Schaumfontänen auf. Das Wasser war eiskalt. Brandie hatte das Gefühl, Hagelkörner würden auf ihre tauben Finger prasseln.

»Wir werden immer schneller«, rief sie Mack zu. Die Strömung zog an der Maschine, als das Wasser der Bucht durch die schmale Öffnung des Kanals ins Meer strömte. Brandie blinzelte, als eine Gischtfontäne aufspritzte und ihr Visier benetzte. Dennoch sah sie den dunklen klaffenden Abgrund, der sich vor ihnen auftat, und fuhr eine scharfe Linkskurve. Sie jagten eine Welle hinauf, sprangen über den Kamm und waren augenblicklich in einem wilden Slalom heftiger Gegenströmungen gefangen.

»Ich weiß nicht, was ich tun soll!« Brandie geriet in Panik, als sie die Karussellfahrt kaum noch kontrollieren konnte.

»Halt den Jet stabil! Fahr durch den Scheiß hindurch!«, rief Mack.

Das nächste Wellental öffnete sich direkt vor ihnen. Der Bug der Yamaha neigte sich so stark, dass sie beinahe abgeworfen wurden. Das Heck brach aus, als sie über die Flanke schlidderten. Ein spitzer schwarzer Fels erschien vor ihnen. Hektisch riss Brandie die Maschine herum, während Mack sie fest umklammerte. Die Brandung schlug über ihren Köpfen zusammen, als der Bug der Yamaha sich nach unten neigte. Brandie drehte den Gashebel bis zum Anschlag, worauf der Jetski aufheulte und durch die tosenden Fluten raste. Irgendwie schafften sie es, wieder aufzutauchen. Die Strömung zog sie in einem schwindelerregenden Bogen zurück zur rechten Seite. Von wahnsinniger Angst erfüllt, gegen die Felsen zu schlagen, kämpfte Brandie verzweifelt, doch der Bug versank im Wasser. Sie drehten sich um die eigene Achse. Der Bug schwang abermals herum, und sie drehten sich erneut, wirbelten herum, und noch einmal.

O Gott, dachte Brandie, wir sind in einem Strudel!

Schmerzen schossen durch ihr rechtes Bein. Irgendetwas Hartes prallte gegen den Rumpf. Verdammt, wenn sie jetzt gegen die Felsen schlugen, bedeutete das den sicheren Tod. Die Yamaha sprang auf und ab. Sie gewannen an Schwung und drehten sich immer schneller im Kreis …

Der King und seine Crew jagten durch die Stadt zum Hafen hinunter. K. Zamos führte den Konvoi an. Die rothaarige Carly fuhr den Wagen; das Kamerateam, das die Aktion vom Hubschrauber aus filmen sollte, saß auf der Rückbank. Der Jetski des Hinkenden stand auf dem Anhänger. Die anderen folgten: der Ersatzsurfer Sharkbite Coughlin und sein Fahrer mit ihrem eigenen Jetski; dann weitere vier Teams mit Wassermotorrädern und Kameraleuten, um die Aktion auf dem Wasser aus unmittelbarer Nähe zu filmen.

Nur ein Team fehlte. »Was ist mit Mack und seiner Freundin? Warum sind sie nicht hier?«, fragte der King.

Der Hinkende schüttelte den Kopf. »Sie sind nicht aufgetaucht. Ich weiß nicht, warum. Ich hab versucht, Mack über Handy zu erreichen, aber er geht nicht ran.«

»Es ist nicht seine Art zu kneifen.«

»Vielleicht will er auf eigene Faust was durchziehen.«

Der King verzog grimmig das Gesicht. »Nur er und Brandie? Ohne Kameraleute?«

»Vielleicht glaubt er, er könnte uns die Show stehlen, wenn er es schafft, vor uns da zu sein.«

»Wenn er das versucht, wird er sein blaues Wunder erleben«, sagte der King mit ausdrucksloser Miene. Das bedeutete Krieg.

Der Hinkende verstand die Botschaft.

Der Konvoi hielt vor dem Liegeplatz der *Pequod.* Patsy Easton stand vorn auf der Gangway, als die Teams ausstiegen und an Bord strömten.

»Was soll das?«, sagte sie. »Wer sind Sie? Wir machen heute keine Fahrt.«

Die rothaarige Carly ging an den anderen vorbei zu Patsy. »Wo ist Paul Olsen?«

»Er hat zu tun. Hören Sie mal, Sie können nicht einfach all dieses Zeug an Bord schleppen. Was hat das zu bedeuten? Dieses Boot ist Privateigentum. Sie haben nicht das Recht, an Bord zu kommen.«

»Meinen Sie? Dann lesen Sie mal das hier.« Carly hielt Patsy ein paar Schriftstücke unter die Nase. »Das ist ein Chartervertrag, den Ihr Chef unterschrieben hat und der uns garantiert, dass uns dieses Schiff mit Besatzung in den nächsten zehn Tagen jederzeit zur Verfügung steht. Wir nehmen diese Option jetzt in Anspruch, und wir zahlen den Restbetrag in bar. Wenn Sie den Vertrag nicht erfüllen, werden wir unser Recht einklagen, und dann verlieren Sie das Boot. Verstehen Sie, was ich meine? Suchen Sie Paul und sagen Sie ihm, dass seine Kunden an Bord kommen und dass er den Kahn anschmeißen soll.«

Patsy schaute die junge Frau ungläubig an. »Ein Chartervertrag? Sind Sie verrückt geworden? Haben Sie die Berichte im Fernsehen denn nicht gesehen? Über den Tsunami? Es ist gefährlich da draußen.«

Carly schob die Unterlippe vor. »Was meinen Sie wohl, warum wir hier sind? Glauben Sie vielleicht, wir sind Walbeobachter oder was? Suchen Sie Paul und sagen Sie ihm, er soll jemanden besorgen, der den Kran bedient. Ein paar schwere Maschinen müssen vom Anlegesteg aufs Decks gehievt werden, und wie Sie selbst gesagt haben, ist nicht viel Zeit.«

Patsy starrte sie mit einem Ausdruck tiefster Bestürzung an. Surfer und Fotografen schleppten ihre Ausrüstungen an ihr vorbei an Bord. Auf dem Kai neben dem Boot herrschte reges Treiben. Kräftige Männer koppelten die Anhänger ab und schoben die Jetskis und Rettungsschlitten unter den Kran, damit sie von dort aufs Deck gehievt werden konnten. Der Anführer der Surfer, ein großer Mann mit breiten Schultern, stand zwischen ihnen und gab Befehle. Natalie Maxwell war bei ihm und sprach in dringlichem Tonfall ins Handy.

Ein junger Mann, der eine Filmausrüstung die Gangway hinaufschleppte, hielt Patsy eine Kamera vors Gesicht. »Lächeln!«

Patsy stieß den Burschen mit dem Ellbogen zur Seite und rannte den Aufgang zum Maschinenraum hinunter, um mit Paul zu sprechen.

Die Welt drehte durch.

Tab Southwell jagte den gepflasterten Weg hinunter zum neuen Jachthafen. Unaufhörlich fuhren SUVs und Pick-ups mit beladenen Anhängern über die Rampe zum Eingang. Hammerschläge dröhnten über den Neck, als die Besitzer ihre Häuser verbarrikadierten. Es war schwül, und obwohl der morgendliche Nebel sich aufgelöst hatte, hing noch ein leichter Schleier über dem Meer. Man konnte sich nur schwer vorstellen, was sich dort draußen zusammenbraute. Tab hoffte beinahe, dass eine Monsterwelle die ganze verdammte Stadt überschwemmte.

Die Streichhölzer steckten zusammen mit dem Wegwerffeuerzeug in seiner Hosentasche. Unten an den Liegeplätzen gab es immer genügend Zeug, das gut brannte – Farben, Lacke, Öllappen. Dann hätte die Freundin seines Vaters, diese Schlampe, wieder neuen Stoff für ihre blöde Zeitung.

Hinter dem Tor des Jachthafens eilten die Leute auf den Fußwegen zwischen den Anlegestegen hin und her und trugen ihre Besitztümer ans Ufer. Diejenigen, die ihre Boote nicht aus dem Wasser heben konnten, versuchten alles von Bord zu holen, was sie transportieren konnte. Tab sah Segel, Radargeräte, Tiefenmesser, Sitze und Kissen, Geschirr und sogar einen Kühlschrank, der in einem Karren über den schwankenden Ponton geschoben wurde. Niemand nahm Notiz von dem Jungen.

»Nein, nein, ich komme schon klar«, sagte ein alter, weißhaariger Mann zu Tab, als der sich erbot, ihm beim Tragen eines Aluminiummastes zu helfen. »Pass lieber auf dich auf, mein Junge.«

Väter drängten ihre Familien zur Eile und diskutierten über die Riesenwelle. Wie groß würde sie sein? Würde sie den Damm überspülen? Welche Schäden würde sie anrichten? »Die erste Welle wird Maine um drei Uhr erreichen«, sagte ein braungebrannter Mann. »Das ist offiziell.«

Tab schaute auf die Uhr. Ihm blieb noch eine Stunde.

Er schlenderte eine Weile umher und stieg sogar auf ein Boot hinunter, um das sich keiner zu kümmern schien. Niemand störte ihn. Die Leute waren zu viel beschäftigt. Tab spielte mit dem Gedanken, eine Jacht in Brand zu setzen, und stellte sich vor, wie sie in Flammen gehüllt zwischen den anderen Booten trieb und Panik und Verwirrung stiftete. Das würde allen eine Lehre sein.

Oder sollte er es irgendwo an Land versuchen? Vielleicht in einer Lackiererei?

Tab strich über die Streichhölzer in seiner Hosentasche.

Sheena fuhr die Green hinauf und hinunter, doch dort hielten sich nur wenige Menschen auf. Die meisten beluden Fahrzeuge und verbarrikadierten Häuser. Sheena erinnerte die Szenerie an die Fernsehbilder von Städten in Florida, die sich auf einen Hurrikan vorbereiteten. Könnte es hier genauso schlimm werden? Es war schier unvorstellbar, dass ein Tsunami das friedliche Goodwill verwüstete.

Sheena fragte sich, ob sie in der Eisfabrik nachsehen und dann noch einmal die Bay Road hinunterfahren sollte. Der dichte Verkehrsstrom vom Jachthafen in Richtung Stadt riss nicht ab. Darunter waren viele Wochenendsegler, die ihre Boote aus der Gefahrenzone brachten.

Sheena bog nach links zum Neck ab. Eine unheilvolle Ruhe lag über dem Hafenviertel. Der »Hummerfänger« war geschlossen – ein sicheres Zeichen für bevorstehendes Unglück.

Sheena hielt und stieg aus. Das Geschäft für Bootszubehör war geöffnet. Sheena sah, dass Rebecca mit ihren Söhnen die Regale leer räumte. Vor dem »Windjammer« weiter unten hing ein Schild mit der Aufschrift GESCHLOSSEN. Die Fenster vor dem Süßwarenladen nebenan waren verbarrikadiert.

Die *Pequod* lag noch immer an ihrem Liegeplatz am Ende des Kais, was Sheena überraschte, denn die meisten größeren Boote waren bereits abtransportiert worden. Neben dem Boot standen eine Menge Fahrzeuge. Leute rannten die Gangway hinauf und hinunter. Von lauten Zurufen begleitet, trugen sie Ausrüstungsgegenstände an Bord. Sheena sah, wie ein Kran einen Jetski aufs Deck hievte. Eine junge Frau in einem gestreiften Top erteilte vom Brückendeck aus Befehle. Das musste Patsy Easton sein.

Der riesige Gastanker, der hinter dem Hafendamm auf Grund lag, überragte die Szenerie. Sheena nahm ihr Fotohandy und machte ein paar Aufnahmen.

Jean-Alice kam aus der Tür des »Hummerfänger«.

»Haben Sie Tab gesehen?«, fragte Sheena.

»Tab Southwell? Nein, seit gestern nicht. Glauben Sie, er ist auf dem Wasser?«

»Ich weiß es nicht. Was ist mit Ihnen? Bleiben Sie hier?«

Jean-Alice zuckte mit den Schultern. »Alles, was ich besitze, ist in der Hafenkneipe. Außerdem steht diese Stadt schon seit dreihundert Jahren, und ich glaube, sie wird noch ein paar Jahre durchhalten. Was soll ich Tab sagen, wenn ich ihn sehe?«

»Halten Sie ihn fest und rufen Sie seinen Dad an. Donna macht sich Sorgen.«

»In Ordnung. Passen Sie auf sich auf.«

»Warten Sie, Jean-Alice. Was geschieht da mit der *Pequod?*«

»Wissen Sie es nicht? Diese verrückten Surfer wollen auf dem Tsunami reiten, falls er kommt. Sie haben die *Pequod* gechartert, um damit zum Riff zu fahren.«

Sheena lief zur Gangway der *Pequod* und sprang an Bord. Tab war mit einem Mal völlig vergessen. Sollten Southwell und Donna sich um den Jungen kümmern!

Auf der Brücke sprach Sheena mit Patsy.

»Tu mir den Gefallen, Patsy, bitte. Das ist *die* Chance für mich. Eine wahnsinnig gute Story, die ich groß rausbringen kann. Nimm mich mit, bitte! Ich werde keinem im Weg stehen.«

»Ich weiß nicht, Sheena ... Paul ist sowieso schon stocksauer, weil diese Surfer aufgetaucht sind.« Patsy zeigte auf die Truppe. »Na ja, auf einen mehr oder weniger kommt's wohl auch nicht mehr an. Aber mach dich klein, bis wir den Sund hinter uns gelassen haben, okay? Wenn jemand fragt – du gehörst zur Besatzung.«

»Danke, Patsy. Mich wird keiner bemerken. Ich muss nur noch rasch meine große Kamera holen. Bin gleich wieder da. Fahrt nicht ohne mich.«

»Zehn Minuten!«, rief Patsy Sheena hinterher, die zur Gangway der *Pequod* rannte. »Keine Minute länger. Wenn du nicht rechtzeitig zurück bist, hast du Pech gehabt. Dann fahren wir ohne dich.«

»Ich bin pünktlich zurück. Versprochen.« Sheena rannte die Gangway hinunter.

Frank Schaffer und Martin Seymour fuhren in Franks Mietwagen zur Maple Cove und parkten unter den Bäumen in der

Nähe des Vans mit dem Anhänger. Sie lasen den Hinweis an der Absperrung.

»Ich glaube, wir können ruhig zur Bucht hinuntergehen, solange wir nicht schwimmen wollen«, meinte Martin.

»Ich muss mich noch einmal dort umsehen, für den Fall der Fälle«, sagte Frank. »Kim zuliebe. Ich bin es auch meiner Mutter schuldig.«

Der Kies knirschte unter ihren Füßen, als sie zur Bucht hinuntergingen. »Die Cops haben gesagt, Kim und Randall seien mit den Fahrrädern hier gewesen. Dieser Junge, Tab Southwell, hat sie gesehen, und die Räder wurden später gefunden. Ich glaube, da drüben auf dem Parkplatz«, sagte Frank zu dem älteren Mann. Auf dem Parkplatz waren noch mehr Warnhinweise angebracht worden. »Das scheint verdammt ernst zu sein«, sagte Frank. »Ich glaube, diese Schilder waren noch nicht da, als Kim hier ankam.«

Am Ufer blieben sie stehen. »Hier war kürzlich jemand.« Martin zeigte auf die Reifenspuren. »Sieht so aus, als hätten sie ein Boot zu Wasser gelassen.«

Sie gingen weiter den Strand entlang. »Hier sind noch mehr Spuren«, sagte Martin. »Der Größe nach die einer Frau.«

»Sie glauben doch nicht etwa …?« Als Frank den Blick zu Martin hob, spiegelte sich Hoffnung auf seinem Gesicht.

»Das ist der Strudelkanal«, sagte Martin. Dort, wo der Kanal begann, rauschte das Wasser bedrohlich gegen die Felsspitzen. Man konnte sich kaum vorstellen, dass jemand so tollkühn war, sich dorthin zu wagen.

»Wer ist denn das?«, fragte er plötzlich und beschirmte die Augen mit der Hand. In der Ferne sah er eine kleine Gestalt. Sie stand am anderen Ende des Strandes gegenüber der Insel und schwenkte aufgeregt ein helles Tuch.

Franks Atmung ging schneller. »Das Pendel hatte recht. Hier ist irgendwas passiert!«

Vor den Augen der Männer wich das Wasser zurück und legte breite Sandstreifen frei. Der Zugang zum Strudelkanal war jetzt ganz nahe.

Frank rannte am Strand entlang auf die Gestalt zu. Martin folgte ihm keuchend. Krabben und anderes Meeresgetier verkrochen sich in Ritzen und Spalten, als die Männer sich näherten. Der nasse Sand zerrte an ihren Schuhen.

»Frank«, keuchte Martin, »ich weiß nicht, ob das eine gute Idee ist. Wir sind schon weit vom Ufer entfernt. Wenn die Flut zurückkehrt, sind wir schnell vom Land abgeschnitten ...«

Sheena rannte den Kai entlang zum Eingang des Jachthafens.

Das war sie, die Chance, auf die sie all die Jahre gewartet hatte! Der King of the Mountain würde auf dem Tsunami reiten, und sie, Sheena Dubois, würde diesen Augenblick mit der Kamera einfangen.

Um den neuen Jachthafen besser zu erreichen, hatte Chance Greene eine Fußgängerbrücke bauen lassen. Auf diese Weise hatten Bootsbesitzer vom Neck aus, wo die Geschäfte und Restaurants lagen, direkten Zugang zu den Pontons. Dieser Fußweg bot auch eine gute Abkürzung zum anderen Ende der Bay Road. Aufgrund baurechtlicher Vorschriften, die niemand so recht verstand, befanden sich an beiden Enden Tore, die jedoch selten abgeschlossen waren. Sheena stieß das erste Tor auf, lief auf die Brücke und hörte, dass das Tor hinter ihr zufiel. Dann rannte sie über den umzäunten Fußweg in Richtung Jachthafen. Ihre Wohnung war nur ein paar Schritte vom Eingang an der Hauptstraße auf der anderen Seite entfernt.

Sie erreichte das zweite Tor und drückte gegen das Gitter. Es war verschlossen. Der Letzte, der durchs Tor gegangen war, musste es zugeschlagen haben. Verdammt, gerade jetzt! Sheena rüttelte ungeduldig an dem Gitter und versuchte, die

Leute auf den Pontons auf sich aufmerksam zu machen. Doch niemand schaute in ihre Richtung. Alle waren viel zu sehr mit ihren Booten beschäftigt.

Sheena fluchte. Sie vergeudete kostbare Zeit. Schließlich gab sie auf und rannte über die Fußgängerbrücke zurück zum Neck. Sie erreichte das Tor, das sie soeben passiert hatte, und drückte dagegen, doch es blieb verschlossen. Auch als sie sich mit aller Kraft dagegenstemmte, bewegte es sich nicht. Es musste hinter ihr ins Schloss gefallen sein.

Sie saß in der Falle.

Der Bagger hatte seine Arbeit eingestellt. Captain Leclerc, der auf der Brücke des Tankers stand, trat ans Fenster und schaute durch sein Fernglas. »Kontaktieren Sie den Hafenmeister«, wies er den Dritten Offizier an. »Fragen Sie ihn, warum der Bagger, der den Kanal ausheben sollte, nicht weiterarbeitet.«

»Oui, mon capitaine.«

Es dauerte nicht lange, bis der Dritte Offizier Bericht erstattete. »Sie sagen, es habe mit der Tide zu tun, Sir. Der Bagger hat nicht mehr genug Tiefe, um zu manövrieren.«

Leclerc antwortete nicht. Wut hatte ihn gepackt. Es waren fast zwanzig Stunden vergangen, seitdem der Tanker auf Grund gelaufen war, und was war unternommen worden, um ihn wieder flottzukriegen? Nichts, gar nichts. Man hatte ihnen einen Schlepper versprochen, doch der war nicht in Sicht, und er bekam nicht einmal Nachricht, wann damit zu rechnen war. Leclerc hatte getobt und geflucht und erklärt, dass die *Marie-Sainte* mit jeder Ebbe und Flut tiefer in den Schlamm sinken würde, doch seine Worte waren auf taube Ohren gestoßen.

Und jetzt hatte auch noch der Bagger seine Arbeit eingestellt. Die Arbeiter wurden an Land geschickt. Leclerc sah, wie sie in ein Boot stiegen. Auch seine eigene Besatzung war noch immer an Land. Es gab zurzeit zwar keine Arbeit für sie, aber es ärgerte Leclerc. Nachdem das Feuer gelöscht worden war, bestand für niemanden mehr eine Gefahr. Der Chefingenieur hatte unter den Decks eine gründliche Inspektion vorgenommen, doch keine größeren Schäden entdeckt. Nur eine Rumpfplatte war ein wenig verzogen.

Leclerc hatte versucht, mit der Küstenwache zu sprechen. Zumindest dieser Behörde konnte es gar nicht schnell genug gehen, dass der Tanker endlich wieder verschwand. Doch im Augenblick hatten die Beamten alle Hände voll mit dem drohenden Tsunami zu tun. Auch Leclerc dachte mit Schrecken daran. Wenn in den nächsten Stunden eine Monsterwelle die Küste traf und die *Marie-Sainte* hilflos erwischte …

»*Capitaine!*«

Der Schrei des Dritten Offiziers, der aufs Wasser zeigte, riss ihn aus seinen Gedanken.

»*Capitaine*, sehen Sie! Das Wasser weicht zurück!«

Leclerc trat ans Seitenfenster der Brücke und starrte hinaus. Der junge Offizier hatte recht. Das Meer wich zurück und zog das Wasser aus dem Hafen. Vor ihren Augen tauchten Felsen und Sandbänke auf, die noch vor wenigen Minuten unter Wasser gelegen hatten. Der Schlamm unten an der Basis des Hafendamms war bereits sichtbar. Zwei Hummerboote, die dort längsseits festgemacht hatten, lagen auf Grund und waren gegen die Kaimauer gekippt.

Auch die *Marie-Sainte* blieb nicht verschont. Leclerc spürte, dass der Tanker sich zur Seite neigte, als die Unterstützung des Wassers am Heck wegfiel. Mein Gott – wenn das so weiterging, könnte der hintere Teil abbrechen. Dann würden die Gastanks aufreißen, und das hätte eine verheerende Explosion zur Folge.

Auch andere Bootsbesitzer sahen, was geschah. Sirenen heulten und gaben die höchste Alarmstufe. Schreiend rannten Menschen vom Hafen zurück in die Stadt.

Leclerc packte die kalte Angst. Es konnte nur eine Erklärung dafür geben, dass das Meer sich auf diese Weise zurückzog. Dieses Phänomen konnte man an allen Stränden der Welt beobachten, wenn eine Monsterwelle nahte. Es war der Rücksog. Oft war er so stark, dass Schwimmern der Boden unter den Füßen weggerissen wurde.

Doch ein Rücksog dieses Ausmaßes war dem Kapitän des Tankers unbekannt. Es musste eine unglaubliche Welle sein, wenn das Wasser auf diese Weise aus dem Sund gesogen wurde. Eine gigantische Ozeanwelle.

Ein Tsunami!

Maple Cove

»Zwei Personen im Wasser. Sie wurden in den Sund geschwemmt!«, stieß die Frau keuchend hervor, als Frank sie erreichte. »Rufen Sie die Küstenwache! Schnell!«

»Zwei Personen?« Franks Herz setzte einen Schlag aus. »Wo? Wo sind sie? Ich kann sie nicht sehen.«

»Da draußen, hinter der Insel.« Donna presste die Hände auf den Magen, um zu Atem zu kommen. »Die Strömung hat sie erfasst. Ich habe ihre Köpfe im Wasser gesehen.« Sie atmete tief ein. »Haben Sie einen Jungen gesehen? Dreizehn, blondes Haar?«

»Einen Jungen?« Frank war verwirrt.

»Mein Stiefsohn. Er könnte sich hier herumgetrieben haben.« Donna war dermaßen außer Atem, dass ihr das Sprechen schwerfiel. »Bitte, holen Sie Hilfe. Diese Leute im Wasser …«

Frank legte ihr eine Hand auf den Arm, damit sie sich beruhigte. »Lady, haben Sie ein Handy?«

»Das hat keinen Zweck«, keuchte sie. »Keine Funkverbindung. Die Klippen …«

Frank nahm die Sache in die Hand. »Martin, ich habe eine Notrufsäule am Strand gesehen, hinten am Parkplatz. Schauen Sie nach, ob Sie dort eine Verbindung bekommen und Hilfe rufen können. Wenn nicht, laufen Sie hoch zur Küstenstraße, bis Sie das erste Haus erreichen. Melden Sie der Küstenwache, dass zwei Personen im Wasser sind und in Schwierigkeiten stecken. Beeilung!«

Martin Seymour nickte, drehte sich um und rannte stolpernden Schrittes davon. Frank wandte sich wieder der Frau zu. »Das Wasser ist zurückgewichen. Wenn ich zu der Insel hinüberlaufe – ob ich sie dann wohl an der Rückseite erwischen könnte?«

Donna schluckte und schüttelte den Kopf. »Ich weiß es nicht. Vielleicht«, sagte sie.

»Ich werde es versuchen. Sie bleiben hier.«

»Nein, ich komme mit. Der Junge könnte auch da draußen sein.«

Patsy Easton, die auf der Brücke der *Pequod* stand, spürte, dass das Boot schlingerte und schneller reagierte als gewöhnlich. Ein Blick über die Reling sagte ihr alles, was sie wissen musste. Als Wissenschaftlerin begriff sie sofort, was geschah, und stellte die logischen Verbindung her: Das Meer wich zurück und zog das Wasser aus dem Hafenbecken, als hätte jemand einen Stöpsel herausgezogen. Es war Rücksog – und der wiederum war die Ankündigung einer Monsterwelle.

Patsy zögerte keine Sekunde. Sie lief zur Kabine, rannte

einen Fotografen über den Haufen und riss an der Schnur des Signalhorns.

Unten am Neck erstarrten Rebecca und ihre Söhne, als die Signalhörner der Schiffe zum zweiten Mal innerhalb von zwei Tagen die Stille zerrissen. »Mom, brennt es wieder?«, fragte Leif hoffnungsvoll.

»Oh ja! Dürfen wir es uns ansehen?«, fragte sein Zwillingsbruder. »Nur ganz kurz.«

Rebecca hob die Hand und gebot ihren Söhnen mit strenger Miene Schweigen. Immer wieder dröhnte das Signalhorn über den Hafen. Andere Schiffe stimmten in den Alarm ein. Mike Junior verzog das Gesicht. »Hört sich ernst an.«

»Mann, das ist die Welle!«, rief sein Bruder Leif aufgeregt. »Komm, die gucken wir uns an.«

»Jungs, springt in den Wagen«, rief ihre Mutter.

»Und was ist mit dem ganzen Kram hier?« Mike junior zeigte auf die Kisten. »Sollen wir das zum Auto bringen?«

»Tut, was ich sage, und stellt keine Fragen!«, herrschte Rebecca ihre Söhne an. »In den Wagen. Beeilt euch!«

Draußen waren Schreie und laute Schritte zu hören. Ein Fahrzeug fuhr mit hoher Geschwindigkeit am Geschäft vorbei. Rebeccas Handy klingelte. Während sie mit den Jungen zum Wagen lief, meldete sie sich. »Ja?«

»Raus aus dem Laden!«, rief Mike. »Macht, dass ihr wegkommt!«

»Wo bist du, Mike? Wir müssen zusammenbleiben!«, rief Rebecca verängstigt.

»Macht, dass ihr da rauskommt. Schnapp dir die Jungs und lauft um euer Leben!«

42

Rick drehte das Ruder herum, und zum zweiten Mal richtete die *Chimay* ihre stumpfe Schnauze in die Strömung. Eine neuerliche Woge prallte gegen die Fenster des kleinen Ruderhauses, konnte dem Boot jedoch nichts anhaben. Der Bug hob sich wieder und schüttelte das Gewicht des wuchtigen Brechers ab. Als das Heck kurz ausbrach, geriet die Breitseite in die Strömung, doch Rick stabilisierte das Boot wie ein Reiter ein verschrecktes Pferd. Dann stieß die *Chimay* ihren Bug wieder mutig in die Fänge der tosenden Fluten. Two Bush Island lag noch immer an der Steuerbordseite, sodass das Boot noch eine knappe Meile zurücklegen musste, ehe die Welle es erwischte.

Doch dann ließ die Strömung nach. Rick sah das Land vorüberziehen. Das Boot musste zwei oder drei Knoten machen, was besser war als zuvor. Als Rick durch die nasse Windschutzscheibe spähte, kam es ihm so vor, als sähe er Gestalten auf der Insel. Er blickte durch das Fernglas und stieß einen leisen Pfiff aus. Ja, es waren zwei Personen, und die mit dem hellen Tuch musste eine Frau sein. Offenbar waren sie vom Strand zur Insel gelaufen, als das Wasser zurückgewichen war. Manche Leute waren wirklich verrückt. Hatten sie das Risiko nicht erkannt? Selbst wenn Rick es gewollt hätte – er hätte keine Möglichkeit gehabt, nahe genug an die Insel heranzufahren, um den Leuten zu helfen.

Er warf einen Blick über die Schulter und rechnete insgeheim damit, eine Wasserwand zu erblicken, die von achtern auf ihn zuraste. Bildete er es sich nur ein, oder hatte sich schon ein

Schatten über den Dunstschleier am Horizont gelegt? Große Wellen an dieser Küste bildeten sich an der Goodwill-Bank, wo der Festlandsockel bis hinunter zur Tiefsee abfiel. Doch die Mündung des Sunds lag ein Stück vom Unterwasser-Riff entfernt, sodass einlaufende Wellen nordwärts um Greenstone Island herum bis zu den Klippen von Curtain Bluff abgelenkt wurden. Durch diese Besonderheit der Geografie wurde Goodwill zu einer Zufluchtsstätte, einem sicheren Hafen für die Schifffahrt.

Dieses Bild wies jedoch einen Makel auf, eine entscheidende Schwäche im System, das den Sund schützte. Einige Stürme, die aus südsüdöstlicher Richtung aus Afrika herüberzogen, erzeugten mitunter große Wellen, die sich dem Goodwill-Sund mit vernichtender Wucht näherten. Solche Stürme waren zwar selten, ihre Wirkung jedoch war vernichtend. Ein solcher Sturm hatte 1812 an der Küste gewütet, hatte das Meer bis zum Sund vor sich hergetrieben und die Stadt mit schrecklichen Folgen überflutet. Daher hatten die Stadtväter dem Bau des hohen Hafendamms zugestimmt, der sich bis an den südlichen Rand des Sunds erstreckte. Dieses Bollwerk sollte die Stadt und den Hafen schützen.

Zweihundert Jahre lang hatte der Damm die Stadt Goodwill verteidigt. Jetzt stand ihm die härteste Prüfung bevor. Und die *Chimay* musste diesen Damm erst einmal erreichen.

Rick riskierte noch einen Blick über die Schulter. Und da sah er es, einen dunkleren blauen Streifen, der von einem silbernen Rand begrenzt wurde, wo die Sonne sich auf dem Wellenkamm spiegelte. Wie weit hinter ihm? Eine Meile? Nein, weniger – höchstens eine halbe Meile, und es kam schnell näher. Zwanzig Knoten? Fünfzig? Unmöglich zu sagen.

Rick konnte nur Gas geben und beten, dass er den Hafendamm rechtzeitig erreichte.

Aus dem Augenwinkel sah Brandie einen spitzen, schwarzen Felsvorsprung, der wie eine Haiflosse an ihr vorbeizog. Vom krampfhaften Umklammern des Lenkers schmerzten die Muskeln in ihren Schultern und Armen. Nachdem sie mehrmals Wasser geschluckt und hilflos nach Luft geschnappt hatte, erfasste sie panische Angst. Die Kraft der Strömung, die sie aus dem Kanal zog, wurde stärker. Die Yamaha schlingerte und fuhr dann so schnell, dass die Brandie und Mack beinahe von den Sitzen gerissen wurden.

In dem Moment, als Brandie glaubte, sie hielte nicht mehr durch, ließ der Sog nach. Der Jetski schaukelte wie ein Stück Treibholz auf dem Wasser. Wohin sie die Blicke auch wandten, sahen sie offenes Meer. Sie hatten den Kanal durchquert und waren draußen im Sund.

Brandie schaltete in den Leerlauf und ließ den Jetski treiben. »Mann«, keuchte sie. »Das war heftig.«

»Du warst super.« Mack klopfte ihr auf die Schulter. »Und jetzt nehmen wir uns die große Welle vor.«

Maple Cove

Donna und Frank liefen durch das seichte Wasser zur Insel. Der Weg war länger, als sie angenommen hatten. An manchen Stellen war das Wasser sehr tief, und sie mussten Umwege durch hohes Seegras machen. Als sie die Insel erreichten, waren beide nass bis auf die Knochen.

»Ich sehe niemanden«, sagte Frank keuchend. »Aber wenn sie in den Sund geschwemmt worden sind, müssten wir sie auf der Rückseite finden.« Ohne eine Antwort abzuwarten, machte er sich auf den Weg zum nördlichen Ende der Insel. Donna stieg hinter ihm auf die von Unkraut überwucherten Felsen. Sie streckte die Arme zur Seite, um nicht das Gleichgewicht zu verlieren, und hatte Mühe, mit Frank Schritt zu halten. Im Stillen betete sie, dass sie Tab fanden und dass dem Jungen nichts zugestoßen war.

Nachdem sie ungefähr zweihundert Meter zurückgelegt hatten, wurde Frank der Weg durch einen steilen Abhang versperrt. Dort war das Wasser tiefer; die Wellen krachten gegen die Felsen. »Da kommen wir nicht weiter«, sagte er, als er zu Donna zurückkehrte. »Wir müssen uns einen anderen Weg suchen.«

Donna blieb stehen, um zu verschnaufen. »Ist Tab hier draußen?«

»Nein, aber von hier aus sieht man nicht viel. Wir müssen weiter hinten suchen. Kommen Sie.«

An der Bucht rannte Martin Seymour am Strand entlang zur Notrufsäule der Küstenwache auf dem Parkplatz. Er musste einen Augenblick stehen bleiben, um zu Atem zu kommen, ehe er anrief.

»Hier Küstenwache. Geben Sie bitte Ihren Standort durch.«

»Maple Cove, Goodwill-Sund.«

»Ihren Namen und Ihre Adresse bitte, Sir.«

Martin gab beides durch.

»Und um was geht es, Sir?«

»Zwei Personen, vielleicht drei, sind im Wasser in Schwierigkeiten geraten.«

»Sind sie mit einem Boot rausgefahren?«

»Ich glaube nicht. Nein, sie sind im Wasser.«

»Zwei oder drei Personen, okay. Haben Sie Sichtkontakt zu ihnen?«

»Tut mir leid, ich habe sie nicht verstanden.«

»Diese Personen im Wasser, können Sie sie von Ihrem Standort aus sehen?«

»Nein, aber ich glaube, sie wurden zur Rückseite der Insel getrieben und in den Sund gezogen.«

»Two Bush Island?«

»Ja.«

»Okay, Sir. Hören Sie jetzt bitte genau zu. Wir bekommen im Augenblick sehr viele Anrufe und können nicht auf alle Hilferufe sofort reagieren. Außerdem besteht momentan eine Tsunami-Warnung für sämtliche Küstenbereiche. Wir raten allen, mindestens eine Meile vom Ufer wegzubleiben.«

»Aber diese Leute sind in Schwierigkeiten!«

»Sicher, Sir. Wir schicken Ihnen so schnell wir möglich Hilfe. Aber ich wiederhole unseren Rat an Sie und alle, die bei Ihnen sind: Weichen Sie unverzüglich mindestens eine Meile vom Ufer zurück.«

Mit zitternden Händen legte Martin Seymour auf. Er sah sich nach Frank und der Frau um, doch sie hatten die Insel schon erreicht und waren nicht mehr zu sehen. Ehe er darüber nachdenken konnte, was er als Nächstes tun würde, raste ein Wagen den Hang von der Küstenstraße hinunter. Als er mit kreischenden Bremsen bremste, wirbelte Staub auf. Martin erkannte den Arzt. »He!«, rief Southwell ihm zu. »He, haben Sie meine Frau gesehen?«

»Eine Frau, die einen Jungen sucht? Sie sucht ihn drüben auf der Insel.«

»Meine Frau ist auf der Insel?« Der Arzt starrte Martin ungläubig an. »Wie ist sie dorthin gekommen? In einem Boot?«

»Nein, sie sind zu Fuß gegangen. Es war Ebbe«, sagte Martin. »Sie meinte, Leute im Wasser gesehen zu haben. Der Mann, mit dem ich hier war, hat sie begleitet. Seine Schwester und ihr Freund werden vermisst. Ich habe gerade die Küstenwache angerufen ...«

Southwell hörte gar nicht mehr zu. Er starrte auf die Bucht, wo das zurückweichende Wasser breite Sandstreifen freigelegt hatte. Mit aschfahlem Gesicht drehte er sich zu Martin um. »Ebbe?«, rief er. »Ihr Idioten, wisst ihr denn nicht, was das ist? Das ist keine Ebbe. Das ist ein Rücksog. Das bedeutet, dass sich ein Tsunami nähert! Wir müssen sie zurückholen!«

Er stieg wieder in den Wagen. »Wenn wir uns beeilen ...«

Martin starrte auf das Wasser in der Bucht. Blankes Entsetzen stand ihm ins Gesicht geschrieben. »Es ist zu spät. Sehen Sie!«

Hinter der Insel schoss ein riesiger Brecher schäumenden Wassers aus dem Sund in den Strudelkanal.

Ein paar Minuten lang ließen Brandie und Mack sich durch den Sund treiben und erholten sich von der Anstrengung, während der Jetski in der Dünung schaukelte. Noch immer spürten sie die Aufregung der wilden Fahrt durch den Kanal. Mack zog rasch die Schlaufen an seinem Brett fest und überprüfte seinen Neoprenanzug.

»He, schau mal!«, rief er plötzlich aufgeregt. »Das ist ja Wahnsinn!«

Brandie hob den Blick. Ihr Herz setzte einen Schlag aus. Über die gesamte Breite des Sunds zog sich eine herantosende Welle. Sie war bestimmt sieben Meter hoch.

Two Bush Island

Donna schaute über den Sund. »Da sind 'ne Menge Boote im Wasser. Vielleicht hat jemand etwas gesehen.«

Frank beschirmte die Augen mit der Hand. »Ist das ein Küstenwachboot, das da auf uns zukommt?«

»Wo? Ach, da. Ja, ich glaube schon. Versuchen Sie, die Männer auf sich aufmerksam zu machen«, rief Donna.

Frank riss seine Kappe vom Kopf und schwenkte sie wild durch die Luft. »Ich glaube, sie haben uns gesehen. Sie kreisen. Sie kommen nicht nahe genug heran.«

Das Küstenwachboot fuhr parallel zur Insel und drosselte das Tempo. Es sah so aus, als ob ein Mann an Deck ihnen Zeichen gab. Dann sprach er durch ein Megafon. »Treten Sie vom Ufer zurück! Es werden hohe Wellen erwartet. Treten Sie sofort vom Ufer zurück!«

Frank und Donna schauten sich an. »O Gott!«, rief Donna. »Und was tun wir jetzt?«

Frank nahm ihren Arm. »Kommen Sie. Wir klettern, so hoch wir können.«

»Fahr da rein, Brandie!«, rief Mack ihr ins Ohr. »Fahr mit dem Bug in das Ding rein.«

Brandie beschleunigte, und die Yamaha schoss übers Wasser. Die Welle war jetzt weniger als siebzig Meter entfernt und näherte sich ihnen unerbittlich. Die Vorderseite war spiegelglatt, doch die Welle hatte noch nicht die richtige Höhe, um sich zu brechen. Sie wurde größer, als der Sund schmaler wurde und der Sog am Meeresboden sich verstärkte. Die Turbulenzen unter Wasser verkürzten die Länge der Welle und drückten sie in die Höhe. Brandie sah die ersten Schaumkronen auf der Flanke in ihrer Nähe, ein Zeichen, dass das Wasser flacher und der Wellenkamm instabil wurde.

»Willst du die versuchen?«, rief sie über die Schulter.

»Nee, zu klein. Da gibt es Bessere. Wir sollten unsere Energie sparen«, rief Mack zurück. »Uns gehen bestimmt noch größere Dinger ins Netz.«

Brandie beschleunigte auf Höchstgeschwindigkeit und jagte die Yamaha in einem weiten Bogen die Vorderseite der hereinbrechenden Welle hinauf. Oben auf dem Kamm schwenkte sie nach rechts und glitt etwa fünfzig Meter weit, ehe sie die dem Meer zugewandte Seite der Riesenwelle hinunterjagte, während die Strömung mit dreißig Knoten an ihnen vorbeiraste.

Mack stieß die Faust in die Luft. »Ja, Baby! Das gefällt mir!«

»Meine Frau und mein Sohn! Ich muss sie finden!«, rief Southwell und stieß Martin zur Seite.

»Seien Sie vernünftig! Sie erreichen die beiden nicht mehr rechtzeitig!« Hinter ihnen strömte der Ozean bereits zurück in die Bucht und in den Kanal zwischen ihnen und der Insel. Gischt spritzte, als die Welle zwischen den Felsen anbrandete. Das Ufer der Insel versank hinter einem Vorhang tosenden Wassers.

Mit aschfahlem Gesicht sank Southwell auf dem Fahrersitz zusammen. Er war verzweifelt.

»Kommen Sie«, drängte Martin. »Hier unten können wir nicht bleiben. Wir müssen rauf zur Straße. Rutschen Sie hinüber.«

Martin schob den schockierten Mann auf den Beifahrersitz, setzte sich hinters Lenkrad, schlug die Tür zu und legte den Rückwärtsgang ein. Der Landcruiser schoss zurück, und Martin trat gerade noch rechtzeitig auf die Bremse, um die Brüstung nicht zu durchbrechen und auf dem Strand zu landen. Unter den Reifen knirschte der Kies, als sie den Hang hinauffuhren. Martin warf einen Blick in den Rückspiegel und schauderte, als eine Wasserwand den Strand überschwemmte und die Spuren verwischte, die die Reifen soeben hinterlassen hatten.

»Halten Sie sich fest!«, rief Frank. »Halten Sie sich an mir fest!« Sie versuchten, so weit wie möglich bis zur Mitte von

Two Bush Island vorzudringen. Dann kauerten sie sich zwischen Felsen und Unkraut, hakten sich unter und machten sich auf den Angriff der Welle gefasst. Sie konnten schon die Gischt sehen, die unten gegen die Felsen schlug. Frank hörte ein röhrendes, anschwellendes Geräusch. »Halten Sie sich fest!«, rief er noch einmal.

Schäumende Wasserfontänen spritzten auf, die auf sie hinabstürzten und immer stärker und unerbittlicher an ihnen zerrten. Sie wurden durchgeschüttelt und gegen auf die Felsen gepresst. Frank versuchte ein letztes Mal, seine Lungen zu füllen, um für den nächsten Angriff gewappnet zu sein, doch die tosenden Wassermassen, die über sie hinwegpeitschten, nahmen ihm den Atem.

Die Welle holte die *Chimay* eine halbe Meile vor dem Hafendamm ein. Rick spürte, dass sich das Heck des Bootes hob. Er warf einen Blick nach hinten und sah die Schaumkrone auf dem Kamm der Welle, die sich in diesem Augenblick brach. Die Welle war so hoch, wie die *Chimay* lang war. Solange Rick das Boot in stabiler Lage hielt und es nicht ausbrach, müsste es ihm gelingen, diesem Angriff standzuhalten.

Das Deck neigte sich immer stärker, bis Rick das Gefühl hatte, der Bug würde fast senkrecht stehen. Das Boot wurde jetzt von der Welle getragen und von ihrem Schwung mitgerissen. Rick war versucht, das Ruder herumzureißen und an einer Seite der Wellenwand hinunterzufahren, doch das Risiko, unter den Wassermassen begraben zu werden, war zu groß. Er drosselte die Geschwindigkeit. Als die Welle die *Chimay* unter dem Kiel einholte, riss sie das Boot in die Höhe. Es bebte, als ein zerklüfteter Teil des Wellenkamms auf das Heck schlug und Rick gegen das Ruder geschleudert wurde. Die *Chimay* sank tiefer in die Fluten und rollte unter dem Gewicht des Wassers, das ins Ruderhaus gedrungen war, während Rick betete, dass die Luke fest verschlossen war und der Motor nicht versagte.

Es war ein entsetzlicher Augenblick. Das Meer brandete längsseits gegen die *Chimay*, die beängstigend tief im Wasser lag und an Steuerkraft verlor. Rick schaltete die Pumpe ein. Eine halbe Minute später war der Wellenkamm an ihm vorbeigezogen, und das Boot stabilisierte sich auf dem Wellenrücken. Rick drosselte das Tempo und schöpfte mit einem Eimer das Wasser aus dem Boot, um die Pumpe zu unterstützen. Die Welle hatte die *Chimay* ein beträchtliches Stück mitgerissen. Der Hafendamm war nun hinter dem Wellenkamm verborgen, doch die weißen Tanks der *Marie-Sainte* waren noch zu sehen und vermittelten eine vage Vorstellung von der enormen Höhe der Wassermassen. Rick erhaschte einen kurzen Blick auf das Boot seines Schwagers, das in der Nähe auf den Wellen rollte.

Dann hörte er, wie die Welle auf den Hafendamm schlug und sah die aufspritzende Gischt durch die Luft wirbeln.

Der Captain der *Marie-Sainte* war einer der wenigen, die auf die Welle hinunterschauen konnten, als sie sich näherte. Auf dem Tanker schrillten die Alarmglocken und warnten vor einer Kollisionsgefahr. Diejenigen, die auf ihren Posten geblieben waren, bereiteten sich auf den Aufprall der Welle vor. Der Tanker stand schräg im Wasser, sodass das Heck zuerst von den Wassermassen getroffen würde.

»Vielleicht hebt die Welle das Schiff an und befreit uns«, sagte der Erste Offizier, der rechts neben Leclerc stand.

Der Chefingenieur knurrte. »Sie wird wohl eher den Rumpf verdrehen und das Heck abbrechen.«

»Es reicht«, stieß Leclerc wütend hervor. Den Kapitän eines

manövrierunfähigen Schiffes, das obendrein einer schrecklichen Gefahr ausgesetzt war, konnte es kaum schlimmer treffen. Leclerc konnte von Glück sagen, wenn der Tanker seetüchtig blieb.

»Sie kommt!«, rief der Chefingenieur.

Für ein Schiff von der Größe der *Marie-Sainte* war eine sieben Meter hohe Sturmwelle keine große Sache. Der Tanker war so konstruiert, dass er viermal so hohen Wellen standhalten konnte. Doch dies hier war keine normale Welle, sondern ein Tsunami. Und der einzig bedeutsame Faktor bei einem Tsunami ist die Wellenlänge. Die Kraft, mit der eine Welle zuschlägt, ihre Energie, wird durch eine einfache Formel berechnet, indem die Wellenlänge mit dem Quadrat der Wellenhöhe multipliziert wird. Man könnte zum Beispiel eine zehn Meter hohe Sturmwelle mit einer Wellenlänge von hundert Metern mit einem Tsunami ähnlicher Höhe und einer Wellenlänge von sechzig Meilen vergleichen. Der Energie-Quotient eines Tsunami ist tausend Mal höher als der einer normalen Sturmwelle.

Leclerc spürte, dass der Aufprall der Welle das Schiff erbeben ließ wie ein Auto, auf das ein anderer Wagen mit hoher Geschwindigkeit auffährt. Das Gewicht des Schiffes – zwanzigtausend Tonnen Stahl plus Ladung – konnte nicht verhindern, dass es mehr als zehn Meter seitwärts verschoben wurde. Und das Gewicht des Schiffes war von entscheidender Bedeutung, da die *Marie-Sainte* zu diesem Zeitpunkt im Schlamm des Hafens auf Grund lag.

Die Welle türmte sich zu doppelter Höhe auf, ehe sie mit voller Wucht gegen die Backbordseite des Schiffes brandete. Die Reling wurde beidseitig weggerissen; auf dem Hauptdeck wurde eine Stahltür aus ihrer Verankerung gebrochen, und mehrere Fenster gingen zu Bruch. Wasser drang in die Besatzungsunterkünfte in den Aufbauten des Tankers, überschwemmte eine Schlafkabine und einen Aufenthaltsraum und bahnte sich durch einen Schacht einen Weg in die Kombüse unterhalb des Wohnbereichs. Auf dem ungeschützten Hauptdeck wurden Rohre und Ventile, die zum Befüllen der Kraftstoff- und Wassersysteme dienten, aus ihren Verankerungen gerissen und verformt. Vier tonnenschwere Rettungsboote wurden davongespült wie Papierschiffchen. Nur die großen Gastanks blieben verschont.

Die schwimmende Bombe war unversehrt. Bis jetzt.

Auf der *Pequod*, die hinter dem Hafendamm lag, warfen Patsy Easton und Paul hektisch Fender über Bord und lösten die Leinen, während sie den Surfern zuriefen, Rettungswesten anzuziehen und sich von der Reling fernzuhalten. Dann hörte Patsy das dumpfe Aufschlagen der Welle. Im letzten Moment drehte sie sich um und sah die gewaltigen Wassermassen, die über die Mauer des Hafendamms hinwegrollten und so hoch waren, dass der Rumpf und die Aufbauten des Tankers für Sekunden verdeckt wurden. Die Welle stürzte krachend auf die wenigen Boote, die noch im Hafen festgemacht waren.

Da ist das Monster, dachte Patsy und klammerte sich an der Reling der Brücke fest, als der tosende Ozean die Hafenmauer und den Innenhafen überrollte, Boote und Stege, Flöße und Dingis mitriss und alles bis an den Liegeplatz der *Pequod* schwemmte.

Patsy spürte, wie das Deck unter ihren Füßen bebte, wie es rollte und zitterte. Ein lautes Kratzen und Knarren war längsseits zu hören, als Trümmer gegen den Rumpf gespült wurden. Die Welle rollte über den Damm in den Hafen. Der Kai wurde überschwemmt, ehe das Wasser über den Bearskin Neck strömte und die Menschen, die zu Fuß unterwegs waren, in die Flucht jagte.

Als ein wuchtiger Aufprall das Boot erschütterte, kämpfte Patsy um ihr Gleichgewicht. Ein Hummerfänger hatte sie unter dem Bug gerammt. Patsy rannte zum Vordeck.

Jean-Alices Gedanken überschlugen sich, als sie zurück zur Hafenkneipe lief. Mit geübter Schnelligkeit hakte sie die schweren Holzläden auf, schwang sie vor die Fenster und verriegelte sie. Hastig steckte sie den Schlüssel ins Schloss der Eingangstür und betrat den »Hummerfänger«. Als sie die Tür hinter sich zuschlug, hörte sie das Aufschlagen der Welle draußen auf dem Hafendamm. Die Flutbretter für die Tür standen griffbereit in unmittelbarer Nähe. Jean-Alice steckte sie in die Stahlschienen zu beiden Seiten des Türrahmens und hämmerte die Keile hinein, damit die Tür wasserdicht verschlossen war.

Ohne zu verschnaufen, rannte Jean-Alice in die Küche. Sie musste den »Hummerfänger« retten, denn die Kneipe sorgte für ihren Lebensunterhalt. Die Wirtsstube würde eine Überschwemmung überstehen, doch wenn das Wasser hinten in der Küche nur ein paar Zentimeter hoch stand, würden die Kühlschränke, Öfen und Geschirrspüler ruiniert. In den großen, begehbaren Kühlraum, dessen Einbau und Ausstattung zwanzigtausend Dollar gekostet hatte, würde kein Wasser eindringen, denn die Tür war mit der eines Tresors zu vergleichen. Alles andere jedoch war gefährdet.

Die Küchentür war massiv und abgedichtet und konnte den Wassermassen eine Weile standhalten. Jean-Alice überprüfte das Notstromaggregat, das die Kühlschränke und die Pumpe, die eingedrungenes Wasser automatisch abpumpte, bei einem Ausfall der Stromnetzes mit Energie versorgte. Alle elektrischen Schalter und Sicherungskästen waren so hoch wie möglich angebracht. Im Vorratsraum standen noch haltbare Nahrungsmittel von der letzten Lieferung auf dem Fußboden.

Hastig stellte Jean-Alice die Kisten mit den verderblichen Nahrungsmitteln auf die Regale.

Die Brandschutztür! In der Aufregung hatte Jean-Alice vergessen, sie zu überprüfen. Sie eilte zurück in die Wirtsstube und schloss die Küche hinter sich ab. Bis vor kurzem war ein schmaler Durchgang neben der Küche, der zu den Mülltonnen führte, der einzige andere Ausgang gewesen. Doch vor drei Jahren war der Durchgang auf Freddy Tarrs Drängen zu einem Notausgang ausgebaut worden. Die neue Tür, die sie installiert hatte, war feuer- und einbruchsicher. In Goodwill waren Einbrüche zwar eine Seltenheit, doch die Versicherungsgesellschaft hatte ihre Vorschriften. Jean-Alice öffnete die Tür einen Spalt und spähte hinaus.

Ein Schwall schmutzigen Wassers schwappte durch die Lücke auf ihre Schuhe. Fluchend knallte sie die Tür wieder zu. Die kleine Gasse draußen war zehn Zentimeter hoch überschwemmt. Die Kraft des Wassers überraschte sie. Es kostete sie große Anstrengung, die Tür gegen den starken Druck wieder zu schließen. Jean-Alice betete, dass das Schloss hielt. Rasch holte sie einen Eimer und wischte das Wasser auf. So etwas passierte normalerweise nur im Winter bei einem Unwetter.

Als das Telefon klingelte, zuckte sie zusammen.

»Jeannie, wo bist du?«, fragte ihr Kellner besorgt.

»Ich bin in der Küche und verbarrikadiere alles. Und wo steckst du?«

»In der Green. Die Bay Road ist überschwemmt. Ich wollte dich nur warnen.«

»Wegen der Überschwemmung? Danke, aber ich war am Hafen.«

»Ist Wasser in der Kneipe? Wie schlimm sind die Schäden?«

»Nicht der Rede wert. Ich hab rechtzeitig alles verbarrikadiert. Kannst du mir sagen, was das zu bedeuten hat, Mitch? Ist das die große Welle?«

Mitch antwortete nicht.

»Mitch? Mitch, hörst du mich? Bist du noch dran?«, rief sie, doch die Leitung war tot.

In Panik rannte Sheena Dubois auf der Fußgängerbrücke auf und ab und hämmerte mit den Fäusten gegen die Tore, um die Leute aufmerksam zu machen. In das Dröhnen und Heulen der Signalhörner und Sirenen mischten sich die Schreie der Menschen im Jachthafen, die von den Pontons flüchteten.

»Hilfe!«, rief Sheena. »Hilfe! Hilfe!« Doch ihre Schreie gingen im Lärm und Chaos unter.

Die Fußgängerbrücke überspannte in drei Metern Höhe einen aus Felsbrocken errichteten Wellenbrecher. Ein Sprung war zu gewagt. Sheena würde sich ein Bein brechen, oder es würde noch Schlimmeres passieren. Verzweifelt rüttelte sie an den Toren. »Hilfe!«

Plötzlich schaute eine der Personen, die vorbeiliefen, kurz in ihre Richtung. Sheena kannte das Gesicht.

»Tab!«, rief sie aus voller Kehle. »Tab!«

Tab wusste nicht, warum er einen Blick zurückwarf. Vielleicht hörte er Sheena seinen Namen rufen und registrierte es erst verspätet. Doch selbst in dem Moment realisierte er nicht, wer gegen die verschlossenen Tore der Fußgängerbrücke hämmerte. Es bestand eigentlich kein Grund, warum die Tore verschlossen sein sollten. Später behaupteten einige, sie seien niemals verschlossen und das Schloss habe vermutlich nur gehakt. Sheena sei vor Angst hysterisch gewesen, hieß es. Sie hätte in aller Ruhe die Klinke herunterdrücken müssen, dann hätte das Tor sich sofort geöffnet, und sie hätte sich selbst befreien können.

Tab war mutig. Da die Welle sich in diesem Augenblick dem Hafen näherte, hätte niemand ihm Vorwürfe machen können, hätte er zuerst an sich gedacht. Außerdem war er noch ein Kind. Doch statt zu fliehen, rannte er zurück zum Tor. Dann erst sah er, dass es die Freundin seines Vaters war, die dort eingeschlossen war, doch auch davon ließ er sich nicht beirren. Sheena war ebenso ein Opfer wie er selbst.

Einen Schlüssel sah Tab nicht. Hektisch schaute er sich um, bis sein Blick auf einem Bootshaken haften blieb. Er ergriff ihn und versuchte, das Schloss aufzubrechen.

Tab war kräftig, und die drohende Gefahr trieb ihn zusätzlich an. Er drückte die Spitze des Bootshakens unter den Riegel und hebelte mit aller Kraft. Als das Schloss aufsprang, verlor der Junge das Gleichgewicht und fiel hintenüber. Mit einem Schrei der Erleichterung rannte Sheena durchs Tor. Tab rappelte sich auf, und sie liefen über den Ponton zur Straße.

In diesem Augenblick erreichten die Vorboten des ersten Tsunami den Jachthafen.

Um die neuen Liegeplätze zu schützen, hatte Chance Greene einen Wellenbrecher geplant, der sich bis zum Ende der Eisfabrik erstreckte. Doch es gab Probleme mit Umweltschutzgruppen, und die Arbeiten waren noch nicht beendet, als die Welle nun zuschlug. Ohne dass sich ihm nennenswerte Schutzanlagen in den Weg stellten, überrollte der Brecher wie eine Lawine die Boote und die Landestege. Jachten, Kutter und Pontons wurden umhergeschleudert und in Holzsplitter und Fiberglasscherben verwandelt. Die Welle erfasste diesen Trümmerberg und schwemmte ihn über das überflutete Hafenviertel in die Bay Road. Eine zehn Meter lange Jacht wurde wie ein Plastikboot über die Straße hinweg auf den Parkplatz in der Pier Street geschleudert, wo sämtliche Autos von den Wasser- und Schlammmassen zermalmt wurden.

Sheena und Tab spürten, dass der Ponton sich unter ihren

Füßen wölbte und zersplitterte, als sie auf das Ende des Piers zuliefen. Sekunden später brach auch der Pier auseinander. Das Meer drückte mit urgewaltiger Kraft von unten gegen das Holz und zertrümmerte Planken und Querbalken. Sheena wurde von den Fluten erfasst und ans Ufer geschleudert. Sie wäre hilflos liegen geblieben, hätte Tab ihr nicht zum zweiten Mal an diesem Tag das Leben gerettet. Er riss sie hoch und zerrte sie den Abhang zum Eingang hinauf.

Sie rannten durch das Tor, über die Straße und die Pier Street hinauf. Ihre Lungen brannten, und das Blut rauschte in ihren Ohren, als beide verzweifelt um ihr Leben liefen, während die donnernden Fluten sie unerbittlich jagten. Sie stolperten und rutschten auf den Pflastersteinen, bis Sheena nicht mehr weiterkonnte. Erschöpft sank sie auf die Knie.

43

Ray Burns fuhr mit dem Fahrrad den Hang vom Curtain Bluff hinunter. Zu seiner Rechten bog der Causeway schnurgerade ab und führte durch den glitzernden Salzsumpf, der Goodwill von Ellsworthy trennte. Doch irgendetwas stimmte nicht. Das Wasser im Sumpf stand viel zu hoch.

Als Ray die Stelle erreichte, wo der kleine Fluss unter der Straße hindurchströmte, verlangsamte er das Tempo. Die Gräben auf beiden Seiten liefen über. Im nächsten Augenblick spritzte das Wasser in die Höhe, als Ray die überschwemmte Straße kreuzte. Und das Wasser stieg weiter. Schon bald gab es mit dem Fahrrad kein Durchkommen mehr, und Ray musste absteigen. Er krempelte die Hose ein Stück hoch und schob das Rad, während seine Füße im Wasser versanken. Als er zur Kreuzung gelangte, reichte ihm das Wasser schon bis zu den Waden. Er spürte die starke Strömung und bekam es mit der Angst.

Ein Wagen kam aus Richtung Causeway auf ihn zu, bis obenhin mit Gepäck und Haushaltsgegenständen beladen. In dem Wagen saß ein älteres Paar. »Der Causeway ist unpassierbar«, sagte der Mann zu Ray.

»Wie hoch steht das Wasser?«, fragte Ray.

Der Mann trug Jackett und Krawatte, und seine Frau hatte einen Hut auf. Vermutlich waren sie in der Kirche gewesen. »Kann ich nicht sagen.« Der Mann zuckte mit den Schultern. »Vielleicht einen halben Meter hoch. Mir war das Risiko zu groß, plötzlich im Wasser stecken zu bleiben. Ich muss es über den Indian Creek versuchen, falls die Brücke dort noch passierbar ist.«

Ray schluckte. »Wie sieht es in der Stadt aus?«

»Schlimm«, erwiderte der Mann bloß.

Ray sah dem Wagen nach, der sich langsam die überschwemmte Straße entlangquälte, die aber noch befahrbar zu sein schien. Ehe er seinen Weg fortsetzte, krempelte Ray sich die Hose bis zu den Knien hoch.

Er hatte Angst vor dem, was ihn erwartete.

Der Stadt war bis jetzt das Schlimmste erspart geblieben. Der Hafendamm hatte seinen Zweck erfüllt, so wie die Stadtväter es sich erhofft hatten. Die stabile Konstruktion hielt dem Tsunami größtenteils stand und leitete ihn zurück in den Sund. Nach Meinung der Experten, die sich später zu dem Geschehen äußerten, wirkte der Damm in zweifacher Hinsicht: Erstens verringerte er das Wasservolumen, das ins Hafenviertel eindrang, zweitens zersprengte er die nachfolgende Wellenkette, wodurch die Schäden begrenzt wurden.

Draußen im Sund waren die Auswirkungen des Tsunami auf andere Weise dramatisch. Rick schöpfte noch immer Wasser aus dem Boot, als eine zweite Welle, die jetzt in die entgegengesetzte Richtung strömte, wie aus dem Nichts auftauchte. Sie überraschte ihn vollkommen, überflutete das Boot und versenkte es beinahe. Es hätte nicht viel gefehlt, und die Welle hätte Rick über Bord gespült. Er schätzte ihre Höhe auf knapp drei Meter. Die Schätzungen anderer lagen höher.

Die Welle richtete mehr Schäden am Boot an als ihr großer Bruder. Sie drückte die Fenster des Ruderhauses ein, zerbrach das Ruder und riss sämtliche Instrumente einschließlich Fischfinder, Radargerät und Funkgerät mit sich.

Hätte der Motor jetzt versagt, wäre Rick ein toter Mann gewesen, doch wie durch ein Wunder lief er weiter. Mit taumelnden Schritten kehrte Rick zu den Überresten des Ruders zurück. Zum Glück reichte die Motorleistung aus, um sich gegen die Strömung behaupten zu können. Die nächsten Minuten waren der reinste Albtraum. Aus allen Richtungen brandeten Strömungen und Brecher auf ihn zu, während das eingedrungene Wasser das Boot immer tiefer ins Meer zog. Doch nach und nach verbesserten sich die Bedingungen, und Rick ließ den Blick über die unmittelbare Umgebung des Walfängers schweifen. Der Sund war von Trümmern, havarierten Booten, abgebrochenen Masten und Treibgut jeder Art übersät. Rick sah den Kopf eines Mannes im Wasser und schaffte es, ihm eine Leine zuzuwerfen. Es war sein Schwager Mike Caine.

»Ich hab dich ganz in der Nähe gesehen, als es losging«, sagte Rick, als er Mike an Bord zog. »Sieht so aus, als würde dein Boot noch auf dem Wasser treiben.«

Mike spuckte das Meerwasser aus und schaute Rick kläglich an. »Ich war sicher, dass ich es schaffe, bis diese verdammte letzte Welle kam«, sagte er. »Ich wurde in die Luft geschleudert und prallte so hart auf, dass ich dachte, ich wäre auf dem Meeresboden aufgeschlagen.«

»Hilf mir, das Wasser aus dem Boot zu schöpfen«, sagte Rick. »Dann schleppen wir deinen Kahn in den Hafen.«

Im Polizeirevier in Goodwill herrschte das Chaos. Die Officer hatten Mühe, sich um die vielen Verletzten und Obdachlosen zu kümmern. Die Bay Road bot ein Bild der Verwüstung. Fast alle Häuser standen einen halben Meter unter Wasser. Don wartete gerade auf eine Verbindung zum Katastrophenschutz, als Logan Clancy aufgeregt ins Büro stürzte.

»Was wollen Sie?«, herrschte Don ihn an. »Ich dachte, ich hätte Ihnen den Auftrag erteilt, die Bay Road zu räumen.«

»Ja, Chef, ich wollte Ihnen auch nur sagen, dass sich auf dem Neck eine Gruppe Surfer versammelt hat. Ich habe einen der entflohenen Häftlinge unter diesen Leuten entdeckt. Wenn Sie mir zwei Streifenwagen mitgeben, könnte ich die Mistkerle festnehmen.«

»Verdammt!«, brüllte Don. »Können Sie keine Prioritäten setzen? Die Stadt wurde soeben von einem Tsunami getroffen, und vielleicht kommen noch mehr von diesen beschissenen Monsterwellen! Es wurden Menschen verletzt, vielleicht gibt es sogar Tote. Ich habe Ihnen befohlen, das Hafenviertel zu evakuieren. Tun Sie, was ich Ihnen gesagt habe.«

»Aber diese Typen sind aus dem Gefängnis geflohen, Chef ...«, widersprach Clancy.

»Quatsch. Wir hätten sie sowieso laufen lassen müssen«, gab Don zurück. »Die Verdachtsmomente reichten nicht aus. Machen Sie jetzt, dass Sie wieder an die Arbeit kommen.«

Wie ein begossener Pudel verließ Logan die Wache. Don versuchte weiterhin, den Katastrophenschutz an die Strippe zu bekommen.

»Es tut mir sehr leid, Mr. Egan«, entschuldigte sich die Sekretärin. »Alle Leitungen sind besetzt. Möchten Sie warten?«

»Nein«, sagte Don genervt. »Danke, dass Sie es versucht haben.« Er legte auf. Es sah so aus, als wären sie im Augenblick auf sich allein gestellt.

Annie Pellew betrat das Büro. »Der Causeway ist überflutet«, sagte sie zu Don. »Ellsworthy meint, dass Fahrzeuge mit hohen Rädern noch durchkommen, aber sie wissen nicht, wie lange noch.«

»Wir sollten noch mal einen Blick auf den Stadtplan werfen«, erwiderte Don.

Eine Minute lang starrten sie schweigend darauf. »Es gefällt mir gar nicht, dass das Krankenhaus da unten an den Sümpfen nicht mehr erreichbar ist, wenn der Causeway ausfällt«, sagte Don. »Ich glaube, wir sollten mit Southwell darüber sprechen, Patienten zu evakuieren. Würden Sie ihn bitte anrufen?«

Eine Minute später war Annie wieder da. Sie schürzte die Lippen. »Ich habe es im Krankenhaus versucht, aber Southwell ist nicht da. Mir wurde gesagt, er habe das Krankenhaus verlassen, kurz bevor die Sirenen losheulten. Offenbar wird seine Frau vermisst.«

Das Hafenviertel war ein Trümmerfeld. Im Jachthafen sah es aus, als wäre eine Bombe eingeschlagen. Ein Boot hatte die Seite der *Pequod* gerammt, und mindestens drei Jachten waren gesunken. Rick und Mike machten das Boot an einem freien Liegeplatz fest und stiegen auf den Neck. Ihnen bot sich ein Bild der Verwüstung. Das Wasser zog sich aus dem Hafen zurück und ließ Schlamm und Trümmer zurück. Die Wucht der Welle hatte die Türen des Geschäfts für Bootszubehör eingedrückt und den Verkaufsraum überschwemmt. Auf dem Boden lagen Kartons mit durchnässten Waren.

»Rebecca und die Jungen haben die meisten Regale leer geräumt«, sagte Mike. »Ich habe ihr geholfen, ein paar Fuhren wegzubringen.«

»Und wo sind sie jetzt?«, fragte Rick.

»Ich habe sie angerufen, kurz bevor der Tsunami kam. Sie muss mit den Jungen im Pick-up weggefahren sein.«

Ricks Handy funktionierte nicht mehr, und Mike hatte seins verloren, als er ins Wasser gefallen war. Sie gingen zur Hafenkneipe nebenan, doch die war verschlossen, und die Fensterläden waren verriegelt. Sie gingen den Neck hinunter. In der Bay Road war eine Polizeisperre. Phil Hogan hielt eine kleine Menschenmenge zurück. Weiter hinten sah Rick einen Feuerwehrwagen.

»Was ist passiert?«, fragte er Phil.

Phil sah mitgenommen aus. »Die Flut hat die Fassade eines Gebäudes weggerissen, und die oberen Etagen sind eingestürzt. In dem Haus haben sich angeblich Leute aufgehalten. Fred Tarrs Leute versuchen, sie zu bergen. Sie haben einen Schaufellader angefordert.«

»Welche Hausnummer?«, wollte Mike wissen.

»Sechzehn«, erwiderte Phil. »Das Backhaus.«

»Scheiße, da wohnt doch Mitch«, murmelte Mike Rick zu.

Jean-Alice kam zu ihnen. Sie war sichtlich beunruhigt. »Ich kann Mitch nicht erreichen. Die Verbindung wurde unterbrochen, als wir telefoniert haben, und jetzt antwortet er nicht.«

»Ich schau mir das mal an«, sagte Rick.

Er duckte sich unter dem Absperrband und lief schnell die Straße hinauf. Seine nasse Hose und das nasse Hemd klebten auf seiner Haut. Auf diesem Straßenabschnitt hatte der Tsunami erhebliche Schäden verursacht. In vielen Gebäuden waren Läden untergebracht. Rick lief an einem Restaurant, einer Kunstgalerie und einer Kneipe vorbei, die allesamt zerstört waren. Die Monsterwelle hatte die Erdgeschosse überschwemmt und Türen und Fenster herausgerissen. Es hatte Jahre gedauert, diese Gebäude zu restaurieren; jetzt waren binnen weniger Sekunden alle Bemühungen zunichtegemacht worden.

Das Backhaus, ein zweihundert Jahre altes Ziegelsteingebäude, gab es nicht mehr; nur ein Berg Trümmer war davon übrig. Der Sog des zurückweichenden Wassers hatte die Fassade weggerissen, worauf die oberen Stockwerke und das Dach auf die Straße gestürzt waren. Die Feuerwehr arbeitete mit Schaufeln, um sich einen Weg zu bahnen. Fred Tarr gab Befehle.

Rick klopfte ihm auf die Schulter. »Fred, wie schlimm ist es?«

»Schlimm genug. Unter den Trümmern liegt ein Pick-up.«

»Ist jemand drin?«

»Das wissen wir erst, wenn wir bis zu dem Wagen vorgedrungen sind.«

»Schon was von Mitch gehört? Jean-Alice meint, er könnte sich in seiner Wohnung im ersten Stock aufgehalten haben.«

»Wir haben ihn gefunden. Er war hinten im Gebäude, als die Welle kam. Eine Decke ist auf ihn gestürzt, aber er hatte Glück im Unglück. Ein paar Schnitte und Kratzer, ansonsten aber ist er unverletzt. Wenn du ihn sprechen möchtest, er sitzt im Einsatzwagen.«

»Leih mir bitte mal dein Handy, damit ich Jean-Alice anrufen und ihr die gute Nachricht überbringen kann.«

Der Schaufellader näherte sich auf seinen riesigen Reifen polternd dem Unfallort. Rick beobachtete, wie unter Freddys Anleitung ein großes Stück des herabgestürzten Dachs abgehoben wurde. Das Heck eines blauen Pick-ups kam darunter zum Vorschein.

»Das ist ein Ranger«, sagte einer der Feuerwehrleute.

»Nee. Ein Mazda«, hörte Rick einen Kollegen widersprechen. Die beiden Modelle ähnelten sich stark, und beide wurden oft gefahren.

Fred Tarr starrte auf das Fahrzeug. Im ersten Augenblick wusste Rick nicht, was dieser Blick bedeutete. Dann plötzlich begriff er, was passiert war, und ihm wurde übel.

Er musste Mike verständigen, wusste aber nicht, wie er es ihm beibringen sollte.

Maple Cove

Das Meer zog sich langsam wieder zurück. Martin Seymour stand oben auf den Klippen und beobachtete das Geschehen. Nach und nach tauchte der Parkplatz wieder aus dem Wasser auf. Durch die Bucht peitschten noch immer schäumende Wassermassen und krachten gegen die Felsen. An den Ufern von Two Bush Island toste die Brandung.

Southwell hatte ein japanisches Fernglas und richtete es auf die Insel.

»Können Sie jemanden sehen?«, fragte Martin.

»Ich weiß nicht. Die Brandung nimmt einem immer wieder die Sicht. Gerade dachte ich ...« Southwell stellte das Fernglas schärfer. »Ja!«, rief er erleichtert. »Da ist jemand oben zwischen den Felsen.«

»Wer? Ihre Frau? Können Sie es erkennen?«

»Nein ... Sie sind zwischen den Felsen ... klettern auf den Gipfel. Hier, sehen Sie selbst.« Er reichte Martin das Fernglas.

»Ich sehe niemanden.«

»Am höchsten Punkt, ungefähr in der Mitte. Sehen Sie den hellen Felsen? Sie stehen genau daneben.«

»Den Felsen sehe ich. Ja, jetzt sehe ich jemanden ... zwei Personen ... die eine könnte Frank sein, aber sicher bin ich mir nicht.«

»Jetzt fahre *ich* wieder«, entschied Southwell. Sie tauschten die Plätze, und Southwell ließ den Motor an.

»Wohin fahren wir?«

»An den Strand natürlich.«

»Aber wir können nichts tun. Wir haben kein Boot, und selbst wenn wir eins hätten – das Wasser ist viel zu aufgewühlt, um nahe genug an die Insel heranzufahren. Wir müssen auf den Hubschrauber der Küstenwache warten.«

Southwells Handy klingelte. Er meldete sich.

»Doktor, hier Annie Pellew, Police Department. Ich rufe im Auftrag von Don Egan an. Sir, wir brauchen Ihre Hilfe. Kommen Sie bitte sofort zur Bay Road. Eine Familie sitzt in einem zertrümmerten Pick-up. Es ist ein Notfall, Sir. Kommen Sie bitte, so schnell Sie können.«

In der Bay Road hatten die Rettungskräfte es endlich geschafft, das Wrack freizulegen und die Trümmer rings um den Pick-up zu beseitigen. Feuerwehrleute schnitten das zerquetschte Dach mit einer Rettungsschere auf. Mike hatte wahnsinnige Angst.

»Sieht so aus, als wäre mit den Jungs alles in Ordnung«, sagte Freddy zu ihm. »Offenbar hat der hintere Teil des Pick-ups dem Gewicht der Trümmer besser standgehalten.«

»Und Rebecca? Wie geht es ihr?«

»Sie ist bewusstlos. Die Sanitäter kümmern sich um sie. Sie bekommt Sauerstoff, Infusionen und zusätzlich ein Schmerzmittel, damit wir sie leichter da rausholen können.«

Mike stöhnte auf. Rick legte ihm eine Hand auf die Schulter.

»Meine Männer holen Leif jetzt raus. Möchtest du dabei sein?«

»Ja.«

»Komm mit.«

In der Nähe ertönte die Sirene eines Rettungswagens. Rick schauderte. Rebecca war heute nicht die einzige Verletzte. Er nahm einen Sanitäter zur Seite. »Die Frau in dem Wagen ist meine Schwester«, sagte er. »Wie schlimm ist es?«

Der Sanitäter war noch sehr jung, und die Sache schien ihn mitzunehmen. In einer Kleinstadt berührte eine solche Tragödie die Leute umso mehr, als fast jeder jeden kannte. »Das Dach des Wagens wurde eingedrückt und hat ihren Brustkorb gegen das Lenkrad gepresst. Wir müssen sie sehr vorsichtig bewegen, deshalb dauert es so lange. Sie haben ihr eine Halskrause angelegt und warten jetzt auf den Arzt, damit er sie untersucht.«

»Southwell?«

»Ja, Sir.«

»Wo ist er?«

»Ich glaube, er ist unterwegs.«

Der King war außer sich. Ob das Boot beschädigt sei, wollte er wissen.

»Ein Boot hat uns unter dem Bug gerammt. Hört sich das für Sie nach einem Schaden an?«, rief Patsy ihm zu.

»Und wie lange wird es dauern, bis wir auslaufen können? Wann legen wir ab?«

»Ich weiß es nicht. Paul sieht sich den Schaden gerade an.«

Der Hinkende mischte sich ein. »Wenn es eine Frage des Geldes ist, das Schiff wieder flottzubekommen ...«

»Meine Güte, nein!«, rief Patsy. »Das war ein Tsunami. Es gibt Verletzte, und das ganze Hafenviertel ist zerstört. Im Augenblick fährt niemand irgendwohin!«

Die Surfer wandten sich verärgert ab. »Gibt es ein anderes Boot? Oder könnten wir mit dem Hubschrauber dorthin?«

Der King schüttelte den Kopf. »Der ist nicht groß genug. Wir brauchen ein Boot.«

»Da ist doch die Jacht von Natalies Vater ...«

»Die ist zu langsam. Wir brauchen ein Boot wie das hier, das einen stabilen Rumpf hat und so schnell fährt. Nein, es muss das hier sein. Ein anderes Boot dieser Art steht nicht zur Verfügung.«

Sheena Dubois wunderte sich, dass sie noch lebte. Nass bis auf die Knochen, verdreckt, voller Schrammen und blauer Flecken, ansonsten jedoch unversehrt, lag sie auf den Pflastersteinen der Pier Street. Tab war ebenfalls schmutzig und durchnässt, doch er half Sheena auf die Beine. Sie bedankte sich bei ihm.

»Kein Problem«, sagte Tab verlegen.

Erst jetzt fiel Sheena wieder ein, dass Tab vermisst wurde.

»Dein Dad macht sich Sorgen um dich, und deine Stiefmutter auch«, sagte sie. »Du solltest sie anrufen.«

Southwell war immer noch nicht an der Bay Road eingetroffen. Die Sanitäter hatten die beiden Jungen inzwischen aus dem Wrack herausgeschnitten. Mike junior hatte eine böse Kopfwunde, war aber bei Bewusstsein. Er musste ins Krankenhaus gebracht werden, damit der Kopf geröntgt wurde.

Leif hatte einen Schock erlitten. Er klammerte sich an seinen Dad.

Rebecca saß noch immer im Pick-up. Rick war blass vor Angst. Jean-Alice umklammerte seinen Arm. »Sie ist zäh«, flüsterte sie.

SS *Marie-Sainte*

An Bord des gestrandeten Tankers nahmen Techniker eine Überprüfung vor, um festzustellen, wie stark die Beschädigungen waren. Das Schiff war am Heck angehoben worden, und die Wassermassen hatten den Bug zur Seite geschoben. Der Chefingenieur war besorgt, dass der Rumpf dort, wo er auf dem Grund lag, beschädigt sein könnte. Daher sollten Experten das Schiff unter die Lupe nehmen, ehe es von einem Schlepper aus dem Schlamm gezogen wurde.

Kapitän Leclerc fluchte. Offenbar hatten sich alles und jeder gegen ihn verschworen. Bei diesem Tempo könnte es Wochen dauern, ehe das Schiff wieder flott war.

Und dann kam wie aus heiterem Himmel ein Vorfall hinzu, der für neuerliche Panik sorgte. Der Zweite Offizier, der Dienst auf der Brücke verrichtete, kontaktierte Leclerc über die Gegensprechanlage. Er schien sehr aufgeregt zu sein.

»Sir, wir haben einen Druckverlust in Tank drei«, berichtete er.

Diese Meldung löste sofortigen Alarm auf dem ganzen Schiff aus. Wieder wurden alle Türen und Luken luft- und wasserdicht verschlossen und Atemschutzgeräte ausgeteilt. In den Quartieren der Mannschaft in den Decksaufbauten wurde Überdruck erzeugt, um zu verhindern, dass ausgetretenes Gas ins Innere drang. Der durch die Wellen beschädigte Hauptdeckbereich, die Speisesäle und Aufenthaltsräume waren isoliert und die wasserdichten Türen verschlossen worden, um die gasfreie Zone zu schützen. Feuerlöschgeräte und Sprinkleranlagen wurden eingeschaltet, um eine eventuelle Explosion zu verhindern.

In Begleitung des Chefingenieurs kehrte Leclerc im Laufschritt auf die Brücke zurück. Der für die Tanks zuständige Sicherheitsingenieur war auf der Toilette gewesen. Er war mit den Nerven am Ende und hatte Angst, seine Frau und seine Familie nie wieder zu sehen. Mit blassem Gesicht trat er zu ihnen. Gemeinsam schauten sie sich die Messgeräte an.

»Und?«, fragte Leclerc ungeduldig. »Wie viel haben wir verloren?«

»Genau kann ich es nicht sagen.« Dem Sicherheitsingenieur brach der Schweiß aus. Dies war erst seine zweite Fahrt. »Ein paar hundert Liter bis jetzt.«

»Setzt sich der Verlust fort?«

»Das kann ich noch nicht sagen. Es könnte ein Rohr undicht sein, oder ein Ventil ist beschädigt. Es könnte ebenso gut nur von einem Überdruckventil herrühren. Ich muss überprüfen, ob der Tank gefährdet ist. Das wird ein paar Minuten dauern.«

Leclerc fluchte wieder. »Worauf warten Sie noch? Und informieren Sie die Küstenwache. Sagen Sie denen, dass bisher kein Austreten von Gas festgestellt wurde.«

»Ja«, murmelte der Ingenieur.

Maple Cove

Southwells Handy klingelte wieder. »Dad, ich bin es, Tab. Ich bin unten an der Green.«

»Tab! Ist alles in Ordnung?« Southwell versagte beinahe die Stimme. »Wir dachten, du wärst auf der Insel.«

»Welche Insel? Ich verstehe nicht ...«

»Egal. Hör zu. Bleib, wo du bist. Halt dich vom Wasser fern. Es könnten noch mehr Riesenwellen kommen.«

»Okay. Sheena und ich haben es gerade vom Jachthafen hierher geschafft.«

»Sheena ist bei dir?«

»Ja. Hör mal, Dad, du wirst hier gebraucht. Eine Frau ist schwer verletzt.«

Goodwill-Sund

Das Küstenwachboot suchte den Sund nach Überlebenden ab. Es war eine scheußliche Aufgabe. Bis jetzt hatten sie vier Menschen gerettet, die sich an Boote geklammert hatten, und den Leichnam einer Frau mittleren Alters geborgen. Niemand wusste, wer sie war. Einer der Überlebenden, der aus dem Wasser gezogen worden war, musste medizinisch versorgt werden. Alle standen unter Schock.

Ist es jetzt vorbei?, wollten sie wissen. War das die große Welle, oder ist mit noch Schlimmerem zu rechnen?

Lieutenant Rose von der Küstenwache konnte ihnen keine Antwort darauf geben. »Wir bringen Sie ans Ufer, dort werden die Sanitäter sich um Sie kümmern«, lautete seine Standardantwort.

Über Funk kamen neue Befehle. Der Oberfähnrich brachte Rose den Zettel mit der Nachricht zur Brücke: *Zwei oder mehr Personen auf Two Bush Island gestrandet. Kümmern Sie sich darum.*

»Das werden die beiden sein, die wir vorhin gesehen haben«, sagte der Oberfähnrich. »Die Idioten müssen den Kanal überquert haben, als das Meer zurückgewichen ist. Jetzt sitzen sie fest.«

»Das schauen wir uns an«, sagte Lieutenant Rose.

»Sie schicken ein Küstenwachboot raus«, sagte Southwell zu Martin Seymour und klappte das Handy zu.

»Gott sei Dank. Jetzt wird es nicht mehr lange dauern.«

»Ich wollte, wir könnten es Donna mitteilen. Glauben Sie, sie kann uns sehen?«

Sie hatten ein Tuch an das Ende eines Stocks gebunden und schwenkten es oben auf dem Riff.

»Schwer zu sagen. Sie haben kein Fernglas.«

»Ich werde in der Stadt gebraucht. Eine Frau ist verletzt.«

Bay Road

Rick spähte zu Rebecca hinüber. Die Augen seiner Schwester waren geschlossen, und ihr Gesicht war aschfahl.

»Der Causeway ist abgeschnitten«, sagte einer der Feuerwehrleute.

»Hab ich schon gehört. Aber es heißt, Geländewagen könnten noch durchfahren. Und wir haben noch die Indian-Creek-Brücke.«

»Das kann sich ganz schnell ändern.«

Rick spürte Übelkeit in sich aufsteigen. Ein Rettungshubschrauber war angefordert worden, aber das System war völlig überlastet, da zu viele Verletzte Hilfe brauchten.

Southwell fuhr einen SUV und würde es durch die überschwemmte Straße schaffen, doch jeden Augenblick konnte eine zweite Welle zuschlagen.

Auf der *Marie-Sainte* kroch Charles, der Sicherheitsingenieur, auf dem Bauch unter dem Gewirr der Rohrleitungen hindurch, die unter den sperrigen Tanks verliefen, und suchte nach undichten Stellen. Die ganze Zeit sprühte das Wasser aus den Sprinkleranlagen auf ihn nieder. Jeder Tank war mit fünftausend Tonnen Flüssiggas gefüllt und stand unter hohem Druck. Charles schwitzte in seinem Schutzanzug, und das sperrige Atemschutzgerät schränkte seine Bewegungsfreiheit ein und trübte seinen Blick. Irgendwo in dem riesigen System aus Tanks, Rohren und Ventilen drang Gas aus einem winzigen Loch. Wenn dieses Loch größer wurde, während Charles unter den Tanks lag, bestand die Gefahr, dass er erstickte, bei lebendigem Leibe verbrannte, durch eine Explosion zerfetzt wurde, vom Flüssiggas tiefgefroren wurde oder ertrank, falls das Schiff sank.

Im Augenblick schien keine dieser wenig erfreulichen Möglichkeiten in allzu weiter Ferne zu liegen.

An Charles' Gürtel hing ein Gasdetektor, den er vor sich herschob, während er über den Boden robbte. Eine gelbe LED blinkte und zeigte das Vorhandensein von Gas in der Luft an, jedoch in einer geringen, nicht explosiven Konzentration. Charles strich mit dem Detektor über eine Rohrleitung, die den Druck zwischen den Tanks während des Löschens ausgleichen sollte. Ungefähr einen Meter über seinem Kopf befand sich ein Ventil, mit dem diese Leitung gesteuert wurde. Charles hoffte, dass er nur das Ventil zu schließen brauchte, um die Druckausgleichsleitung zu isolieren, und dass er das Problem auf diese Weise lösen könnte, falls die undichte Stelle sich in diesem Bereich des Schiffes befand. Dann könnte er hier verschwinden.

Als er das Ventil erreichte, war er erschöpft. Er hielt kurz inne, um Luft zu schnappen, und schaute wieder auf den Detektor. Das Licht blinkte nun schneller als zuvor, und das Messgerät zeigte einen Anstieg der Gaskonzentration an, sie war noch immer nicht gefährlich. Charles umklammerte das Ventil und zog sich unter dem Rohr hoch. Der Platz reichte so eben, dass er sich zwischen diesem Rohr und dem nächsten in der Reihe hindurchzwängen konnte. Er kniete sich hin, umfasste das Ventil mit beiden Händen und drehte es zu. Es ließ sich leicht bewegen – eine große Erleichterung nach all der Anstrengung.

Charles schloss das Ventil, hockte sich auf die Fersen und wartete. Er musste sich ein paar Minuten gedulden, bis das ausgetretene Gas sich verflüchtigt hatte; erst dann würde er die Konzentration in der Luft erneut überprüfen. Inzwischen drückte er auf die Sprechtaste des Funkgeräts an seinem Atemschutzgerät und erstattete auf der Brücke Bericht. Es war ein Gefühl, als würde er unter Wasser sprechen. Charles musste regelrecht schreien, damit er selbst verstand, was er sagte. Offenbar hatten sich die Werte auf dem Computer oben nicht verändert.

Nach einer Weile schaute er auf die Uhr und überprüfte erneut den Detektor. Noch immer keine Veränderung. Die LED blinkte nach wie vor. Charles wartete weitere fünf Minuten. Das Gas hätte mittlerweile längst verflogen sein müssen. Um ganz sicherzugehen, drehte er das Ventil mit aller Kraft zu – und hörte plötzlich ein metallischen Knacken und ein lautes Zischen, als ein Gasstrahl aus dem gerissenen Ventil schoss.

Der Detektor begann zu heulen. Das Display leuchtete rot. Augenblick später schrillten die Glocken, als das Alarmsystem sich einschaltete.

Ein Gasleck!

Southwells Landcruiser holperte über die mit Trümmern übersäte Straße. Als er den Unfallort erreicht hatte, verlor er keine Zeit. Er kroch zu Rebecca in den Wagen, ohne auf die Trümmer im Fahrerhaus zu achten, und verschaffte sich einen Eindruck von der Schwere der Verletzung.

»Haben Sie schon den Rettungshubschrauber gerufen?«, fragte er den Sanitäter, als er wieder aus dem Wrack kroch.

»Sie schicken ihn sofort, sobald er zur Verfügung steht.«

»Lassen Sie mich mit der Zentrale sprechen.«

Southwell nahm das Funkgerät entgegen und erklärte, was er brauchte. Ihm wurde zugesagt, dass der Hubschrauber in maximal zehn Minuten eintreffen würde.

»Okay«, sagte Southwell zu den Sanitätern. »Wir holen sie jetzt da raus. Halten Sie ihren Nacken in der Krause stabil und achten Sie auf die Sauerstoffzufuhr.«

Neben dem Arzt waren vier Sanitäter notwendig, um Rebecca aus dem Wagen zu heben und auf eine Trage zu legen. Als sie angeschnallt war, untersuchte Southwell sie erneut. Dann sprach er kurz mit Mike und Rick.

»Ihr Zustand ist im Augenblick stabil. Mich beunruhigt die Flüssigkeit in ihrer Lunge mehr als die Kopfverletzung. Sie hat eine massive Verletzung des Brustkorbs und muss in einer Spezialklinik operiert werden. Ich habe angeordnet, dass der Hubschrauber sie sofort nach Portland fliegt. Die Chirurgen in der Unfallklinik werden sie bestens versorgen.«

»Danke, Doc«, sagte Mike. »Vielen Dank, dass Sie gekommen sind. Wir haben gehört, was mit Donna passiert ist. Sie machen sich bestimmt Sorgen, und ...«

In diesem Augenblick zerriss der Ton die Stille, vor dem sich alle fürchteten. Die Sirene.

Fred Tarr riss sein Funkgerät hoch. Er lauschte einen Moment und wurde aschfahl.

»Gas!«, rief er den anderen zu. »Gasalarm!«

44

Auf dem Tanker heulten die Sirenen. Leclerc und die Offiziere, die oben auf der Brücke standen, starrten sich sekundenlang fassungslos an. Dann erwachten ihre geschulten Instinkte. Das computergesteuerte Sicherheitsprogramm, das alle anderen Systeme überbrückte, führte blitzschnell eine Überprüfung durch.

»Wo ist das Leck?«, rief Leclerc.

»Sektor zwei, Druckausgleichsventil an der Entlastungsleitung.«

»Menge des entweichenden Gases?«

»Zweitausend Liter pro Minute, steigend!«

»Steigend?«

»Ja.«

»Was wurde unternommen?«

»Der Ventilbereich wurde isoliert. Rückfluss zum Primärtank eingeleitet. Ventile zum Nottank geöffnet, um den Druck im Tank zwei zu senken.«

»Wo ist Charles?«, fragte Leclerc.

»Unten am Ventil.« Der Chefingenieur klopfte auf einen Monitor, auf dem auf einer graphischen Darstellung ein Licht blinkte. »Da, unter Tank zwei. Er hat das ursprüngliche Leck lokalisiert und versucht, es zu beseitigen.«

Während er versuchte, eine Verbindung zu Charles herzustellen, starrte Leclerc aus dem Fenster. Die Flagge über dem Gebäude der Küstenwache flatterte in einer steifen Ostbrise. Landwärts. *Merde*, dachte der Kapitän. Ein Westwind hätte eine Gaswolke aufs Meer getrieben, wo sie niemandem hätte gefährlich werden können. Aber so …

»Räumen Sie den Bereich«, rief Freddy Tarr. »Weg hier. Schnell!«

In der Bay Road vermischte sich das Heulen der Sirenen mit dem Peitschen der Rotoren. Der Rettungshubschrauber schwebte über dem Unfallort. Freddy brüllte in sein Funkgerät und versuchte, den Piloten zu erreichen, um ihn zurückzuschicken.

»Lass das sein!« Rick riss ihm das Funkgerät aus der Hand.

Freds Gesicht war rot vor Wut. »Halt dich da raus!«, brüllte er. »Ich habe hier den Befehl.«

»Einen Scheißdreck hast du!«, konterte Rick. »Ich habe in dieser Stadt das Sagen. Und ich sage, dass Rebecca mit dem Hubschrauber nach Portland geflogen wird. Es ist ihre einzige Chance.« Es ging um Leben und Tod, und jede Verzögerung verringerte ihre Überlebenschancen erheblich. Rebeccas kritische Stunde schritt bereits dramatisch voran – die ersten sechzig Minuten nach einem Unfall waren für das Überleben von entscheidender Bedeutung. Wenn ein Schwerverletzer in den ersten dreißig Minuten nicht medizinisch versorgt wurde, verdreifachte sich das Risiko, dass er starb, und nahm in den nächsten dreißig Minuten noch einmal um das Dreifache zu. Wenn der Hubschrauber nicht gleich landete, stand Rebecca eine dreistündige Fahrt über holperige Straßen bevor. Sie könnte sterben, ehe sie im Krankenhaus eintraf.

»Du hast die Sirenen gehört, Mann! Ein Gasausbruch! Die ganze Stadt kann in die Luft fliegen. Das Risiko können wir nicht eingehen!«

»Es ist meine Entscheidung, und ich sage, der Hubschrauber landet«, brüllte Rick und zeigte auf den Hafen. »Der Tanker liegt nördlich von uns. Es dauert seine Zeit, bis Gas sich bis hierher ausgebreitet hat, und durch den Abwind der Rotoren wird es von hier weggetrieben. Für uns ist es ungefährlicher, solange der Helikopter über uns kreist.«

Rick stieß Fred zur Seite und rannte die Straße hinunter. Der Hubschrauber, ein rot-weißer McDonnell Douglas 902, schwebte über ihren Köpfen. Rick wies den Piloten bei der Landung ein. Alle duckten sich, als Staub und Kies durch die Luft wirbelten. Als der Hubschrauber auf dem Vorplatz der alten Eisfabrik landete, spritzte das Wasser in den Pfützen auf. Noch ehe die Rotoren zum Stillstand gekommen waren, rannten die Sanitäter mit der Bahre über den Gehsteig. Rick, Mike und Jean-Alice folgten ihnen. Rebeccas Bahre wurde auf das drehbare Gestell gehoben und durch die schmale Seitentür in die Kabine geschoben. Southwell drückte dem Arzt an Bord die Notizen, die er in aller Eile angefertigt hatte, in die Hand; dann hob der Hubschrauber ab.

Der Erste Offizier der *Marie-Sainte* reichte Leclerc ein Telefon. »Die Küstenwache will wissen, was hier los ist.«

Leclerc verzog das Gesicht und nahm das Telefon entgegen. »Commander Wolfowitz? Hier Capitaine Leclerc. Ja, wir haben ein Problem. Ein Leck in einem Entlastungsrohr ... Nein, nicht in den Tanks, die sind unversehrt ... Was soll das heißen? Oh doch, wir nehmen die Lecks ernst, auch die kleinsten!«

Leclercs Blick schweifte während des Sprechens zu den Kontrollmonitoren des Computersystems. Die Tanks wurden als blaue Quadrate dargestellt. Die blaue Farbe zeigte die Füllhöhe an. Der Captain sah, dass das Ventilsymbol neben Tank 2 von geschlossen auf geöffnet wechselte und die Farbe des Zuleitungsrohrs zum Nottank von schwarz auf grün wechselte und zu pulsieren begann. Dies zeigte ihm, dass Gas durch das Rohr in die angezeigte Richtung strömte. Sein Puls beruhigte sich.

»Commander?« Leclerc beobachtete weiterhin den Monitor. »Wir haben das Leck aufgespürt und isoliert. Die Feuergefahr ist gebannt.« Er legte auf und schaute seine beiden Offiziere an. »Was starren Sie mich so an?«

Der Chefingenieur schluckte. »Es geht um Charles.« Er wies mit dem Kinn auf den Monitor, auf dem die Tanks graphisch dargestellt waren. »Er bewegt sich nicht mehr.«

Hannah Morrissey, die zänkische Gattin von Shannon Morrissey, dem Wal, eilte zurück zu ihrem Haus in der Culpepper Street. Das Heulen der Sirenen verfolgte sie, als sie das Tor passierte.

Die Tür war mit drei Schlössern versehen, was bemerkenswert war, da die meisten Leute in Goodwill ihre Häuser gar nicht absperrten. Hannah schloss die Tür hinter sich und schob wie immer sofort den Riegel vor, sodass jeder klingeln musste, sogar ihr Mann. Wenn es um Geld ging, hielt Hannah sich an eine einfache Regel: Traue niemandem. Und das hatte sich ausgezahlt.

Sie nahm ihren Hut ab und stieg in einer für ihr Alter überraschenden Geschwindigkeit die Treppe hinauf. Hannah war eine zierliche Frau, doch sie stammte aus einer alten Seefahrerfamilie und war in ihrem ganzen Leben noch keinen Tag krank gewesen. Ihr Großvater, ein Kapitän, war aus dem Baltikum eingewandert. Er hatte finnisches Blut in den Adern gehabt und konnte, so hieß es, einen Wind herbeipfeifen, falls nötig. Die Schiffe, die unter seinem Befehl gestanden hatten, hatten die Überfahrten tatsächlich in unglaublich kurzer Zeit zurückgelegt.

Das Haus war klein: zwei spärlich möblierte Räume oben, unten die Küche, hinten das Bad. Alles im Haus – die Teppiche, die Möbel, die Kücheneinrichtung – war alt, unansehnlich und abgenutzt. Die wenigen Bilder und der billige Zierrat waren Erbstücke der Eltern. Hannah gab nur Geld aus, wenn es unbedingt sein musste. Sie war zu äußerster Sparsamkeit erzogen worden und hatte dieses Knausern verinnerlicht. Außer diesem Haus gehörten Hannah noch vier weitere Häuser in der Stadt, und sie sparte die Mieteinnahmen eifrig.

Sie schloss die Tür zum Gästezimmer auf, das ihr gleichzeitig als Versteck diente, und kniete sich vor den Kamin, in den ein großer Holzbrenner eingemauert war. Als Hannah den Feuerrost herausnahm, kam eine eiserne Kassette zum Vorschein, die mit einem Schloss versehen war, das Hannah nun öffnete. In der Kassette lagen zahlreiche kleine Päckchen, die leise klimperten, als Hannah sie herausnahm. Sie schüttete den Inhalt der Päckchen nacheinander auf den zerschlissenen Teppich. Jedes Päckchen enthielt eine goldene Fünfzig-Dollar-Münze. Hannah legte jeweils zehn nebeneinander und rechnete die Gesamtsumme aus. Da lagen 386 Münzen mit einem Nennwert von 19.300 Dollar; da der Goldpreis zurzeit sehr hoch war, hätten sie auf dem freien Markt fast das Doppelte erzielt. Doch Hannah vertraute auch Banken nicht.

Draußen im Sund fuhr das Küstenwachboot ostwärts in Richtung Two Bush Island. Es dauerte nicht lange, nur sieben oder acht Minuten, bevor die Insel in Sicht kam. Lieutenant Rose drosselte das Tempo des Rettungsbootes, als er die Klippen durch sein hochwertiges Fernglas betrachtete. Er entdeckte das Paar in der Nähe der höchsten Felsen und kreiste mit dem Boot, während er überlegte, wie er bei dieser Bergungsaktion am besten vorging. Wegen der Felsen am Ufer war es schwierig, Gestrandete zu retten. Wenn das Wetter mitspielte, fuhr er normalerweise in den Kanal und ließ das Avon-Schlauchboot mit zwei Mann ins Wasser, damit sie die Gestrandeten aufnahmen. War die See zu stürmisch, mied er den Kanal und ließ das

Schlauchboot an der Südseite ins Wasser. Oder er blies die gesamte Rettungsaktion ab und bat um einen Hubschrauber.

Heute waren die Witterungsbedingungen ein Grenzfall. Rose konnte von der Brücke aus sehen, dass Gegenströmungen an der Mündung des Kanals aufeinandertrafen und hohe Brecher gegen die Felsen donnerten. Es würde schwierig werden, mit dem Boot dort anzulegen. Andererseits würden die beiden Menschen auf der Insel einen zweiten größeren Tsunami kaum überleben. Rose hätte den Hubschrauber rufen können, doch die Chancen, dass ein Helikopter zur Verfügung stand, waren verschwindend gering.

Lieutenant Rose beschloss, es mit dem Schlauchboot zu versuchen.

Normalerweise befanden sich an Bord des Küstenwachbootes zwei Avons, acht Meter lange aufblasbare Rettungsboote mit starken Außenbordmotoren und festem Rumpf. Diese widerstandsfähigen, beweglichen Boote waren für diese Einsätze in der Nähe der Küste bestens geeignet. Unglücklicherweise waren die heutigen Bedingungen außergewöhnlich, wie sie alle noch schmerzlich erfahren sollten.

Die Nachwirkungen des ersten Tsunami sorgten im Sund für aufgewühltes Wasser mit unberechenbaren Strömungen, die aus allen Richtungen zu kommen schienen. Ein paar Minuten lang war die Wasseroberfläche ruhig; in der nächsten Minute bildeten sich meterhohe Brecher, die mit ungeheurer Wucht gegeneinanderprallten. In der Mitte des Sunds entstanden Gegenströmungen, die an einigen Stellen heftige Turbulenzen hervorriefen.

Trotz dieser widrigen Umstände wurde ein Avon mit einer vier Mann starken Besatzung unter dem Befehl von Oberbootsmann Kirk Kirkorian zu Wasser gelassen. Der einunddreißigjährige, durchtrainierte Kirkorian war ein geübter Taucher, der es vor zwei Jahren bis in den US-Olympiakader geschafft hatte.

Wenn jemand die Gestrandeten retten konnte, dann Kirk. Alle vier Männer trugen Neoprenanzüge und Rettungswesten.

Inzwischen benutzte Lieutenant Rose das Megafon, um das Paar auf der Insel zu einer relativ flachen Stelle zu dirigieren, an der die Felsen weniger zerklüftet zu sein schienen. Wie sich herausstellen sollte, was das eine Täuschung.

Das Avon schoss übers Wasser. Die See war stürmisch, und reißende Strömungen jagten im Uhrzeigersinn um die Insel. Als das Schlauchboot sich dem Ufer näherte, erschwerten die vorgelagerten spitzen Felsen die Annäherung erheblich. Rose beobachtete die Aktion durch das Fernglas. Das Avon kreiste und suchte einen Weg ans Ufer. Kirkorian hatte sich ins Boot gestellt, um einen besseren Blick zu haben. Ab und zu verdeckten die aufspritzenden Wassermassen ihn vollständig. Die Wellen schlugen gegen die Felsen und wirbelten hohe Gischtfontänen auf. Der Mann und die Frau auf der Insel wichen zurück, weil sie Angst hatten, vom Wasser mitgerissen zu werden, wenn sie zu nahe ans Ufer kamen.

Schließlich traf Kirk eine Entscheidung und hielt auf die Insel zu. Das Avon rollte in der Brandung, und Kirk fasste eine geeignete Stelle am Ufer ins Auge. Dort, so glaubte er, könnte er das Avon so lange ans Ufer setzen, bis er die Gestrandeten an Bord genommen hatte.

Zu diesem Zeitpunkt verschlechterten sich die Bedingungen zusehends. Lieutenant Rose schrieb später ins Logbuch, es sei sehr schwere See gewesen – fast wie bei einem starken Sturm mitten auf dem Meer. Das Avon stampfte durch die hohen Wellenberge. Kirk setzte die volle Kraft des Außenbordmotors ein, um das Boot zurückzuhalten, als sie sich den Felsen näherten, doch er hätte sich die Mühe sparen können. Das Boot wurde nach vorn geworfen; im selben Augenblick hob sich der Rumpf. Als er auf dem Wasser aufschlug, neigte er sich zur Seite, und der Bug spießte sich an der Backbordseite auf einem spitzen Basaltfelsen auf, wobei ein langer Riss im Festrumpfschlauchboot entstand – eigentlich ein Ding der Unmöglichkeit, denn die Schläuche des Bootes waren von innen versiegelt und bestanden aus dreilagigem, mit Hypalon überzogenem Gewebe, das äußerst widerstandsfähig war. Rose konnte sich nicht erinnern, je erlebt zu haben, dass dieses Material gerissen wäre. Doch genau das geschah jetzt. Aus dem Schlauch am Bug entwich die Luft, und Wasser floss ins Boot. Das Heck hob sich, und der nächste Brecher ließ das Boot kentern und warf alle vier Männer in die tosenden Fluten.

»Avon zwei zu Wasser lassen!«, rief Rose.

Die restlichen Besatzungsmitglieder an Deck hatten den Unfall beobachtet, und das zweite Avon flog bereits über Bord, noch ehe Rose den Befehl gegeben hatte. Es fuhr in schnellem Tempo auf die Insel zu. Rose beobachtete das Schlauchboot ängstlich, als es sich durch die hohe Dünung quälte. Er sah, dass zwei Mann an Bord gezogen wurden. Der Zwischenfall schien sie nicht weiter mitgenommen zu haben. Die Strömung schwemmte einen dritten Mann an der Insel vorbei zur Mündung des Sunds. Rose richtete das Fernglas auf ihn und sah seinen Kopf immer wieder zwischen den Wogen auftauchen. Das Schlauchboot hatte ihn ebenfalls entdeckt. Es drehte, fuhr an den Mann heran und zog die Gestalt in dem schwarzen Neoprenanzug über den Bug an Bord.

Blieb noch einer.

Das Schlauchboot kreiste vor der Insel. Der Steuermann stand auf und rief dem Paar auf der Insel etwas zu. Bereitete er sich darauf vor, sie jetzt ebenfalls an Bord zu nehmen? Dazu hätte Rose nicht geraten, da das Schlauchboot dann stark überlastet gewesen wäre. Besser wäre es, die Überlebenden des ersten Bootes zurückzubringen, ehe ein zweiter Rettungsversuch unternommen wurde. Außerdem war noch immer ein Mann im Wasser, der gerettet werden musste.

Rose wandte seine Aufmerksamkeit den Leuten auf der Insel zu und riss verwundert die Augen auf, denn diesmal sah er zwischen den Felsen nicht zwei, sondern drei Gestalten. Zwei zitternde Zivilisten klammerten sich an eine große, in Schwarz gekleidete Gestalt. Rose stellte das Fernglas schärfer. Ja, er hatte sich nicht geirrt. Kirk Kirkorian war auf der Insel gestrandet.

Rose fehlten nun ein Schlauchboot und sein bester Mann. Sein erster Versuch, die Menschen auf der Insel zu retten, war auf der ganzen Linie gescheitert.

Das Schlimmste kam erst noch. Zögernd ließ die Besatzung des zweiten Schlauchboots ihren Kameraden zurück und kehrte zum Küstenwachboot zurück. Ein Mann musste an Bord gezogen werden. Er hatte sich ein Bein gebrochen.

»Mit dem Schlauchboot ist es nicht machbar«, sagte der Bootsmann, der den Befehl über das zweite Rettungsboot hatte, zu Rose. »Die Felsen sind zu gefährlich, und die See ist heute unberechenbar. Man findet keine auch nur halbwegs ruhige Stelle, wo man das Boot festmachen könnte. Wer in der Brandungslinie auf die Felsen trifft, läuft Gefahr, sich ernsthafte Verletzungen zuzuziehen. McGees Bein ist aufgerissen. Wir sollten den Rettungshubschrauber rufen. Oder wir warten, bis die See sich beruhigt hat.«

»Ist es nicht einmal mit Kirkorians Hilfe möglich, die Leute zu retten?«, fragte Rose.

»Wenn Sie wollen, können wir 's versuchen, Lieutenant, aber meiner Meinung nach würde die Rettungsaktion nicht ohne weitere Verletzte abgehen. Außerdem hat Kirk gesagt, er bleibt bei den anderen.«

Typisch Kirk, dachte Rose und ergriff das Funkgerät, um Unterstützung aus der Luft anzufordern.

»Wir müssen das Schiff bewegen. Bis jetzt hatten wir Glück, aber wer weiß, was passiert, wenn noch eine Welle kommt – und diesmal eine größere.«

Der Körper des toten Ingenieurs war vom Tanker ans Ufer und in die Leichenhalle gebracht worden. Southwell hatte eine vorläufige Obduktion vorgenommen und festgestellt, dass der Ingenieur aufgrund eines schlecht sitzenden Atemschutzgerätes erstickt war. Die Stadt war mit einem blauen Auge davongekommen; dennoch lagen die Nerven blank. Inzwischen wurde in der Küstenwache mit Blick auf den von Trümmern übersäten Sund eine Dringlichkeitssitzung einberufen. Con Wolfowitz war ebenso anwesend wie Don Egan, Chance Greene und Jack Pearl. Rick Larsen eröffnete die Sitzung.

Con schüttelte den Kopf. »Das geht nicht«, gab er nüchtern zurück. »Der Tanker liegt im Schlamm fest. Die Besatzung hat sich davongemacht, und der Schlepper kommt nicht.«

»Es liegen Boote im Hafen, die ein Schiff schleppen können. Zum Beispiel die *Pequod* ...«

Jack Pearl unterbrach ihn. »Bist du verrückt geworden? Die *Marie-Sainte* hat zwanzigtausend Tonnen Gas geladen. Die *Pequod* kann sie nicht bewegen.«

»Komm, Jack. Mit der Größe des Schleppers hat das gar nichts zu tun, es kommt nur auf den richtigen Zugwinkel an. Das weißt du genauso gut wie ich. Und die Offiziere des Tankers sind noch an Bord. Wenn wir ihn aus dem Sund ins offene Meer ziehen, ist es besser für sie und für die Stadt.«

»Angenommen, du schaffst es, den Tanker zu schleppen, dann wissen wir immer noch nicht, wie stark er beschädigt ist. Möglicherweise ist er gar nicht mehr seetüchtig.«

»Besser, er sinkt hinter dem Festlandsockel als hier im Sund«, stieß Rick erregt hervor.

»Ihr seid Dilettanten, wisst ihr das? Am Ende haben wir alle noch mehr Probleme am Hals als jetzt schon.«

»Da könnte er recht haben, Rick«, meldete Chance Greene sich von der anderen Seite des Tisches zu Wort. »Es gibt viele andere Dinge, um die wir uns kümmern müssen. Zum Beispiel die Evakuierung des Krankenhauses.« Er warf Don einen Blick zu.

Der Polizeichef nickte. »Die Informationen aus Washington lauten, dass die größte Welle noch aussteht.«

»Und wie groß soll sie werden?«, fragte Jack düster.

Don biss sich auf die Unterlippe. »Schwer zu sagen«, murmelte er und wich den Blicken der anderen aus. »Es werden unterschiedliche Zahlen genannt. Zehn Meter, siebzehn Meter …«

Con funkelte ihn an. »Ich habe etwas von dreißig Metern gehört.«

Don erblasste. »Doch sicherlich unten in Florida, oder?«

Rick gab noch nicht auf. »Denkt an die Alternativen. Was passiert, wenn eine Monsterwelle den Tanker erfasst? Im Augenblick ist er der Strömung mit der Breitseite ausgesetzt. Ein Tsunami wird mühelos über das Schiff hinwegpeitschen und es auseinanderbrechen. Mein Gott, es könnte hier im Sund in die Luft fliegen! Wir könnten die ganze Stadt verlieren!«

»Besser die Stadt als Menschenleben«, murmelte Jack.

»Was hast du gesagt?« Rick presste die Lippen aufeinander.

»Ich habe gesagt, es ist besser, das Schiff fliegt in die Luft, als wenn Menschen ihr Leben verlieren. Häuser können wieder aufgebaut werden.«

»Jetzt hör mir mal gut zu, Jack«, sagte Rick. »Ich bin bestimmt nicht für den Bürgermeister eingesprungen, um zuzusehen, wie diese Stadt zerstört wird. Hier haben schon meinen Ahnen gelebt. Wir haben gegen die Franzosen und die Briten gekämpft und lassen uns nicht von einem gottverdammten Tsunami vertreiben.«

Ricks Gesichtsmuskeln zuckten, als er den anderen den Blick zuwandte. »Wir müssen es für Goodwill tun, für unsere Familien und unsere Kinder. Das sind wir ihnen schuldig. Wer stimmt mir zu?«

Auf der *Pequod* wurde noch immer diskutiert. Der King schlug einem Kompromiss vor. »Uns allen ist daran gelegen, dass das Boot auslaufen kann, nicht wahr?«, sagte er zu Paul. »Okay, dann sollten wir zusammenarbeiten. Sie geben die Befehle, und wir stellen unsere Muskelkraft zur Verfügung. Meine Freunde haben ihr Leben lang auf Schiffen gearbeitet und wissen, was zu tun ist. Zunächst einmal könnten wir helfen, den Hummerfänger aus dem Weg zu schaffen und den Rumpf der *Pequod* nach Schäden zu untersuchen.«

Paul verzog das Gesicht und spähte zu Patsy hinüber. Sie zuckte mit den Schultern. »Wenn wir im Hafen bleiben und eine große Welle zuschlägt, sehen wir ziemlich alt aus«, sagte sie nüchtern. »Schon die letzte Welle haben wir nur mit knapper Not überstanden.«

»Und das war bloß ein Vorgeschmack«, warf der Hinkende ein, der es darauf anlegte, weiterhin Druck zu machen. »Glauben Sie mir, ich weiß es. Die größte Welle ist nur noch zwei Stunden von hier entfernt. Wenn wir Däumchen drehen und auf unseren Hintern sitzen bleiben, ist das keine Alternative.« Seine Augen funkelten. Noch war es möglich, die Sache durchzuziehen. Die Trophäe war zum Greifen nahe.

Auf der Gangway waren schnelle Schritte zu hören. Jemand eilte im Laufschritt an Bord. Es war Rick. Er grinste Paul und Patsy an. Dann sah er die Surfer und wurde ernst. »Was machen die denn hier?«, fragte er ungehalten.

»Das ist unser Boot. Wir haben es gechartert«, erwiderte der King.

»Das soll wohl ein Witz sein. Ich habe niemals einen solchen Vertrag unterschrieben.«

Der Hinkende schwenkte den Vertrag durch die Luft. »Ihr Partner hier hat nicht so lange überlegt. Er hat den Vertrag unterschrieben, und wir nehmen unser Recht jetzt in Anspruch. Das Boot wurde uns vertraglich für die nächsten zwölf Stunden überschrieben.«

Ricks Blick wanderte von dem Hinkenden zu Paul. »Ihr habt das hinter meinem Rücken gemacht? Dazu hattet ihr kein Recht.«

»Verdammt, Rick«, gab Paul wütend zurück. »Magnus und ich haben genauso viel Geld in dieses Boot gesteckt wie du. Da die Wale verschwunden sind, brauchen wir das Geld, und diese Leute zahlen gut. Es sieht auch nicht so aus, als würden in dieser Saison noch viele Touristen kommen«, fügte er bitter hinzu.

Rick drehte sich zu den Surfern um. »Vertrag oder nicht, dieses Boot wurde von der Stadt konfisziert«, erklärte er in hartem Ton. »Es wird für eine dringende Rettungsaktion benötigt. Sie haben fünf Minuten Zeit, Ihren Kram von Bord zu schaffen.«

»Rettungsaktion?«, fragte Paul erstaunt. »Was soll das heißen?«

»Wir werden den Tanker aus dem Sund schleppen.« In wenigen Sätzen skizzierte Rick den Plan.

Paul riss den Mund auf. »Du bist ja verrückt. Da liegen zwanzigtausend Tonnen im Schlamm fest.«

»Die Flut setzt ein. Sie wird uns helfen, den Tanker wieder flottzukriegen.«

»Das klappt nie. Die *Pequod* hat gar nicht die Kraft.«

»Ich werde dir das Gegenteil beweisen.«

»Den Teufel werden Sie tun«, knurrte der Hinkende. »Wir haben das vertraglich zugesicherte Recht ...«

Rick unterbrach ihn mitten im Satz. »Wenn Sie und Ihre Freunde nicht sofort von diesem Boot verschwinden«, sagte er, »werde ich Con Wolfowitz von der Küstenwache unverzüglich über Ihren Plan informieren, eine offenkundig viel zu gefährliche Fahrt anzutreten. Das gibt ihm dann das Recht, Sie zum Verlassen des Bootes zu zwingen. Sie könnten wieder im Gefängnis landen. Entscheiden Sie sich.«

Patsy hatte sich abgewandt und schaute über die Reling. »Hört auf zu streiten«, sagte sie mit einem verzweifelten Unterton. »Es ist zu spät. Wir alle haben zu lange gewartet.«

Im Gebäude der Küstenwache schaute Con Wolfowitz ungläubig auf die Wasserstandsanzeige. Der Wert, der innerhalb der letzten halben Stunde anfangs auf ein fast normales Niveau gesunken und dann, nach Ende des Stillwassers, gleichmäßig angestiegen war, schoss jetzt in die Höhe.

»Was ist mit dem Ding los?«, stieß Wolfowitz hervor. Trotz der Vorfälle – oder gerade deshalb – machte er das Gerät oder eine Softwarestörung für die aberwitzige Anzeige verantwortlich.

Doch im selben Augenblick dämmerte ihm die Erkenntnis, dass er diesmal mit eigenen Augen den Beginn des nächsten Angriffs einer Monsterwelle erlebte.

Er rief seinem Kollegen zu, alle Schiffe und Boote in diesem Gebiet zu warnen. »Es fängt wieder an«, fügte er hinzu. »Und es sieht verdammt schlecht aus.«

Lieutenant Rose im Küstenwachboot traute seinen Augen nicht. Die Flut setzte ein. Ein reißender Strom hatte sie gepackt und trug sie in Richtung Westen an der Insel vorbei. Wohin sie den Blick auch wandten, verschluckte das Wasser das Ufer und kletterte mit unglaublicher Geschwindigkeit die Felsen und Strände hinauf. Das konnte nur eines bedeuten.

Das war keine Flut.

Das war eine neuerliche Monsterwelle.

Auch andere hatten es schon bemerkt. Auf Kanal 16, dem Notrufkanal, hagelte es Tsunami-Warnungen. Die Besatzung starrte den Lieutenant an und wartete auf Befehle, als hätte er für solche Notfallsituationen eine Ausbildung absolviert.

Lieutenant Rose aber wusste nur, dass ein Tsunami auf sie zuraste – eine Welle, die die ganze Küste zerstören könnte.

Das Küstenwachboot lag genau auf dem Kurs dieser Monsterwelle.

Und drüben auf der Insel warteten drei Personen, deren Rettung ihm anvertraut war und die nun keine Überlebenschancen mehr hatten.

Martin Seymour stand noch immer auf den Klippen mit Blick auf die Maple Cove. Er sah, dass das Meer wieder in die Bucht strömte. Jetzt musste er das Telefonat führen, vor dem er sich gefürchtet hatte. Er wählte die Nummer, die Southwell hinterlassen hatte, und informierte den Arzt, dass die Rettungsaktion gescheitert war. Seine Frau saß noch immer auf der Insel fest, und die nächste Welle näherte sich.

Er hörte Southwells gehetzte Antwort: »Ich komme.«

»Es ist keine Zeit mehr. Niemand kann etwas für sie tun.«

Martin senkte den Blick und betete.

45

Die Welle näherte sich langsam und unerbittlich. Sie war nicht so gewaltig wie die Wellen zuvor, aber wuchtiger und auf ihre Art beängstigender.

An Deck der *Pequod* beobachteten Rick, Patsy, Paul und die Surfer von der Reling aus das Geschehen, als die Wellen zum zweiten Mal in den Hafen strömten. Hinter der Mole stieg der Wasserpegel unaufhörlich. Als das Wasser den Rand des Hafenbeckens erreicht hatte, wurde der Hafen überflutet, und das Wasser stieg weiter. Rick hörte, dass Festmacherösen aus jenen Booten herausgebrochen wurden, die die erste Welle überstanden hatten.

Er rannte mit Paul zu den Leinen der *Pequod* und löste sie gerade noch rechtzeitig, ehe sie zerrissen wurden. Rick schaute zum Heck und sah, dass die Surfer ebenfalls Hand anlegten. Vielleicht wussten sie tatsächlich, was zu tun war. Er hörte das Scheuern des Hummerfängers an ihrer Längsseite und hoffte, dass er nicht noch größeren Schaden anrichtete.

Ein anderes Boot sank, weil der Anker sich im Boden verkeilt hatte. Das Wasser stieg übers Dollbord, überflutete das Deck und zog es in die Tiefe.

Rick trat zu Patsy an die Reling.

»Verdammt, wann hört das endlich auf?«, stieß sie hervor. »Wie hoch steht das Wasser? Einen halben Meter über dem Kai? Und das bei Ebbe. Zähl beides zusammen, dann hast du zehn, zwölf Meter.«

»Die letzte Welle ist mühelos über den Hafendamm hinweggepeitscht«, erwiderte Rick.

»Ja, die hatte aber auch mehr Ähnlichkeit mit einer richtigen Welle. Warum verhält diese hier sich anders? Das verstehe ich nicht.«

»Für mich sieht es so aus«, sagte Rick, »als käme diese Welle zuerst mit dem Wellental an, ohne zu brechen. Vielleicht ist das ein gutes Zeichen.«

»Sie richtet aber jetzt schon Schaden an«, sagte Patsy. »Hör doch.« Vom Land drang Lärm herüber. Sie hörten Holz splittern und Glas bersten. Ein losgerissenes Dingi wurde in Schräglage von der Strömung erfasst und über die Kaimauer in den überfluteten Jachthafen katapultiert.

Rick schaute auf den Sund hinaus. Er bot einen unglaublichen Anblick. Der Hafendamm und die Hafenmauern waren verschwunden, von der Brandung verschluckt. Von einem Ufer zum anderen erstreckte sich eine einzige Wasserfläche über den Goodwill-Sund. Rick kam der Gedanke, dass der Sund vielleicht so aussah wie zu der Zeit, ehe die ersten Siedler hierher gekommen waren.

»Ich hab ein schlechtes Gefühl«, sagte Patsy. »Als würde gleich etwas Schreckliches passieren.«

Rick erwiderte nichts. Er schaute auf einen hellen Schimmer am fernen Horizont.

Draußen hinter der Goodwill-Bank war das Meer ein wilder und feindlicher Ort. Eine steile Dünung hob ihre Schultern wie aus dem Nichts aus der Weite des Ozeans und kämpfte an der Mündung des Sunds um Platz. Die Strömung war gewaltig. Brandie musste den Motor laufen lassen, um ihre Position zu halten.

»Wir verbrauchen zu viel Sprit«, warnte Mack.

»Keine Bange, ich hab bis obenhin vollgetankt, ehe wir losgefahren sind.«

Die aufgewühlte See warf den Jetski hin und her. Brandie brachte die Maschine auf Touren. »Ich hab das Gefühl, als würde gleich irgendwas passieren.«

Im selben Augenblick fiel ein Schatten auf sie, als hätte der Ozean ihre Worte vernommen. Als Brandie den Jetski herumschwenkte, sahen sie eine gewaltige Welle hinter sich aufragen. Sekunden später war Mack im Wasser und zog hastig die Schlaufen auf seinem Surfbrett fest.

»Los, Brandie!«, brüllte Mack ihr zu.

Brandie beugte sich über den Lenker und gab Vollgas, während das Adrenalin durch ihre Adern strömte.

War das die große Welle, auf die sie ihr Leben lang gewartet hatten?

Das Ungeheuer baute sich zu seiner vollen Größe auf, als Brandie seitlich hineinfuhr und versuchte, den Motor noch höher zu jagen. Sie spürte, dass Mack hinter ihr ausscherte und sich auf das Manöver vorbereitete, das ihn an ihr vorbei auf den Wellenkamm katapultieren würde. Als Brandie bemerkte, dass das Heck der Yamaha ausbrach, steuerte sie gegen.

Jetzt! Sie fasste ihren Einstiegspunkt ins Auge und jagte den Jetski den Wellenrücken hinauf. Nun musste sie den eingeschlagenen Kurs eisern beibehalten. Es gab kein Zurück mehr. Die Yamaha schoss die Welle hinauf, erreichte den Kamm und beschrieb eine scharfe Kurve. Hinter der Maschine spannten sich fünfzehn Meter HAS-Leine, als Mack sich in der Kurve nach außen lehnte. Wie ein Blitz sauste er an Brandie vorbei auf den Rand der Welle zu. Die Yamaha glitt über den Kamm und jagte die Vorderseite hinunter. Brandie warf einen Blick zurück und sah, dass der Wellenrand sich einrollte, während Mack darunter herraste.

Er war im Tunnel!

Lieutenant Rose draußen im Sund hatte es ebenfalls gesehen.

»Achtung!«, rief er über den Lautsprecher, als er das Küstenwachboot wendete, um mit dem Bug voran in die Welle zu fahren. Rose warf einen letzten Blick durch das Backbordfenster auf die Insel. Kirk Kirkorian war ein ausgezeichneter Oberbootsmann gewesen. Er würde nicht nur den Seemann, sondern auch den Menschen und den Freund vermissen. Für Rose kam es einer persönlichen Niederlage gleich, Kirk im Stich gelassen zu haben.

Rose schaute auf die Welle, die sich ihnen näherte. Er schätzte die Höhe des Wellenkamms auf mindestens sieben Meter.

Auf der Seekarte war eingetragen, dass Two Bush Island die Hochwassermarke um fünfzehn Meter überragte. Diese Angabe war jedoch ungenau, denn eine so kleine Insel unterlag einer natürlichen Erosion; zudem war sie regelmäßig den winterlichen Ozeanstürmen ausgesetzt. Die Vermutung lag nahe, dass die Insel seit der letzten kartografischen Erfassung ein gutes Stück Land ans Meer verloren hatte.

Rose, der vierzehn Meter als Bezugsgröße nahm, schätzte, dass die Woge drei Meter über der Hochwassermarke lag. In der Vergangenheit hatte er mehrmals beobachtet, dass der Sturm hohe Wellen über die ganze Insel hinweggepeitscht hatte. Daher konnte er ziemlich gut einschätzen, wie groß die Chancen für die drei Personen waren, die sich nahe am Gipfel zusammenkauerten: Ihre Aussichten standen schlecht, wenn mit einem sieben Meter hohen Tsunami gerechnet werden konnte, der sich vor einem kleinen Hindernis wie Two Bush Island mindestens zur anderthalbfachen Höhe auftürmen würde. Kirk und die beiden Leute, die bei ihm waren, hatten realistisch betrachtet keine Chance. Sie konnten nur hoffen, weggeschwemmt und später im Sund aufgelesen zu werden. Doch die Aussichten waren nicht besonders hoch. Nach einem

Tsunami würden Brecher und schäumende Wassermassen den Sund aufwühlen. Ein Überlebender könnte meilenweit ins offene Meer getrieben werden. Kirk, der körperlich in Bestform war und einen Neoprenanzug trug, könnte das womöglich sogar überleben, doch die beiden anderen hätten nicht die geringste Chance. Aber so weit kam es wohl gar nicht: Wahrscheinlich würden die drei gegen die Felsen geschleudert und zerschmettert.

Die Welle näherte sich unaufhaltsam. Sie bewegte sich gar nicht so schnell, wie Rose gedacht hatte, und der Wellenkamm begann schon zu brechen – ein gutes Zeichen, denn wenn die Welle sich frühzeitig brach, hatte sie von ihrer Energie eingebüßt, wenn sie die Insel erreichte. In Roses Innern flackerte ein winziger Hoffnungsschimmer auf.

Rose umklammerte das Ruder und drosselte die Maschine. »Haltet durch, Leute! Da kommt sie.«

Mit dröhnendem Motor jagte Brandie die Yamaha in die tosenden Fluten. Ihr scharfer Blick huschte auf der Suche nach Macks Kopf über die aufgewühlte See. Als sie schon glaubte, Mack sei ertrunken, schoss er wie eine Kanonenkugel am Ende des Wassertunnels heraus. Er stand noch immer auf seinem roten Surfbrett. Erleichtert nahm Brandie ihn auf, und sie fuhren in ruhigeres Wasser.

»War die Welle gut?«, rief sie ihm ausgelassen zu.

»Super, aber nicht spitze. Nur ein Vorgeschmack. Es geht noch besser. Das hier muss aber definitiv die richtige Stelle sein. Jetzt brauchen wir nur noch zu warten.«

Diesmal brach die Welle sich. Auf der *Pequod* beobachteten alle angespannt, wie der Wellenkamm einem riesigen Schaumteppich gleich auf den Hafen zurollte, als wollte er alles verschlingen. Rick kam es so vor, als hätte die Welle an Höhe und Geschwindigkeit eingebüßt. Doch weil die Mole unter Wasser stand, konnte er es nicht abschätzen. Die Welle war jetzt sehr nahe; sie wurde jetzt deutlich kleiner, doch es ging nicht schnell genug. Drei, vier Meter maximal.

»Weg von der Reling! Vorsicht!«

Zum zweiten Mal schoss Gischt in die Höhe und durchnässte ihn. Es war ein wuchtiger, anhaltender Aufprall – wie ein Schlag in Zeitlupe. Die *Pequod* wurde gegen die Kaimauer gedrückt. Rick glaubte, das Scheuern des Rumpfes am Pier zu hören. Verdammt, das würde schlimme Schäden verursachen. Er betete, dass kein Loch in den Rumpf gerissen wurde. Sein Blick huschte zum Ufer. Haushohe Flutwellen schlugen gegen die Gebäude an der Hafenfront, auch gegen ihr Geschäft für Bootszubehör. Mein Gott! Was musste die Stadt noch alles erdulden?

Rick spürte wieder das Scheuern am Rumpf der *Pequod*. Paul hatte zusätzliche Fender über die Reling gehängt, doch das Schiff stand zu hoch im Wasser, sodass sie keinen Schutz boten. Patsy starrte ihn ungläubig an. »Rick, die *Pequod* hat wenig Tiefgang. Und wenn sie über die Hafenmauer geschwemmt wird? Das Boot könnte zerbrechen!«

Das Krankenhaus war evakuiert worden. Aus dem Depot der Nationalgarde in Ellsworthy war ein geländegängiger Kleinlaster zur Verfügung gestellt worden, der den überfluteten Causeway befahren konnte. Drei Patienten waren verlegt worden. Eine Frau hätte vermutlich schon entlassen werden können, doch Southwell hielt es für sicherer, sie in ein anderes Krankenhaus zu bringen. Die beiden anderen, Kim Schaffer und ihr Freund, mussten noch medizinisch versorgt werden.

Nur der Leichnam des jungen Offiziers, der auf dem französischen Tanker erstickt war, wurde zurückgelassen.

Southwell raste in seinem Landcruiser zur Kreuzung. Verdammt, das Wasser sah tief aus. Im Fluss stand es so hoch, dass sein Lauf kaum noch zu erkennen war. Sogar das Brückengeländer war verschwunden, von den Wassermassen verschluckt, sodass man unmöglich ausmachen konnte, wo die Straße verlief. Verdammt, er musste trotzdem da durch! Donnas Leben stand auf dem Spiel! Es gab keine andere Möglichkeit. Southwell legte einen kleinen Gang ein, fuhr zum Wasser hinunter und versuchte, die andere Seite möglichst auf geradem Wege zu erreichen. Die Entfernung, schätzte er, betrug etwa hundert Meter.

Southwell hatte kaum ein paar Meter zurückgelegt, als er seine Entscheidung auch schon bereute. Das Wasser war tiefer, als er vermutet hatte und reichte schon bis zu den Trittstufen. Wenigstens war bis jetzt noch kein Wasser in den Wagen eingedrungen. Eine kleine Bugwelle breitete sich vor ihm aus, doch der Motor lief ruhig.

Southwell schätzte, dass er jetzt die Flussmitte überquert hatte. Der Landcruiser schwang von einer Seite zur anderen. Zwei Tonnen Metall, doch die Strömung schaukelte den Wagen wie ein Spielzeug hin und her. Gut, dass er nicht versucht hatte, zu schwimmen.

Southwells größte Angst war, mit einem Rad von der Fahrbahn abzukommen. Ein Geländer schaute aus den trüben Fluten heraus, und für einen Moment stieg die Angst in ihm auf, er könnte auf der falschen Seite fahren.

Beruhige dich, sagte er sich. Du machst das schon richtig.

Zwei Drittel der Strecke lagen nun hinter ihm. Das Verlangen, aufs Gas zu treten und ans andere Ufer zu rasen, war überwältigend. Doch das wäre fatal gewesen. Zudem schien das Wasser tiefer und nicht flacher zu werden. Und zu seiner

Rechten strömte noch mehr Wasser durch die Büsche auf ihn zu. Wohin er den Blick auch wandte, er sah nichts als Wasser.

Irgendetwas stimmte nicht. Ganz und gar nicht. Das konnte eigentlich nicht sein!

Es war angeordnet worden, alle Häuser westlich der Green zu evakuieren. Don Egan lief die Washington Street von der Bay Road aus hinauf und klopfte an sämtliche Türen, doch kaum jemand öffnete ihm. Die meisten Leute, die hier wohnten, hatten längst das Weite gesucht.

Als er das Ende des Blocks erreichte, schoss aus einer Gasse zu seiner Rechten ein Sturzbach auf ihn zu und durchnässte ihn bis zur Taille. Don verlor einen Schuh und stolperte. Eine Sekunde später lag er im Wasser, wurde von der Strömung mitgerissen und rang wild nach Atem. Plötzlich packte ihn jemand und zog ihn aus dem Wasser. Don richtete sich mühsam auf und hob den Blick zu seinem Retter. Es war Shannon Morrissey, der Wal.

»Dachte ich 's mir«, keuchte Don. »Niemand kann so zupacken wie du. Ich bin dir was schuldig.«

Das Gesicht des Wals war mit Schlamm bedeckt, und seine Augen waren weit aufgerissen. »Gott straft uns!«, rief er.

»Was ist los, Mann?«

»Sie ist noch drin!«, sagte der Hummerfänger mit unstetem Blick.

»Wer? Hannah? Sie ist noch im Haus?«

Der Wal nickte. In der Gasse hielt sich außer Don und Morrissey niemand auf, und das Wasser zerrte an ihren Knien. Auf einer Mauer saß eine Katze und miaute kläglich.

»Hier ist es nicht mehr sicher. Die Flut staut sich auf der anderen Seite. Wenn noch eine Welle kommt, könnte sie diese

Häuser hier niederreißen und das ganze Stadtviertel ins Meer spülen.«

Ganz in der Nähe stürzte laut krachend eine Mauer ein. Das Wasser stieg immer weiter. Don klammerte sich an einen Telefonmast. Der Wal mit seinen breiten Schultern und seiner rohen Kraft schien das alles gar nicht zu bemerken. Don hielt sich an seinem Arm fest und watete durch die Gasse zum kleinen Vorgarten der Morrisseys. Die Spitzen des Lattenzauns ragten aus dem Wasser, das bereits bis an die Fenster reichte.

Der Wal brach die Tür auf. Das Erdgeschoss war von brodelnden, schmutzigen Wassermassen überschwemmt. Don sah Hannah auf der Treppe kauern. An ihrer Schulter hing eine Ledertasche, die wie ein alter Schulranzen aussah. Sie drückte die Tasche an ihre Brust und starrte die beiden Männer an. »Hier bringt mich keiner weg!«, rief sie mit schriller Stimme. Sie sah aus, als hätte sie den Verstand verloren.

»Mrs. Morrissey, kommen Sie«, sagte Don. »Hier können Sie nicht bleiben. Wir helfen Ihnen.«

Hannah funkelte Don mit irrem Blick an. »Ich muss bleiben. Es ist alles hier drin!« Sie schlug auf ihre Tasche. Auf ihrem Gesicht spiegelten sich Triumph und Wahnsinn. »Ihr nehmt mir nichts weg. Niemand nimmt mir etwas weg!«

»Hannah, das Haus ist nicht mehr sicher. Sie müssen hier weg. Ich befehle Ihnen, das Haus auf der Stelle zu verlassen! Wal, hol sie da runter. Wir tragen sie zur Green.«

Don trat in der kleinen Diele zur Seite, um den Wal vorbeizulassen. Der kräftige Hummerfänger schlang einen Arm um seine zierliche Frau und hob sie mühelos von der Treppe hoch. Dann presste er sie an seine Brust und trat hinaus in die überschwemmte Gasse. Don folgte ihm erleichtert.

Jetzt versanken sie bereits bis zur Taille im Wasser. Hannah trat mit den Füßen um sich und kreischte, während sie sich aus der Umklammerung zu befreien versuchte. Als die Männer sich mit ihr mühsam durch die Gasse quälten, hörten sie einen dumpfen Knall. Don sah, dass zwanzig Meter vor ihnen die Fenster im Erdgeschoss eines Holzhauses zerbarsten, sodass die reißenden Fluten aus den Fensteröffnungen schossen. Die Fassade wölbte sich nach außen; dann stürzte das ganze Haus mit lautem Getöse ein. Es blieb nur ein Trümmerberg aus zersplitterten Balken und zerbrochenen Dachziegeln, der sofort von der Welle weggetragen wurde. Das Wasser strömte gierig durch die Lücke, die das Haus hinterlassen hatte. Don konnte es nicht fassen. Ein ganzes Haus weggespült – nur der gemauerte Kaminvorsprung war wie ein einsamer Wächter stehen geblieben.

Die Flut überschwemmte den armseligen Garten des Cottage, riss den Zaun heraus und ergoss sich in die Gasse. Für Don und den Wal gab es kein Entrinnen. Bald standen sie bis zur Brust im Wasser. Don wich gerade noch rechtzeitig einem schweren Balken aus, der durch die Strömung schoss und dem Wal keine Sekunde später einen kräftigen Schlag verpasste. Der Hummerfänger verlor das Gleichgewicht und ließ Hannah los, die daraufhin ins Wasser fiel.

Dem Wal entfuhr ein Schrei. Der reißende Strom erfasste seine Frau und schwemmte sie wie Treibgut in einen Zaun, an dem sie hängen blieb. Hannah schlug wild mit den Armen um sich und fand schließlich an einem Torpfosten Halt. Sie klammerte sich daran fest, um nicht von den Fluten mitgerissen zu werden. Don und der Wal stürzten zu ihr. Verzweifelt schlang Hannah ihre dünnen Arme um den Pfosten, während das Wasser an ihr vorbeischoss und an ihr zerrte. »Halten Sie sich fest!«, rief Don. »Wir sind gleich da! Halten Sie sich fest!«

Als Hannah sich verzweifelt an den Pfosten klammerte, verzerrte sich ihr knochiges Gesicht. Der Wal hatte sie fast erreicht. Er streckte den Arm nach ihr aus. »Nimm meine Hand, Hannah! Ich zieh dich zu mir.«

In diesem Augenblick riss der Schulterriemen von Hannahs Tasche. Sie stieß einen schrillen, markerschütternden Schrei aus. Sie verfehlte die ausgestreckte Hand ihres Mannes.

Das tosende Wasser schlug über ihr zusammen.

Dann war Hannah Morrissey verschwunden.

An der Kreuzung stieg das Wasser von Minute zu Minute, als die Wogen sich ihren Weg flussaufwärts bahnten. Southwell wusste, dass er nur eine Möglichkeit hatte. Wenn er blieb, wo er war, würde das Wasser über den Motorblock steigen, und er wäre erledigt.

Er knirschte mit den Zähnen und trat aufs Gaspedal. Während der Landcruiser nach vorn schoss, breitete sich eine v-förmige Bugwelle vor ihm aus. Southwell ging nicht vom Gas herunter. Der Motor kämpfte gegen den Druck des Wassers, das ihn zurückdrängte. Southwell hielt den Atem an. Wenn die Luftzufuhr jetzt unterbrochen wurde oder Feuchtigkeit in die Elektrik drang, war er erledigt. Dann spürte er, dass das linke Vorderrad irgendwo gegen gestoßen war. Ein Holzstamm, ein Stein, das Brückengeländer? Er wusste es nicht. Er konnte nur weiterfahren und beten. Gischt klatschte gegen die Fenster. Die Wasserfläche vor ihm schien sich bis ins Endlose hinzuziehen.

Southwell atmete auf, als der Wasserpegel endlich wieder sank. Er würde es schaffen. Der Toyota spritzte zu beiden Seiten das Wasser in die Höhe, als er über die Brücke aufs Land raste. Jetzt fuhr der Wagen wieder schneller. Vor ihm erstreckte sich die Straße. Sie war noch immer überflutet, war aber passierbar.

Southwell ließ erleichtert die Schultern sinken. Jetzt musste er die Bucht erreichen.

»Geh runter!«, rief Rick Paul zu. »Fahr die Maschinen hoch.« Paul starrte ihn einen Augenblick offenen Mundes an dann stieg er rasch den Niedergang hinunter. Rick umklammerte das Ruder. Komm schon, murmelte er. Was ist los? Es kostete ihn Anstrengung, ruhig zu bleiben. Paul arbeitete unter Hochdruck, doch er musste zuerst dafür sorgen, dass der Anlasskraftstoff eingespritzt wurde.

Es rumpelte unter Ricks Füßen, als der Dieselmotor ansprang. Die Zeiger auf der Schalttafel vor ihm zitterten und bebten und sanken dann ganz langsam. Patsy gab ihm vom Deck draußen aufgeregt Zeichen. Ricks Gedanken jagten sich. Die *Pequod* hatte nur ein Bugstrahlruder. Würde das ausreichen, um dem Druck des Ozeans standzuhalten, der gegen ihre Längsseite schlug? Es war möglich, vorausgesetzt, es gelang ihm, mehr Kraft auf das Bugstrahlruder zu leiten.

Doch der Hummerfänger scheuerte noch immer gegen die Steuerbordseite. Wie sehr wurde das Manöver dadurch beeinträchtigt werden? Würde es ihm gelingen, sich an dem Wrack vorbeizuquetschen? Er musste es versuchen.

»Okay«, rief er. »Es geht los.«

Patsy hatte geahnt, was er vorhatte. Sie beugte sich mit dem King über die Reling steuerbords. Rick fuhr zunächst langsam. Die Schrauben drehten sich, und ein lautes Kreischen hallte durch den Rumpf. Im ersten Augenblick befürchtete Rick, es könnte der Propellerschaft sein, doch dann begriff er, dass es das Wrack des Hummerfängers war, das unterhalb der Wasserlinie gegen die *Pequod* scheuerte. Gott allein wusste, welchen Schaden das Boot anrichtete.

Patsy lief zum Bug, warf einen Blick aufs Meer und kehrte zurück. »Vor uns ist alles frei. Etwa zwanzig Meter entfernt treibt eine Segeljacht durchs Wasser, aber sie ist klein. Du kannst sie mühelos zur Seite schieben.«

»Wie ist das Wasser?«

»Ich glaube, es hat sich ein wenig beruhigt. Ist aber schwer zu sagen. Auf jeden Fall ist es nicht schlimmer geworden.«

Immerhin. Wenn sie durchhielten, bis der Brandung die Puste ausging und sie auf das Wasser zurückwich, hätten sie eine Chance.

Das Kratzen an der Längsseite wurde lauter. Patsy schaute über die Reling. »Sieht so aus, als würde der Krabbenfischer volllaufen, an der Steuerbordseite runterrutschen und sinken.«

»O Gott, ich hoffe, das Boot reißt kein Loch in unseren Rumpf.«

»Wenn es Schlagseite bekommt, könnte uns das helfen, uns zu befreien.«

»Hoffen wir es.«

Die Geräusche achtern wurden leiser, als die *Pequod* sich langsam ihren Weg an der Kaimauer entlang bahnte. Das Bugstrahlruder schien sich gegen die Brandung zu behaupten. Wenn sie die Geschwindigkeit ein wenig erhöhen und mehr Wasser am Ruder vorbeidrücken könnten, würde das den Widerstand vergrößern.

»Wenn ich das Boot so halten kann, wäre es schon gut«, sagte er zu Patsy, als sie sich neben ihn stellte.

»Der Wasserpegel am Hafen hat definitiv seinen Höchststand erreicht. Er ist seit fünfzehn Minuten nicht mehr gestiegen.«

Zu einem bestimmten Zeitpunkt würde das Wasser wieder zurückweichen, und dann hätten sie es mit ganz anderen Problemen zu tun.

Magnus kam von unten herauf. »In der Steuerbordbilge ist Wasser. Da unten muss ein Leck sein. Nichts Ernstes, soweit ich es sehen konnte. Ich würde sagen, es ist alles ganz gut gelaufen.«

»Bis jetzt.«

»Ja.«

Als Rick zwanzig Minuten später einen Blick auf die Uhr auf der Brücke warf, war deutlich zu erkennen, dass der Wasserpegel wieder sank. Langsam tauchte die Mole aus den aufgewühlten Fluten auf, dann auch die Hafenmauer. Vom Deck der *Pequod* aus beobachteten sie, wie das Wasser vom Land zurückfloss und die Trümmerfracht mit sich riss. Es war ein trauriger Anblick.

»Es heißt, die Tsunamis richteten gleich große Schäden an, egal ob sie zurückweichen oder auf die Küste schlagen«, meinte Patsy.

Rick schwieg. Er war froh, dass er bis jetzt wenigstens keine Leichen sah.

Plötzlich schrien die Surfer, die sich am Bug versammelt hatten. »Wow, Mann, seht euch das an!«

Rick drehte sich um.

Der Tanker hinter dem Hafendamm bewegte sich wieder.

Draußen im Sund schaute Lieutenant Rose durch das Fernglas zur Insel. Die leise Hoffnung, die er eben noch gehegt hatte, verflog, als er den leblosen Gipfel absuchte. Sogar bei einer geringeren Wellenhöhe konnte dort nichts und niemand überlebt haben. Das Beste wäre es wohl, durch die Bucht zu fahren und die Leichen zu bergen, falls möglich. Schweren Herzens ergriff er das Mikrofon und gab den Befehl.

War da nicht gerade etwas gewesen?, fragte er sich plötzlich. Ihm war, als hätte er in einem kurzen Moment freier Sicht eine Bewegung gesehen, doch als er den Blick noch einmal dorthin wandte, sah er nichts mehr. Er musste es noch einmal überprüfen.

Rose stellte das Fernglas schärfer und zwang sich, alles langsam und systematisch abzusuchen. Plötzlich machte sein Herz einen Sprung. Da drüben bewegte sich etwas! Ungläubig starrte Rose auf einen winkenden Arm. »Kirk! Es ist Kirk!«, rief er und vergaß seine Kapitänswürde.

Die Besatzung jubelte. Kirk hatte überlebt. Allen Widrigkeiten zum Trotz hatte er durchgehalten und sich an die Felsen geklammert, als die Wellen die Insel überspült hatten. Es war unglaublich, was ein Mensch aushalten konnte.

Rose hielt sich das Megafon vor den Mund. »Wir holen Sie da runter, Kirk«, rief er. »Wir holen Sie da runter, ehe die nächste Welle kommt. Sie haben mein Wort.«

Er wusste nur noch nicht, wie er es anstellen würde.

46

»Verdammt«, sagte Rick. »Das ist unsere Chance.«

»Ich weiß nicht, was du meinst«, erwiderte Patsy.

»Wir können den Tanker aus dem Sund schleppen, ehe die nächste Welle anrollt.«

»Ob man ihn überhaupt schleppen kann? Die Antriebssysteme könnten beschädigt sein.«

»Er ist nicht unter Kontrolle«, warf Paul ein. »Er treibt.«

»Das müssen wir herausfinden«, erklärte Rick. »Wenn der Tanker nicht mehr im Schlamm festsitzt, kann die *Pequod* ihn schleppen.«

Paul verzog das Gesicht. »Du bist verrückt geworden. Was willst du denn als Schlepptau benutzen? Wir haben nichts, das bis dorthin reichen würde, ganz zu schweigen davon, dass es auch halten muss.«

Er hatte recht. Rick knirschte mit den Zähnen. Unter normalen Umständen hätten sie irgendwo im Hafen eine Trosse auftreiben können, aber nicht in diesem Chaos. Nicht zu diesem Zeitpunkt. »Wir könnten irgendwas verknoten«, schlug Rick vor, doch ohne große Überzeugung.

»Die *Marie-Sainte* hat bestimmt ein Schlepptau«, rief jemand hinter ihnen. Der King hatte ihr Gespräch verfolgt und wandte sich Rick zu. »Lassen Sie mich und den Hinkenden mit zwei Jets runter. Wir fahren dann zum Tanker rüber. Wir haben Schlepphaken und ein Schlepptau. Wir können das Schlepptau bis hierher zurückziehen. Kein Problem.«

»Sie müssen es gegen die Strömung ziehen. Die *Pequod* könnte das niemals schaffen. Wir haben nicht mal einen Schlepphaken.«

»Sie können das Schlepptau an der Ankerwinde am Heck befestigen«, entgegnete der King mit Nachdruck. »Das habe ich schon mal gesehen. Der Tsunami zieht sich zurück. Die Verhältnisse im Sund werden in der nächsten Stunde stabil sein. Wenn wir das hinkriegen, können wir 's zu unserem Vorteil nutzen.«

Er starrte Rick an. »Wir helfen Ihnen, den Tanker aus dem Sund aufs Meer zu schleppen, und Sie erfüllen unseren Chartervertrag, okay? Wir tragen unseren Teil dazu bei, dass der Tanker freikommt, und Sie setzen uns an der Goodwill-Bank ab. Abgemacht?«

Rick spürte Zorn in sich aufsteigen. »Wir können das Schlepptau mit unserem eigenen Boot zum Tanker bringen. Wir brauchen keine Hilfe. Ich habe Ihnen bereits gesagt, Sie sollen an Land gehen. Und die Maschinen will ich hier auch nicht mehr sehen.«

Die Miene des Surfers verhärtete sich. »Sie wollen zu viert zwei Schiffe manövrieren? Das wird kaum klappen.«

»Ich finde schon Helfer, wenn ich welche brauche«, entgegnete Rick.

»Klar«, konterte der King mit Blick auf den verlassenen Hafen.

»Rick.« Patsy seufzte. »Bitte.«

Ricks Wangen färbten sich rot. Er wusste, dass er dickköpfig war. Natürlich konnte er es sich nicht leisten, Hilfe zurückzuweisen. Er, Patsy und die Olsens schafften es kaum, die *Pequod* zu steuern; umso weniger konnten sie einen manövrierunfähigen Tanker ins Schlepp nehmen, der zwanzigmal so groß war wie ihr Boot. Das Angebot der Surfer war ein Geschenk des Himmels. Doch plötzlich sah Rick wieder das Foto auf seinem Handy vor Augen ...

Die Nationalgarde hatte die Straße gesperrt. Ein Soldat trat mit erhobener Hand vor. Natalie bremste, worauf der Jaguar ins Rutschen geriet.

»Die Straße ist gesperrt, Lady. Die Brücke ist nicht mehr sicher.«

»Aber ich wohne hier. Können Sie mich nicht durchlassen?«

»Das Flutwasser hat einen der Pfeiler herausgerissen. Die Brücke kann jeden Augenblick einstürzen. Sie müssen sich einen anderen Weg suchen. Tut mir leid.«

K. Zamos wartete am Flughafen in Ellsworthy. Der Helikopter war vollgetankt und startbereit. Die Kameraleute waren an Bord. Natalie hatte es eilig, zu ihnen zu stoßen, aber die Straßen waren gesperrt. Doch Natalie gab sich noch nicht geschlagen. Sie kannte Schleichwege. Mit Vollgas jagte sie durch die Stadt und suchte einen Weg über den Fluss. Sie fand keinen.

Nachdem sie am Busdepot angehalten hatte, rief sie Zamos an.

»Ja.« Es war die Stimme der rothaarigen Carly, Natalies Rivalin in diesem Zickenkrieg, in dem alles erlaubt war; die Frau, die ihre Krallen ausfuhr, sobald ein weibliches Wesen sich in die Sphäre des Kings wagte.

Natalie fluchte leise. »Ich sitze in der Stadt fest. Die Brücken sind gesperrt. Ihr müsst mich mit dem Hubschrauber hier abholen.«

»Haha! Daraus wird nichts, Schätzchen. Du musst schon selbst sehen, wie du klarkommst.«

»Ich fliege mit, du Miststück. Das hat der King ausdrücklich gesagt.«

»Wir rufen dich an.«

»Nein, ihr holt mich hier ab.«

»Wer sagt das?«

»Ich. Der Hubschrauber wurde auf meinen Namen gechartert. Wenn du 's auf die harte Tour haben willst, okay, dann müsst ihr einen anderen Hubschrauber chartern.«

Natalie klappte das Handy zu. Neben ihrem Wagen stand jemand. Groß, blondes Haar – Sarah Hunter.

»Ich hatte gehofft, mich nimmt jemand mit, aber das klappt wohl nicht.«

»Du verlässt die Stadt?«

Sarah zuckte mit den Schultern und schaute Natalie mürrisch an. »Warum sollte ich bleiben? Mich hält hier nichts.«

»Ich dachte, du hättest es auf Rick abgesehen. Du hast dich ziemlich angestrengt, ihn mir auszuspannen.«

»Du hast ihn gar nicht verdient. Du benimmst dich wie ein verzogenes Kind und denkst nur an dich.«

»Ich bin meinen Freunden gegenüber loyal. Ich finde es toll, was sie vorhaben. Es ist gefährlich und heldenhaft –eine großartige Sache.«

»Blödsinn. Was interessiert es die Surfer, was mit dieser Stadt und mit uns geschieht?« Sie waren jetzt beide wütend aufeinander.

»Sie haben einen Traum!«, rief Natalie vehement.

»Rick hat auch einen Traum. Er will die Stadt retten!«

Natalie funkelte sie böse an. »Vor einem Tsunami? Er ist verrückt. Das ist unmöglich.«

»Vielleicht, vielleicht auch nicht, aber eins weiß ich genau. Wenn Rick Larsen mein Mann wäre und sein Leben riskieren würde, wäre ich bei ihm. Ich wäre an seiner Seite.«

Ein Hubschrauber flog über die Stadt hinweg, kreiste und ging dann tiefer, um in der Nähe des Busdepots zu landen. Kurz darauf stieg er wieder auf und steuerte auf den Hafen zu. Er kreiste einen Moment tief über dem Neck. Rick erkannte ein paar winkende Gestalten im Helikopter. Als die Surfer zurückwinkten, wusste Rick, dass Natalie in dem Hubschrauber saß. Bitterkeit stieg in ihm auf.

Sein Blick glitt über den verwüsteten Hafen, über die *Pequod*, in die er, Patsy und seine Vettern so viel Zeit und Arbeit gesteckt hatten, und über den Tanker, der im Wasser trieb.

Zur Hölle mit Natalie, dachte Rick. Seine Verantwortung lag woanders.

Er drehte sich zu dem großen Surfer um. »Lassen Sie Ihre Jets ins Wasser. Wir nehmen Ihre Hilfe an.«

»Und?« Der King wartete.

»Wir werden versuchen, Sie an einer guten Stelle abzusetzen.«

Der King nickte. Er bat um keine Garantie und stellte keine Bedingungen. Das war nicht nötig. Er wusste, dass Rick zu seinem Wort stand – genauso wie er selbst.

»Mein Schiff mit Ihrem kleinen Boot schleppen? Das ist doch Irrsinn!« Leclerc bemühte sich gar nicht erst, seine Wut zu verbergen.

»Ihr Schiff treibt unbemannt im Wasser. Es kann den Sund nicht aus eigener Kraft verlassen. Es stellt eine Gefahr für die Schifffahrt dar, eine Gefahr für die Stadt und eine Gefahr für jeden an Bord. Commander Wolfowitz hier unterstützt meinen Plan.«

»Die Hauptmotoren funktionieren. Das Problem ist das Getriebe, das während des Tsunami zu stark belastet wurde. Mein Chefingenieur arbeitet schon daran.«

»Captain, wir haben jetzt keine Zeit, Reparaturen durchzuführen. In einer Stunde wird die nächste Welle erwartet – eine größere Welle als zuvor.«

Rick war über eine Strickleiter an Bord der *Marie-Sainte* geklettert. Es war ein steiler Aufstieg gewesen, an dessen Ende eine kühle Begrüßung gestanden hatte. Zuerst hatte der französische Captain sich gefreut, Rick zu sehen. Er und die wenigen Offiziere an Bord hatten bereitwillig geholfen, alles vorzubereiten, damit das Schleppseil zur *Pequod* hinübergezogen werden konnte. Die Strömung schwenkte den Tanker langsam hin und her, und der Captain bemühte sich, dieser Bewegung mit Hilfe des Bug- und Heckstrahlruders entgegenzuwirken.

Leclerc wandte sich Wolfowitz zu. »Commander, ich bitte Sie. Wollen Sie mein Schiff entführen, oder was soll das werden?«

Con Wolfowitz hatte einen langen Tag hinter sich – ein Tag, der kein Ende zu nehmen schien. Er hatte zwei bewaffnete Männer mit an Bord gebracht. »Ihr Schiff stellt eine große Gefahr dar, Captain. Ich befehle, dass es sofort aus dem Sund geschleppt wird. Wenn Sie diesem Befehl nicht nachkommen, werden Sie in Gewahrsam genommen, und Ihr Schiff wird beschlagnahmt. Ich glaube, das ist im Interesse aller Beteiligten. Noch Fragen?«

Was sollte Leclerc darauf antworten? Er hob verzweifelt die Hände. »Tun Sie, was Sie tun müssen, Commander. Ich halte mich nicht in meinem Heimatland auf«, fügte er bitter hinzu. »Ich bitte Sie nur, zu bezeugen, dass nichts von dem, was passiert ist, mein Verschulden war.«

»Rick«, sagte Con. »Bist du sicher, dass du es schaffst?«

»Wir tun unser Bestes.«

»Dann seht zu, dass ihr die Taue miteinander verknüpft.«

Das Wasser wich jetzt tatsächlich zurück. Und schon ließ der Tanker sich nicht mehr manövrieren. Paul fuhr die *Pequod* so nahe an den Bug der *Marie-Sainte* heran, wie er es wagte, indem er einen Schwenk von dreißig Grad machte. Sie hatten eine Leine mit dem Schlepptau verknüpft und es über den Bug zu Wasser gelassen, wo der King und der Hinkende auf den beiden Jetskis warteten, um es zur *Pequod* zu ziehen. Als sie unter dem Heck ankamen, schaltete der King den Motor aus. Dann zog er die schlaffe Leine zu sich heran, rollte sie sorgfältig auf, holte Schwung und warf sie einem Burschen an Deck zu.

»Roll es ordentlich auf«, rief er ihm zu. »Es ist schwer und kann schnell reißen. Wir wollen nicht noch mal von vorn anfangen müssen.«

Meter für Meter wurde das Tau um die Ankerwinde der *Pequod* geschlungen. Rick schaute vom Vordeck des Tankers ängstlich zu, wie das schwere Schlepptau durchs Wasser kroch. Sie hatten es mit dem stärksten Tau verknotet, das sie auftreiben konnten. Dennoch war es einer erheblichen Belastung ausgesetzt, was durch die Strömung, die die beiden Schiffe in ihrer Gewalt hatte, noch verschlimmert wurde. In einem Augenblick drifteten die *Pequod* und der Tanker auseinander, sodass das Tau sich bis zum Zerreißen spannte, im nächsten Augenblick fuhr der Tanker so nahe an die *Pequod* heran, dass er sie zu rammen drohte. Paul steuerte vorsichtig gegen, und zwei Minuten später bewegten die beiden Schiffe sich wieder auseinander.

Doch schließlich hatten sie es geschafft. Am Heck der *Pequod* wurde eine Flagge gehisst, um zu signalisieren, dass die Trosse an der Ankerwinde befestigt war.

Con verabschiedete sich. »Bleibst du hier?«, fragte er Rick.

»Ja. Paul braucht jemanden hier an Bord, dem er vertrauen kann.«

»Du weißt, dass du jetzt auf dich allein gestellt bist? So wie die Dinge liegen, weiß ich nicht, ob ich einen Hubschrauber entbehren kann, der dich abholt.«

»Das Risiko gehe ich ein. Wenn wir das offene Meer erreichen können, dürfte uns nichts passieren.«

In letzter Minute fuhr ein Schlauchboot längsseits an die *Pequod* heran. Es war Sheena. Sie hatte Mitch, den Kellner vom »Hummerfänger«, überredet, sie zur *Pequod* zu rudern. Durchnässt und verdreckt, umklammerte sie ihre Kamera.

»Ich hab doch gesagt, dass ich rechtzeitig wieder da bin«, sagte sie lachend zu Patsy. »Was ist passiert?«

»Kleine Planänderung«, erklärte Patsy ihr grimmig. »Wir schleppen eine schwimmende Bombe aufs offene Meer.«

Langsam und vorsichtig steuerte Paul die *Pequod* durch die Hafeneinfahrt. Die Strömung war stark und trieb beide Schiffe an. Es war wichtig, die Geschwindigkeit zu erhöhen, damit das Schlepptau einer gleichmäßigen Spannung ausgesetzt war. Die *Marie-Sainte* war zwanzigmal so groß wie die *Pequod*. Bei jeder ruckartigen Bewegung bestand die Gefahr, dass das Tau riss oder sogar die Ankerwinde aus dem Heck der *Pequod* herausgebrochen wurde. Der King hatte recht: Nur dank der Strömung, die das Wasser aus dem Sund ins Meer zog, war dieses verrückte Manöver überhaupt möglich.

Der Konvoi fuhr an der Maple Cove vorbei. Vor der Insel kreiste ein Küstenwachboot. Rick erinnerte sich, dass Con ihm etwas von einer Rettungsoperation erzählt hatte. Die Küstenwache versuchte, Gestrandete von der Insel zu retten. Ein Hubschrauber war angefordert worden, doch im Augenblick stand keiner zur Verfügung. Der Gedanke an Hubschrauber erinnerte Rick an seine Schwester, und er fragte sich, wie es ihr wohl gehen mochte.

Captain Leclerc schaute auf den Monitor und runzelte die Stirn. »Unsere Geschwindigkeit nimmt zu«, sagte er. »Entweder ist Ihr Schiff stärker, als ich dachte, Mr. Larsen, oder die Strömung zieht uns schneller.«

Rick trat zu ihm vor das Schaltpult. Der Captain hatte recht.

Der Tanker fuhr fast zwölf Knoten. Unter diesen Umständen eine ungeheure Geschwindigkeit. Leclerc trat ans Fenster und schaute durchs Fernglas auf den Horizont.

»Noch nichts.« Er ließ das Fernglas sinken und drehte sich wieder um. »Aber da draußen braut sich was zusammen. Etwas Gewaltiges, das seine Kräfte sammelt und seine Muskeln spielen lässt.« Der Captain schaute auf die Uhr. »Ihr Freund, der Surfer, hat gesagt, es dauert noch eine halbe Stunde, bis wir die nächste Welle sehen. Ich glaube allmählich, er hat recht.«

Dead River, 15.30 Uhr

Fünfzehn Meilen vom Meer entfernt bereiteten die Familien vom »Indian Patch«, die Gardiners und die Van Burens, sich auf ihre Floßfahrt auf dem Fluss vor. Sie waren gut ausgerüstet. Alle Frauen, die Mütter und ihre Töchter, trugen leichte Sommer-Neoprenanzüge. »Das ist in dieser Jahreszeit eher ein Schutz gegen Kratzer als gegen die Kälte«, erklärte die Verkäuferin des Shops ihnen, in dem auch Ausrüstungen ausgeliehen wurden. Ted und Brook meinten, sie brauchten keine Neoprenanzüge und würden die Floßfahrt in ihren Shorts und T-Shirts antreten.

»Eh, Dad«, beklagte Lloyd sich, als er aus der Umkleidekabine kam. »Muss ich diesen blöden Anzug wirklich anziehen?«

»Das ist immer noch besser, als wenn du dich erkältest, mein Sohn«, erwiderte Ted Gardiner lachend.

»Aber ich sehe total doof aus!«

Die Verkäuferin unterdrückte ein Lächeln. »Wir haben eine Neoprenweste, die er anprobieren könnte. Die größeren Jungen nehmen diese Westen gerne.«

Lloyds Vater zwinkerte ihr zu. »Was meinst du, mein Junge?«

»Hört sich gut an.«

Brook Van Buren trat zu ihnen. »Gibt es schon Neuigkeiten über den Tsunami?«

»Hör auf!«, fuhr seine Frau ihn an. »Wir haben ausgemacht, nicht mehr darüber zu reden. Heute ist der letzte Urlaubstag, und ich will nicht, dass uns der verdorben wird. Wir sind hier, um unseren Spaß zu haben.«

Im Polizeirevier von Goodwill begann das Faxgerät auf Annie Pellews Schreibtisch zu rattern. Annie wartete, bis der Drucker verstummte, ehe sie das Blatt herausnahm. Sie überflog es schnell, schürzte die Lippen und ging Dons Büro. Kommentarlos legte sie es auf seinen Schreibtisch.

Don hatte noch immer seine nasse Kleidung an. Bis jetzt war er nicht dazu gekommen, sich umzuziehen. Es sah auch nicht so aus, als ob er in dieser Hektik noch Zeit dazu finden würde. Er nahm das Fax, überflog es kurz und presste die Kiefer zusammen. Dann las er die Mitteilung ein zweites Mal. Seine Lippen bewegten sich stumm, als wollte er auf diese Weise sichergehen, alles richtig zu verstehen. Dann hob er den Blick zu Annie. »Wann ist das angekommen?«

Annie schaute ihn ernst an. »Ich habe es Ihnen sofort gebracht.«

»Verzeihung. Haben Sie es gelesen?« Don strich sich mit der Hand über die Stirn. Alle Farbe war aus seinem Gesicht gewichen.

»Ja, ich hab's gelesen«, gab Annie zu. »Möchten Sie Fred Tarr anrufen?«

Der Polizeichef riss sich zusammen. »Das wäre wohl das Beste«, murmelte er und schüttelte den Kopf. »Ich hätte nie gedacht, dass es so weit kommt. Ich hatte gehofft, wir kämen mit einem blauen Auge davon.«

Don hob den Hörer des roten Telefons ab, das eine Direktverbindung zur Feuerwehr nebenan herstellte. »Freddy«, sagte er, nachdem Tarr sich gemeldet hatte. »Halt dich fest. Ich habe eine Nachricht vom Katastrophenschutz bekommen ...«

»Ich auch«, sagte Fred Tarr. »Vermutlich dieselbe. Ich wollte dich gerade anrufen.« Er seufzte. »Was soll ich tun?«

»Ich glaube, jetzt müssen wir Nägel mit Köpfen machen und die ganze Stadt evakuieren, Freddy.«

»Ja, aber wohin? Die Brücken sind blockiert. Es gibt keinen Weg mehr von der Insel herunter.«

Die Nachricht, die sie beide auf ihren Schreibtischen liegen hatten, stammte aus Washington. Die geschätzte Höhe der nächsten Welle betrug fünfzig Meter.

Dead River

Die Fahrt zum Staudamm hinauf dauerte zwanzig Minuten. Es waren noch vier andere Paare dabei. Der Bus rumpelte über die holperigen Waldwege durch die dichten Wälder. Es war eine wunderschöne, abgelegene Gegend, in der die Natur noch unberührt zu sein schien. »So friedlich«, sagte Jessica seufzend zu Julie, als sie an einem verlassenen See vorbeifuhren. »Hier hätte ich gerne ein Häuschen, wo wir mit den Kindern den Sommer verbringen könnten.«

»Das Cottage in Goodwill war doch sehr schön.«

Jessica schauerte. »Da fahre ich nie wieder hin! Nicht nach allem, was passiert ist!«

Auf einer Lichtung hielten sie an. »Lassen Sie alles im Bus, was Sie nicht auf dem Floß brauchen. Handtücher, Schuhe, trockene Kleidung. Hier sind die Sachen gut aufgehoben.«

Ein steiler Pfad führte zwischen Felsen und Bäumen hindurch ins Tal und zum Ufer des Flusses, wo sie von einem Mann mit Vollbart begrüßt wurden. »Hallo, Leute«, sagte er. »Ihr seid hier, um über die Stromschnellen zu rasen, nicht wahr?«

»Richtig!«, riefen alle im Chor.

»Wir bieten zwei unterschiedliche Fahrten an, wild oder sehr wild. Wofür entscheidet ihr euch?«

»Sehr wild!«, riefen die Kinder begeistert.

»Ich hab's nicht richtig verstanden. Kann ich das noch mal hören?«

»Ganz, ganz wild!«, rief Lloyd aus vollem Hals.

»Großartig. Ich sag euch was«, dröhnte der Mann. »Seht ihr den Damm dort?« Er zeigte flussaufwärts.

»Du lieber Himmel!«, staunte Jessica, als sie die riesige Staumauer sah, die das Tal überragte. Von ihrem Standort aus schien sie mindestens dreißig Meter hoch zu sein.

»Hinter dem Damm liegen vierzehn Meilen Wasser. In ungefähr zwanzig Minuten werden die Techniker die Schleusen öffnen und eine Menge davon rauslassen!«, sagte der Bärtige. »Seht ihr die Flöße da?« Er zeigte auf die wulstigen Schlauchboote, die am Ufer festgemacht waren. »Wir setzen euch auf die Flöße und schicken euch sechseinhalb Meilen den Fluss hinunter, bis ihr alle klatschnass seid. Ja, ihr werdet eine Fahrt erleben, die ihr niemals vergessen werdet.«

Auf jedem Floß fuhr ein erfahrener Guide mit. Die beiden Familien vom Indian Patch stiegen gemeinsam auf ein Floß, das von einer jungen Frau gesteuert wurde. Sie hieß Sandy und war dreiundzwanzig Jahre alt. Dies war ihre dritte Saison auf dem Fluss. Sie überprüfte die Rettungswesten und Schutzhelme, verteilte Paddel und zeigte ihnen, wie es ging. »So müsst ihr das machen, Leute«, sagte sie und tauchte das Paddel schwungvoll ins Wasser. Die Erwachsenen machten es ihr nach.

Kurz darauf jagte das Floß den Fluss hinunter.

»Schneller paddeln, Leute!«, rief Sandy.

»Was machst du den Rest des Jahres, Sandy?«, fragte Ted.

»Ich studiere Touristikmanagement an der University of Maine.«

»Du hältst dich gerne im Freien auf, nicht wahr?«

»Und wie. Ich mach das hier den ganzen Sommer, und im Winter fahre ich Ski und Snowmobil. Ich hasse die Städte.«

»Stimmt es, was der Mann gesagt hat?«, fragte Lloyd. »Ich meine, dass heute das Wasser aus dem Stausee für uns in den Fluss geleitet wird?«

Sandy lachte. »Typisch Hank. Er macht gerne Scherze. Jetzt mal Spaß beiseite. Ihr habt Glück. Normalerweise wird Wasser aus dem Stausee zwei Mal pro Tag in den Fluss geleitet, aber aus Angst vor dem Tsunami wurde es heute Morgen zurückgehalten. Deshalb kriegt ihr jetzt die doppelte Portion. Das wird aufregend! Ihr werdet richtig nass. Wenn ihr Glück habt, fliegt ihr sogar vom Floß.«

Die Flöße wurden immer schneller. »Ja!«, rief Sandy. »Sie öffnen die Schleusen! Okay, jetzt kommen die ersten Stromschnellen, weil die Schlucht sich hier verengt und das Wasser dadurch schneller fließt. Macht euch auf einige Turbulenzen gefasst, Leute. Kräftig paddeln! Weiter so!«

Das Floß tauchte tiefer ins Wasser und bebte in der schnellen Strömung. Lloyd sah, wie Felsspitzen an ihnen vorbeiflogen. Er wurde auf der Holzbank hin und her geworfen und krallte sich an der Sicherheitsleine fest, die rings um das Floß verlief. Der Bug neigte sich, worauf eine riesige Wasserfontäne ins Boot spritzte und ihn durchnässte. Alle kreischten.

»Paddeln!«, rief Sandy und tauchte ihr Paddel tief ins Wasser. Sie schossen immer schneller über den Fluss. Der Bug des Floßes neigte sich wieder, und sie jagten über die Stromschnellen in die schäumende Brandung.

»Festhalten, Kinder!«, rief Lloyds Vater. Er und Brook zogen die Blätter ihrer Paddel eifrig durchs Wasser und steuerten das Floß zwischen den Felsen hindurch.

Lloyd machte die rasante Fahrt höllischen Spaß. Er geriet vor Aufregung ganz außer Rand und Band. Als die Bucht sich verengte, stieg das Wasser im Fluss. Felsblöcke, die von den Schluchtwänden herabgestürzt waren, ragten mannshoch aus dem tosenden Wasser.

Nach ein paar Minuten wilder Fahrt fuhr das Floß wieder langsamer. Sie erreichten einen breiteren, ruhigeren Abschnitt des Flusses, wo die Ufer flacher und von Bäumen statt von hohen Klippen gesäumt waren.

»Na, wie war das? Das hat Spaß gemacht, nicht wahr?« Sandy sah aus, als hätte sie gerade geduscht.

Betsy kicherte. »Lloyd wurde beinahe aus dem Boot geworfen.«

»Gar nicht wahr!«

»Wohl wahr!«

»Ich bin fast ins Wasser gefallen«, gab Pauls Mutter lachend zu. »Hätte Brook nicht meine Hose gepackt, hätte ich in den Stromschnellen gelegen.«

»Wenn jemand ins Wasser fällt, bleibt ganz entspannt und lasst euch treiben. Ihr alle habt Rettungswesten an. Es wird niemand ertrinken, und die Strömung zieht euch um die Felsen herum. Macht einfach den Mund zu und atmet durch die Nase. Wir fischen euch dann an der nächsten ruhigen Stelle heraus.«

Die Sonne schien. Es war warm auf dem Fluss. Lloyd spürte, dass seine Sachen schon wieder trockneten. Das Wasser war nicht sehr kalt.

»Auf diesem Abschnitt können wir Luft holen, ehe wir dann zur Hauptattraktion kommen«, erklärte Sandy. Sie schaute sich verwundert um. »Das Wasser steht heute sehr hoch. Es reicht sogar bis zu den Bäumen da oben. Das sieht man sonst nur im Winter bei Hochwasser.«

»Bestimmt wegen des starken Regens gestern Nacht«, meinte Lloyds Vater.

»Trotzdem ...« Sandy schüttelte verwirrt den Kopf.

SS *Marie-Sainte*

Vor einer Weile war Greenstone Island an ihnen vorbeigezogen. Rick hatte nach dem Haus Ausschau gehalten, doch aus der Entfernung konnte man schlecht erkennen, wie es in der kleinen Bucht aussah. Der Steg war sicherlich weggeschwemmt worden, aber das Haus lag ein gutes Stück vom Ufer entfernt. Es hatte schon häufiger Stürme und Hochwasser überstanden.

Der Tanker glitt ruhig über die Wellen. Es ging alles viel zu leicht. Sie hatten beinahe das Unterwasserriff erreicht, wo sie auf die ersten Wellen aus dem offenen Meer treffen würden. Für einen Moment fesselte irgendetwas auf der Backbordseite ein Stück voraus Ricks Aufmerksamkeit. Er kniff die Augen zusammen, doch es war zu weit entfernt, um ohne Fernglas etwas erkennen zu können. Vermutlich ein Seehund oder ein Vogel, der auf dem Riff nach Futter suchte.

»Ja, ich sehe es auch«, murmelte Captain Leclerc. »Aber es ist nur ein Felsausläufer der Insel, die wir soeben passiert haben. Wie hieß sie gleich?«

»Greenstone Island. Was haben Sie gesagt, was das war? Ein Felsausläufer?«

»Ja, ich bin sicher, es war ein Felsen. Ich konnte es durchs Fernglas genau erkennen. Warum?«

Rick spürte, dass alle Farbe aus seinem Gesicht wich. Eine Sekunde später stand er vor der Instrumententafel. »Tiefenmesser? Wo ist der verdammte Tiefenmesser?«

Doch es war zu spät. Als er die Monitore überprüfte, ertönte ein Summton, und eine Nachricht leuchtete auf: TIEFE 4,30 METER. Rick beobachtete hilflos, wie die Anzeige auf vier Meter sank.

Er hörte schnelle Schritte auf dem Gang, ehe der Chefingenieur hereinplatzte. »Was ist los?«, fragte er. »Meine Messgeräte spielen verrückt. Sie zeigen kein Wasser unter dem Kiel an.«

Leclerc schaute ihn erstaunt an. »Das verstehe ich nicht. Die Seekarte zeigt dreißig Meter über dem Unterwasserriff an.«

»Idioten!« Rick zeigte über den Bug aufs Wasser. »Weil das Wasser wieder zurückweicht!«

Leclerc runzelte die Stirn. »Das bedeutet ja ...«

»Ja«, erwiderte Rick barsch. »Das bedeutet, dass sich der nächste Tsunami da draußen auf dem Meer aufbaut.«

Der Captain schüttelte ungläubig den Kopf. Er starrte noch immer auf die Messgeräte, als hoffte er, dort irgendeine Erklärung zu finden. »Aber ein so starker Rücksog, der die Kraft hat, alles Wasser aus dem Sund zu ziehen ...«, sagte er leise, als er die Tragweite seiner Worte begriff. »Mein Gott!«

»Was machen wir jetzt?«, stieß der Erste Offizier hervor.

»Die Rettungsboote!«, rief der Chefingenieur. »Sie machen vierzig Knoten. Wenn wir sofort losfahren, können wir das Ufer erreichen, ehe die Welle hier ankommt. Schnell!«

Sie rannten zum Ausgang. Die Rettungsboote waren achtern hinter den Unterkünften festgemacht. Die Männer stürmten die Treppe zum Hauptdeck hinunter, und der Chefingenieur eilte durch die Brandschutztür, die nach achtern führte. Rick verharrte jäh in der Bewegung und rannte dann in die entgegengesetzte Richtung zum Bug.

»Wo laufen Sie hin?«, rief Leclerc ihm hinterher.

»Zum Anker, das Tau losmachen. Der Tiefgang der *Pequod* beträgt knapp zwei Meter. Wenn wir Glück haben, kann sie über das Riff hinwegrutschen, doch der Tanker wird in den nächsten Minuten auflaufen! Und wenn das passiert, wird der Ruck des Schlepptaus das Heck der *Pequod* abreißen.«

»Es ist jetzt keine Zeit, die Taue loszumachen! Wir müssen uns in Sicherheit bringen. Wir müssen die Rettungsboote zu Wasser lassen und hier verschwinden!«

»Geben Sie mir zwei Minuten. Wir treffen uns an den Rettungsbooten.«

Leclerc versuchte, seine Panik zu bekämpfen, als er mit blassem Gesicht und zusammengepressten Lippen hinter Rick hersah, der auf dem schmalen Gang verschwand. Die anderen Offiziere waren bereits durch die Türen am anderen Ende verschwunden. »Also gut, zwei Minuten, aber keine Sekunde länger, oder Gott sei Ihnen gnädig!« Mit diesen Worten drehte Leclerc sich um und lief davon.

Rick rannte durch das verlassene Schiff und passierte eine Tür nach der anderen, bis er endlich auf das Deck gelangte. Eine steife Brise wehte ihm ins Gesicht. Da das Wasser aus dem Sund gezogen wurde, schaukelte der Tanker in der starken Strömung wie ein kleines Boot.

Vor Rick ragten die riesigen, weißen, isolierten Tanks auf, die mit dem Flüssiggas gefüllt waren, das für dieses Dilemma verantwortlich war. Ein schmaler Stahlsteg führte zwischen den Tanks hindurch zum fernen Bug der *Marie-Sainte*. Rick nahm sich gar nicht erst die Zeit, darüber nachzudenken, was er tat, als er nun durch ein Gewirr von Rohrleitungen hindurchrannte. Seine schnellen Schritte auf den Stahlrosten dröhnten über das Deck. Einmal stolperte er, fing sich jedoch und lief weiter.

Hinter dem vordersten Tank befanden sich eine Reling und eine Luke zu einer Leiter, die zur unteren Ebene führte. Rick riss die Luke auf und eilte die Sprossen hinunter. Jetzt hatte er das Vordeck erreicht. Hierhin war das Schlepptau durch die

Ankerklüse geführt worden. Das schwere Tau lief über Rollen hinunter zu einer Ankerwinde in der Vorpiek. Rick hatte früher auf großen Schiffen gearbeitet. Um die Winde zu erreichen und das Tau loszumachen, musste er die Luke finden, die hinunter in die Vorpiek führte.

Die Luke lag ein Stück zurück in einer Nische und war über vier Stufen zu erreichen. Sie war geöffnet. Rick lief hinunter und spähte hindurch. Lichter erhellten einen feuchten, kleinen Schottraum, in dem es nach Öl und Farbe stank. Zwei riesige Ankerwinden nahmen den größten Teil des Raumes ein. Über diese Winden lief die Ankerkette in die darunter liegenden Kettenkästen. Das Schlepptau der *Pequod* war an der Steuerbordwinde festgemacht, indem das Tau in aller Eile durch zwei Kettenglieder gezogen und in das Ende der Kette eingespleißt worden war. Die Alternative, einen der Poller oben auf dem Deck zu benutzen, hatte man verworfen, da das Risiko zu hoch war, dass das Tau bei zu großem Zug durchscheuern könnte. Rick hatte diese Entscheidung unterstützt.

Um das Tau zu lösen, war es notwendig, die Spannung aus dem Tau zu nehmen. Rick legte eine Hand auf die Trosse. Selbst unter der momentan leichten Spannung war sie stramm wie ein Stahlträger. Rick schaute sich um. Am einfachsten konnte man das Tau losmachen, indem man die Ankerkette sicherte und Ankerkettenverriegelung löste, sodass die Kette durch ihr Eigengewicht ins Meer stürzte.

Es kostete eine Minute seiner wertvollen Zeit, bis Rick die Verriegelung gefunden hatte. Wie er es befürchtet hatte, wurde sie elektrisch gesteuert. Außerdem waren die Schalter in französischer Sprache beschriftet. Rick fluchte, als er zuerst die eine Schalterstellung, dann die andere ausprobierte, wobei er sich bewusst war, dass wertvolle Sekunden verstrichen. Schließlich wurde seine Mühe belohnt. Unter dem Zug der Kette begann sich der Windenkopf knarrend und kreischend zu drehen.

Die Geschwindigkeit nahm zu, als ein immer längeres Stück der Kette über Bord verschwand. In dem niedrigen Schottraum herrschte ein Höllenlärm. Rick presste die Hände auf die Ohren und wich an die hintere Wand zurück. Schließlich schoss das Ende der Kette mit lautem Scheppern durch die Klüse, und Stille trat ein.

Rick atmete erleichtert auf. Als er durch die Klüse spähte, sah er die *Pequod*, die sich entfernte. Jetzt hatte das Boot zumindest eine Chance, die Welle zu überstehen, wenn sie zuschlug.

Das traf auf die *Marie-Sainte* nicht zu. Rick richtete sich soeben auf, als von unten ein grässliches Knirschen zu hören war. Ein gewaltiger Ruck erschütterte den Tanker und schleuderte Rick gegen das Schott. Ein ohrenbetäubender Knall war zu hören, worauf der Schottraum wie eine Trommel dröhnte. Durch die starke Strömung wurde der Tanker immer weiter aufs Riff geschoben und rasierte die Felsspitzen ab. Einen kurzen Augenblick hatte Rick das Gefühl, das Schiff könnte tatsächlich übers Riff hinweggleiten, sodass es auf der anderen Seite in dem tiefen Wasser in Sicherheit gewesen wäre. Dann endete der ohrenbetäubende Lärm.

Als Rick sich aufrichtete, klingelten ihm noch immer die Ohren. Das Licht war erloschen, und der Schottraum wurde in Halbdunkel getaucht. Rick stolperte zu der Leiter, hob den Blick – und erstarrte. Er sah kein Tageslicht mehr. Die Luke war zugefallen. Sie musste zugeschlagen sein, als der Tanker auf Grund gelaufen war. Rick stieg die Leiter hinauf und drückte gegen den Hebel. Er ließ sich nicht bewegen. Dann presste er eine Schulter gegen den Stahl und warf sich mit aller Kraft dagegen. Nichts tat sich.

Die Luke war verschlossen. Rick saß in der Falle.

47

Die Geschwindigkeit der Flöße nahm wieder zu. Als der Fluss sich um einen riesigen Felsen herumwand, blickten sie plötzlich einem Albtraum ins Auge. Kaum hundert Meter entfernt war ein Wasserfall entstanden. Von einer Seite zur anderen wurde die Schlucht von einem haushohen schäumenden Wellenkamm blockiert.

Sandy reagierte als Erste. »Alle runter auf den Boden!«, rief sie. »Unterhaken! Haltet die Kinder fest!«

»Was ist denn das?«, rief Brook.

»Eine Flutwelle! Der Fluss fließt in die entgegengesetzte Richtung! Es muss der Tsunami sein ...«

Die Erwachsenen begriffen sofort, was das bedeutete. Ein Tsunami war auf die Küste aufgeschlagen. Das Meer floss an der Mündung gegen die Strömung flussaufwärts; gleichzeitig waren die Schleusen des Staudamms geöffnet worden und ließen Millionen Kubikmeter Wasser stromabwärts in den Fluss. Diese beiden Strömungen trafen hier aufeinander und verursachten eine gigantische Welle, die alles auf ihrem Weg vernichtete.

Lloyd spürte, dass sein Vater die Arme fest um ihn schlang. Seine Mutter hielt Betsy fest, deren Gesicht schneeweiß geworden war – wie immer, wenn sie Angst hatte. Auch die anderen Eltern drückten ihre Kinder an sich und hakten sich unter, wie Sandy es ihnen befohlen hatte. Die Welle war jetzt ganz nahe und ragte wie ein Wall über ihnen auf.

»Festhalten!«, rief Sandy, als die Wasserwand über das Floß hinwegtoste.

Lloyd krallte sich an seinen Vater und spürte, dass das Floß sich immer stärker neigte, bis der Bug schließlich wieder in die Höhe stieg. Für einen Augenblick sah er den Himmel. Dann hörte er seine Mutter schreien. Oder war es Mrs. Van Buren? Wasser schoss über die Seiten ins Floss und überschwemmte alles und jeden.

Das Floß wälzte sich auf den Wassermassen. »Wir sinken!«, wollte Lloyd schreien, doch die Worte blieben in seiner Kehle stecken. Er hatte sekundenlang das Gefühl, als würde er aus schwindelerregender Höhe auf den Fluss schauen, ehe das Floß sich wieder neigte und dann in ein tiefes Tal hinunterschoss. Lloyd hörte die spitzen Schreie eines der Mädchen, als sie den Wellenrücken hinunterjagten, schneller und schneller …

Marie-Sainte

Rick hämmerte mit den Fäusten gegen die Luke, trat mit den Füßen dagegen und schrie aus voller Kehle, obwohl er wusste, dass es vergebens war. Die drei Offiziere des Tankers waren jetzt wahrscheinlich auf dem Bootsdeck und ließen die Rettungsboote zu Wasser. Vermutlich hatten sie ihn noch gar nicht vermisst. Und selbst wenn, würden sich vermutlich die Frage stellen, ob sie ihn rechtzeitig befreien könnten.

Rick zwang sich, in Ruhe nachzudenken. Es musste einen anderen Weg hinaus geben. Vielleicht durch die Kettenkästen auf eins der unteren Decks? Rick hatte den richtigen Riecher: Durch die Ankerklüsen auf beiden Seiten der Vorpiek schien Licht von draußen herein. Es dauerte nur Sekunden, bis er zwischen den beiden Ankerwinden eine zweite Luke im Deck sah. Rick kletterte eine Stahlleiter hinunter in die Dunkelheit. Er tastete nach einem Schalter, doch der Strom war auch hier ausgefallen. Doch allmählich gewöhnten seine Augen sich an das schummrige Licht. Er befand sich in einem engen Schottraum mit schrägen Seiten. Auf den Stahlschotten schimmerte Feuchtigkeit. Draußen schlugen die Wellen gegen den Bug. Rick war tief unten in der Vorpiek des Schiffes. Er sah die riesigen Rollen, auf denen die Ketten aufgerollt wurden. Der Boden war voller Schmierfett. Auf der gegenüberliegenden Seite befand sich das nächste Schott. Rick drückte den Hebel herunter, und es öffnete sich. Ihm fiel ein Stein vom Herzen.

Jetzt stand er auf einem schmalen Gang. Zu beiden Seiten sah er verschlossene Türen; vermutlich lagen Frachträume dahinter. Sein Blick fiel auf eine weitere Tür am Ende des Gangs. Das müsste die Tür sein, die zu einem Quergang oder einer Treppe führte. Rick drückte auf den Hebel. Verschlossen.

Verdammt! Er hatte es fast vermutet. Alle Schotten waren gesichert worden, als das Schiff zum ersten Mal auf Grund gelaufen und Alarm ausgelöst worden war. Anschließend war die Mannschaft bis auf wenige Offiziere von Bord gegangen, sodass später nicht genügend Leute zur Verfügung gestanden hatten, um die Schotten wieder zu öffnen. Und warum sollte sich jetzt noch jemand damit aufhalten?

Als Ricks Blick auf ein Gitter fiel, das in ein Schott eingelassen war, keimte wieder Hoffnung in ihm auf. Eine Gegensprechanlage. Vermutlich zur Kommunikation mit der Brücke oder dem Maschinenraum. Doch auf der Brücke war niemand. Rick drückte auf die Sprechtaste und rief: »Ist da jemand? Ich bin im Kettenkasten eingeschlossen. Kann mich jemand hier rausholen?«

Keine Antwort. Er versuchte es noch einmal. »Captain Leclerc! Chefingenieur! Hören Sie mich? Hier ist Rick Larsen von der *Pequod*. Ich brauche Hilfe!«

Stille. Er wusste nicht einmal, ob die Gegensprechanlage überhaupt funktionierte. Vermutlich liefen alle Leitungen in einem der Kontrollräume zusammen, der jetzt nicht besetzt war.

Wie lange würde es dauern, bis die anderen bemerkten, dass er in Schwierigkeiten steckte? Vielleicht glaubten sie sogar, er hätte sie im Stich gelassen, oder er hätte ein Rettungsfloß gefunden und wäre bereits über Bord. Alles war möglich. Im Augenblick interessierten die anderen sich vermutlich nur für die eigene Sicherheit. Wenn er sich verirrt hatte – Pech gehabt. In einer solchen Situation war jeder sich selbst der Nächste.

Plötzlich hörte er oben ein Geräusch. Ein metallenes Scheppern hallte durch die Vorpiek. Rick lief zurück in den Kettenkasten und stieg die Leiter zur Ankerwinde hinauf, so schnell er konnte. »Hier bin ich!«, brüllte er und hämmerte wieder gegen die Luke.

Nichts. Mutlos ließ er die Schultern sinken. Wahrscheinlich hatte er eine Schotttür gehört, oder eine Luke war zugeschlagen.

Aber die *Pequod* war ja auch noch da. Paul und Magnus würden ihn nicht im Stich lassen. Aber wie sollten sie ihn finden? Plötzlich schossen ihm Con Wolfowitz' Worte durch den Kopf, die er gesagt hatte, ehr er den Tanker verließ: *Ich weiß nicht, ob mir ein Hubschrauber zur Verfügung steht, der dich abholen kann.*

Rick lief an der Winde vorbei, kroch in die leere Ankerklüse und versuchte, einen Blick auf sein eigenes Schiff zu erhaschen. Nach dem Auflaufen war die *Marie-Sainte* in Schräglage geraten, sodass Rick aufs Meer schauen konnte. Ihm bot sich ein abenteuerlicher Anblick. Das Wasser zog sich noch immer aus dem Sund zurück. Der Tanker war auf spitze, dunkle Felsen gelaufen, die ab und zu in der wirbelnden Strömung zu erkennen waren. Zu allem Unglück musste der Tanker auf dem höchsten Punkt des Riffs aufgelaufen sein. Nur wenige Meter zur einen oder anderen Seite, und die *Marie-Sainte* wäre vielleicht darüber hinweggerutscht.

Als Rick zur gegenüberliegenden Bordwand kroch, bot sich ihm ein ganz anderes Bild. Er sah nur den bewölkten Himmel. »Ist da jemand?«, rief er. »Hört mich einer?«

Keine Antwort. Doch als er angestrengt lauschte, vernahm er ein anderes Geräusch – das einer heulenden Sirene, die über den ganzen Tanker hallte.

Rick erstarrte. Diesen Ton kannte er. Vor knapp zwei Stunden hatte er ihn schon einmal gehört, als der Wind ihn vom Sund zur Stadt getragen hatte, wo Rebecca unter den Trümmern der eingestürzten Hausfassade eingeschlossen gewesen war.

Es war der Gasalarm.

Maple Cove

»Ein Hubschrauber ist unterwegs. Ich habe mit der Küstenwache gesprochen.« Mit diesen Worten begrüßte Martin Seymour den soeben eingetroffenen Dr. Southwell, als der Toyota oben auf den Klippen so abrupt zum Stehen kam, dass der Kies durch die Luft geschleudert wurde.

Southwell starrte ungläubig auf die Bucht. »Mein Gott, es geht schon wieder los!«

Das Meer, das sie den Strand hinauf verfolgt hatte, war verschwunden; jetzt verwandelte die Bucht sich wieder in trockenes Land. Southwell nahm Martin das Fernglas aus der Hand. »Wo sind sie? Ist Donna etwas passiert?«

»Nein. Sie sind auf den Felsen, in der Mitte der Insel, ungefähr auf halber Höhe. Ein Schwimmer der Küstenwache ist bei ihnen. Sie haben versucht, mit einem Boot dort anzulegen, ehe die letzte Welle kam, aber sie haben es nicht geschafft.«

»Ich sehe sie. Ich kann Donna sehen!« Southwell spähte durchs Fernglas. »Es scheint, als würden sie hinunter zum Ufer gehen … mein Gott!« Entsetzt drehte er sich zu Martin um. »Ich glaube, sie wollen die Bucht durchqueren!«

Martin riss ungläubig den Mund auf. »Das ist zu weit! Sie werden es zu Fuß niemals rechtzeitig schaffen! Wenn die nächste Welle kommt, sitzen sie in der Falle.« Er stockte. »Vielleicht suchen sie einen geeigneten Landeplatz für den Hubschrauber, damit er sie aufnehmen kann …«

»Wenn einer kommt.« Southwell schaute auf die Uhr. »Wann haben Sie dort angerufen?«

»Vor zehn, fünfzehn Minuten.«

»Und warum kommen die nicht?«

Ein paar Minuten lang beobachteten die beiden Männer von den Klippen aus das Geschehen und hielten nach einem Hubschrauber Ausschau. »Sehen Sie«, sagte Martin. »Sie haben die Insel schon verlassen.«

Sogar ohne Fernglas konnte man die drei Gestalten gut erkennen, die jetzt über den ausgetrockneten Kanal liefen.

»Ich kann nicht länger warten. Ich muss ihnen helfen. Kommen Sie!« Southwell stieg wieder in den Wagen.

»Sie wollen durch die Bucht fahren? Das ist verrückt! Der Weg ist völlig ausgewaschen. Warten Sie auf die Küstenwache.«

»Ich warte nicht länger. Ich muss etwas tun. Ich kann nicht tatenlos zusehen, wie meine Frau ertrinkt!«, rief Southwell.

Doch Seymour hatte recht: Am Ende des Weges, der zum Strand hinunterführte, war ein Teil bereits weggespült worden. Die Wellen hatten Steine freigelegt und tiefe Furchen in den Sand gegraben. In der Nähe des Strandes standen sie plötzlich vor einem fast anderthalb Meter hohen Abhang. »Ich hab Ihnen gleich gesagt, das ist keine gute Idee«, sagte Martin. Angst packte ihn. Die Sache geriet außer Kontrolle.

»Wir werden ja sehen.« Southwell schaltete in einen niedrigen Gang, drehte am Lenkrad, fuhr seitlich an dem Weg vorbei und gab Gas.

»Um Gottes willen!«, rief Martin, als die Schnauze des Landcruisers sich über den Rand neigte. Dann stürzte der Wagen den senkrechten Hang buchstäblich hinunter und glitt über einen Sandberg hinweg. Vor ihnen klaffte ein riesiges Loch. Southwell riss das Lenkrad herum. Der Toyota neigte sich nach vorn und schwankte, als sie im Schneckentempo über Felsbrocken und Geröll fuhren. In einem tiefen Tümpel geriet der Wagen ins Rutschen. Doch irgendwie schafften sie es, über den Rand hinwegzukommen, bis sie endlich wieder auf ebenen Boden gelangten.

»Alles ist möglich«, sagte Southwell grimmig.

Martin schluckte. Noch hatten sie es nicht geschafft. Jetzt mussten sie die Bucht durchqueren und dieselbe Strecke wieder zurückfahren.

Der Sand am Strand war anfangs flach und fest, und der Landcruiser fuhr in hohem Tempo auf die Insel zu. »Es ist nicht überall so trocken«, warnte Seymour. »In der Mitte ist es an einer Stelle sehr tief. Sie müssen sich weiter rechts halten und den Bereich umfahren.«

»Ich weiß, was ich tue«, erwiderte Southwell schroff. »Ich wohne zufällig hier. Vergessen?«

Doch der Boden wurde weicher. Sie waren gezwungen, Umwege um Felsbrocken und tiefe Wasserflächen zu machen. »Wir geraten zu weit nach Osten«, warnte Seymour. »Wir müssen versuchen, wieder auf den richtigen Weg zu kommen.«

»Ich versuche es ja, verdammt!«, fluchte Southwell. »Wo sind sie jetzt? Können Sie sie sehen? Stecken Sie den Kopf aus dem Dach.«

Seymour kletterte auf den Sitz und tat wie geheißen. Im hin und her schwankenden Wagen hatte er Mühe, das Gleichgewicht zu halten. »Ich sehe sie«, rief er. »Sie sind noch in der Nähe der Insel und bewegen sich parallel zum Ufer, aber in die entgegengesetzte Richtung.«

Immer noch fluchend, wendete Southwell und fuhr denselben Weg zurück, den sie gekommen waren. Nachdem sie durch einen flachen See gefahren waren, standen sie plötzlich einer Felswand gegenüber. »Das ist ja wie verhext«, rief Southwell wütend. »Na, irgendwie werden wir uns schon bis zu ihnen durchschlagen.«

»Sie haben uns gesehen!«, rief Martin ihm zu. Schreiend schwenkte er einen Arm durch die Luft. »Sie ändern die Richtung und laufen jetzt auf uns zu! Wir sollten hier auf sie warten.«

»Lassen Sie mich mal sehen.« Southwell hielt an, öffnete die Tür und stellte sich auf die Trittstufe. »Ich sehe sie.« Wie von Sinnen winkte er ihnen zu. »Donna! Donna! Hier sind wir!«

»Sie kommen«, rief Martin aufgeregt. »Sie laufen, so schnell sie können. Aber die Felsen sind sehr rutschig, deshalb kommen sie nicht schneller voran.«

»Wenn es nur eine Möglichkeit gebe, wie wir zu ihnen könnten!«, sagte Southwell und biss sich auf die Lippe.

»Ich steig aus und laufe ihnen entgegen.« Seymour kletterte vom Sitz. »Sie sollten schon mal wenden, damit wir sofort losfahren können.«

»Nein, ich gehe, und Sie bleiben«, rief Southwell, doch der ältere Mann war bereits ausgestiegen und kletterte auf die Felsen.

Southwell sah ihm fluchend hinterher. Er setzte den Wagen zurück und stellte ihn in Fahrtrichtung, um losfahren zu können, ohne eine Sekunde zu verlieren, sobald Donna und die anderen im Wagen saßen. Southwell stieg wieder auf die Trittstufe, um zu sehen, wie weit die drei noch entfernt waren. Jetzt hatte er sie genau im Blick. Sie bewegten sich sehr langsam.

Ein paar Minuten beobachtete Southwell die sich nähernde Gruppe, doch es dauerte ihm alles viel zu lange. Schließlich hielt er es nicht mehr aus. Er kletterte auf die Felsen und lief ihnen entgegen. Kaum hatte er ein paar Schritte zurückgelegt, begriff er, warum es so mühsam war. Die Felsen waren mit Seegras und Algen überzogen und so glatt wie Schmierseife. Southwell drohte jeden Moment auszurutschen, als er über die Felsen lief.

»Donna!«, rief er und sah, dass sie ihm zuwinkte. »Donna, hier entlang!«

Als sie schließlich aufeinandertrafen, warf Donna sich in seine Arme. »O Gott! Es tut mir leid. Tab ist nicht hier. Ich hab ihn nicht gefunden!«, jammerte sie.

»Tab geht es gut«, erwiderte Southwell und drückte Donna an sich. »Er ist in Sicherheit. Ich habe ihn in der Stadt zurückgelassen. Jetzt ist erst einmal wichtig, dass wir euch zurück an Land bringen.«

»Leute, entschuldigt, wenn ich die Versammlung hier störe«, sagte der große, kräftige Mann in dem schwarzen Taucheranzug. »Ihr Wiedersehen können Sie später feiern. Wir müssen so schnell wie möglich hier weg, ehe die nächste Welle zuschlägt.«

Kaum hatte er ausgesprochen, zerriss ein lauter Donnerschlag an der Mündung des Sunds die Stille.

Marie-Sainte

Als der Tanker auf das Unterwasserriff auflief, kenterte beinahe das Rettungsboot. Zwei der Tanker-Offiziere wurden ins Wasser geschleudert, schlugen verzweifelt um sich und schrien um Hilfe. Leclerc zog sie wieder an Bord. Der Chefingenieur hatte den Motor bereits angeworfen.

»Stoßen Sie das Boot ab!«, rief er dem Captain zu.

»Wir müssen auf Rick warten«, erwiderte Leclerc und hielt sich an der Fangleine fest.

»Was ist mit ihm? Er war doch bei uns.«

»Er ist zum Bug gelaufen, um das Schlepptau abzuwerfen.«

»Er ist verrückt! Die Welle kommt. Wir müssen jetzt los, sonst ertrinken wir alle!«

»Ich habe versprochen, auf ihn zu warten.«

Das Boot schaukelte so heftig, dass der Erste Offizier Salzwasser erbrach. »Leute«, krächzte er. »Hört ihr das nicht? Das ist Gas. Wir werden alle sterben!«

Rick zwang sich, logisch zu denken. Zuerst schloss er aus, was nicht funktionierte. Alle Türen und Luken waren verschlossen oder blockiert. Die Decken und Schotten bestanden aus Stahl. Niemand würde seine Schreie hören. Es blieb nur die Ankerklüse, die dazu diente, der Ankerkette die richtige Führung zu geben. Die Lücke war allerdings zu eng für seine Schultern. Oder würde es vielleicht doch gehen? Rick hockte sich hin und zwängte den Kopf und die Arme hindurch. Nein, zu eng. Er kroch wieder zurück.

Denk nach! Selbst wenn er sich wie durch ein Wunder hindurchquetschen könnte, was dann? Hinunterspringen? Ein Sprung aus fünfzehn Metern Höhe an einer Stelle, wo sich einen knappen halben Meter unter der Wasseroberfläche ein Felsriff befand? Nein, er musste sich etwas anderes einfallen lassen.

Moment mal. Um den Bug verlief doch sicherlich eine Reling ... eine Sicherheitsbrüstung, um Unfälle zu vermeiden. Und eine Brüstung stand auf Pfosten. Wenn er einen Pfosten zu fassen bekam, könnte er sich hochhieven.

Rick ging den Plan Schritt für Schritt in Gedanken durch. Es könnte klappen. Es musste klappen. Doch zuerst einmal musste er sich durch die Klüse zwängen.

Rick zog bis auf den Slip alles aus. Auch die Schuhe, denn mit nackten Füßen würde er besseren Halt finden. Er würde sich auf der Seite durch die Klüse zwängen, die durch die Schräglage nach oben gerichtet war. Wenn er sich auf die Zehenspitzen stellte, könnte er das Deck vielleicht erreichen.

Rick kniete sich wieder hin, schob die Arme hindurch, zog die Schultern zusammen und versuchte verzweifelt, sich durch die Öffnung zu zwängen, doch seine Schultern waren zu breit für das Loch.

Er kroch zurück und setzte sich keuchend auf den Stahlboden. Seine Schultern bluteten, wo die Nieten die Haut aufgescheuert hatten. Aufgeben? Nein! Er würde es so lange versuchen, bis er sich hindurchgequetscht hatte, und wenn er sich dabei die ganze Haut abschabte!

Die Sirene heulte noch immer. Rick, der schreckliche Angst vor der ersten Gaswolke hatte, atmete in flachen, kurzen Zügen. Er schaute sich im Schottraum um. Gab es wirklich keine andere Möglichkeit? Nichts, was ihm helfen könnte? Sein Blick blieb auf den leeren Ankerwinden haften, die eingefettet und glänzend im Halbdunkel standen. Fett! Rick kratzte mit den Fingernägeln ein wenig davon ab und verrieb es auf seinen Schultern. Mein Gott, wie das stank! Hoffentlich funktionierte es auch.

An Bord der *Pequod* hatte Patsy das Ruder von Paul übernommen. Sie spürte das jähe Schlingern des Bootes, als das Schlepptau sich löste, und rief Paul zu: »Das Tau ist ab. Das Tau ist ab!« Gleichzeitig drosselte sie die Geschwindigkeit und bereitete sich auf das Wenden vor.

Paul kam ins Ruderhaus gestürzt. »Wie ist das passiert? Ich hab nichts bemerkt.«

»Ich weiß es nicht. Ich habe nur gespürt, dass das Tau sich gelöst hat.«

Einer der Surfer kam vom Heck zu ihnen. »Das Schlepptau hat keine Spannung mehr.«

»Ich weiß. Haben Sie gesehen, was passiert ist?«

Der junge Mann schüttelte den Kopf. »Keine Ahnung. Das Tau hat sich gelöst, und der Tanker ist hinter uns zurückgeblieben.«

Patsy stand schon vor dem Funkgerät. »*Pequod* ruft *Marie-Sainte*, bitte kommen!«

Keine Reaktion.

»Vielleicht haben sie das Tau absichtlich losgemacht«, meinte Paul.

»Warum sollten sie?«, fuhr Patsy ihn an.

Paul zuckte mit den Schultern. »Vielleicht hatten sie die Nase voll.«

»Das ist doch verrückt.«

Paul wurde wütend. »Klar ist das verrückt. Diese ganze Aktion ist verrückt. Es ist eine verrückte Idee, hier draußen, wo ein Killer-Tsunami droht, eine Zwanzigtausend-Tonnen-Bombe zu schleppen. Wir müssen verrückt sein, dass wir uns darauf eingelassen haben.«

Patsy starrte ihn schockiert an und schüttelte den Kopf. »Wir müssen umkehren.«

Ehe Paul etwas erwidern konnte, rief ein Surfer vom Dach des Ruderhauses: »Eh, ihr da unten, seht euch das mal an!«

Patsy warf einen Blick aufs Meer. Sie sah nur einen Schimmer auf dem Wasser, als würde die Sonne auf den Wellen funkeln. Dann erst begriff sie, was es bedeutete.

Der King nahm das Fernglas, schwang sich aufs Dach und stieß die anderen Gaffer zur Seite. Er richtete das Fernglas auf den Horizont und kniff die Augen zusammen. Sein Pulsschlag erhöhte sich ebenso wie damals auf Maui, als der stärkste Westwind aller Zeiten die höchsten Wellen in Peahi aufgetürmt hatte.

Das war sie!

Die Zeit lief.

Der Hinkende erschien an der Seite des Kings. Der reichte ihm das Fernglas. Der Hinkende schaute hindurch und stieß einen freudigen Schrei aus. Der Feuerberg hatte sein Werk vollbracht! Dreitausend Meilen entfernt hatte eine Katastrophe die Welle aller Wellen ausgelöst, die nun genau auf sie zuraste. Und er war hier, um sie zu begrüßen. Er boxte mit der Faust in die Luft.

Der King nahm ihm das Fernglas wieder aus der Hand. »Wie hoch ist sie?«

»Was du da siehst, ist nur die Spitze des Eisberges«, entgegnete der Hinkende.

Sheena Dubois stand hinter den Männern und lauschte ihren Worten. Sie schaltete das Mikrofon an ihrer Kamera ein, um das Gespräch aufzuzeichnen.

»Die Spitze des Eisbergs«, wiederholte der Hinkende. »Darunter ist das Wasser bis zu einer Tiefe von dreihundert Metern in Bewegung. Es rast mit hundert Knoten auf uns zu. Wenn es in fünfzehn Minuten aufs Riff schlägt, wird der Wasserberg noch zwanzig Meter hoch sein, und die ganze Energie steigt in die Höhe. Dort, wo der Ozean sich auf vierhundert Meter verengt, steigt das Wasser sprunghaft bis auf siebzig Meter an. Darum sind wir hierher gekommen. Die Welt wird den höchsten Wellenritt aller Zeiten erleben.«

Die *Pequod* fuhr mit voller Kraft aufs offene Meer, als der sich nähernde Tsunami das Wasser aus dem Sund zog. Über ihren Köpfen schwebte der Hubschrauber wie ein riesiges Insekt, das auf seine Beute wartete.

»Verdammt«, fluchte der King. »Wir hatten eine Abmachung. Schwenken Sie den Kran mit dem Jetski herum, und lassen Sie mich und den Hinkenden zu Wasser. Anschließend können Sie weiterfahren.«

»Dann machen wir es in Gottes Namen so!«, rief Paul. »Aber auf eigene Verantwortung. Dann sind wir euch endlich los.«

Sheena hielt den Augenblick, als die Jetskis zu Wasser gelassen wurden, mit der Kamera fest. Es dauerte nur drei Minuten. Die *Pequod* fuhr mit Höchstgeschwindigkeit, und die Motoren dröhnten so stark, dass der Rumpf vibrierte. Der erste rot-grüne Jetski wurde mit dem Hinkenden und dem King mit seinem gelben Surfbrett, das hinter ihm auf einem Rettungsschlitten befestigt war, heruntergelassen. Der Jet schlug laut auf dem Wasser auf, tauchte unter und ließ eine hohe Gischtfontäne aufspritzen. Den Hinkenden beeindruckte das nicht. Er löste die Sicherung des Hebels, worauf die Maschine das Kielwasser des Bootes durchfurchte.

Der zweite Jet wurde mit dem Kamerateam zu Wasser gelassen. Die Männer konnten es kaum noch erwarten. Der Gedanke an die bevorstehende Sensation jagte das Adrenalin durch ihre Adern. Sheena musste an Stierkämpfer, Gladiatoren und Tornadojäger denken. Zu jung, um zu sterben.

»Los, Jungs!«, rief sie.

Die Surfer überprüften ein letztes Mal ihre Ausrüstung: Gurte, Visiere, das Quick Release System, Westen, Leinen, Funkgeräte. Der Hinkende hob den Daumen und gab Gas. Die Motoren heulten auf. Die beiden Jetskis rasten davon und schäumten das Wasser auf. Der King stieß die Faust in die Luft. Jetzt ging es ums Ganze.

Und Patsy, die am Heck stand, starrte auf den Tanker, der hilflos auf dem Riff festsaß, und weinte um Rick Larsen.

»Sie sind losgefahren!«, rief die rothaarige Carly, die im Cockpit des Hubschraubers stand und sich über die Schulter des Piloten beugte.

Natalie spähte hinaus und kniff die Augen zusammen, um sich vor dem Luftschraubenstrahl zu schützen. Die *Pequod* trieb wie ein weißer Vogel auf dem Wasser. Eine halbe Meile hinter ihr lag der Tanker auf dem riesigen Riff, das wie das prähistorische Atlantis aus dem Meer aufgetaucht war. Neben der *Pequod* sah sie die Jetskis losrasen. Begeisterung erfasst sie.

Doch als ihr Blick dann zu der Welle glitt, die sich am Horizont bildete, durchzuckte sie Angst. Die Welle sah endlos aus, endlos und wunderschön – eine glänzende Linie, die auf die Oberfläche des Ozeans gezogen worden war.

K. Zamos bombardierte alle mit Befehlen. Er wies die Kameraleute an, den King nicht aus den Augen zu verlieren, und befahl dem Hubschrauberpiloten, tiefer zu fliegen. »Folgen Sie ihnen!«, drängte er sie. »Verlieren Sie die beiden auf keinen Fall aus den Augen.«

Doch der Pilot konzentrierte sich gerade auf eine Funkmeldung, die er über Kopfhörer empfing. »Es ist die Küstenwache. Sie machen sich Sorgen um den Tanker da draußen und bitten uns, einmal über ihn hinwegzufliegen.«

»Kommt gar nicht in Frage!«, brüllte Zamos. »Sie haben eigene Hubschrauber. Unsere Mission hat einen kritischen Punkt erreicht. Menschenleben stehen auf dem Spiel. Folgen Sie den Jetskis.«

Natalie drängte sich an den Kameraleuten und dem Berg ihrer Ausrüstung vorbei ins Cockpit. »Was ist denn mit dem Tanker?«, fragte sie den Piloten.

»An Bord sind Menschen eingeschlossen. Sie haben den Tanker aufs Meer geschleppt, ehe das Wasser zurückgewichen ist. Jetzt sitzt der Pott auf dem Riff fest, und sie kommen da nicht mehr weg. Sie sind in einer gefährlichen Lage.«

Natalie spürte, dass sich ihr Magen verkrampfte. »Wie viele sind es?«

Der Pilot war sich nicht sicher. »Vielleicht ist es nur einer. Ich hab's nicht genau verstanden. Wollen Sie, dass wir uns das mal ansehen?«

Natalie zögerte. Sarah Hunters Worte gingen ihr durch den Kopf: *Wäre Rick Larsen mein Mann und würde sein Leben riskieren, wäre ich bei ihm. Ich wäre an seiner Seite.*

Während sie noch zögerte, hörte sie Carly wieder schreien. »Eh, seht mal da unten! Da ist noch ein Team im Wasser! Wir haben Konkurrenz bekommen!«

Die Hörmuschel des Kings knisterte. Ein anderer Jetski war auf dem Wasser. Ein anderer Surfer.

Jemand wollte ihm die Welle stehlen!

Der King ballte wütend die Faust.

Der Hinkende hatte es auch gehört. *Das ist Mack*, dachte er.

Es ging nicht nur um Missgunst auf sportlicher Ebene, nein, das hier war viel schlimmer. Es war ein Vertrauensbruch und eine Verletzung der Loyalität. Da draußen war ein Verräter.

Rick hatte seine Schultern durch die Lücke gequetscht. Das war die gute Nachricht. Die schlechte Nachricht lautete, dass seine Brust eingeklemmt war. Er spürte, dass seine Rippen unter dem Druck zu brechen drohten, als er versuchte, sich mit den Armen aus der Öffnung zu drücken. O Gott, man würde ihn hier herausschneiden müssen. Er verschnaufte kurz und drehte den Kopf, um nach der *Pequod* Ausschau zu halten.

In diesem Augenblick erhaschte er den ersten Blick auf den Tsunami.

Die nackte Panik, die ihn erfasste, verlängerte in dieser dramatischen Situation buchstäblich sein Leben. Mit einem letzten verzweifelten Ruck gelang es ihm, seinen gequetschten Brustkorb aus der Klüse zu zwängen. Jetzt blieb ihm keine Zeit mehr, die nächsten Schritte zu planen. Er musste seinem Selbsterhaltungstrieb vertrauen. Rick zog die Beine durch das Loch, hockte sich an den Rand der Klüse und packte den oberen Rand mit einer Hand. Er atmete tief durch, ehe er sich aufrichtete, sich gegen den Rumpf presste und den rechten Arm ausstreckte. Mit den Fingerspitzen der rechten Hand suchte er Halt, um sich davor zu bewahren, hinunter aufs Riff zu stürzen. Rick schlang die Finger um einen dünnen Pfosten der Reling. Er spürte, wie seine Kraft zurückkehrte. Jetzt oder nie! Rick umklammerte den Pfosten mit aller Kraft und tastete mit der anderen Hand nach einem Seil, einer Stange oder dem Rand einer Luke, nach irgendetwas, woran er sich festhalten konnte. Seine Finger berührten ein Seil, doch als er es packen wollte, entglitt es ihm. Dann aber schlossen seine Finger sich um einen vorstehenden Riegel. Es war nicht viel, verschaffte ihm aber den nötigen Halt, den er in diesem entscheidenden Augenblick brauchte. Er zog ein Bein hoch und schlang es um einen anderen Pfosten. Noch eine letzte Kraftanstrengung, dann war er oben und rollte sich unter dem Seil hindurch aufs Deck. Nie zuvor hatte die frischte Luft ihm so gutgetan.

Die Sirene heulte noch immer. Rick stand auf und warf einen raschen Blick auf die heranrollende Monsterwelle.

Dann sah er sich nach einem Platz um, an dem er sich in Sicherheit bringen konnte.

Aus mehr als zweihundert Metern Höhe beobachtete Natalie die Jets, die weiße Streifen auf die Wasseroberfläche malten. Der Jet des Kings war schneller und größer, doch er zog auch mehr Ausrüstung hinter sich her. Und Mack war näher dran. Wenn die Welle frontal auf sie zukam hatte Mack die richtige Position, sie zu erwischen, ehe sie ihre volle Größe erreicht hatte.

K. Zamos wurde nervös. »Was macht unser Mann? Weiß dieser Hinkende, wo er ist? Warum fährt er an den Rand? Der andere wird ihm zuvorkommen, wenn er nicht aufpasst.«

»Er sucht einen geeigneten Einstiegspunkt«, rief Carly. »Er und der King haben alles bis ins Detail geplant.«

»Aber es gibt nur einen Sieger. Ich hoffe, er vergisst das nicht.«

Der Pilot meldete sich zu Wort. »Die Küstenwache meldet sich wieder. Können wir über den Tanker hinwegfliegen? Offizielle Anfrage.«

»Auf gar keinen Fall!«, erwiderte Zamos, ohne eine Sekunde zu überlegen.

Natalie hatte das Gefühl, eine eisige Faust umklammerte ihr Herz. Rick und der King. Jeder war auf seine Art ein Held, und beide brauchten sie. Was sollte sie tun? Wie sollte sie sich entscheiden?

»Verdammt, der andere rast auf die Welle zu!«, rief ein Kameramann aufgeregt.

Das Blut pochte in Natalies Schläfen, als sie hinunterschaute. Die Welle wurde nun schnell größer, wälzte sich weiter auf die beiden zu und schwoll zu einem Berg an. Natalie sah, dass der Jetski auf den flacheren Rand zuraste und den Brecher hinauffuhr. Dann scherte der Surfer aus, drehte sich und katapultierte sich auf den Wellenkamm zu. Er hatte das Seil losgelassen und war fast auf dem Kamm.

Doch der Wellenkamm bildete sich schneller, als das Brett

sich bewegen konnte; es türmte sich hinter ihm auf, wuchs weiter und überragte ihn. Die Besatzung hielt den Atem an, als ein zerklüfteter Abschnitt des schäumenden Wellenkamms umschlug und den Surfer erfasste.

»Er ist weg«, sagte jemand leise. »Das Monster hat ihn verschlungen.«

Sie schauten schweigend aufs Meer. Nun fuhr der Jetski direkt in die Welle hinein. Der Fahrer schien auf dem Wellenkamm reiten zu wollen und suchte nun eine geeignete Einstiegsstelle, aber die Welle kannte kein Erbarmen und verschlang auch ihn.

»Noch einer weg«, murmelte Carly. »Wo ist der King? Wo ist unser Mann?«

»Da! Da ist er!« Einer der Kameramänner zeigte aufs Wasser. »Genau in Position!«

Der King und der Hinkende hatten gesehen, dass Mack von der Welle verschlungen worden war. Der Hinkende grinste schadenfroh und wischte die Gischt von seinem Visier. Das geschah dem Scheißkerl recht! Mack hatte versucht, ihnen ihre Welle zu stehlen. Der Hinkende kannte kein Erbarmen.

Er gab dem King das Zeichen, worauf auch der King den Arm hob. Jetzt war der Zeitpunkt gekommen, dem Tod ins Auge zu blicken. Der Tsunami rollte auf sie zu und bildete sich vom südlichen Ende am Indian Point, wo das Wasser am flachsten war. Die Topografie des Sunds mit dem leichten Winkel des Unterwasserriffs hatte zur Folge, dass sich die Welle später bilden und am Curtain Bluff höher aufragen würde. Ein schneller Jetski fand hier einen Einstiegspunkt, um die sich aus dem Wasser hebende Schulter der Welle zu erwischen und bis hinauf zum Kamm zu reiten. Es brauchte nur eine schnelle Maschine und einen tollkühnen Fahrer.

Der Hinkende gab Gas, bis er die Höchstgeschwindigkeit erreicht hatte. Er spürte das Gewicht des Kings hinter sich. Sie hatten ein eigens angefertigtes Chassis mit einer verlängerten Flügelflosse gewählt, das so konstruiert war, dass nur ein minimaler Kontakt zur Wasseroberfläche bestand und der Jetski wie ein Tragflügelboot übers Wasser glitt. Tests hatten eine Erhöhung der Geschwindigkeit um zehn Prozent bewiesen. Diese zusätzliche Geschwindigkeit würde den Jet in den entscheidenden letzten Sekunden des Einstiegs antreiben, wenn jede auch noch so geringste Geschwindigkeitserhöhung von größter Bedeutung war, um das Brett auf den Wellenkamm zu bringen.

Die Welle ragte wie ein Berg auf und verdeckte die Sonne. Der Hinkende beugte sich über die Lenker und holte das Letzte aus der Maschine heraus. Sie stiegen und stiegen, aber die Welle bildete sich schneller. Sie lief ihnen davon! Der Hinkende sah aus dem Augenwinkel, dass die Wölbung des Wellenkamms umschlug und nach ihnen griff.

Das letzte Stück! Sein rechter Daumen näherte sich einem roten Schalter. Er schlug alle Sicherheit in den Wind und drückte darauf. Der Motor heulte laut auf, als eine eigens eingebaute Einspritzpumpe unter Druck stehendes Lachgas in die Zylinder pumpte. Das gesamte computergesteuerte Verbrennungssystem des Motors war für diese letzten zwei Minuten konstruiert und getunt worden. Das mit dem Lachgas verbrennende Benzin sorgte für einen irrsinnigen Leistungszuwachs und einen hundertzwanzig Sekunden andauernden Zwischenspurt, bei dem der Jetski ein wahnsinniges Tempo erreichte. Alle Druck- und Temperaturanzeigen leuchteten bei dieser wilden Jagd nach Geschwindigkeit rot auf.

Mit dem Gebrüll eines Drachen schoss der Jetski durchs Wasser, peitschte das Meer und raste mit unvorstellbarer Kraft die Welle hinauf. Als der Hinkende sah, dass der King ausscherte, drückte er noch einmal auf den Schalter und pumpte die letzten Tropfen der explosiven Treibstoffmischung in die Verbrennungskammer. Er spürte, wie die Maschine unter der enormen Leistung bebte. Sie hämmerte sich buchstäblich selbst in Stücke!

Der King hockte mit gespreizten Beinen auf seinem Brett. Die Gischt schlug mit der Wucht von Hagelkörnern auf ihn ein, und der scharfe Sog zerrte an ihm, als das Brett über das Wasser schoss. Fünfzig, sechzig, siebzig Knoten – eine aberwitzige Geschwindigkeit. Im letzten Moment ließ er das Seil los und schleuderte es trotzig von sich. Der Wind trieb ihn weiter.

Und dann stand er in der Luft. Weißes Wasser. Er ritt auf dem Wellenkamm!

Die Küstenwache meldete sich ein letztes Mal.

»Was soll ich tun?«, rief der Hubschrauberpilot. Er war wütend. Wenn er der Bitte der Küstenwache nicht nachkam, würde man ihn für gefühllos halten. »Da drüben sterben Menschen, verdammt!«

»Hier auch«, gab Carly schnippisch zurück.

Natalie spürte wieder die eisige Faust, die ihr Herz gepackt hielt. Rick rief um Hilfe! Sie hätte bei ihm sein müssen ...

»Na los«, rief sie dem Piloten zu. »Fliegen Sie über den Tanker.«

»Nein, verdammt noch mal!«, brüllte Zamos, außer sich vor Wut. »Bleiben Sie hier bei unserem Mann. Er braucht uns mehr denn je.«

»*Ich* habe den Hubschrauber gechartert«, fuhr Natalie ihn an. »Sie haben gehört, was ich gesagt habe. Fliegen Sie zum Tanker.«

»Ich übernehme die Kosten!«, rief Zamos. »Ich zahle das

Doppelte. Ich gebe Ihnen zehntausend. Zwanzigtausend! Bleiben Sie, wo Sie sind!«

Natalie stieß ihn zur Seite.

»Miststück!« Carly kratzte ihr durchs Gesicht. Natalie schlug ihr die Faust auf die Wange. Carly kippte hintenüber. In ihrer Wut erkannte Natalie jetzt glasklar, was sie tun musste. Sie kroch ins Cockpit.

»Fliegen Sie zum Tanker«, befahl sie dem Piloten. »Auf der Stelle, und hören Sie nicht auf das, was die anderen sagen.«

Rick stand auf dem Vordeck der *Marie-Sainte* und schaute auf die Riesenwelle, die auf ihn zurollte. Wahrscheinlich hatte er noch wenige Minuten zu leben, und er wunderte sich, dass er keine Furcht oder Trauer empfand, sondern nur ein Gefühl des Bedauerns, niemandem erzählen zu können, was für ein atemberaubender Anblick diese Welle war. Vielleicht zeigte der Tod sich immer so. Großartig, schrecklich und schön. Beinahe so, als wäre das Sterben es wert. Rick empfand keine Sorgen und keine Ängste, einfach nur Staunen – Staunen und Neugier, wie es wohl hinterher sein würde, dort auf der anderen Seite.

In diesem Augenblick hörte er den Hubschrauber. Sein großer Schatten huschte über Ricks Kopf hinweg, und der Abwind der Rotoren peitschte ihm wie ein Sturm ins Gesicht. Der Pilot schwebte drei Meter über dem Vordeck des Tankers. Natalie stand in der Tür der Maschine und rief ihm etwas zu. Rick verstand ihre Worte nicht, doch er vermutete, dass sie ihn zur Eile drängte. Die Welle war jetzt hinter ihnen und ragte wie ein Berg auf.

Und da war noch etwas.

Etwas brannte in seiner Kehle. Rick musste würgen. Sein Brustkorb dehnte sich, als er mühsam versuchte, seine Lungen mit Luft zu füllen. Gas! Das konnte nur Gas sein, das aus einem beschädigten Tank oder Rohr entwich – die eiskalte Flüssigkeit, die sich erwärmte und ausdehnte und sich in ein tödliches, unsichtbares Gas verwandelte, das sich ausbreitete und dessen Volumen mit jeder Sekunde anschwoll. Eine tödliche Wolke, die nur auf einen Funken wartete, um sich in einen Feuerball zu verwandeln.

»Ist er verrückt? Was ist los mit ihm? Was will er uns sagen?«

Im Cockpit heulte ein Warnton – ein durchdringendes Geräusch, das den Piloten verstummen ließ.

»Die Kraftstoffanzeige«, sagte der Copilot gereizt. »Wir fliegen auf Reserve. Wir müssen sofort umkehren.«

»Nein!«, rief Natalie. »Gehen Sie runter! Er braucht unsere Hilfe.«

Halb nackt und mit Fett beschmiert stand Rick auf dem Vordeck des Tankers und winkte verzweifelt dem Piloten zu, der ihn durch die Plexiglasscheibe des Cockpits anstarrte. Natalie rief irgendetwas aus der geöffneten Seitentür, doch Rick hörte sie nicht. Ihre Worte gingen im Dröhnen der Rotoren unter. Hinter ihr schickte sich ein Mann an, ein Steil hinunterzuwerfen.

»Nein!«, rief Rick. »Fliegen Sie weg!«

Er hatte bei der Navy gelernt, dass die Außenhülle eines Hubschraubers statisch geladen war, und dass es zur elektrischen Entladung kam, wenn irgendein Teil eines in der Luft befindlichen Helikopters oder Flugzeugs ein Schiff berührte. Oft wurde dabei genügend Energie freigesetzt, um einen Mann von den Füßen zu reißen oder eine entzündliche Gaswolke zur Explosion zu bringen.

»Zurück!«, rief er wieder und schwenkte die Arme, um den Piloten zu warnen. »Es ist zu gefährlich!«

»Gehen Sie tiefer! Aus dieser Höhe kann er das Seil nicht erreichen.«

»Sind Sie verrückt? Das ist ein Gastanker da unten. Eine schwimmende Bombe.«

Der Pilot hatte seine dahingehenden Erfahrungen im Golf von Mexiko gesammelt. Er hatte auf Bohrinseln und Tankern gearbeitet und kannte die Risiken. Er saß auf dem rechten Platz. Seine Füße standen auf den Gierpedalen; mit der rechten Hand umklammerte er den Steuerknüppel zwischen seinen Beinen, mit dem der Hubschrauber manövriert wurde. Seine linke Hand lag nervös auf einem großen Hebel zwischen den beiden Sitzen. Das war die kollektive Blattverstellung, die dazu diente, den Auftrieb zu kontrollieren. In dem Schwebezustand, in dem der Hubschrauber sich jetzt befand, hätte ein Hochziehen dieses Hebels einen vertikalen Aufstieg des Helikopters aus der Gefahrenzone zur Folge gehabt.

»Gehen Sie runter!«, rief Natalie.

»Okay, okay«, brüllte der Pilot zornig über die Schulter. Langsam ließ er den Hubschrauber sinken, bis er neben dem Bug des gestrandeten Tankers schwebte.

»Näher ran! Wir sind immer noch zu weit entfernt! So schafft er es nicht!«, rief Natalie von der Tür.

Rick, der an der Reling des Vordecks stand, beobachtete angespannt, wie der Hubschrauber sich näherte. Der Abstand betrug nun kaum noch zwei Meter. Er könnte es fast riskieren.

Und dann nahm die Katastrophe ihren Lauf. Ein grässliches Knirschen und Kreischen erklang, als die Stahlplatten des Rumpfes sich verbogen und zerrissen. Der ganze Tanker erbebte und kippte auf die Backbordseite. Der Pilot, der nicht darauf vorbereitet war, riss den Hebel zur Steuerung des Auftriebs hoch. Der Bug des Hubschraubers neigte sich, rutschte zur Seite, und die linke Kufe schlug funkensprühend in die Reling des Tankers.

Das jähe Schlingern des Schiffes hätte Rick beinahe über Bord geworfen. Er sprang zurück und hörte den furchtbaren Knall einer Gasexplosion hinter sich. Als er sich umdrehte, sah er die drei Meter lange Flammenzunge, die aus dem Gewirr der Rohrleitungen rings um den Hauptgastank in seiner Nähe züngelte.

Der Hubschrauber taumelte in der Luft. Die Rotoren zerschnitten unmittelbar über Ricks Kopf die Luft. Die Hitze der austretenden Gasflamme verbrannte seine Haut. Jede Sekunde konnte einer der Haupttanks explodieren und das ganze Schiff in die Luft jagen. Der Hubschrauber stieg wieder höher, als der Pilot versuchte, sicherere Gefilde zu erreichen. Der Abwind der Rotoren toste wie ein Orkan um Rick herum, während der dunkle Schatten des Hubschraubers auf ihn fiel. Rick nahm drei Schritte Anlauf und sprang mit letzter Kraft durch die Lücke, die in die Reling gerissen worden war, auf den Hubschrauber zu.

48

Ricks ausgestreckte Hand berührte den Rand der Türöffnung, doch seine Finger waren voller Fett, und er spürte, wie er abrutschte. Sein linker Arm ruderte Halt suchend durch die Luft, bis er die Kufe des Helikopters zu fassen bekam. Als er mit der rechten Hand abrutschte, drohte ihn sein Körpergewicht, das jetzt am linken Arm hing, in die Tiefe zu reißen. Doch er klammerte sich verzweifelt fest und drehte sich im Abwind der Rotoren. Als er in die Tiefe schaute, sah er das Deck des Tankers unter seinen Füßen verschwinden.

Natalie kniete vor der geöffneten Tür und versuchte vergebens, Rick zu erreichen. Einer der Kameramänner stieß sie zur Seite und nahm ihren Platz ein. Er beugte sich hinaus und bekam Ricks freie Hand zu fassen. Gemeinsam zogen der Mann und Natalie ihn zum Rand der Tür.

»Lassen Sie die Kufe los!«, rief der Kameramann Rick zu. »Lassen Sie Ihre Hand los, sonst können wir Sie nicht reinziehen.«

Ricks Beine strampelten durch die Luft. Die schreckliche Angst, in die Tiefe zu fallen, hielt ihn gepackt. Doch er musste die Kufe loslassen, damit sie ihn hineinziehen konnten. Aber wenn ihnen sein anderer Arm entglitt, war er verloren.

»Rick«, rief Natalie, deren langes Haar ihr durchs Gesicht peitschte. »Rick, du musst die andere Hand loslassen!«

Es kostete Rick ungeheure Überwindung, die Hand von der Kufe zu lösen. Er verdrängte seine Angst, schwang den linken Arm herum und streckte die Finger nach dem Türrand aus.

»Wir haben dich!«, hörte er Natalie rufen. Mit gewaltiger

Kraftanstrengung gelang es Rick, sich bis zur Brust an den Rand der Türöffnung zu stemmen. Erleichterung durchströmte ihn. Er hatte es fast geschafft.

In diesem Augenblick flog der Hubschrauber eine Linkskurve, und der Bug hob sich steil, als die Maschine aufstieg. Die Kabine neigte sich, und Rick prallte mit voller Wucht gegen Natalie. Mit einem Schrei stürzte sie gegen die Kante der Tür und krallte sich an der Schulter des Kameramanns fest. Der Mann verlor das Gleichgewicht und lockerte kurz seinen Griff, worauf Ricks Handgelenk durch seine Finger rutschte. Von Panik erfasst, griff Rick mit der linken Hand nach dem Rand der Tür, doch seine ausgestreckten Finger fanden keinen Halt. Ein furchtbarer Augenblick brachte ihm die Erkenntnis, dass er verloren war. Dann fiel er ins Leere.

»Rick! Rick!« Natalie stürzte auf die Tür zu. Entsetzt starrte sie auf die Gestalt, die in die Tiefe stürzte. Eine weiße Gischtfontäne spritzte auf. »Rick, nein!«, rief sie.

»Gehen Sie da weg!« Der Kameramann zog sie von der Tür fort. »Sie können nichts mehr für ihn tun!«

»Wir müssen ihn retten!« Natalie stand mühsam auf und bahnte sich einen Weg ins Cockpit. »Gehen Sie wieder runter!«, rief sie den Piloten zu.

Doch die Männer schwiegen. Von namenlosem Grauen erfüllt, starrten sie beide auf die Monsterwelle, die sich an der Mündung des Sunds bildete. »Wie ein Bergmassiv erhob sie sich aus dem Ozean«, schilderte ein Beobachter an Land es später. Schon sah es so aus, als hätte der schäumende Wellenkamm den Hubschrauber erreicht. Das Training der Männer, ihre Erfahrungen und ihr Überlebensinstinkt – alles befahl ihnen, den Hebel hochzureißen und in sichere Höhe aufzusteigen. Das hätte bedeutet, den Mann dort unten sterben zu lassen.

Aber sie flogen nun mal keinen Rettungshubschrauber, der

über eine Winde verfügte, mit der Rick hätte an Bord gezogen werden können. Eine Rettung hätte bedeutet, tiefer zu gehen, über dem Wasser zu schweben und ihr aller Leben aufs Spiel zu setzen.

Und das, während dieses Monster sich auf sie stürzte und von Sekunde zu Sekunde größer wurde.

»Das können wir nicht riskieren!«, rief der Pilot. »Ich gehe wieder höher.«

»Feiglinge!« Natalie stürzte ins Cockpit, schlug dem Piloten auf die Hand und drückte den Hebel mit aller Kraft herunter. Der Bug des Hubschraubers neigte sich jäh nach unten. Allen stockte der Atem, als sie wie ein Stein auf das Schiff unter ihnen zustürzten.

Rick hatte einmal für einen guten Zweck einen Fallschirmsprung gemacht. Das hier war etwas anders. Er dauerte nicht länger als zwei Sekunden vom Sturz aus dem Hubschrauber bis zum Aufprall auf dem Wasser. In dieser kurzen Zeitspanne konnte Rick nichts anderes tun, als die Beine und Arme zu strecken, um sauber einzutauchen. Dennoch hatte er beim Aufprall das Gefühl, gegen eine Wand zu prallen. Er tauchte tief ins Wasser ein. Als er die Kälte spürte, die ihn umschloss, hatte er nur den einen Gedanken, irgendwie wieder nach oben zu kommen.

»Blöde Schlampe! Was soll das? Wollen Sie uns alle töten?« Der Pilot stieß Natalie mit der Schulter brutal zur Seite. »Schaff sie hier raus!«, brüllte er seinem Copiloten zu. Verzweifelt zog er den Hebel wieder hoch und holte das Letzte aus dem bereits überbeanspruchten Motor heraus.

»Scheiße, wir gehen baden!«, rief der Copilot über den

Lärm der Turbine hinweg, als er sah, dass der Radar-Höhenmesser auf null zuraste. »Wir sinken! Wir stürzen ab!«

»Achtung!«, rief der Pilot, als er den Hebel zur kollektiven Blattverstellung hochriss, um den maximalen Aufstieg zu erreichen. Natalie, die gegen die Bordwand gepresst wurde, hörte, dass der Lärm der Turbine sich in ein ohrenbetäubendes Heulen verwandelte. Der Hubschrauber bebte, als die Rotoren wild durch die Luft schlugen, um die Maschine unter Maximalleistung in die Höhe zu reißen.

Natalie starrte durch die Tür auf die gigantische Welle, die sich donnernd auf den gestrandeten Tanker stürzte. Zwischen ihnen lag ein Bereich beinahe unheimlich ruhigen Wassers, der bis zum Rand des Unterwasserriffs reichte und schnell kleiner wurde. Aber wo war Rick?

Sekunden später prallte der Bauch des Hubschraubers so heftig aufs Wasser, dass Natalie jeden Knochen in Leib spürte. Die Gischt spritzte über das Dach hinweg, und ein Wasserschwall schoss durch die geöffnete Tür in die Kabine. Die Kameramänner schrien auf. Der Hubschrauber rollte im Wellental des sich nähernden Tsunami und mühte sich ab, mit der Wasserlast, die er gerade aufgenommen hatte, wieder aufzusteigen. Natalie bahnte sich an den anderen vorbei einen Weg zur Tür. Die Rotoren peitschten das Wasser. Zuerst konnte Natalie nichts sehen und verlor beinahe schon den Mut, als plötzlich ein Kopf kaum zehn Meter entfernt das Wasser durchbrach.

»Rick!«, rief sie. »Rick, hierher!«

Er drehte sich um und kniff die Augen zusammen, um durch den Wasserschleier etwas erkennen zu können. Dann schwamm er mit langsamen, kräftigen Zügen auf den Hubschrauber zu.

»Beeilung, Rick!«, drängte Natalie. »Mach schnell! Wir haben keine Zeit!«

Hinter ihr im Cockpit schrillte der Alarm. Die Piloten brüllten sich gegenseitig Befehle zu.

»Tiefflug abbrechen!«

»Gib Vollgas, verdammt!«

»Hoch! Hoch! Hoch!«

Die Gischt versperrte die Sicht, als die Rotoren auf volle Touren hochgefahren wurden, um sie aus den Fluten zu befreien. Rick war keine drei Meter entfernt. Er hatte die Gefahr erkannt und schwamm um sein Leben.

»Warten Sie!«, rief Natalie den Piloten zu. »Wartet, ihr Mistkerle! Er ist noch da draußen!«

Die Turbine des Hubschraubers heulte wieder auf, und die Kabine bebte. Die Piloten hatten sie nicht gehört. »Wir sind zu schwer!«, rief der Copilot. »Ballast abwerfen!«

Das Wasser schwappte kniehoch durch die Kabine, als der Hubschrauber durch die Luft taumelte. Die Kameraleute fluchten und konzentrierten sich darauf, ihre Ausrüstung zu retten. Rick schwamm weiter. Als er den unteren Rand der Tür erreichte, konnte er nicht mehr. Er war zu erschöpft, um in die Kabine zu klettern. Natalie packte seine Arme und versuchte, ihn ins Innere zu ziehen. »So hilf mir doch jemand!«, rief sie.

Der Bug des Hubschraubers hob sich und befreite sich kurzfristig aus dem Sog. »Helft mir!«, rief Natalie. Rick war zu schwer für sie.

Jemand trat zu ihr. Es war Zamos. Er packte Ricks linken Arm, und gemeinsam zerrten sie ihn in die Kabine.

Der Hubschrauber schlingerte, stabilisierte sich wieder und stieg auf. Aus der offenen Tür schoss das Wasser. Natalie war vor Freude wie benommen.

Zamos drehte sich mit triumphierender Miene zu einem der Kameramänner um. »Hast du das gefilmt? Ich hab dem Mann das Leben gerettet!«, prahlte er. »Hast du es gefilmt? Ich will, dass die Aufnahmen im Netz veröffentlicht werden.«

Doch der Mann hörte ihm gar nicht zu. »Mein Gott«,

krächzte er und starrte an den anderen vorbei durch die Tür. »Seht euch das an!«

Die Welle hatte sie fast erreicht. Der Pilot ließ den Helikopter mit Vollgas senkrecht emporschießen. Alle an Bord hatten das Gefühl, in einem rasend schnellen Fahrstuhl zu sitzen. Von drei auf siebzig Meter in zwanzig Sekunden. Die Turbine heulte, die Passagiere kreischten entsetzt. In der Kabine schrie einer den anderen an. Rick lag nur da und atmete keuchend. Wo ist die *Pequod?*, fragte er sich. Dann warf er einen Blick in Natalies angespannte Züge und wusste, dass es noch nicht vorbei war.

Der Kamm des Tsunami hatte den äußeren Rand des Unterwasserriffs an der Mündung des Sunds erreicht, schwoll an und wuchs zu einer unglaublichen Höhe. Der King stand auf dem Kamm und ritt auf dem Giganten in den Rachen des Todes. Natalie, deren Gesicht zur Maske erstarrt war, beugte sich über die Schulter des Kameramanns aus der Tür und schrie in den Sog hinein.

Vor dem King ragten die Arme des Sunds auf, Indian Point auf der einen und die Klippen von Curtain Bluff im Norden auf der anderen Seite. Sobald die Arme ihn umschlungen hätten, wäre er gefangen und hätte keine Chance mehr auf ein Entkommen. Er musste einen Trick kennen, irgendeinen Fluchtweg geplant haben. Rick war sich ganz sicher. *Das* hatte der Hinkende auf der Seekarte gesucht.

Der King glitt von links nach rechts über die Welle. Furchtlos sprang er auf seinem Brett über den Wellenkamm und sonnte sich in seinem Ruhm. Hinter ihm fuhr der Hinkende den Jetski mit Höchstgeschwindigkeit, um den King nicht zu verlieren. Die Sonne hatte die Wolken durchbrochen und schien auf ihn nieder. Das Kamerateam schrie; Natalie schrie.

Der King konnte sie nicht hören, aber er wusste es. Die ganze Welt schaute zu, wie sein gigantischer Wellenritt ihn zur Legende machte. Ein Mythos war geboren. Die Unsterblichkeit lag in Reichweite. Bis an das Ende aller Zeiten würden Surfer überall, wo sie sich versammelten, seine Geschichte erzählen.

Als Rick im Hubschrauber lag, hustete und Salzwasser auf den Boden spuckte, verstand er plötzlich ihren Plan. Genau am Ende von Curtain Bluff ragte eine Felsspitze wie ein schwarzer Stachel ins Meer. Die Seeleute kannten diesen Felsvorsprung und mieden ihn. Das Wellenende rechter Hand würde dort auftreffen und früher brechen. Das war der Ausstiegspunkt, auf den der King hoffte. Es war riskant. Es war verdammt riskant. Ein einziger Fehler in der Balance oder im Timing, und Tausende von Tonnen tosenden Wassers würden ihn gegen das Riff schleudern und zerschmettern. Doch wenn jemand den Willen und die Nerven hatte, durchzuhalten und den Todesberg bis zum allerletzten Augenblick zu reiten, war es zu schaffen.

Der King begann jetzt die Abfahrt und schoss die Furcht erregende Wasserwand hinunter. Von oben, aus dem Hubschrauber, sah sie wie ein steiler Hang aus, ein fast senkrechter Wall, der hier und da von weißem Schaum durchzogen war. Und diese Masse raste mit atemberaubender Geschwindigkeit aufs Land zu. Als der King in schwindelerregendem Tempo seitwärts über die Vorderseite der Welle schoss, brach sie sich hinter ihm, schlug um und jagte ihn wie eine rasende Lawine – schneller, als jemand es sich auch nur vorstellen konnte.

Der Wellenrand auf der linken Seite hatte den Tanker jetzt erreicht. Einen kurzen Augenblick sah Rick, dass er über dem Bug des Schiffes schwebte und sich wie eine riesige Pranke wölbte. Der weiße Wellenkamm überragte sogar den Sendemast, als die Wassermassen die Gastanks unter sich begruben.

Dann geschah es: Ein gigantischer, lodernder Blitz – und in diesem Moment veränderte sich die Welt.

Die gewaltige Explosion erwischte die Wölbung der sich brechenden Welle und zersprengte sie in eine riesige Wolke aus kochendem Schaum, die dreihundert Meter in die Höhe peitschte und die den gesamten Sund von einer Seite zur anderen verschlang. Im Bruchteil einer Sekunde wurde der riesige Brecher in einen Strudel aufgewühlten Wassers und aufspritzender Gischt verwandelt, die von Schlammfontänen, Felsbrocken und Teilen der Stahlplatten durchsetzt war. Und in seinem wütenden Herzen tobte ein gelber Feuerball, der heller war als die Sonne und die Augen verbrannte. Ein Feuerball, der anschwoll, bis es schien, als würde er die Stadt und alles in ihr verschlingen, entlud sich mit einem Donnerschlag, der wie die Posaunen des Jüngsten Gerichts durch die Berge hallte.

Die Schockwelle hieb mit unsichtbarer Faust zu und wirbelte den Hubschrauber wie eine Feder durch die Luft. Die Kanzel drehte sich; das Triebwerk zerbarst; Passagiere kreischten. Rick wurde gegen die Steuerbordtür geschleudert, die dem Aufprall wie durch ein Wunder standhielt. Er hörte Natalie schreien, entweder aus Angst oder vor Schmerzen. Der Hubschrauber drehte sich wie ein verletzter Vogel, taumelte und schlug Loopings am Himmel, während die Piloten verzweifelt versuchten, die Kontrolle zurückzugewinnen. Rick rutschte durch die Kabine und prallte gegen die Kameramänner. Die Rotoren kreisten heulend mit höchster Umdrehung und peitschten durch die Luft, damit der Hubschrauber nicht abstürzte. Als sie durch Luftlöcher sackten, wurde der Rumpf von wuchtigen Schlägen erschüttert, und die Passagiere wurden von ihren Sitzen geschleudert. Die Kabine war von Wasser und Rauch erfüllt. Rick hörte die gellenden Schreie der Piloten, die alles andere übertönten. Im nächsten Augenblick, so glaubte Rick, würden sie auf dem Riff aufschlagen oder im tosenden Wasser versinken.

Sie hatten keine Chance. Der Hauptrotor machte ein Geräusch wie ein mit Kies gefüllter Betonmischer.

Der Copilot schrie ins Funkgerät und hämmerte hektisch auf der Instrumententafel herum. Alle drei Treibstoffanzeigen leuchteten rot. Beide Tanks und der Reservetank waren vollkommen leer. Die Pumpen mussten ausgefallen sein. Rote Hydraulikflüssigkeit tropfte von oben herunter. Sobald die Treibstoffzufuhr unterbrochen war, würden die Motoren ausfallen. Dem Piloten bliebe dann nur die Hoffnung, sofort in die Autorotation zu schalten, mittels der kollektiven Blattverstellung den Winkel der rotierenden Blätter zu neigen und die Trägheit des Rotors zu nutzen, damit ein halbwegs kontrollierbarer Abstieg gewährleistet war.

Die Turbine kreischte über ihren Köpfen. Jeden Augenblick könnte das Rotorgetriebe unter der enormen Leitung auseinanderbrechen und die gesamte Konstruktion binnen Sekunden in einen Metallhaufen verwandeln. Der Pilot hatte so etwas während seiner Zeit beim Militär einmal gesehen, als von einer Sikorsky H-60 der Hauptrotor beim Aufstieg abgerissen wurde. Die acht Meter langen Rotorblätter aus Titanium und Kohlefasern rutschten über die Startbahn, halbierten einen T-38 Flugsimulator und enthaupteten den Piloten.

Dem Piloten blieben nur Bruchteile von Sekunden, um eine Entscheidung zu treffen. Wenn der Hubschrauber sank, während die Rotoren noch immer eingeschaltet waren und sich drehten, würden die Blätter beim Absturz zerschmettern und herumfliegende Metallsplitter und Kohlefasern die dünne Wand der Kabine durchschlagen. Die Besatzung und die Passagiere würden sterben oder entsetzliche Verletzungen davontragen. Doch die Alternative, die Turbine auszuschalten, den Hebel zur kollektiven Blattverstellung herunterzudrücken und den Angriffswinkel der Blätter zu neigen, würde für alle den sicheren Tod bedeuten.

Daher musste der Pilot den Hubschrauber um jeden Preis lange genug in der Luft halten, bis er festen Boden erreicht hatte.

Dreißig Sekunden später brannte der Motor durch und versagte. Plötzlich breitete sich lähmende Stille aus, die nur durch das angsterfüllte Wimmern der Passagiere gestört wurde. Die rothaarige Carly betete laut. Rick konnte durch die Tür die tosenden Wassermassen sehen, die über Greenstone Island hinwegpeitschten. Doch die Felswand, die das Haus schützte, behauptete sich gegen die Flut. Die gewaltige Detonation musste den Kern des Tsunami zersprengt haben. Das Wasser im Sund wurde von tosenden Wellen aufgewühlt, die in alle Himmelsrichtungen brandeten, turmhohe Wellenkämme aufwarfen, sich zurückzogen und so tiefe Abgründe in den Ozean rissen, dass ein Haus darin hätte versinken können. Wenn wir da hineinstürzen, sind wir tot, dachte Rick. Wir sind tot, aber die Stadt ist gerettet.

Der Schwung der Rotorblätter, die sich noch immer ohne Antrieb drehten, hielt den Helikopter ein paar entscheidende Sekunden lang in der Luft, lange genug vielleicht, um sie herunterzubringen, ohne dass alle an Bord getötet wurden. Die beiden Piloten hatten ihre Sicherheitsgurte gelöst und überprüften die Notausstiegshilfen, um sicherzustellen, dass sie das Cockpit im Fall eines Feuers schnell verlassen konnten. Auch wenn die Tanks leer waren – sie enthielten brennbare Dämpfe, die ein winziger Funke zur Explosion bringen könnte, und das Feuer würde augenblicklich auf Öl und Schmierstoffreste überspringen. Außerdem bestand der Rumpf des Hubschraubers auch aus Aluminium und Magnesiumlegierungen, die bei sehr hohen Temperaturen brannten.

In diesem Augenblick drohte allerdings eine andere Gefahr. »Ich kann den Kurs nicht halten!«, stieß der Pilot hervor. Instinktiv schauten er und sein Copilot in die Rückspiegel. Die

Heckschraube war aus ihrer Verankerung gerissen worden. Der Copilot riss entsetzt die Augen auf. Wenn das Ruder oder der Heckrotor herausbrach, würde der Hubschrauber seine Stabilität verlieren und sich im freien Fall um die eigene Achse drehen.

»Hundertzehn Meter. Wir verlieren dreißig Meter pro Minute.«

Bei dem Tempo blieben ihnen noch drei Minuten in der Luft. Allerdings berechnete der Radar-Höhenmesser die Höhe über dem Meer, und das Land näherte sich ihnen in Gestalt eines Riffs, das über siebzig Meter hoch war. Dies verkürzte die Zeitspanne, die ihnen blieb, sich in Sicherheit zu bringen, auf sechzig Sekunden – falls eine Rettung überhaupt noch möglich war.

Rick hatte den Eindruck, als würden die Klippen auf sie zurasen. Instinktiv riss er Natalie mit sich zu Boden und drückte ihren Kopf auf seine Brust, um ihr Gesicht zu schützen. Neben ihnen war ein Reservesitz, und Rick zwängte sich mit Natalie in die Fußmulde darunter. Die Kabine schlingerte von einer Seite zur anderen. Wahrscheinlich war jede Schutzmaßnahme pure Illusion, doch Rick verzichtete trotzdem nicht darauf.

Der Stadt war die Detonation der *Marie-Sainte* erspart geblieben, doch ein Teil des Tsunami war der Explosion entkommen. Der rechte Rand der gigantischen Welle, der nördliche Teil, war noch intakt. Der südliche und mittlere Bereich war zwar zersprengt und durch die Explosion zerrissen worden, doch der äußerste Rand, der etwa eine Viertelmeile breit war und vom Wellental bis zum Kamm vierzig Meter maß, donnerte mit unverminderter Energie landwärts und raste genau auf die Klippen von Curtain Bluff zu.

In hilfloser Panik starrte der Copilot auf den Radar-Höhenmesser. Die Fallgeschwindigkeit nahm zu. Von dreißig Metern pro Minute auf vierzig, dann fünfzig. Er riskierte einen hastigen Blick in die Tiefe. Bei dem Anblick lief es ihm vor Angst eiskalt über den Rücken. Hinter dem abstürzenden Hubschrauber sah er den gigantisch aufragenden Wellenkamm, der sie in rasendem Tempo verfolgte, mit jeder Sekunde wuchs und sie bald einholen würde. In wenigen Augenblicken würde der klaffende Rachen der Monsterwelle sie verschlingen, gegen die Felsen schleudern und in tausend Stücke zerreißen.

In den letzten Sekunden schienen sie buchstäblich in die Tiefe zu stürzen. Rick erhaschte einen Blick auf eine Landzunge, auf Felsen und eine hoch aufragende Kirchturmspitze.

Er betete.

Unten an der Maple Cove holte Southwell das Letzte aus seinem Landcruiser heraus. Der Wagen floh mit Höchstgeschwindigkeit vor der Welle über den Sand, sprang über Felsbrocken, durchfurtete Wasserlachen und raste auf den Strand zu. Southwell hörte das Donnern des zurückkehrenden Meeres hinter sich und versuchte, die Bilder auszublenden, die sich ihm aufdrängten. Er stellte sich vor, was geschehen würde, wenn sie in ein Loch fuhren oder gegen einen Felsen stießen; er sah Bilder von riesigen Brechern, die den Wagen packten und über den Strand schleuderten, ihn in einen Klumpen Blech verwandelten und die Insassen zermalmten. Donna und er würden Tab niemals wiedersehen, und das Leben wäre vorüber …

Die Brecher hämmerten gegen die Hecktür, als sie am unteren Ende des Weges gegen den Sandhügel prallten. Ohne nachzudenken, aber wohl wissend, dass es ihre allerletzte Chance war, setzte Southwell den Toyota vor die steile Schieferkante, die er und Martin vor wenigen Minuten hinuntergefahren waren.

Entweder fanden die Räder wie durch ein Wunder Halt am Hang, oder das steigende Wasser drückte sie hoch, denn so unglaublich es war – der Wagen bewegte sich tatsächlich den Hügel hinauf und gelangte auf den Weg. Doch noch immer versuchte das Meer, sie zurückzuzerren. Schließlich aber hatten sie die Straße erreicht und schauten hinunter auf den Ozean, der ans Ufer peitschte und langsam zurückwich, und sie weinten vor Erleichterung und Freude, überlebt zu haben.

Draußen am Curtain Bluff schlug der Tsunami mit voller Wucht gegen den Fuß des Kliffs, und die Landzunge erbebte unter dem Schock des wütenden Ansturms. Klippen und Felsen zerbarsten und stürzten unter der explosiven Energie von Zehntausenden von Tonnen Wasser zusammen. Eine große Welle brandete hoch und überragte das Riff wie eine riesige Klaue. Eine Sekunde lang verharrte sie in der Luft und trotzte den Gesetzen der Schwerkraft und der Zeit. Es war ein so fesselnder Anblick, dass er sich Rick für immer ins Gedächtnis brannte. Dann stürzte die Riesenwelle wie eine Lawine vom Himmel.

Doch die immense Kraft, mit der das Wasser auf die Felsen schlug, hatte eine unerwartete Wirkung. Die Wassermassen schoben eine Luftwalze vor sich her. Die Sturmbö war stark genug, um den Apfelbäumen hinter dem alten Friedhof die Äste abzureißen und den Rotorblättern des sinkenden Hubschraubers ein paar entscheidende Sekunden lang Auftrieb zu verleihen. Augenzeugen sagten später, es hätte so ausgesehen, als wäre der Helikopter die letzten paar hundert Meter vom Meer landeinwärts tatsächlich auf dem Wellenkamm geritten, um dann gleich neben dem Friedhof eine Bruchlandung zu machen und über einen Teppich schäumenden Wassers zu gleiten.

Für die Passagiere in der Maschine war es alles andere als eine sanfte Landung. Ein kreischender, krachender Aufschlag, der sie bis ins Mark erschütterte. Wie Frachtgut wurden sie kreuz und quer durch die Maschine geschleudert. Der Hubschrauber warf eine hohe Gischtfontäne empor, als er aufprallte und auf die Seite kippte. Der Hauptrotor, dessen Blätter abrupt zum Stillstand kamen und abbrachen, wurde aus der Verankerung gerissen. Ein Stück eines Rotorblattes grub sich wie ein Speer in die Mauer der Kirche ein. Der zertrümmerte Rumpf des Hubschraubers rutschte auf der Seite dreißig Meter über einen Teppich aus Gras und Wasser, drehte sich um die eigene Achse und blieb schließlich mit Blick auf den Ozean liegen.

In der Kabine wurde das Unterste zuoberst gekehrt. Die Passagiere wurden durchgeschüttelt. Stücke brachen aus der Kabine und flogen umher. Es herrschte ein heilloses Durcheinander aus Ausrüstungsteilen, Trümmern, schreienden Menschen und einem Lärm, der nicht verstummen wollte.

Als das Getöse sich endlich legte, war die Stille umso schlimmer. Rick war benommen und blutete am Kopf und im Gesicht. Es dauerte eine Weile, bis er seine Sinne gesammelt hatte und seine Instinkte sich wieder meldeten. Aus dem Augenwinkel sah er eine Dampfsäule, die ihn erkennen ließ, dass er und die anderen den Helikopter schnellstens verlassen mussten. Er nahm die benommene Natalie in die Arme und trug sie zur Tür, die jetzt gen Himmel gerichtet war. Der Überschlag des Hubschraubers hatte die Öffnung zerquetscht und das Dach ins Innere gedrückt. Rick hatte Mühe, sich hindurchzuzwängen. Er zog Natalie hinter sich hoch und half ihr auf den durchweichten Rasen hinunter. Sie stützten einander, ließen ihre Blicke schweifen und konnten kaum fassen, dass sie noch lebten.

Rick spähte nach Osten und rechnete beinahe damit, hinter der Mündung des Sunds eine neue Welle aufragen zu sehen.

Doch da war nichts. Die Bedrohung war vorüber. Allen Wahrscheinlichkeiten zum Trotz hatten sie das Monster gemeinsam besiegt, das Unglück abgewendet und ihre Stadt gerettet.

Oben in der Green ähnelte das Aufblitzen des Feuerballs bei der Explosion des Tankers einem Sonnenaufgang. Don Egan hörte den Donnerschlag, sah die riesige Wolke, die über den Sund schoss, und fragte sich: War es das? Ist das Ende von Goodwill gekommen? Dann fegte die Druckwelle über sie hinweg, riss Dachziegel herunter, zerschmetterte Fenster, knickte Bäume und Äste um. Don kam ein Bibelwort über den Atem Gottes in den Sinn. Er machte sich auf den Ansturm des Wassers gefasst, das Trümmer und Leichen vor sich hertrieb.

Die Reste der Riesenwelle, die durch die Explosion zerfetzt worden war, stürmten gegen den Sund an, wo sie wüteten und zerstörten, was sie nur konnten. Riesige Brecher brandeten an, zertrümmerten und zerschmetterten alles, rissen Gebäude nieder und brachen Steine aus Mauern und Straßen heraus. Der Neck wurde immer wieder überschwemmt. Die Bay Road traf es besonders schlimm. Die reißenden Wassermassen strömten durch die Gassen, zerstörten alles, wichen zurück und kehrten mit ungestillter Gier zurück, um auf dem trockenen Land, das ihnen bisher getrotzt hatte – ebenso wie viele Menschen es zweihundert Jahre zuvor getan hatten –, weitere Verwüstungen anzurichten.

Das Wasser brandete die Green hinauf bis zum Fuß des Denkmals für die Opfer des Großen Sturms und tränkte den geweihten Boden, wo die Toten jenes schrecklichen Tages zur letzten Ruhe gebettet worden waren. Das Wasser stieg bis zum Gedenkstein – und nicht weiter. Der Gastanker, der eine solch tödliche Gefahr dargestellt hatte, hatte die Stadt letztendlich gerettet. Zwanzigtausend Tonnen Treibstoff, die unterhalb der

Welle detoniert waren, hatten das Meer wie eine gigantische Hand zurückgedrängt. Als das Wasser zurückwich, kam eine kalte Brise auf. Sie trieb die dunklen Wolken und den Rauch davon, und die Sonne brach durch.

Auf dem Dead River stabilisierte sich das Floß und fuhr durch ruhiges Wasser. Die Familien atmeten auf. Ted zählte die Köpfe. Die Mädchen klapperten mit den Zähnen; sie sahen aus wie Ratten, die aus dem Wasser gezogen worden waren, ging es Lloyd durch den Kopf.

»Wo ist Sandy?«, fragte Mr. Van Buren.

»Hier«, rief eine Stimme.

Alle drehten sich um und sahen Sandy, die grinsend neben dem Floß herschwamm.

»Mir ist nichts passiert«, sagte sie, nachdem die anderen sie ins Floß gezogen hatten. »Ich wurde gleich zu Beginn über Bord geworfen, als das Floß in die Höhe stieg. Ich dachte schon, ich würde euch nicht wiedersehen, doch als ich auftauchte, sah ich euch ganz in der Nähe.«

»Was war das?«, wollte Lloyd wissen.

»Eine Flutwelle.« Sandy strich dem Jungen über den Kopf. »Wenn eine starke Flut den Fluss hinaufrast, entsteht manchmal eine solche Welle. Die hier war sehr groß. Ihr hattet Glück, so etwas zu sehen.«

»Na ja, unter Glück stelle ich mir eigentlich was anderes vor«, murmelte Lloyd.

Die Überlebenden des Hubschrauberabsturzes versammelten sich in der kleinen Kirche am Curtain Bluff.

»War das die letzte Welle?«, fragte eine Stimme in der Dunkelheit.

»Ich hoffe es«, erwiderte Rick leise. »Ich glaube nicht, dass ich noch so einen Ausflug überstehen würde.«

Natalie lachte, bis sie kaum noch Luft bekam. Jemand fiel in das Lachen ein, und dann lachten sie alle – die Filmcrew, die Einwohner des Ortes, die Piloten. Sie lachten, weil sie noch lebten.

Sie lachten, bis die Kirche erbebte, weil es das Einzige war, was sie angesichts des Todes und der Zerstörung tun konnten.

Epilog

Natürlich war es nicht die letzte Welle. Es kamen noch drei weitere – einige sprachen sogar von vier –, doch sie waren vergleichsweise harmlos. Die dritte Welle war die größte von allen. Die Filmaufnahmen von dem wahnsinnigen Wellenritt des Kings wurden in den folgenden Tagen und Monaten unaufhörlich gezeigt und analysiert. Die Wasserstandsmesser im Sund waren allesamt zerstört worden, doch mit Hilfe von Höhenvergleichen mit dem Riff am Curtain Bluff, dem Leuchtturm und den bekannten Abmessungen des Tankers konnte der Wellenkamm des Tsunami auf einundvierzig Meter Höhe festgelegt werden, ein Rekord für gerittene Wellen – und es sah so aus, als würde diesen Rekord lange Zeit niemand brechen. Der Leichnam des Kings wurde niemals gefunden. Im Tod erlangte er die Unsterblichkeit, die er ersehnt hatte. In den Annalen der Surfer würde sein Ruhm bis in alle Ewigkeit fortleben.

K. Zamos' Film *Der Ritt auf der Todeswelle* mit den Liveaufnahmen des Kings in den letzten Augenblicken seines Lebens ging rasch in Produktion, damit er am ersten Jahrestag des Vulkanausbruchs gezeigt werden konnte. Die Zelle des Kings im örtlichen Gefängnis war schon für Hunderte junger und älterer Bewunderer zu einer Art Pilgerstätte geworden. Die Stadt war gezwungen, einen neuen Zellenblock zu bauen, sodass der alte zu einem Heiligtum des Surfsports und ihres neuen Helden erklärt werden konnte.

Auch ohne Film bewirkte die durch den Tsunami hervorgerufene Publicity, dass Industrie und Handel in Goodwill sich rasch erholten. Die Bilder der mutigen Einwohner, die kämpften, um ihre Stadt zu retten, erregte die Fantasie der Öffentlichkeit. In Verbindung mit der Geschichte des einsamen Wellenreiters und seinem Streben nach der ultimativen Welle war es eine unschlagbare Kombination. Da der Wiederaufbau dank der großzügigen staatlichen Hilfen und der Schadenersatzleistungen der Versicherungen schnell voranging, zeichnete sich bereits im Frühjahr ab, dass in der kommenden Saison mit Rekordeinnahmen zu rechnen war.

Wellenmessungen sind immer schwierig und bieten Anlass zu Diskussionen. Später erwies sich, dass der Zusammenbruch der Westflanke des Cumbre Vieja eine Welle aufgeworfen hatte, die eine Höhe von vierhundertsechsundneunzig Metern erreichte. Innerhalb von fünfzehn Minuten breitete sie sich über fünfzig Kilometer aus, und ihre Höhe fiel auf hundert Meter ab. Als sie die USS *Tarp* hundert Kilometer weiter auf dem Meer überrollte, maß sie nur noch dreißig Meter. Es war ungewöhnlich, dass sie sich zu diesem Zeitpunkt offenbar gebrochen hatte – und das war der Grund dafür, dass die *Tarp* von der Welle überwältigt wurde. Wellen, die sich nicht brechen, versenken Schiffe selten, doch wenn die Höhe einer sich brechenden Welle die Schiffslänge übersteigt, bringt sie das Schiff entweder zum Kentern, oder sie bricht sich über dem Schiff. Wie groß und stabil das Schiff auch sein mag, die Welle ist stärker, und das Gewicht des Wassers drückt die Decks buchstäblich unter Wasser. Es strömt durch die Schornsteine und reißt die Stahlluken auf, und das Schiff sinkt bis auf den Meeresboden und reißt alles mit sich.

Die Besatzung der *Tarp* hatte einen Vorteil: Es wehte kaum eine Brise. Nachdem die Welle gewütet hatte, beruhigte das Meer sich bald wieder. Nachfolgende Wellen – jene Killerwellen, die die Zerstörungen an fernen Küsten anrichteten – blieben beinahe unbemerkt.

Mary Sennett, die so große Schwierigkeiten hatte, ihren

Rettungsanzug anzuziehen, schaffte es kaum durch die Luke, als das Schiff sank. Ihr Anzug blieb an einem Riegel hängen, und ein paar Sekunden lang, die ihr endlos erschienen, trat sie um sich und tastete blind durch die Dunkelheit, um sich zu befreien, während das Wasser über ihrem Kopf zusammenschlug und sie zu ersticken drohte. Als es ihr schließlich wie durch ein Wunder gelungen war, sich zu befreien, hatte das Schiff sich auf dem Weg in die Tiefe aufgerichtet, denn Mary schoss geradewegs an die Oberfläche und rang gierig nach Luft. Die Welle war vorübergezogen und ließ sie mutterseelenallein auf dem Meer zurück. Sie blies in ihre Pfeife und schrie, doch von der *Tarp* und ihren Kollegen gab es keine Spur mehr. Die beiden folgenden Wellen waren vergleichsweise klein, doch sie trugen Mary weiter in den Atlantik hinaus. Als die Dunkelheit hereinbrach, knipste sie das Licht an ihrem Rettungsanzug ein und betete.

Am nächsten Morgen – Mary lebte noch – trieb sie zwischen Bimsstein im Wasser. Mehrere Maschinen flogen über sie hinweg. Offenbar suchten sie nach Überlebenden, doch Mary war zu schwach, um auf sich aufmerksam zu machen. Als schließlich die Dämmerung hereinbrach und Mary sich auf eine weitere Nacht vorbereitete, hatte sie vor allem Angst vor Haien. Ein Stück entfernt waren zischende, gurgelnde Geräusche zu hören. Sie drehte sich in die Richtung und rechnete schon damit, einen Wal zu erblicken; stattdessen starrte sie auf ein U-Boot, das etwa eine Viertelmeile von ihr entfernt auftauchte. Es war die USS *Thresher.* Ihr machte noch immer die laute Pumpe zu schaffen, und sie war beim Vulkanausbruch ramponiert worden, doch ohne gravierende Schäden davongetragen zu haben. Die U-Boot-Leute waren vom Beobachter in einem der Flugzeuge auf Marys Position aufmerksam gemacht worden.

Mary war nicht die Einzige, die so viel Glück hatte. Derek

Wanless und zwei Drittel der Besatzung der *Tarp* überlebten ebenfalls. Die Rettungsanzüge waren in der Tat phänomenal.

Malcolm Mackenzie und Concha schafften es, den Berg einer Insel hinunterzusteigen, die ein Drittel ihrer Fläche verloren hatte. Die beiden Geologen konnten später über die Abfolge der Ereignisse berichten, die beim Cumbre Vieja von einem bescheidenen Ausbruch der Stufe drei zum Ausbruch der Stufe sechs eines Super-Krakatau geführt hatten.

Aufgrund der völligen Zerstörung der Westflanke des Feuerbergs einschließlich der Hafenstadt Charco Verde war es unmöglich, Behauptungen einer vorsätzlich ausgelösten Dampfexplosion zu bestätigen. Es wurde eingeräumt, dass Carlos, der Hotelbesitzer, Sprengstoff besorgt hatte, aber da Carlos und die anderen angeblich Beteiligten tot waren, konnten keine weiteren Aussagen gewonnen werden.

Die schlimmsten Vorhersagen der Unglückspropheten erwiesen sich dennoch als unbegründet. Auf den Bahamas und anderen flachen Inseln kam es allerdings zu großen Schäden, wobei die Bermudas von besonders schlimmen Verwüstungen getroffen wurden. Grundsätzlich schien die größte Energie der Welle jedoch nordwärts gerichtet gewesen zu sein, fort vom ungeschützten Karibischen Becken und von Florida, in Richtung Neuengland. Als die Wellen den Kontinentalsockel erreichten, hatten sie den größten Teil ihrer Kraft bereits verbraucht. Die Topografie spielte dabei eine große Rolle. Einige Wellen brachen sich auf dem Kontinentalsockel und verbrauchten dort ihre letzte Energie. Andere wogten weiter und verwüsteten Küstenorte. Wie Professor Ballister vorhergesagt hatte, traf es am schlimmsten die nach Südwesten gelegenen Buchten und kleine Meeresarme mit tiefen Ankerplätzen – schöne, natürliche Häfen; eine Beschreibung, die genau auf Goodwill zutraf.

Der Bearskin Neck fiel verheerenden Überschwemmungen

zum Opfer. Das Geschäft für Bootszubehör der Larsens, Jean-Alices Hafenkneipe und Jack Pearls Büro wurden vernichtet. Das Seafarers Motel wurde davongespült, nachdem es evakuiert worden war. Die Wellen wüteten auch in Chance Greenes neuem Jachthafen, wobei sie mehrere Jachten und Boote in Trümmer verwandelte, während sie andere in die Bay Road, sogar bis zur Green schleuderten. Die Gebäude an der Hafenfront und in den nahegelegenen Straßen und Gassen wurden stark beschädigt. Das zurückweichende Wasser riss Pflastersteine aus den Bürgersteigen und brachte einige der hübschen alten Ziegelsteinhäuser in der Washington Street zum Einsturz. Doch viele überlebten – auch die alte Eisfabrik: Dort drang das Wasser von der Hafenseite ein, riss die Eingangstür auf und zog sich dann auf demselben Weg, den es gekommen war, wieder zurück, sodass die Mauern stehen blieben. Die Eisfabrik wurde ein nationales Symbol für den hartnäckigen Widerstand, den Maine geleistet hatte. Es wurde eine Stiftung für die Restauration der alten Eisfabrik gegründet, und Chance Greene schenkte das Gebäude der Stadt. Er hatte auch gar keine andere Wahl.

Die *Pequod*, die Jacht der Maxwells und viele andere Boote überstanden die Katastrophe, weil sie draußen auf dem Meer waren. Das Krankenhaus wurde zerstört, als der Causeway überspült wurde, doch dort kam niemand ums Leben.

Anderswo jedoch gab es vereinzelte Tragödien. Ricks Schwester Rebecca verbrachte einen Monat im Krankenhaus in Portland, wo die Ärzte sie zusammenflickten. Nach ihrer Genesung übernahm sie wieder die Leitung ihres neu aufgebauten Geschäfts für Bootszubehör. Hannah Morrissey war tot, doch der Wal lebte und war beliebter denn je. Hannahs Leichnam konnte geborgen werden, doch die Tasche mit dem Gold und anderen Wertsachen wurde nie gefunden. Auch dies ging ins Reich der Legenden ein: Ein Goldschatz, der irgendwo auf dem Grund des Hafens lag.

Ein Jahr nach der Katastrophe versammelten sich die Überlebenden zu einem Gottesdienst, um der Opfer der Flutkatastrophe zu gedenken und eine Statue zu enthüllen. Diese Bronzestatue war das Werk von Natalie Maxwell. Ein lebensgroßer Surfer, der auf seinem Brett über einen Wellenkamm sprang und beinahe in der Luft zu stehen schien, die Arme zu den Seiten ausgestreckt, um das Gleichgewicht zu halten, und die rechte Hand erhoben, als wollte er nach den Sternen greifen.

Als die Statue enthüllt wurde, trug Natalie ein Gedicht vor, das ihres Erachtens zu diesem Anlass passte:

»Ich habe ein Rendezvous mit dem Tod
An einer umkämpften Barrikade,
Wenn der Frühling wiederkommt
Mit raschelndem Schatten
Und dem Duft der Apfelblüten.

Ich habe ein Rendezvous mit dem Tod,
Um Mitternacht in einer brennenden Stadt,
Wenn der Frühling in diesem Jahr
Wieder hinauf in den Norden kommt
Und ich das Wort einlöse, das ich gab,
Werde ich das Rendezvous nicht versäumen.«

Die Statue wurde auf den Klippen von Curtain Bluff aufgestellt und schaute über den Sund, wo der King seine letzten Stunden gelebt hatte.

Als das Gedicht gesprochen war, erhob sich leises Murmeln in der Menge und wuchs an, bis sich die ersten Freudenrufe in das Raunen mischten.

Die Leute zeigten aufgeregt aufs Meer.

Im Wasser bewegten sich gewaltige dunkle Schatten, die mit müheloser Anmut durch die Wellen glitten.

Die Wale waren zurückgekehrt.

»Eine Reise um die Welt.«

»Hast du dich entschieden?«

Rick nickte. »Diesmal von West nach Ost, die harte Tour. Wenn es schon eine Herausforderung sein soll, dann richtig.«

»Ganz allein?«, fragte sie.

Rick zuckte mit den Schultern. »Ich kann von niemandem erwarten, dass er mich auf einer solchen Reise begleitet.«

Natalie schaute ihn an. Ihre dunklen Augen schimmerten. »Es wäre einen Versuch wert ...«

Ein glückliches Lächeln legte sich auf Ricks Gesicht. »Ein Jahr in einem kleinen Boot ...? Dann müsste es schon jemand sein, mit dem ich sehr gut auskomme.«

»Du meinst, sonst bringen wir beide uns gegenseitig um? Immer noch besser, als ewig im gleichen Trott weiterzumachen.«

»So sehe ich das auch.«

Natalie hakte sich bei ihm unter. Der Wind spielte mit ihrem Haar. Es schien, als wäre die Last des vergangenen Jahres von ihr und Rick abgefallen.

Natalie drückte seinen Arm und sagte: »Komm, lass uns gehen, Sailor.«

»Das Buchereignis des Jahres!«

STEPHEN KING

Bentley Little
FURCHT
Roman
496 Seiten
ISBN 978-3-404-15798-3

Beim Einzug in eine neue Wohnsiedlung begehen die Welchs einen folgenschweren Fehler: Sie verpfänden ihre Seele im Kaufvertrag an die teuflischen Verwalter der Anlage. Von nun an bestimmt nur ein Gefühl ihren Alltag: Angst.
Bentley Little gewann mit seinem Debüt den Bram Stoker Award und machte Stephen King auf sich aufmerksam. Seitdem gilt er als Meisterschüler des »King of Horror«.

»Little beschreibt mit spitzer Feder die dunklen Seiten des Lebens. Furchteinflößend!« Booklist.

Bastei Lübbe Taschenbuch